अमृता

(गुजराती से हिन्दी में अनूदित उपन्यास)

अमृता

रघुवीर चौधरी

अनुवाद

किरण माथुर

भारतीय ज्ञानपीठ

राष्ट्रभारती/लोकोदय ग्रन्थमाला : ग्रन्थांक 411

ISBN 978-81-263-1529-1

प्रकाशक : **भारतीय ज्ञानपीठ**
18, इन्स्टीट्यूशनल एरिया, लोदी रोड, नयी दिल्ली-110 003

मुद्रक : चार दिशाएँ प्रिंटर्स, नोएडा

आवरण : संजीव वर्मा
आवरण-सज्जा : चन्द्रकान्त शर्मा

AMRITA
(Gujarati Novel)
by Raghuvir Choudhary
Translated by Kiran Mathur

Published by
Bharatiya Jnanpith
18, Institutional Area, Lodi Road, New Delhi-110 003
Ph. : 011 24698417, 24626467; 23241619 (Daryaganj)
Mob. : 9350536020; e-mail : bjnanpith@gmail.com
sales@jnanpith.net, website : www.jnanpith.net

Fourth Edition : 2018
Price : Rs. 200

आचार्य हजारीप्रसादजी की अनुपस्थिति में
अकेले 'अज्ञेय' जी को; सादर
संकोच के साथ

(1980 में पुस्तक के प्रथम संस्करण के अवसर पर)

निवेदन

गुजराती मूल में 'अमृता' का प्रथम संस्करण सन् 1965 में छपा था। इस वर्ष पाँचवाँ छपेगा। गुजराती पाठकों ने इसे चाहा है, बार-बार पढ़ा है।

आदरणीय लक्ष्मीचन्द्रजी और जगदीशजी ने इस रचना के प्रकाशन के पीछे बहुत समय दिया, अपेक्षा से भी अधिक। इसे प्रेम ही नहीं, पक्षपात भी कहा जा सकता है। श्री जगदीशजी ने तो मूल अनुवाद के आधार से 'एक अनुसर्जनात्मक अनुवाद-प्रयोग' की पांडुलिपि तैयार की थी। भविष्य में उसका भी प्रकाशन सम्भव हो सके तो तुलनात्मक साहित्य के अध्येताओं को एक विशिष्ट सामग्री सुलभ हो जाए। जगदीशजी का प्रयोग बेहतर हो सकता है। मैंने सोचा मूल ही ठीक है क्योंकि अपना है। हिन्दी अनुवाद में थोड़ा-सा गुजरातीपन बचा रहे तो प्रबुद्ध पाठकों के लिए रसविघ्न नहीं बनेगा। दोनों महानुभावों ने सम्मति दी। अनुगृहीत हूँ।

प्रो. किरण माथुर अँग्रेजी के अध्यापक हैं, हिन्दी-भाषी हैं। हम दोनों के मित्र डॉ. महावीर सिंह चौहान हिन्दी-गुजराती के विद्वान हैं। इन्होंने तथा डॉ. बंसीधर शर्मा ने अनुवाद-कार्य तथा परिमार्जन में योगदान दिया था। जब मूल अनुवाद की पांडुलिपि फिर से तैयार करने का प्रश्न खड़ा हुआ तो मेरे विद्यार्थी-मित्र श्री वीरेन्द्र सिंह, कु. बिन्दु भट्ट, रंजना अरगडे के उत्साह से बल मिला। मैं उदासीन हो चला था। लेखक तो अपनी भाषा में लिखेगा। अनुवाद छपे न छपे यह इसकी जिम्मेदारी नहीं है।

'अमृता' आधुनिक संवेदना का उपन्यास है। केवल तीन ही चरित्र हैं, जो विशिष्ट रचनारीति के द्वारा चक्रगति पाते हैं। युद्धोत्तर विश्व के मनुष्य की परिस्थिति तथा मनःस्थिति यहाँ अस्तित्ववाद तथा भारतीय दर्शन के सन्दर्भ में व्यक्त हुई है। कल्पना नहीं थी कि इस गम्भीर रचना को इतने अधिक पाठक प्राप्त होंगे। अब यह रचना आपके हाथों में है। कृपया धीरे से पढ़िए।

—रघुवीर चौधरी

(प्रथम संस्करण, 1980)

अनुक्रम

प्रथम सर्ग

प्रश्नार्थ

'Life is good because it is painful.'

—*Nietzache*

एक

सप्रमाण धूम्रपट रचता वायुयान आकाश में अदृश्य हो गया और उदयन की दृष्टि वापस लौटी। धूम्रपट का आरम्भवाला सिर आकाश में निराधार लटका हुआ लग रहा था। खालीपन में फैल जाने के लिए अपना व्यक्तित्व छोड़कर वह धूसर होने लगा। उदयन की आँखों में जगी धूम्ररेखा भी फैल गयी।

एक नाजुक पक्षी अमृता के सामने बैठा पंख फड़फड़ा रहा था। इसे देखते-देखते अमृता की पलकें एक बार झपकीं।

यहाँ एक तीसरी उपस्थिति भी थी—'समुद्र...बम्बई का?' ऐसा कहते हैं, पर असल में तो केवल किनारा ही बम्बई का! समुद्र तो व्यापक और अखंड है। जहाँ ऊपर नहीं दिखाई देता, वहाँ भीतर है। समुद्र के एक किनारे बम्बई नगर है, और इस नगर के प्रत्येक सिरे पर समुद्र है और रहेगा। बम्बई जब समुद्र बन जाएगा तब भी समुद्र तो...।

"क्या सोच रहे हो, अनिकेत?"

"समुद्र तो तब भी होगा—जैसे आकाश। हम जहाँ बैठे हैं; अर्थात् यहाँ, सम्भव है भविष्य में पानी घहराए।"

"अथवा हमारी दृष्टि के छोर पहुँचें, वहाँ तक रेगिस्तान फैल जाए।" उदयन बीच में कुछ इस तरह बोला मानो बोलने में उसे कोई दिलचस्पी नहीं थी, किन्तु जो बोला जा रहा था उसका कोई अर्थ उसके लिए नहीं था। पश्चिम की ओर दृष्टि स्थिर किये सूर्यास्त का समय होने के कारण हलकी-हलकी चमक लेकर जगे लाल-केशरी रंग का आस्वाद करने लगा। लिया जा सके उतना अपनी आँखों में ग्रहण कर लिया। बीच में उसके बोल उठने से अनिकेत अटक गया है, यह पाकर उसने अमृता की ओर देखा और अनिकेत से पूछा:

"तू भविष्य को मानता है?"

"अतीत और भविष्य दोनों को। कारण वर्तमान तो भ्रम है। क्षण से भी सूक्ष्म समय की कोई अविभाज्य इकाई लो और विचार कर देखो कि उतना-सा समय भी वर्तमान है, ऐसा अनुभव किया जा सकता है क्या? जो आनेवाला है

उसका हमें पता नहीं होता, फिर भी 'वह' आनेवाला है ऐसा मानकर हम जीते हैं। शायद इसीलिए ही जीते हैं। किन्तु वह किस प्रकार तीव्र वेग से बह जाता है—अतीत बन जाता है? स्मृतिशेष हो जाता है। अतीत के सहारे और अनागत की प्रतीक्षा में ही जीना होता है। मानव के दो चरण—एक स्मृति में, दूसरा श्रद्धा की ओर।"

"मैं तो वर्तमान को मानता हूँ—अपूर्ण वर्तमान काल को—जो चल रहा है। मेरे लिए वह कभी पूर्ण नहीं होता। और जो मेरी पीठ पीछे है उसमें मुझे दिलचस्पी नहीं है। भूतकाल है, है ही। किन्तु जो मृत है उसके साथ मेरा कोई सम्बन्ध नहीं।" सिगरेट का धुआँ अमृता की ओर उड़ाते हुए उदयन बोला।

"मैं समय का विभाजन नहीं करती। ऐसा कर सकना सम्भव नहीं क्योंकि समय तो शाश्वत है।"

शान्ति, नीरव शान्ति नहीं, केवल अशब्द शान्ति। क्योंकि हवा थी, सफेद गुलाब का पौधा था। गुलाब के पौधे को हवा स्पर्श करे तो कैसी ध्वनि उत्पन्न होती है, यह जाननेवाले जानते हैं। अमृता जानती है। अमृता का मुख पूर्व की ओर था। उदयन और अनिकेत उसके सामने बैठे थे। गुलाब का पौधा दो पुरुषों के बीच की खाली जगह के कारण दिखाई देता था। पूरा-पूरा दिखाई देता था, अपने गमले सहित। गमले का रंग सीमेंट के ढेर-जैसा था। कुछ रंग प्रथम दृष्टि में ही आँखों को मसृणता का अनुभव कराते हैं। कुछेक रंग ही? अमृता के मन में प्रश्न हुआ। हाँ, सभी रंग नहीं, अन्यथा चयन का प्रश्न ही न हो।

पौधे के दो गुलाब अमृता की ओर झुके हुए थे। इतना ही नहीं, दोनों अपनी ओर उसका ध्यान भी खींच रहे थे। फिर भी दोनों के अभिनिवेशन में अन्तर अवश्य था। एक केवल झुका हुआ ही लगता है, उसका मौन सुन्दर लगता है; दूसरा थोड़ा तिर्यक् लगता है। वातावरण की ओर से उदासीन-सा, किन्तु अपने लक्ष्य की ओर व्यंग्य की तीव्रता वह प्रकट करता था। अमृता ने चाहा—इस तरह एक गुलाब चुन ले, कि दूसरा हिले नहीं, पौधे को सँभालकर एक को तोड़ ले। दोनों में से यह, किन्तु फिर वह दूसरा?...

सोचते-सोचते उसकी दृष्टि पौधे से गमले पर गयी। गमले की काली मिट्टी पर एक अधखिला गुलाब औंधा पड़ा मुरझा रहा था। किसने तोड़कर इसे यहाँ डाला होगा? उसने स्वयं तो तोड़ा नहीं। यह पौधा उसी का लगाया हुआ है, वही इसकी देखभाल करती है। तब...किसने तोड़ा यह फूल? नौकर को बुलाकर पूछने का मन हुआ। प्रश्न होठों तक आया भी। तभी उसने देखा कि उदयन ने सिगरेट का आखिरी कश खींचकर उसे नीचे डाला और बूट से दबा दिया। छत पर से नौकर को पुकारने की आवाज नीचे तक पहुँचे न पहुँचे। वह कहीं बगीचे

के आगेवाले भाग में हो या आराम करता हो और आवाज ही न सुन पाये। शायद कोई और जाकर कहे, और वह दौड़ता आये!...ये सब ठीक नहीं। उसे बुलाने और उससे बात करते समय अनिकेत और उदयन का ध्यान बेमतलब खिंचे, इससे तो चुप रहना ही ठीक है। अमृता अशब्द रह सकती है।

उसकी दृष्टि उन दो गुलाबों के बीच एक से दूसरे पर सरकती रही। अनिर्णय की कठिनाई से बचने के लिए उसने पलकें नीची कर समुद्र की ओर मुँह किया।

सामने बैठी अमृता ने उसकी ओर देखा—यह देख तथा उसकी बंकिम ग्रीवा और कुछ खिंचे हुए वक्ष को देख उसने सन्ध्या के रंगों द्वारा अपने मनोजगत् में एक देहयष्टि की रचना कर ली। उसने अर्थात् अनिकेत ने। उसे लगा कि कल्पनामूर्ति जो उसने रची है इसलिए सुन्दर लगती है या कि वह स्वयं सुन्दर है। उसने फिर से अमृता की ओर देखा। वह कल्पना अदृश्य हो गयी। वक्ष-स्पर्श के लिए आतुर बनती दृष्टि को उसने समुद्र की ओर मोड़ा। समुद्र की लौटती लहरों के दूर से दिखाई देते अवरोह के साथ मिलकर अनिकेत की दृष्टि समुद्र में घुल गयी। उसकी आँखों में पूरा समुद्र उछलने लगा। बाह्याकर्षण से ही समुद्र में लहरें उठती हैं? या कि इस ज्वार में आन्तरिक बड़वानल का भी योग होगा!

अनिकेत तटस्थ होकर समुद्र की ओर देखने लगा। क्षितिज के एकदम पास उसे छोटी-छोटी नौकाएँ दिखाई देने लगीं। इनके पालों के साथ पवन के सम्पर्क से जगते शब्दों को चारों ओर की शान्ति सुनती होगी। आँखें मूँदकर उसने इस शान्ति को अनुभव करने का प्रयत्न किया।

उदयन अमृता के पास जाकर खड़ा हुआ। इतनी सहजता से वह खड़ा था कि देखनेवाले को लगे कि यह जगह उसके खड़े रहने के लिए ही है।

अपने एकदम नजदीक उदयन खड़ा है—यह देख अमृता को कुछ बोलना चाहिए था—

"क्या देख रहा है?"

"समुद्र! अनिकेत कह रहा था कि समुद्र बाद में भी होगा! बाद का तो मुझे पता नहीं किन्तु अभी तो देख लूँ कि समुद्र है या नहीं? और जो यह दिख रहा है वह समुद्र है या फिर उसका भ्रम पैदा करता कोई बड़ा गड्ढा?"

"समुद्र है मोशाय, समुद्र, इधर-उधर देखे बगैर जरा सामने देखो। यह क्षितिज के उस पार भी फैला हुआ मालूम देगा।"

"क्षितिज के उस पार क्या है, इसका मुझे पता नहीं। क्या होगा—यह जानने की उत्सुकता नहीं। मुझे तो अपने आसपास वालों में दिलचस्पी है।" अमृता और अनिकेत को लक्षित करते हुए उदयन ने कहा।

"हम जिसे क्षितिज कहते हैं, वह क्या कोई यथार्थ है? या फिर हम कहते

हैं इसलिए वह है? किन्तु अनन्त को हम देख नहीं सकते इसलिए ऐसी कल्पित सीमाएँ स्वीकार कर लेते हैं।'' अमृता को लगा कि उसे उठना चाहिए।

''अमृता! तेरी कल्पित सीमा उर्फ क्षितिज, अभी सान्ध्य रंगों से भभक उठी है। थोड़ी देर बाद यह समग्र भभक समुद्र के आभ्यन्तर अन्धकार में शमित होगी। अन्धकार बाहर आएगा। और जो अलग-अलग पदार्थ दिखाई देते हैं, उनके अवकाश को भर देगा। फिर देखनेवाले को सब कुछ अन्धकार के रूप में दिखाई देगा।''

''हमें अब चलना चाहिए उदयन!''

''चलते हैं। पर हाँ, अभी ही तो बात हुई है, भोजन का तो यहीं निश्चित किया है न!''

''मैं तो भूल ही गया, माफ करना अमृता!''

''आप लोग जाने को तैयार हुए उस क्षण, आप लोग जा रहे हैं—यह देखकर मैं भी भूल गयी थी। अच्छा हुआ, उदयन को याद आया। नहीं तो मेरे आतिथ्य धर्म का क्या होता! माना कि इस बारे में आप दोनों में से कोई मुझे शाप न देता, परन्तु मैं जब अकेली खाने बैठती तब कैसी विचित्र स्थिति में होती? मैं जरा नीचे होकर आऊँ।''

अमृता की खाली हुई आरामकुरसी का कपड़ा सुन्दर लगा। कपड़े की बुनावट में पुरातन शैली की डिजाइन थी। यह कपड़ा अभी अनियमित हवा के कारण यदा-कदा काँप उठता था। अनिकेत ने यह देखा। उदयन उठकर उस कुरसी पर बैठा। अपनी खाली कुरसी को पैर से नजदीक खींचा और आराम से दोनों पैर उसमें रख, जेब से सिगरेट केस बाहर निकाला।

''लेगा अनिकेत?''

''तू पीता है, उससे मुझे सन्तोष है।''

''त्याग के सन्तोष और अनुभव से प्राप्त सन्तोष में बहुत फर्क है दोस्त!''

''दो सन्तोषों की तुलना करने के लिए मैं सिगरेट-जैसी कड़वी चीज को आजमाकर देखूँ?''

''तू कभी भी मेरा कहा नहीं करता अनिकेत! तू कैसा मित्र है।''

''जो करने में तेरा हित होगा वह करूँगा। नाहक, मैं अपना अहित क्यों करूँ?''

''हित-अहित, अच्छा-बुरा ये सब सतही भेद क्या हमें स्वयं से दूर नहीं ले जाते? ऐसा सब हिसाब करते समय मैं तो अपने को स्वार्थी लगता हूँ। अपना समग्र इस तरह बँट जाए, यह उचित नहीं। हम अपने अस्तित्व के प्रति निष्ठावान रहें यह आवश्यक है।''

''मेरा लक्ष्य भी निष्ठा ही है। केवल अपने प्रति नहीं, समग्र के प्रति। बल्कि

समग्र का ध्यान रहे तो स्वयं का उसमें समावेश हो जाता है।''

''मैंने भी यह सब पढ़ा-सुना है। मुझे उससे कुछ लेना-देना नहीं है। तू क्या करता है आजकल?''

''पढ़ता हूँ।''

''वह तो करता ही है, दूसरा कुछ?''

''अभी जो मैं पढ़ता हूँ, वह अपना लिखा हुआ। लिखता हूँ और पढ़ता हूँ।''

''क्या, निबन्ध लिखा?''

''ना, कहानी।''

''निबन्ध-जैसी होगी?''

''कविता-जैसी भी हो सकती है। तू कल मेरे यहाँ आना, तुझे सुनाऊँगा।''

''कल तो मैं एक नृत्य देखने जानेवाला हूँ। एक अमरीकन नृत्य मंडली आयी है। एब्सर्ड नृत्य के प्रयोग करती है।''

''तो आज ही चल। हालाँकि यह तो इस पर निर्भर करता है कि यहाँ से कब जा सकेंगे।''

''तुझे यहाँ से जाने की इच्छा होती है?''

''तुझे पहले तो यह पूछना चाहिए कि यहाँ आने की इच्छा होती है?''

''यह तो बिना पूछे भी समझ सकता हूँ।''

अमृता आयी। उदयन ने अपने पैर हटा लिये। अनिकेत खड़ा हुआ।

''क्यों खड़े हो गये?''

''घूमने जाने की इच्छा जगी। इस जुहू के किनारे घूमना मुझे अच्छा लगता है, किन्तु ऐसे अवसर बहुत कम मिलते हैं।''

''अब अधिक मिलेंगे। मैं तेरे साथ आऊँगा।''

''कौन किसके साथ आता है, इससे कौन किसलिए आता है—अधिक महत्त्व का है। तो, तू बैठ। मैं जरा घूम आऊँ।''

अमृता असमंजस में पड़ गयी। उदयन बैठा है, उसे बैठने के लिए तो अनिकेत ने कहा भी है। अब उसे यहीं छोड़कर अनिकेत के साथ जाना अजीब-सा लगेगा। शायद, यही मानकर उदयन बैठा रहा होगा कि मैं न जाऊँ।

अनिकेत सीढ़ी उतर, मकान पार कर दरवाजे तक पहुँचता दिखाई दिया, तब तक तो वह एक कदम चल भी चुकी थी। उदयन ने यह देखा। अमृता स्वयं के चल पड़ने से झेंप जाती, किन्तु उसने पैर दूसरी दिशा में मोड़ दिये। उसने लाइट करने का विचार किया। जहाँ छत समाप्त होती थी और उसके कमरे तथा एक दूसरे कमरे के बीच जहाँ सीढ़ी शुरू होती थी—वहाँ जाने के लिए वह आगे

बढ़ी। फिर लौटकर रुक गयी। उसने नौकर को बुलाया और थोड़ा पीछे आकर खड़ी हो गयी। 'डे-लाइट' बल्ब जगमगा उठा। अमृता की छाया ने उदयन के चेहरे को घेर लिया। दूसरा बल्ब जला। वह अधिक वॉट का दूधिया बल्ब था और उदयन के नजदीक था। अमृता की छाया विद्युत्वेग से सरक गयी। फिर उसने देखा तो अपनी दो परछाइयाँ दिखाई दीं।

"अमृता! क्या अब बधाई दूँ; चलेगा?"

"मिल चुकी।"

"किन्तु अनिकेत को सबसे पहले कैसे पता चला?"

"प्रयत्न करने से।"

"यूनिवर्सिटी गया होगा।"

"हूँ।"

"उसकी सभी प्रोफेसरों से अच्छी जान-पहचान है। किसी से कहा होगा।"

"नहीं, ये कार्यालय गये थे। मालूम कर आये। वैसे भी मुझे पत्र हाल ही में मिल गया है।"

"परन्तु यह कैसा आदमी है। उसने मुझे बताया ही नहीं कि अमृता पी-एच. डी. हो गयी है। मैंने तुझे फोन किया तभी जाना। मैं जब उसके घर गया तो कहता है कि मैंने बधाई दे दी, तू जा। आग्रह किया तो कहने लगा—आज मुझे पत्र लिखने हैं। कैसे-कैसे मूर्खों के साथ वह पत्र-व्यवहार करता है? बहुत आग्रह किया तब कहीं शाम को आने के लिए तैयार हुआ। मुझे लगता है कि मुझे अकेले ही आना चाहिए था। सचमुच आज मैं बहुत ही खुश हूँ। लगता है आज इस बधाई का अधिकारी मैं ही हूँ।"

"मेरे विकास में तेरा भाग है ही।"

"विकास शब्द का प्रयोग तो मैं नहीं करूँगा। सम्भव है, तेरी जागृति में निमित्त बना होऊँ। एकदम अस्वीकार करने की नम्रता मुझमें होती तो मैं अनिकेत जितना प्रभाव डाल सकता।"

अमृता सुनती रही, कुछ बोली नहीं। हलके-हलके अँधेरे में दूर जाता हुआ अनिकेत दिखाई दिया। अमृता उसे देखने में मग्न हो गयी। उसे इस तरह सतत देखने से मानो उसके समीप पहुँच गयी हो। उसे विचार आया कि यदि अनिकेत इस ओर देखे तो वह उसे अच्छी तरह देख सकता है। मैं तो प्रकाश में खड़ी हूँ, स्पष्ट दिखाई दूँगी। कितनी निश्चित और धीर गति से वह चलता है!

"सरकने से तेरा पल्लू नीचे छू गया।"

"आभार! तू मेरा बहुत ध्यान रखता है।"

अमृता ने पल्लू ठीक किया। उसने उदयन की ओर देखा नहीं। उसके मन

में तृष्णा जागी थी। वह बोलती भी : अनिकेत...वह बोली नहीं। उसने उदयन की ओर देखा।

"तेरा एक अभिनन्दन समारोह रखा जाए तो?"

"मजाक न करो।"

"तू आवेगी कि नहीं, अनिकेत तो सम्मान वगैरह को मानता है। ऐसे समारोहों में जाता भी है, किन्तु तेरे लिए ऐसा समारोह रखें और तू न आये तो? हाँ, तेरी स्वर्णप्रतिमा रखी जा सकती है। उस निष्प्राण प्रतिमा पर तेरी आभा-द्युति आरोपित कर वक्तागण प्रशंसा करते रहेंगे, तेरे शुभेच्छु आज तक तेरे सौन्दर्य की प्रशंसा करते रहे हैं। इस अवसर पर तेरी बौद्धिक क्षमता के विषय में बड़े-बड़े उद्‌गार प्रकट करेंगे। अनिकेत भी औपचारिकताओं का विरोध करता है, फिर भी किसी का सम्मान करने में उसे विरोध नहीं। वह अवश्य ही तेरी प्रशंसा करेगा!"

"तुझे यह सब बोलना क्यों अच्छा लगता है? तू तो किसी का गौरव करने में नहीं मानता।"

"हाँ, नहीं मानता। परन्तु क्या नियमों के अपवाद नहीं होते?"

"निरपवाद न हो वह नियम अपूर्ण कहलाता है।"

"इस सृष्टि में निरपवाद बहुत कम है, अमृता!"

"जो नहीं है, उसमें मुझे रुचि नहीं, उदयन!"

"अनिकेत अभी नहीं है।"

"ना, वह है ही। दूर होने से उसका होना शंकास्पद नहीं बन जाता।"

अमृता को खयाल आया कि उसने अनिकेत के लिए एकवचन का प्रयोग किया। उसकी अनुपस्थिति में ऐसे बोल पड़ना सहज है। तो भी वह अपने शब्दों के प्रति इस तरह सजग क्यों हो गयी? उदयन ने एक बार अमृता का अवलोकन किया।

"कई बार तू व्यर्थ तंग करता है, उदयन!"

"ऐसा! मैं तुझे तंग करने में सचमुच ही सफल होता हूँ? तब तो कहा जा सकता है कि मेरा तुझ पर प्रभाव है।"

"तुझे जो भी कहना होता है वह तू सामनेवाले का विचार किये बिना कह सकता है।"

"तेरी बात सच है।" उदयन खिलखिलाकर हँस पड़ा। अमृता उसके हास्य पर मुस्करायी।

"देख! सुन, दूर से मंगल शब्द आ रहे हैं।"

"हाँ, यह स्वर अनिकेत का ही है।"

अमृता खड़ी हो गयी।

"सागरतीरे मधुर तिमिर में विहरे एकलता...।"

अनिकेत का स्वर निकट और निकट आता गया। और पीछे-पीछे अनिकेत आता गया।

"एक पंक्ति मिली।"

"लय अच्छी लगी, बोलो तो—"

"सागरतीरे अलस तिमिर में विहरे एकलता—"

अमृता ने पंक्ति को तीसरी बार दोहराया। पुनः वह अनिकेत के साथ गा उठी। उदयन को 'मधुर' विशेषण जँचा नहीं था, यह भूल वह बताने जा ही रहा था कि उसे 'अलस' शब्द सुनाई पड़ा। सोचने पर उसे दूसरी भूल हाथ लगी :

"दो कंठों के एक होने से पंक्ति में रहा एकलता का भाव खंडित होता है।"

"दो कंठ एक होते हों, तो इतनी क्षति चल सकती है।" अमृता ने उदयन को चिढ़ाने के उद्देश्य से ही ऐसा प्रगल्भ उत्तर दिया था, किन्तु उदयन इस तरह बोला मानो उस पर कोई प्रभाव न पड़ा हो:

"शायद अनिकेत तेरे साथ सहमत न हो।"

"हाँ, मैं इनके साथ सहमत नहीं।"

अमृता को अनिकेत का वाक्य अच्छा नहीं लगा। वह तुरन्त ही बोल उठी—

"आप अपने साथ सहमत हों, तो मुझे एतराज नहीं है। क्या ऐसा है?"

"हाँ, किन्तु मैं उदयन के साथ भी सहमत नहीं हूँ। जिसमें किसी के प्रवेश का निषेध हो ऐसी एकलता मेरी नहीं है। जो कुछ मेरा है, उसे मैं सुरक्षित रख सकता हूँ।"

दो

इस वर्ष उदयन पुनः अध्यापन में लग गया। बीच में एक वर्ष पत्रकारिता की। इससे पहले भी उसने डेढ़ वर्ष पत्रकारिता की थी। अध्यापन के दरम्यान भी पत्रकार के गौरव के अनुरूप वह कुछ-न-कुछ लिखता ही रहता।

अभी बी. ए. का अभ्यासक्रम और पाठ्य-पुस्तकें लेकर बैठा है। पाँच मिनट में सभी पुस्तकें देख गया। जिसे दुबारा पढ़ने का मन हो एक भी पुस्तक ऐसी न लगी। ..."इसमें पूर्व तैयारी क्या करनी? मैं गुजराती भाषा और साहित्य का अध्यापक! गुजराती में साहित्य है? क्या पढ़ाएँ? एक-एक पुस्तक की धज्जियाँ

उड़ा दूँगा। मेरा काम तो विद्यार्थियों को साहित्य पढ़ाना है। इन असाहित्यिक पुस्तकों के जरिये छात्रों को समझाऊँगा कि साहित्य क्या है। साहित्य की मेरी विभावना गुजराती साहित्य पढ़ने से नहीं बनी है। महाकवि न्हानालाल! 'नानालाल' यदि 'न्हानालाल' लिखें तो उनसे मेरा कोई विरोध नहीं है। अर्थ तो वही रहता है। परन्तु महाकवि! हुँह...जिस भाषा में ऐसे महाकवि हों उस भाषा के विद्वानों में साहित्य की प्राथमिक समझ भी कैसे हो सकती है? 'कहलाये जाने' और 'होने' का यह भेद कहाँ तक चलेगा? अतार्किक प्रलाप, शब्दों की आतिशबाजी, बौद्धिक नियन्त्रण की पग-पग पर कमी, फिर भी महाकवि! मैं कहूँगा उसे सुनकर बेचारे विद्यार्थियों को आघात लगेगा। पर उनके प्रति दया दिखाने के लिए मैं असत्य किस तरह बोलूँ?

लेटे-लेटे उदयन इस प्रकार सोच रहा था। तकिये के पास रखी पुस्तकें उसने नीचे खिसका दीं। दो तो खुलकर नीचे गिर पड़ीं। पंख फड़फड़ा उठे हों, ऐसी आवाज हुई। किन्तु वे पुस्तकें थीं। उदयन की अपेक्षा से आक्रान्त होकर उड़ सकें, ऐसी न थीं।

"किन्तु तूने न्हानालाल को पूरा पढ़ा है?" उस दिन अनिकेत ने थोड़ी कड़क आवाज में पूछा था। वह क्या समझता है अपने मन में? मेरी ईमानदारी पर शंका की उसने? हाँ, भाई! केवल पढ़ा ही नहीं, मनन भी किया है और उन्हीं के प्रभावस्वरूप मैं 'ब्रह्म' और 'रस' जैसे शब्दों का उपयोग नहीं करता। उन्होंने इन शब्दों का कितनी बार उपयोग किया है। गणना करने-जैसी है। किन्तु इसके लिए फिर से पढ़ने का साहस कौन करे? इन दिनों अनिकेत दर्शनशास्त्र में रुचि लेने लगा है। और कुछ पुराने सूत्रों का न्हानालाल ने अपनी रचनाओं में बिना किसी परिवर्तन के उपयोग किया है, इसलिए अनिकेत को अच्छे लगते हैं। असाहित्यिक सामग्री में डूबे रहने की वृत्ति को वह अपनी रसवृत्ति कहता है। यदा-कदा गीत की एक पंक्ति रच लाता है, गीत पूरा तो करो। तब तो तुम्हारी सर्जन शक्ति की बलिहारी। वनस्पतिशास्त्र का अध्यापक, उसे दूसरा क्या सूझे! कहता है—न्हानालाल में बहुत कुछ वृक्ष की भाँति निजलीला से खिल उठा है। करो प्रशंसा और चढ़ाओ माथे पर, प्रजातन्त्र है। जो व्यक्ति गाँधीजी के साथ मतभेद होने पर उनपर लिखी कविता रद्द करे और ऐसा करके भी शान्त न रहे, उसकी प्रतिनिष्ठा भी कैसी होगी? मैं तोड़ूँगा। स्थापित होकर अविकसित मानस में संस्काररूप में प्रविष्ट होने के लिए प्रयत्नशील ऐसे तथाकथित मूल्यों को तोड़ूँगा। यहाँ तो महामानव भी कितने सारे! और प्रत्येक के उपदेश का भार विद्यार्थी के सिर पर। विद्यार्थी के स्वयं प्रस्फुटन की कामनावाले चैतन्य कोषों का क्या? आदमी ऋण लेकर कितना टिक सकता है! अपने अस्तित्व की तो किसी को चिन्ता ही नहीं है। अनिकेत कहेगा—मैं

परम्परा को मानता हूँ। संस्कृति को मानता हूँ। विरासत को मानता हूँ। बगैर श्रद्धा के मैं जी नहीं सकता...। वह इस युग का आदमी ही नहीं...। इन दिनों अमृता उसकी ओर अधिक ध्यान देती है। मैंने उसका परिचय अमृता से न कराया होता तो आज तक वह उसे देख भी न पाया होता। अपनी स्वस्थता का कैसा प्रभाव जमा बैठा है। तिस पर तुर्रा यह कि अमृता के साथ एक निस्पृही की अदा से व्यवहार करता है। उसका बस चले तो इस तरह चले कि पैर जमीन को छुए ही नहीं और लोगों को बताये कि देखो मैं धर्मराज हूँ।

अमृता नादान है, मुग्धा है। अब मेरी ओर से औपचारिक बनती जा रही है। दस-दस साल के परिचय के बाद आज मानो वह मुझे अपना अन्तरंग मित्र ही न मानती हो। मैं उसके साथ कितना नियन्त्रित रहा हूँ। विचारों में उसे आत्मनिर्भर बनाने में मेरा कितना योगदान है, इसका उसे पता नहीं। उसे शायद अभी मेरी ऊर्जा का परिचय नहीं। मैं समीक्षा के क्षेत्र में नये मूल्यांकन स्थापित करूँगा। मैं ऐसे नये मानवमूल्य स्थापित करूँगा, जिसके केन्द्र में होगा—मानव का अस्तित्व। उपरनों और छायाओं से मुक्त—स्वाधीन अस्तित्व।

मैं देखूँगा कि कब तक लोग मुझे अस्वीकार करते हैं। मैं अपने रक्त में बहते बड़वानल के अन्तिम दाह तक जूझूँगा...अभी तो अमृता के मौग्ध्य की तरंगलीला देखता हूँ। देखता हूँ यह कब तक चलती है। मेरे साथ अब वह तटस्थ रहने लगी है। चाहता था, वह अपने पैरों पर खड़ी हो। मुझे नहीं मालूम था कि वह दूसरे की छाया का आश्रय लेने की कमजोरी बताएगी। एक दिन अमृता मेरी क्षमता के सामने झुकेगी। और नहीं झुकी तो? तो...तो, क्या करूँगा? उसे नगण्य मानकर मैं आगे बढ़ सकूँगा? इतना सामर्थ्य मुझमें है? प्रश्न के उत्तर में छायाकृति बनकर विवशता आ खड़ी हुई।

कभी-कभी उग्र व्यग्रता के बाद उदयन को विवशता का अनुभव होता है।

वह उठ बैठा। पलंग के नीचे अस्त-व्यस्त पड़ी पुस्तकों को ठीक से स्टील के स्टैंड पर रखा। बचे पैसे बैंक में न रख, वह पुस्तकें ही खरीदता रहा है। स्टील के दोनों 'रैक' ठसाठस भर गये हैं। आड़ी-तिरछी ढेर-सी—जहाँ जगह देखी, वहाँ उसने किताबें रखी हैं। किसी और को जरूरी पुस्तक ढूँढ़ने पर भी न मिले और इसमें कुछ बुरा भी नहीं। उसने विचार किया कि अब पुस्तकें नहीं खरीदनी हैं, इस बारे में उसने निर्णय नहीं किया। निर्णय करने से पहले वह सोचता है। वह जानता है कि सिगरेट और पुस्तकों के बिना वह नहीं रह सकता।

पुस्तकें रखकर वह मुड़नेवाला ही था कि उसकी दृष्टि 'नोट्स फ्रॉम अंडरग्राउंड' पर पड़ी। यह पुस्तक पढ़े काफी समय बीत गया। 'दोस्तोयेवस्की' ने इस पुस्तक द्वारा भव्यता एवं महानता से मंडित मनुष्य का ग्रीक बिम्ब तोड़ डाला। 'जो कुछ

तोड़ सके हैं—वे ही सच्चे धार्मिक हैं, शेष तो सभी लकीर के फकीर।' उदयन का यह एक प्रसिद्ध कथन है।

उदयन पुस्तक लेकर कुरसी पर बैठा। टेबल-लैम्प जलाया। उसका दृष्टि-क्षेत्र सामान्य पाठक की अपेक्षा बड़ा है। औसत पाठक से वह डेढ़ गुनी गति से पढ़ सकता है। वह पढ़ता-पढ़ता यहाँ पर आकर अटका—"आइ एम लीविंग आउट माई लाइफ इन माई कार्नर, टांटिंग माइसेल्फ विद दी स्पाइटफुल एंड यूजलेस कन्सोलेशन दैट एन इंटेलीजेंट मैन कांट बिकम ऐनी-थिंग सीरियसली, एंड इट इज ओनली दी फूल हू बिकम्स ऐनीथिंग।" हाँ, जो समझता है, वह खामोश है। उसे कुछ बनने में रुचि नहीं।

उसने टेबल-लैम्प बन्द किया। दो कमरे के फ्लैट को ताला लगाकर वह नीचे उतरा। ताला बन्द हुआ है या नहीं, यह देखने की उसकी आदत नहीं। पहले भूख न थी, किन्तु अब कुछ लेने की इच्छा हुई। अमृता के घर सब मीठा-मीठा था, उसे अच्छा नहीं लगा था।

वह किसी होटल का आशिक नहीं। जब और जहाँ जो होटल पहले दिखाई दिया, उसी में वह खा लेता है।

मुख्य मार्ग पर पहुँचते ही उसकी दृष्टि मैजेंटा रंग की कार पर पड़ी। अमृता की कार का रंग भी ऐसा ही है। गति भी ऐसी ही है, पर कार किसी और की होगी। वह भला इस समय यहाँ कहाँ? किसलिए हो! शंका होनी ही नहीं चाहिए, सोचता हुआ वह रास्ता पार कर रहा था कि एक कार ब्रेक लगने से खड़ी हो गयी। कार चलानेवाले सज्जन ने कहा—

"क्यों जनाब, ठिकाने पर पहुँचा दूँ?"

"नहीं, धन्यवाद। मुझे चलना है।"

"तो जरा सँभलकर चलिए न! बगीचे और रास्ते दोनों में एक ही तरीके से नहीं चला जाता।"

उदयन के चित्त में सोये क्रोध के नाग ने फन उठाया।

"आप सज्जन हैं या गँवार! एक विचार करते आदमी को कहीं इस तरह 'डिस्टर्ब' किया जाता है? बहुत जल्दी थी तो कर देते एक्सीडेंट। मुझे सँभल-सँभलकर चलने की आदत नहीं।"

"तो भी 'डिस्टर्ब' तो बड़ी जल्दी हो गये। मन उचटता है तो घर में रहना चाहिए। यह कैसा न्याय कि आपकी अस्थिरता के शिकार हम बनें।"

"इतनी ही ज्यादा सावधानी रखनी हो तो सभी पैदल चलो न! अच्छा जाओ, मेरे पास समय नहीं है। न जाने, ऐसे कितने लोग पड़े हैं!"

"इन महाशय का दिमाग ठिकाने नहीं लगता।" कार में बैठे दूसरे सज्जन

से उस सज्जन ने कहा।

"आपको नहीं मालूम कि आप किससे बात कर रहे हैं!"

"मैं तो मानता हूँ कि आप पुरुष होंगे। बाकी तो खुदा जाने।"

"अच्छा भाई जा! अपने खुदा को साथ ले जा। ऐसे हलके व्यंग्य सुनने की मुझे फुरसत नहीं। लड़ना भी अपने स्तर के आदमी के साथ ही हो सकता है। आप यदि इन्सान हैं तो इतना तो जानते ही होंगे कि यह धरती केवल वाहनों के लिए ही नहीं है। आपको इस तरह दौड़कर जाना हो तो पैदल चलनेवालों को थोड़ी भी जल्दी करने का अधिकार नहीं? अच्छा, अब जाओ। झगड़ा करने से मेरा सिर दुखता है।"

"एक मिनट।" बगल में बैठे सज्जन ने उदयन को रोका।

"मेरे मित्र को आपका परिचय कराऊँ।" यह कहकर उन्होंने संक्षेप में बताया कि यह हैं मिस्टर उदयन। यहाँ के एक निर्भीक पत्रकार और नयी शैली के कहानीकार। एक अड्डे पर मैं गुंडों को पकड़ने गया था तब मेरी प्रार्थना पर ये मेरे साथ आये थे और गवाह के रूप में इन्होंने अच्छा काम किया था। कोर्ट में सफाई-पक्ष के वकील को ऐसा बनाया कि उसकी बोलती बन्द हो गयी। जान-बूझकर ही मैंने पहले इनका परिचय नहीं कराया था। मुझे आशा थी कि सुन्दर भाषण सुनने को मिलेगा। किन्तु आज ये 'मूड' में नहीं लगते। दो वर्ष पहले एक बड़ी वक्तृत्व प्रतियोगिता में इन्होंने प्रथम स्थान प्राप्त किया था।

गुप्तचर पुलिस के इन अधिकारियों की कार के रवाना होने के बाद उदयन वहाँ खड़ा रहा। उसे लगा कि उस आदमी के सामने देखने तक का विचार उसे क्यों न आया? इसका कारण उसे मिल गया। वह मानता रहा है कि इस शहर में सभी आदमी एक-से होते हैं। जिनसे परिचित होने की इच्छा हो ऐसे व्यक्तित्व ही कहाँ हैं? जिनमें थोड़ी-बहुत भी खुमारी हो ऐसे आदमी ही कहाँ होते हैं?

उदयन ने नाश्ता मँगाया। भूख जल्दी ही मिट गयी। बिल मँगाया। वेटर को आश्चर्य हुआ। लोग यहाँ समय बिताने ही आते हैं। उन लोगों के लिए नाश्ता-चाय विषयान्तर-जैसा होता है। उदयन ने अपने कमरे का दरवाजा खोला। तुरन्त ही टेबल-लैम्प की स्विच दबायी और लिखने बैठा—"विचारशून्य पाठ्यक्रम समितियाँ" कभी-कभी वह लिखता है तो उसका चित्त वाणी बनकर लावा की उग्रता से बहता है। शिक्षण क्षेत्र में काम करते सुविख्यात विद्वानों की निरक्षरता पर उसने विषाक्त प्रहार किये। लेख पूरा कर, टेबल पर सिर रखकर वह सो गया।

अनिकेत जब अपने घर आया तब नौकर खिड़की के पास खड़ा-खड़ा चौपाई

गा रहा था। अनिकेत को आया जान उसने अपनी आवाज धीमी कर गाना बन्द कर दिया। अनिकेत को लगा कि उसने आने में जल्दी कर दी है। उसके आने से किसी की आवाज दब जाए यह उसे पसन्द नहीं और जब किसी का प्रफुल्लित मन संगीत की लहरियों में आलोड़ित हो रहा हो तब विघ्नकर्ता बनना, यह तो एक अपराध है।

अनिकेत अब उसे गाना चालू रखने को कहे तो वह फरमाइश हो जाएगी। स्वान्तः सुखाय गायक को आग्रह करने से कैसा लगे? फिर भी उसने नौकर को गाना चालू रखने के लिए कहा ही।

"बाबूजी! मैं गाना क्या जानूँ? मैं तो हनुमानजी की तरह आपकी राह देखता था और चौपाई गा रहा था। आप बहुत देर से आये, भोजन भी ठंडा होने आया।"

"अरे! मुझे अफसोस है दोस्त! तुझे कहना ही भूल गया। वहाँ से तुझे फोन भी किया जा सकता था। आज मैं खाकर आया हूँ। ऐसा कर—अपने यहाँ लेता जा। अभी ही ले जाना ताकि बिगड़े नहीं। और अब सवेरे ही आना, अभी मुझे कोई काम नहीं है।"

"...इसके परिवार को हर रोज पर्याप्त भोजन मिलता होगा? अथवा खा लेने के बाद वे लोग तुरन्त न खा सकें, ऐसी स्थिति में होंगे? एक बार जाकर देख आऊँ। वे झोंपड़े, वह सीलन-भरी हवा, नाक बन्द हो जाए, ऐसी बदबू से बोझिल हवा...कितने सारे लोग वहाँ रहते हैं। उसके छोटे भाई-बहन, उसकी माँ सभी कैसी विकट स्थिति में रहते होंगे? यह युवक कब से मेरे यहाँ काम करता है, फिर भी मुझे इसके परिवार से मिलने की एक बार भी इच्छा हुई है? क्यों विशेष पृच्छा भी नहीं जागी? एक बार थोड़ा-बहुत पूछ लिया, फिर बस! इसके साथ भी मैं काम के अलावा कोई बात नहीं करता। एक-दूसरे से अपरिचित रहने की यह कैसी आदत! अपरिचय में जीने की मेरी आदत-सी पड़ गयी है? आदमी को पहचानने की रुचि कैसे लुप्त हो गयी होगी? यह वर्तमान पर्यावरण का दोष है या फिर मेरे व्यक्तित्व की कमी? जैसा उदयन कहता है—मेरे संस्कार क्या सचमुच सामन्तयुगीन हैं? जितना रूढ़िवादी वह मानता है, उतना तो मैं नहीं ही हूँ।"

वह आलमारी में लगे दर्पण के सामने जा खड़ा हुआ। इस तरह दर्पण के सामने खड़े होकर खुद को देखा करना आत्मरति का लक्षण है? थोड़े-बहुत आत्मराग के बिना आदमी जी सकता है? इस आत्मरति और निज में निमग्न रहने में कितना अन्तर होगा?

उसने आलमारी खोली। विषयानुसार रखी पुस्तकों के अनफटे फ्लैपों के विविध रंग चमक उठे। अलग-अलग साइज की पुस्तकें एक साथ रखी होने से ऊपर की ऊँची-नीची सतह आकर्षक लगती थी। पुस्तक पढ़ते समय अनिकेत

फ्लैप उतारकर टेबल की दराज में रख देता है। पढ़ लेने के बाद फिर से चढ़ाकर उसे आलमारी में उचित स्थान पर रखता है।

उसने आलमारी बन्द की। पढ़ने की इच्छा न हुई। चश्मा टेबल पर रख, कपड़े बदलकर, हाथ-मुँह धोकर नयी स्फूर्ति के साथ वह झूले पर बैठा...मैंने इस आदमी को निकट से जानने का इसलिए प्रयत्न नहीं किया होगा कि उसके परिचय की मुझे कोई विशेष आवश्यकता नहीं। दूसरे में रुचि का कारण आदमी की अपने में रही दिलचस्पी होती है, ऐसा कहने में अतिशयोक्ति नहीं है। यह जगत् स्व-अर्थों से जुड़ा हुआ है, यह ठोस वास्तविकता है। किन्तु आदमी केवल ठोस वास्तविकता से जी नहीं सकता। आकाश बिना वह रह नहीं सकता। भले आकाश को कोई शून्यावकाश कहे...

झूले के तकिये पर उसने पीठ टिका दी। बाएँ पैर के अँगूठे से उसने एक छोटा-सा पेंग लिया। फिर दोनों पैर झूले की फ्रेम पर रखे। दोनों हाथों से तकिये के पीछे की छड़ें पकड़ीं। सामने दीवार पर लटका चित्र देखता रहा। गुलमोहर के परिपार्श्व में उषा की अंशतः प्रकट आभा को देख वह गाने लगा—

"तिमिर अवगुण्ठने बदन तव ढाँकी,
के तुमी मम अंगने दांडाले एकाकी।"

जो रहस्यावृत है, वह अधिक सुन्दर लगता है। 'के तुमी?'

दोलन शमित हुआ, झूला स्थिर हो गया। स्थिरता का स्पर्श किये बग़ैर ही कुछ क्षण बीते।

वह खड़ा हुआ। बालों की एक लट भाल पर झुक आयी थी, इस तरह रोमांटिक दिखना उसे पसन्द नहीं। बाहरी हवा के स्पर्श से यह लट खुश-खुशाल हो उठी। आज हवा क्यों इतनी तेज है। बाल ठीक कर लिये और वह अपने मनपसन्द पानवाले की ओर चला।

वह पहुँचा। पान की दुकान के सामने खड़े मज़ाक़ करते तीन युवकों में से एक अधिक उत्साह में लगता था। सामनेवाले को ताली देकर वह उछलता हुआ पीछे हटा। उसकी पीठ अनिकेत के कन्धे से टकरायी। अनिकेत ने उससे क्षमा माँगी। वह युवक और अधिक संकोच के साथ माफ़ी माँगने लगा। वह मानो उन्हीं की टोली में से एक हो ऐसी सहजता से अनिकेत ने सस्मित कहा—

"तुम जितनी गति से पीछे हटे थे उतनी ही गति से मुझे भी पीछे हटकर अपने को बचा लेना चाहिए था, किन्तु मेरा अपने पर इतना नियन्त्रण नहीं है, इस कारण मुझे तुम्हारा स्पर्श सहना पड़ा। मुझे इसका दुःख नहीं है। तुमको आश्चर्य होगा कि मुझे इसका आनन्द है। तुम्हें आश्चर्य हो रहा है? कारण बताऊँ? आज अपनी ज़िन्दगी की औसत गति मन्द लगती है। उसे किसी भी धक्के का अनुभव

नहीं होता। तुम जैसे प्रफुल्लमना युवक से इस तरह टकराना, इस जमाने में दुर्लभ हो गया है। लोगों को इस तरह मुक्त कंठ से हँसते देखकर मुझे आनन्द होता है। इसमें कोई व्यंग्य नहीं है। मैं व्यंग्य नहीं करता। यह मेरी प्रकृति के अनुकूल नहीं है।''

उन युवकों का आश्चर्य दुगुना हो गया। उन्होंने परिचय पूछा। जानकर उनका आश्चर्य आनन्द में परिवर्तित हो गया। प्रोफेसर अनिकेत! वनस्पति-शास्त्र के अन्य अध्यापक भी अनिकेत के मत की प्रशंसा करते थे। साहित्य एवं अन्य कलाओं पर व्याख्यान हेतु अनिकेत को बुलाया जाता है। विज्ञान का अध्यापक साहित्य की रसप्रद मीमांसा करता है। यह मान्यता विद्यार्थियों तक तो निरपवाद है। विद्यार्थी जगत् में वह दूसरे कारण से भी लोकप्रिय है। अपने शारीरिक सौन्दर्य, सिमेट्री और ग्रेस के लिए। विद्यार्थियों में एक यह मान्यता भी प्रचलित है कि उसे अमुक फिल्म के हीरो का ऑफर भी किया गया था, किन्तु उसने इनकार कर दिया इत्यादि। एक दिन यह बात उड़ते-उड़ते अनिकेत के कानों तक पहुँची। उसने कुछ भी स्पष्ट न कर केवल मुस्करा दिया।

उन युवकों के साथ थोड़ी इधर-उधर की बातें कर उनके कॉलेज के अध्यापक-मित्रों को याद दिलाने को कहकर अनिकेत वापस मुड़ा। आग्रहवश हो अनिकेत ने उनका पान स्वीकार किया था। विदा होने से पहले उसने कहा :

''अब कब मिलेंगे? यह महानगर तो अमावस्या की रात्रि जैसा है, तारों से भरा-भरा। कौन, कब, कहाँ हो, कुछ कहा नहीं जा सकता। लोग मिलें, परिचय प्राप्त करें, किन्तु फिर न मिल पाएँ और यह तो नियति का क्रम है। चलो, एक बार मिलने का आनन्द भी कुछ कम नहीं।''

जब अभिनन्दन मिलने लगे तब अमृता को पता चला कि समाचार अखबारों में भी प्रकाशित हुए थे। शाम तक आते रहे अभिनन्दनों के जवाब में, सबका आभार मानते-मानते वह थक गयी थी। अच्छा हुआ कि शाम को अनिकेत और उदयन आ गये थे। आनन्द की एकरसता से उत्पन्न थकान से राहत मिली। उनके जाने के बाद अमृता को एकान्त का अनुभव होने लगा। जाते समय उदयन कुछ गम्भीर लगा था। अमृता ने मान लिया कि वह किसी चिन्ता में होगा, किन्तु चिन्ता में तो वह विश्वास ही नहीं रखती।

''...दस वर्ष से उसे देखती आयी हूँ। देखा तो उसे पहले भी था, दस वर्ष से तो परिचय कहा जाएगा। जब-जब उसे देखा है, वह किसी नये प्रश्न के साथ ही दिखाई दिया है। ऐसा लगता है मानो प्रश्न के अनुरूप ही अपना नया

रूप धारण कर वह आया हो। एक साथ वह कितनी-कितनी जिन्दगियाँ जीता है।'

आज वह उल्लसित लगा। उल्लास उसके चेहरे पर व्यक्त होता है, यह तो मैंने आज ही जाना। मेरी सफलता से खुश दिखाई दिया। आज कोई विशेष चर्चा भी उसने नहीं उठायी। नहीं तो प्रश्नों...चर्चाओं...विसंवादों...व्यंग्य...कटु तर्कों से वह वातावरण को घँघोल डालता है। कोई विवादास्पद मुद्दा न हो तो भी ऐसा मानकर बोलता रहेगा कि वह सबसे अलग ही है। आज वह मुझमें कुछ अलग तरह से रुचि दिखाता लगा।

अनिकेत तो शायद ही आता है। ऐसा लगता है कि वह अपनी इच्छा से नहीं आया। उदयन को लगा कि मैंने उसकी ओर विशेष ध्यान दिया। उदयन कुछ भी कहे बगैर रह नहीं सकता। और अनिकेत? वह बहुत कम बोलता है। वह अकेला ही घूमने चल दिया। इस तरह दूर जाकर अपना स्थान सूचित करना चाहता था। 'सागर तीरे...विहरे एकलता!' कैसी एकलता? किसकी ओर निर्देश किया होगा? एक अपनी बात करता होगा? निरुद्देश्य बोल पड़ा होगा? हर शब्द का अर्थ होता है...। कुछ भी निरुद्देश्य कैसे हो सकता है?

वह मेरे साथ अदब का व्यवहार करता है, मानो अभिजात सौजन्य का दृष्टान्त! उसका विवेक, उसका सौम्य-सुन्दर चेहरा...उसकी वाणी, कुछ भी औपचारिक नहीं लगता, अनिवार्य लगता है, हृद्य लगता है। उसके सौन्दर्य और व्यवहार में कितना सामंजस्य है? उदयन ही उसे यहाँ खींच लाता है। उसकी भी हिम्मत गजब है, नहीं तो वह उसे अपने साथ न लाये। अनिकेत की उपस्थिति में वातावरण में उदयन का प्रभाव नहीं होता है। वातावरण के केन्द्र में अनिकेत होता है।

कई बार तो उदयन पैराग्रॉफ पर पैराग्रॉफ बोल जाता है। उसके बाद अनिकेत एक-दो वाक्य बोलता है। किन्तु उसके ये बन्द होंठ मुझे अच्छे नहीं लगते। वह क्यों इतना कम बोलता है? जिसका जैसा स्वभाव। मैं कौन होती हूँ, नापसन्द करनेवाली। मगर...शायद वह कम नहीं बोलता है। उदयन जो कुछ बोल गया हो, उसका एक वाक्य में जवाब होता है, और दूसरे वाक्य में उदयन को फिर से बोलने को मजबूर करती शांत उत्तेजना।

अनिकेत विदग्ध है, उदयन निखालस। एक शान्त लगता है, दूसरा आक्रामक। किन्तु सत्ता में शायद दोनों की रुचि एक-सी है। दोनों में से कोई भी अपने को भूल नहीं सकता। किन्तु हाँ, अनिकेत सामनेवाले का अधिक ध्यान रखता है। दो वर्ष हुए, कम परिचय नहीं कहा जा सकता। अपने सम्बन्ध में उसने मुझे कभी कुछ भी नहीं बताया। मैंने ऐसा किया, मैं वैसा करना चाहता हूँ और मुझे विश्वास है कि...ऐसे-वैसे शब्द बोलने में उसे बिलकुल दिलचस्पी नहीं है। क्या अपने

विषय में बात करने की वृत्ति ही उसमें नहीं होगी? तब उदयन इतना अधिक क्यों बोलता है? वह अपना प्रभाव डालने का प्रयास करता है? ऐसा न भी हो। उदयन सच्चा आदमी है, मुझे अपने साथ बात करते समय भी ऐसे कथन नहीं करने चाहिए। शायद मुझे दोनों का थोड़ा ही परिचय है। पूरी तरह पहचानने के बाद किसी के सम्बन्ध में अधिक कहने की आवश्यकता नहीं रहती। जो लोग ईश्वर को नहीं पहचानते, वे ही ईश्वर के सम्बन्ध में सबसे अधिक बोलते हैं। इस तरह उदयन ईश्वर को अस्वीकार करने के लिए भी उसका नाम कितनी बार लेता है...। मगर वह तो, उस दिन कहता था—आदमी, कभी एक-दूसरे को पूर्णतया नहीं पहचान सकते। अब देखो न, हम लोग दस वर्षों से एक-दूसरे से परस्पर मिलते रहे हैं, फिर भी क्या एक-दूसरे को अच्छी तरह पहचानते हैं?

उदयन ईश्वर को नहीं मानता, फिर भी अनिकेत उसे नास्तिक नहीं कहता। ईश्वर के बारे में अपना विश्वास व्यक्त नहीं करता, विवाद नहीं करता। कहता है, "मैंने इस सम्बन्ध में विशेष विचार ही नहीं किया और यह काम मेरी क्षमता के परे है। इतने महापुरुषों ने अपने जीवन कार्यों की फलश्रुतिस्वरूप जो कुछ कहा है, उसे मान लेने में मुझे कोई आपत्ति नहीं। और फिर ईश्वर को स्वीकारने से मेरे दायित्व का बोझ हल्का हो जाता है। इतने विशाल विश्व में स्वयं को स्थापित करने के प्रयास में मुझे कोई रुचि नहीं।"

किन्तु क्या यह नम्रता का अभिमान नहीं कहा जा सकता?

मेरे प्रति उदयन का रुख अब प्रकट और स्पष्ट है। किन्तु अनिकेत के मन में कुछ व्यक्त होने के लिए छटपटाता नहीं होगा? क्या वह मेरी ओर किसी प्रकार के लालच के बिना देख सकता होगा? उसकी आवाज तो रागात्मक है...। उसका जन्म ही मानो चाहने के लिए ही हुआ है। मेरा कितना खयाल रखता है वह। तो क्या इसे अनुराग नहीं कहा जाएगा? पिकनिक से वापस लौटते समय उसने उदयन की बात का कैसा विरोध किया था? 'विजातीय आकर्षण अपरिहार्य है।' मैं भी मानती थी कि इस उक्ति का तो अनिकेत विरोध नहीं ही करेगा। किन्तु उसने तो कहा, 'यदि स्त्री-पुरुष आपस में उसी तरह व्यवहार करें, जिस तरह एक मनुष्य दूसरे मनुष्य के साथ करता है, तो वह व्यवहार अधिक सहज और स्वाभाविक होगा। सेक्स के प्रति अधिक सहज रहने वाला नॉर्मल नहीं होता, असामाजिक होता है।' क्या अनिकेत का व्यवहार मेरे प्रति सहज है? क्या जो दिखाई देता है, वही यथार्थ है? मेरे सौन्दर्य के प्रति क्या वह उतना ही उदासीन है, जितना दिखता है? और विद्या के क्षेत्र में मैंने जो कुछ प्राप्त किया है, उसका क्या उसके मन में कोई विशेष मूल्य नहीं है?

मुझे ऐसे विचार क्यों आ रहे हैं? क्या मैं अपनी प्रशंसा सुनने की इच्छुक

हूँ। उसका मौन तोड़ने में इतनी अधिक रुचि मुझे क्यों?

कई बार तो उसका मौन इतना घना होता है कि सामनेवाले को व्यग्र कर दे। किन्तु वह 'श्रूड' नहीं है। शालीन लगता है। 'प्रणाम!' विदा होते समय उसने मुझे प्रणाम कहा। मैं उसे उत्तर देना ही भूल गयी। उदयन को सामने देख 'गुड-नाइट' कहकर मैं वापस मुड़ी। अनिकेत के 'प्रणाम' का उत्तर न देने में क्या मेरी भूल हुई है? क्या मैं भूल गयी थी? या फिर मेरा समग्र ध्यान अनिकेत की ओर केन्द्रित था? इसीलिए मैं उदयन के सामने देखकर बोली थी। क्या यह अपने प्रति मेरी वंचना नहीं है? किन्तु मैं उदयन की अवहेलना कहाँ करती हूँ? उसके मुझ पर कम उपकार नहीं हैं।

अपने एयर-कंडीशंड कमरे से अमृता बाहर आयी और नीचे उतरी। बँगले के सामनेवाले बगीचे के दाईं ओर का झूला शाम के समय खाली होता है। उस ओर के सभी पुष्पपादप अमृता की रुचि के अनुसार ही लगाये गये हैं। सब जानते हैं कि कभी-कभी रात के नौ-दस के बीच इस झूले पर आकर बैठती है।

वह झूले पर बैठी, इससे पहले तो खुशबू उससे लिपट गयी। यह किस फूल की सुगन्ध है? वह पहचान न पायी। पहचानने की जरूरत भी उसे महसूस न हुई। पहचानने से प्राप्त करना—अनुभव करना अधिक तृप्तिदायक है। वह झूले पर लेट गयी और बाएँ पैर से झूले को गति देने लगी। उसे 'ब्रा' में अपना वक्ष खिंचता महसूस हुआ। झूले पर इस तरह लेटे रहने से? ऐसा तो नहीं होता। उसे 'शाकुन्तल' का प्रथम अंक याद आया : "सखी अनसूया, अधिक खींचकर बाँधे वल्कल से प्रियम्वदा ने मुझे जकड़ दिया है, जरा इसे ढीला तो कर!" अनसूया जब वल्कल ढीला करती है तो प्रियम्वदा नटखट स्मित के साथ कहती है : "इसके लिए तो पयोधर को विकसित करनेवाले अपने यौवन को ही दोष दे न, मुझे क्यों देती है?" शकुन्तला के स्थान पर अमृता ने स्वयं को स्थापित करने का प्रयास किया। मेल नहीं बैठा। युगों का अन्तर पड़ गया है। ऐश्वर्य और मृदुवचन पर मुग्ध होनेवाली वह नहीं है। शकुन्तला ने जो तपस्या बाद में की वह पहले कर लेना अधिक उचित है। जागृति रहित समर्पण का क्या अर्थ?

दरवाजे की शोभा बढ़ाते दस-दस फुट ऊँची दो मीनारों के शिखरों पर लगे गोल दूधिया बल्ब ऐसे लगते हैं मानो अपने ही भीतर प्रकाशित हों। बाहर की दुनिया के सन्दर्भ में वे बेमेल लगते थे और फिर भी जो प्रकाश बाहर था, वह उन्हीं का था।

धीरे-धीरे रजनीगन्धा की महक बढ़ती गयी। अपनी देह को ढीली छोड़कर अमृता सुगन्ध का अनुभव करती रही। थोड़ी देर में तो उसे लगा कि उसका श्वास भी महकने लगा है। उसे लगा कि वह अपने-आपको भूलकर इस वातावरण में

घुल जाए, तो कैसा अच्छा हो?

उसे लगा वह अब सोने ही वाली है। कल सायं साढ़े आठ बजे जब अनिकेत का फोन आया, तो पहले उसे विश्वास नहीं हुआ। नौकर ने सुनने में भूल की होगी? उदयन का फोन होगा। अनिकेत इस समय फोन नहीं कर सकता, किन्तु जब उसने आवाज सुनी तो वहाँ कोई उसका चेहरा देखनेवाला न था : "अभिनन्दन...बधाई। बहुत प्रसन्नता हुई डॉक्टर अमृता!" अत्यानन्द भी अस्वस्थ कर देता है। नींद न आयी।

वह झूले पर से उठ गयी।

शयनकक्ष में जाकर लेट गयी।

हलके जामुनी रंग का छोटा बल्ब पलंग की सफेद रेशमी चादर पर स्पर्श-मधुर नीलिमा बिछा रहा था। अमृता ने करवट बदली। आँखें बन्द कीं। सेमल के रेशों से बना एक फूल-सा हल्का तकिया मुँह पर दबाया। एक-दो बार हाथों के हिलने से हुई कंगनों की खनक के अतिरिक्त उसके सोने से पहले और बाद में कमरे में शान्ति थी।

निद्राधीन अमृता के चित्त में रजनीगन्धा की सौरभ नये रूप में छा गयी। झूले पर जन्मी आनन्दलय यहाँ भी उपस्थित हो गयी। उसने देखा—

निस्तब्ध ज्योत्सना और प्रातःकालीन उजास एक-दूसरे में ऐसे घुल गये हैं कि उसके बँगले के प्रांगण में मानो अलकानगरी के किसी प्रासाद के परिवेश का निर्माण किया गया हो। उसे नृत्यगीत सुनाई दिया। हवा की प्रकम्पित ऊर्मियाँ कहाँ से इस वातावरण-प्रेमियों के मिलन से प्राप्त लोचन का उन्माद खींच लायीं? किसने अमृता को नृत्यांगना का वेश पहनाया? पैरों को चंचल करने के लिए उद्यत नूपुर उसने देखे। देख न सकी। नूपुर-ध्वनि सुनाई दी। वह नाच उठी। उसके दृष्टिक्षेप में विद्युत की चमक थी। उसका नृत्य-समारोह देखने दो गन्धर्व आते दिखाई दिये। दूसरा थोड़ा पीछे था। उसके पैरों में कुछ संकोच, किन्तु चेहरे पर हर्ष का अतिरेक था। दोनों प्रवेश-द्वार पर आ खड़े हुए। उनके सिर के ऊपर से होकर श्यामल मेघघटा गुजर रही थी, वह भी ठहर गयी और इन्द्रधनुष बना।

नृत्य रुक गया।

नृत्यांगना प्रवेश-द्वार के पास गयी। वह सार्थकता का अनुभव कर रही थी। जाकर ऊपर की ओर देखा तो वहाँ कोई नहीं था।

अमृता ने करवट बदली।

तीन

अमृता ने परदा हटाकर खिड़की खोली। शीतल उजाला उसके कमरे में घुस आया। पूर्व दिशा प्रभात में परिणत हो गयी थी। सूर्यागमन के पूर्व का आह्लाद हवा के अणु-अणु में झिलमिला रहा था।

यह कमरा अमृता के शयनकक्ष से लगा हुआ था। यह 'एयरकंडीशंड' नहीं है। सब कुछ समशीतोष्ण हो जाए, ऐसा उसे अच्छा नहीं लगता, बाहर की हवा का भी सम्पर्क बना रहना चाहिए। वह सवेरे जागने के तुरन्त बाद इस कमरे में चली आती है। इसकी चारों दीवारों में आलमारियाँ हैं। पूर्वी दीवार की आलमारी में वे वस्तुएँ हैं जो उसे पुरस्कार में मिली हैं। दक्षिणवाली आलमारी में पुराने जमाने में काम में आनेवाले बरतनों की आधुनिक आवृत्तियाँ हैं। कुछ शिल्पाकृतियाँ हैं। उनमें सिद्धपुर के रुद्रमाल के एक अवशेष की अनुकृति है, एक प्रतिमा राधा-कृष्ण की है, ताँबे की बनी नटराज की एक प्रतिमा है, स्वर्णपत्र मंडित, हाथ में कुम्भ लिए धन्वन्तरि की भी एक प्रतिमा है। पहले संगमरमर का बना एक छोटा ताजमहल भी था, किन्तु एक दिन उस पर उदयन की नजर पड़ी, "इस कब्र को तूने घर में क्यों रख छोड़ा है? चल इसे मैं यहाँ से ले जाता हूँ।" वह ले गया। उसने बाद में उसका क्या किया पता नहीं, अमृता ने पूछा अवश्य, पर लगभग एक वर्ष के बाद। तब उसे उत्तर मिला था, "पहले थोड़े दिनों तो किसी कब्रिस्तान की खोज की, वहाँ रख भी आता पर फिर एक दिन समुद्र में फेंक दिया।" अमृता उसके सामने ताक रही थी। उदयन ने कहा था, "ताजमहल को देख मुझे शाहजहाँ याद आता है, न कि उसका प्रेम। इस कब्र को प्रेम का घनीभूत आँसू कहने की भावुकता मुझमें नहीं, क्योंकि मैं जानता हूँ कि शाहजहाँ प्रेमी नहीं कामी था। जब वह युद्ध में जाता था तब भी वह मुमताज को साथ ले जाता था।" अमृता की इच्छा हुई कि कह दे—"पर तू कहाँ उसके तम्बू का द्वारपाल था जो कि उस पर ऐसा आक्षेप करने का अधिकार रखता हो।" पर कह न सकी। ऐसा कहने का मन होते ही लजा गयी थी अथवा यूँ कहना चाहिए—लज्जाशील तो वह है ही, उसके चेहरे पर अतिरिक्त लज्जा उतर आयी थी।

यदि उदयन मिलने आये और अमृता बाहर गयी हो या व्यस्त हो तो उदयन इस कमरे में बैठता है। 'विंसेंट वॉन गॉग' का 'सोरो' चित्र देखता रहता है। अमृता ने अपने घरवालों की इच्छा के विरुद्ध यह चित्र दीवार पर टाँगा था, यह जानकर उदयन ने उसे शाबाशी दी थी। यह चित्र देखने के अलावा वह कला-विषयक पुस्तकें उलटता-पलटता है। वह इनका 'महँगी पुस्तक' कहकर परिचय देता है। अमृता पहले उदयन द्वारा अस्त-व्यस्त की गयी पुस्तकों को ठीक करती है, फिर

उसके लिए चाय-नाश्ता ले आती है।

आज अचानक अमृता को ध्यान आया कि बहुत दिनों से उदयन इस कमरे में नहीं आया। वह कमरे से बाहर निकली और पश्चिम की ओर उस बालकनी में पहुँची, जहाँ कल उदयन और अनिकेत के साथ वह बैठी थी।

वह समुद्र की ओर टकटकी लगाये देखती रही। उसकी घनी खुली केशराशि में जहाँ-तहाँ अवकाश खोजकर सूर्य की किरणें कपोलों पर स्थिर होने लगीं। सूर्य की ओर घूमकर उसने मन ही मन प्रणाम किया। अमृता बारह वर्ष की कन्या थी, तभी से सूर्य की उपासिका है। उसके एक-दो वर्ष बाद उसका उदयन से परिचय हुआ था। सूर्य के प्रति श्रद्धा अमृता को उसकी माता से उत्तराधिकार में मिली है, जिस प्रकार माँ के साथ उसका सम्बन्ध तर्कातीत था, वैसा ही सूर्य के प्रति उसकी श्रद्धा के विषय में भी कहा जा सकता है। इस सम्बन्ध में उदयन का कोई परोक्ष प्रभाव भी उस पर नहीं पड़ा था। प्रणाम करनेवाले व्यक्ति अनिकेत को अच्छे लगते हैं। वह भी लोगों को प्रणाम करता है। कल रात जाते समय उसने मुझे प्रणाम किया...

एक बार टैक्सी में वी.पी. रोड से गुजरते हुए अनिकेत ने कहा था—"मैं यहाँ सिक्कानगर में रहता हूँ। एफ नम्बर..." क्या नम्बर बताया था? हाँ, हाँ, याद आया।

आज कहीं बाहर तो जाना चाहिए। कहाँ जाना है, यह शायद मन में तो पहले ही तय हो चुका था, पर अमृता मानो अपने से ही कुछ छिपाना चाहती थी, इसलिए शब्दों में वह इस प्रकार सोचने लगी—"कहाँ जाऊँ? उदयन के घर जाऊँ? किन्तु आज मुझे निरानन्द नहीं होना। वह तो पहले मेरे आनन्दातिरेक को देखकर उसे कम करेगा। आज तो बस आनन्द ही जीना है। किन्तु अकेले बैठकर आनन्द अनुभव करने में मजा नहीं आएगा। किसी सहेली के घर जाऊँ? या तो ताश खेलने बिठा लेगी या फिर इसकी-उसकी बातें करती रहेगी। तो कहाँ जाऊँ? अनिकेत...क्या उसके यहाँ जाया जा सकता है? कैसा लगेगा उसे? सुबह के समय इस तरह जाना...पर मैं कहाँ उसे तकलीफ देने जा रही हूँ? वह मेरे यहाँ आता है तो मुझे भी उसके यहाँ जाना चाहिए? बस...अनिकेत के घर जाऊँ। उदयन को साथ नहीं लेना है। वह साथ होगा तो पत्थर की तरह व्यवहार करेगा। उसे आज तो लटकने ही दो। बाद में इस प्रसंग को याद कर-करके उसे चिढ़ाया जा सकेगा।"

कितने वर्षों से शान्त पड़े हुए किशोर भाव अमृता के मन में जाग रहे थे। बस, जाना ही है। क्या पहनूँ आज? एक दिन अपनी-अपनी पसन्द की वस्तुओं की चर्चा चल रही थी। अनिकेत ने अपनी पसन्द यूँ बतायी थी—'शुभ्रवस्त्रावृता सरस्वती का बिम्ब'।

उसने एक सफेद फुलवॉयल की साड़ी पहनी। डबल मोतियों की माला

का छोटा-सा पेंडल आगे आ गया। मोतियों के ही कर्णफूल उसने हाथ में लिए। दर्पण के सामने आ खड़ी हुई। शृंगार पूरा हो चुका था, तो भी थोड़ी देर तक अपने को निहारती रही। कार का हॉर्न सुनाई दिया। ड्राइवर ने कार तैयार कर दरवाजे के आगे खड़ी की होगी। अमृता ने उसे शाम तक की छुट्टी दी।

अमृता ने आज दूसरा रास्ता पसन्द किया था। उदयन साथ होता है तो घोड़बन्दर रोड होते हुए गोखले रोड और वर्ली रोड पर से गुजरना होता था। समुद्र से कम दूरीवाले रास्ते उदयन को अधिक पसन्द हैं। आज दूसरे रास्ते पार कर जब अमृता ग्रांट रोड तक पहुँची, तब एक बात उसके खयाल में आयी। आज वह सब कुछ दो दृष्टियों से देख रही थी। एक दृष्टि आकाश में से बम्बई पर उतर रही थी, तो दूसरी कार के काँच में से गुजर रही थी। इस तरह दो नज़रों से देखने पर बम्बई उसे अधिक अच्छी लगी।

''यस प्लीज!'' घंटी सुनकर अनिकेत खड़ा होने को हुआ कि उसे याद आया, दरवाजा बन्द नहीं है। उसने थोड़ा जोर से कहा, ''आइए, द्वार खुले हैं।'' अनिकेत नहीं जानता था कि वह किसे बुला रहा है। धोती-बनियान पहने हुए आरामकुर्सी में बैठे-बैठे महोदय एक अँग्रेजी पत्रिका पढ़ रहे थे। दरवाजा खुलते ही मानो पूरा मकान उसकी आँखों में डोल उठा।

साक्षात् सुन्दरता दहलीज पर आकर खड़ी है। अमृता क्षण-भर रुकी। उसने दायाँ हाथ चौखट पर रखा और अभिराम ग्रीवाभंग करती खड़ी रही। अनिकेत ने देखा कि उसके थमने से खुले द्वार का अवकाश अपने बीच अमृता को पाकर द्युतिमय हो उठा है।

''तो एक क्षण अभी और खड़ी रहिए, पूजा की सामग्री ले आऊँ। ये आप ही हैं, अमृता ही हैं, यह अब तो सच लगता है। दृष्टिभ्रम तो नहीं ही है। अत: आपका स्वागत करता हूँ।''

अमृता भीतर चली आयी। उसके साथ-साथ एक अपरिचित विश्व भी भीतर चला आया था। अमृता के इस तरह आगमन की तो उसने कल्पना तक न की होगी। उसे अपूर्व आश्चर्य में डूबा देख अमृता बोली—

''मुझे देख आपको आनन्द हो रहा है और यह देख मुझे आश्चर्य हो रहा है। मैं तो सोचती थी कि आप गम्भीरतापूर्वक कहेंगे—आइए, पधारिए डॉक्टर अमृता!''

''हाँ, हाँ, आइए! पधारिए डॉ. अमृता! बैठिए, आपके आगमन से यहाँ का वातावरण बदलकर एक नये रूप में विलस रहा है। वह अब आपको किन्हीं भी शब्दों में सम्बोधित करने पर भी यहाँ से छिटककर बाहर जा सके, यह सम्भव नहीं। इसलिए अब द्वार पर खड़े रहकर रोकना जरूरी नहीं है।''

''आप दो बार—'आओ', ऐसा कहें इसकी राह देखती थी, क्योंकि बिना

समय माँगे ही आ पहुँची हूँ।"

"समय को लिया या दिया नहीं जा सकता। वह निराकार है, बेरंग है। इसे एक बिन्दु से आरम्भ कर किसी निश्चित बिन्दु पर पूरा नहीं किया जा सकता। वह चिरन्तन है। उसका इस प्रकार आदान-प्रदान करना हमारे वश में नहीं है। हम तो उससे निरपेक्ष रहकर जो अपने अधिकार में है उसी का आदान-प्रदान कर सकते हैं।"

"आप तो दार्शनिक हो गये।"

"आपके दर्शन मात्र से, ठीक है न! अन्यथा मैं कहाँ आपकी तरह दर्शन-शास्त्र का अध्येता हूँ? मैं तो केवल दर्शक हूँ।"

"बहुत नम्र मत बनिए, नहीं तो मुझे विरोध करना पड़ेगा।"

"यह कहकर आपने बहुत कुछ कह दिया।"

अमृता का स्मित होठों पर बँधा नहीं रहा, अपितु उसके पूरे चेहरे पर फैल गया। इस स्थिति में मोतियों की माला और कर्णफूलों की शोभा भी द्विगुणित हो उठी।

वह झूले पर बैठी। झूले के आरोह-अवरोह से उसके प्रभातरल अंग अनिकेत को किसी स्वप्नसृष्टि में खींच ले गये। इस तरह आकर तुरन्त झूलने लगना अमृता को शायद पसन्द न आया हो। उसने झूला छोड़ा। खाली झूला अपनी गति की अर्थहीनता सह लेने को विवश हो गया। सामनेवाले शीशम के स्टैंड पर रखी पत्र-पत्रिकाएँ देखने अमृता गयी है, यह देखकर अनिकेत बगल के कमरे में गया और रेशमी कुरता पहनकर आया। महिलाओं की उपस्थिति में इस तरह बनियान पहनकर नहीं बैठा जा सकता, ऐसा वह मानता होगा।

"तमाम विषयों की पत्रिकाएँ मँगाते हैं। आपकी रुचि व्यापक है।" "वर्तमान विश्व से असम्पृक्त रहकर हम कैसे जी सकते हैं? हालाँकि ये सब पत्रिकाएँ तो परिचय, सम्पर्क मात्र के लिए ही हैं। एक-दो विषयों के अतिरिक्त अन्य में शायद ही गहरा उतरा जा सकता है। अपवादरूप कोई उदयन जैसा व्यक्ति ही यह कर सकता है, जो बगैर शान्ति के चला सकता हो। अपने विषय को अन्य विषयों के सन्दर्भ में जाना जा सके केवल इसी दृष्टि से मैं ये सब पत्र-पत्रिकाएँ पढ़ता हूँ। ज्ञान और विद्या के क्षेत्र में संसार कितना सारा आगे बढ़ रहा है। हम लोग तो थोड़ी-बहुत जानकारी से मन को बहला लेते हैं।"

अमृता रिवाल्विंग कुरसी पर बैठी थी। अनिकेत खड़ा था। अब वह झूले पर बैठा। झूला स्थिर रहा। टेबल के पाये से अँगूठे को टिकाकर अमृता ने कुरसी घुमायी। अपने को अनिकेत के सम्मुख कर बोली—

"मैं मानती थी कि..."

अनिकेत की नजर उठी, बीच में ही अमृता की नजर से मिली। पतले धारदार होठ स्मित को रोकने के प्रयास के बावजूद फैल गये। अमृता ने नजर झुका ली। अपने आनन्द पर नियन्त्रण नहीं लाया जा सकता, यह उसे नहीं रुचता। मौन का आश्रय लेने से भी कोई परिणाम नहीं निकलता। शायद विपरीत परिणाम आता है। इसलिए उसने अपने मनोभाव को अलग तरह से मोड़ने का प्रयत्न किया—

"आपकी मुस्कुराहट क्या सूचित करती है, मैं समझी नहीं।"

"कोई अर्थ नहीं, केवल आनन्द। काव्यशास्त्र की परिभाषा में रूपान्तरित कर कहूँ तो सभी परतत्त्वों से सद्यःनिवृत्ति देनेवाला आनन्द। आनन्द, मात्र आनन्द।"

"सच, तब तो मेरे लिए चिन्ता का कोई कारण नहीं रहा।"

"आनन्द की सृष्टि में चिन्ता का प्रवेश निषिद्ध है। आपको आश्चर्य लगेगा जब आपको देखा तो मुझे गालिब का एक शेर याद आया। उन दो पंक्तियों में रहे बिम्ब का अनुभव मुझे आज आपके आकस्मिक दर्शन से हो गया। कितने वर्षों पहले याद की गयी उन पंक्तियों की अनुभूति आज हुई।"

"सुन सकती हूँ।"

"हाँ, सुनिए। किन्तु पहले एक स्पष्टीकरण कर लूँ ताकि आपको बुरा न लगे। इन पंक्तियों को सुनाने में मुझे इसे सुनाने के सिवा अन्य अभिप्रेत नहीं है। अतिथि को कुछ अन्यथा न लगे इसका मैं खयाल रखता हूँ। तो सुनिए—

"वो आये हमारे घर में, खुदा की कुदरत है।
कभी हम उनको, कभी अपने घर को देखते हैं॥"

अमृता ने ये पंक्तियाँ सन्दर्भरहित मानकर ही सुनी थीं। किन्तु कुछेक क्षण पूर्व की घटना ने स्वयं ही सन्दर्भ उपस्थित कर दिया। अमृता का रुका हुआ स्मित कब लज्जा में परिवर्तित हुआ इसकी खबर अनिकेत को भी न हुई। नौकर ने चाय-नाश्ता लाकर रखा। तीसरे की उपस्थिति से दोनों ने भावात्मक विवशता में से मुक्त होने की थोड़ी राहत महसूस की।

"क्या कार्यक्रम है, आज का? बाहर निकलने की अनुकूलता है या नहीं?"

"आपने कुछ सोचा है। तैयार होकर ही आयी लगती हैं, फिर पूछने की आवश्यकता नहीं है, आदेश पर्याप्त होगा। मुझे थोड़ा काम है, आध-पौन घंटा इसमें जाएगा। एक गुरुजी का यहाँ के किसी होटल से फोन था। थोड़े दिनों पहले उनका पत्र भी था। वे मुझे कुछ काम सौंपना चाहते हैं। मैं उनका आदर करता हूँ। उनसे मिल आऊँ। एतराज तो नहीं है न?"

"चलिए, मैं आपको वहाँ तक पहुँचा दूँ।"

"इससे उत्तम और क्या हो सकता है? पर आपको एतराज न हो तो ऐसा कीजिए कि उदयन को मिल आइए और किसी काम में न हो तो साथ लेते आइए।"

"उसे फोन करूँ तो न चले!"

"तो ऐसा कीजिए। पर, पड़ोसी कभी-कभी उसको बुलाते नहीं हैं। कह देते हैं कि वो तो नहीं हैं। और उनका भी दोष नहीं है। कई बार उदयन घर खुला छोड़ बाहर गया हो—ऐसा भी होता है।"

"मैं उससे बात करती हूँ। आप हो आइए।"

अमृता ने उदयन को फोन करने की जल्दी नहीं की। यूँ भी अमृता ने उदयन को फोन किया हो ऐसा शायद ही कभी हुआ है। ऐसा होने का कारण उदयन के मिलने की क्षिप्रता है। यदा-कदा वह मिलने जाता है। मिलने जाने की इच्छा न हो तो फोन करता है और मिलने का समय निश्चित करता है। फिर चूँकि अब तो तय किया है इसलिए जाना ही पड़ेगा, इस तर्क से मन को तैयार करता है। अमृता को उदयन की कभी लम्बी प्रतीक्षा करनी पड़ी हो, ऐसा नहीं हुआ। कई बार अमृता बाहर से आती तो उदयन बैठा होता और वह कभी नहीं कहता, 'मैं तेरी राह तकता बैठा हूँ।' जिस कमरे की आज सवेरे बात हुई, उसमें उदयन आज तक बहुत बैठा है।

अमृता ने फोन उठाया। अनिकेत का फोन कितना उपयोग में आता होगा? पर ऐसा न हो तो रखे किसलिए? या फिर मकान बना होगा तभी फोन माँग लिया होगा? शायद अनिकेत को ही जरूरत महसूस हुई हो? अध्यापकों, विद्यार्थियों और लेखकों के साथ उसका परिचय है। उदयन कहता था कि अनिकेत अपने कॉलेज के प्राचार्य का विश्वासपात्र है। विज्ञान-विभाग की पुस्तकें और साधन-सामग्री की तमाम खरीदी वही करता है। अनिकेत पर काफी लोग विश्वास करते हैं, क्योंकि वह व्यावहारिक आदमी है...उदयन ने किसलिए अनिकेत का ऐसा परिचय दिया होगा? और व्यावहारिक होना—यह उदयन की दृष्टि में गलत क्यों है?

उदयन को फोन तक आने में थोड़ी देर लगी।

"कौन, अमृता?"

"हाँ, उदयन।"

"क्यों अभी से जगाया। एक लेख लिखने में बहुत रात बीत गयी। तीन घंटे की नींद के बाद जागा तो देखा कि कुरसी में बैठे-बैठे ही मैं सोया हूँ, इससे असन्तोष हुआ। फिर तो स्वयं को उठाकर पलंग में डाला, फिर सोया। तू जानती है, जान-बूझकर सोने का भी एक मजा होता है? अच्छा हुआ, आखिर तूने ही मेरी नींद उड़ायी। खैर, तेरी आवाज तो सुनने को मिली। क्या समाचार है, बोल?"

"मैं कहूँ वो मानेगा?"

"तेरी आज्ञा शिरोधार्य।"

"घूमने चलना है, तू तैयार होकर आ जा।"

"इतना भी नहीं पूछती कि फुरसत में हूँ या नहीं? सीधी आज्ञा दे देती हो।"

"क्यों तूने ही आज्ञा माँगी थी? भूल गया।"

"समुद्र के किनारे जाना हो तो मैं नहाये बिना आऊँ। किसी होटल में बैठना हो तो चाय पीये बिना आऊँ। बाजार में जाना हो तो पैसे घर पर रखकर आऊँ। या फिर एलीफेंटा की गुफाओं में तो नहीं जाना है न?"

"अभी तो बस तू आ जा। बाकी सब बाद में तय करेंगे।"

"अनिकेत को साथ लेता आऊँ?"

"ना।"

"क्यों?"

"उसके घर ही आ। मैं कहाँ से फोन कर रही हूँ, इसका तुझे अभी भी पता नहीं चला?"

"अच्छा! तो तू अपने ठिकाने पर नहीं है। अब समझा, तू अनिकेत के यहाँ से बोल रही है, ठीक।"

"तू जल्दी आ जा।"

"जरा अनिकेत को बुला, उसे बधाई देनी है।"

"कैसी बधाई? वे बाहर गये हैं।"

"अच्छा! तो घर का चार्ज तूने सँभाल लिया है।"

"हट, बकवास बाद में करना। किस बात की बधाई देनी है उनको?"

"यह तुझे कही जा सके ऐसी नहीं है। बधाई तुझसे सम्बन्धित है, पर देनी उसे है।"

"क्या मतलब?"

"तू वहाँ पहुँच गयी, यह कोई सामान्य बात नहीं है।"

"स्पष्ट कह, आखिर तू कहना क्या चाहता है?"

"मैं कहूँ, उससे पहले ही तू समझ चुकी होगी। अब मैं कहूँगा तो, तू मेरी भाषा को न समझने का ढोंग करेगी।"

"मैं यहाँ आयी, इससे तुझे इतना अधिक खेद हुआ?"

"हाँ, मुझे खेद हुआ। मैं झूठ बोलने का विवेक नहीं पाल सकता।"

अमृता ने फोन रख दिया। आरामकुरसी में बैठी। फिर खड़ी हो गयी। झूले पर बैठी, पर मन न लगा। खड़ी होकर पत्र-पत्रिकाएँ देखने लगी। कुछ भी पढ़ने का मन न हुआ। समय मन्द गति से बहने लगा।

उदयन आया।

"मैं तुझे समझ नहीं सकती उदयन!"

"मैं तुझसे सहमत हूँ। तू मुझे समझ सकी होती तो..."

"तुझे समझने का मतलब तेरी महेच्छाओं के अधीन रहना।"

"यह तेरा भ्रम है, पर एक बात तो मुझे तुझसे कहनी ही है, मेरे लिए जगत् में तेरे सिवा दूसरा आश्रय-स्थान नहीं है।"

"क्यों, तू तो आत्मनिर्भर होने की बात करता है न।"

"उसके लिए मेरी इस तरह मदद करना चाहती है? तेरी मैत्री के बिना... ।"

"मैंने कब तेरी मैत्री त्यागी?"

"तू नाहक ही व्यग्र हो गयी। अच्छा जो तू कहे वही ठीक।"

इस बातचीत के दौरान दोनों एक-दूसरे से नजर चुराते रहे। नौकर उदयन के लिए चाय-नाश्ता लाया। उदयन ने अमृता के सामने प्लेट रखी। उसने हाथ बढ़ाया। उसके हाथ में निरी औपचारिकता थी। उदयन जल्दी-जल्दी चाय पी गया। अमृता का कप पड़ा हुआ था, वह उसे भी उठाकर पी गया।

"तूने मुझसे आग्रह भी नहीं किया? अब आभार मान मैंने तेरी कठिनाई कम कर दी।"

"बहुत कष्ट हुआ होगा?"

"तू जो भी दे, मैं पी जाऊँ अमृता! मुझे विश्वास है जो तू देगी वह मेरे लिए पेय होगा ही।"

वह पढ़ने लगा, पर पन्ने पर जो छपा था उसे वह नहीं पढ़ता था। पत्रिका का पन्ना तो नीचे देखते रहने का बहाना था। उसके मन में कुछ चल रहा था—"अनिकेत में ऐसा क्या है कि अमृता दौड़ी आयी? लक्षण तो पहले से ही दिखाई पड़ रहे थे। अब मुझे इसके व्यवहार का अध्ययन करना पड़ेगा। अनिकेत में ऐसी कौन-सी विशिष्टता है कि अमृता को मेरे निकट से खींच ले जाए? अनिकेत तो एक दिन कहता था कि शादी के बारे में वह सोचता ही नहीं। पर ऐसा कहने के दिन तक उसने अमृता को देखा न था। इनका सम्पर्क बढ़ता गया। मैं ही अमृता को उसके पास ले गया था...किसलिए? क्या यह बताने के लिए तो नहीं कि देख मेरे साथ यह एक व्यक्ति है जो दूसरे किसी के साथ नहीं हो सकता। यह भी सम्भव है। किन्तु अमृता तो जानती है कि आज तक मैंने उसके साथ तटस्थतापूर्वक व्यवहार इसलिए किया है कि..."

"क्या पढ़ रहा है, उदयन?"

"मैं तुझसे क्षमा माँगता हूँ अमृता! मेरी क्षमा माँगने की तैयारी का मूल्य तू समझ सकती है। आज तक मैंने किसी से क्षमा नहीं माँगी। अनजाने में ही

मुझसे तेरा अपमान हो गया है। तुझे इस तरह व्यग्र करने का मुझे कोई अधिकार नहीं। इसके विपरीत मैंने तो कभी कल्पना भी नहीं की कि मेरे कारण तुझे कभी व्यग्र होना पड़े।''

''मैं चाहती हूँ कि तू मुझसे क्षमा न माँग ताकि क्षमा न माँगने का अपना रिकॉर्ड तू कायम रख सके।''

''तेरे वाक्य पर ध्यान दिये बिना ही मैं आगे बोलता हूँ। तू जानती है कि मैं स्पष्ट भाषण में विश्वास रखनेवाला व्यक्ति हूँ। मन में हो वह भले ही प्रकट हो जाए। जो व्यग्रता थी, वह बाहर आ गयी। अब इसमें का कुछ भी मेरे मन में घुमड़ेगा नहीं। मैं जो कुछ भी बोला उस सम्बन्ध में अब तुझे विचारना है।''

''मेरी ओर क्यों देखता है। मेरी सुने बिना ही बोलता जा।''

''हाँ, यही कर रहा हूँ। मेरा जीवन निर्जन नदी जैसा है। कई बार प्रवाह में—अपने प्रवाह में मैं ऐसा बहता हूँ कि मेरे निकट आकर, बिलकुल किनारे पर आ खड़े हुए को मुझसे क्या चोट लगेगी इसका मुझे भान नहीं रहता। हाँ, किनारे पर खड़ा होनेवाला मेरे प्रवाह में मिल जाए तो उसे चोट न लगे। उसे कोई खयाल भी न आये।''

''तेरे प्रवाह को रोकने में किसी की रुचि हो तो?''

''प्रवाह नहीं तो मैं नहीं। मैं न हूँ इसमें किसी को रुचि हो तो वह भले ऐसा करे।''

''तू बोलता था, वह अधिक अच्छा था—प्रवाह चालू रख।''

''मैं बोलता हूँ तो लोगों को अच्छा नहीं लगता, क्योंकि मैं भाषा को—जो कहने-जैसा है, उसे छुपाने के साधन के रूप में प्रयोग नहीं करता—अलंकृत आवरण के रूप में उपयोग नहीं करता। अप्रस्तुत सन्दर्भों का मोहक उपयोग करके भाषा द्वारा मैं कोई मायावी सृष्टि नहीं रचता, क्योंकि सुननेवाले को मैं ललचाना नहीं चाहता। मैं अर्थों को शब्दस्थ करता हूँ। जिसकी प्रतीति हो उतना ही बोलता हूँ। और बात सुननेवाले को कुछ-न-कुछ हो जाता है।''

''तूने यह सब कहा, उसमें 'मैं' कितनी बार आया?''

''मैं जिन्दा हूँ, तब तक मेरे वाक्यों के कर्ता के रूप में 'मैं' रहेगा। पर क्या तुझे भी इससे एतराज है? तेरी गलतफहमी दूर करने के लिए बोल रहा हूँ, उस समय भी तुझे ठेस लग रही है? किसी को ठेस पहुँचे इसलिए मैं नहीं बोलता। सामनेवाले व्यक्ति को ठेस लग रही है कि नहीं इसकी खबर मुझे बाद में होती है। मेरे रक्त में साबरकांठा और पंचमहाल की आषाढ़ी आँधी की लय है। बम्बई के समुद्र की लौटती लहरों की मन्द गति मैं अपना सकूँ, यह सम्भव नहीं। और

ऐसा हो तो ही अच्छा, यह मैं नहीं मानता। तुझे पहले भी अक्सर मेरी बातों का बुरा लगता रहा है, यह मैंने देखा है। पर आज तू काफी देर तक झुँझलाती रही है—यह देख मैं कह सकता हूँ कि तुझे बहुत बुरा लगा है। मैं अपनी भूल स्वीकारता हूँ...पर कई बार आदमी जब अपनी ही विसंगति से वाकिफ हो जाता है तब भी उसका चेहरा उतर जाता है। तेरे साथ यदि ऐसा हुआ हो तो मैं अपनी भूल का इनकार करता हूँ।''

''मैं अपनी असंगतियों से वाकिफ हूँ, उसके लिए तुझे इतनी जहमत उठाने की जरूरत नहीं है। यदि मुझमें असंगतियाँ हैं तो उन्हें निभाने के लिए मैं स्वतन्त्र हूँ।''

''तू अपनी स्वतन्त्रता को समझ सकती है, इसलिए तो मैं तेरे साथ इस तरह बात करके वक्त जाया करता हूँ। वैसे 'कल्चर्ड मोती' की चमक से मैं अभिभूत हो आऊँ, यह सम्भव नहीं।''

''अब तेरा वक्तव्य पूरा हो तो अच्छा मैं कबूलती हूँ कि तेरे शब्दों का मुझे बुरा लगे तो यह मेरी कमजोरी मानी जाएगी। जल्दबाजी में कही हुई तेरी किसी भी बात का मुझे बुरा नहीं लगा। तुझे सुन रही थी उसी दरम्यान मैं अपने को भी सुन रही थी। बीच-बीच में तुझसे इसलिए बोलती थी कि मैं उस भीतरी प्रवाह से बच निकलूँ। तूने जो कुछ कहा उसमें मुझे जरा भी आपत्ति नहीं है।''

उदयन खड़ा हुआ। चहलकदमी करने लगा, किन्तु कमरे में छोटे-छोटे चक्कर लगाना उसे अनुकूल नहीं भाया। वह शो-केस में से लकड़ी का बना आम उठाकर उसका आकार और वास्तविकता का भ्रम करानेवाले रंगों को देखने लगा। अपने नाखून से इन मिश्रित रंगों के बीच गहरा निशान करने का मन हुआ ताकि लकड़ी दिखाई देने लगे। रंगों का मायाजाल खंडित हो जाए।

''मैं अपने सम्बन्ध में विश्वासपूर्वक कुछ कह सकूँ, यह सम्भव नहीं, किन्तु आज कहे बिना रह नहीं सकता कि अब जब कभी तुझे आघात लगे उसका निमित्त मैं न बनूँ इसके लिए प्रयत्नशील रहूँगा। मुझे एक बात अभी समझ में आयी—मैं तुझे एकवचन में सम्बोधित करूँ और तू आनन्दपूर्वक सुनती रहे, इससे बड़ा दूसरा सुख मेरे लिए क्या हो सकता है। नियति को मैं नहीं मानता, अतः 'सद्भाग्य' जैसे शब्द का प्रयोग नहीं करता। वास्तव में 'सुख' शब्द में भी मुझे अतिशयोक्ति लगती है। लाइफ इज गुड बिकाज इट इज पेनफुल।''

अमृता खड़ी हुई। द्वार तक गयी। प्रवेश करते समय वह यहाँ खड़ी थी तब अनिकेत उसे जिस दृष्टि से देख रहा था उसी दृष्टि से अर्थात् अनिकेत की दृष्टि से उसने लौटती हुई स्वयं को देखने का प्रयास किया, पर सफल नहीं हुई।

उसने उस दृश्य की स्मृति को झटक दिया। बोली—

"मैं घर जाकर आती हूँ। जरूरी काम याद आया है। तुम दोनों पूरा कार्यक्रम सोच रखना। यदि मैं समय से लौट सकी तो साथ हो लूँगी। तो, मैं चलूँ।"

"अधिक देर मत करना। वैसे भी देर तो हो ही गयी है।"

अमृता तुरन्त ही खिसक गयी, इसलिए उदयन ने ऐसा कहने का विचार छोड़ दिया।

उदयन स्वयं से अधिकाधिक असन्तुष्ट होता गया। यह आवेश मुझे पूर्णविराम से आगे खींच ले जाता है। मन में विचारों का दूसरा फलक स्पष्ट हो, उसके पहले ही मैं अगले 'माइल स्टोन' तक पहुँच जाता हूँ। पर यह मेरी कमजोरी है तो जो मुझे समझने का दावा करता है, उसे तो इतना चला ही लेना चाहिए। अमृता ने आज कहा—"मैं तुझे समझती नहीं।" शायद यह सच हो, नहीं तो इस तरह अवहेलना कर वह चली न जाती और बहाना कैसा निकालती है—मेरे मन में दूसरा प्रवाह चल रहा है...मैं भी जानता हूँ कि दूसरा प्रवाह चलता है। तो ठीक है। अब अनिकेत को समझने का प्रयत्न करके देखूँ। यदि धरती पर अमृता का जन्म न हुआ होता तो क्या उदयन के अस्तित्व पर इस अभाव का कोई असर होता? यह तो एक धारणा हुई...आज स्थिति क्या है? अमृता के सान्निध्य और उसकी अनुपस्थिति का मुझपर प्रबल प्रभाव है। शायद इसी कारण मैं आज उसे बहुत कुछ कह बैठा। जाते-जाते मृदुभाषिणी होने का प्रयत्न करती गयी...इस तरह छिटक जाने के लिए बहाना करके जाना आत्मवंचना है।

अमृता अनिकेत की ओर झुक चुकी है। तो क्या ऐसा करने का उसे अधिकार नहीं? बी.ए. के प्रथम वर्ष में वह थी तब एक साँझ समुद्र की ओर देखते हुए उसने कहा था—"उदयन! मैं तुझे चाहती हूँ।" उसकी उस अवस्था को वय:सन्धि की मुग्धता मानकर उसके शब्दों को निखालस किन्तु मुग्ध मानकर मैंने कहा था—"अमृता, प्रेम नहीं, समझ। उस दिन मैंने सच ही कहा था न? समझपूर्वक निकट आये साथ रह सकते हैं।" प्रेम तो आकस्मिक कहलाता है। जो आकस्मिक है, जिस पर मेरा नियन्त्रण नहीं, उसे प्राप्त करने से क्या लाभ। आज भी वह समझपूर्वक अनिकेत की ओर झुकी हो तो मुझे क्या एतराज हो सकता है। वह मुझे समझे ऐसा मैं चाहूँ तो भी वह मुझे स्वीकार ले, ऐसा तो कैसे सोच सकता हूँ? अनिकेत...उसे मैं मित्र कहता हूँ, किन्तु इस क्षण उसके प्रति मेरा भाव घृणारहित नहीं है। घृणा के मूल में कहीं न कहीं स्वार्थ निहित होता है। जागृति एवं स्वतन्त्रता के लिए जीनेवाले आदमी का प्रेरक अगर स्वार्थ हो तो वह जो कुछ बोलता है वह सब

बकवास ही है।

उदयन के मन में उथल-पुथल मची रही। वह कुछ भी संकल्प नहीं कर सका। अनिकेत को अपना मित्र मानने के बावजूद भी अमृता के कारण उसकी ओर उठते प्रतिभाव में वह कुछ भी बदलाव नहीं ला सका। मन ही मन अनिकेत को निर्दोष स्वीकारने पर भी जब वह आया और उसने पूछा कि अमृता कहाँ गयी, तब उसने तुरन्त जवाब दिया—

''जयमाल लेने।''

''तो तुझे भी लेने जाना था न! एक ही जयमाल तुम दोनों पहनोगे।''

''तू बहुत चालाकी से छिटक जाना चाहता है।''

''मैं कहीं छिटक नहीं रहा हूँ। अपने स्थान पर हूँ।''

अनिकेत शरीर को ढीला छोड़कर झूले पर इस तरह बैठा मानो उस पर गिर रहा हो। छड़ों ने झटके का अनुभव किया। वातावरण हिल उठा।

''तू अपने स्थान पर हो इससे किसी के आड़े न आये, यह क्या जरूरी है?''

''तू अमृता की बात करता है न! मैं तुम्हारे भविष्य में विघ्न नहीं बनूँगा।''

''ऐसी सुरक्षा का आश्वासन मुझे नहीं चाहिए। मैं अपने वर्तमान से सन्तुष्ट हूँ। जिसे तू मेरा भविष्य कहता है उसे मैं तुझे सौंपने को तैयार हूँ।''

''किन्तु दान स्वीकारने के लिए मैं तैयार होऊँ, इतना मैं लाचार नहीं मित्र!''

''मेरा दान तू न स्वीकारे, तो भी किसी अन्य की माँग स्वीकारेगा न?''

''अभी तो मुझे अपने अध्ययन में ही रुचि है।''

''इतना ही कि अध्ययन का विषय क्या है, यह शायद तू नहीं बताएगा।''

''तेरी व्यग्रता का कारण मैं समझ गया हूँ। अब बिना देर किये जो कहना है कह दे।''

''तो पूछ ही लेता हूँ। यह केवल जिज्ञासा के लिए नहीं पूछता। जिस मामले में मैं शरीक हूँ उसी के सम्बन्ध में पूछ रहा हूँ। यदि तुझे किसी के प्रति प्रेम का अनुभव हो तो तेरे मन में उसे प्राप्त करने की अभिलाषा जगेगी या नहीं?''

''तेरे प्रश्न का पूरा उत्तर मैं नहीं दूँगा। पर इतना तो कह सकूँगा कि प्रेम प्राप्त होता है, अभिलाषा जगे—इसके लिए कोई प्रयत्न नहीं करना होता। तू मान नहीं सकता ऐसा भी मैं कहूँगा : प्रेमी को प्राप्त किये बिना भी प्रेम प्राप्त हो सकता है। प्रेम और प्रेमी ये अविभाज्य घटक नहीं हैं।''

''तू विज्ञान का विद्यार्थी होकर भी प्रेम और शरीर को पृथक मानता है?''

''मैं तेरे साथ इस समय एक मनुष्य की हैसियत से बात कर रहा हूँ। मैं अपना विश्वास तुझसे कह रहा हूँ। दुनिया के सब शास्त्र उसकी अवगणना करें

या मान्यता दें, इससे उसमें कोई फर्क पड़नेवाला नहीं है। इस समग्र के साथ मेरा सम्बन्ध विश्वास पर आधारित है, कारण पर नहीं। मैं विज्ञान को छोड़ विश्वास के पास आया हूँ और यह कोई मेरी बाहरी दौड़धूप नहीं। मेरी अन्तःसृष्टि की बात है। मेरी सृष्टि में समग्र को स्थान है। और समग्र को नापने में विज्ञान अधूरा सिद्ध हो चुका है। जो तर्कातीत और इन्द्रियातीत है उसे भी मैं स्वीकारता हूँ।''

''भले ही विज्ञान सर्वग्राही न हो सका हो, पर वैज्ञानिक दृष्टि के बिना आप समग्र को समझ नहीं सकते। तुम्हारा विश्वास या तुम्हारी श्रद्धा तुम्हें कहाँ खींच ले जाएगी, इसकी खबर तक न पड़ेगी।''

''ऐसा भय बताने की तुझे कोई आवश्यकता नहीं। जिनमें विश्वास का अभाव होगा उसे ही भय का अनुभव होगा। पर मुझे तो तुझे चिन्तामुक्त करना चाहिए। अमृता के प्रति मुझे कोई स्वार्थ नहीं है, किन्तु मैं उसके सौन्दर्य, समझ, शालीनता के प्रति ऊँचा अभिप्राय रखता हूँ। मैंने उसके जैसी युवतियाँ नहीं देखीं। जगत् का मेरा प्रत्यक्ष अनुभव कम है यह भी मेरे इस मत को बनाने में कारणभूत हो सकता है। गलत सिद्ध हो जाने का खतरा उठाकर भी मैं कहूँगा कि अमृता अद्वितीय है। विधाता के ऐसी रचना के सौहार्द का अनुभव हो उसे मैं अपने जीवन की धन्यता मानता हूँ। मुझमें उसके प्रति आदर है। परिचित-अपरिचित के आदर-सत्कार को मैं अपना व्यवहार-धर्म समझता हूँ तो फिर अमृता को कैसे नकार सकता हूँ? उसकी उपेक्षा करने की सामर्थ्य मुझमें नहीं है। और इस तरह की सामर्थ्य बढ़े इस हेतु प्रार्थना भी नहीं करूँगा। अमृता के परिचय से मुझे आनन्द है। यह परिचय तूने कराया, इसलिए मैं तेरा आभारी हूँ, पर जैसा कि मैंने पहले कहा—मुझे अमृता में स्वार्थपरक ऐसी कोई भी दिलचस्पी नहीं, क्योंकि मुझमें अमृता के प्रति जितना पक्षपात है, उतना स्वयं के प्रति भी नहीं, क्योंकि अमृता को देखने के बाद ही मैंने जगत् और जीवन को सौन्दर्य के सन्दर्भ में देखना सीखा है। अपने पुरुषार्थ से जो नहीं प्राप्त कर सका था, उसे अमृता के आगमन से प्राप्त कर सका हूँ। मैं मानता हूँ कि इस सम्बन्ध में अब तुझे कुछ पूछना नहीं होगा।''

उदयन उठा और चलने लगा। उसके बुश्शर्ट का कॉलर पकड़कर अनिकेत ने उसे बिठाया।

''क्यों जल्दी करता है? अमृता जरूर आएगी। प्रतीक्षा कर।''

चार

अनिकेत ने अपने अध्यापक के प्रस्ताव पर पर्याप्त विचार कर निर्णय लिया। उनका पत्र मिला। उसी दिन से वह इस सम्बन्ध में कुछ न कुछ विचार किया करता था। जब निर्णय करने का समय आया तो उसने देखा कि एक निर्णय के साथ अन्य कितने सारे सन्दर्भ जुड़े होते हैं।

रेगिस्तान के बढ़ते विस्तार को रोकने के प्रयोग हेतु यह वृद्ध अध्यापक शक्तिशाली अध्यापकों की एक टुकड़ी खड़ी करना चाहते हैं। वनस्पतिशास्त्र के विद्वान के रूप में तो अनिकेत सुविख्यात है ही। उसके गुरुजी को यह भी खयाल था कि अनिकेत संयोजक के रूप में भी अच्छा काम कर सकेगा। संशोधन की यह संस्था उन्होंने कड़ी मेहनत से स्थापित की है। अब तो सरकार का सहयोग भी मिलनेवाला है।

अनिकेत को उसके कॉलेज के आचार्य और ट्रस्टी छोड़ने को तैयार नहीं थे। बीस वर्ष की उम्र में वह अध्यापक बना। उसके बाद के छह वर्षों में बाहर के अन्य कॉलेजों से भी प्रलोभन आते रहे, पर अनिकेत सादर इनकार कर देता। अपने कॉलेज के आचार्य से भी इस बारे में वह बात नहीं करता। उन्हें जरूर मालूम पड़ जाता था। अनिकेत के वेतन में वांछनीय वृद्धि कर देते। इसका लाभ अनिकेत के साथ नियुक्त हुए सभी अध्यापकों को भी मिलता। ये लोग अनिकेत की विद्वत्ता की प्रशंसा करते और अपनी योग्यता बढ़ाने की चिन्ता से मुक्त रहते।

उदयन यह समाचार सुनकर स्तब्ध हो गया था। इसके एकाधिक कारण रहे होंगे। वह अनिकेत को शान्त और जीवन जीनेवाला समझता था। उसकी यह मान्यता एकदम गलत सिद्ध हुई। दूसरा कारण यह था कि उसके लिए बम्बई में सिर्फ तीन आदमियों की बस्ती थी—अमृता, अनिकेत और वह स्वयं। बाकी तो सारी बम्बई थी। इन तीन में से अनिकेत जा रहा है, इससे उसने कोई कम कमी महसूस न की। एक तीसरा कारण भी हो सकता है, पर वह तो निश्चित होने के बाद ही कहना अच्छा।

यह समाचार जानकर अमृता ने कैसा अनुभव किया होगा। इस सम्बन्ध में उदयन या अनिकेत को अभी कुछ पता नहीं चला।

अनिकेत का त्यागपत्र स्वीकार नहीं किया गया। उसे तीन वर्ष की छुट्टी दे दी गयी। यह सब तीसरी जून तक पूरा हो गया। कल उदयन ने अमृता से बात कर अनिकेत जा रहा है, इस प्रसंग पर नौकाविहार का आयोजन किया। कल रात की गाड़ी से वह रवाना होनेवाला है।

अमृता इन दिनों परिवार के छोटे-बड़े सदस्यों के साथ समय बिताती थी।

हर शाम वह अपने बँगले के आन्तरिक उद्यान में बँधे झूले में झूला करती। पिछले तीन-एक दिनों में उसने जलकन्या के विषय में जो कुछ मिला वह सब कुछ पढ़ डाला।

जुहू के समुद्री तट पर नौकाविहार की व्यवस्था नहीं है। यहाँ का समुद्र गहरा है। अतः नौकाविहार का सच्चा आनन्द यहीं मिल सकता है, यह मानकर उदयन दूर जाकर मछुए से नाव ले आया।

अमृता के मकान की पश्चिम दिशा में समुद्र है। शुक्ल पक्ष में सान्ध्यवेला के बाद बदलते वातावरण को निहारने की उसे आदत है। सूर्य की चमकीली किरणें जब समुद्र तल पर अपनी विदाई के रंग जगा रही होती हैं तब अमृता बालकनी में खड़ी-खड़ी निकट आ रहे अन्धकार की कल्पना करती होती है। शुक्ल पक्ष में भी चाँदनी छिटकने से पूर्व सूर्य का अभाव सूचित करता एक धुँधलका अपना समय साध लेता है, फिर चाँदनी का प्रकाश धीरे-धीरे सम्पूर्ण प्राकट्य पा लेता है। शुरू-शुरू में तो समुद्र चाँदनी के उजाले से लेशमात्र भी प्रभावित न हो अपने में ही निमग्न रहता है। अपने तटीय स्वातन्त्र्य को अबाधित रहने देता है, पर बाद में एक क्षण ऐसा है, जब पूरा-पूरा छलकने लगता है। अमृता की आँखों में पूरा का पूरा समुद्र छलकने लगता है। और अमृता की आँखों में पूरा का पूरा समुद्र शमित हो जाता है। शमित सागर अपना एक भी स्पन्दन किसी को भी न सुनाई दे, इस ढंग से बरतता है।

उदयन ने जैसे-तैसे नाव को टिका रखा है। अनिकेत उस ओर जा रहा है। वह समुद्र के पानी से भीगी रेत पर जाकर खड़ा रहता है। दृष्टि को मुक्त छोड़ देता है। क्षितिज देखना चाहता है। इस समय चाँदनी में क्षितिज पिघल गया हो, ऐसा लगता है। आकाश और धरती के बीच कोई विभाजक रेखा स्पष्ट नहीं होती। समुद्र ही मानो आगे बढ़कर ऊपर उठा हो और आकाश में रूपायित होकर फैला हो। एकत्व के इस अनुभव को—धरा-आभ के इस क्षितिज रहित विस्तार को—वह अपने समक्ष रखना चाहता है, पर उसी समय उदयन उसे पुकारता है।

उदयन ने लंगर उठा लिया है। नाव पानी की ओर तेजी से बढ़ने लगती है, वह रोकता नहीं। अनिकेत और अमृता को तैयार देख वह नाव को पीछे घुमाता है।

''आ जा, अमृता!''

''बिना लंगर की नाव स्थिर नहीं रहती। तेरे इन दो पतवारों का आधार ही कितना?''

''ले पतवारें रख दीं। ला तेरा हाथ।''

''शायद दोनों लुढ़क पड़ेंगे और उलटी हुई नाव हमें ढँक देगी।''

''तो अनिकेत तुझे बचा लेगा। इस तरह हिचकती क्यों है? चल, पैर उठा।''

"ओफ़्फ़!"

पैर रखते ही नाव डगमगा उठी। अमृता को काँपती देख उदयन खिलखिला कर हँस पड़ा—

"यह तो किनारा है, डरपोक!"

अमृता कुछ नहीं बोली। नाव के बीचोबीच आड़ी सीट पर वह बैठी। संकुचित अंगों को सहज स्थिति में आने में थोड़ी देर लगी। अनिकेत के मन में उदयन की उन्मुक्त हँसी से बदला लेने की इच्छा जगी हो या फिर वह कोई दूसरी बात सोचता हो। पर उसने जिस तरह नाव में पैर रखा उसे देखकर तो लगा कि उसने बहुत लापरवाही दिखाई। दूसरे सिरे पर सन्तुलन साधने की दृष्टि से खड़ा उदयन डगमगा गया। यह देख उस क्षण तो अमृता भी चिन्तित हो उठी। अनिकेत इतनी सहजता से बैठा मानो जमीन पर बैठ रहा हो। उसने उदयन की ओर देखा। बीच में अमृता थी। केन्द्र में बैठी अमृता ने देखा—दोनों के साथ समान अन्तर था।

गति।

हाथ से छूने का मन हो रहा था चाँदनी से भरा जल।

हवा, गति और चाँदनी। चाँदनी और हवा। चाँदनी में गति। हवा में गति। जल में गति। इससे चाँदनी भी मानो चंचल। तीनों के हृदय को माधुर्य का एक समान स्पर्श। पर प्रभाव अलग-अलग।

अमृता ने बैठने की स्थिति बदली। अनिकेत को भी देखा जा सके, इस तरह बैठी।

"अनिकेत!"

"हाँ, मैं अनिकेत।"

"आप स्पन्दन-प्रधान नहीं कहला सकते। स्पन्दन की अपेक्षा आपमें बौद्धिक नियन्त्रण अधिक दिखता है।"

"ऐसा?"

"मेरी बात सच है न उदयन?"

"मैं हाँ कहूँगा तो तू मुझे स्पन्दन-प्रधान कहकर बौद्धिक नियन्त्रण के अभाववाला कह बैठेगी।"

"कोई क्या कहेगा इससे डरकर सच बोलना छोड़ा नहीं जा सकता।" अमृता ने आवाज में माधुर्य उँड़ेलते हुए कहा ताकि प्रतिकार करने के लिए उदयन पतवार रखकर नाव को न रोके। वह बोला नहीं। शायद वह कुछ बोले इसके पहले अनिकेत ने कहा—

"आप अनुसन्धान छोड़कर समीक्षा करने लगीं।"

अब अमृता बोले इसके पहले ही उदयन ने कहा—''जो सर्जन नहीं कर सकते, वे समीक्षा करते हैं। हालाँकि अमृता यह भी कर सकती है ऐसा कहने की जल्दी मैं नहीं करूँगा।''

''मैं तो मौन भंग करने के लिए ही बोली थी, पर सुननेवाले इतने सजग कि उन्होंने वही अर्थ ग्रहण किये जो अपने मन में थे और अपने-आपको अलग कर लेने के लिए दोषारोपण मेरे सिर पर।''

''हमारा अभिप्रेत चाहे जो है, सुननेवाला तो आखिर उन्हीं शब्दों से अर्थ निकालता है जो प्रकट किये गये हैं। वास्तव में इस तुलना या समीक्षा का हमारे अस्तित्व से कोई सीधा लेना-देना नहीं। यह तो सब अपने आरोपण हैं। तुलना में जिस कल्पित भेद को स्वीकार कर हम चलते हैं वह वस्तुस्थिति की प्राप्ति में शायद ही कभी सहायक बनता है। हमारे शब्द अधिकाधिक इतना ही सिद्ध करते हैं कि हममें तुलना करने की एवं विभाजन करने की कुशलता है। मनुष्य की दूसरे के साथ समानता करने की बात तो दूर रही, उसके व्यक्तित्व में दिखाई पड़नेवाले भिन्न पक्षों की तुलना भी हमें केन्द्र से दूर ले जानेवाली सिद्ध होती है। इसीलिए निरपेक्ष दृष्टिकोण विकसित करना पड़ता है। किन्तु कठिनाई यह है कि यह निरपेक्षता की भूमिका स्वीकारने को कोई तैयार नहीं है।''

''ऐसी कोई भूमिका है ही नहीं। निरपेक्ष होने की बात में भी उपदेश छिपा हुआ है। छोड़ो यह सब होने और बनने की बातें। 'होना' ही तुम्हारे लिए पर्याप्त नहीं है? हाँ, तुम अपने अस्तित्व को धोखा दो यह मुझे पसन्द नहीं।''

अनिकेत उदयन को जवाब देने जा रहा था कि तू उपदेश का विरोध कर आग्रह प्रस्तुत कर रहा है। पर वह नहीं बोला क्योंकि आकाश में उसे एक बदली दिखी।

उदयन ने अनिकेत को पतवार सौंपी। नौका का अग्रभाग छोर बन गया। उदयन दो हाथों से एक साथ पतवार चला रहा था अर्थात् आरा खींचने की तरह। अनिकेत एक के बाद एक घिलौने की पद्धति से पतवार चलाने लगा। इससे उसने नौका की गति दुगुनी कर दी। उसके बाद गोल-गोल घुमाकर उसने एक वृत्त निश्चित किया। उसका केन्द्र निश्चित किया और परिधि की रेखा खींचता रहा। एक चक्कर पूरा करता तब तक परिधि का अधिकांश हिस्सा अदृश्य हो जाता। उसने देखा कि पानी पर लीक नहीं खींची जा सकती। हर बार नयी पगडंडी शुरू करनी पड़ती है और वह पीछे-पीछे मिटती आ रही है, यह मानकर चलना पड़ता है।

चन्द्र के प्रतिबिम्ब को केन्द्र में रखकर उसकी परिधि में घूमा जा सकता है या नहीं? चन्द्र का प्रतिबिम्ब किसी एक स्थल पर स्थिर है ऐसा वह नहीं

देख पाया। चन्द्र के प्रतिबिम्ब को भी केन्द्र में लेना हो तो कितनी बड़ी परिधि बनानी पड़ेगी। यह समुद्र भी छोटा पड़े। शायद नहीं। पानी के एक छोटे गड्ढे में यह प्रतिबिम्ब पड़ा हो तो उसके चारों ओर घूमा जा सकता है। किन्तु समुद्र की अनन्तता के कारण ही वह स्थानान्तरित होता रहता है।

उदयन का ध्यान इस ओर न था। वह घिर आये बादलों को बड़े मजे से निहार रहा था।

अमृता ने देखा कि अनिकेत क्या करने में इतना मग्न है। उसको इतना निमग्न देख वह प्रसन्न हुई। वह अनिकेत की ओर सतत देखती रही। अनिकेत को इसका आभास हुआ। यह जानकर अमृता ने नौका पर से एक ओर झुककर अपनी हथेली में समुद्र का पानी लिया। और हथेली आँख के सामने धर दी। उसमें चन्द्रमा का प्रतिबिम्ब दिखाई देता था। अनिकेत ने यह प्रतिबिम्ब देख लिया, देखता रहा। नौका की गति मन्द पड़ चुकी थी।

''मैं तेरी हथेली में जो पानी है वह पीना चाहता हूँ। दे सकती है तो हाथ बढ़ा।''

''तुझे पानी पीना है या फिर मेरी हथेली में है यह देख तुझे प्यास लग आयी है।''

''तू जो कहे वह सच।''

''तो वॉटरबेग से पानी हथेली में लेकर तुझे पिलाऊँ।''

''वह तो यहाँ मेरे पैर के पास ही पड़ा है। मुझे तो खारे पानी की प्यास लगी है।''

उदयन क्यों ऐसा बोल रहा है, यह समझने के लिए अनिकेत उसके चेहरे की ओर ताकता रहा। अमृता ने संकोच के साथ हाथ बढ़ाया। उस क्षण मेघमाला चन्द्र तक पहुँच गयी। अमृता की हथेली से ढुलते-ढुलते जो पानी रह गया था उसमें अब चन्द्र का प्रतिबिम्ब नहीं था। ऐसे किसी प्रतिबिम्ब की उसे पड़ी भी न थी। उसने तो इतना ही देखा कि यह अमृता का दायाँ हाथ है, जिस हाथ से मनुष्य दूसरे को कुछ देता है। यह हाथ खाली हो और बढ़े फिर भी देखनेवाला सौन्दर्य ऊष्मा का अनुभव कर सके। उदयन पानी पी गया। इतनी लालसा से उसने इस हाथ को पहले कभी देखा न था। हाथ तो पूर्व परिचित था पर आज उसके स्पर्श से उदयन ने लावण्य के नशे को अनुभव किया—

''तू बिना थके पिलाती ही रहे तो मैं सागर पी जाऊँ।''

''लगता है सागर को तू किसी रूपक के अर्थ में प्रयुक्त कर रहा है।''

''रूपक वगैरा तो ठीक, मगर तू समझ गयी हो तो आनन्द की बात है।'' ऊपर देखते हुए उदयन ने वाक्य पूरा किया। आकाश को आवृत्त करता अन्धकार

का काला परदा चन्द्रमा को पीछे छोड़कर ठीक-ठीक आगे बढ़ चुका था। अब हवा न थी, पवन था।

बाहर निकल जाने की बात किसी ने न की। बोलनेवाला सुरक्षा चाहता है ऐसा जाहिर होने के डर से या फिर उनमें से किसी की बाहर निकलने की इच्छा न हो, मौन घिरता रहा। अब तो पवन भी नहीं था—झंझावात था। आकाश का एक खंड चन्द्र की उपस्थिति की साक्षी भरने तक ही चमक रहा था। पर वह भी अब ढँक गया था।

ज्वार का समय शुरू हो चुका था।

एक लहर शान्त हो उसके पहले ही दूसरी उछल जाती। कब बाहर निकलना है यह पहले निश्चित नहीं हुआ था।

पर अब? आकाश आकाश नहीं रहा था, अन्धकार गहरा रहा था। पवन ने वर्षा होने की पूर्व सूचना दी।

उदयन ने अनिकेत के हाथ से पतवार ले ली है। उसके उत्साह का पार नहीं था। पहले दो बार नौका पर जलधारा इस तरह छिटकी मानो पवन अंजलि छिटक रहा हो। उदयन ने बुलन्द आवाज में गर्जना की और जल्दी-जल्दी पतवार खींचने लगा। उदयन की गर्जना अमृता को क्रूर लगी। वह आक्रान्त हो उठी।

''तू किस तरफ ले जा रहा है?''

''मझधार में।''

''तो पहले अनिकेत को किनारे पर छोड़ आ। फिर मैं तेरी शक्ति देखने इस अन्धे साहस में तेरे साथ रहूँगी। इस काल-तूफान में कूद पड़ने को तू साहस समझता हो तो बलिहारी है।''

''इस तरह भयभीत क्यों होती है? इस डोंगी को तो कन्धे पर ले तैरता-तैरता तुम दोनों को बाहर छोड़कर आ सकता हूँ।''

''तू व्यायामवीर है, यह तो पता है, पर भला जरा बता तो सही अपना किनारा किस ओर है?'' अनिकेत ने पूछा।

''पृथ्वी गोल है। इसका किनारा नहीं होता। हर एक को अपना किनारा साथ लेकर घूमना होता है।''

''घूमने के लिए भी दिशा तो तय करनी ही पड़ती है न?''

उदयन ने इस बार कोई जवाब नहीं दिया। जब किनारा पास होता है तो पता चलता है कि लहरें उस ओर जोर कर रही हैं, मझधार में? तेज हवा के बहने और घनघोर आकाश के बरसने के कारण लहरों की मदद से किनारा मिलना सम्भव नहीं था।

अनिकेत सोच रहा था : उदयन की बात सच है। नाव यहाँ उलटे तो यही

किनारा! वह इस तरह व्यवहार कर रहा है तो क्या सच ही उसमें इस समय निर्भयता हिलोरें ले रही है? या भय का विरोध करने का वह इस तरह प्रयत्न कर रहा है। मेघ-गर्जन सुनकर सिंह भी प्रत्युत्तर में गर्जना करता है। सारा जंगल, गुफाएँ, पर्वत—सब इस घोष-प्रतिघोष की सृष्टि—कैसा आह्लाद अनुभव करते होंगे? उदयन ने भी इस तूफान को अपनी बुलन्द आवाज से प्रत्युत्तर दिया। अमृता इस आदमी के ओज को नहीं पहचानती?

बिजली की चमक में तीनों ने एक-दूसरे के चेहरे देखे।

"अमृता! तू डर तो नहीं गयी न?"

"ना!"

"तू अनिकेत?"

"अरे ले चल यार! आज तो बस तेरा किनारा ही मेरा किनारा। किसी भी दिशा में ले जा। इस सागर का किनारा तो होगा ही। हमारी कठिनाई यह है कि जो हमारे निकट है, उसे ही किनारा कहने के हम आदी हैं। जो दूर है, उसे दूसरी संज्ञा से पहचानते हैं...।"

अनिकेत आगे भी कुछ बोला था, पर उसके शब्दों की ध्वनि मेघगर्जना में विलीन हो गयी। बिजली की चमक के बाद तुरन्त देखने पर समुद्र और आकाश एक-जैसे काले घुप्प दिखाई देते थे। अन्तर दूसरी तरह का था। ऊपर का अन्धकार आवेग-भरा था और नीचे का अन्धकार उछल रहा था। नीचे के अन्धकार में अमृता को निर्दय प्राणमयता के संचरण का अनुभव हुआ। उसने देखा कि अनिकेत अँजुरी से नाव का पानी उलीचने के बदले पैंट-बुश्शर्ट उतारकर उनकी मदद से पानी निकाल रहा था।

भयानक सृष्टि में जी रही अमृता ने बिजली की कौंध में बनियान और जाँघिया पहने अनिकेत के शरीर को शोभित देखा था। इतना ही नहीं कुछ ऐसा अनुभव किया था जो तुरन्त भय में घुलमिल गया वरना उसे कोई संज्ञा दी जा सकती थी।

"अरे उदयन! तू किनारे की ओर तो नहीं ले जा रहा न?"

"मैं नहीं जानता।"

"तो थोड़ी गति कम कर लेने में क्या हर्ज है?"

"नाव को दिशाशून्य बनाने में तेरा कोई कम दोष नहीं है। बादल घिर आये तब तक तू क्यों गोल-गोल घुमाता रहा?"

"अच्छा, तो तेरी साहसवृत्ति में चिन्ता पैदा हो ही गयी!"

"हाँ, मैं बड़ी उलझन में हूँ। हाथों में थकान भी महसूस हो रही है अमृता!"

"ला, पतवार मुझे दे दे। मैं किनारे का ही ध्यान रखकर बैठी थी। अब

बाह्य संकेत और आन्तरिक प्रतीति दोनों के सहारे चल सकूँगी।" उसे लगा कि नाव में दो जोड़ी पतवार होती तो कितना अच्छा होता। कड़ियाँ तो तीन जोड़ी पतवारों के लिए हैं। यदि इस समय एक नाव में न होकर तीनों थोड़ी दूर हों तो एक-दूसरे को देख भी न पायें। कैसा घोर अन्धकार है!

अमृता के हाथ कई बार निरर्थक सिद्ध हो जाते थे। लहरों पर नाव के उछलते समय पतवार खींचती पर वह पानी के बाहर रह जाती थी। उसके हाथ की चूड़ियाँ खनक उठती थीं। थोड़े क्षणों के लिए उसका चित्त निष्फलता के अनुभव से व्यग्र हो उठता था।

अनिकेत ने पतवारें ले लीं। थोड़े समय में ज्यादा दूरी पार की। उदयन ने यह कहकर पतवार माँग लिये कि पानी उलीचना उसके वश का नहीं। थोड़ा आराम मिलने से एकत्र शक्ति को संकल्पपूर्वक द्विगुणित कर उसने नाव की गति बढ़ायी और लहरों पर नियन्त्रण पाकर मन ही मन उनका उपहास किया। ऐसी घोर वर्षा होने लगी कि किसी सुरक्षित व्यक्ति को भव्य उपमाएँ सूझ आयें—"मेघ समुद्र को अपना शत्रु मानकर उसका मर्दन करना चाहता है, जहाँ से अमृत-कुम्भ निकला था, समुद्र के उस गर्भ में अमृता को पहुँचा देना चाहता है...इत्यादि।"

मूसलाधार वर्षा के एकाएक बढ़ गये आक्रोश को देख, न जाने क्यों अनिकेत को लगा कि अब बरसात बन्द हो जाएगी, उसने अमृता से कहा भी। उसे आनन्द हुआ।

अमृता द्वारा निश्चित की गयी दिशा में—पवन और लहरों की गति की दिशा में वक्रगति से उदयन आगे बढ़ रहा था। लहरों के थपेड़ों से नाव का अगला भाग बार-बार तिरछा हो जाता था। पूरे शरीर का बल उसने कलाई में संचित कर लिया था।

मान लो कि आप किनारे पर खड़े हैं, उन पाम वृक्षों के पास सर्वव्याप्त अन्धकार में भी आप उछलती लहरों पर झूलती विवश नाव को देख सकते हैं। नाव को पीछे छोड़कर वेग से बढ़ती आ रही लहर आपकी दृष्टि के बीच दीवार बन जाती है। नाव आपको दिखाई नहीं पड़ती। भ्रमवश आप मान लेते हैं कि नाव गयी। पर वहीं पीछे से उछलती लहर तत्क्षण नाव को ऊपर उठाती है। वह उठी और पछाड़ मारकर गिरी, वह डूबी...। आप केवल दर्शक हैं, फिर भी विह्वल हो जाते हैं...। बिजली की मर्मभेदी कौंध आपकी आँखें बन्द कर देती है, तो भी आप देख लेते हैं कि भयाक्रान्त अमृता 'ओह!' करती अनिकेत की पीठ से लिपट जाती है। नाव डगमगा उठती है। उसकी अस्थिरता बेहद बढ़ जाती है। ऐसा होने के कार्य-कारण-सम्बन्ध को विस्मृत करने के लिए संघर्ष करता उदयन केवल पतवारों पर ही ध्यान देता है। आप इस प्रकार सोच सकें या न सोच सकें,

वे तीनों इस समय किसी चौथे के अस्तित्व से नितान्त बेखबर हैं।

वर्षा थम गयी, यह देख उदयन का उत्साह बढ़ा। उसने जो देखा और जिसे देखकर उसने कुछ मान लिया इस कारण थोड़ी देर पहले की बिजली की कौंध उसे अपने अन्तर्नाद की ज्वाला के रूप में याद आती है। उदयन को अब भी उसके नियन्त्रण में न रहती नौका पर क्रोध हो आता है। और यह क्रोध इतना अधिक होता है कि उसमें समुद्र में कूदकर अपने कन्धे के एक धक्के से नौका को किनारे तक ले जाने की शक्ति उत्पन्न करता है। उसने कभी अस्वीकार नहीं किया कि क्रोध शक्ति नहीं है। हाथ के स्नायु में महसूस होती थकान को वह बिसर जाता है और पतवार को अधिक गहरे में लेने लगता है।

एक आवाज होती है। यह आवाज पतवार के अगले हिस्से के टूटने की आवाज है। दाहिने हाथ की पतवार टूट जाने से उसका हत्था उदयन की छाती में लगता है। इस पतवार को खींचने के लिए उसने बल प्रयोग किया था। उस बल के कारण नाव एक ओर झुक जाती है। पानी की सतह तक ऊँची एक खुरदुरी चट्टान से उसका अगला हिस्सा टकराता है। तीनों पानी में इस तरह कूद पड़ते हैं मानो फिंक गये हों। अनिकेत का पैर एक पत्थर से टकराता है पर यह उस पत्थर का वह भाग था जो पानी में चारेक फुट गहराई में डूबा था।

तीनों एक-दूसरे को सुरक्षित देख चैन की साँस लेते हैं। "हम आ पहुँचे उदयन! इस पत्थर तक तो तू कई बार तैरता-तैरता आ चुका है।"

"अनिकेत, तू अमृता की मदद करना। इन लहरों का वेग असह्य है।" उदयन ने अमृता को जवाब नहीं दिया और अनिकेत को यों मदद करने को कहा, इसका कोई विशेष कारण नहीं होगा।

अनिकेत ने निकट जाकर अमृता को अपने कन्धे का सहारा दिया, उसने आनाकानी किये बगैर आधार ग्रहण किया। इन कपड़ों में भी वह तैर तो सकती थी, फकत उसे इस ढंग से तैरने की आदत नहीं थी।

"उदयन?"

"उसकी जरा भी आवाज़ सुनायी न दी।"

"उदयन, क्यों पीछे कैसे रह गया?"

"अब कोई जल्दी नहीं।"

अमृता का हाथ अनिकेत के कन्धे से सरकता-सरकता रह गया। इसलिए उसने अपना दाहिना हाथ अनिकेत के गले के निकट रखा और बायीं ओर खिसकी। बार-बार हो जाते अनिकेत के स्पर्श से और स्पर्श के परिणामस्वरूप उसके अंगों में जागते आन्दोलनों से उसे ऐसा लगा कि वह स्वयं गौरवहीन परिस्थिति में फँस गयी है। तो फिर अनिकेत का सहारा छोड़कर अलग क्यों नहीं तैरती? क्या उस

स्पर्श के साथ अचेतन मन का कोई समझौता हो गया है? या अनिकेत का सहारा छोड़ने पर उसे बुरा लगे तो?

"उदयन, तू कितनी दूर रह गया? क्यों कुछ बोलता नहीं?"

उदयन से प्रश्न पूछकर अनिकेत अपने मन को दूसरी ओर मोड़ने का प्रयत्न कर रहा था? या फिर उसे उदयन की चिन्ता थी।

"उदयन!"

"किनारे पहुँचने पर कहूँगा।"

"तेरी आवाज में थकान दिख रही है। तुझे कोई चोट नहीं आयी न?"

"बाद में कहूँगा।"

अनिकेत ठिठका। अमृता भी समझ गयी थी कि उदयन सरलता से तैर नहीं सकता होगा।

"उसे कहीं वह पत्थर तो नहीं लगा? आप उसे सहारा दीजिए। मैं सरलता से बाहर निकल जाऊँगी। एक मिनट जरा थमना। मैं साड़ी ठीक से बाँध लूँ।"

अमृता को सावधानी से बाहर निकलने को कहकर अनिकेत पीछे मुड़ा। ज्यों ही उसने उदयन की बाँह थामी कि तुरन्त ही उसका शरीर शिथिल हो गया। दोनों के बीच कोई बात नहीं हुई। बाहर निकलने का प्रयत्न करने के साथ-साथ उदयन के शरीर को सँभालना था। इस दौरान अनिकेत ने देख लिया कि उदयन के ललाट से खून बह रहा है। ललाट की दाहिनी ओर चोट लगी थी। बहुत शीघ्रता करने की आवश्यकता थी।

पैर तले धरती आ गयी थी! अब तो पीछे लौटती लहरों के बीच जितना सम्भव हो उतना टिके रहना था। बाहर की ओर बढ़ती लहरों के धक्कों ने उन्हें किनारे पर लाकर रखा।

बादल का आवरण महीन होने लगा था।

उदयन रेत में पैर जमाकर खड़ा रहा। वह शरीर को खड़ा रखना चाहता था। पर एक क्षण उसकी सावधानी शिथिल हो गयी और वह बैठ गया।

चन्द्र दिखा। अमृता अपने कपड़े निचोड़ती, थोड़ी दूर खड़ी थी।

उदयन का चेहरा एकदम लाल हो गया है। अलबत्ता चाँदनी में लाल रंग, लाल नहीं लगता। किन्तु बहकर काला पड़ने लगा खून भी लाल रंग का ही भाव पैदा करता है। इससे अनिकेत को उदयन का चेहरा लाल दिखाई दिया। वह पास बैठकर देखने लगा कि घाव कितना गहरा है। चिन्ता जैसी बात नहीं। पर उसने कुछ अलग तरीके से कहा :

"बिलकुल चिन्ता करने जैसा नहीं। एक बात तो कहनी पड़ेगी दोस्त! तूने नाव पर अद्‌भुत नियन्त्रण रखा। यह प्रसंग तो याद रह जाएगा। आदमी में इतनी

असाधारण शारीरिक शक्ति देखकर ही मुझमें उसके प्रति आदर-भाव जगता है।''

''मैं आगे जाकर अपने फैमिली डॉक्टर को बुलाती हूँ। आप लोग शान्ति से आइए, मगर...'' बनियान और जाँघिये में खड़े अनिकेत को देखकर अमृता के चेहरे पर हास्य छिपा नहीं।

''तू कुछ खटपट मत करना। अनिकेत का एक मित्र डॉक्टर है। हम उन्हें ही बुलाएँगे।''

''तो आप कॉर्नर तक आइए। तब तक मैं कार ले आती हूँ।''

एक फर्लांग जितनी दूरी थी। उदयन खड़ा होकर चलने लगा। बीसेक कदम चलकर रुक गया।

''तुझे एतराज न हो तो मैं तुझे उठा लूँ?''

''अभी मुझे थोड़ा प्रयत्न करने दे। चलते-चलते गिर पड़ूँ तो उठा लेना।''

''अपने साथ इस तरह क्रूरता से क्यों व्यवहार कर रहा है?''

''होश में रहूँ तब तक तो कम-से-कम मुझे अपना वजन तो उठाना ही चाहिए न!''

''इसके सम्बन्ध में जरूरत से ज्यादा होश में रहने की आवश्यकता नहीं है। मैं आसानी से तुझे उठा लूँगा। हम लोग एक बार पिकनिक में गये थे और एक विद्यार्थी पेड़ की डाली टूटने से गिर पड़ा। अन्य कोई साधन नहीं था। मैं उसे उठाकर लगभग आधा मील दौड़ने की गति से चला था।''

उदयन बिना कुछ बोले खड़ा रहा। अनिकेत ने उसे उठा लिया।

''अरे! तेरा वजन जितना दीखता है, उससे कम लगता है।''

''गत वर्ष एक सौ पैंतीस रतल था। उसके बाद बढ़ने का कोई कारण नहीं। तेरा अभी हाल ही बढ़ा होगा!''

''तेरी शुभेच्छा का रहस्य समझ सकता हूँ। एक सौ पचास के आसपास रहता है। तू तो जानता है कि मैं शरीर का ध्यान तुझसे ज्यादा रखता हूँ। इसलिए मेरे लिए यह गौरवप्रद तो नहीं ही कहा जा सकता।''

''लगता है तेरा बाँधा हुआ रूमाल ढीला हो गया है। सिर में टीस उठती है। जरा कसकर बाँध न।''

अनिकेत ने उदयन को नीचे उतारा। दोनों आमने-सामने खड़े थे। रूमाल छोटा पड़ रहा था। गाँठ बराबर नहीं लग पा रही थी। इसलिए थोड़ी देर हो गयी। उदयन ने देखा कि उसकी ऊँचाई अनिकेत से लगभग एक इंच कम होगी। उसने आज अनिकेत का चेहरा ध्यानपूर्वक देखा। अर्जुन के एक चित्र में चित्रकार ने ऐसा ही चेहरा रचा था। बिना कुछ बोले अनिकेत उसे उठाकर चलने लगा। अमृता ने कार का हॉर्न बजाया। अभी सौ कदम की दूरी थी।

"भई, जरा ध्यान रख न! इस रूमाल में से तेरा खून मेरी बाँह पर टपक रहा है। तू वहाँ हाथ रखे तो क्या हानि है?"

"मैं ऐसा कायर नहीं हूँ।"

"तो इस तरह तेरी निर्भीकता का मुझपर कोई प्रभाव नहीं पड़नेवाला। सुरक्षा का ध्यान रखने में कायरता कहाँ से आ गयी?"

उदयन ने माथे पर हाथ रखा। इसके बाद दोनों कुछ बोले नहीं। इतने में अमृता कपड़े बदल कार लेकर आ गयी? दौड़ती गयी होगी।

दोनों पीछे की सीट पर बैठे। अमृता कार चालू करे उसके पहले अनिकेत बोला :

"आपको आपत्ति न हो तो मैं ड्राइविंग करूँ। आप उदयन के पास बैठिए।"

"हाँ, मुझे यह अच्छा लगेगा।" अमृता तुरन्त बाहर आ गयी। उदयन से सटकर बैठी। उसके सिर पर हाथ रखकर देखने लगी।

"ओह! अभी खून बह रहा है!"

झटके के साथ कार उठी। पीछे बैठनेवालों ने अन्दाज लगाया कि स्पीड साठ और सत्तर के बीच होनी चाहिए।

"तुम दोनों धीरे-धीरे सीढ़ी चढ़ो। मैं डॉक्टर को फोन कर लूँ।" अनिकेत तीन-तीन सीढ़ियाँ कूदता हुआ ऊपर चढ़ गया। उतावली में खोलने से दरवाजा खड़खड़ाया। सीढ़ी चढ़ते हुए दोनों ने यह सुना।

डॉक्टर को जागकर फोन पर आने में देर लगी। "जल्दी आओ। मैं अनिकेत। उदयन को सिर में चोट लगी है।" इतना कहकर उसने फोन रख दिया। उदयन सोफे पर जाकर बैठा तब तक अमृता उसकी बाँह पकड़े हुए थी।

"अब तो छोड़! इसको भ्रम है कि मैं इसके सहारे सीढ़ी चढ़कर यहाँ तक पहुँचा हूँ। उसे यदि मेरी चोट का दसवाँ हिस्सा भी लगा होता तो अभी तक होश में न आयी होती।"

"क्यों, मेरा सहारा तुझे नहीं रुचा?"

"अरे! मैं तो यह चाहता हूँ कि ऐसी चोट मुझे रोज लगा करे। तुम दोनों का और खास तौर से तेरा ध्यान इस समय मेरी ओर कितना ज्यादा है! तुझे इस तरह मेरी चिन्ता करते देख मुझे हँसी आती है।"

"चल, अन्दर आ। कपड़े बदलकर सो जा।"

पानी गरम होने रख दिया था। डॉक्टर के आने तक अनिकेत ने सिर धोकर उदयन को पलंग पर लिटा दिया था। डॉक्टर ने दो इंजेक्शन लगाये। पट्टी बाँधी। कितना खून बह गया होगा? प्रश्न के उत्तर में डॉक्टर ने कहा कि चिन्ता करने जैसी बात नहीं। आराम की जरूरत रहेगी। कहीं अन्दर की चोट? कोई और खास

चोट तो नहीं आयी न?

''यह जो चोट लगी है वह भी कहाँ खास है? आपको आधी रात को उठाया उसके लिए खेद प्रकट करूँ या फिर आपका खूब-खूब आभार माना जाए?''

''कल दोपहर हॉस्पिटल आइए। स्क्रीनिंग कर लूँ। फिर आभार मानिएगा।''

''क्या मेरे लिए इस तरह लेटे रहना जरूरी है?''

''निहायत जरूरी है।''

डॉक्टर के जाने के बाद उदयन ने ताश खेलने का प्रस्ताव रखा जो बहुमत से उड़ गया। अनिकेत ने कहा कि अब अमृता को जाना चाहिए। बहुत देर हो गयी है।

अमृता घर पहुँची, तब बैठक में उसके भाई-भाभी और मेहमान ब्रिज खेलते बैठे थे। उनके साथ थोड़ी देर बैठने की इच्छा हुई। द्वार तक पहुँचने पर उसने अपना सन्दर्भ सुना। वह ठिठकी। सीढ़ी की ओर मुड़ी और अपने शयनगृह में पहुँच गयी।

ऐसी स्थिति में उदयन अनिकेत के घर ही रुका। अलबत्ता अनिकेत ने रोक रखा इसलिए। वरना उदयन का तो क्या ठिकाना!

पाँच

उदयन को लगा कि दर्द का अन्तिम भाग ही वह अनुभव कर सका है। टीस जल्दी चली गयी। कोई विषैला मुलायम सँपोलिया छूता हआ सरक जाए, उसके बाद ही उसका पूरा खयाल आये उसी तरह टीस को खतम होने पर ही जान पाया। मस्तक में जाग उठी उस वेदना को समझने के लिए भी उसे अब कल्पना का आश्रय लेना पड़ा। वह दूसरी टीस उभरने की प्रतीक्षा इस इरादे से करने लगा कि अबकी बार तो इस दर्द को समग्र अनुभव कर लेना है, आद्यन्त जान लेना है। इस दर्द की टीस के माध्यम से अपने अस्तित्व में उद्‌भासित चेतना को जानने का आज अवसर मिला है, ऐसा मानकर वह दूसरी टीस की प्रतीक्षा करने लगा।

दूसरी टीस। वह भी धोखा दे गयी। दर्द की सम्पूर्णता का स्वरूप अजाना रह गया। सतर्कता काम न लगी। दर्द सतर्कता को भेदकर पार निकल गया। कठिनाई से टिकाई हुई जागृति व्यर्थ हो गयी। 'जो दर्द और उसका कारण अपने ही शरीर में स्थित है, क्या उसे पूरी तरह जान लेने की शक्ति मुझमें नहीं है?'

उदयन अकुला गया। उस घाव को मस्तक से अलग कर आँखों के सामने लाने की इच्छा हुई। अपने हाथ से ऐसा किया जा सकता तो कितना अच्छा होता?

टीस को समझने के लिए उसने अन्य माध्यम ढूँढ़े। बचपन में उसने सुना था—अमुक आदमी को टिटनेस हो गया है। वह लकड़ियाँ फाड़ रहा था। लकड़ी को पैर से दबाकर वह कुल्हाड़ी चला रहा था तभी घूम गयी और उसका आधा अँगूठा कटकर अलग हो गया। वह ऐंठने लगा। उसके शरीर की सभी नसें खिंचने लगीं और वह मर गया। किशोरावस्था में थोड़े-बहुत घाव तो उदयन को भी लगे थे, उसे क्यों ऐसा नहीं हुआ? 'आज अगर इन टीसों में वेग आ जाए तो क्या वे टिटनेस में बदल जाएँगी? पर डॉक्टर ने इंजेक्शन तो दिया है? यदि इंजेक्शन देने से पहले ही असर शुरू हो गया हो तो? मेरे शरीर को क्या होता है, क्या नहीं होता इस सम्बन्ध में मैं कितनी अल्प जानकारी रखता हूँ! मुझे शरीर-विज्ञान और मेडिकल सम्बन्धी पुस्तकें पढ़नी चाहिए। आज तक इस सम्बन्ध में क्यों विशेष कुछ पढ़ा न जा सका? पर पढ़ने से क्या होगा? वही का वही आदमी के शरीर में प्रवेश कर नया सायुज्य प्राप्त करता है। जिस तरह दर्पण-दर्पण में अलग प्रतिबिम्ब उसी तरह आदमी-आदमी में रोग का विशिष्ट स्वरूप। तो भी लोग व्याख्या करते हैं, निष्कर्ष निकालते हैं। जबकि रोग और घाव तो बिलकुल अलग तरीके से काम करते हैं। कुछ समझा नहीं जा सकता। यह विवशता तो असह्य है। एक बार एक ट्रेन-दुर्घटना देखी थी। उसका एक कर्मचारी इंजन और मालवाहक डिब्बे के बीच खड़ा-खड़ा चप गया था। उसके पेट में लोहे के कैसे-कैसे आकार घुस गये थे। इंजन और डिब्बे के बीच ऊपर की ओर उस आदमी का धड़ दिखाई देता था। वह होश में था। बात कर सकता था। डिब्बे और इंजन को अलग कर उसे बाहर निकाला गया, शरीर के साथ एकरूप हो गये लोहे को अलग किया गया। एक सूत बराबर भी जगह नहीं हुई होगी कि उसकी आँखें फट गयीं।' यह प्रसंग उदयन के लिए मृत्यु की एक अनुभूति बन गया। आज कितने वर्षों बाद उसे यह प्रसंग याद आया। उस दिन देखते-देखते उस प्रसंग को स्वयं जी सका होता, उससे अधिक आज जी सका। आज उसने स्वयं को इंजन और डिब्बे की चपेट में रख देखा...पर ओह! यह टीस...क्या उस आदमी की मृत्यु से यह टीस बड़ी है? तो फिर कैसे यह उस प्रसंग को भुलाकर मुझे खींच गयी!

करवट बदलकर उसने सोने का प्रयास किया। दोनों हाथ तकिये पर ले गया। हाथ के स्नायु दबाकर देखे। अकड़ गये हैं। तो क्या सुबह में दुखने लगेंगे? उसने फिर से हाथ के स्नायु और कन्धे को दबाकर देखा। पतवार चलाने के तो अनेक अनुभव हैं। किन्तु इस तरह?

एकाएक नदी और समुद्र के पानी के घनत्व का अन्तर उसकी त्वचा ने अनुभव

किया। उसे एक दूसरी घटना याद आयी। पिताजी ने उस समय अध्यापक की नौकरी नहीं छोड़ी थी। साथ-साथ लकड़ी का व्यापार भी करते थे। उनके साथ वह भीलोड़ा से शामलाजी की ओर गया था। शरद पूर्व अथवा भादों के आरम्भ के दिन थे। मेश्वो नदी में ठीक-ठीक पानी था। एक आदिवासी किशोर नहाने के लिए नदी में कूदने की तैयारी कर रहा था। उदयन उसके साथ बातों में लग गया। उस क़िशोर ने कहा था, "मैं सामने पार निकल जाऊँ तो क्या दोगे?" उदयन ने जवाब दिया था, "दूँगा क्या? मैं भी तुम्हारे साथ शायद तुमसे भी पहले उस पार निकल जाऊँ।" दोनों में शर्त लगी थी। भुजंग की गति से दौड़ती मेश्वो नदी में उदयन कूद पड़ा था। उसने उस पार पहुँच जाने की जल्दी न की थी। प्रवाह में उछलने और जलक्रीड़ा करने में मजा आया था। वह किशोर प्रवाह से जूझ रहा था। पता नहीं क्या हुआ कि उसके मुँह से चीख निकल गयी थी। उस समय तो वह डूब न जाए इसके लिए हाथ-पाँव मार रहा था। उदयन ने थोड़ी देर तो खेल देखा। फिर उसे पकड़ लिया था।

स्मृति में यह घटना पूरी हुई तभी उदयन को उस धरती का तरबतर चौमासा याद आया। गीली जमीन पर जगह-जगह पड़े हुए गड्ढे, अँखुआती घास, वर्षा के थम जाने के बाद पेड़ों पर से टपकता पानी, हवा के झोंके से पत्तियों में जाग उठती भीनी-भीनी मर्मर, तरह-तरह की घास पर झाँकते रंग-बिरंगे नन्हे-नन्हे फूल, बाजरे के लहलहाते खेत और मक्के के झूमते भुट्टे...उसने करवट बदली।

विजयनगर तहसील में सर्दियों के अन्त में खिल-खिलकर पलाश वन उठते ढाक...वक्र किंशुक का रंग...सागौन की झाड़ी...।

अनिकेत ने बत्ती जलायी। एक हाथ में दवा की गोलियाँ और दूसरे में पानी का गिलास लेकर वह खड़ा था। उदयन उठ बैठा। अनिकेत के हाथ खाली किये। सो गया। उसके हाथ और कनपटी का स्पर्श कर उसने लाइट बन्द की और चला गया।

कॉलेज-जीवन में उदयन ने कितनी ही बार तरण-स्पर्द्धा में भाग लिया था। एक स्पर्द्धा के समय उसके प्रतिस्पर्द्धी बहुत पीछे छूट गये थे। वह क्षणभर रुका। सबको पास आने देकर वह आगे बढ़ा। दर्शकों ने तालियों की गड़गड़ाहट से उसका अभिवादन किया था। बाहर आकर इधर-उधर खड़े प्रतिस्पर्द्धियों का उसने सिंहावलोकन किया। प्रेक्षकों में अमृता भी थी, बल्कि अमृता उनमें मुख्य थी। उस पुराने प्रसंग के गौरव को ताजा करने में उदयन इस क्षण सफल न हो पाया। आज जो हुआ वह कल्पनातीत है। अनिकेत ने ऐसी किसी स्पर्द्धा में प्रथम स्थान प्राप्त नहीं किया है। वह तो इस प्रकार की स्पर्द्धाओं के आयोजन को ही अशैक्षणिक मानता है। मगर इससे क्या हुआ? विजेता के रूप में वह प्रख्यात नहीं है। उसमें इतनी अधिक

शक्ति है यह उदयन को खबर नहीं थी। अमृता ने भी यह आज जाना होगा। उससे कैसी लिपटी हुई थी, किन्तु उदयन ने उसकी मदद न ली होती तो क्या हो जाता? जो होना था वह हो जाता, पर वह उदयन के लिए अच्छा होता। उसे अफसोस था कि उसका मनोबल कमजोर हो गया था और वह स्वीकार करना पड़ा। वह अपने प्रति सख्त नाराज हुआ।

यह प्रसंग उसने ही खड़ा किया था। दूर से नाव लाया। वज्राघात करती लहरों पर नाव तैरती रखी, वहाँ बीच में पत्थर आ गया। पत्थर भले ही आया हो, किन्तु अनिकेत न होता तो अच्छा। उसकी मदद की वजह से ही तो उदयन का मनोबल ढीला हुआ। मदद हाजिर न होती तो वह सब कुछ सहन कर लेता। आज तक क्या-क्या नहीं सहा? उन दिनों अमृता जब उसकी ओर बेहद आकर्षण अनुभव करती थी, तब मुक्त किया हुआ पंछी उड़-उड़कर वापस पिंजरे में लौट आये, यों मुस्कुराती, आँखें छलकाती आती अमृता को उसने रक्षण दिया। अपने हिंस्र आवेगों से उसकी रक्षा की है, कारण उस समय अमृता कन्या थी—मुग्धा थी, युवती नहीं थी। आज अमृता मुझे सहारा देने का दिखावा कर गयी। उसने खुद आयोजन करके जो परिस्थिति खड़ी की थी, उसमें गौरव बढ़ने की सम्भावना थी, किन्तु नीचा देखना पड़ा।

उदयन ने इस तरह करवट बदली कि पलंग हिल उठा, उसके जोड़ चरमरा उठे।

अमृता को भूल जाने के लिए उसने आँखें खोलीं। नाइट लैम्प की मद्धिम रोशनी में वह कुछ भी नहीं देख पाया। न देखने का ही उसका इरादा था। उसने फिर से आँखें बन्द कर लीं।

उस परिचर्चा में उदयन ने भाग नहीं लिया था। वह ग्यारहवीं कक्षा में था अमृता नवीं में। उस चर्चा में अमृता प्रथम आयी। उसे बधाई देने के बाद उदयन ने उसे कुछ मुद्दे बताये। उद्धरण सुनाये। अमृता भौंचक रह गयी। उस वर्ष कुछ समय पूर्व ही उदयन उस जोन के स्कूलों का व्यायामवीर बना था। अमृता ने उसे देखा था। वह भी खेलकूद और तैराकी में रुचि लेती थी। स्वभाव से संकोची होने के कारण वह स्पर्द्धाओं में शायद ही भाग लेती थी। अलबत्ता निबन्ध, चर्चा आदि प्रवृत्तियों में भाग लेने के लिए अध्यापक उसे मना लिया करते थे। बाद में तो उसे समझाने की जरूरत भी न रही। अमृता भी उसी कॉलेज में प्रविष्ट हुई, जिसमें उदयन पढ़ रहा था। अब दोनों के बीच कोई दूरी न थी। किसी भी विषय पर वे बात कर सकते थे। तब वह अपनी मौसी के घर अँधेरी में रहता था। उनकी कोई सन्तान न थी।

'मैं अमृता को हर विषय पढ़ाता रहता था, इसी कारण तो वह प्रथम श्रेणी

का करियर बना सकी। प्रतिष्ठा प्राप्त कर सकी। मेरी मदद के बिना वह इतनी आगे बढ़ सकती थी।' किन्तु यह सब तो वह स्वयं ही कहती है। बार-बार कहती है इसलिए कि आभार मानकर ऋण अदा कर देना है। अब अनिकेत को देखा है।

वे दिन बड़े गुलाबी थे। तब तो भविष्य में अविश्वास का प्रश्न ही नहीं उठा था। प्रत्येक मुग्ध मानस की भाँति उदयन भी भविष्य के सम्बन्ध में रंग-बिरंगे मनसूबे रचता। स्वप्नसृष्टि में डूबकर वह वर्तमान परिस्थितियों को भूल जाता। अमृता के सम्पर्क का स्वयं की कामनाओं के अनुकूल अर्थ लगा लेता और कल्पित दाम्पत्य-जीवन के आनन्द का नशा अनुभव करते-करते वह हैंगिंग गार्डन तक पहुँच जाया करता। एक शाम उसने निर्णय किया था कि पढ़ाई पूरी होने के बाद नौकरी के साथ-साथ कुछ अनुवाद-कार्य कर वह पैसे इकट्ठे कर लेगा। और फिर पगड़ी देकर वह मालाबार हिल पर डेढ़-दो कमरों का छोटा-सा, किन्तु स्वतन्त्र फ्लैट किसी मकान की सबसे ऊँची मंजिल पर पसन्द करेगा ताकि आसानी से पूरी बम्बई देखी जा सके।

उन्हीं दिनों की बात है। बी.ए. की परीक्षा देने के बाद नौकरी ढूँढ़ रहा था। पिछले चार-पाँच वर्षों से एक अँग्रेजी प्रिंटिंग प्रेस में वह प्रूफ देखने का काम करता था। वह गलतियाँ आसानी से पकड़ लेता था। पहले से ही स्पेलिंग अच्छी थी, इसलिए उसका काम प्रशंसित होता था। किन्तु अब प्रेस का काम छोड़ दिया था। उस प्रेस में अब पाठ्य-पुस्तकें छपने लगी थीं।

एक ओर बेकार अनुभव कर रहा था, दूसरी ओर पढ़ने का बेहद शौक चढ़ आया था। उसे लगा कि पढ़ने जैसा तो यही था। क्योंकि मनुष्य को केन्द्र में रखकर यह सब लिखा गया था—पूर्व निश्चित आदर्शों और सतही आचार-संहिताओं का आक्रमण मनुष्य का दम घोंट देता है...इन तमाम रूढ़िग्रस्त समाजों के जड़-चौकठों में फँसा हुआ मनुष्य अपनी स्वतन्त्रता के अधिकार के सम्बन्ध में जाग्रत हो तो जीवित भी नहीं रह सकता...यह आदमी जिसे जी रहा है, वह क्या जीवन है? सबके साथ समझौता कर स्वयं के साथ बेवफा होकर आदमी ने जीवन को नजरअन्दाज किया है। यह कायरता है...अपने प्रश्न स्वयं समझकर उनका हल ढूँढ़ने के बदले, स्वतन्त्र विचार करने का अपना दायित्व छोड़कर उपदेशात्मक कथा-कीर्तन का आश्रय लेनेवाला अन्धश्रद्धा की छाया में भले ही सुखी हो जाए, पर वह परम आत्मवंचक है...कहा गया सभी मान लेना बौद्धिक पराधीनता का लक्षण है। और तो और वह बौद्धिक प्रवृत्ति भी नहीं है। यह तो भेड़ियाधसान है...अपने अस्तित्व से निरपेक्ष हो, ऐसी कोई वास्तविकता मनुष्य के लिए उपयोगी नहीं...ईश्वर के नाम पर जमा किये हुए सभी अन्तिम सत्यों को मनुष्य के अस्तित्व से कोई

सरोकार नहीं। अन्त-पूर्व के सत्य—जिन्दगी के साथ ही मनुष्य के अस्तित्व का सम्बन्ध है—जीवन्त वास्तविकता के साथ ही सम्बन्ध है...अनन्त सम्बन्धी दर्शन बहुत चले। अब तो अपने अस्तित्व का ज्ञान—सन्त का दर्शन—प्राप्त करना है और वह भी किसी दूसरे के मार्गदर्शन के बिना। मार्गदर्शक भले ही स्वयं अपने मार्ग पर चलते रहें। जब ये लोग भी चले जाते हैं तो इनके हठाग्रहों का बोझ जीनेवालों के सिर क्यों?

उस वेकेशन में उदयन ने जो कुछ पढ़ा था। उसकी संक्षिप्त सूची भी यहाँ दे पाना सम्भव नहीं। केवल दिशा संकेत कर दिया। यह अध्ययन उसके रहन-सहन में इस कदर घुल-मिल गया, जैसे पानी में क्षार। अमृता परिवार के साथ महाबलेश्वर गयी थी। उसने लौटकर देखा कि ज्यादा सिगरेट पीने से उदयन के होठ काले पड़ गये थे।

उसने निश्चय किया था, "अब अमृता से नहीं कहूँगा कि मैं तुझे चाहता हूँ। तुझे समझता हूँ।" यह कह सकने की क्षमता विकसित कर लेने के बाद ही उससे कहूँगा कि समझ की भूमिका पर ही हम मिल सकते हैं।

आज अमृता उससे दूर जाकर खड़ी है। उसे दूर देखकर आकांक्षा जगती है। उससे अंग-सौष्ठव से दृष्टि इतनी अधिक प्रभावित होती है कि विश्लेषण करने की स्वस्थता नहीं टिका पाता। उसके अतृप्त अन्तः में अरब की गरम लू साँय-साँय करने लगती है।

"अब मैं अवश्य ही बात करूँगा। पहले जिसके मूल्य की अवमानना की थी वैसा कोई सौरभपूर्ण एकान्त मिले...। उसके दृष्टिक्षेप में सद्यःजात ऋजुस्पन्दन की सुषमा मैं देख लूँ, कि बस...। हाथ लगेगा? दो उत्सुक क्षणों का संयोग। उसके अमर्दित वक्ष का गुमान अपने अंग-अंग में सोख लूँ, ऐसा समय आएगा? वास्तव में इसके लिए मैं उससे प्रार्थना तो नहीं ही करूँगा। उसे समझना चाहिए कि मेरी चाह...।"

अनिकेत तो कहता था कि वह अमृता के प्रति निरपेक्ष है। सच्चा आदमी है। वह सच्चा न होता तो? उदयन को अमृता पर क्रोध आया। उसे कोई भी कितनी आसानी से फाँस सकता है? किन्तु आज भी उसका व्यवहार किसी विदग्ध मनुष्य को शोभा दे, ऐसा है? वह अनिकेत को भूल जाएगी। आज तो उसका व्यवहार कितना सन्दिग्ध है। यह सन्दिग्धता क्या आगे भी जारी ही रहेगी? तो उसे कब तक संशय में रहना होगा?

"अनिकेत बम्बई छोड़ रहा है। अच्छे काम पर जा रहा है। मरुस्थल के बढ़ते विस्तार को रोककर वनस्पति द्वारा समृद्धि कैसे बढ़ायी जा सकती है—इस सम्बन्ध में शोध एवं अध्ययन करने जा रहा है। उसका निर्णय स्तुत्य है। कुछ

ठोस काम करके आएगा। वापस आएगा? भले ही आये? कौन कहता है कि जाए? अगर वह हमारे बीच से हटने के विचार से जा रहा है तो वह मुझे समझता नहीं। उसके बदले में मुझे कुछ भी नहीं प्राप्त करना है। मेरी अपनी ही उतनी ही शक्तियों से मिली विजय मुझे स्वीकार्य है, अन्यथा अन्त बेहतर है। मैं उपकृत नहीं होऊँगा, संघर्ष करूँगा। वरण करने में यदि अमृता जागृत रह सकी तो अनिकेत देखेगा कि उसके लिए त्याग करने का प्रश्न ही उपस्थित नहीं हुआ, उदयन जीत गया। मुझे विजय स्वीकार्य है, उपकार नहीं। और यदि मैं उसके सामने हार गया तो कोई बात नहीं। हार के बाद जीने की व्यवस्था मैं कर लूँगा। किन्तु मैं अनिकेत के प्रति शंकालु क्यों हूँ? यह भी सम्भव है कि वह बीच से खिसकने का आदर्श लेकर न भी जा रहा हो। वह राष्ट्रीयता में विश्वास करता है। मातृभूमि के प्रति उसके मन में अनुराग है। बढ़ते मरुभूमि को नाथने के लिए कुछ कर गुजरने की शुद्ध नीयत से ही वह जा रहा होगा और उसके उस बूढ़े खूसट अध्यापक की भी इच्छा थी। वह जिस काम से जा रहा है उसके अलावा और कोई बात उसके मन में न हो...।''

अनायास उसका हाथ अपने कपाल पर गया। थोड़ी खुजलाहट हुई थी। पट्टी पर हाथ गया। उसे खयाल आया कि टीसें कभी की बन्द हो गयी हैं। क्या अनिकेत इसीलिए गोलियाँ दे गया था?

यह शरीर कुछ गरम क्यों है, उन इंजेक्शनों के लेने के कारण तो यह असर नहीं हुआ होगा? किन्तु साँस कोई गरम नहीं है।

''इसमें से लम्बी बीमारी हो जाए तो? बीमारी से उसे सख्त चिढ़ है। ऐसे अनिवार्यत: कौन पड़ा रहेगा? अपनी ही इच्छा से भले ही घंटों समुद्रतट के कुहासे में बैठकर हम दूर के आकारों को धुँधलाते देखते रहें। भले ही आँखों को आकाश में रखकर देखें कि समुद्र की सतह पर एक विशालकाय मगर पड़ा है। नमी में रहा क्षार और धुआँ उसकी खाल के साथ एकाकार हो गये हैं। मलाबार हिल के पश्चिमी छोर पर स्थित राजभवन का अन्तिम भाग और सामने कोलाबा प्वाइंट—ये मुँह फाड़कर पड़े मगर के नीचे और ऊपर के दो जबड़े हैं। मरीन ड्राइव रात के अँधेरे में जलते दीयों के कारण भले ही किसी को 'महारानी के नवलखे हार का' भ्रम कराये पर वे तो मगर के खुले मुँह के दाँत हैं—चबाने और छिपाने दोनों ही तरह के दाँत। एक कवि को यह सूझा तो सही, किन्तु वह इसे 'पुच्छविहीन मगरी' का ठोस बिम्ब न दे सके, फिर इधर-उधर की बातों में लग गये। मैं लिखूँगा। पहले जरा तैयार हो लूँ, फिर मेरी हथेली में हाँफती छिपकली का बिम्ब बनकर यह नगर आ गिरेगा। मैं कहूँगा—हे मनुष्यो! यदि मैं तुमको मनुष्य कहने का साहस करता होऊँ तो मुझे क्षमा करना। किन्तु एक बात तो तुम्हें माननी ही

पड़ेगी—यह जहर है। यन्त्रों द्वारा जोड़ी गयी सन्धियों से तुम एक नहीं हो सकोगे। तोड़ डालो ये सब सन्धियाँ और लौट जाओ अपने वतन में। इस सीलन-भरे धुँधले माहौल की वायुहीन उमस में मुँह लटकाये क्यों बैठे हो? जाओ, अभी भी देर नहीं हुई है। खेतों की मेड़ों पर अँखुवायी दूब को चमकाती कोमल धूप तुम्हारी प्रतीक्षा कर रही है। आखिर वह कब तक रुकेगी? तुम सब जाओ, मैं तुम्हारे पीछे-पीछे आऊँगा। फिर इस सूने नगर में अमृता भले ही अकेली रहे। अब तो अनिकेत भी जा रहा है...।''

विचार, स्मरण और चिन्ता का प्रवाह मन्द होते-होते भोर हो गयी। नींद आ रही है, यह जानकर उसने नाइट-लैम्प का भी स्विच ऑफ कर दिया। अँधेरा भी अधूरा उसे अच्छा नहीं लगता।

घर में प्रवेश करते ही अमृता ने जो टीका सुनी वह उसकी कल्पना से परे की थी। उसे चैन न पड़ा। लेटने के बाद पन्द्रह-बीस मिनट तक वह सोने का प्रयत्न करती रही। अन्त में हारकर बाहर आयी। छत की पश्चिमी मुँडेर को थामे खड़ी रही। आकाश में इधर-उधर थोड़े बादल बच गये थे। निरावरण चन्द्र के पास एक छोटी-सी बदली रह गयी थी—उसके कलंक के रंग सदृश धुँधली। चन्द्र खिसक गया तो वह भी खिसकने लगी या फिर दोनों साथ-साथ दूर जाते रहे। जो भी हुआ हो अब वह बदली अन्य बादलों-जैसी ही दिखने लगी। चन्द्र के परिवेश से बाहर जाते ही उसकी विशिष्टता अदृश्य हो गयी।

ध्यान देने पर लहरों की फेनिल ध्वनि अमृता सुन सकी। हर बार अधूरी रह जानेवाली कामना अगली लहर में कैसे प्रकट होती है! किनारे पर लहरें कैसी पछड़ाती हैं। मानो समुद्र एकत्रित पौरुष है और यह धरती है नारी। समुद्र की गोद में धरती। चारों ओर समुद्र है। दोनों में ऐसा क्या अभाव है जिसे वे सतत दूसरे में खोजते रहते हैं? कैसी है यह शाश्वत अतृप्ति? कवि ने वर्णन किया है, धरती की ओर धँसती समुद्र की आक्रामक लहरों का, पीछे हटकर हिचकोले खाती और श्वास लेकर आगे धँसती इन लहरों की हृदयलीला का। यह वृहद् सृष्टि रतिकर्म के कितने ही रूपक प्रदान करती है। आरोह-अवरोह...स्वयं के अभुक्त अंगों का अब उसे बोझ लगता है। किन्तु प्रेम बिना क्या? पहले प्रेम की प्रतीति, फिर वरण और फिर...। प्रतीक्षा तो करनी ही रही।...

अभिनन्दनों की वर्षा के बाद सभी के रुख में अचानक उदासीनता आ गयी है। घर में सबके साथ दुराव-सा अनुभव होता है। उसकी ओर ताकती सभी निगाहों में मानो एक प्रश्नचिह्न है, स्नेह का विश्वास नहीं। या फिर वह अपने ही मनोभावों

का दूसरे की निगाहों में आरोपण कर रही है। उसका अपना चित्त भी कहाँ कम संशयग्रस्त है? जो भी हो, आज परिवार के वातावरण में सौहार्द का अभाव है।

आजकल कोई प्रवृत्ति भी नहीं है। प्रवृत्ति के अभाव से भी ऊब बढ़ती है। इस वर्ष कहीं बाहर भी नहीं गयी। घर में से सभी लोग अपनी-अपनी रुचि के स्थलों पर दो-दो सप्ताह बिता आये। उसको भी जाना अच्छा तो लगता, मगर किसके साथ?

''मैं घरवालों के साथ समय नहीं बिताती, यह शायद उन्हें अच्छा नहीं लगता हो। दूरस्थ व्यक्ति के सम्बन्ध में शंकाएँ जागती रहती हैं। अब मुझे इनमें घुलना चाहिए। किसी न किसी काम में उपयोगी तो हो ही सकती हूँ। प्रवृत्ति में मन पिरोने से अकेला नहीं लगेगा।''

अमृता की थकी आँखों ने फिर से देखा। बरसात के बाद मानो चाँदनी और अधिक निर्मल हो गयी थी। आकाश में पहुँची धरती की उमस बरसात से पहले चाँदनी में घुल गयी होगी। अब तो वह भी धुल गयी होगी। हवा की शीतलता तन्द्राप्रेरक थी।

वह शयनकक्ष में गयी। नीचे बैठे लोगों के अट्टहास की आवाज उस तक पहुँची। वह निढाल होकर बिस्तर पर गिरी। मन में जो घुमड़ रहा था उसे सागर पर के अनन्त अवकाश में सरका देने में वह समर्थ न हो सकी थी, फिर भी एक़दम निराश होकर नहीं लौटी थी। समय एक ऐसा परिबल है जो उत्तर दिये बिना भी आगे चलकर प्रश्नों की तीव्रता कम कर सकता है। अनिकेत या उदयन? वरण केवल अभिरुचि पर निर्भर होता तो कितना अच्छा! साथ ही उसे अपने नैतिक कर्तव्य का बोध न हुआ होता तो कितना अच्छा! कर्तव्य-बोध से निरपेक्ष-वरण किया जा सकता है? तब तो वरण करना कितना सरल होता! इससे उसका कोई गौरव भी न होता। उदयन उससे कुछ अपेक्षा रखे तो यह समझा जा सकता है, किन्तु उसकी अपेक्षा की तुष्टि हेतु क्या अमृता को निर्णय करना होगा?

तकिया खिसकते ही उसे लिफाफा दिखाई दिया। उसके हृदय की धड़कन बढ़ गयी। पत्र में क्या है, यह पता नहीं तो भी हृदय क्यों धड़क उठा? व्यक्ति यदि निर्दोष एवं निःशंक हो तो उसे किस बात का डर? ''इस पत्र में और तो क्या हो सकता है? अभी तुरन्त ही जाकर नीचे बैठे लोगों के सामने मैं अपनी निर्दोषता की बात कर आऊँ? किन्तु यह लिफाफा यहाँ कब रखा गया होगा? किसने रखा होगा? अक्षर तो भाभी के हैं।'' उसने लिफाफा खोला :

''दो पुरुषों के साथ तुम्हारा इस प्रकार का सम्पर्क अपने परिवार की प्रतिष्ठा के अनुरूप नहीं है। भले ही तुम्हारे अति-आधुनिक मानस को इसमें कुछ भी अनुचित न लगता हो, पर तुम इस सम्बन्ध में विचार करोगी, तो हम पर उपकार

होगा। ऐसा करने की प्रार्थना।''

पत्र पढ़ते-पढ़ते ही अमृता भिन्ना गयी। वह उठ बैठी। 'भाभी की यह हिम्मत। खरीदी करने के अलावा अन्य किसी बात की समझ तो है नहीं, चली है मुझे उपदेश देने! उसने ऐसा क्यों लिखा? मेरे साथ बात करने में क्या उसके होठ सिल जाते?'

''माना कि उन्होंने केवल मुंशीगिरी ही की हो। सबने मिलकर लिखने को कहा हो। तो भी उसका कर्तव्य है, मेरी ओर से बात करने का। यदा-कदा उसके साथ बातें हुई हैं। 'पवित्रता' की इन लोगों की धारणा मेरे सन्दर्भ में सुरक्षित है। मेरे शरीर की अब तक मैं ही मालिक हूँ। ये लोग मुझे किस आधार पर विचलित मान बैठे? मेरे शील के सम्बन्ध में उन्हें शंका क्यों हुई? उन्हें शंका न हो उसका भी खयाल मुझे करना चाहिए? व्यक्ति, प्रामाणिक हो इतना ही पर्याप्त नहीं? उसे प्रामाणिक दिखाई भी देना चाहिए? किन्तु यह प्रामाणिकता का दिखावा ही समाज को कुरूप बना रहा है, उसकी क्यों किसी को चिन्ता नहीं है? लोगों को बाहरी प्रमाण में ही रुचि है। इसीलिए अधिकतर आचार बनावट का रूप ग्रहण करता है। किन्तु इन लोगों के सन्तोष के लिए मैं कोई बनावट करनेवाली नहीं हूँ। जिसे जो समझना हो वह समझे। और फिर यहाँ कौन किसे समझता है? किसी को समझने की कोशिश भी कौन करता है? दूसरों के अच्छे अभिप्राय प्राप्त करने के लिए मुझे अपने व्यवहार को नियत नहीं करना है। मेरा भविष्य दूसरों की पसन्द-नापसन्द पर निर्भर रहे ऐसा मैं नहीं चाहती। अपने भविष्य का निर्माण मैं अपनी स्वतन्त्र इच्छा-शक्ति से करूँगी। इसमें हस्तक्षेप करने का किसी को अधिकार नहीं, उदयन को भी नहीं...अनिकेत को? अनिकेत को भी नहीं।''...

'तुम्हारा इस प्रकार का सम्पर्क'—क्या कहना चाहते हैं ये लोग? जहाँ रोशनी देखी वहाँ उड़कर पहुँच जाती तितलियों-जैसी मैं हूँ? ये लोग ऐसा मानते भी हों क्योंकि इनके संस्कार ही ऐसे हैं। जिस समाज में ये जीते हैं उसका मापदंड ही रोशनी और साज-सज्जा है। मैंने सम्पत्ति को कभी मूल्य नहीं माना। वरना उदयन जैसे खानाबदोश की ओर झुकती नहीं। और अनिकेत के कुल-सम्पत्ति के सम्बन्ध में कुछ भी जानने की इच्छा नहीं की। मैंने तो इतना ही देखा है कि ये दोनों अपने आधार पर खड़े हैं। आज मैं इन्हें समझने योग्य व्यक्ति मानती हूँ। अन्य किसी रूप में मैं इन्हें नहीं देखती। इनके सम्पर्क का ये लोग ऐसा अर्थ क्यों लगाने लग गये? कामनाएँ न जागती हों ऐसा नहीं है, किन्तु आज तक मैंने उन्हें रोक रखा है। अपने सुख को रोक रखनेवाले व्यक्ति को ये सामाजिक ऐसा बदला देंगे?''

''इन लोगों ने वस्तुस्थिति को समझने का थोड़ा भी प्रयत्न किया होता तो मुझे इतना अधिक दुःख न होता। बिना कुछ जाने बगैर मेरे सम्पर्क के सामने लाल-

बत्ती धर दी। फिर इसके बारे में चिन्ता करने की इन लोगों को क्या जरूरत आ पड़ी? थोड़ा-सा काम और शेष समय आमोद-प्रमोद। है दूसरा कुछ इनके जीवन में? लेखक-कलाकारों के चार-पाँच नाम जान लिए और अखबारी समाचारों की चर्चा करने लगे, बस। किसी बौद्धिक प्रवृत्ति में दिलचस्पी ली है इन लोगों ने? इनके दैनिक आयोजन में होती है कोई फेर-बदल? आराम, खेलकूद, सिनेमा, बाग, बाज़ार, होटल...इनके अतिरिक्त अन्य किसी के साथ इनका क्या सम्बन्ध? अधिक-से-अधिक प्रवास और वहाँ भी जाएँगे तो पूरी तरह साधन-सामग्री से लैस होकर। समग्र प्रपंच साथ ही घसीट ले जाएँगे।''

''उदयन को ये लोग क्या समझें? अनिकेत को कैसे पहचान सकते हैं? अभी तक मेरी प्रशंसा करते रहते थे। हर रोज आते अभिनन्दनों को इकट्ठा कर मुझसे कहते। किन्तु मेरे विषय के शीर्षक का अर्थ भी शायद ही इनमें से कोई जानता होगा। प्रशंसा का नित्यक्रम छोड़कर एकाएक उपालम्भ का प्रस्ताव ले आये। इनकी ऐसी बालिश सलाह मैं मान लूँगी ऐसा ये लोग मानते होंगे? यदि किसी ने यह सोचा होता कि इस पत्र की मुझपर क्या प्रतिक्रिया होगी, तो क्या ऐसा साहस करते?''

''उनके साथ मैं बात नहीं करूँगी। लिखित उत्तर दूँगी। उनके सामने भी नहीं देखूँगी।''

अमृता खड़ी हुई। कागज-पेन लेकर लिखने बैठी—

''आपमें से किसी एक को सम्बोधित कर मैं उत्तर नहीं लिख रही हूँ। आप सबने सामूहिक दायित्व से मुझे यह पत्र, बल्कि धमकी-पत्र लिखा है। इसलिए मुझे भी आपकी पूरी टोली को सम्बोधित करना चाहिए। इसके उपरान्त आप सब मेरे लिए एक समान हैं। भाइयों और भाभियों का बौद्धिक स्तर एक-सा ही है। यह बात मैं पहले से ही जानती थी। आज उसकी सम्पूर्ण प्रतीति हो गयी। आपने जो सलाह मुझे दी है, उसमें आप सब एक ही तरह से और एक ही स्तर का सोचते होंगे, ऐसा साबित होता है।''

इतना लिखकर वह रुकी। लिखा हुआ पढ़ गयी। 'इसमें जरूरत से ज्यादा कड़ुवाहट आ गयी है। पढ़ते हुए उन्हें कैसा लगेगा? मैं आज तक किसी से झगड़ी नहीं हूँ। माँ कहती गयी है...' माँ की याद आते ही अमृता का आक्रोश गल गया। उसने पत्र फाड़ डाला। बैठी रही। फिर अनिच्छा से दूसरा कागज लिया :

''सर्वानुमति से दी गयी आपकी सलाह के लिए आभारी हूँ। किन्तु आपकी यह अथवा अन्य कोई सलाह मुझे उपयोगी हो सके यह सम्भव नहीं। मुझे क्या करना है और क्या नहीं इन सब निर्णयों के सम्बन्ध में मैं सदा स्वावलम्बी रहना चाहती हूँ। जिस प्रकार मैं आपमें से किसी को कभी किसी भी प्रकार की सलाह

नहीं देती उसी प्रकार आपमें से कोई मुझे सलाह देने का कष्ट करे यह भी मैं नहीं चाहती। ऐसा करने में नाहक आपका समय बिगड़ेगा यह मैं आपको आज बता दूँ। फिर, किसी को आपकी सलाह उपयोगी सिद्ध हो, ऐसी समझ आप लोगों में से किसी में होगी या नहीं, इस सम्बन्ध में मुझे शंका है। अभी तो मुझे इतना ही कहना है कि अपनी रुचि-प्रवृत्ति के आधार पर दूसरों को समझने का प्रयत्न करने में बहुत खतरा है। ऐसी-वैसी कोई सलाह देने का उत्साह आप भविष्य में बताएँगे तो उसका उत्तर देने के लिए मैं आपके पास नहीं होऊँगी। 'छाया' छोड़कर अन्यत्र रहने चली जाऊँगी। नौकरी करूँगी। ऐसा करने में मुझे शर्म नहीं आएगी। और इसमें शर्म क्यों? वही गौरवपूर्ण मार्ग है। कम्पनी के हिस्सेदारों में माँ मेरा नाम जोड़ती गयी है उसे रद्द कर देना। मुझे सम्पत्ति नहीं, स्वतन्त्रता चाहिए।''

इस समय माँ के स्मरण से अमृता की आँखें सजल हो उठीं। ''माँ की मृत्यु को चार वर्ष होने को आये। पहली बार वह इस तरह याद आयी। इस विशाल भवन का नाम 'छाया' उसी का दिया हुआ है। वह मेरे शिक्षण में कितनी अधिक दिलचस्पी लेती थी! संगीत में उसकी कितनी गहरी रुचि थी! नृत्य सीखने के लिए उसने मुझसे आग्रह किया था। मैं सीख रही थी, किन्तु एक समारोह में नृत्य प्रस्तुत करने के बाद प्रेक्षकों की ललचायी आँखें देखकर नृत्य की तालीम लेनी छोड़ दी। नृत्य को नहीं। नर्तक को देखनेवाली इस दुनिया का मनोरंजन मुझसे नहीं होगा तो इसमें कला-देवता की सेवा ही होगी और फिर एक आदमी क्या-क्या कर सकता है? नृत्य में दीक्षित हो गयी होती तो क्या पी-एच.डी. कर पाती? और उदयन तो नृत्य को वास्तविकता में से पलायन करानेवाली माया मानता है। माँ उदयन के प्रति सद्भाव रखती थी। उसको पास बिठाकर घंटों उसकी आपबीती सुनती रहती थी। उससे भी पूछती—'अमृता का अभ्यास कैसा चलता है?' मैं पास होती तो जरा कठोर अभिप्राय देता। इसलिए मैं इस प्रश्न का उत्तर छिप-छिपकर सुनती। उस समय उदयन का अभिप्राय मेरे लिए अन्तिम अभिप्राय होता था।

''माँ की मृत्यु के बाद वह पहली बार आया तो शून्यमनस्क बैठा रहा। मुझे साथ लेकर माँ की बैठक में गया। जहाँ बैठकर वे शाम को पढ़ती रहती थीं, वहाँ जाकर नीचा मुँह कर खड़ा रहा। मेरी आँखों में आँसू आ गये। उसने देखा तो तुरन्त पास आकर मेरे आँसू पोंछते हुए कहने लगा, ''अमृता, रोकर वेदना हलकी करना तो कायरों का काम है। वेदना तो हमारा मेरुदंड है।''

''आज मुझे इस शोक-प्रसंग पर माँ की याद आयी। कोई असहायता अनुभव की कि उसमें से बचने के लिए मैंने उसकी स्मृति का आश्रय लिया। मैंने उसे याद किया—वह भी अपने स्वार्थ के लिए। जब ऐसी कोई परिस्थिति सम्मुख नहीं थी तब मुझे उसकी याद क्यों नहीं आयी? उसके प्रति मेरा ममत्व कहाँ चला

गया था? तो क्या आप्तजनों की मृत्यु से हमें जो दुःख होता है, उसका कारण अपना स्वार्थ है? ऐसा ही होगा। कुछ अंश तक ममत्व और अधिकांश में स्वार्थ इसमें निहित होता है। इसीलिए तो कुछ खोया है, ऐसा अनुभव होता है। स्वार्थ न हो तो आदमी रोये ही क्यों? प्रेम हो तो उसके लिए प्रार्थना न करे? किन्तु ऐसा कोई बिन्दु भी होगा जहाँ प्रेम और स्वार्थ सन्धि पाते होते हैं। मृतात्मा को याद करना भले ही हमारी मर्यादा हो, पर ये मर्यादाएँ ही मनुष्य की पहचान में सहायक लक्षण होती हैं।''

''जब तक मैं अपने साथ निर्मम बनकर नहीं सोचूँगी, व्यवहार नहीं करूँगी मुझे दूसरों का आश्रय लेना ही पड़ेगा और आश्रय से मिला सुख मुझे पराधीनता की याद दिलाता रहेगा। तो क्या करूँ? घर छोड़ दूँ? यह पत्र उन लोगों को दूँ? ओफ्फ! रात के तीन बज गये।''

उसने पत्र की संशोधित आवृत्ति भी फाड़ डाली। ''ऐसी लड़ाकू भाषा का उपयोग करने में मेरी दुर्बलता प्रकट होती है। उनसे मिलकर शान्ति से बात करूँगी। उनकी इस तरह अवहेलना कर देना और यह मान लेना कि उनकी बात में कोई तथ्य नहीं है, उचित नहीं। इस रुख के मूल में अहम् काम करता है। मैं उनकी बात का तात्पर्य समझूँगी। यह सम्भव है कि उनके पत्र में उन्हें जो अभिप्रेत हो वह व्यक्त न भी हो पाया हो। भाषा के माध्यम पर पूरा विश्वास नहीं रखा जा सकता।''

अनिकेत देर रात तक जाने की तैयारी में लगा रहा था। क्या-क्या साथ ले जाए? ले जाने-जैसा लगे फिर भी छोड़ा जा सके तो छोड़ता जाऊँ। हाँ, छोड़ता जाऊँ। केवल सामग्री ही नहीं संवेदन भी।

''उदयन ने मेरे कारण नौका-विहार का आयोजन किया। किन्तु उसे चोट लगी। ज्यादा चोट आयी है। कल अगर डॉक्टर कहेगा कि चिन्ताजनक बात नहीं है, तभी जाऊँगा। इतना खून बह गया, तो भी कितना बेपरवाह है। उसके घाव का इलाज किस तरह का होगा, शाम तक मालूम होगा। यदि मात्र इंजेक्शन से ही घाव भर जाने-जैसा होगा तो चिन्ता नहीं। 'एक्स-रे' लेने के बाद ही सही स्थिति का पता चल सकता है।''

यहाँ से जाकर पहले तो वह पालनपुर में रहने की व्यवस्था कर लेगा। फिर कच्छ हो आएगा। यदा-कदा राधनपुर में भी रुकेगा। भीषण गर्मी के इन दिनों में तो आबू पर रहना अच्छा लगे किन्तु अभी तो वहाँ अहमदाबाद जाकर बसना होगा। पहले एक बार जैसलमेर भी हो आना चाहिए। यदि पालनपुर में रहना

अनुकूल न रहा तो जोधपुर चला जाए। संस्था का मुख्यालय जोधपुर में शुरू कर सका जाए तो अच्छा!

रेगिस्तान।

आज तक जाने क्यों उसे देखने की इच्छा तक भी न जागी?

वीरान! मरुस्थल! रेगिस्तान! बंजर भूमि! प्रत्येक नाम एक ही प्रदेश के लिए प्रयोग किया जाता है, फिर भी प्रत्येक की अर्थछवि पृथक्। इन अर्थों की प्रत्येक छवि की जाँच-पड़ताल अनिकेत प्रवास-दरमियान कर लेगा। मरु को अस्तित्व शेष करने के लिए वह जा रहा है। अत: जिसे मिटाना है उसे वह पहले जानेगा।

''रेगिस्तान की सरहदों को भेदकर जब उसमें प्रवेश करूँगा, तब वहाँ पर निर्जन बनकर विलसते अनन्त का किस रूप में मुझे साक्षात्कार होगा? क्या उस शून्य में मैं अपने अनन्त को पा सकूँगा? परिणाम मेरे हाथ में नहीं है। मैं पुरुषार्थ करूँगा। मरुभूमि का छोर पल्लवित कर लौटूँ तो वह भी कुछ कम नहीं। अरावली की शिखरमाला यदि युग-युग से खड़ी न होती तो अभी तक रेगिस्तान कहाँ पहुँच गया होता? उस पर्वत की वनराजि में लहराती हरीतिमा को नीचे उतारूँगा। प्रकृति को रण में जीवन मिले इससे अधिक मुझे कुछ खोजना नहीं है। और वह खोजना सरल भी नहीं है। प्रश्न जीवन का—पानी का ही है। और पानी वहाँ नहीं है, ऐसा भी नहीं। दिखाई नहीं देता। और जो है उसे दिखाने में रुचि भी कैसे हो? कारण कि वह खारा है। खारेपन को अलग कर पानी ग्रहण करे ऐसी वनस्पति के बीज मैं एकत्र करूँगा और लोगों को बतलाऊँगा। यदि इतना कर सका तो मेरा भविष्य मुझे सन्तोष अनुभव करने की छूट देगा। पुरुषार्थ करने का कितना बड़ा मौका मिला है! उदयन कहता है कि पुरुषार्थी व्यक्तियों के समक्ष जड़ अवरोध उपस्थित करके प्रमादी दुनिया कुम्भकर्णी निद्रा ले रही है। उसे जगाने के लिए आघात करना पड़ेगा। यह उदयन का मत है। दुनिया जैसी है, भले वैसी ही रहे। यह मेरी दुनिया है जिसका एक सिरा मैं हूँ। मैं अपने से ही आरम्भ करता हूँ और मेरे लिए बस इतना ही पर्याप्त है कि मैं सोता नहीं हूँ। दूसरों की नींद में बाधा पहुँचाकर मैं क्या पा सकनेवाला हूँ? मुझ अकेले को तो अकेले ही आगे जाना है। जो आगे जाते हैं उनके पदचिह्न किसी न किसी को तो पीछे आने के लिए प्रेरित करते ही रहते हैं।''

प्रवास में अनिकेत को किशोरावस्था से ही रुचि है। उसने अपने प्राचार्यजी को आज पत्र लिखा उसमें अपने विद्यार्थियों के लिए भी थोड़ा लिखा। अभी कॉलेज खुला होता तो उनसे इस तरह अलग होना अवश्य दुष्कर लगता। जल्दी निकल जाने का निश्चय किया वही ठीक रहा। उसने लिखा था—''मैं तीन वर्ष की छुट्टी लेकर प्रवास पर जा रहा हूँ। और प्रवास में जानेवाला कभी खाली हाथ वापस

नहीं आता। प्रवास शिक्षण के लिए उपयोगी हो सकता है। मैं शिक्षक इसीलिए बना कि विद्यार्थी के रूप में अपनी जिज्ञासा सदैव बनाये रख सकूँगा। ऐसा मेरा विश्वास था। तुम युवकों को ये तीन चीज़ें नहीं भूलनी चाहिए—प्रवास, इतिहास और धर्म। प्रवास बृहद् की झाँकी दिखलाता है। प्रकृति के साहचर्य से संवेदन व्यापक बनते हैं। इतिहास—जगत् और जगत् में विकसित विज्ञानों, मानवविद्याओं और कलाओं का इतिहास—मानव-प्रवृत्ति की फलश्रुति प्रस्तुत करता है। इतिहास के पलड़े के समक्ष एक दूसरा पलड़ा भरने की अपने में आकांक्षा जागती है। इस पलड़े को हम अपने भविष्य से भरने हेतु उद्यत होते हैं उस समय धर्म के अध्ययन से प्राप्त विवेक सन्तुलन स्थापित करता है। प्रवास से जागी क्रियात्मकता, इतिहास से जागी आकांक्षा और धर्म से प्राप्त जागृति विद्यार्थी के लिए उपास्य है। यह बात मैंने विद्यार्थी की हैसियत से ही की है।''

प्रवास की तैयारी पूरी करके अनिकेत जब सोने लगा तब उसके समक्ष एक प्रश्न उपस्थित हुआ—'अमृता ने मेरे निर्णय के बारे में क्यों कुछ नहीं पूछा? मुझे लगता था कि वह नाराजगी व्यक्त करेगी। उलट-पुलटकर मेरे इस काम का प्रयोजन पूछेगी, मैं रण-प्रदेश में जा रहा हूँ इसके लिए थोड़ी चिन्ता व्यक्त करेगी और अन्त में शुभेच्छा देगी। वह कुछ भी न बोली!''

''यह अच्छा ही हुआ कि वह कुछ भी न बोली। मैंने जितना मान लिया था मेरी प्रवृत्तियों में इतनी अधिक दिलचस्पी उसे किसलिए हो? जब-जब उससे मुलाकात हुई है मैंने उसकी ऊष्मा अनुभव की है। नेत्रों ने उसके पुष्ट सौन्दर्य का हृद्य प्रभाव झेला है। उसके सान्निध्य में कुछ भी अधूरा नहीं लगा। वातावरण उसे पाकर सभर हुआ है। वह भी मेरी उपस्थिति से खुश हो, ऐसा लगता रहा है। मेरी प्रवृत्ति में उसे दिलचस्पी नहीं है—क्या ऐसा कहा जा सकता है? तो फिर वह क्यों नहीं बोली? उसने कुछ संकेत भी क्यों नहीं किया?''

समुद्र की लहरों में जब आगे-आगे बढ़ रहा था तब पीठ से होता अमृता के स्कंध का स्पर्श...उसके वक्ष का स्पर्श अनिकेत को याद हो आया। अपनी पीठ के जुड़ी सृष्टि को भूलकर तैरते रहना उसे दुष्कर लगता था—वह याद आया। और एक बार उसके अधर मेरे गले को स्पर्श कर गये थे—क्या वह लहरों के आघात का असर था या फिर संकेत? कवि शैली ने इटली के पश्चिमी तट पर नौका विहार करते-करते ही दूसरे जगत् में प्रवेश किया था, पर उन जैसों के लिए यह जलसमाधि है और मुझ जैसों के लिए डूबना। कामना कहाँ-कहाँ खींच ले जाती है!''

उदयन के कमरे का हलका भूरा प्रकाश एकाएक लुप्त हो गया। उसने लाइट बन्द की। तो क्या वह अभी तक जग रहा था?

''अब तो उदयन और अमृता से दूर! अमृता से दूर—बहुत दूर! वह याद

आएगी तो मन को कहूँगा कि वह तो सौन्दर्य की प्रतिमा के रूप में साक्षात् हुआ एक स्वप्न थी, स्वप्न। स्वप्न के रूप में ही उसके अस्तित्व को प्रमाणित करूँगा। उसे मरीचिका मानूँगा...। उसे मरीचिका मानने से तो उसका अपमान होगा। मैं उसका अपमान नहीं कर सकता। उसकी स्मृति की पवित्रता सँभाले रखूँगा...।'' अनिकेत को लगा कि वह चलता-चलता एक मरुद्वीप तक पहुँच गया है। नारियल के तने से टेककर वह बैठा है। नीरव शान्ति में पवन ऋजुकदमों से प्रविष्ट होता है। उसके पीछे-पीछे एक संगीतमय स्वर बहता आ रहा है। अंग-अंग को मृदुल स्पर्श हो रहा है। वह स्वयं रण के बीच है, इस वास्तविकता का भान विस्मृत होता जाता है। जागृति तन्द्रावस्था में रूपान्तरित होती है और स्वप्नहीन निद्रा का प्रारम्भ होता है।

छह

अनिकेत जागा। उदयन सो रहा था। उसके सिर पर हाथ रखकर देखा कि उसे बुखार है या नहीं। फिर हाथ गले के नीचे छाती पर ले गया। अनिकेत की बुश्शर्ट पहने उदयन कुछ अलग ही लग रहा था। उसका शरीर बुखार जैसा गर्म नहीं था। थोड़ी देर उसके पास खड़ा रह, वह पलंग पर बैठा। उदयन गहरी निद्रा में था। उसे शाल ओढ़ाकर अनिकेत नित्यकर्म में रत हुआ।

निवृत्त होने के बाद आलमारी खोली। साथ ले जाने योग्य कोई पुस्तक रह तो नहीं गयी न? पौने नौ बजे थे। वैसे तो सभी पुस्तकें ले जाने का मन होता था। जहाँ रहना होगा, वहाँ बिना पुस्तकों के सूना लगेगा। वनस्पतिशास्त्र, भूगोल और भूगर्भशास्त्र की कुछ अँग्रेजी पुस्तकें तो उसने कल रात में ही निकालकर एक सन्दूक में भर ली थीं। उसमें अब पाँच कविता संग्रह रखे जा सकें, इतनी जगह न थी। सूटकेस में जगह थी।

उदयन जागा। अँगड़ाई और फिर जम्हाई ली। सुबह में भी यह आदमी जम्हाई लेता है—इसका अनिकेत को पता न था। इसलिए उसे थोड़ा आश्चर्य हुआ।

''गुड मार्निंग उदयन!''

''मंगल-प्रभात मित्र! आँख खुलते ही मैं तो घबरा गया कि मेरा मकान इतना बड़ा कैसे हो गया? एक कमरा इस ओर, एक कमरा सिर की तरफ—इतने बड़े मकान में तू छोटा नहीं पड़ता? अगल-बगल यदि इतनी अधिक जगह रहे तो मैं तो एडजस्ट ही न हो पाऊँ।''

''यह मकान कहाँ मैंने बनवाया है? मैं तो केवल वारिस हूँ।''

''हाँ, तू तो विरासत को मानता है।''

''माने या न माने, भोगे बिना मुक्ति नहीं।''

''कैसी है तेरी तबीयत। कल तो मैं तुझे पूछना ही भूल गया। तुम सबने मेरी कितनी देखभाल की, मगर मुझे तो एक प्रश्न भी पूछने की नहीं सूझी। लोग कैसे स्वार्थी होते हैं? अपने दर्द में गर्क होकर सबको भूल जाते हैं।'' बोलकर वह छत की ओर देखने लगा। अनिकेत पुस्तकें रखकर हँसता-हँसता उदयन के कमरे में आया और उसके पलंग पर जा बैठा। हँसी रोककर उसने गम्भीरतापूर्वक पूछा—

''कैसी है तबीयत? शरीर में किसी कमजोरी का अनुभव तो नहीं होता न?''

''तू भी कैसा है यार! इतने से ही बीमार पड़ जाऊँगा—ऐसा मान लिया? या फिर तेरी ऐसी शुभेच्छा है? अथवा इतनी देखरेख करके तू मुझे नाबालिग सिद्ध करना चाहता होगा? बोल, क्या इरादा है?''

उदयन के चेहरे पर मुस्कान देख अनिकेत को सन्तोष हुआ। जनाब खुश हैं—यह देखकर उसने जवाब दिया :

''तुझे नाबालिग सिद्ध करने के लिए प्रयत्न करने की क्या जरूरत है? जो स्पष्ट है क्या उसे सिद्ध करने की जरूरत रहती है?'' अनिकेत की दृष्टि में इतना स्नेह तो अवश्य झलकता था, जिससे उदयन का तर्क दब जाए। पहले हुई 'विरासत' की बात यहाँ पूरी होती है—ऐसा मानकर वह बैठ गया। दीवार की ओर तकिया फेंक उसका सहारा लेकर वह आराम से बैठा—''आज तक बहुत-से महानुभावों ने यह सिद्ध करने का प्रयत्न किया है कि मैं अपना दायित्व सँभालने में असमर्थ हूँ और यहीं पर रुके नहीं, अपितु अपनी बात मेरे मन में भी घुसाने की जहमत उठायी है। न मानने पर उन्होंने बिना निराश हुए कहा है—उदयन अविवेकी है। अपरिपक्व है। अधीर साहसिक है। परपीड़क है। वह सामनेवाले का तेजोवध करता है। मूल्यों को छिन्न-भिन्न करने की बात कर वह अराजकता का पोषण करता है। सच पूछो तो वह 'मॉर्बिड रोमांटिक' है।''

''अपने आलोचकों में तू मुझे तो नहीं गिनता है न? क्योंकि मैंने भी तुझे कभी कुछ-न-कुछ कहा होगा? हालाँकि मैं जानता हूँ कि किसी के सम्बन्ध में जल्दबाजी में अभिप्राय देना एक अनैतिक प्रवृत्ति है। तुझे जान सकूँ इतना मैं तेरे नजदीक आया नहीं कि जो तेरे बारे में कोई अभिप्राय दे देने की जल्दबाजी करूँ और विशेषकर नकारात्मक अभिप्राय।''

''तू मुझे समझ नहीं सका? क्या मैं समझा जा सकूँ—ऐसा नहीं हूँ? अभिप्राय तो दूर रहा यह तो आक्षेप हुआ।''

"क्यों! ज्ञाता और ज्ञेय का भेद कर तू ही कहा करता है कि दो व्यक्ति एक-दूसरे को पूरी तरह नहीं समझ सकते...। भूल गया क्या? या फिर तेरा सिद्धान्त ही गलत है...। खैर! जाने दे, ये सब! हमलोग ये संवाद बन्द करें, नहीं तो यह विसंवाद की ओर खिंच जाएगा। व्यंग्य में भटक जाने के बाद शब्द खिलौना बन जाता है। ऐसी स्थिति से मैं अपने को बचाता हूँ।"

चाय आयी। अनिकेत ने उदयन का साथ दिया।

उदयन खड़ा होकर टहलने लगा। पुस्तकवाले ट्रंक पर उसकी दृष्टि गयी। बैठकर उसने ट्रंक खोला।

"अरे! घूमने जा रहा है या पढ़ने?"

"पढ़ते-पढ़ते घूमूँगा।"

एक पुस्तक लेकर उदयन पन्ने पलटने लगा। एक चित्र दिखाई दिया। काले वस्त्रों में सुशोभित एक सुगठित शरीरवाले सहारावासी पुरुष का चित्र था। ओढ़ी हुई शाल झूले पर फेंक उदयन खड़ा हुआ। साढ़े नौ बजे थे। वह ट्रंक खुला रह गया था। उसे बन्द किया, बन्द करके फिर खोला। एक एटलस तथा अन्य दो पुस्तकें लेकर झूले पर लेट गया। एटलस देखना उसे रुचिकर लगा। नयी खरीदी हुई पुस्तक थी। सूर्य और नक्षत्रमाला का नक्शा खोलकर एटलस को छाती पर टिकाकर देखने लगा।

"यह नक्शा देखने पर तो ऐसा ही लगता है कि वी आर नो-ह्वेयर।"

"नो, माई फ्रेंड, वी आर एवरी-ह्वेयर, इफ वी आर नो-ह्वेयर। हम जितने और जहाँ दिखाई देते हैं उतने और वहीं ही अपने को मान लेते हैं। जो देखा नहीं जा सकता फिर भी अस्तित्व में है, वह सर्वत्र और शाश्वत है। आखिर तो हमलोग वही हैं।"

"मुझे तो प्रत्यक्ष जगत् में रुचि है। एक बात में मैं महर्षि मार्क्स के साथ सहमत हूँ कि जिसे अपनी इन्द्रियों से प्रमाणित किया जा सके, वही सच्ची दुनिया है। उतना ही वास्तविक जगत है।"

"वास्तविक लगे वही सत्य है, यह माना नहीं जा सकता है। उस वास्तव और सत्य में अन्तर है।"

"यह तो सब दर्शनशास्त्र की बातें हैं।"

नौकर नाश्ता लाया।

"मुझे इस नाश्ते में दिलचस्पी है क्योंकि यह वास्तविक है। तेरे सत्य के बिना मुझसे चलेगा, पर इसके बिना नहीं चल सकता है।"

"यह तो मात्र तर्क है। उदयन, तू कहानी लिखना छोड़कर एकांकी नाटक लिख। उसमें अधिक सफल होगा।"

''तेरी सलाह का अर्थ समझ गया हूँ। एक बात तुझसे पूछनी है—तू जो शोधकार्य करना चाहता है, उसमें उस प्रदेश को देखना जरूरी है, यह तो समझ सकता हूँ पर बीच-बीच में यहाँ आकर रहे तो क्या आपत्ति है?''

''यहाँ आऊँ तो दूर पड़ सकता हूँ। रेगिस्तान के समीप के शहरों-कस्बों में रहूँगा। सम्भव हो सके, उतना घूमना चाहता हूँ। अब निकला ही हूँ तो उस प्रदेश का होकर रहूँ। जहाँ कहीं भी जाता हूँ मुझे तो अपने घर-जैसा ही लगता है। तू तो जानता ही है कि वर्ष के तीन-चार महीने मैं बम्बई से बाहर ही रहता हूँ।''

''किन्तु मैं नहीं मानता कि तुझे बम्बई से बाहर अधिक अनुकूल आएगा। चार-पाँच महीनों के बाद तो आना! मेरी तरह तू काँटों पर चलकर बड़ा नहीं हुआ है। मैंने कितनी बार आग्रह किया पर तू एक बार भी मेरे साथ भीलोड़ा नहीं चला। खुद जहाँ जाता है, घर बनाकर आता है, किन्तु मित्र का घर देखने में तुझे रुचि नहीं।''

''क्या तू इन दिनों वहाँ गया था?''

''इन दिनों तो नहीं गया, काफी समय बीत गया है। अब एक बार हो आने की इच्छा है। थोड़े-बहुत मकान, एक घर और चालीस बीघा जमीन। यह सब अब किस काम आएगा। घर के अलावा शेष सब बेच डालूँ। जो मिल जाए वही सही। पिताजी कोई पूँजी तो छोड़ नहीं गये हैं।''

''मेरी सलाह माने तो, उसे जैसा है वैसा ही रहने दे। वरना हाथ में आया सभी पैसा तू फूँक डालेगा।''

''किन्तु जमीन तो मैं न बेचूँ तो भी जानेवाली है। कानून-कायदे जो बन रहे हैं।''

''तो यह और भी अच्छा! कायदे के अनुसार जो होता है वह होने दे, दूसरों को बोध-पाठ मिलेगा।''

''कानून से भी अधिक अच्छा न्याय मिले इस तरह खेती करनेवालों को ही जमीन दे दूँ तो?''

''तो दे देना।''

''अरे! बहुत सुन्दर! एक उपाय सूझा। जमीन भूदान में दे दूँ तो कैसा रहे? एक ही पत्थर से दो शिकार। एक तो जमीन बेचने की परेशानी मिटे, दूसरा पैसे खर्च करने का समय बचे। एक तीसरा फायदा तुझे होगा कि मुझे 'पैसे उड़ाऊँ' की पदवी तुझे नहीं देनी पड़ेगी।''

''ऐसे दान में मेरा विश्वास नहीं। जो उसे जोतते हैं, उन्हें वह जमीन पाने का अधिकार है। दान देनेवाले हम कौन? वैसे तो दान देना पड़े इतना सारा इकट्ठा

करना भी एक प्रकार का पाप है। मनुष्य होकर दूसरे मनुष्य पर दान देने के लिए दया करना—यह तो सवाई पाप है। दया करना तो अधम कोटि का मनोभाव है।''

''अरे! तू तो बुद्धिशाली लगता है।''

''तू दूसरों को समझने लगा है, यह एक अच्छा लक्षण है।''

उदयन कलाई पर से घड़ी उतारकर चाबी भरने लगा। चाबी देते समय उसने देखा कि स्प्रिग खिंचने से सेकेंड की सूई की गति मन्द हो जाती है। इस तरह धीमी गति से पूरे हुए पचास सेकेंड के बाद उसने अनिकेत की ओर देखा। वह उत्तर की प्रतीक्षा कर रहा है यह सोचकर वह बोला—

''मैं दूसरों को समझ नहीं सकता या मुझे उनमें कोई रुचि नहीं होती—ऐसा तो नहीं ही है। बात इतनी ही है कि मैं वह सब प्रकट नहीं करता। इसीलिए मेरा कोई मित्र नहीं। वास्तव में तू इस बारे में अपवाद है। मैंने कभी तुझे चाहने का दिखावा नहीं किया। फिर भी तू मेरे साथ अनुबन्ध अनुभव करता है। तेरी भावना, तेरी मैत्री मेरे लिए अभी तक रहस्य है। अनिकेत! एक प्रश्न पूछूँ? तू बम्बई छोड़कर जा रहा है। जिस स्थिति में तूने जाने का निर्णय किया है, उस सम्बन्ध में मैं जो सोचता हूँ, वह सच है या नहीं? बस इतना ही तुझे कहना है। कहेगा न?''

''अवश्य। प्रश्न समझ में आया तो मैं अवश्य उत्तर दूँगा।''

उदयन के होठ न खुले, क्योंकि उसे विश्वास था कि अनिकेत के बम्बई छोड़ने का वही कारण सच है, जो वह सोचता है। ऐसी स्वतः स्पष्ट बात में उससे पूछने की कोई आवश्यकता नहीं। यदि इस सम्बन्ध में मैं कुछ पूछूँगा तो इसे लगेगा कि अभी तक इसके मन में एक ही बात घुमड़ रही थी।

''क्यों बोला नहीं? पूछ ले न?''

''फिर किसी समय।''

''तूने तो मुझे केवल प्रश्नचिह्न दिया। प्रश्न तो अध्याहार ही रखा। जैसी तेरी इच्छा। फिर किसी समय पूछना, याद रहे तो। याद रखने का प्रयत्न मत करना। कुछ प्रश्न समय बीतने पर अपने-आप शमित हो जाते हैं। समय बहुत बड़ा परिबल है।''

डॉक्टर आये। अनिकेत खड़ा हुआ।

''थैंक्यू डॉक्टर! हम लोग आपके कन्सल्टिंग रूम पर ग्यारह बजे आने ही वाले थे। एक्स-रे करा लेने के बाद निश्चिन्त हो सकते हैं।''

''तो चलो, मैं ले चलूँ। कार लाया हूँ।''

''मैं तो अभी तैयार ही नहीं हुआ।''

''लौटकर तैयार होना।''

''मगर...।''

''तो तैयार हो जा। फिर भूल न जाना कि जाना है।'' अनिकेत को याद आया कि एक बार वह उदयन से मिलने पहुँचा तो वह बाथरूम में था। वह दस बजे पहुँचा था। उदयन साढ़े दस बजे बाहर निकला। ''अरे! मैं तो भूल ही गया था कि तू आकर बैठा है। लोग कितने भुलक्कड़ होते हैं।'' उदयन कभी-कभी अपने पर से ही नियम बना लेता है।

''डॉक्टर, एतराज न हो तो चाय लीजिए।''

''चलेगी।''

''अरे उदयन! पट्टी खोलकर सिर मत भिगोना।''

''भई! डॉक्टर बैठे हैं, इतनी तो मेरी लाज रख। इस तरह हुक्म क्यों चलाता है? तेरा मेहमान हूँ। नहाने की जरूरत इसलिए है कि समुद्री पानी के क्षार चिपक जाने से चमड़ी वूलन लगती है।''

डॉक्टर हँस पड़े। बोले—

''कितना विरोधाभास है। कहानियों में पैथेटिक और व्यवहारों में सार्केस्टिक।''

''नहीं डॉक्टर! समझदार व्यक्ति के हास्य-व्यंग्य के गर्भ में उदासी का एक स्रोत—कम से कम एक स्रोत तो बहता ही है।''

''आप जरा जल्दी आयी होतीं तो कितना अच्छा होता। उदयन अभी ही गया।''

अनिकेत ने पूर्व की दीवार पर लगे इलेक्ट्रिक क्लॉक की ओर देखा। अमृता को आता देख वह दरवाजे की ओर गया था।

''ठीक पाँच पैंतीस पर वह यहाँ से निकला। सुबह ही वह ठीक हो गया था। मैं असमंजस में था कि जाऊँ या नहीं? एक्स-रे के बाद जाना कि चिन्ता का कोई कारण नहीं। और फिर आप तो हैं ही।''

उसने कहा कि निश्चित किये अनुसार जाना ही चाहिए। उसके कारण किसी का निर्णय भंग हो, यह उसे पसन्द नहीं। फिर दुबारा रिजर्वेशन मिलने में समय लगता है। मानसिक रूप से तो मैं बम्बई के बाहर निकल ही चुका हूँ। अब वह ठीक है। यह देख मुझे आज ही जाना चाहिए। काम शुरू कर देना चाहिए। आप थकी हुई क्यों लग रही हैं? जुकाम हो गया है क्या? आँखें कुछ अधिक झुकी हुई लगती हैं। किसी वेदना के भार से तो नहीं झुक गयीं न? आपको आराम करना चाहिए था। ऐसी स्थिति में भी आप उदयन की चिन्ता करके यहाँ आयीं, यह बात आपके प्रति सद्भाव जगाये, ऐसी है। बैठिए न! खड़ी क्यों हैं? आपके इस तरह खड़े रहने से पूरा वातावरण अधर में लटका हुआ लगता है। बैठिए!

बैठिए! किसी भी आसन को अलंकृत कीजिए।''

''मैंने सोचा बोलना पूरा कर लें फिर बैठूँ।''

''ओ...हो...। मेरा बोलना आपको अप्रिय लगता है, इसका पता नहीं था।''

''आप तो बुरा मान गये।''

''आपके शब्दों का बुरा माना जा सकता है, भला? आप तो मेहमान हैं। आप कुछ भी बोलें आपकी आवाज सुनना मुझे अच्छा लगता है। आपकी आवाज में एक मधुर कम्पन है। निविड़ स्पर्श की...''

''मेरी आवाज का एक वैज्ञानिक होकर काव्यात्मक विश्लेषण कब कर रखा था? इस एक नाचीज की आवाज को...''

''विज्ञान का आदमी विश्लेषण ही करता रहे ऐसा नहीं। वह संश्लेषण भी करता है। ये लोग सब कुछ पृथक नहीं करते, कुछ प्राप्त भी करते हैं। अलबत्ता, इसके लिए तटस्थ रह सकें तो। कवि की भाँति उन्हें बीच में प्रवेश करने का अधिकार नहीं है। और मैं कवि नहीं हूँ, सौन्दर्य का तटस्थ भावुक हूँ।''

''आपको इतना सुनने के बाद मैं निश्चित कर सकी हूँ कि मुझे कहाँ स्थान ग्रहण करना है। आपके साथ इस झूले पर बैठूँगी ताकि आपके वाक्यों के आरोह-अवरोह में झूला करूँ।''

''किसी के शब्दों की लय में झूलते रहना शायद सुखद हो, किन्तु यह एक अचेतन पराधीनता है। आप तो स्वातन्त्र्य की उपासिका हैं।''

अमृता को याद आया कि अनिकेत के सामने वह अपने स्वातन्त्र्य , स्वातन्त्र्य के उस विचार को भी विस्मृत कर जाती है। ऐसा क्यों? जिसे लोग प्रेम कहते हैं वह...उसे कल रात की 'छाया' में पहुँचने के बाद की घटना याद आयी। जिनके साथ इतने-इतने वर्ष बीते हैं उनकी सलाह के सामने मैंने स्वतन्त्रता की दुहाई दी। उसकी खातिर उनसे लड़ लेने को तत्पर हुई। जबकि अनिकेत के साथ बातचीत में भी ऐसा लगता है कि स्वयं के शब्द उसका शासन स्वीकार करने के लिए ही प्रकट होते हैं। चेहरा तो बार-बार लज्जावश होकर एक अनजानी परवशता स्वीकार लेता है। यह सब सहज रूप से होता है। मैं कोई जागरूक प्रयत्न नहीं करती। उस स्वतन्त्रता की बात और इस परवशता की स्थिति में कितना विरोधाभास है! उसने दीवार की ओर देखा। घड़ी की सेकेंड सूई का सहारा लेकर उसकी दृष्टि सरकने लगी। एक वर्तुल पूरा हुआ। इस पूरे हुए वर्तुल की परिधि का आरम्भ कहाँ से माना जाए?

''आपको स्टेशन पर छोड़ने चलूँ?''

अमृता मानो कोई गम्भीर प्रस्ताव करती हो इतनी सावधानी से बोली थी।

''क्यों, मेरे बाहर भेजने में विशेष रुचि है?''

"यदि मेरे छोड़ने न जाने से आप रुक जाते हों, तो मुझे आपको छोड़ने जाने में जरा भी दिलचस्पी नहीं।"

"आपको बहुत कष्ट होगा। यहाँ से आप घर जाएँगी, वहाँ से लौटकर आएँगी और फिर यहाँ से मुझे स्टेशन छोड़ने चलेंगी...। यह सब तो ज़्यादती ही है।"

"तो ऐसा करूँ यहीं ठहर जाती हूँ, आपको स्टेशन छोड़कर ही घर जाऊँगी। ठीक है न?"

"हाँ, ठीक है। गाड़ी चूक न जाऊँ?" अनिकेत की मुस्कुराहट रोकने पर भी न रुकी। उसके स्मित की झलक अमृता के चेहरे पर भी पड़ी। अमृता जब भी अनिकेत को सम्बोधित करती हो तब वह स्मितवती न हो ऐसा तो शायद ही होता है।

"शायद मैं आपकी बात का मर्म नहीं समझी।"

"मैं कह रहा था कि आप यहाँ बैठी हों और मैं प्रवास पर निकलूँ—घर बन्द करके बाहर निकल जाऊँ, यह कितना अविवेकपूर्ण कहलाएगा?"

"आप प्रवास पर जा रहे हैं या वनवास पर?"

"वापस आऊँगा, यदि देश निकाला न दे दिया गया तो।"

अपेक्षाकृत अधिक अच्छा वाक्य सुनकर अमृता ने अव्यक्त व्याकुलता अनुभव की। व्याकुलता आनन्दजन्य भी हो सकती है। और ऐसी ही व्याकुलता को अनिकेत की उपस्थिति में अमृता ने अनुभव भी किया है, पर यह उससे एकदम भिन्न थी। अनिकेत का उत्तर सुन आनन्दित होने के साथ अमृता को उदयन का उदासी—तिरस्कार का मिश्रभाव व्यक्त करता चेहरा याद आया। पलकें उठाने पर भी वह ओझल न हुआ, अपितु उसने जहाँ-जहाँ देखा उसे वहाँ-वहाँ वह समान रूप से व्याप्त दिखाई पड़ा। तो क्या मेरे दृष्टिपथ में उदयन की छाया फैली ही रहेगी? उसकी छाया से मुक्त भविष्य का निर्माण कर सकने में वह समर्थ नहीं है? प्रश्न केवल सामर्थ्य का होता तो वह विजेता होने का प्रयास करती, अनिकेत से कह देती कि...।

"क्यों, कुछ बोली नहीं?"

"क्या बोलूँ? जिस मोड़ पर आकर हम खड़े हैं, अगर वह नियतिकृत होता तो मैं आपसे श्रद्धापूर्ण आवाज़ में कहती कि सीमाएँ लाँघकर आप आइएगा, मैं आपकी प्रतीक्षा करूँगी। किन्तु यहाँ तो आप समय के साथ स्पर्द्धा कर अपने संकल्प को भविष्य में परिणमित देखना चाहते हैं। भविष्य के सूत्र अपने हाथ में लेकर निकलने को तत्पर हैं। आपका संकल्प पूर्ण हो—ऐसा न चाहूँ, ऐसी मैं आत्मरता नहीं हूँ। पर मुझे इस सम्बन्ध में कुछ कहना है जिसे सुनकर आपको आश्चर्य

हो—ऐसा सम्भव है। आपने भले ही भविष्य के सम्बन्ध में निर्णय कर लिया हो, किन्तु भविष्य कभी भी किसी के लिए पारदर्शी नहीं बनता। हमारे हठ के साथ उसे कोई सहानुभूति नहीं। वह अकल्याणकारी है—ऐसा कहने का मेरा आशय नहीं, किन्तु वह अकल्प्य है। इसलिए लौटकर आप क्या देखेंगे इसकी कल्पना किये बिना ही जाइए। आप आएँगे इसका मुझे पता है, किन्तु आप आएँगे तब मैं क्या हूँगी? इसका मुझे पता नहीं। फिलहाल तो मैं इतना ही देख सकती हूँ कि आप जा रहे हैं। और आप जा रहे हैं, यह एक बहुत बड़ी घटना है। भले, जाइए। मेरी शुभेच्छा है कि आपका काम पूरा हो तब तक आप बम्बई से बाहर रह सकें।" झूला जरा भी हिला नहीं, इस तरह उठकर वह कुरसी पर जा बैठी।

अमृता की आँखों में तपोवनकालीन शान्ति चमक रही थी और वह शान्ति उसकी माला के प्रत्येक मोती में प्रतिबिम्बित हो रही थी। अमृता ने अब नीचे की ओर देखा था। उसका नतवदन अपने सम्मुख हो—इसकी प्रतीक्षा में अनिकेत बैठा रहा। वह बैठा रहा—यह कहने में आंशिक सत्य था, क्योंकि उसकी दृष्टि एक अनाविल सौन्दर्य का पान कर रही थी।

अमृता ने दक्षिण करांगुलि से मोती की माला को ग्रहण कर वक्ष से थोड़ा ऊपर उठाया था। अनामिका की अँगूठी का गुलाबी हीरा उन श्वेत मोतियों के बीच कैसा लगता है?—यह अमृता देख रही थी और इस तरह देखती अमृता को अनिकेत देख रहा था। दर्शन के इन क्षणों को अपने अन्तरंग में हमेशा के लिए स्थिर कर लेना चाहता हो, इस तरह अनिकेत देखता ही रहा। स्थिर झूले पर तकिये का आधार लेकर बैठा अनिकेत इतना निमग्न था कि अमृता द्वारा उसकी ओर देखे जाने का भी उस पर कोई असर नहीं हुआ। कुरसी पर रखे हाथ की हथेली के सहारे चिबुक को टिकाकर वह फिर नीचे देखने लगी। तर्जनी से धीरे-धीरे हाथ के कंगन को घुमाने लगी। पर वह अधिक समय तक यह सब न कर सकी।

"क्यों, कुछ बोले ही नहीं?"

"अपनी आवाज के कोलाहल से मैं एक अपूर्व सौन्दर्य की अनुभूति को आच्छादित करना नहीं चाहता था। इन थोड़े-से क्षणों को मौन द्वारा संचित कर लेना चाहता था। इन क्षणों को शब्दों का सम्पर्क कराने में कहीं कुछ खो जाएगा, ऐसा भय लगता था।"

"प्रत्येक शब्द कुछ जोड़ता हो, इस तरह आप बोल रहे हैं। आपको सुनकर तो मैं तृप्ति का अनुभव करती हूँ। कम क्या हो जाएगा, बताएँगे?"

"मौन से निकटता का अनुभव होता है। शब्द के प्रकट होते ही तीसरी उपस्थिति की सतर्कता आ जाती है।" अमृता सुन रही थी। उसे लगा कि अनिकेत के अंक में लुढ़क पड़ूँ और मधुपात्र बन जाऊँ। वह पी जाए। बूँद-बूँद पी जाए।

मैं मैं न रहूँ। अविभक्त बन जाऊँ। उसने अनिकेत की आँखों में देखा। अनिकेत ने एक छलछलाती पारदर्शी सुराही देखी। वह रुका था वहीं से आगे बढ़ा—

"तीसरी उपस्थिति...और वैसे भी हमारे बीच तीसरी उपस्थिति तो है ही। जो नगण्य नहीं है, इतना ही नहीं जब हम मिलते हैं तो मैं उसकी सापेक्षता में ही सोचता रहता हूँ। उसे नकारकर मैं आगे बढ़ सकूँ यह सम्भव नहीं।"

अमृता का चेहरा बदल गया। आवाज भी बदल गयी होती, मगर वह बोली नहीं।

अनिकेत अपने को रोक नहीं सका—

"तुम मेरे प्रति कैसी संवेदना अनुभव करती हो और तुम्हें देख मेरे हृदय में कैसी भावनाएँ संचारित होती हैं, इस सम्बन्ध में हम लोगों ने पहले कभी बात नहीं की थी। इस सम्बन्ध में हम पहले भी बात कर सके होते तो किसी का स्वरभंग न होता, ऐसा मेरा विश्वास है। क्योंकि मुग्धता की प्रथम बाढ़ के इस पार हम लोग निकल चुके हैं। वैसे तो आज भी इस विषय पर बात करने की जरूरत नहीं थी। किन्तु हो गयी। भाषा का सहारा लिए बगैर भी जो समझा जा सकता है, उसे शब्दों के कोलाहल में क्यों घसीटा जाए? भाषा की जहाँ अनिवार्यता नहीं थी वहाँ आज उसका प्रयोग हुआ। जब हम भाषा द्वारा अपने को व्यक्त करने की कोशिश करते हैं तब कभी-कभी तो भ्रान्ति भी पैदा होती है। किन्तु आज जब मैं बोला ही हूँ तो पूरा बोल ही लूँ : अमृता, मैं तुम्हें चाहता हूँ। कर्तव्य और विवेक की वर्जनाओं से मैं अपने को रोक न सका। तुम्हारे सौन्दर्य और सौहार्द के सामने मेरी समस्त वर्जनाएँ हतप्रभ हो गयीं। अन्ततः एक ही वास्तविकता प्रतीत हुई कि मैं तुम्हें चाहता हूँ। किन्तु इतना कहकर मैं नहीं रुक जाता, जा रहा हूँ। केवल अध्ययन के लिए नहीं जा रहा, यहाँ से दूर भी जा रहा हूँ।"

एक-एक शब्द में अपना स्वीकार देख अमृता धन्यता अनुभव कर रही थी। उसके चेहरे पर उभर आयी आर्द्र आभा उसकी आँखों में एकत्रित होने लगी। वह उठी, बगलवाले कमरे में गयी और पलंग पर लेट गयी। तकिये में उसने अपना चेहरा छिपा लिया। आँसुओं में ऐसा भी क्या छिपाने का होगा? यह तो अमृता जाने। ये आँसू अनिकेत ने नहीं देखे थे। अमृता बगलवाले कमरे में क्यों गयी यह देखने के लिए वह उठा भी न था। उसका झूला झूलने लगा था। अस्वाभाविक लगे इतने वेग से वह झूल रहा था।

अमृता आयी। भीनापन पोंछने के बाद भी सुर्खी उसके कपोल पर तैर रही थी। उसके स्मित में प्रकट होते निर्वेद को अनिकेत ने भाँप लिया। पर वह कुछ बोला नहीं। अमृता जहाँ पहले बैठी थी। टेबल के पासवाली कुरसी पर बैठी।

"तुम्हारे कहने का मतलब यह हुआ कि तुम जहाँ जा रहे हो वहाँ यहाँ

से किसी को आने की इजाजत नहीं है।''

''मैं रेगिस्तान में जा रहा हूँ और वहाँ भी किसी एक जगह टिककर नहीं रहनेवाला हूँ। मैं इनकार तो कैसे कर सकता हूँ? किन्तु कोई आये तो कहाँ आये? और उस प्रदेश में कोई आये यह उचित भी नहीं। बार-बार विचारने से मेरी एक मान्यता दृढ़ हुई है कि रागात्मकता अनुभव करने के बाद भी उससे मुक्त हुआ जा सकता है। हम दोनों की वर्तमान भाव स्थितियों को देखते हुए ऐसा लगता है कि वे पारस्परिक अनुकूलता के साथ आगे बढ़ें और भविष्य को एक निश्चित दिशा प्रदान करें यह सम्भव है। किन्तु मेरे लिए यह परिणाम वर्ज्य है। जिसे गँवा देना है, उसका अभाव सहन कर मैं अपने मन को बदलने का प्रयास करूँगा। मेरी नियति क्या है—यह जाने बिना भी मैंने इतना तो निश्चित कर ही लिया है। यहाँ नियति से होड़ करने का मेरा कोई इरादा नहीं है। क्योंकि समग्र के सन्दर्भ में मैं अपने को न के बराबर मानता हूँ। और फिर ऐसा नहीं है कि ऐसा निर्णय करके मैं उदयन पर कोई उपकार करना चाहता हूँ, वैसा हो भी नहीं सकता। मैंने जो पाया है वह कोई ऐसी स्थूल प्राप्ति नहीं है कि जिसका आदान-प्रदान हो सके। एक-दूसरे से सम्बन्धित हमारी भावनाएँ आगे बढ़कर स्थूलप्राप्ति की कामना करें तो आश्चर्य नहीं, किन्तु इस समय तुम्हारे प्रति मेरा जो भाव है उसमें अभिलाषा का कोई स्थान नहीं। अभिलाषा के संसर्ग से वे भावनाएँ दूषित न हो जाएँ, मैंने इस बात का पूरा ध्यान रखा है। तुम्हारे लिए इस क्षण जो मैं अनुभव कर रहा हूँ उसे स्नेह की संज्ञा देकर बात आगे बढ़ाऊँ तो इतना ही कहूँगा कि स्नेहसिक्त सौन्दर्य मेरे लिए पवित्रता का पर्याय है। उसके प्रति कोई आशा जन्म लेती है तो उसे स्वार्थ कहा जाएगा। बात फिर उलझने लगी। दूसरे शब्दों में कहूँ : मैं आज की इस विदाई को निःस्वार्थी बनने के साधन के रूप में, आत्मोन्नति के लिए एक सोपान के रूप में प्रायोजित नहीं करना चाहता। निःस्वार्थ और आत्मोन्नति जैसे शब्द खोखले खड़खड़ाते हों तो माफ करना। इस बारे में मुझे कोई बचाव नहीं करना। मैं तो जो कुछ करना चाहता हूँ उसे धर्म समझता हूँ।''

साँस ले सके इतना समय रुककर, स्वर को मन्द कर वह बोला :

''आज तो तुम उदयन से दूर नहीं हो, कुछ समय पहले तुम मेरी अपेक्षा उदयन के विशेष निकट थीं। आज मेरा जाना दूसरा मोड़ बन सके तो सद्भाग्य। मैं जानता हूँ कि उदयन तुम्हें चाहता है, बल्कि तुम्हारी कामना करता है। एक दीर्घ सम्पर्क और समझपूर्वक किया हुआ परिचय भी है। सारी दुनिया भले ही उदयन को गलत समझे पर तुम कभी ऐसा नहीं करोगी! उदयन की जिजीविषा मुझसे अधिक प्रबल है। उसकी शक्तियाँ और उनका उपयोग करने का साहस भी उसमें अधिक है। वह इतना सच्चा है कि सामाजिक अन्याय और सार्वजनिक

प्रवंचना के प्रतिकार के लिए अपने सुखों से वंचित रह सकता है। अन्याय से प्राप्त दु:ख तो उसके लिए दु:ख होता ही नहीं, उसे तो वह पचा गया है। अब तो उसके लिए एक ही अभाव दु:ख बन सकता है। तुमको वह प्राप्त न कर सका तो...तो वह इतना सच्चा है—दु:ख को पूरी सचाई के साथ भोगते हुए उस स्थिति में वह टूट जाएगा और वह टूट जाए तो उसके मित्रों का भविष्य भी खँडहरों में बदल जाएगा। उसके मित्रों की चिन्ता मैं नहीं करता, किन्तु अमृता, तुम जानती ही हो कि मैं उदयन को चाहता हूँ। हम समकालीन हैं, इसका मुझे हर्ष है। उदयन अपने जमाने को कितनी निष्ठा से जीता है? मैं तो केवल देखता हूँ।''

अमृता के झिलमिलाकर अदृश्य होते स्मित में झरते पुष्पों की निस्पृहता थी। अनिकेत के प्रत्येक वाक्य पर वह स्मित का पूर्ण विराम लगा रही थी, किन्तु अनिकेत बोलता ही जा रहा था। अब तो वे सारे स्मित और अनिकेत के वाक्य कमरे के अवकाश में डूब गये हैं। हाँ, पर्स की चेन खोलने और बन्द करने की क्रिया उसने अभी बन्द नहीं की।

''तुमको सुनकर मुझे अचरज नहीं लगा। मैं सोचती ही थी कि तुम ऐसा कुछ कहोगे। मेरे हृदय में क्या चल रहा है, उसे भी जान लिया हो, इस तरह तुम बोले। मुझे स्वीकार करना चाहिए कि तुमने मेरे बारे में जो कुछ कहा उसमें सत्यांश था। तुम्हें देखने के पूर्व मैं अपने भविष्य के सम्बन्ध में सोचती थी तब मेरी उस भावसृष्टि के केन्द्र में उदयन था। उसके बाद भी उदयन मेरी सृष्टि के बाहर निकल नहीं गया। इसीलिए तो तुम्हारे परिचय के बाद मैं दुविधाग्रस्त रही हूँ। मैंने देखा कि वरण करना एक दुष्कर कार्य है, क्योंकि उसमें दायित्व भी वहन करना होता है। तुम अपनी विदा को दूसरा मोड़ कहकर जो सूचित कर रहे हो, उस सम्बन्ध में मैं कुछ नहीं कह सकती। तुम्हारे जितनी निर्णय शक्ति मुझमें नहीं है। किन्तु मुझे एक विचार आया है वह तुम्हें कहूँ—अकेले रहना हो तो भी क्या?''

''तुम्हें जो विचार आया क्या वह वरण के दायित्व से पलायन करना नहीं सूचित करता? एक ओर छिटक जाने से भी उस भावसृष्टि में कोई परिवर्तन तो होगा नहीं, हम स्वयं बदल जाएँ यही एक मार्ग है।''

''बदलने के लिए क्या करना चाहिए? एक संकल्प कर उसे जीने का प्रयत्न करना? तुम चाहते हो वैसा संकल्प करूँ?''

''मैं आदेश नहीं दे सकता। मैं प्रत्येक के व्यक्तिगत स्वातन्त्र्य को स्वीकार करता हूँ। इतना ही कह सकता हूँ कि संकल्प के बारे में मेरा क्या अनुभव है? मैंने एक संकल्प लिया था कि अध्यापक होने के बाद पिताजी की कोई मदद स्वीकार नहीं करूँगा। किन्तु उत्तराधिकार में मिले इस मकान का उपयोग कर रहा हूँ। इतना ही नहीं दो किरायेदार नीचे रहते हैं, उनका किराया भी मेरे खाते में

जमा होता है। हाँ, यह बात अलग है कि मैं इन पैसों का उपयोग नहीं करता। किन्तु संकल्प तो टूट ही गया न? कुछ संकल्प आवेग के आविष्कार होते हैं, समझ के परिणाम नहीं। वे टूटते हैं और संकल्प तोड़ना—यह तो मेरुदंड की कमजोरी को बढ़ावा देने जैसा है। उदयन के प्रति मेरे मन में इसलिए आदर है कि...।''

''हाँ, उसमें कुछ असामान्य शक्तियाँ हैं। वह संकल्प करने के बाद पुनर्विचार नहीं करता, किन्तु...।''

''किन्तु?''

''यह वाक्य भले ही अधूरा रहे, उसमें सम्बन्ध निभाने की निष्ठा है। वह किसी से बचकर चलना नहीं चाहता। मेरी दृष्टि में इसीलिए उसका स्थान है...कोई अकस्मात् हो और सहानुभूति पैदा हो, सहानुभूति व्यक्त करते रहने से सम्पर्क बढ़े, सम्पर्क में से संवेग पैदा हो और...इत्यादि, इत्यादि। ऐसा हमारे सम्बन्ध में नहीं हुआ। एक दशक पूर्व का परिचय है। मेरे शैक्षणिक विकास में उदयन का योगदान है। मेरे आत्मविश्वास को दृढ़ करने में उसने उद्दीपन विभाव का काम किया है। बहुतों ने उसकी उपेक्षा की है, उस स्थिति में भी मैं उसकी शुभेच्छुक रही हूँ। किन्तु...''

''किन्तु से शुरू होनेवाला यह दूसरा वाक्य भी शायद अटक जाए।''

''हाँ, भले ही अटक जाए। मैं उसकी शुभेच्छुक हूँ, मात्र इतना ही नहीं है और इसीलिए तो यह सारी उलझन है, बल्कि यन्त्रणा है।''

''ओहो! तो मैं कितना सुखी हूँ, तुम दोनों को चाहता हूँ और ऐसा कह भी सकता हूँ।''

''बधाई, तुम जो कह सकते हो वह मैं नहीं कह सकती, क्योंकि मैं नारी हूँ।''

काम से निपटकर बगल के कमरे में गये नौकर ने रेडियोग्राम पर रिकार्ड लगाया। अनिकेत ने उसे आवाज तेज करने को कहा। यह उसका प्रिय गीत था। वह इस तरह बैठा लग रहा था मानो वह गीत सुनने में मशगूल है। इस गीत की लय के साथ एकरूप न हो सके ऐसा एक प्रश्न उसके मन में घुमड़ रहा था : तो क्या पुरुष और स्त्री के लिए स्वातन्त्र्य का एक अर्थ नहीं?

समय हो गया है यह देख नौकर ने कहा कि भोजन तैयार है। दूसरा रिकार्ड अधूरा ही उठाकर अनिकेत अमृता को साथ ले डाइनिंग टेबल के पास पहुँचा।

''आओ! तुम्हें और उदयन को आज तक मैं भोजन के लिए निमन्त्रित करना क्यों भूल गया? आशा करता हूँ कि भविष्य में इसके लिए योग्य अवसर मिल जाएगा।''

अमृता नेपकिन से हाथ पोंछती बैठी रही।

खाली पड़े ड्राइंग रूम में अब केवल पंखे की गति थी और यहाँ ऊपर घूमते पंखे की गति सुनाई दे रही थी। खाते-खाते कोई बात नहीं हुई। नौकर की इच्छा थी कि आज बाबूजी को खूब आग्रह कर-करके खिलाएगा। अमृता की उपस्थिति से उसकी भाषा शायद संकुचित हो गयी थी। वह अधिक आग्रह न कर सका। दोनों का साथ भोजन करना औपचारिक प्रसंग बन गया।

भोजन करने के बाद पन्द्रह मिनट जितना समय नीरव बीत गया। नौकर अनिकेत के सामान को एक तरफ जमाने लगा था। सब आ गया है कि नहीं यह जानने के लिए उसने अनिकेत से पूछा—"ठीक है न?" "ठीक है।" उसके बाद सारा सामान धीरे-धीरे कार में रख आया।

अभी समय था किन्तु कोई बात न हुई।

अनिकेत ने नौकर को बुलाकर तीन महीने का अधिक वेतन दिया और अमृता का पता दिया ताकि नौकरी न मिलने पर अमृता मदद करे। उदयन को तो वह अच्छी तरह जानता है। नौकर ने इतना अधिक वेतन लेने से आनाकानी की। अनिकेत उठा, उसे सीने से लगाकर उसकी कमीज की जेब में पैसे रख दिये। दोनों के बाहर निकलने पर नौकर ने दरवाजा बन्द किया। घर छोड़कर जा रहा हो, इस तरह थोड़ी देर वह खड़ा रहा। अनिकेत के हाथ में चाबी थी। झुककर प्रणाम करने की उसकी आदत अनिकेत ने छुड़ा दी थी फिर भी आज तो वह झुक ही पड़ा। कार रवाना हुई तब उसकी आँखें बिलकुल सूनी हो गयीं फिर धीरे-धीरे भर आयीं। आँखें पोंछे बिना ही वह अपने रास्ते की ओर बढ़ा।

ड्राइविंग अमृता कर रही थी। अनिकेत पास में बैठा था। वह चाहता था कि अमृता ही उसे स्टेशन पर पहुँचाये। रास्ते में राजस्थान, फिर देश-विदेश के सम्बन्ध में बातें हुईं। रास्ता छोटा था, इसलिए दूर की बातों में अपने को उलझाये रखना आसान भी था।

प्लेटफॉर्म पर पहुँचकर अमृता अनिकेत की सीट ढूँढ़ने एवं उसका सामान डिब्बे में ठीक से रखने में काफी सक्रिय रही। अनिकेत को कोई चिन्ता या जल्दी नहीं थी। गाड़ी ने सीटी दी तब तक वह प्लेटफॉर्म पर ही खड़ा रहा। अब डिब्बे के दरवाजे पर जाकर खड़ा हो गया। उसने अमृता की ओर देखा।

विदाई के अनुभव की तीव्रता आँखें ही सविशेष व्यक्त कर सकती हैं। अमृता ने देखा कि अनिकेत की स्मृति-भरी दृष्टि में मृगजल लहरा रहा था। बम्बई के चारों ओर का समुद्र भी मानो मृगज़ल बन गया है। अनिकेत अपने साथ कोई समूची बम्बई लेकर नहीं जा रहा था, फिर भी अमृता को तो यही लगा। अब वह लौटेगी लोगों की भीड़ से आच्छादित जंगल में। एक व्यक्ति की कमी होने पर इतना

अधिक खलेगा इसकी कल्पना भी अमृता को नहीं थी।

"मैं आज जो कुछ बोली, वह सब भूल जाना। मैं...अब यहाँ तो कैसे कहूँ, मगर...तुम्हारी प्रतीक्षा करूँ?"

उदयन की आवाज आयी, वह दौड़ता आ रहा था। अनिकेत ने हाथ ऊपर उठाया। गाड़ी के चक्कों में गति आयी। उदयन पहुँच गया। चलती गाड़ी में उसने अनिकेत का हाथ पकड़कर शुभेच्छाएँ दीं। वह सिर की पट्टी खोलकर कश्मीरी टोपी पहनकर आया था। अपने घावों को ढँककर घूमने में कोई आत्मवंचना नहीं है, ऐसा वह मानता है।

"अच्छा...! गुड-बाय!"

"फिर आना!" एक कदम आगे बढ़कर अमृता ने दूर से ही कहा।

"बाय! बाय!" अनिकेत ने दोनों को कहा।

"टा-टा।"

"अलविदा...उदयन!"

गाड़ी प्लेटफॉर्म छोड़ चुकी थी। उदयन को अनिकेत का 'अलविदा' अच्छा नहीं लगा। उसके उच्चारण में उसे त्याग का नशा दिखाई दिया और विदा लेता उसका हाथ उसे गर्वोन्नत लगा। अमृता लौट गयी थी। स्वजनों, परिचितों को छोड़ने आये सभी लौट चुके थे। हाँ, कुछ लोग गाड़ी के चले जाने से पटरियों पर आ खड़े हुए अवकाश को देख रहे थे। अवकाश को निहारने के लिए अमृता ने ऐसा कोई दृश्यमान आधार नहीं लिया था। वह नीचे देखती चल रही थी। उसने गति मन्द कर दी ताकि उदयन पहुँच सके। जल्दी लौटे हुए और अन्त में लौटनेवाले एक प्रवाह में मिल गये। दूर के प्लेटफॉर्म की ओर से इंजन की लम्बी सीटी सुनाई दी। पास के प्लेटफॉर्म पर इंजन के धक्के से गाड़ी के डिब्बे खड़खड़ाये। फिर इंजन उनको छोड़कर चलने लगा—भक्-भक्-भक्...। उदयन पहुँच गया। अमृता ने टोपी पहचान ली। उसने जो भेंट में दी थी, वही। जब वह उत्तर भारत की यात्रा पर गयी थी तब लौटते समय दिल्ली से खरीद लायी थी। कितने वर्ष हुए? तीन या चार? वह संख्या तीन की हो या चार की इससे, अमृता ने यह भेंट दी है इस हकीकत में कोई फर्क नहीं पड़ता। यहाँ इतना ही उल्लेखनीय है कि अमृता को यह संख्या निश्चित याद नहीं है।

"अच्छा, अमृता! मैं चलता हूँ। तू यहाँ से सीधी ही जाएगी न?"

"मैं तुझे छोड़ने आ रही हूँ। तुझे छोड़कर जाऊँगी।"

"तू ड्राइविंग करे और मैं बगल में बैठा रहूँ यह तो मुझे चुभेगा।"

"तो पीछे बैठना। या फिर तू ही ड्राइविंग कर। मुझे नहीं खटकेगा। पुरुषों के मन से अभी भी नारी का रक्षण करने का अभिमान गया नहीं। तुम्हारा यह स्त्री-दाक्षिण्य और रक्षणार्थ तत्पर रहने का औदार्य एक प्रच्छन्न स्वामित्व का सूचक है।"

"मैं तो इस वृत्ति को प्रकट भी कर चुका हूँ। प्रच्छन्नता का आश्रय लेनेवालों में मैं नहीं हूँ।"

अमृता समझी कि उदयन का संकेत अनिकेत की ओर ही है। स्टियरिंग पर से उसका बायाँ हाथ उठा। उदयन की पीठ पर धौल जमाने की इच्छा हुई थी। वह एकदम निकट नहीं बैठा था फिर भी। उसे सिर पर चोट आयी है यह देखकर हिचकिचा गयी या फिर दूसरे ही क्षण जगे विवेक से वह रुकी अथवा दोनों कारणों ने एक साथ काम किया। किन्तु बाद में उसे लगा कि वह ऐसी हास्यास्पद चेष्टा करने से बच गयी। यह अच्छा ही हुआ। वह आर्य नारी को शोभा दे, ऐसा व्यवहार न होता। वह कितना घटिया लगता? एक दिन 'गेट-वे ऑफ इंडिया' के पास उदयन का पत्रकार मित्र दोनों को रोककर बतियाने लगा था। वह कहता था कि रूस में स्त्रियाँ पुरुषों की तरह ही सभी श्रमसाध्य काम करती हैं। गृह-कार्य उनके हाथों में से लगभग छिटक ही गया है। नारी-सुलभ संकोच और लज्जा उनमें दिखाई नहीं देते। पुरुषों के सम्पर्क की निरन्तरता और नीरस-शुष्क कार्यों में जुते रहने का ही यह परिणाम है, ऐसा निष्कर्ष निकाला जा सकता है...यह अधिकतर कॉलेज-जीवन की सखियों से दूर ही रही है। उनमें से बहुतों की तो शादी भी हो चुकी। उनकी यह शिकायत रही है कि अमृता को पुरुषों का सम्पर्क अधिक पसन्द है। अमृता को उनकी बातों में मजा नहीं आता। इसी कारण वह उनसे कुछ दूर हो गयी थी। भाई-भाभियों ने टोका तो इसमें क्या बहुत बुरा हो गया? पुरुषों का इतना अधिक सम्पर्क उस अभद्र व्यवहार को जन्म देने के मूल में हो तो कोई अचरज नहीं।

"अमृता, इस ओर ले ले न! मुझे प्रेस-बिल्डिंग से थोड़ी सामग्री लेनी है। हाल ही कुछ लेखों के जल्दी अनुवाद कर देने की आफर आयी थी। कल शायद मैं वहाँ जाना भूल जाऊँ। अच्छे पैसे मिलने की सम्भावना है।"

अमृता ने रास्ता बदलकर कहा—

"इस समय वहाँ कौन होगा?"

"साढ़े दस बजे तक मेरी राह देखेंगे ऐसा सन्देश था।"

इमारत के प्रवेश-द्वार के पास अमृता ने कार रोकी। वह कार में ही बैठी रहती पर उदयन ने उसे साथ लिया। लिफ्ट खुली छोड़कर लिफ्टमैन कहीं आसपास गया होगा। उदयन अन्दर गया। अमृता ने भी उसका अनुसरण किया। उदयन ने

स्विच दबाया। लिफ्ट चालू हुई। उदयन इस समय कुछ-कुछ प्रसन्न था। बोला—

"लिफ्ट टूट पड़े तो कैसा तीव्र अनुभव हो?"

"मुझे तो ऐसा विचार आया कि लिफ्ट रुके ही नहीं और ऊपर ही ऊपर बस चलती ही जाए, चलती ही जाए तो कैसा?"

"ऐसी दो-तीन दिन तक बराबर चलती रहे तो रेगिस्तान में पहुँचा अनिकेत हमको निश्चित देख सकेगा, क्योंकि उसकी दृष्टि तो बम्बई की ओर ही होगी।"

"यह अनिकेत इतनी दूर से पहचान सकेगा?" लिफ्ट रुक गयी थी।

"न पहचान पाएगा तो यूँ समझेगा कि विश्वामित्र का वह कृपापात्र त्रिशंकु पृथ्वी की किसी परी को साथ लेकर स्वर्ग की ओर चला है और बीच में कहीं अटककर रह जाएगा।"

उदयन ने दरवाजा खोला।

"पर हम बीच में कहीं भी न रुकें और बस ऊपर ही ऊपर आगे बढ़ते ही रहें तो?"

"किन्तु अन्त में नरक का तल छूने पर तो लिफ्ट रुकेगी या नहीं? अमृता, तेरे इस स्वर्ग-नरक में नीचे कौन है? या फिर दोनों एक ही सतह पर हैं? मुझे लगता है नरक तो स्वर्ग का तहखाना होगा।"

"बहुत दिनों के बाद आज हमने मूर्खतापूर्ण बातें कीं।"

"मूर्खतापूर्ण नहीं, अर्थहीन। ऐसी अर्थहीन बातों में जुड़ते समय ही मुझे लगता है कि मैं आज के दिखाई देनेवाले वास्तविक जीवन के निकट हूँ।"

उदयन सामग्री ले आया। दोनों वापस मुड़े। उदयन ने जीने पर किसी की पदचाप सुनी। उसने झुककर देख लिया। दोनों लिफ्ट के भीतर गये। वह आदमी लिफ्टमैन था। वह नजदीक आये उसके पहले ही लिफ्ट नीचे उतरने लगी थी।

"इन तमाम यन्त्रों का हमें खिलौनों की तरह उपयोग करना चाहिए।"

"मगर वह बेचारा जीना चढ़कर ऊपर आया, अब नीचे उतरेगा। तुझे उस पर जरा भी दया नहीं आयी।"

"उसका काम लिफ्ट चलाना है। हमारी तरह मटरगश्ती करना नहीं।"

"ठीक है। अब मलाबार हिल या फिर किसी होटल में? कहाँ ड्राप कर दूँ तुझे?"

"क्यों, बहुत जल्दी है? इतनी जल्दी हो तो इधर से बायीं ओर मोड़ ले और मुझे पारसियों के टावर ऑफ सायलेन्स में धकेलकर चली जाना।"

अमृता की चीख निकल गयी। एक दिन उदयन पारसियों के शव धकेलने के टावर की चोरी-छिपे जानकारी ले आया था। फिर अमृता के सामने उसने अपने अनुभव का सविस्तार वर्णन किया था। अमृता सुनते-सुनते अत्यन्त व्याकुल हो

उठी थी। उस दिन के बाद कभी-कभी उदयन उसे टॉवर ऑफ सायलेन्स का स्मरण दिलाता रहता है।

सवा दस बजे थे।

"अरे हाँ! अच्छा हुआ कि याद आ गया। एक-दो वर्ष पहले हमने तेरे छोटे भतीजे के लिए स्पूतनिक और 'फायर-ब्रिगेड' के खिलौने खरीदे थे। वे आज शाम को मुझे मेज के नीचेवाले खाने में दीख पड़े हैं। लेती जा!"

"अब तो तू ही खेलना। वह मुन्ना तो बड़ा हो गया है। फिर भी चल दस-पन्द्रह मिनट बैठूँ। देखूँ कि तेरे कमरे के क्या हाल-हवाल हैं?"

कमरे में प्रवेश करते ही चिरकालीन अस्त-व्यस्तता ने अमृता का स्वागत किया। पलंग पर कुछ पत्रिकाएँ पड़ी थीं। उनके बीच खुला पेन पड़ा हुआ था। राइटिंग टेबल पर बूट पड़े थे और नीचे मोजे। दवा से रँगी पट्टी आरामकुरसी पर पड़ी थी। पलंग के तकिये के पास रखी कुरसी पर रखी ऐश-ट्रे के पास सिगरेट के कुचले हुए टुकड़े भी दिखे।

"आप श्रीमान आरण्यक संस्कृति के पुरस्कर्ता हैं, यह इस कमरे में कदम रखनेवाले किसी भी व्यक्ति को सहज ही समझ में आ जाएगा।"

"दो मिनट में सब व्यवस्थित हो जाएगा। तब तक तू यह पत्र पढ़ ले।"

सत्रारम्भ होते ही जिस कॉलेज से उदयन का नाता जुड़नेवाला है उसके आचार्य का पत्र था। अभ्यासक्रम समिति पर प्रकाशित उदयन का लेख काफी प्रचार पा चुका था। यह पत्र उसी लेख के सन्दर्भ में था। "ये सब हमारे कार्यक्षेत्र के बाहर की बातें हैं और अध्यापक जैसे उत्तरदायी व्यक्ति को अभ्यासक्रम समिति पर इतनी हद तक प्रहार करने की अपेक्षा नहीं करना चाहिए। आप स्पष्टीकरण दीजिए कि किसी को बुरा लगा हो तो मैं खेद प्रकट करता हूँ..." वगैरह मधुर भाषा में लिखा हुआ था।

"कौन हैं तेरे आचार्य?"

"बहुत बड़े व्यक्ति। विद्वान कहे जाते हैं। बहुत-सी पुस्तकें लिखी हैं उन्होंने। शिक्षा-जगत के एक जाने-माने व्यक्ति हैं।"

"किन्तु उनका मानस तो सामन्त युग का मालूम देता है। माफी माँगने का कह रहे हैं। तेरी इनके साथ पटरी बैठेगी?"

"कल मिल आऊँगा। उनकी गलतफहमी दूर होगी तभी उनका कॉलेज ज्वाइन करूँगा।"

"मुझे तो तुम्हारा लेख खूब रुचा।"

"तुझे रुचे इसीलिए सबको रुचे यह जरूरी है? तेरी मान्यता सर्वोच्च तो नहीं कही जा सकती।"

"तेरे लिए भी नहीं?"

"तुझे बुरा न लगे इसलिए स्वीकार किये लेता हूँ। बाकी तूने इसके बाद प्रकाशित चर्चा-पत्र पढ़ा था? उसमें मेरी भाषा को हिंसक बताया गया है।"

अमृता ने उदयन के सिर से टोपी अलग की। घाव पर की पट्टी उखड़ी नहीं थी। यह देख उसे अच्छा लगा। उसने वह ऊपरवाली बड़ी पट्टी भी बाँध दी।

"नौकरी ज्वाइन करने से मना करेगा तो?"

"तो क्या? एक महीने का वेतन तो देंगे न? उतना वेतन समाप्त होने तक नयी नौकरी खोज लूँगा। और अनुवाद का काम मिलता ही रहेगा। वह भी किसी के कहने से बन्द हो गया तो भिलोड़ा जाकर लकड़ी का व्यापार कर लूँगा। कोयला बनाऊँगा। इस उद्योग में मैं निष्णात हूँ। भट्ठी बनाकर अन्दर लकड़ी डालना फिर सुलगाकर उसका बाहर निकलता धुआँ देखते रहना। नौकरी के लिए झुक जाएँ वे कोई और होंगे। जाने दे वह बात। आज तो कोई मधुर बातचीत होनी चाहिए। अमृता, सच कहता हूँ, तू किसी गरीब घर की कन्या होती तो कितना अच्छा होता?"

"क्यों?"

"मैं तुझे अपनाकर तेरे परिवार पर उपकार करता।"

"उपकार करता या स्वार्थ साधता?"

"अपने समाज में तो उपकार भी इस तरह होते हैं कि उनसे तो स्वार्थ ज्यादा निर्दोष लगता है।"

"किन्तु तेरा यह स्वार्थ देखकर मुझे तो डर लगता है। तू एकाएक मुझे अपना ले तो मेरी पसन्दगी का क्या होगा? मैं अब तुझसे मिलने नहीं आऊँगी।"

"तो मैं चला आऊँगा। मैंने क्या तेरा घर नहीं देखा है? 'छाया' जैसा सुन्दर नाम है उसका।"

"तू मिलने आये वह तो मैं समझ सकती हूँ। किन्तु मेरे घरवालों को यह पसन्द नहीं। कल रात एक पत्र मिला है कि इस तरह पुरुषों के साहचर्य में रहना किसी कुलीन युवती को शोभा नहीं देता।"

"मैं उन लोगों के साथ सहमत हूँ। पहले जब तू मुझ अकेले को जानती थी तब क्यों किसी ने कुछ नहीं कहा? दो पुरुषों की ओर एक-सी भावनाएँ बनाये रखने में खतरा है। यह इतनी स्पष्ट बात है कि जिसे सामान्य आदमी भी समझ सकता है। हाँ, तुझे किल्योपेट्रा बनना हो तो और बात है।"

"तूने ही मेरा परिचय अनिकेत से कराया। तू ही इस परिचय को बढ़ाता गया। आज तू जानता है कि अनिकेत के प्रति मुझे विशेष सद्भाव है। इतना ही

नहीं मैं तेरे साथ तो मित्र के समान अधिकार से बरत सकती हूँ किन्तु अनिकेत के सामने अपने को छोटा महसूसती हूँ।''

''मुझे तो तुम दोनों छोटे और नादान लगते हो। जिस तरह से अनिकेत महोदय हमारे बीच से गये हैं वह मुझे जरा भी पसन्द नहीं आया। मानो दूसरे किसी को विरासत मिले इसलिए वनवास जा रहा हो, ऐसा गौरव था उसके चेहरे पर। भले आदमी! जो अनुसन्धान करना है उसके लिए रेगिस्तान में भटकना अनिवार्य है, किन्तु वहाँ रहना अनिवार्य नहीं है। इस बात का खयाल आने पर उसकी अध्ययन-निष्ठा के प्रति मेरा आदर घट गया है। और वह मुझे समझता क्या है? एक दिन मैंने कुछ व्यंग्य किया, और वह सहन न कर सका तो महापुरुष बन बैठा? उसकी इस उपकारवृत्ति का प्रदर्शन मुझे सहन नहीं हुआ, पर दूर जाते व्यक्ति से कौन कटु-वचन कहे? तुझे प्राप्त करने के लिए मैं उसके साथ स्पर्द्धा में भी उतरने को तैयार था। अपनी योग्यता सिद्ध कर मुझे विजेता बनना था। और मुझे विश्वास था कि...''

''तू तो ऐसी बात कर रहा है कि मानो तुम दोनों की स्पर्द्धा के लिए मैं तो मात्र निमित्त ही हूँ। मानो एक निमित्त से अधिक मेरी कोई सत्ता ही नहीं। तुम दोनों की खींचतान में मेरे लिए वरण करने की स्वतन्त्रता-जैसा कुछ हो ही नहीं? उदयन! भले ही तू आधुनिक मानव-मूल्यों का प्रवर्तक बनना चाहता होगा। हो सकता है कि भविष्य में नये मूल्यों के स्थापकों की सूची में तेरा नाम भी किसी को पढ़ने को मिल जाए किन्तु मुझे तो तेरा दिमाग पिछड़ा हुआ लगता है। तुझमें स्वामित्व-वृत्ति के दूषण कुछ कम नहीं हैं। तू तो मुझे एक निर्जीव निमित्त मानकर ही बात करता है।''

''तुझे अधिकार है, जो कहना चाहे कह ले।''

''इतनी छूट देकर भी तू अपना अधिकार जताना चाहता है, तो भोग अधिकार, इस कमरे की शाश्वत अराजकता पर। मैं जा रही हूँ। यह ले अनिकेत के मकान की चाबी। उसने तुम्हें देने के लिए कहा था।''

''चाबी का मैं क्या करूँगा? अपने पास ही रख न! तो क्या चाबी भिजवाकर पूरा घर मुझे सौंपता गया हो—ऐसा संकेत करना उसे अभिप्रेत रहा होगा? तू पाँच-दस मिनट बैठ, अमृता! मैं थोड़ा बोल लूँ, फिर अकेला रह जाऊँगा। मैं जो बोलूँगा, वह तुझे अच्छा लगेगा। वह अनिकेत से सम्बन्धित है : जितना मैं उसको चाहता हूँ उससे अधिक वह मुझे चाहता है। मैं जानता हूँ कि मैं माँगूँ तो वह अपना भविष्य भी मुझे दे दे। मैं तो यहाँ तक कहूँगा और तुझे यह मानना भी होगा कि कोई अनजान व्यक्ति आकर माँगे तो भी अनिकेत अपना भविष्य दे देगा। यह बात अलग है कि उसके भविष्य को नष्ट करने की अन्य किसी की वृत्ति न हो,

किन्तु अनिकेत उसके लिए भी तैयार है, यह मैं तुझसे कहना चाहता था...तेरा परिवार अमीर है, इससे तू अमीर कहलाती है, उसके परिवार को केवल अमीर ही कहें तो तेरा परिवार तब मध्यमवर्ग में ही गिना जाएगा। हम दोनों कॉलेज में साथ-साथ थे। उस वर्ष अनिकेत के पिताजी बम्बई आये थे। कॉलेज के प्राचार्य ने उन्हें व्याख्यान देने के लिए बुलाया था। मानो ईरान का शाह सौदागर, उनके प्रौढ़ चेहरे पर भूमध्यसागर की शान्ति। एक वाक्य आज भी मुझे याद है—'हम अफ्रीका में व्यापार करके सम्पन्न बने हैं, हो सकता है हमारे कार्य को इतिहास न्यायोचित करार न दे। हमने वहाँ जाकर कोई निर्माण नहीं किया है, परिस्थिति का लाभ मात्र उठाया है।' उन्होंने वहाँ के व्यापार-धँधे पर अच्छी चर्चा की थी। उनकी पेढ़ी का वहाँ पर बड़ा नाम है। एक बार अनिकेत की वर्षगाँठ के मौके पर उन्होंने लिखा था—'तेरे लिए मर्सडीज कार का ऑर्डर दे दिया है, निकट भविष्य में भेज दूँगा।' अनिकेत ने फोन कर मना कर दिया। फोन पर सम्पर्क स्थापित करने में कितना समय लगा था, किन्तु इनकार करने के बाद ही उसे शान्ति मिली। बाद में उसने मुझसे कहा था—'कार की देख-रेख में समय बिगड़ता है और विद्यार्थियों का ध्यान आकर्षित हो तो उनका भी समय बिगड़ता है। अध्यापक-जैसे आदमी को कार उपयोगी नहीं।' उसका छोटा भाई यहाँ पढ़ता था, फिर इंग्लैंड चला गया। एकदम मस्तमौला और उतना ही बुद्धिशाली। शायद अब तो अपनी पेढ़ी में काम करने लगा होगा? अनिकेत के साथ अदब से बात करता...। यह सब बातें शायद तुझे नगण्य लगें, किन्तु मैं कहे बिना नहीं रह सका। ऐसा आदमी ऐशो-आराम छोड़कर रेगिस्तान में रहने जाता हो तो उसका त्याग सार्थ है। मैंने पहले उसके दृष्टिकोण को नापसन्द किया, वह एक अलग अर्थ में है, उसे तू समझ सकेगी। अब तू जा सकती है।''

''हाँ, मैं जाऊँ। घर से कब की निकली हूँ! सभी शंकित दृष्टि से मेरी प्रतीक्षा करते होंगे।''

''किसी को कुछ समझाने की आवश्यकता हो तो मुझे कहना, आ जाऊँगा।''

''तेरे समझाने से तो गलतफहमी बढ़ेगी। मुझे अपने व्यवहार से ही उन्हें समझाना होगा...व्यवहार से मैं उन्हें अवश्य समझा सकूँगी। परन्तु उस दौरान पराधीनता भोगने की वेदना मुझे होगी। मुझसे किसी की शंका सहन नहीं होती। दो पुरुषों के सम्पर्क का ये लोग क्या अर्थ लेते होंगे? मैं अपने ढंग से स्वयं को और दूसरों को समझने के लिए स्वतन्त्र नहीं हूँ? घर के लोग प्रतिष्ठा के एक छिछले विचार में मेरी अभिरुचि और वरण के मेरे अधिकार को दबा देना चाहते हैं। जिस समाज को तू आत्मवंचना की नींव पर निर्मित कहता है उसमें तेरे और अनिकेत जैसों के लिए जितनी स्वतन्त्रता है, मेरे लिए तो उतनी भी नहीं है। मैं

तुलना नहीं कर रही, अपनी स्थिति को समझ रही हूँ। मैं तो यह भी कहूँगी कि उदयन और अनिकेत मेरे समग्र व्यक्तित्व को स्वीकारने के बदले मुझे मुख्यत: नारी के रूप में ही पहचानते-देखते रहे हैं। तेरी उमंग और अनिकेत की स्वस्थता में भी मुझे कुछ ऐसा उपस्थित लगता है जो मुझे बेचैन बना देता है। मेरे नारी रूप से ही तुम लोग क्यों इतने सभान हो?''

यहाँ उदयन कहना चाहता था कि तेरे सौन्दर्य को दोष दे, पर ऐसा नहीं बोलना चाहिए, यह सोचकर चुप रहा। अमृता आगे बढ़ चुकी थी। ''तू ही कह, पुरुष की तरह नहीं अपितु एक मनुष्य की भाँति तू जो आत्मनिर्णय का अधिकार भोगता है, उस स्थिति में मुझे रख सकता है? तेरे सामने भी मुझे एक बात कहनी है। तू मुझे चाहता है—ऐसा कहकर उपयोगिता-प्रेरित आत्मवंचना का तू आश्रय नहीं लेता? और अगर ऐसा है तो बताओ कि मेरी स्वतन्त्रता, फिर कहाँ सुरक्षित रही? अब जब हम मिलेंगे तब इस प्रश्न का उत्तर तेरे पास होगा?''

उदयन कुछ भी नहीं बोला। झड़े हुए पत्तोंवाले एक पेड़ की छवि दीवार पर लटक रही थी। देखे बिना ही उसे वह दिखाई दी। अमृता उठकर चल दी, उसी क्षण उसकी दृष्टि दीवार पर की उस छवि पर स्थिर हुई। अमृता दरवाजे के बाहर पहुँच गयी। वह उठकर दरवाजे तक पहुँचा ही था कि तब तक तो अमृता सीढ़ी के दोनों मोड़ उतर चुकी थी। सीढ़ी के वातावरण में अवशिष्ट उसके पदरव भी शान्त होने लगे थे। एकाएक आवाज हुई। कार स्टार्ट होने की थी यह आवाज। अमृता की गति की नीरवता का अनुभव करता उदयन खड़ा था। अब तो उस नीरव गति पर भी आवाज का आघात लगा। अन्त में कान और आँखों से अपने चित्त में नि:शेष अवकाश भरकर वह वापस हुआ।

द्वितीय सर्ग

प्रतिभाव

येन अहं न अमृता स्याम् किम् अहम् तेन कुर्याम्...

—मैत्रेयी

एक

मिथ्या!

न्याय के लिए संघर्ष की फलश्रुति क्या?

पराभव!

एक सर्वाश्लेषी भूकम्प की आवश्यकता है। जीर्ण नींव पर नयी इमारत की रचना सम्भव नहीं। उदयन ने ताला खोला। बूट से दरवाजा धकेला। किवाड़ खड़खड़ा उठे। उसने दूर से ही टेबल पर पुस्तकें फेंकीं। पुस्तकों के साथ पकड़ा हुआ गॉगल्स भी फिंक गया। मेज पर से उछलकर वह नीचे जा गिरा। दाहिना काँच टूट गया। उसने देखा कि काँच सदैव अनेक टुकड़ों में टूटता है, जैसे कि केवल दो-तीन टुकड़े होने में काँच का टूटना पूरा नहीं होता। एक ओर काँचवाली और दूसरी ओर बिना काँच का अर्थात अवकाशयुक्त फ्रेम उसने पहना। उससे जो दिखाई दिया, उसे देख वह हँस पड़ा। हँस लेने के बाद वह गम्भीर हो गया। उसकी गम्भीरता देखकर देखनेवाले को तो ऐसा ही लगेगा कि यह आदमी जीवन में एक बार भी नहीं हँसा होगा।

उसने खंडित चश्मा मेज पर रखा। विचार आया कि यह रंगीन काँच मेरे और अमृता के बीच है। अनिकेत और अपने बीच कोई काँच नहीं। अथवा फिर इस तरह सोचना—यह कोई सोचना है ही नहीं। ज्यादा-से-ज्यादा इसे तर्कलीला कहा जा सकता है।

किन्तु मुझे ऐसा बचकाना विचार क्यों आया? यह तो नहीं कि दुनिया में अमृता और अनिकेत दो ही प्राणी हैं? मैं भी हूँ। और मैं हूँ तो सारा जगत कोई छोटा नहीं है। रास्ते में चलते हर समय नये और नये ही चेहरे देखने को मिलते हैं।

इन चेहरों को उदयन देखता रहता है। इन चेहरों में उसे कुछ नया, कुछ अजाना देखने को मिलता है। विविध अजानेपन का ही उसे परिचय होता है। वह जानता है कि उनके लिए वह भी अजाना है। इस पारस्परिक अपरिचितता

को तोड़ आगे बढ़ने की उसे जरूरत नहीं लगती, क्योंकि जिस भूमि पर ये चेहरे चलते हैं उसे भी बदलना चाहिए, एक जबरदस्त उथल-पुथल होनी चाहिए। उसके बाद समग्र का रसायन तैयार होना चाहिए तभी उसमें नवांकुर फूटेंगे, जिन्हें देखने के लिए वह खड़ा होगा।

कहाँ? उसे विचार आया। उस रसायन में तो वह भी निःशेष हो गया होगा। तब, फिर जो परिवर्तन देखने को न मिले उससे क्या लेना-देना? इस तर्क को दबा दिया। अपने होते, अपने समक्ष ही यह परिवर्तन हो, स्वयं तटस्थ दर्शक की अदा से खड़ा रहे, इतना ही नहीं, अमृता भी उसके पास खड़ी रहे। और अनिकेत? हाँ, वह भी खड़ा हो, किन्तु थोड़ी दूर, ताकि उसकी छाया में अमृता ढँक न जाए। और उदयन विजेता की शान के साथ अनिकेत को देख सके। शायद किसी को लगे कि उदयन में विजेता बनने की वृत्ति उन्माद की हद तक पहुँच सके ऐसी है, किन्तु ऐसा नहीं है। हिटलर और उदयन में इतना अधिक अन्तर है कि उस अन्तर को समझा सके ऐसा कोई आँकड़ा गणितशास्त्र के पास नहीं। उदयन अभी जो कुछ और जिस तरह से सोच रहा था, वह एक घटना का परिणाम है। उदयन की प्रतिक्रियाएँ बड़ी तीव्र होती हैं। सामान्य व्यक्ति जिसे नजरअन्दाज कर देता है, ऐसी छोटी-सी घटना के लिए उदयन आकाश-पाताल एक करने लगता है। समग्र सृष्टि की पुनर्रचना करने का दायित्व उसका है, ऐसा मान बैठता है। शास्त्रानुसार तो यह काम सर्वप्रथम ब्रह्मा ने किया था। ब्रह्मा अथवा उनके बदले में काम करनेवाले किसी अन्य विधाता को उदयन नहीं मानता। अतः सृष्टि की रचना या पुनर्रचना करने का किसी का अधिकार वह छीन रहा है—ऐसा विधान नहीं हो सकता। उदयन अपने पैरों पर खड़ा रहने में विश्वास करनेवाला व्यक्ति है। अभी उसे जो विचार आये, उसका कारण समझने में वह घटना उपयोगी है—

कॉलेज, उसके आगे की सिच्युएशन की कल्पना आप स्वयं कर लें। खास फर्क नहीं पड़ेगा। छुट्टियाँ होने के कारण विद्यार्थी नहीं हैं। नजदीक के रास्ते पर युवक-युवतियों और वाहनों का आवागमन भी विशेष नहीं है। आप पढ़ते थे अथवा पढ़ाते हैं या देखते हैं वैसा ही किसी कॉलेज-जैसा यह कॉलेज है। इसमें आचार्य के ऑफिस की ओर उदयन जा रहा है। 'अनुमति लेकर प्रवेश करें'—ऐसी तख्ती पढ़ता है। ऐसी बहुत-सी तख्तियाँ उसने पढ़ी हैं। फिर यहाँ तो उसे बुलाया गया है, इसलिए अनुमति की आवश्यकता नहीं। वह अन्दर जाकर खड़ा हो जाता है। नजरें मिलती हैं—'आओ!' वह बैठता है। बातचीत शुरू होती है।

"आपका गद्य अच्छा है।"

"क्या मेरी कोई कहानी पढ़ी?"

"आप कहानी भी लिखते हैं?"

उदयन व्यग्र हो उठता है—“इस आदमी को पता नहीं कि मैं कहानीकार हूँ। इंटरव्यू के समय इसने कहा था—आप जैसे निर्भीक, नवोदित साहित्यकारों को अपने कॉलेज में अध्यापक रूप में प्राप्त कर मुझे बहुत प्रसन्नता होगी। उस वक्त नवोदित विशेषण में रही एक प्रकार की अस्वीकृति देखकर वह अकुलाया था, पर मुँह नीचा किये सुनता रहा। आज यह आदमी पूछता है—आप कहानी भी लिखते हैं? तो उस समय मुझे साहित्यकार कहने में इसने झूठ का आश्रय लिया था, अथवा यह सोचकर कह दिया होगा कि गुजराती के अध्यापक के रूप में पहले काम किया है, इसलिए कुछ न कुछ तो लिखता ही होगा।” इस क्षण मन में उठती तरंगों की अवगणना कर उदयन ने कहा—

“जी, साहब! मैं कहानियाँ लिखता हूँ, किन्तु आप शायद मेरे उस चर्चा पत्र के सम्बन्ध में बात करना चाहते होंगे?”

“हाँ, उसी सम्बन्ध में। हालाँकि मैंने तो यह चर्चापत्र पूरा नहीं पढ़ा। समय ही कहाँ मिलता है। पर सुना है बहुत। जितना भी पढ़ पाया उसमें मैंने देखा कि तुम्हारी भाषा में गजब का फोर्स है।”

पूरा पढ़े बिना ही यह आदमी अभिप्राय दे रहा है? कैसा अप्रामाणिक! इसे क्या कहें? चलो, दूसरी बात करूँ—

“किन्तु साहब, इसमें मेरे गद्य की प्रशंसा करने जैसा कुछ भी नहीं। सायास लिखा गया गद्य वह नहीं है।”

“मेरा भी यही कहना है। ऐसे लेख अधिक सजगता से लिखे जाने चाहिए।”

उदयन ने आचार्यश्री को ओर देखा। उनके होठों पर थिरकता स्मित उसे सभी तरह से वक्र लगा।

“मेरा आशय सर्जक की सजगता से था, जिसमें शब्दों को नया परिमाण देना होता है। जिस सजगता की बात आप कर रहे हैं, वह तो मेरे इस चर्चापत्र के पाठकों को विकसित करनी थी।”

आचार्यश्री की कुरसी जरा हिली। मेज पर रखे चश्मे को हाथ में लेकर बोले—

“देखो, भाई उदयन! हो सकता है मैं तुम्हारे जैसा प्रतिभाशाली न होऊँ, पर अनुभवी अवश्य हूँ। तुमने जो कहा वह दूसरी तरह से भी कहा जा सकता था। मुझे तो तुम बहुत आक्रामक लगे। अभ्यास समिति पर तुम लेख लिखो, इसमें किसी को कोई आपत्ति नहीं हो सकती। चर्चाएँ होनी ही चाहिए। मेरा तो इतना ही कहना है कि किसी को नीचा दिखाने के लिए लिखना—यह अध्यापक के लिए शोभास्पद नहीं है।”

“यानी कि पहले तो मुझे चर्चापत्र में अभ्यासक्रम समिति की प्रशंसा करनी

चाहिए थी, उसकी योग्यता को स्वीकार करने के बाद ही मुझे लिखना चाहिए था, कि ये एक-दो बातें मेरे नम्र मतानुसार विचारणीय हैं। और अन्त में यह भी लिखना चाहिए था कि मेरे विचारों में कोई दोष हो तो अवश्य बताएँ। ठीक है न?''

''मैं ऐसा कुछ भी कहना नहीं चाहता। आज तक सभी इसी तरह ही लिखते आये हैं। फिलहाल तो मैं तुमसे ऐसा कुछ भी नहीं कह सकता क्योंकि अभी तुमने यहाँ ज्वाइन भी नहीं किया है। मुझे आशा थी कि तुम मेरा आशय समझोगे। बिना उग्र प्रहार के भी तुम पाठ्यक्रम समिति की त्रुटियाँ बता सकते थे। उसकी अवमानना न करते तो अधिक अच्छा होता, क्योंकि सम्भव है कि वे लोग हमसे अधिक समझदार हों।''

''इस इकरार में मैं आपके साथ सहमत नहीं हो सकता।''

आचार्यश्री हँसे। हँसी की प्रतिध्वनि थम जाने पर आचार्यश्री के चेहरे पर उभर आयी कड़वाहट देखकर उदयन उबल पड़ा—

''क्या उस समिति के किसी सदस्य के दबाववश आप मुझे समझाने का प्रयत्न कर रहे हैं?''

''तुम मुझ पर आक्षेप कर रहे हो।''

''मैं तो कार्यकारण सम्बन्ध समझने की कोशिश कर रहा हूँ, आक्षेप नहीं।''

''तुम्हारे शब्दों से तो यही प्रकट होता है।''

''तो वैसा मानने के लिए आप स्वतन्त्र हैं।''

''मुझे अपना अधिकार समझाने की आवश्यकता नहीं मिस्टर उदयन। क्या तुम आचार्य और अध्यापक के व्यवहार में शिष्टाचार की कोई भूमिका स्वीकारने को तैयार नहीं?''

''स्वीकारता हूँ, अनिवार्यतः स्वीकारता हूँ, और दोनों पक्षों में स्वीकारता हूँ।''

''तो इसका आरम्भ कहाँ से होता है, यह समझ लो।''

''मैं भी यही कहूँगा। जो आदमी पहले...''

''तो सुन लो। शिक्षण-क्षेत्र में मैं उपेक्षा और बे-अदबी को मान नहीं देना चाहता।''

''यह मान्यता वर्षों तक भोगी हुई दासता की विरासत है। ये सब साहबशाही की परिभाषाएँ हैं। आज की शिक्षा भीतर से खोखले लोगों के अहंकार की पोषक है। वह टूटनी ही चाहिए। विनय-विवेक का बहुत पोषण किया, इससे हमें कुछ नहीं मिला।''

''उपेक्षा और उद्दण्डता से मिलना तो दूर रहा, उलटे गँवाना पड़ेगा।''

"सब कुछ गँवाकर भी सत्य प्राप्त होगा तो सन्तोष की बात है। और मैं मानता हूँ कि उसके साथ आप जैसे बड़े लोगों का कोई वास्ता नहीं है।"

"तुम्हारी आँखों से देखें तो ही सत्य दिखाई दे, क्यों?"

"ऐसा मैं नहीं कहता। किन्तु जो लोग अपनी आँखों से सत्य देखना चाहते हैं, उन्हें जीने दीजिए। उन्हें आप राय-मशविरा दे-देकर अवरुद्ध न करें। आपकी शिक्षा-योजना में स्वतन्त्रता और समानता का कोई स्थान नहीं। कठपुतलियाँ बनाने में ही आपकी रुचि है और कौशल भी। विद्यार्थी के स्वतन्त्र व्यक्तित्व के पोषक वातावरण के निर्माण में आपकी लेशमात्र रुचि नहीं। इस तरह विद्यार्थियों की मूलभूत शक्तियों को भी आप कुंठित कर रहे हैं। यह दमन है। भयंकर दमन है क्योंकि किसी को दिखाई न दे इस तरह से आप यह सब कर रहे हैं। मैं ऐसा नहीं होने दूँगा।"

आचार्यश्री ने बायीं ओर पड़ी फाइल उठाकर दायीं ओर रखी। दवात से होल्डर खींचा और मेज पर रख दिया।

"तुम मुझसे अधिक समझदार हो। मेरे अधीन काम करने में तुम्हारी प्रतिभा कुंठित नहीं हो जाएगी।"

"आपका उत्तर सुनने की तैयारी के साथ ही मैं यहाँ आया हूँ। आप मुझे निःसंकोच निकाल सकते हैं। विश्वास दिलाता हूँ कि इस सम्बन्ध में मैं कोई चर्चापत्र नहीं लिखूँगा।"

"मैं कभी किसी अध्यापक को मुअत्तल नहीं करता। इस संस्था में लोगों को निभा लेने की परम्परा है। आपको अन्यत्र अच्छा काम मिल जाए तो, इसलिए कि आपका विकास यहाँ अवरुद्ध न हो आप स्वेच्छया जा सकेंगे।"

"आपकी दया का लाभ भले ही किसी और को मिले, मैं तो जा रहा हूँ, आपकी इन दीवारों की ओर मैं फिर से देखूँगा भी नहीं।"

उदयन उठा। कुरसी एक तरफ खिसकाकर जरा पटकायी। वह चला। आचार्यश्री ने खड़े होकर हाथ बढ़ाया था वह वैसा ही रह गया। हाथ मिलाने के लिए भी यह आदमी रुका नहीं।

"ठहरो! नौजवान दोस्त! मेरी बात तो तुमने पूरी सुनी भी नहीं, तुम इस तरह दुश्मन बनकर जा रहे हो?"

आचार्य बाहर आये। उदयन थमा।

"सुननेवाला मिल ही जाएगा और आपकी बात सुनकर वह कुछ अभूतपूर्व सुनने की धन्यता अनुभव करेगा। और फिर आभार बरसाता रहेगा। आपका कार्य निर्विघ्न संवादिता से चला करेगा। और चिन्ता मत कीजिए, मैं किसी का शत्रु नहीं। आप मुझे लम्बे समय तक याद भी नहीं रहेंगे।"

सामने देखे बगैर ही उदयन बोला था। आचार्यश्री तो बस देखते ही रह गये। उदयन तेजी से डग भरता चला गया। कॉलेज-कम्पाउंड से बाहर निकल गया। रास्ते पर सीधा ही चलता गया। एक कार ने ब्रेक लगाकर उसे जाने दिया। ज्यों-ज्यों वह दूर होता गया, उसका आकार छोटा होता गया। वह दूर ही दूर चला गया। उसका आकार एक बिन्दु जैसा दिखने लगा। वह भी अदृश्य हो गया। मेघाच्छन्न आकाश में क्रोधित चन्द्र आखिर जब दिखाई नहीं पड़ता तब देखनेवाले आँखें फेर लेते हैं...।

गॉगल्स के काँच के टुकड़े बीनकर उदयन ने कूड़ादान में डाले। क्या किया जाए? कुछ नहीं सूझा। लेट गया। उसे लगा कि वह पलंग पर बेकार ही पड़ा है। उठकर पेन ढूँढ़ने लगा। पेन जेब में ही था। वह कहानी लिखने बैठा। आखिरी सिगरेट पीने के बाद वह कहानी को अधूरी छोड़कर सो गया। इस समय दोपहर के दो बजे हैं। स्नान करना बाकी है। पर स्नानपूर्व सो लेना चाहिए। खूब थकने के बाद ही उसे नींद आती है। 'हाथ आयी लक्ष्मी को छोड़ना नहीं चाहिए।' इस सिद्धान्त को वह मानता है। लोगों को जितनी रुचि लक्ष्मी में होती है, उदयन को उतनी रुचि नींद में है, क्योंकि नींद उसके लिए दुर्लभ वस्तु है। इस दुनिया में आदमी शान्ति से सो नहीं पाता। कई बार पलकों तक आयी नींद अदृश्य हो जाती है। कल रात देर तक वह अमृता के प्रश्न का उत्तर खोजता रहा। अन्त में यह सोचकर कि अब नींद नहीं ही आएगी वह महाभारत के पन्ने पलटने लगा। युद्ध पर्व का अंश पढ़ने में उसे मजा आया। शान्तिपर्व तक आते-आते सुबह हो गयी। गहरी और धुँधली सुबह। आठ बजे और वह कॉलेज के लिए रवाना हुआ।

इस समय शाम के छह बजे हैं। उदयन अभी-अभी जागकर नहाने के लिए बाथरूम में गया है। वैसे तो वह नहीं गाता पर आज वह गाने लगा है। बाथरूम में एक स्वर पानी का और दूसरा उदयन का। दोनों में संगीत गुण समान। उदयन जो गा रहा था, उसके बोल थे—

तोबा को तोड़-ताड़ के थर्रा के पी गया।
बे कैफियों के कैफ से घबरा के पी गया॥

एकाएक उसका हाथ सिर पर गया। घाव की पट्टी के नीचे पानी घुसता हुआ लगा। उस समय पानी का स्पर्श एक अलग ही अनुभव दे रहा था। उसने सोचा कि यह घाव धीरे-धीरे गहरे उतरता जाए, और-और गहरा उतरता जाए, ठेठ मस्तिष्क के केन्द्र तक पहुँच जाए। मेरी विचार शक्ति को नष्ट कर दे और फिर भी मैं जिन्दा रहूँ तो क्या करूँ? किसी साँड़ की तरह बाड़ा कूदता-कूदता बीच में आनेवाले को सींग मारता, दीवारों पर पिछले पैरों से दुलत्ती मारता, छप्परों को हचमचाता, पूरे गाँव के बीच धड़धड़ाता हुआ दौड़ता जाऊँ और सबको जगा

दूँ। फिर तालाब में जाकर चित्त होकर तैरता रहूँ। कोई अपना नहीं, कोई पराया नहीं। यह विचारशक्ति न होती तो मैं सम्पूर्णतः पशु होता। इस विचारशक्ति के कारण ही पशुत्व कम हुआ है। यह विचारशक्ति न हो तो जीने में बड़ा मजा आये। कोई हृष्ट-पुष्ट पागल कहीं रास्ते पर बैठा होता है तब उसके सुख और स्थितप्रज्ञता के प्रति मन में कितना आदर होता है। जिन्हें सुखी रहना है, उनके लिए दो ही मार्ग हैं। या तो पशु बने या पागल। जो महापुरुष हुए वे पागल बन सके थे। उनके अतिरिक्त जो सुखी हैं उन सबका विशेष पशु-समाज है। इन दो वर्गों में जिनका समावेश नहीं किया जा सकता, वैसा एक तीसरा वर्ग भी है, जिसकी यातना अन्तहीन है। उसका स्थान सदैव अनिश्चित रहा है।

उसने पट्टी दबा दी और शरीर पोंछना शुरू किया। यह घाव गहरा उतरता जाए...। कहते हैं कि अश्वत्थामा बिना खोपड़ी के भी जीता था। महाभारत के अन्य पात्र भले ही कल्पित हों, किन्तु अश्वत्थामा, भीम, शकुनि और द्रौपदी तो वास्तविक लगते हैं। खोपड़ी टूटने के बाद भी अश्वत्थामा जीवित रहा, उसका मस्तक चूता रहा, खून और मवाद रिसते रहे और फिर भी जीता रहा। कहते हैं वह आज भी अभेद्य जंगलों में भटका करता है। अपनी टूटी खोपड़ी को भिक्षापात्र बनाकर वह अलख जगाता घूमता फिरता है। कहता है, 'याद करो अठारहवीं रात को। मेरा प्रायश्चित पूरा होने की सम्भावना नहीं। मेरे जैसी भूल मत करना...।' तो क्या अश्वत्थामा को इस स्थिति में अमर रहने का शाप मिला है? तो उसकी अमरता कहानी का विषय क्यों नहीं बन सकती?

अधर्मयुद्ध करने के अपराध में महाकवि ने अश्वत्थामा को चिरन्तन यातना भोगते हुए बताया। मेरे युग के मानव के सामने अश्वत्थामा का उदाहरण है। अतः वे अठारहवीं रात का पुनरावर्तन नहीं करेंगे। वे अब मुसोलिनी या हिटलर नहीं बनेंगे...। वास्तव में नहीं बनेंगे? हाँ, युगों के बाद आग्नेयास्त्र के प्रयोग का परिणाम यह देख चुका है, भोग चुका है। हिरोशिमा-पायलट अर्थली अश्वत्थामा की यातना भोग चुका है।

उदयन एक विचार के जगते ही निश्चिन्त बन गया। खुद चाहे तब मृत्यु का वरण कर छुटकारा पा सकता है। मृत्यु का आश्वासन न होता तो मनुष्य किस आशा में जिन्दगी के बोझ को ढोता रहता। अनेक मोड़ों को पार कर इस युग तक आ पहुँचा मनुष्य वरदान और शाप की स्थिति से मुक्त हो गया है। अब कोई ऋषि किसी को शाप देने के लिए तप नहीं करता। अब तो वह अपने जीवन को सत्य के प्रयोगों द्वारा पहचानने का प्रयत्न करता है। हाँ, इस युग का ऋषि वही है, जिसने ईश्वर का प्रेम सम्पादित करने को न जाकर अपने अस्तित्व के सत्य को प्राप्त करने का प्रयास किया। आत्मनिर्भरता के लिए जिसने पुरुषार्थ किया।

"किन्तु मैं औरों की भाँति उसका नाम भुनाकर प्रतिष्ठित होने का प्रयास नहीं करूँगा...।" आज तो बलिदान की भी कोई महिमा न रही। दंगा देखने के लिए एकत्रित होनेवालों को भागना न आये और गोली लग जाए इसलिए वे शहीद। ऐसी शहादत से तो आत्महत्या अच्छी। चारों ओर जो चल रहा है, इसे देखकर शायद बहुतों को आत्महत्या करने की इच्छा होती होगी। आत्महत्या को यदि पाप न समझा गया होता तो सच्चे धार्मिकों ने अवश्य ही यह मार्ग अपनाया होता। आचार्यश्री ने कहा—"मैं अशिष्टता का गौरव करना नहीं चाहता।" यहाँ तो सच बोलना ही सबसे बड़ी अशिष्टता है—आक्रामक वृत्ति है। पाठ्यक्रम समिति के किसी भी सदस्य से मेरा क्या विरोध हो सकता है? यह स्तर कब सुधरेगा...। कब तक अज्ञान श्रद्धा का पर्याय बना रहेगा...। कब तक मुझ जैसों को अध्यापन-क्षेत्र से बाहर रखने की व्यवस्था जारी रहेगी...। अमृता न होती तो खुद को आत्महत्या करने की कितनी जल्दी सूझी होती?

तो इंजेक्शन ले आऊँ। पट्टी बदलवा आऊँ। अमृता चाहती है कि मैं अपना ध्यान रखूँ। किन्तु अमृता का प्रश्न...।

आचार्यश्री के साथ हुई बातचीत, अमृता का प्रश्न और अश्वत्थामा का रिसता घाव। मन में घूमते रहनेवाले चक्र के यह तीन आरे थे। टैक्सी लेकर वह अपने घाव की मरहम-पट्टी के लिए गया। इसके बाद वह फुटपाथ पर चलता रहा। इन चौड़ी सड़कों की ऊँचाई बिजली के तारों द्वारा बाधित हो रही है। सड़क से ऊपर देखो तो बस बिजली के तार ही तार। विद्युत-ट्रॉम गुजरती है तो बिजली के तारों पर चिनगारियाँ झरती हैं। उदयन को ट्राम के चक्कों की आवाज अच्छी नहीं लगती। कठोर धरती भी इन चक्कों की निरन्तर खरोंचों से चुनचुना उठती है। धरती को अब इसकी वेदना का अनुभव नहीं होता। लगता है उसका हार्द सतह से खूब नीचे चला गया है। कहाँ है? धरती तो इस नये पाषाण युग में एकदम उपेक्षित हो गयी है। नजर आता है केवल पथरीला विस्तार। उदयन बढ़ता जा रहा था।

उसकी बगल से गुजरती ट्रॉम को ब्रेक लगा। मुसाफिर हिल उठे। एक युवक का ट्रॉम से टकराने से चश्मा टूट गया था। वह शान्ति से ड्राइवर को धमका रहा था। ड्राइवर कर्तव्यपालन की मुद्रा से सुन रहा था कि इतने में यात्रियों में से एक अन्य युवक बाहर आया और उस युवक से जोशीली आवाज में बोला—"चला जा, यार! ब्रेक नहीं लगी होती तो यह झगड़ा करने से तू उबर गया होता। हमें तो ऐसा लगा था कि तू आत्महत्या करना चाहता था किन्तु ड्राइवर ने तेरी मदद नहीं की।"

"आपका इससे अच्छा सम्बन्ध रहा आएगा, तो यह आपकी अवश्य ही

मदद करेगा, जाओ, अपनी जगह पर जाकर बैठो।'' उदयन बोले बिना न रह सका। ट्रॉम रवाना हो गयी। उदयन उस युवक का हाथ पकड़कर चलने लगा।

''सुबह मेरा भी चश्मा टूट गया, चश्मा नहीं गॉगल्स। अच्छा हुआ। अब किसी माध्यम के बिना अपनी आँखों से देखने को मिलेगा। तुम मुझसे भले ही सहमत न हो पर मुझे तुमसे सहानुभूति है। बोलो किधर जाना है? चलो चाय पियें।''

समीप ही एक छोटा-सा होटल था। उदयन उसकी सीढ़ियाँ चढ़ा। युवक अनिच्छा से पीछे-पीछे चला। ''तुमको यह होटल पसन्द नहीं आया? छोटा है इसलिए? मगर कोई भी यहाँ न आये, तो यह होटल चले कैसे? हाँ, और फिर मकान छोटा और सामान्य है इसलिए अच्छी चाय न मिले ऐसा कोई नियम नहीं। मेरा अनुभव तो कहता है कि...।''

''आप किसी मिल मजदूर संगठन के कार्यकर्ता लगते हैं। साम्यवादी हैं?''

''नहीं भाई! तुमको मजदूर समझकर मैंने तुममें दिलचस्पी नहीं ली है। हम एक ही नगर के वासी हैं, एक-दूसरे में दिलचस्पी नहीं ले सकते?''

''आपकी भाषा तो किसी कार्यकर्ता-जैसी लगती है।''

''हाँ, मुझे ऐसा थोड़ा अनुभव अवश्य है। एक बार मैंने मजदूर मंडल के कार्यकर्ताओं का साथ दिया था। तुम्हारी एक बार जबरदस्त हड़ताल हुई थी। गोदी मजदूर भी इसमें शामिल हो गये थे। मैंने तब एक सुन्दर योजना तैयार की थी। सभी मजदूर बम्बई के पूर्वी समुद्र तट पर एक लाइन में खड़े हो जाएँ, पूरे किनारे को घेर लें। फिर उन्हें आदेश दिया जाए। 'एक' समुद्र में कूद पड़ें। 'दो' और फिर जोर से किनारे को धक्का लगायें और बम्बई को पानी में नहला दें। 'तीन' बम्बई को फिर से ठिकाने ला दिया जाए। 'दो' और 'तीन' बोलने के बीच तो सारे सेठ-साहूकार, मालिक-मैनेजर मान बैठेंगे। कारण कि वे समझते हैं जो डूब रहा हो उसे बाँट देने में कोई आपत्ति नहीं। मेरी यह योजना तुमको कैसी लगी? है न, शुद्ध योजना! जिस पर अमल न किया जा सके, ऐसी एकदम शुद्ध योजना! पर हड़तालों से तो निश्चय ही अच्छी।''

''आपका नाम?''

''उदयन।''

''जाति।''

''पहले थी। बाद में मैंने मिटा दी। पिता का नाम भी मैं साथ में नहीं लिखता हूँ।''

''मुझे लगता है कि आप लेखक-वेखक होंगे।''

''तुम जैसों के लिए मैं वेखक हूँ, बाकी लेखक। कहानियाँ लिखता हूँ।''

"मैंने श्री उद्यान की एक अँग्रेजी कहानी पढ़ी थी।"

"उद्यान नहीं, उदयन। जिस तरह लेखक का नाम पढ़ा उसी तरह पूरी कहानी पढ़ गये होंगे?"

"अभी नौकरी की तलाश में हूँ, इसलिए समाचारपत्र खरीदता हूँ। 'वान्टेड' विभाग पढ़ता हूँ, किन्तु आपकी कहानी भी पढ़ गया। आपकी इस कहानी का कोई अन्त नहीं था। ठीक है न?"

"आरम्भ था—इतना आपने स्वीकार किया, इसके लिए आभार।"

"किन्तु आप कहानीकार के रूप में निराशावादी लगे। कारण बताएँगे?"

"अनुभव बढ़ने के साथ कारण स्वतः ही समझ में आ जाएँगे। कहाँ तक पढ़े हो? बी.ए. किया है?"

"नहीं, गुजराती में एम.ए. किया है।"

"तो तुमको एक पता देता हूँ। एक कॉलेज में आज ही जगह खाली हुई है। जरा नम्र आदमी की आवश्यकता है।"

"अरे, नम्र क्या विनम्र हो लूँगा। आप मुझे पता दीजिए।"

उदयन ने पता दिया और कहा, "यह मत कहना कि किसने भेजा है। आचार्य के परिचितों का पता लगाकर उनकी सिफारिश लेकर पहुँचना। परिचय न हो तो कहना—आपकी प्रशंसा सुनकर आया हूँ, तुरन्त चिट्ठी लिख देंगे। अच्छा, मैं चलता हूँ।"

उस युवक की उदयन के साथ खूब-खूब बातें करने की इच्छा थी, किन्तु उदयन चल दिया। अश्वत्थामा वैसा पाप करने के लिए क्यों प्रेरित हुआ—इसका उत्तर उसे मिल चुका था। वह अपने पिता के श्राद्धकर्म से निवृत्त होकर लौटा तो उसने देखा कि सम्राट दुर्योधन पड़े हैं—भीम के अन्यायी प्रहार से उरुभग्न दुर्योधन को उसने देखा और वह क्रोध से गरज उठा...। उदयन के रक्त में भी उग्रगति का संचार हुआ। इन सभी धर्मात्माओं में पहले से ही कुछ-न-कुछ अपूर्णता रहती आयी है। सभी अपूर्ण हैं...वह उठकर चल पड़ा। उसकी भी उस युवक से बात करने की इच्छा थी। ऐसे श्रोता भी कहाँ मिलते हैं? उसका नाम-पता पूछना रह गया। वह एक पुराने ऐश्वर्यशाली होटल के दरवाजे के पास से गुजर रहा था। चौकीदार ने स्वागत किया। उदयन अन्दर घुसा। उस चौकीदार ने उसकी मानसिक अनिश्चितता को मोड़ दिया। हाँ, उसे खाना भी चाहिए। यह बात सही है कि इस होटल में कभी-कभार आना होता है, पर न आने का कोई पूर्वाग्रह नहीं है।

खा लेने पर बिलकुल नीरस दृष्टि से वह दूसरे लोगों को देखता रहा। डाइनिंग हॉल खचाखच भरा था। युवक-युवतियाँ एवं प्रौढ़-प्रौढ़ाएँ, जो अपनी उम्र छिपाने के लिए यौवन के अनुरूप प्रसाधन और आभूषण पहनकर आयी थीं। अवस्था

का भेद मिटाती समान रूप से सभी सतृष्ण, आने-जानेवालों की आडम्बरपूर्ण चाल, नौकरों की भाषा एवं हाव-भाव में टपकता विवेक—सिगरेट के धुएँ के आर-पार की इस दुनिया को उदयन देखता रहा। उसकी मेज के सामनेवाली सीट खाली थी। वहाँ एक सुन्दर स्त्री आकर बैठ गयी। उसके आने पर सभी ओर से निगाहें आकर उस मेज पर जम गयीं। उदयन ने भी देखा। उस स्त्री ने नकली बुन्दे पहन रखे थे। उसकी साड़ी इतनी चिकनी थी कि कन्धे से बार-बार फिसल जाती थी। उसके ब्लॉउज की सिलाई प्रयोगात्मक थी। उदयन नये फैशनों की ओर बहुत ध्यान नहीं दे पाता था, पर अवसर मिलने पर उसने जरा गौर से देखा—उस ब्लॉउज के भीतर से उस सुन्दरी का अंग सौष्ठव निरावृत होकर बाहर झाँक रहा था।

उदयन ने दुबारा नजर उठायी तो उसे लगा कि महिला के चेहरे पर कुछ अपाकर्षक तत्त्व चमक उठा है। स्मिति भी भाँति-भाँति की होती है।

"मैंने आपको पहले भी कहीं देखा है। क्या आपका नाम जान सकती हूँ?"

"उदयन।"

"जाना-सुना नाम है, सुन्दर भी। याद नहीं आता, पर हम कहीं मिले हैं।"

"कोई हर्ज नहीं।"

यह आदमी इस तरह क्यों बोला? उसकी समझ में नहीं आया कि उसके इस वाक्य की प्रशंसा कर बात कैसे आगे बढ़ायी जाए। उदयन दृष्टि नीचे किये बैठा रहा।

कुछ क्षणों की शान्ति के बाद उदयन ने पैर में स्पर्श का अनुभव किया। तुरन्त ही उसके मन में एक संवाद बनने लगा।

"क्या हुआ?"

"जड़ता का स्पर्श?"

"स्पर्श नहीं, इसे तो प्रेम कहते हैं।"

"इसे व्यक्त करने के लिए कोई पशु-संग्रहालय अधिक उचित स्थान हो सकता है।"

"माफ करना। मैं तो आपकी आँखों की आकुल प्यास से प्रेरित होकर बोली थी। मैंने इतना अविवेक तो कभी देखा नहीं।"

"आपको माफी माँगनी पड़ी, इसका मुझे अफसोस है, किन्तु मेरी आँखों में जो प्यास है, उसका आलम्बन आप नहीं।"

"किन्तु यह कामना की रौनक है, इसमें मुझे शंका नहीं।"

"हाँ, यह रौनक तो अवश्य है, किन्तु यह सुगलते उपवन की रौनक है। अधिक-से-अधिक आप एक तटस्थ प्रेक्षक बन सकती हैं।"

उसके मन में यह संवाद कब तक चलता रहेगा? उदयन ने दूसरी सिगरेट

सुलगायी। बिल चुकाया। बिल चुकाकर पर्स एक ओर रखा।

वह खड़ा होकर इस तरह चलने लगा कि कहीं कुछ भूला ही नहीं। उसके खड़े होने की ओर विशेष ध्यान नहीं दिया गया। सामने के खाली हुए स्थान की ओर वह महिला देखती रही। अचानक उसे खयाल आया कि वे सज्जन अपना पर्स यहीं भूल गये हैं। झटके से उठ खड़ी हुई और जल्दी-जल्दी चली। उदयन दरवाजे से बाहर निकलकर बायीं ओर मुड़े उसके पहले ही उसने पीछे से पहुँचकर उसका हाथ पकड़ लिया।

"यह आपका पर्स रह गया था?"

"भूल से नहीं रह गया था, मगर आप वापस करती हैं तो ले लेता हूँ।"

आप मुझे गलत समझ बैठे हैं। मुझे याद आता है कि आपके साथ मैंने दो दिन तक सर्विस की है। आपके लिखे उत्तर मुझे टाइप करने होते थे। मुझे ज्वाइन किये दो दिन ही हुए थे। मेरी स्पीड इतनी नहीं थी कि सब काम पाँच बजे तक पूरा हो जाता। मैनेजर ने आपसे कहा था कि छह-सात बज जाएँ तो भी यह काम पूरा करके जाएँ—यह आपको देखना है। आपने मना कर दिया था— "अतिरिक्त समय के काम के लिए अलग से पैसा नहीं दिया जाता है और यों भी पाँच बजे के बाद किसी को रुकने के लिए मैं मजबूर कैसे कर सकता।" मैनेजर के साथ कहा-सुनी हो गयी। आप त्यागपत्र देकर चले गये। बहुत वर्ष बीत गये। आपको शायद मैं याद न आऊँ क्योंकि आपकी दृष्टि तो अपनी टेबल के घेरे से कभी बाहर ही नहीं जाती थी।"

"हाँ, तब मैं एम.ए. कर रहा था और पार्ट टाइम सर्विस करता था। मेरी याददाश्त की इस कमजोरी के लिए माफ करना।"

"नहीं, नहीं। ऐसा होना स्वाभाविक ही है। लगता है आप जल्दी में हैं। अच्छा, जाइए। फिर कभी मिलेंगे।"

"मिले, तो अवश्य ही थोड़ा साथ बैठेंगे। मैं आपको समझने का प्रयास करूँगा। मुझे स्त्रियों की समस्याओं को समझने में दिलचस्पी है। मैं लेखक हूँ। अच्छा, आभार!"

"आव जो।"

"गुड नाइट।"

वातावरण में उमस थी। टैक्सी करके वह अपने कमरे पर पहुँचा। स्विच दबाई, प्रकाश नहीं हुआ। लाइटर जलाकर वह फ्यूज देखने लगा। खंडित हुआ प्रवाह पाँच-एक मिनट में पुनः शुरू हो गया। कमरे में अधिक प्रकाश देखकर उसने फिर से अँधेरा कर दिया। उसे लगा कि अभी अन्धकार अधिक अनुकूल है। स्मरण और अन्धकार में निकट का सम्बन्ध है।

तब वह इस मकान को घर में बदलने की अभिलाषा पाल रहा था। उसके एकाकी जीवन में जब अमृता अपना सम्पूर्ण जाग्रत नारीत्व लेकर आएगी तब वह स्वयं हलका फूल बनकर अमृता के अंकुरित वक्ष की धड़कन का अनुभव करता उसके आँचल में ढँक जाएगा...तब प्रतिबिम्ब बनकर अमृता की मदहोश आँखों में आश्रय पा लेगा और विशाल शून्यता में से मुक्त हो जाएगा।

उन दिनों की एक शाम वह कमला पार्क की सीढ़ियों पर बैठा था। अमृता अभी आयी नहीं थी। उसकी दृष्टि वायव्य बम्बई पर बिछी हुई थी। अचानक उसे लगा कि अमृता उसके पास आकर खड़ी है।

"अरे! तू एकाएक कैसे प्रकट हो गयी यहाँ तक? अन्तर्धान होकर आयी थी?"

"दूर से आयी ही कहाँ हूँ? तेरे हृदय में से ही प्रकट होकर यहाँ खड़ी हूँ।"

अमृता उदयन के पास बैठ गयी। बैठते ही उसने उदयन के कन्धे पर अपना सिर टिका दिया।

साँस में सौरभ को अनुभव करते हुए वह बोला :

"अमृता! इस तरह अकल्पनीय अमृत-वर्षा कर क्या मुझे हैरत में डालना चाहती हो, या फिर इस तरह अपना कोई संकल्प तो सूचित नहीं करना चाहती?"

"क्यूँ? तेरे कन्धे पर एकाएक बोझा तो नहीं बढ़ गया न? ऐसा हो तो सीधी बैठूँ।"

"ऐसा हो सकता है भला! अनुभवियों ने कहा है कि इस बोझ से ठीक चला जाता है और तू तो संजीवनी है।"

जिन विशेषणों का तू उपहास करता है, उनका उपयोग क्यों करता है? अप्रतीतिकर लगे ऐसा मत बोल। अपनी वास्तविक भाषा ही बोल।

"प्रेम एक मोहक अवास्तविकता है। जब इसका सम्भ्रम अनुभव करने का अवसर मिलता है, तब वायवीय विशेषण सूझते हैं। बुरा मत मानना, अमृता। तू मुझे सदैव अवास्तविकता की प्रतिमूर्ति लगती है। तू मानो कि अतिशयोक्ति अलंकार का उदाहरण है। मुझे शंका है कि मैं तुझे हकीकत में प्राप्त कर सकूँगा।"

"अब तेरी स्वाभाविक वाणी मिली। फिर सुन, सच बात कह दूँ—सिरदर्द हो रहा था इसलिए तेरे कन्धे का टेका लिया था। अब तू ऐसा बोलने लगा है कि सिरदर्द और बढ़ जाए ताकि मैं यह मान सकूँगी कि मैं उदयन के पास बैठी हूँ।"

"तो क्या इसीलिए तूने मेरी शान्ति को आन्दोलित कर दिया था? मैं बड़े

रोब के साथ एक भ्रमजन्य स्वर्ग में पहुँच गया था। इन्द्रासन पर बैठकर मुकुट हाथ में लेने ही वाला था कि तूने मुझे इन सीढ़ियों पर उतार दिया।''

अमृता थोड़ी दूर खिसककर बैठ गयी। उदयन के शब्दों में—वह 'अकड़कर बैठ गयी।' उसने कहा भी। अमृता और भी चिढ़ गयी। यह देख उदयन ने उसका दायाँ हाथ पकड़ लिया और अनामिका में नाखून गड़ा दिया।

''राक्षस!''

''तेरे आशीर्वाद से राक्षस बन जाऊँ तो कितना अच्छा। तुझे उठाकर युगों से खाली पड़ी असुरपुरी में पहुँच जाऊँ फिर किसकी मजाल कि तुझे छुड़ा लाये।''

''शायद तू नहीं जानता कि जो वरदान देता है, वह श्राप भी दे सकता है।''

''अरे! देखना ऐसा न कर बैठना। अभी बड़ी मुश्किल से तो ठिकाने लगा हूँ। नौकरी छूट जाएगी तो फिर कहाँ ढूँढ़ता फिरूँगा? तुझसे मिलना भी भूल जाऊँगा।''

अमृता खड़ी हो गयी। फ्रॉक की किनारी पकड़ उदयन ने उसे रोका।

''कितना बेशर्म है तू! कोई देख ले तो?''

''यहाँ कोई है नहीं। नहीं तो देखता अवश्य कि क्यों जा रही हो?''

''कल मेरा जन्मदिन है।''

''अच्छा है कि तुम्हारा जन्मदिन प्रतिवर्ष आता है। मेरा जन्मदिन तो भूतकाल बन गया है। एक ही बार आया था केवल ई. सन् 1931 में। अच्छा है, मनाओ अवश्य मनाओ। शुभकामनाएँ दूँ? अभी ही दे दूँ। कल दूसरों की लाइन में खड़ा नहीं रहूँगा।''

''अच्छा अभी ही दे दे।''

''तो शुभकामनाएँ देता हूँ कि तेरी इच्छा हो तब तक तू जीये, कम-से-कम मैं जीऊँ तब तक तो जीये ही।''

''वाह। ऐसी शुभकामनाएँ तो दूसरा कोई मुझे नहीं दे सकेगा। उदयन! एक बात पूछूँ, तू अपना जन्मदिन क्यों नहीं मनाता?''

''मैं स्वयं इस परेशानी में क्यों पड़ूँ? इससे सीधा रास्ता तो यह है कि मैं महापुरुष बन जाऊँ, फिर लोग युगों तक मेरा जन्मदिवस और निर्वाणदिवस मनाया करेंगे।''

''इस तरह बकवास न कर, सही बात बता।''

''मुझे अपने जन्म की खुशी नहीं है। जीने के लिए मुझे कितने हाथ-पैर मारने पड़ते हैं। मुझे लगता है कि मैं इस पृथ्वी पर फेंका हुआ प्राणी हूँ, जो मजबूर होकर जीया करेगा। इस असीम सृष्टि में मेरा जन्म एक नगण्य दुर्घटना है। यह दुर्घटना है, अतः निरर्थक है और देर-सवेर मुझे उसी निरर्थकता में वापस जाना

है।''

''तो फिर मेरा होना भी दुर्घटना ही कहलाएगा न?''

''पता नहीं? पर तू मुझे स्थायी प्रतीत होती है, दुर्घटना नहीं लगती। और इसी कारण 'तू है' यह बात मेरे मानने में नहीं आती।''

''उदयन!''

''क्या?''

''मैं जब तक तेरे पास होऊँ तब तक भी क्या तू प्रसन्न नहीं रह सकता?''

''नहीं।''

''क्यों।''

''तेरी उपस्थिति में भी दूसरा बहुत कुछ आता रहता है। अनेक प्रश्न मुझे घेरे रहते हैं। इनके उत्तर मैं अपने पास से ही प्राप्त करना चाहता हूँ। मुझे उधार कुछ भी नहीं खपता। मैं आत्मनिर्भर रहने का प्रयत्न करूँगा—यह दुनिया को रुचेगा नहीं। अभी तक तो नहीं ही रुचा। भविष्य में भी मुझे इसके लिए तैयार रहना चाहिए। एक उपेक्षित आदमी की पूँजी प्रसन्नता किस सीमा तक हो सकती है—तू ही अनुमान लगा ले।''

''मुझे प्राप्त करना हो तो तुझे प्रसन्न रहना ही होगा।''

''बस, एकदम चेतावनी? इसे तू प्रेम कहती है। अच्छा है कि इस शब्द को व्यवहार में लाने के बाद भी मैं इसे काटता रहा हूँ। अमृता, तेरी धमकी या चेतावनी तो मुझे खुश नहीं कर सकेगी पर शायद तेरा मिलन मुझे प्रसन्न कर सके। हाँ, यह भी मेरी धारणा ही है।''

उदयन को आज यह समझ में आया कि उस दिन अमृता उसकी बात नहीं समझ सकी थी। अमृता बार-बार कहती रही कि 'इस उदासीनता को छोड़!' और ऐसा कहकर दूर और दूर होती रही। स्मित के बिना उसका चेहरा मानो सूना पड़ जाता है, एकाकी रह जाता है।

इस घटना को बीते आज करीब साढ़े तीन-चार साल हो गये। फिर तो प्रसन्नता की शिल्पाकृति सदृश अनिकेत! सौम्य, अभिजात, अजातशत्रु, स्वस्थ, रसिक...जिसके लिए शब्दकोश के अच्छे लगनेवाले सभी विशेषणों का निःसंकोच उपयोग किया जा सके। बस, अमृता को उपयुक्त आलम्बन मिल गया।

उदयन के होठों पर व्यंग्यपूर्ण मुस्कान खेल गयी। कमरे में अँधेरा था, इसलिए कोई दर्पण वह नहीं देख पाया।

बहुत रात गये वह पढ़ने बैठा। एक पंक्ति ऐसी मिली कि पुस्तक बन्द कर एक ओर रख दी, वह धीमे-धीमे बोलता रहा :

''ऐंड एवरी अटेम्प्ट

इज ए होली न्यू स्टार्ट,
एंड ए डिफरेंट काइंड ऑफ़ फ़ेल्अर।''

''आश्रय अथवा स्वतन्त्रता!''

अन्य कोई मार्ग नहीं!

ये लोग कमाते हैं, मैं इनका कमाया खाती हूँ, इसीलिए तो इन्होंने मुझे सलाह दी। मेरी स्वतन्त्रता इन्हें स्वीकार नहीं। तो मैं स्वावलम्बिनी बनूँगी। इनके विरोध के कारण स्वावलम्बिनी बनूँ इससे अच्छा है कि स्वावलम्बन अपना कर्तव्य समझकर इस आश्रय को छोड़ूँ। भविष्य में ये लोग मेरे विचारों और व्यवहार पर कोई नियन्त्रण न ला दें तो भी इनका आश्रय तो अब वर्ज्य है। ये लोग तो अब मुझे यदि अपनी तरह जीने की स्वतन्त्रता दें भी तो इनकी उदारता होगी, अधिकार नहीं। हक है उतना ही जीवित रहना...किन्तु मेरा जो हक है क्या वह इस समाज में सुरक्षित है? जहाँ जाऊँगी वहाँ शंकित निगाहों की कमी नहीं और अब तो अनिकेत यहाँ नहीं है। वह कब लौटेगा? इसका भी पता नहीं। दो पुरुषों के सम्पर्क की उनकी चिन्ता तो अपने-आप ही टल गयी...किन्तु इस तरह सोचना, समझौतावादी व्यक्तित्व का सूचक है। अनिकेत और उदयन के साथ मेरे सम्पर्क में कुछ भी गलत नहीं था, हो ही नहीं सकता। यदि ये लोग स्वीकारेंगे कि उन्हें गलतफहमी हो गयी थी तभी मैं यहाँ रुक सकूँगी। कितने ही लोग हैं जो दुनिया में अकेले जीते हैं, क्या उनका जीना जीवन नहीं।''

''उदयन की उदासीनता मुझे रुचिकर नहीं लगती, पर क्या उसके कारणों तक पहुँचकर मैंने कभी इस उदासीनता को दूर करने की कोशिश की? उसमें मेरी दिलचस्पी ऊपरी थी? शायद इसमें मेरा दोष नहीं। बिना अनुभव किये मैं उसकी उदासीनता को नहीं समझ सकती। अब समझ सकूँगी। जैसे-जैसे सहन करने का अधिक अवसर मिलेगा मैं उसे अधिकाधिक समझ सकूँगी। उसका तो दुर्भाग्य से पाला पड़ा है। दसों दिशाओं से उसे विरुद्ध प्रतिध्वनियाँ सुनाई देती हैं। उस दिन नौका-विहार के वक्त अन्ततः वह विवश हो गया। कॉलेज के प्राचार्य को मिलने जाना था, मिल आया होगा। जिस आदमी ने उसे एक चर्चा-पत्र के लिए सलाह दी, क्या वह उदयन की व्यंग्यात्मक भाषा शान्ति से सुन सकेगा? अब फिर लम्बे समय तक बेचैन रहेगा। किन्तु शायद अच्छा परिणाम आया हो। सलाह देने के पीछे प्राचार्य का दूसरा आशय भी हो सकता है। बिना जाने उसके सम्बन्ध में मैं आशंका क्यों पालूँ और हो सकता है इतने अनुभव के बाद उदयन ने भी वाद-विवाद कम कर दिया हो। अभी तक उसने जितनी नौकरियाँ छोड़ीं, उन सबके

छोड़ने के कारणों को एकत्र कर यदि कोई उदयन के सम्बन्ध में अपना मत व्यक्त करने जाए तो निर्णय अवश्य ही उसके पक्ष में देगा।''

''उससे मिलने जाऊँ? घर में जो उपस्थित होंगे उन सबकी दृष्टि तन जाएगी : इस समय कहाँ चली? यह सब तो असह्य है। तो इनसे पहलेवाले मामले की चर्चा कर लूँ।''

बड़े भाई के कमरे में जाकर उसने भाभी को बुलाया और चिट्ठी के विषय में पूछा। जवाब मिला कि यह तो चारों लोगों का सामूहिक अभिप्राय है। सबको बुलाया गया। सभी कौतूहलवश जल्दी आ गये।

''क्यों? मुँह मीठा करने जैसे समाचार हैं?'' एक भाभी ने पूछा।

''आप सब अपने-आप ही मुँह मीठा किये रखते हैं, इसलिए मुझे ऐसी परिस्थिति उत्पन्न करने की आवश्यकता नहीं।''

''इससे विपरीत करने में तुमको दिलचस्पी है?'' दूसरी भाभी ने पूछने के साथ मुँह दबाकर हँस लिया।

''अमृता के साथ अदब से बात कर।'' उसके पति ने कहा।

अमृता बोली :

''दो दिन पूर्व मुझे जानने को मिला कि आप सबको मेरे अमुक व्यवहार पर आपत्ति है!''

किसी ने कुछ नहीं कहा। अमृता आगे बोली :

''ऐसी सलाह देते हुए आपको संकोच नहीं हुआ?''

अब एक ने कहा :

''लोग बातें करें उससे पहले सावधान हो जाने में कोई बुराई नहीं।''

''इसका मतलब कि आपको मेरे प्रति अविश्वास तो हो ही गया।''

''तेरे प्रति किसी को अविश्वास नहीं हुआ। कभी होगा भी नहीं, किन्तु दुनिया ही ऐसी है कि अमुक वस्तु देखकर बातें करने ही लगती है। लोग शान्त रहेंगे ऐसा विश्वास नहीं किया जा सकता।''

''लोग मतलब कौन?''

''पास-पड़ोस, दूर-नजदीक के, तेरी सहेलियाँ—कोई भी बात कर सकता है और एक बार बात फैली फिर उसकी कोई सीमा नहीं।''

''आपके इस भय के कारण मैं नजरकैद भोगूँ? मुझे लगता है कि आपको मेरे विकास में रुचि नहीं। इतना ही नहीं मेरे कारण आप सबकी प्रतिष्ठा रहे इसमें दिलचस्पी है। आपको मेरे सन्तोष की नहीं अपनी प्रतिष्ठा की चिन्ता है। आप जिसे प्रतिष्ठा मानते हैं, वह तो बनावट है, इसलिए प्रतिष्ठा तो भ्रम है।''

''मालूम नहीं था कि तू पढ़-लिखकर हमें समझाने बैठेगी।'' बड़े या छोटे

भाई ने कहा।

"इसकी सम्भावना ही नहीं कि मैं आपको समझा सकूँ क्योंकि ऐसा करने के लिए मुझे पहले वह सब मिटाना पड़ेगा जो आप समझते हैं और यह सम्भव नहीं। फिर भी आपको समझाने की मुझे न उमंग है, न अधिकार। यदि हो भी तो मात्र स्वयं को समझाने का, बल्कि समझने का।"

"अपने समझने के लिए दूसरे दो जनों की आवश्यकता है भला?" पूछनेवाली भाभी की आँखों में निम्नस्तर के कटाक्ष की प्रवृत्ति थी। अमृता कुपित हुई, पर उसने जवाब न दिया। उसने एक ओर देखते हुए कहा :

"मैं इस घर में सबसे छोटी हूँ। आज तक आपके साथ आपका सद्भाव पाकर रही हूँ, किन्तु यदि आप चाहें कि यही छत्रछाया मेरी सीमा बनकर रह जाए, मैं इसको त्याग दूँगी।"

"मतलब?" दो कंठों से एक साथ चिन्तायुक्त स्वर निकला।

मतलब कि मैं नौकरी खोजकर अलग रहने चली जाऊँगी ताकि इस विशाल भवन में सुरक्षित आपकी प्रतिष्ठा को मेरे कारण आँच न आये।

"आज तक तुम्हारे कारण हमारी प्रतिष्ठा ही दिखी है और हमने भी तुम्हारी इज्जत की है।" गम्भीरता से एक भाभी ने कहा।

"मुझे इज्जत से नहीं, जागृति और विचारपूर्वक जीने का सन्तोष चाहिए। आप विचार करते डरते हैं। मैं जिस निर्दोष स्त्री-पुरुष साहचर्य को सहज मान सकती हूँ, वह आपकी कल्पना से परे है। इस सम्बन्ध में आपकी सभी धारणाएँ मुझसे भिन्न हों, यह सम्भव है क्योंकि यह सब आपने रूढ़ियों से अनायास ही सीखा होगा। जिस साहचर्य में इच्छा और कामना को स्थान है, उसमें आत्मनिर्भरता और तटस्थता का स्थान नहीं। मेरा अनिकेत और उदयन के साथ का सम्पर्क जीवन सम्बन्धी हमारी समान समस्याओं के कारण बढ़ा है, किसी कृत्रिम संयम की मदद से हम शीलवान् बने हैं, ऐसा नहीं है, वरन् विवेक से प्राप्त चेतना के कारण हम सबकी अलग-अलग सत्ता टिकी हुई है। मुझे लगता है मेरी यह बात आपके गले नहीं उतरेगी। मेरे, उदयन और अनिकेत के साहचर्य से आपको अपकीर्ति का भय हुआ। मुझे इससे कोई डर नहीं लगता। मैं इन लोगों के साथ आपकी अपेक्षा अधिक निकटता अनुभव कर सकती हूँ क्योंकि...।"

"दोनों के साथ निकटता?" बीच ही में प्रश्न आया।

"इस निकटता का आपने क्या अर्थ लिया होगा यह मैं समझ सकती हूँ। लगता है, हमारे बीच पर्याप्त अन्तर है, अतः साथ रहना सम्भव नहीं। एक युग पूरा होने के पहले ही दूसरा युग प्रारम्भ हो गया है। किन्तु इन दो युगों के जोड़ आपस में नहीं मिलते। दोनों के बीच अवकाश है...। इस अवकाश को भरने का

प्रयत्न व्यर्थ होगा। अतः मैं कुछ दिनों में ही घर छोड़ दूँगी...। मुझे आप में से किसी के प्रति कोई रोष नहीं, कोई विरोध नहीं। मैं यदि यह मानती होऊँ कि मुझे अपनी तरह जीने का अधिकार है तो आपको भी अपनी तरह, अपनी मान्यताओं को सुरक्षित रखकर जीने का अधिकार है।''

''तुम यह घर छोड़कर तो जानेवाली थी ही। हम लोग...इस गौरवपूर्ण प्रसंग की राह देख रहे थे। किन्तु शायद यह हमारे नसीब में न लिखा हो। माँ ने मुझसे कहा था...।''

इतना सुनते ही अमृता एकदम उठकर भाग गयी। कमरे में घुसते ही पलंग पर जा गिरी। माँ की याद—आँसू और सिसकियाँ।

सभी जानते थे कि अमृता जो निर्णय करती है, उसमें परिवर्तन नहीं हो सकता। एक-दूसरे को दोष देने लगे।

घर छोड़ने का निर्णय घोषित हो गया। घोषित करने से पहले जो विचार नहीं आया था वह अब आया। सोचना और सोचा हुआ प्रकट करने में कोई तात्त्विक भेद न होने के बावजूद अमृता ने बहुत बड़े अन्तर का अनुभव किया। अकेलापन तो पहले भी अनुभव किया है। घर रहित अकेलापन! यह अनुभव केवल अकेलेपन का ही न था, एकाकी होने का भी था।

वह समुद्र की ओर अपलक दृष्टि से विस्तृत रिक्तता को देखती रही। रंगीन सन्ध्या की अन्तिम चमक के तिरोधान हो जाने के बाद एक तरह की रहस्यमय वेदना, उसके श्वास में घुल जाती थी : झूले में बैठे-बैठे रातरानी की गन्ध का बोझ उसकी मुकुलित अभिलाषाओं को उत्तेजित कर फलित करने के लिए बेचैन किसी अस्फुट दर्द की कामना जगा जाता।

भाई के शिशु की ऋजुल आँखों में टिमटिमाती ऊष्मा अपने अपुष्ट स्तन-प्रदेश पर अंकित होते कभी-कभी तो वह जो अनुभव करती उस भाव को अभी तक शब्दों में व्यक्त नहीं किया जा सका...। इन सभी अनुभवों में अकेलापन अभिनव रूप में प्रकट होता...। परन्तु सोच-विचारकर वह इस वेदना को भूलने की कोशिश करती। विचार के सहारे वह स्वीकार कर सकती थी कि यह तो प्रत्येक नारी की अनुभव सृष्टि होगी। किन्तु आज निर्णय करने के बाद जिसका साक्षात्कार हुआ वह वेदना नहीं, दुःख है। वेदना का सामना नहीं करना पड़ता, वह तो अन्तरंग को समृद्ध करती है, किन्तु दुःख? उसका सामना किये बिना टिका नहीं जा सकता। वेदना में तो थोड़े-बहुत माधुर्य का स्पर्श होता है! यह दुःख था जो श्रद्धा को क्षीण कर देता है, जिससे अन्तहीन विवशता के अनुभव का आरम्भ होता है। यह दुःख सौन्दर्य से विमुख करता है। स्वयं की अभिलषित परिस्थिति आ रही है। यह है स्वयं की स्वाधीनता-प्रेरित पहली पसन्द। तो क्या यह चयन

सुखद नहीं? वह जानती थी कि स्वतन्त्र होने के प्रयास में साहस की आवश्यकता है। साहस से आत्मविश्वास पोषित होता है और स्वाभिमान हर तरह का खतरा मोल लेने की तमन्ना जगाता है। तो क्या अकेले रहने के साहस में खतरा है? शायद साहस का अर्थ ही खतरा...।

"घरवाले समझेंगे कि वे दो इसे खींच ले गये। अनिकेत यहाँ है ही नहीं, इसका इन्हें पता ही नहीं चलेगा। वह जब-जब भी यहाँ आया है, भाभियों ने किसी-न-किसी बहाने उसे देख सकने का अवसर ढूँढ़ लिया है। इसमें उनका दोष भी नहीं। अनिकेत को तो देखते ही रहने की इच्छा होती है। और उसके जाने के बाद तो...। मैं घर छोड़कर जाऊँगी, किन्तु मेरे सदाशय पर ये कभी विश्वास नहीं करेंगे। ये लोग नहीं जानते कि अमृता तो यहाँ से एकाकी होकर जा रही है। अनिकेत यहाँ नहीं है, वह होता तो घर छोड़ने के सम्बन्ध में मैं उसकी सलाह अवश्य लेती, किन्तु वह है नहीं। उदयन है। और वह तो इतना बिखरा हुआ रहता है, उसे व्यवस्थित करने के लिए किसी दूसरे को उसके चारों ओर छा जाना होगा। उसे मिलाकर एक करने के लिए मैं उसे अपनाऊँ, पर यह उचित नहीं। मेरा उद्देश्य ही गलत हो जाएगा और उसके लिए स्वयं को विलीन कर देने से क्या परिणाम मिलेगा? वह स्वयं की धुरी को मिटाकर शून्यता के रूप में विस्तृति के लिए मथ रहा है और फिर भी मैं समझ नहीं पाती कि मुझे प्राप्त करने के लिए वह क्यों दुर्निवार व्यग्रता का अनुभव कर रहा है? उसके चित्त में शायद विजेता बनने की वृत्ति काम कर रही है और मुझे दूर होते देख इस प्रकार के प्रतिभाव व्यक्त हो रहे हैं। वह जो चाहता है—मैं उसे नहीं दे सकती। जो माँगे वह दे देना तो दान हुआ, अर्पण नहीं। दाता स्वयं को भूल नहीं सकता, इसलिए अर्पण ही एकमात्र रास्ता है। और मैं उसे कैसे अर्पण कर सकती हूँ जबकि मेरा कुछ अनिकेत के पास चला गया हो।"

"अनिकेत माँगता नहीं। जो दे दिया सो दे दिया, अब अनपेक्ष होकर हट जाना चाहता है। वह हट गया इसलिए क्या मैं भी दूरी अनुभव कर सकूँगी? मेरी अभिलाषा उन्मुक्त होकर उसकी ओर दौड़ जाती है। वह मुझसे दूर हटा। किन्तु इस बात का ध्यान रखते हुए कि मेरी अवहेलना न हो। अब भले ही वह अशब्द रहे। उसने एक बार तो कह ही दिया कि...प्रेम की विजय स्वीकार कर उसने अपने-आपको छोटा बनने दिया...। मुझे पाये बगैर भी वह प्रसन्न रह सकेगा? हाँ, वह प्रसन्न ही रहेगा। उसकी यह प्रसन्नता ही मुझे बेचैन करती है। इसीलिए कभी-कभी ऐसी इच्छा होती है कि अपने स्त्रीत्व को खतरे में डालकर उसे चंचल कर दूँ। ऐसी स्थिति की कामना होती है कि मेरे सान्निध्य मात्र से ही अस्वस्थ हो जाए। रह-रहकर हृदय रंगदीप्त फव्वारों की भाँति कामनाएँ उछल आती हैं।

किन्तु वह तो दूर जाकर खड़ा है—किसी हिमाच्छादित शिखर की तरह। नदी भले ही तलहटी में से बह जाए, भले ही आगे बढ़कर किसी रेतीले मरु में मिलकर विलुप्त हो जाए, वह तो पर्वत शिखर की भाँति दृढ़ ही रहेगा, सागर बनकर घहराएगा नहीं, उछलेगा नहीं। उदग्र लहरों के साथ धँसती हुई सामने आती नदी को अपने तप्त खारेपन में सोखेगा नहीं। तो क्या वह हिम शिखर के धवल गौरव का अनुभव करता रहेगा? नदी की गति के दर्प का मर्दन करने के लिए तैयार नहीं होगा? उसकी अडिग स्थिरता को विचलित होते देख सकूँ, तो बस...। ऐसा प्रसंग वह नहीं आने देगा। बहुत सावधान है। उसने विजय प्राप्त की है ऐसा जताये बिना ही उसने मुझे पराजय का गहरा अनुभव कराया है...। जाते सलाह दी, उदयन के लिए सिफारिश की। उदयन की प्रशंसा की जैसे उदयन को वह मुझसे अधिक पहचानता हो!''

मैं एक को चाहते हुए भी दूसरे को नकार नहीं सकती। ऐसे किसी अन्तर्द्वन्द्व में से गुजरे बिना ही जो स्त्री अपने समग्र का समर्पण कर सकती होगी वह कितनी भाग्यशालिनी होगी! अगले जन्म में भी 'त्वमेव भर्ता' का वचन उच्चारित करनेवाली स्त्री ने अपनी पूरी जिन्दगी में मन, वचन और कर्म से क्या एक ही पुरुष को पति की दृष्टि से देखा होगा? यदि सचमुच ऐसा ही हो तो स्वयं के अस्तित्व के प्रति उसकी जागृति नहिवत् होगी, अथवा उस युग में प्रचलित आदर्श का गीत गाकर अपने को भूलकर केवल गौरव बढ़ाने के लिए ऐसा किया होगा? शायद मैं भूल रही होऊँ! मेरी इस दुविधा का कारण शायद मेरी अपनी कमजोरी भी हो। वास्तव में इन सूत्रों पर नहीं जी सकती। यहाँ तो मन्दोदरी को भी सती माना जाता है, जिसने ढलती उम्र में दूसरे को अपनाया। द्रौपदी जानती थी कि कर्ण उसका विजेता बन सकता था। जीवन-भर वह कर्ण को भूल सकी हो, कर्ण तो नहीं ही भूला। जब द्रौपदी की यातनाओं का पार नहीं रहा तब वह अकेले अर्जुन की भी नहीं रह सकी। अर्जुन भी पाँच हकदारों में से एक। नारी को काया मानकर ही वे लोग चले और द्रौपदी ने प्रतिक्रियावश क्या से क्या कराया? कविताओं और शास्त्रों में जो कुछ ठीक-ठीक कहा गया है, उसे फिर से देखना चाहिए।''

''उदयन सच ही कहता है—जाग्रत होने का मूल्य चुकाना पड़ेगा। एब्जर्डिटी और डेस्पेअर मोल लेकर भी। धर्म, दर्शन और संस्कृति में पूरा विश्वास कर लो ताकि तुम्हें कुछ भी निश्चित करना न पड़े। दूसरों के रूढ़ आदर्शों के अनुसार चलना, स्वतन्त्र विचारों की जरूरत ही नहीं रह गयी। मूल्यों का निर्णय करने के दायित्व से भी तुम मुक्त। सब कुछ तैयार! अपनी विरासत कितनी महान है—ऐसा कहो तो तुम श्रद्धालु और विद्वान भी कहे जाओगे। खुद खोज करने के लिए आज कौन तैयार है। अध्यापक और विख्यात विद्वान भी दूसरे को उद्धृत किये

बिना बात नहीं कर सकते। ये सब विरासत में मिली आत्मवंचनाएँ हैं। उदयन यह सब समझ गया है। जो एकाकीपन मैंने आज अनुभव किया, उसे तो वह पचा चुका है। अनिकेत विरासत को अस्वीकार नहीं करता। कई मामलों में वह कम बोलता है। वह सचमुच कम बोलता है? या फिर उसको अधिक सुनने की इच्छा मुझमें जागती रहती है? वह रहस्यमय लगता है। इसलिए कई बार उसकी ओर मेरा आकर्षण अदम्य हो उठता है। उदयन प्रकट है। मत न देनेवाले मौन को भी वह आत्मवंचना मानता है। अन्दर जो कुछ जाग उठता है, उसे छिपाने के लिए वह होठ बन्द नहीं रखता...कठिनाई एक ही है कि पीछे मुड़कर देखता नहीं। उसके रवैये में अतिरेक है। वह अतिवादी है। मेरे प्रति उसके रुख में मुझे जो उसके किंचित् स्वार्थ की गन्ध आती है। इसका कारण उसका झक्कीपन रहा होगा। वरना उसने मुझे विवशतापूर्ण स्थिति में छोड़ने में कब रस लिया? कर्तव्य कहता है—उदयन...अभिरुचि कहती है—अनिकेत...। कर्तव्य और अभिरुचि एक होते तो कितना अच्छा होता!''

''अनिश्चय की इस व्यथा से मैं कब उबर सकूँगी। अनिकेत स्पष्ट रूप से सलाह दे गया है कि मैं उदयन का वरण करूँ। वह किस अधिकार से ऐसी सलाह दे सकता है? वह कोई मेरे समग्र का स्वामी नहीं। बिलकुल नहीं। नहीं ही। नहीं? ऐसा न होता तो इनकार करते समय भी स्वामी शब्द क्यों मुझे सुखद अर्थछाया देता गया। उदयन की एक प्रिय पंक्ति अमृता को एकाएक याद हो आयी :''

''बिटवीन दी इमोशन
एंड दी रेस्पान्स
फाल्स दी शेडो।''

''भाव और अनुभाव के बीच पड़ती छाया को उदयन अनिकेत के प्रतीक के रूप में तो नहीं कहता न।'' अमृता के उदास होठों पर किंचित् स्मित थिरक गया।

''अक्षांश और रेखांश की आड़ी-तिरछी रेखाओं में अंकित पृथ्वी पर तो दृष्टि क्षणांश में ही अपनी यात्रा पूरी कर लेती है। परन्तु जब पैर धरती पर अपनी यात्रा शुरू करते हैं तब नक्शे में देखी हुई वह धरती कागज का टुकड़ा मात्र ही बनकर रह जाती है। धरती तो अपने कण-कण में अभिनव है। उसकी सुन्दरता का अनुभव तो पैदल चलनेवाले मुसाफिर को ही हो सकता है। क्षितिज की वर्तुलाकार रेखा तो आँखों के सामने से हटती ही नहीं। चाहे देखनेवाला समझता हो कि उसकी दृष्टि क्षितिज नाम की एक कल्पित पगडंडी पर यात्रा कर रही है, फिर भी वह

अपने-आपको रोक नहीं पाता। वह जानता है कि उसकी दृष्टि क्षितिज तक ही फैल सकती है। मनुष्य की दृष्टि के छोरों से ही क्षितिज की रचना हुई है। नहीं तो जो आर-पार देख सकता है उसके लिए क्या क्षितिज और क्या आकाश? हे अनन्त! मेरी दृष्टि के अन्त के साथ ही तू प्रारम्भ होता है। मुझे विस्तृत होना होगा तो तेरा सहारा लेना ही पड़ेगा!''

अब थोड़े दिनों में खड़ीर जाना दूभर हो जाएगा। समुद्र का पानी बढ़ आएगा। धरती के अन्तर में से भी पानी फूट निकलेगा और कच्छ का विशाल मरुस्थल समुद्र का आभास कराएगा—कैसी विचित्र घटना है! मानव-हृदय की भाँति कालान्तर में रेगिस्तान सागर बन जाए और सागर रेगिस्तान। बम्बई छोड़ते समय समझता था कि रेगिस्तान के रेतीले विस्तार में भरी दोपहरी में खड़ा रहूँगा। मेरी छाया भी जब पैरों के नीचे छिपने की कोशिश कर रही होगी तब सार्वत्रिक अकेलेपन का अनुभव करूँगा। परन्तु न तो यहाँ पर रेतीले मरु के भागते बगुले हैं और न ही तप्त धरित्री की विनाशक फुत्कार। इस गर्मी को आसानी से सह सका। बम्बई में गर्मी का नहीं केवल उमस का अनुभव किया है। यहाँ के लोग तो मेरी तरह सुबह-शाम दोपहर का कोई भेद नहीं करते। काम किये जाते हैं। पीपराला से आडेसर के बीच पहली बार रेगिस्तान देखा। क्या इसे ही मरु कहते हैं? तब तो मरुवासी बनना दुष्कर नहीं। हाँ, रापर और जेसड़ा होकर गुजरते समय बीच का पन्द्रह मील का विस्तार अपनी निर्जनता के कारण मरुभूमि-सा लगा। काली मिट्टी में मिली हुई, खारी सफेदी देखी, किन्तु खडीर की टेकड़ी देखने के बाद फिर अमरापर होकर प्रांथड़ की ओर मुड़ा तो भूल ही गया कि मैं रेगिस्तान में घूम रहा हूँ। लोगों की उपस्थिति में मरु का केवल आभास होता है। लोडाणी से व्रजवाणी पहुँचा। व्रजवाणी में व्यतीत किये दिन याद रह जाएँगे।

व्रजवाणी के प्राचीन अवशेषों की पृष्ठभूमि में स्थित नीलवा की लघु पर्वतमाला देखकर ऐसा लगा कि यह उन जीर्ण अवशेषों पर छाया करने के लिए विह्वल है। फिर भी एक ऐसी दूरी झेल रही है जो कभी मिटायी नहीं जा सकती। धूल-धूसरित पत्थर के टुकड़ों में प्राचीन शिल्प देखकर आँखें त्रस्त हो उठीं। महाकाल कितना निर्मम विजेता है! ढलती सन्ध्या में जब तालाब के किनारे जा खड़ा हुआ तब बबूल और पीलू की सघन वनराजि देखकर आँखें जुड़ा गयीं। बस एक ही कामना है, जहाँ जाऊँ वहाँ वनराजि देखने को मिले, और देखने को न मिले तो मेरे प्रयत्न भविष्य में वनराजि के रूप में फलित हों।

यहाँ बरगद भी है। एक फैले बरोह को पकड़कर झूलने के लिए सुप्त

बालपन ललक उठा। किन्तु कितना सावधान रहना पड़ता है! उमंग को इस तरह अबाधित प्रकट कर देने से कोई पागल कह बैठे तो। पागल होना अर्थात् अनुशासनजन्य आवरणों से मुक्त होकर सहज स्थिति प्राप्त करना। शुद्ध सचाई की मधुर झंकार जगाना, फिर देखने और सुननेवाले क्या कहेंगे, इसकी कोई परवाह नहीं। एकदम निरपेक्ष रुख। किन्तु यह निरपेक्षता दूसरे छोर की है। समस्त सापेक्षताओं के बीच विकसित निरपेक्षता और पागल की निरपेक्षता दो भिन्न वस्तुएँ हैं। मुझे पागलपन का कारण इष्ट नहीं क्योंकि समष्टि की अवहेलना करके मैं जी सकूँ—यह सम्भव नहीं। मैं केवल अपने लिए नहीं जीता वरन् समग्र के सन्दर्भ में जीता हूँ। जीवन के समस्त सन्दर्भों के बीच ही मैं अपने अस्तित्व की निर्भ्रान्त प्रतीति कर सकता हूँ। पागलपन तो इस प्रतीति से पलायन है। इसे बनावट कहो या सजावट। दोनों को आत्मवंचना कह सकते हैं, किन्तु व्यवस्था को स्वीकार करनेवाला, सबसे विमुख, पागलपन में से प्राप्त होती निरपेक्षता को वर्ज्य मानेगा। बचपन तो फिर से नहीं जिया जा सकता, किन्तु इतना याद रहे कि मैं बालक था तो क्या यह कम है? उदयन भले ही लौटने की बात करे।

पीलू और बबूल भगवान शंकर के दूत सदृश वृक्ष हैं। इसीलिए तो यदि उनका उन्मूलन न किया जाए तो वे महालयों के प्रांगण में भी खिल सकते हैं और उसी खुमारी के साथ वीरान अरण्यों में भी टिक सकते हैं। कहीं-कहीं पर इनकी फुनगियाँ छोटे पौधों-जैसी लगती हैं तो कहीं-कहीं वे झुरमुटों की रचना कर खड़ी होती हैं। इस तालाब के किनारे बबूल और पीलू के वृक्ष निर्मोही की सी शान्ति धारण कर खड़े हैं। रंचमात्र भी पराये नहीं लगते। तालाब की इसी ऊँची पाल के ऊपरवाली झाड़ी देखकर अमृता को अवश्य ही आनन्द होता। अमृता यहाँ होती तो? अथवा ऐसा कैसे कहा जा सकता है कि वह यहाँ है ही नहीं? क्या उसके शरीर में ही उसके अस्तित्व की समग्रता आ जाती है? यह बात नहीं है। इसीलिए तो कालिदास या रवीन्द्रनाथ नहीं हैं, यह मैं नहीं मान सकता। स्मृति बनकर अमृता मुझे साथ दे रही है। इस चित्त में संक्रमण करता हुआ समय वर्तमान की जगह प्रतिपल विगत बन रहा है। जो विगत है, उस सबको अमृता घेर लेती है। मेरा समग्र अतीत मानो अमृता के सान्निध्य से स्पन्दित है। इसीलिए तो उसका स्मरण केवल चित्त में ही नहीं, अंग-प्रत्यंग में, प्रवाहित होने लगता है। समुद्र में तैरने का वह अनुभव कितनी बार याद आएगा? उसके कपोल के आकस्मिक स्पर्श की मुद्रा मेरी त्वचा पर स्थायी हो गयी है, भले ही दिखाई न दे। जो दिखाई दे वही वास्तविक हो, क्या ऐसा जरूरी है? लज्जाविवश उसके निःशब्द ओष्ठ उस ऋजुल स्पर्श द्वारा क्या कम कह गये थे? अरे! वह तो याचना भी थी। इससे बड़ा सद्भाग्य कोई हो सकता है? मन वश में रहे, ऐसी परिस्थिति न थी। वर्षा

और समुद्र की लहरों के संयुक्त तूफान से बच निकलना, भूलकर थम जाने का मन हुआ था। उसके बाद भी कोई चुनौती देता रहा...। साहस हो तो रुक जा। जा रहा है, यह तो साहस नहीं पलायन है, रुक जा...। वे दिन लौटकर नहीं आएँगे। यौवन की ऊष्मा की बसन्ती सृष्टि की शरण में जा। लौटकर आये तब यह भी न रहे। क्योंकि यह शाश्वत नहीं...। इस दुनिया में अमृता एक ही है, भले ही उदयन...किन्तु...वह तो कहता था कि स्वयं के निर्माण में अन्य किसी की सहायता को वह वर्ज्य मानता है...मैं रुकता तो उसके आत्मविश्वास को अपेक्षित उत्तर मिल जाता...उफ्!...यह विचार मेरे मन में क्यों आया? पर्याप्त विचार करके जो कदम उठाये हैं वे अब आगे की ओर ही बढ़ेंगे। ऐसा ही होगा, हाँ, ऐसा ही होगा क्योंकि मैंने संकल्प किया है। मैं दूर रहूँगा तो अमृता उदयन के नजदीक अवश्य ही जाएगी। उदयन के लिए मैत्री का अर्थ चाहे जो हो परन्तु मेरी मैत्री में त्याग का स्थान है।

प्यास लगती है किन्तु पीने की इच्छा नहीं।

तालाब के किनारे आवडमाता का मठ है। बुजुर्ग कहते हैं कि पहले यहाँ सुन्दर मन्दिर था। अवशेष कहते हैं कि इस मन्दिर का शिल्प उत्तम रहा होगा। तालाब खोदा गया तब जो पत्थर मिले उन पर नर्तकियों की आकृतियाँ उत्कीर्ण थीं। लोगों ने उन पत्थरों को पूजना शुरू किया। अमृता को पुरातत्त्व में बहुत रुचि है, किन्तु वह यहाँ नहीं आयी। शायद इन सबके बारे में वह जानती ही होगी? 'कच्छ की लोक संस्कृति' नामक पुस्तक एक दिन उसके हाथ में देखी थी। उसमें उल्लिखित इस गाँव की एक घटना के बारे में मैंने अपने मेजबान से पूछा। उन्होंने उस घटना का विस्तार से वर्णन किया। कहानी कहने का उनका लहजा आत्मसात् कर लेने की मुझे इच्छा हुई। इस गाँव में आया तब इस प्रौढ़ पुरुष को पहले-पहल देखा था, किन्तु दो घड़ी के साथ के बाद से ही जन्म-जन्मान्तर के स्नेही लगते हैं। वह प्रसंग याद आता है, तब उनका चेहरा भी याद आ जाता है। उदयन मिलेगा तब उसे यह प्रसंग सुनाऊँगा ताकि वह एक सुन्दर कहानी लिख सकेगा। अभी तो इसे संक्षेप में लिख लूँ।

व्रजवाणी गाँव। ऊपर पूनम की रात का आकाश। छोटी-छोटी सफेद बदलियाँ चाँदनी में पिघल गयी थीं। तालाब के दक्षिणी परिसर की रेत किसी भी उतावले पथिक को अपने शीतल स्पर्श से रोक सकती थी। पूर्व की ओर से एक ढोलवादक आ रहा था। कन्धे में पट्टा बाँधकर ढोल को दायीं ओर लटका रखा था और हाथ में था एक टेढ़ा डंडा। पट्टे के फीते चाँदनी में भी अपने अलग-अलग रंगों में चमक रहे थे। कभी-कभी ढोल पर होनेवाले उसकी अँगुलियों के आघात से उठती आवाज को सुनने के लिए रात की निस्तब्धता बेचैन हो उठती थी। एक क्षण के

लिए अँगुलियों का आघात जरा जोर से हो जाता है और वातावरण गुंजरित हो जाता है। ढोलक रुक जाती है। उसके दाहिने हाथ का डंडा एक बार हवा में उछलता है और वह ढोल पर पड़े न पड़े तब तक तो चाँदनी प्रकम्पित हो उठती है। एक डंका और फिर दूसरा डंका पड़ता है तब तक तो पूरे व्रजवाणी गाँव के घरों के द्वार उघड़ जाते हैं। ग्वालिनें खिंची आती हैं। ढोलवादक के हाथ में मानो सम्मोहन शक्ति है। एक सौ बीस ग्वालिनों के यौवनमत्त चरण पलभर में रास की तालबद्ध गति से आबद्ध होकर थिरकने लगते हैं। अनसुना यौवनगान ढोलवादक को घेर लेता है। ग्वालिनों के कंठ से फूटता गहन स्वर उसकी आँखों को मदमत्त बना देता है। वह भी झूमने लगता है। पूरा गाँव आकर समूह में शरीक हो जाता है। देखनेवालों की आँखें भी मदहोश हो जाती हैं। हर कोई अपने को भूलकर यह अपूर्व दृश्य देखने में निमग्न हो गया है।

तभी दक्षिण दिशा की ओर से काले घोड़े पर सवार होकर एक चारण आ पहुँचता है। उसकी पोथी में पूरे गाँव का इतिहास लिखा हुआ है। हर द्वार-देहरी उसमें अंकित है। उसकी पोथी के ताजी स्याही के अक्षरों में वहाँ के हर आँगन की धूल के बोल उसमें फूट रहे थे। वह आते ही दर्शकों के बीच अपना घोड़ा ले जाता है। नीचे उतरता है। एक गबरू जवान के कन्धे पर हाथ रखता है। पहले तो उसकी जवानी की प्रशंसा कर उसे विह्वल करता है। फिर उसके हृदय में ईर्ष्या की चिनगारी भड़काता है। "यौवनसभर रूप का इस तरह क्या एक ढोलवादक आनन्द लूटेगा?" युवक के हाथवाली लाठी की ओर चारण देखता रहता है। युवक की कलाई में प्रचंड जोम उमड़ता है। उसके पैर उछलते हैं और एक ही छलांग में वह ढोलवादक के पास पहुँच जाता है। लाठी के एक प्रहार से ही ढोलवादक का सिर फट जाता है। खून का फव्वारा फूट पड़ता है। ग्वालिनों के पैर थम गये हैं। उनके हाथ एक साथ ऊपर उठते हैं। अपने-अपने सौभाग्य को सँभालती चूड़ियाँ उनके कपाल पर पछाड़ खाती हैं और ढोल के साथ-साथ एक सौ बीस ग्वालिनें लुढ़क जाती हैं।

काला कहर टूट पड़ा। सभी अहीर गाँव छोड़कर चले गये। आज यहाँ पर एक सौ बीस स्मृति-स्तम्भ एक स्मारक है। इस स्थान को 'ढोली थर का ढोला' कहते हैं। वहाँ असमय कोई नहीं जाता।

मेरे मेजबान ने कहा कि वहाँ अँधेरी रात में जानेवाले को डर लगता है। युवा ढोलवादक भौं तानकर डंका बजाता है और एक सौ बीस ग्वालिनों की चूड़ियाँ खनकने लगती हैं। एक सौ बीस सुघड़ गौर देहयष्टियाँ झूम उठती हैं और अपना यौवनगान आरम्भ कर देती हैं। यह सुनते ही वहाँ जानेवाले के रोम-रोम से भय फूट पड़ता है।

रात को देर तक नींद नहीं आयी। लगभग बारह बजे इच्छा हुई कि 'ढोली

थर का ढोला' में जाकर खड़ा होऊँ। देखूँ क्या होता है? प्रेत-सृष्टि से परिचय नहीं। देखने को मिले तो देख लूँ। खड़ा हो पाता तो अवश्य ही जाता। ऊँट पर बैठकर तथा पैदल चलकर दिन कट रहे थे। आदत न होने से थकान महसूस हो रही थी।

स्त्री-पुरुष एक-दूसरे की ओर संवेगों के कारण आकर्षित होते हैं, समझ या बुद्धि से नहीं। ऐसे मामलों में समझ से तो केवल निषेध ही खड़े किये जा सकते हैं। बिना अनुभव किये कुछ भी प्रतीति नहीं की जा सकती। प्रतीति भी बाद की बात है। पहली जरूरत है—अनुभव की। मैं अनुभवहीन व्यक्ति हूँ। इसीलिए शायद अमृता स्वप्न में आकर मेरी अतृप्त कामनाओं को बार-बार झकझोर जाती है। केवल एक स्वप्न भी मेरे निर्धार की व्यर्थता सिद्ध कर जाता है।

धूप में भटकने से थोड़ा दर्द होना तो समझ सकता हूँ, किन्तु पता नहीं पेशाब में यह परिवर्तन और असह्य दर्द कैसे होने लगा? निरुपाय होकर डॉक्टर से मिला तो पता चला कि मूत्राशय की त्वचा में से पित्त रिसता है और रोगी समझता कि पेशाब में खून बह रहा है। पहले तो उस असह्य वेदना को सहता रहा। फिर थोड़ी चिन्ता हुई। चिन्ता अर्थात् शरीर की सुरक्षा का मोह...निरपेक्ष होने की बात करना कितना आसान है। अनेक उदाहरणों के द्वारा यह बात समझायी जा सकती है। समझाना आसान है, समझना कठिन है। मैं अमृता को समझाता रहा हूँ। उसे समझाने में सफलता मिलने पर मन ही मन मुझे गौरव का अनुभव भी हुआ। पर बिना जीये जो कुछ समझा जाता है वह अधूरा ही होता है।

डॉक्टर ने खूब पानी पीने को कहा। कच्छ की भटकन के दरमियान पानी कम पीया करता था। पीने की इच्छा न होती तो यह बात न थी पर पानी अच्छा ही नहीं लगता था। अब तो पित्तप्रकोप मिट जाएगा। अभी तो बस पड़ा रहता हूँ। प्रवास में हुई आहार-विहार की अनियमितता अब ठीक हो जाएगी। व्यवस्थित होने की कोई जल्दी नहीं। प्रमाद भी एक अनुभव है।

मरु के बढ़ते चरणों को रोकने का कार्य प्रकृति ही कर सकती है। आदमी तो उसका आश्रित है तो भी वह वृक्षों को काटता है। वह वर्तमान का ही विचार करता है। वर्तमान को भी उसके सीमित रूप में देख पाता है...उदयन अपने को वर्तमान के क्षणों का भोक्ता मानता है। कविता शायद ही कभी पढ़ता है। कहता है, बहुत कम कविताएँ ऐसी हैं जो उसे 'फोर्स' का अनुभव करा पाती हैं। इलियट की 'वेस्ट लैंड' और 'हॉलो मैन' उसकी प्रिय कृतियाँ हैं। 'मरुभूमि' और 'खाली कलेवर।' 'फोर क्वार्ट्रिट्स' में से थोड़ा ही स्वीकारता है। कभी ऐसा नहीं करता पर एक बार उसने लेटरपैड छपवाया तो प्रणालिकानुसार एक सूत्र भी छपवाया। "आई सैड टू माई सॉल, बी स्टिल एंड वेट विदाउट होप।" परन्तु आशा के

बिना प्रतीक्षा करने का मतलब क्या? कवि तो कुछ और ही सूचित करता है...जो है, उससे उसे सन्तोष नहीं। अर्थात् जो होना चाहिए वह नहीं है। और वह इतना नजदीक भी नहीं कि अल्पकालिक आशा रखने से प्राप्त हो सके। इसलिए फल की आशा रखे बिना ही वह राह देखने को कहता है। इलियट की वाणी में गीता का स्वर घुल गया है। कवि का जगत कितना विशाल और कितना एक है! उसका समय कितना अपरिमेय होने पर भी कितना अखंड है! वह तो प्रारंभ में ही कहता है—वर्तमान और विगत। दोनों शायद भवितव्य में उपस्थित हैं। भवितव्य व्यतीत में समाविष्ट है...समस्त समय अनन्तरूप है, तो सम्पूर्ण समय अनिवार्य है। ऐसा है, जिसे बचाया नहीं जा सकता अर्थात इस समय से बचा नहीं जा सकता। इसलिए राह ही देखती रही। उदयन राह नहीं देखता। अमृता की कामना करता है। और नारी तो प्रतीक्षा करती ही है। वरण से पहले व्रत करती है...उदयन को पत्र लिखना चाहिए।

''प्रिय उदयन,

तुझे पत्र लिखने की इच्छा पहले भी हुई थी क्योंकि मुझे तुझसे कुछ कहना था, किन्तु वह कुछ-कुछ सलाह जैसा था, इसलिए नहीं कहूँगा। आज पत्र लिखना शुरू किया है तो तुझे अपने प्रवास के बारे में भी थोड़ा लिखना चाहूँगा।

तू जिसे शून्य कहता है, वह यहाँ है। रेत, लू, चक्रवात-अन्धड़...विभिन्न रूपों में वह यहाँ विलसित हैं। परसों गर्द की ऐसी धुन्ध छा गयी थी कि पाँच-सात फुट दूर खड़ा इनसान भी दिखाई न दे। पर उस दिन की रात बड़ी रमणीय थी। कालिदास ने ग्रीष्म के दिवसावसान को रमणीय कहा है—यह शायद तुझे याद न होगा, पर परसों शाम कालिदास के साथ तू मुझे अवश्य याद आया था। जैसलमेर में डाक-बँगले के लॉन में कुरसी डालकर बैठा हुआ मैं स्थल के विस्तार और काल की चिरन्तनता के विषय में विचार कर रहा था। देर रात में चाँद भी निकल आया था। चारों ओर का विपुल अवकाश शुभ्र बन गया था, इस पुरानी नगरी पर मानो चन्द्र अपनी आत्मीयता बरसा रहा था। चाँद की तरह निकटता का अनुभव करने के लिए मैं भी शीघ्र आकाश बनकर इस नगर पर छा सकता तो कितना अच्छा होता! किन्तु लगा कि विगलन सम्भव नहीं, अपनेपन से मुक्त होकर हर्ष-शोक से निरपेक्ष ऐसी किसी अनुभूति का सन्धान मुझे प्राप्त नहीं हो सका। सर्वव्याप्त चाँदनी में एक द्वीप की भाँति मैं आकाश को अनुभवता बैठा रहा। पर कुछ के केन्द्र का भार हल्का नहीं हुआ, मैं उड़ नहीं पाया...मैं जानता हूँ कि मेरे ये उद्‌गार तुझे बकवास लगेंगे। शायद तू खीझे भी। तू इसके लिए सतर्क रहता है कि तुम्हारे

केन्द्र को आँच न आये। मैं इस समग्रता में केन्द्रविहीन व्याप्ति खोज रहा हूँ। तुझे आश्चर्य होगा कि मैं इन दिनों गति और स्थिति का भेद भूलने लगा हूँ। अविकसित पुष्प में या पेड़ की झुकी हुई डाली में, केन्द्रहीन पाषाणों में या पर्वतों की धूसर आकृतियों के पीछे निर्मित क्षितिज में दौड़ते घोड़े के खुर में या कछुए की स्थिर पीठ पर, गहरी खाई में लुप्त झरने की विरति में या सामने धँसता आकर आच्छादित करते बवंडर में मैं एक तत्व ऐसा देखने लगता हूँ, जो सर्वत्र समान है। इन सबमें व्याप्त प्राणमयता पर मैं विचार कर रहा हूँ। सूर्य के साथ यहाँ मेरा सम्बन्ध प्रगाढ़ होता जा रहा है। यहाँ सूर्य है, चन्द्र है, इनसान हैं, क्या नहीं है? जिस अखिल सौन्दर्य की मैं कामना करता हूँ, उसे सिद्ध करने से पूर्व मैं निजत्व का समग्र में विस्तार अनुभव करने के लिए व्याकुल हूँ। तुम्हारी शुभकामनाएँ मुझे फलित हुई हैं। तेरे साथ अन्य किसी को याद करूँ तो तुझे एतराज नहीं होगा। दीपावली की छुट्टियों में तू यहाँ आकर थोड़ा समय मेरे साथ बिता। जोधपुर से जैसलमेर का सफर तुझे खूब अच्छा लगेगा। एक सौ चालीस मील लम्बा यह रास्ता पार करते समय आसपास की सृष्टि देखने में तुझे दिलचस्पी होगी। जोधपुर से पोखरण तक गाड़ी जाती है। अतः स्थान जनशून्य नहीं है, यह तो तू जान लेगा। रेगिस्तान में भी आदमी की जिजीविषा मन्द नहीं हुई है, शायद अधिक तीव्र है! क्या शरीर है यहाँ के लोगों का। हिन्दू हो या मुसलमान! (पहचाना नहीं जा सकता) सभी कद्दावर, सुन्दर।

बस-यात्रा का एक प्रसंग है। सुबह ग्यारह बजे का समय। बस का इंजन गड़बड़ाने लगा। ड्राइवर और कंडक्टर कोशिश करके हार गये, कुछ बना नहीं। गरमी बढ़ती गयी। पानी का पता नहीं। हवा थी और हवा में उड़ती रेत भी। समूह में से तीन व्यक्ति उठे। कुछ दूर जाकर आँख से ओझल हो गये। लौटे तो साथ में एक हिरण मार लाये थे। थोड़े झाड़-झंखाड़ एकत्र कर आग सुलगायी और हिरन को भूनने लगे। मैं वहाँ से उठकर उत्तर की ओर स्थित एक पीलुड़ी की तरफ गया। उसकी शाखाएँ जमीन तक झुकी हुई थीं। मैं तने से लगकर बैठ गया। पास की पीलुड़ी की छाया में दो गायें आराम से बैठी जुगाली कर रही थीं। यहाँ कहीं-कहीं पर सूखी घास दिखाई देती है। यहाँ के प्राणियों के लिए इसके अलावा अन्य कोई संगीत नहीं। सामने से एक बस आयी। उसमें से कुछ औजार मिले और हमारी बस चालू हो सकी। रास्ते के दक्षिण तरफ हिरन की गीली हड्डियाँ पड़ी थीं। लोग बराबर चूस नहीं पाये थे। वहाँ गिद्ध नहीं थे। इसलिए छोड़ी हुई हड्डियाँ वैसी ही पड़ी रहीं। बस काफी दूर तक जा चुकी थी। किन्तु मेरे मन से हिरन के दो रूप हटते नहीं थे। एक तो वहाँ हड्डियाँ बनकर पड़ा था, दूसरा था उसका दौड़ाता हुआ रूप। उसके भग्न अवशेष एकत्र होकर पीछे दौड़ते

आते थे और बस के साथ उसकी गति का एहसास भी होता था। बस थोड़ी लेट थी। इसलिए उसकी गति जरा तेज थी। हिरन की गति में आर्त्तनाद के धक्के थे। मैं आँख बन्द करूँ तो मुझे हिरन का चेहरा दिखाई देता था। उसकी आँखें एकदम मानवीय थीं। ये आँखें इतनी भयातुर थीं कि देखनेवाला भी बेचैन हो जाए। मैं इस हिरन को भूलने का प्रयत्न कर रहा था। भूलूँ न भूलूँ तब तक तो पीछे छूट गये अस्थिखंडों में से वह खड़ा होकर हमारी बस के साथ दौड़ने लगता और आगे निकल जाता। बस में से उतरने के बाद ही उसे भूलना सम्भव हो पाया।

बम्बई के समाचार देना। मेरी ओर से अमृता को 'स्मरण' मत कहना। मैं ही उसे अलग से पत्र लिखूँगा। अब दो महीने के लिए पालनपुर रुकनेवाला हूँ। पता साथ में भेज रहा हूँ। मैं याद आऊँ तो लिखना।

—अनिकेत"

जीप खरीदी जाए तो? दीवाली तक आ जाएगी? देर हो भी तो क्या? तीन वर्ष यहाँ फिरना है, उपयोगी सिद्ध होगी। पिताजी को लिखूँ—भेज दें अथवा जो व्यवस्था करनी हो करें।

अच्छा हुआ कि हाईस्कूल के प्रधानाचार्य ने स्वीकृति दे दी। ऐसा हो सकना सम्भव नहीं है, नहीं तो पहली कक्षा से अन्त तक यदि एक ही अध्यापक अपना विषय पढ़ाये तो समय के साथ रहा जा सकता है। विज्ञान में तो जो गलत साबित हो चुका है, वही पढ़ाया जाता है। अब अकेलापन नहीं लगता। हाईस्कूल के विद्यार्थियों में जिज्ञासा-वृत्ति अधिक लगी। शायद इनमें अहोभाव और मुग्धता भी हो।

अमृता को पत्र लिखूँ? भौगोलिक सूचना में उसे मजा मिलेगा? प्रयत्न कर देखूँ।

उदयन का तार है। आ रहा है। अमृता तो साथ नहीं होगी न? वह न हो तो अच्छा। उदयन को लेने स्टेशन जाऊँगा। समय तो उसने लिखा नहीं है। खैर! एकाध धक्के खाने पड़ेंगे। वह प्रतीक्षा नहीं करता, पर दूसरों से प्रतीक्षा करवाता है। अमृता साथ नहीं ही होगी। नहीं तो अवश्य ही समय निश्चित किया गया होता। अमृता साथ हो तो उदयन तार ही न करे, भूल जाए। स्टेशन पर जल्दी पहुँच गया होगा। और अचानक सूझा होगा। इसलिए तार कर दिया होगा। उस

दिन भी वह मुझे विदा करने अन्ततः स्टेशन पर आ ही पहुँचा! मुझे विदा करने या अमृता को लेने? आ रहा है तो देखूँ कि कैसा है उसका वर्तमान काल? उसके चेहरे पर से तो निकट भूतकाल भी पढ़ा जा सकेगा!

दो

अनिकेत को उदयन दिखाई दिया, उसने यह भी देखा कि अमृता नहीं है। आराम के अभाव में दिखाई देनेवाली थकान उदयन के चेहरे पर थी। इस थकान की छाया में चेहरे में हास्य घुला—यह देखकर अनिकेत को लगा कि उदयन हँसने की कोशिश में अन्तर्निहित विरति से मुक्त होने का प्रयास कर रहा है। पन्द्रह-सोलह घंटों के सफर के बाद उदयन का ऐसा दीख पड़ना समझ में आने जैसी बात है, किन्तु अनिकेत भी उदयन को ऐसा ही दिखाई दिया। स्वागत करते समय स्मित में एक आवेगहीन शान्ति थी।

"क्यों, साथ कुछ नहीं लाया?"

"अकेला ही हूँ।" अनिकेत केवल सुनकर रह गया। उदयन आगे बोला क्योंकि उसे लगा कि अनिकेत अभी और सुनना चाहता है।

"साथ में एक छोटी सूटकेस थी। सूरत से बड़ौदा के बीच मैंने अपनी सीट छोड़ी। तीन रुपये देकर ऊपर सोने की जगह की व्यवस्था की। भीड़ थी। नीचे तरह-तरह के लोग बैठे थे। मैंने एक-दो बार नीचे नजर दौड़ायी। एक किशोरी, उसका प्रौढ़ पिता तथा अन्य छोटे-बड़े लोग दिखाई दिये। मैं देखता रहा। मुझे विचार आया कि उस लड़की को जगह दे देनी चाहिए। मैं तो बैठा-बैठा भी सो सकूँगा। और मेरी ओर देखते रहने की भी किसी को जरूरत न होगी। मैंने उसे जगह दी। उसे तो मानो वरदान मिला। आसपास बैठे हुए लोग आँखें बन्द कर ऊँघने लगे। वे सब मानो बताना चाहते थे कि बड़ी देर से सो रहे हों। मैंने भी थोड़ा-थोड़ा ऊँघना शुरू किया। तू उसे अर्द्धनिद्रा भी कह सकता है।"

"टिकट।"

सुनता-सुनता अनिकेत टिकट कलक्टर के पास आकर खड़ा हो गया। उदयन को लगा कि टिकट देने की क्या जरूरत है? वह हँसकर बोला—

"आपके हाथ में कितने सारे हैं, अब तो जगह भी नहीं है। एक न लें तो नहीं चले? कहीं पड़ा होगा? किन्तु आप हाथ बढ़ा रहे हैं तो ढूँढ़ देता हूँ।"

पैंट और बुश्शर्ट की सभी जेबों में से पर्स और कागज निकाले। सभी कागज मुड़-तुड़ गये थे। पर्स में से कोनमुड़ी दस-दस की नोटें झाँक रही थीं। सभी चीजों को जल्दी-जल्दी टटोलकर अधमुड़ा टिकट उसने ढूँढ़ निकाला और उसे ठीक करके देते हुए वह बोला :

''देखिए! आपने सबका कितना समय बिगाड़ा।''

''आपको टिकट हाथ में नहीं रखना चाहिए?''

''अरे भाई! मित्र से मिला हूँ तब भी इस तरह की जिम्मेदारी की याद क्यों दिलाते हो? क्या मैं टिकट न खरीदनेवालों जैसा दिखाई देता हूँ। चेहरा देखकर आपको आदमी का खयाल नहीं आता?''

''चेहरे से तो आप बड़ी लाइन के इंजन ड्राइवर जैसे लगते हैं।''

''क्यों, आपकी ओर ड्राइवर सुन्दर होते हैं?''

''ठीक आप-जैसे।''

''अच्छा किया कि आपने टिकट कलक्टरों के साथ तुलना नहीं की।''

तीनों हँस पड़े। अनिकेत स्टेशन पर घूमने आता था। यहाँ के लोगों से थोड़ा-थोड़ा परिचय हो चुका था। इसलिए अनिकेत भी सहज भाव से हँस सका। उदयन के लिए सहज-असहज का भेद करने की आवश्यकता नहीं। उसने कहकहे के साथ पालनपुर में प्रवेश किया। उसने पैदल चलना पसन्द किया।

''अरे! वह क्या है?'' स्टेशन रोड की अनेक दुकानों के आगे लटके बिजौरे को देख उसने पूछा।

''यह नींबू की एक जाति है। दवा के काम आता है। देख, वह जो पौन फीट लम्बा है न, उसमें लोहे की कील खोंसी हुई होती है। कील का निचला सिरा गल गया होगा।''

''क्या कहता है? लोहे को गला देता है। तब तो तुझे मानना ही होगा कि इसमें रस नहीं, अम्ल होना चाहिए।''

''तेरे व्यक्तित्व से ठीक-ठीक मिलता-जुलता है।''

''अम्ल के साथ मेरी तुलना करता है यार! मैं कब तेरे लिए अम्ल सिद्ध हुआ?''

उदयन को अनिकेत का उद्गार अच्छा नहीं लगा था और न ही अनिकेत को उदयन का प्रत्युत्तर। किसी ने अप्रियता प्रकट नहीं की। दोनों चुपचाप चलते रहे। जैसे चौंक उठा हो, अचानक उदयन बोला :

''अरे यार! सूटकेस में मेरी एक कहानी थी। ओफ्फोह...वह भी गयी।''

''तेरे पास उसकी नकल तो होगी ही नहीं?''

''हाँ, नहीं है। तू जानता है कि एक बार लिखे हुए को मैं दुबारा छूता

भी नहीं।''

''फिर से लिख सकेगा या नहीं?''

''इतना अधिक निराश हो गया हूँ कि उसके खोने के आघात मात्र से ही अब लिख नहीं सकूँगा। किन्तु हाँ, अमृता को यह कहानी सुनायी थी। उसे रुचि नहीं थी, अतः हमने उस पर काफी चर्चा की थी। इसलिए उसे तो अच्छी तरह से याद होगी।''

''अब फिर से लिखेगा तो शायद अमृता को अच्छी लगेगी।''

''किन्तु उसका सूचित संशोधन मुझे स्वीकार्य नहीं। उसने अन्त बदलने की बात कही। और अन्त मिल जाने पर ही मैं कहानी लिखता हूँ।''

''कुछ न स्वीकारें तब भी समय के साथ अपना दृष्टि-बिन्दु बदल जाता है। तू अब वह कहानी लिखकर देख।''

''तब तो वह कहानी नहीं ही लिखूँगा। अच्छा हुआ जो खो गयी। वरना मुझे अपना दृष्टिबिन्दु बदलना पड़ता। मुझे आशा थी कि तुझे वह कहानी अच्छी लगेगी, इसलिए उसे साथ ला रहा था। तुझे अच्छी लगती, फिर मैं अमृता से कहता—अनिकेत को पसन्द आयी है फिर वह अपने अभिप्राय पर पुनर्विचार के लिए तैयार होती और उसे पसन्द आती।''

''तू अमृता को क्या समझता है?''

''निरपवाद स्त्री।''

''अर्थात्?''

''सम्पूर्ण स्त्री।''

''मतलब?''

''तू जो नहीं समझता।''

''अब समझा।''

''क्या?''

''एंड ह्वाट यू डू नाट नो इज दी ओनली थिंग यू नो।''

अनिकेत के मकान में प्रवेश करते-करते उदयन ने जवाब दिया :

''ऐंड ह्वेयर यू आर
इज ह्वेयर यू आर नॉट।''

उदयन को मकान पसन्द आया। दो कमरे और एक रसोईघर। तीनों एक सीध में थे। आगे के कमरे और रसोईघर में खिड़कियाँ थीं पूर्व और पश्चिम दिशा की ओर। ऊपर पतरे थे, पर बीच में सीलिंग था। झूला भी था। उदयन ने सोचा झूला न भी होता तो अनिकेत ले आता। वह झूले पर सो गया। तिरछा धक्का लगने से झूला हचमचा उठा।

"क्या चलता है, बम्बई में?"

"पूरे बम्बई को क्यों याद करता है? सीधा ही पूछ न।"

"जो मैंने पूछा, वही मुझे अभिप्रेत था, फिर भी तेरा तात्पर्य समझकर उसके अनुरूप पूछता हूँ। बता, अमृता क्या करती है?"

"तुझे याद करती है।"

"वह क्या करती है? यह पूछ रहा हूँ।"

"तुझे याद करती है।"

"प्रवृत्ति के बारे में पूछ रहा हूँ।"

"तो क्या याद करना प्रवृत्ति नहीं है?"

"सीधा उत्तर दे न भाई!"

"क्यूँ, कहा तो सही तुझे याद करती है।"

"याद करती है...याद करती है...भले ही याद करे। और क्यों न याद करे? तू भले ही मेरा मन दुखाने के लिए कहता हो कि याद करती है, किन्तु मैं सच ही मानता हूँ कि वह मुझे याद करती है। इस आत्मस्वीकृति के बाद अब पूछता हूँ कि आजकल वह क्या करती रहती है?"

"काम तलाश रही है। कॉलेज में प्राध्यापिका बनना चाहती थी। कहीं भी जगह नहीं मिली। और जगह हो भी तो ऐसी सुन्दर महिला को कौन अध्यापिका बनाये? विद्यार्थी सुनना भूलकर देखते ही रहेंगे। अब उसे नौकरी मिली है। उसने घर छोड़ दिया है।"

"क्यों?"

"तेरी तरह आदर्शवादी बनने के चक्कर में।"

"वाकई कई बार तो तेरी आदत अखर जाती है। चिन्ताजनक मामलों में भी तू व्यंग्य करता है।"

"मैं समझ सकता हूँ कि यह बात तेरे लिए चिन्ताजनक है। इस सम्बन्ध में बाद में विशद चर्चा करूँगा। पहले घंटा भर सो लेने दे। कुछ खाने को मँगवा रख। फिर बहुत कुछ चिन्ताजनक लाया हूँ साथ में। सुनाऊँगा तुझे।"

"अच्छा! जा, उस पलंग पर सो जा।"

घंटाभर सोने के लिए तो झूला ज्यादा ठीक है, फिर बिलकुल ही सो जाऊँ तो खाना छूट जाए।

और देखते ही देखते वह सो गया। करीब चार बजे वह उठा। उसने देखा कि अनिकेत रसोईघर में है। बन्द होते स्टोव की आवाज के पीछे-पीछे वह रसोईघर में पहुँचा।

"तूने खुद क्यों कष्ट किया?"

"कष्ट कहाँ है? यह तो काम हुआ।"

"खाना खुद ही बनाता है क्या?"

"नहीं, नहीं! दोपहर में पड़ोस की एक बुढ़िया माँजी के यहाँ खाता हूँ। माँजी बड़ी ममतालु हैं। पास बैठकर खिलाती हैं। हाँ, सुबह-शाम इच्छानुसार नाश्ता बना लेता हूँ।"

"इन सबमें समय का अपव्यय होता है, ऐसा तुझे नहीं लगता?"

"अभी तक तो नहीं लगा।"

"तेरी रुचि का रहस्य मेरी समझ में नहीं आता।"

"ऐसी छोटी-छोटी बातों में रहस्य नहीं ढूँढ़े जाते।"

उदयन अनिकेत के सामने पड़ी टेबल पर बैठकर खाने लगा। उसे चिन्ता हुई कि अनिकेत हाथ-मुँह धोने के लिए कहेगा, तो फिर उठना पड़ेगा। किन्तु अनिकेत तो प्रसन्नचित्त सामने बैठा रहा। उदयन को इस सुखद विरोधाभासी क्षण में एक प्रसंग याद हो आया।

एक दिन सुबह वह जैसा उठा, वैसा ही सिक्कानगर पहुँच गया। बाल बिखरे हुए या फिर उलझे हुए थे। अनिकेत ने तुरन्त कंघा और दर्पण लाकर थमा दिया था। और उसने चुपचाप बाल ठीक कर लिए थे।

एक ओर तो अनिकेत सब कुछ बदल डालने की बातें करता है और दूसरी ओर अपने व्यक्तिगत आचरण में नितान्त स्वच्छन्द रहने के विरुद्ध वह कई बार इंगित कर चुका है। स्वयं जो कुछ है, जिस रूप में है वह ठीक है, ऐसी मान्यता उदयन के मन में घर कर गयी है। इसलिए वह किसी की सुनता नहीं। अमृता और अनिकेत अक्सर ऐसा अनुभव करते थे। इन दोनों की मान्यताओं से उदयन परिचित है।

अपने 'ट्रंक' में से एक जोड़े कपड़े निकालकर नहाने की चौकी के ऊपर की खूँटी पर लटकाये। पानी और साबुन भी रखा। उदयन नाश्ता पूरा कर चुका था। नहाने के लिए जाते हुए बोला :

"तुझे खबर है कि मैं बेकार हूँ?"

"हैं! कब से?"

"सत्र के प्रारम्भ से।"

"मुझे तुम्हारा, किसी का पत्र नहीं मिला। मैंने अमृता को भी एक पत्र लिखा था, वह भी मौन साध गयी।"

"उसे किस पते पर पत्र लिखा था?"

"घर के।"

"वैसे पत्र तो पहुँच ही गया होगा। बीच में वह दो-तीन दिन खुश दिखाई दी थी। अन्य कोई कारण नहीं हो सकता।"

"उसने घर क्यों छोड़ा?"

"घरवालों ने उलाहना दिया था, इस तरह दो पुरुषों के साथ घूमना-फिरना..."

"ओह!"

"इसमें 'ओह' जैसा क्या है? अमृता अब अधिक सुखी है, क्योंकि स्वतन्त्र है।"

"स्वतन्त्र अर्थात् अकेली, ठीक है न?"

"अकेली तो वह जहाँ थी वहाँ भी थी और अब जहाँ रहती होगी वहाँ भी होगी—मैन इज एलोन इन दी यूनिवर्स!"

"दैट इज नॉट दी फाइनल रियलिटी माई फ्रेंड!" आदमी विश्व में अकेला है, यह तो कुछ-एक अनुभवों से उद्‌भूत एक सम्भ्रम है, अन्तिम वास्तविकता नहीं। आदमी अकेला नहीं, वह समग्र के साथ जुड़ा हुआ है। अनेक पर उसका अवलम्बन अपरिहार्य है। अमृता स्वयं समझे उससे पहले तू उसे जैसा-तैसा मनवाकर तो उसका अहित ही कर रहा है।"

"मुझे क्या-क्या करना है यह सब तू बम्बई छोड़ने के पहले तय करके नहीं आया, यह एक बड़ी भारी भूल हो गयी।"

"अपनी भूलों के प्रति मैं सजग हूँ...मैं वहाँ होता, तो वह घर नहीं छोड़ती...घरवालों को शंका हुई तो उस शंका को मूल से दूर करने में भी अपने व्यक्तित्व का विकास है। सब कुछ छोड़कर चले जाने से अभिमान पुष्ट होता है...अभिमान का भार बढ़ने पर हम अविचारी कदम उठाने में कभी नहीं हिचकते। फिर गौरव पाने के लिए दम्भ का आश्रय लेते हैं। इस स्थिति में फँस जाने पर दुःख सह लेने का शौक पैदा करते हैं और पता भी नहीं चलता कि इस तरह कब नास्तिक बन जाते हैं।"

"परिस्थिति का सामना करते-करते मैं क्या हो जाऊँगा इसकी परवाह मैंने कभी नहीं की। तेरी तरह हिसाब लगाकर चलने में मुझे कोई रुचि नहीं। क्योंकि इसमें जीवन नहीं है। किसी भी प्रकार का हिसाब लगाने के मूल में भय होता है और भयातुर व्यक्ति पलायनवादी बन जाता है, तेरी तरह। यहाँ पालनपुर में रहकर तू रेगिस्तान की प्रकृति और उसके लोकजीवन का अध्ययन कर रहा है? यह रेगिस्तान है? पालनपुर में रहा जा सकता है तो तू बम्बई में रहकर भी अपना काम कर सकता था। किन्तु मैं समझ गया हूँ कि अमृता को लेकर तेरे और मेरे बीच जो स्थिति पैदा हो रही थी उसका पूर्ण साक्षात्कार करके और ईमानदारी से अनुभव कर उसका हल ढूँढ़ने की अपेक्षा तू एक तरफ खिसक गया। यह न तेरा औदार्य है और न ही त्याग। पलायन है, मित्र! पलायन! अमृता के बिना एक जीवन तो क्या, उदयन अगणित युग जी सकता है।"

अनिकेत के होठों ने उत्तर दबाये रखा। वह मानता है कि उसने जो किया वही हल है। उसने जवाब नहीं दिया। उदयन आगे बोला :

"मैं जानता हूँ कि अमृता को मेरी अमुक भाषा, मेरा अमुक व्यवहार पसन्द नहीं आता। उसे पसन्द आये, वैसा बनने में मुझे देर लगे, ऐसा नहीं है, किन्तु मैं जो हूँ, वही रहूँगा। उसे अच्छा लगने के लिए मैं अपने में परिवर्तन लाऊँ, यह तो बाजारू समझौता हुआ, यह सम्भव नहीं।"

"अच्छा! नहा ले। नहाते समय भी तू ठंडा नहीं रह सकता?"

"तूने बात काटी, यह भी तेरा पलायन है।"

दोनों हँस पड़े। अनिकेत रसोईघर की दीवार अर्थात् पिछवाड़े की खिड़की के पार देखता रहा। बाल-मन्दिर से छूटकर बच्चे हँसते-कूदते घर जा रहे थे। उसे लगा कि अगर वह अभी नीचे रास्ते पर उनके साथ चलता होता तो किसी न किसी को उठाकर चूम लेता।

"देख अनिकेत! सुधार, आदर्श, उपदेश—इन सबके सहारे हम लोग आज तक जीते आये हैं। अब तो हमें अपने अस्तित्व को प्रमाणित करना है। इसमें बाहर से आरोपित कुछ भी उपयोगी होनेवाला नहीं। शिक्षक, बुजुर्ग—विरासत या संस्कृति कुछ भी अपनी रक्षा नहीं कर सकेगा। यदि हम अपने को समझ न पायें तो हम भी जड़वत् हैं। अपनी समस्या को जीकर संघर्ष करने की सामर्थ्य से ही उसका हल न निकाल पायें तो नियति की कृपा पर टिक नहीं सकते। आश्रय छोड़ने के बाद किसी अमृता को दो दिन तक सूना-सूना लगे और उसकी वेदना की कल्पना से अन्य किसी संवेदनशील को कविता लिखने की भावुकता हो आये—तो इतने मात्र से ही जो कदम उठाया हो उस पर पुनर्विचार नहीं हो सकता। अमृता से मैंने कहा था—तू विचार कर। अगर भावावेश में आ जाएगी तो विचार करने से डरेगी। उसने सोच-विचारकर निर्णय लिया। अब तो पुरातत्त्व मन्दिर में उसे अच्छी-खासी नौकरी भी मिल गयी है और रहती है तेरे फ्लैट में ही। वह तो मकान ढूँढ़ती थी। मैंने थोड़े दिनों तक ढूँढ़ने दिया, फिर तेरे मकान की चाबी सामने रखी। वह लेने का साहस नहीं जुटा पा रही थी। मैंने कहा किसी दिन अनिकेत आएगा। उसने दूसरी ओर देखा। उसकी आँखों में आँसू थे...तब मैंने कहा वह कभी नहीं आएगा। मेरे शब्द सुनते ही उसकी आँखें रोष से लाल हो उठीं। पहली जुलाई का दिन था। वह घर से कुछ भी लाने को तैयार न थी। उसके नाम से जो रकम थी, वह बैंक में थी, इसलिए छोड़कर या साथ लाने का प्रश्न ही नहीं खड़ा हुआ। कपड़े, पुस्तकें और अन्य थोड़ा-बहुत सामान वह साथ लायी। कार के साथ ड्राइवर को वापस भेज दिया। दूसरे दिन नीचे उतरी तो देखा कार पड़ी है। आज भी कार वैसे की वैसी पड़ी है। मैं समझता हूँ, उसने एक बार भी उसका

उपयोग नहीं किया होगा। एक दिन सुबह मैं पहुँचा तब टेबल पर सिर रखे रो रही थी। लिखा हुआ पत्र आँसुओं से भीग रहा था। किसे लिखा है—आदतन यह मैंने देखा नहीं। दूर ही खड़ा रहा। देर तक खड़ा ही रहा। फिर चला आया। मेरी उपस्थिति उसके आँसू न रोक सके तो फिर मैं वहाँ कैसे खड़ा रह सकता था। मैं नीचे उतरकर सड़क के पास उस छोटे-से टावर तक पहुँचा होऊँगा कि खिड़की में से हाथ निकालकर ऊँची आवाज में नौकरानी मुझे बुला रही थी। उस नौकरानी को देखकर मुझे हर्ष हुआ। उसके जुहूवाले बँगले पर काम करनेवाली बाई थी। इसलिए मुझे लगा कि अमृता को यहाँ रास आ गया होगा। अबकी बार जब मैं पहुँचा तो वह झूले पर बैठी थी। उसने हँसकर अभिवादन किया। मैं भी झूले पर बैठ गया। बाई समाचार लायी थी कि अमृता के घर छोड़ने के बाद सभी लोग उदास हैं। बच्चे खेलना भूल गये हैं। बड़ी भाभी तो इतनी गम्भीर हो गयी हैं कि किसी के साथ बोलती तक नहीं। सबके कहने पर उन्होंने अमृता के कानों तक बात पहुँचाने का बीड़ा उठाया था। किन्तु बाद में उन्हें लगा कि क्यों उन्होंने यह काम अपने सिर लिया, खुद को अविश्वास नहीं था फिर भी? और मामा का पत्र था कि यह समाचार उन्हें मिला तब वे भोजन कर रहे थे। उन्होंने डाइनिंग टेबल पर मुक्का मारा। टेबल का काँच टूट गया। उन्होंने पत्र लिखकर सभी की मिट्टी पलीद कर दी। फिर एक दिन वे स्वयं आ पहुँचे। अमृता को समझाया। अन्त में अपने यहाँ चलने का आग्रह किया। अमृता नहीं मानी। फिर उन्होंने अमृता के विचार जाने। उसकी बात मामा के गले उतर गयी। इतना ही नहीं उन्होंने तो यह भी कहा कि हर आदमी में इस सीमा तक समझ आ जाए तो समाज आदर्श बन जाए। आशीर्वाद देकर हँसते-हँसते वहाँ से वे विदा हुए। अमृता प्रसन्नतापूर्वक उन्हें विदा करने गयी और लौटने के बाद फिर रो पड़ी। मैंने पूछा कि आज तक कितनी बार रो चुकी है, तो उसने कहा—'सात बार'। कोई ज्यादा नहीं है, सच है न अनिकेत?''

''तुझमें पर-पीड़क वृत्ति है। अमृता रोती है यह तुझे हास्यास्पद लगता है?''

''हाँ! भले कोई भी रोये, रोना एक हास्यास्पद घटना ही है। मैं निर्बलता का तिरस्कार करता हूँ। किसी के आँसू पोंछने के लिए मैंने अभी तक कभी अपना हाथ नहीं बढ़ाया है।''

''तुझे एकाध बार रोने को मिले, तो तू जाने कि यह अनुभव कितना तीव्र होता है। कैसा अनन्य होता है! मैं चाहता हूँ कि तेरी आँखों में आँसुओं की स्रोतस्विनी कभी तो प्रकट हो।''

''तेरी शुभेच्छा तुझे ही मुबारक! मेरे शरीर में इसके लिए स्थान नहीं और शायद कभी मैं रोऊँगा तो तू देखेगा कि मेरी आँखों में से खून टपक रहा होगा।''

''बड़े रेगिस्तानों में फिअर्स लुकिंग छिपकली की जाति का ही, किन्तु सींगवाला एक सन्तोषी प्राणी होता है। वह तीन इंच लम्बा होता है। डर जाता है, तब उसकी आँखों से खून टपकता है।''

''तेरे पास उसका चित्र है?''

''हाँ, एक पुस्तक में उसका रंगीन चित्र है, तुझे दूँ?''

अनिकेत ने पुस्तक खोलकर वह चित्र बताया। उदयन देखता रह गया। माथे पर छोटे-छोटे सींग, नाजुक फिर भी खुरदुरे, आँखें इतनी दयनीय मानो अभी रो देंगी और उससे खून टपकने लगेगा। उदयन ने पृष्ठ पलटकर उसे समभावपूर्वक छिपा दिया। अन्य प्राणियों की तसवीर देखने लगा। अनिकेत समझ गया कि अब पूरी पुस्तक पलटे बिना वह छोड़ेगा नहीं। उसने दूसरी पुस्तक उठायी और पढ़ने लगा। वह पुस्तक एक ओर रखकर उदयन ने अनिकेत के हाथवाली पुस्तक खींच ली।

''मुझे तीन तारीख को दिल्ली पहुँचना है। इंटरव्यू है। अग्नि एशिया और जापान के संवाददाता के रूप में लिया जाऊँ ऐसी आशा है। स्केल बहुत अच्छे हैं।''

''अभी तक क्या किया?''

''अनुवाद करता रहता था। भिलोड़ा जाकर जमीन-जायदाद का निपटारा कर आया। घर छोड़कर बाकी सब हटा दिया। श्मशान के पास होने के कारण यह घर मुझे प्रिय है। भिलोड़ा में छात्रालय के लिए एक मकान दे दिया। बम्बई पहुँचकर सबसे पहले बैंक में पैसा जमा किया। नौकरी न मिले तो भी एकाध वर्ष तो गुजर जाएगा। हालाँकि नौकरी न मिलने का कोई कारण नहीं है।''

''वापस कब लौटेगा?''

''सात या आठ को वहाँ से निकलने का विचार है। वापसी में भी यहाँ उतरूँ ऐसा तू चाहता है?''

''तुझे याद आये और यहाँ उतरे तो अच्छा है। पास ही 'बालाराम' देखने लायक जगह है। यहाँ आने के बाद दो बार हो आया हूँ।''

''तो अमृता को लिख दे न! वह आठवीं तारीख तक यहाँ आ जाए। हम सब बालाराम जाएँगे। उसके लिए वहाँ कुछ पुरावशेष ढूँढ़ लेंगे। तू पत्र लिख दे...अपने घर के पते पर...अथवा रहने दे। तू धर्मसंकट में पड़ जाएगा। मैं ही लिख देता हूँ। मुझे ही उसे लिखना चाहिए। मैंने आग्रह किया होता तो वह साथ ही आती, किन्तु मैंने आग्रह नहीं किया। शायद उसे भ्रम होता कि मुझे उसे साथ ले जाने का मोह है, किन्तु अब मैं लिखूँगा। वह शायद मान बैठी होगी कि वह तुझे मिले—यह मैं नहीं चाहता। इसलिए आने का आग्रह नहीं किया। मैं उसे

साथ लाता तो अच्छा होता, कहानी नहीं खोती अर्थात् सूटकेस गुम नहीं होता। फर्स्ट क्लास में यात्रा करने को मिलती। सहयात्री आदर से बात करते। मुझे लम्बा सफर फर्स्ट क्लास में करना ही उचित है। अरे! यह फिर मुझे क्या याद आया? सूटकेस में कैमरा भी था। दो कमजोर कृतियों के अनुवाद के पैसों से यह कैमरा खरीदा था। कैमरा खो गया। योग्य परिणाम आया। दूध का दूध पानी का पानी—कहावत ठीक निकली। तू क्या कहने जा रहा था? मैं शायद समझ गया हूँ। मुझे पहले से ही सोचना चाहिए...भविष्य में मानना चाहिए...ठीक है न? तू यही कहने जा रहा था न? मैंने ही कह दिया। अब तुझे बोलना नहीं पड़ेगा।''

''अमृता!''

प्लेटफॉर्म पर पैर रखती अमृता को अनिकेत ने दूर से पुकारा। वह उमंग से बोल पड़ा था। गॉगल्स शोभित चेहरा अनिकेत की ओर मुड़ा और गौर वर्ण, चम्पई गौर वर्ण पर अचानक लालिमा का साम्राज्य फैल गया। कुली ने सूटकेस उठा लिया था। अनिकेत ने पास जाकर अमृता के हाथवाली अटैची की ओर देखा और हाथ बढ़ाया। अमृता ने अपना खाली हाथ आगे बढ़ाया और दो हाथों के निबिड़ स्पर्श से दोनों के अंग-अंग में उल्लास की प्रतिध्वनि गूँज उठी।

''मैंने अटैची माँगी थी।''

''किन्तु मिला हाथ।''

''यह मुझसे नहीं सँभलेगा, मुझे अटैची दे दो।''

''उसे तो मैं भी सँभाल सकूँगी।''

''अच्छा, बस अब लाओ।''

''अमृता बहुत झक्की नहीं है।''

''कहो, सफर कैसा रहा?''

''प्रतीक्षा का समय तो आनन्द में ही बीतता है। अहमदाबाद तक तो मैं विमान में आयी थी।''

अनिकेत को लगा यदि अमृता एक नहीं अपितु दो होती तो कितना अच्छा होता? किन्तु इस तरह की तरंग के पीछे उसकी लालसा रही है, अमृता को बाँट लेने की कामना रही है—ऐसा उसे तुरन्त समझ में आ गया।

''क्यों, काम-आम रास आया? नौकरी का यह प्रथम अनुभव होने से सब कुछ नया-नया लगता होगा।''

''अब तो सब कुछ सध भी गया। सर्विस टाइम तो आसानी से कट जाता है। किन्तु...''

''किन्तु...?''

''फिर घर में अच्छा नहीं लगता।''

"ऐसा?"

"हाँ, झीनी-झीनी झींसी पड़ रही हो, हवा की लहरियाँ फुहार बनकर सामने घुसती चली आती हों और ऐसे में घर पहुँचूँ तो कैसा अनुभव होता है, बताऊँ? खिड़की-दरवाजे बन्द होने के बाद लगता है कि इस मकान की दीवारों के उस पार मेरा एक रूप बरसता है और मैं घर के जड़ सामान के बीच सुरक्षा-भाव से बँधी जड़वत पड़ी हूँ।"

"मुझे लगता है कि तुम भी देर-सवेर साहित्य में पदार्पण करोगी।"

"उससे पहले तो जीवन में पदार्पण हो।"

अनिकेत ने ताँगा तय करने की ओर ध्यान दिया। एक अच्छा ताँगा तय किया। ताँगेवाले ने सगर्व पट्टेवाली चाबुक ऊपर उछाली और घोड़े के सिर पर शोभती कलंगी नाच उठी। ताँगे के पहियों और घोड़े की टापों का सम्मिलित संगीत शुरू हुआ। पूरा रास्ता उन्हें देखता था। कोई बेखबर होता तो सहयात्री उसे सजग करता। लोगों की साश्चर्य दृष्टि में आनन्द भी हिलोरें ले उठता।

ताँगा दूर पहुँचा तो एक मनचला बोल उठा—'हुश्नबानू।' अमृता गुस्सा होने लगी, किन्तु अनिकेत से आँख मिलने पर वह बेहद शरमा गयी। दो-एक मिनट के बाद उसने फिर से ऊपर ताका तो अनिकेत की आँखें उससे मिल गयीं। लज्जा के गौरव से नमित चेहरे को वह देखता ही रह गया।

"तीसेक हजार की आबादीवाले इस शहर में बाग बहुत हैं। यहाँ से सुगन्धित फूलों का निर्यात होता है। यहाँ चम्पा और केवड़े का इत्र बनता है। तुमको यहाँ अच्छा लगेगा।"

"उदयन आये तब तक, ठीक है न?"

"वह आज शाम तक न आ पाये तो कल सुबह तक तो अवश्य आ जाएगा। इसके बाद हम लोग बालाराम जाने का कार्यक्रम बनाएँगे।"

"जैसा तुम कहो।"

ताँगेवाले को विदा करके अनिकेत ने जीने का ताला खोला। लकड़ी के जीने पर अमृता के पैर धीरे-धीरे पड़ रहे थे। अतः मन्द ध्वनि हो रही थी। जीने का ढाल कम था। अमृता के ऊपर पहुँचने के तुरन्त बाद वह भी सूटकेस लेकर ऊपर पहुँच गया।

स्नानादि के लिए सभी चीजें अनिकेत ने रख दीं। फिर विनम्रता से कहा कि यहाँ तो बाथरूम भी रसोईघर का एक अंश है। माफ करना, तुम्हें थोड़ी असुविधा होगी। अमृता ने भौंहें तिरछी कर सस्मित सुन लिया, फिर कहा—"एक ओर इतनी सुन्दर चौकी है, फिर क्या! और तुम कोई इस मकान के इंजीनियर थोड़े ही हो कि तुम्हें दोष दिया जाए।" ऐसे थोड़े-बहुत मधुर वचन कहकर रसोईघर का

दरवाजा बन्द कर लिया। थोड़ी देर में स्नान करके वह बाहर आ गयी। खुली केशराशि, आनत कर्णाभूषण और श्वेत मुक्तामाल। इतना ही नहीं मध्ययुगीन ऐश्वर्य की याद दिलाती किमखाब की साड़ी पहनकर उसने दरवाजा खोला तो प्रथम दृष्टि में तो अनिकेत को वासकसज्जा सुन्दरी का स्वप्न प्रतीत हुआ, फिर तुरन्त ही उसे ध्यान आया कि यह तो अमृता है। और अमृता की ओर उसे अदब से देखना चाहिए।

दोनों ने साथ ही भोजन किया। वे एक-दूसरे को परोस रहे थे। मेजबान, मेहमान का भेद नहीं रहा। जब अमृता ने जाना कि यह खाना अनिकेत ने पकाया है, उस समय वह कन्धे को लाँघकर गरदन के नीचे की गोराई को ढँकने के लिए आयी हुई चमकदार लट को देख रही थी। इस लट को अवान्तर स्थिति में छोड़, हाथ हिलाती वह आश्चर्य व्यक्त कर रही थी। आश्चर्य व्यक्त करने में कंगन की खनक ने भी साथ दिया था।

नाश्ता बनाने की आदत का विकास होते-होते किस तरह धीरे-धीरे भोजन पकाना आ गया—यह सब उसने सविस्तार बताया। वह जानता था कि भोजन पकाने के काम को स्त्रैण प्रवृत्ति कहकर व्यंग्य कर बैठे ऐसी सामान्य वृत्तिवाली अमृता नहीं है। इसलिए अमृता द्वारा की गयी प्रशंसा सुनकर उसे वाकई आनन्द हुआ।

''आराम करो।''

''आराम ही है।''

झूले के तकिये के सहारे टिककर अमृता ने पैर भी झूले पर रख लिये। अनिकेत पाँचेक फुट दूर या नजदीक पड़ी कुरसी पर बैठा। कभी छत, कभी द्वार तो कभी अमृता की ओर देख रहा था।

''यहाँ से उत्तर की ओर मलाणा गाँव है। वहाँ के तालाब में कमल होते हैं।'' अमृता के चरण-युग्म को देखकर वह बोला।

''मैं तो सोचती थी कि मेरे बाल खुले हैं, इसलिए इस समय तो उन्हें तुम्हारे गुणानुरागी कवित्व का लाभ मिलेगा।''

''इस सम्बन्ध में मुझे कोई नयी उपमा नहीं सूझ रही। कोई पुरानी उपमा देकर प्रशंसा करने से इस विपुल केशराशि की कोमलता, चमक, अपूर्व दृष्टि ताजगी के साथ अन्याय हो जाए, ऐसी शंका है। फिर भी कृष्ण पक्ष के मदिर अन्धकार के साथ तुलना हो सकती है। मगर रहने दो, जो कवि हैं, उन जीवनानन्ददास के ही शब्दों में कहूँ—

''चुल तार कबेकार अन्धकार विदिशार निशा,
पाखिर निडेर मतोचोख तुले नाटोरेर वनलतासेन।''

''अनुवाद कर दो।''

''तेरी केशराशि है प्राचीन विदिशा की निशा का अन्धकार, लोचन मानो

पंखी के नीड़ सदृश, हे नाटोर की वनलतासेन!''

''कौन है यह वनलतासेन?''

''प्रकृति की नारी रूप में कल्पना।''

''जिस तरह अमृता तुम्हारे लिए कल्पना है।''

अनिकेत ने अमृता की ओर देखा। देखने-देखने में फर्क होता है, भले ही आँखें वही हों—यह अमृता ने पाया। अनिकेत की तत्पर आँखों में गहन तृषा की चमक थी। एकाएक अमृता ने पलकें झुका लीं। उसके सिर पर मेघाच्छादित गगन खलबला उठा था। हृदय में एकाएक भूकम्प की तीव्र कसक छा गयी। इस वेदना के माधुर्य की सन्तुष्टि के लिए उसने आँखें और अधिक मूँद लीं। और अब अनिकेत की दृष्टि नव-पल्लव जैसे सम्मोहक अधर सम्पुट पर स्थिर हुई। इन बन्द होठों में कैद अमृत-स्रोत को निर्बन्ध करने को लालायित उसके पौरुष की अभीप्सा रोकने पर भी नहीं रुक पा रही थी। इसीलिए वह बोला :

''अमृता!''

आँखें खुलीं तो और अधिक चमक उठीं। आँसू की प्रथम छलक के सिंचन से ही आँखों की चमक बढ़ी है, यह स्पष्ट हो गया।

''अमृता तुम आयी, यह कोई सामान्य घटना नहीं। परन्तु मैं नहीं चाहता था कि हम ऐसी परिस्थिति में आ पड़ें जिससे हमारी परीक्षा हो। मैं इनकार नहीं कर सका और उदयन ने पत्र लिख दिया। ऐसा लगता है कि वह मेरी पराजय देखना चाहता है। मेरी अथवा तुम्हारी पराजय...इसमें विशेष अन्तर नहीं...अपना संकल्प विचलित हो, उस दिन वह शायद सबसे अधिक मगरूर होगा। और फिर तो मैं तेरे—तुम्हारे सामने आँख उठाकर भी नहीं देख सकूँगा। अमृता, तुझसे वंचित मेरी जिन्दगी की कल्पना तू कर सकती है, किन्तु उसी जिन्दगी को मैं अपना भविष्य बनाना चाहता हूँ।''

अमृता बोली नहीं, आँखें मूँद लेने के सिवाय अन्य कोई उपाय न सूझा। परन्तु आँखें मूँद लेने के बाद कुछ भी दिखाई न दे—ऐसा नहीं। बल्कि उसे लगा कि यह तो छलकते वेदना-स्रोत के भँवर में तैरने के लिए हाथ-पैर मारने-जैसा है। इतना ही कि न बोलने की राहत मिलती है। और मौन शायद उबार भी ले। अलबत्ता चेहरे की रेखाओं में भी प्रकट न होने देकर भी मौन को नितान्त नीरव नहीं रखा जा सकता। इसके बावजूद अमृता ने प्रयत्न किया। अनिकेत भी उसे मदद करना चाहता हो, इस तरह उठा और बगल के कमरे में चला गया। जाते-जाते उसका हाथ अनायास झूले की छड़ से छू गया, झूला काँप उठा। अमृता की संगोपित सृष्टि अन्धे पक्षी की तरह फड़फड़ा उठी। झूले को स्थिर होने में समय लगा। फिर खाली हुए कमरे में मुक्ति का अनुभव करने के लिए उसने

आँखें खोलीं। खड़ी हुई, बालों को खींचकर गाँठ बाँध दी और पलंग पर जाकर सो गयी। थोड़ी ही देर में पलंग में नीरव शान्ति हो गयी।

अनिकेत लिखने बैठा।

''प्रिय अमृता...! 'प्रिय' किसलिए? अमृता सम्बोधन में ही उद्दिष्ट प्रकट हो जाता है, एक और विशेषण की क्या आवश्यकता है? ऊपर लिखा काटकर नये सिरे से सम्बोधन करने गया तो वह लिख गया—

देवी अमृता!''

तुमको 'देवी' कहने में मुझे क्या अभिप्रेत है, यह पहले स्पष्ट कर दूँ। इस आधार पर कि देवत्व मनुष्य के विचार का द्योतक है, देवी कहकर मैं तुम्हें गुरुतर गौरव से सम्बोधित करना चाहता हूँ—ऐसा तुम्हें महसूस होगा। ऐसा लगे तो मुझे कोई आपत्ति नहीं, क्योंकि यह अर्थ मुझे पूरी तरह अनभिप्रेत हो ऐसा तो नहीं ही है, फिर भी जो कुछ मुझे कहना है, वह इस तरह है—

मेरे लिए मनुष्य यथार्थ है, देवी कल्पना। तुम्हें यथार्थ रूप में देखता हूँ, अनुभव करता हूँ, किन्तु स्वीकार नहीं सकता। अतः मुझे लगता है कि जहाँ तक मेरा सम्बन्ध है, मेरे लिए तो तुम कल्पना ही हो, अपार्थिव हो। तुम स्वयं पार्थिवता को समग्रभाव में प्राप्त करती हो, इसमें तुम्हारी कोई कमजोरी है या होगी—ऐसा कहने का साहस मैं नहीं करूँगा। किन्तु मेरे लिए तो तुम पार्थिव नहीं, माँसल नहीं, सौन्दर्य हो। तुम्हारे नारीत्व की शक्ति का मैं कुछ क्षण पूर्व द्रष्टा, साक्षी बल्कि अनुभवी रह सका हूँ। इस स्वीकृति के बाद अब जो है उसे भी नकारने के लिए उद्यत हूँ, साहस करने जा रहा हूँ। कल्पना और यथार्थ के बीच जिस तरह अन्तराल है वैसे, अनुभव तो नहीं पर विचार करता हूँ तब मुझे लगता है कि तुम्हारे और मेरे बीच एक अन्तराल है। मैं स्वीकार कर चुका हूँ कि अनुभव के क्षणों में इस अन्तराल की प्रतीति मुझे कभी नहीं हुई। प्रतीति होती है विचार करने पर और तुम जानती हो कि विचार करना यह प्रतीति नहीं। अतः अन्तराल प्रतीत होता है, यह कहने की अपेक्षा मुझे यह स्वीकार्य है, इतना ही कहूँगा।

तुम्हारे साहचर्य में मैं विचार नहीं कर सकता, तर्कातीत अनुभव जगत में सरक जाता हूँ। और इसीलिए अभी मैं तुम्हारी स्वर्गिक उपस्थिति का अनादर करके थोड़ा दूर खिसक आया हूँ।

शरीर आखिर तो अवास्तविक है। यह 'माया अथवा भ्रम है'—ऐसा कहनेवालों के साथ मैं सहमत नहीं। किन्तु उनके कहने का एक तात्पर्य यह भी हो सकता है कि शरीर की वास्तविकता मान लेने से वास्तविकता का अर्थ संकोच हो जाता है। इसीलिए 'वास्तविक' शब्द को त्यागकर अब 'यथार्थ' शब्द का प्रयोग करूँगा, तो जो सम्पूर्ण यथार्थ है, उसमें शरीर का स्थान सामयिक है और जो सामयिक है, तत्कालीन है, वह सम्पूर्ण यथार्थ नहीं। मैं 'अमृता' संज्ञा पर आधारित एक

वाक्य बोलता हूँ, तब 'अमृता' मेरे लिए मात्र एक शरीर नहीं एक जिन्दगी है। शायद 'अमृता' के लिए 'एक जिन्दगी'—यह भी पूरा पर्याय नहीं।

'अभी मैं तुम्हारे निकट बैठा था'—कहने के बदले यों कहूँगा कि लावण्य स्पन्दित एक परिवेश में बैठा था। तुम्हारे अस्तित्व में मैं अपने संस्कारों में संचित नारी के दर्शन करता हूँ। तुम्हारे होने में मैं नारी का दिशा-संकेत प्रदान करने के लिए कवियों द्वारा प्रस्तुत बिम्ब देखता हूँ। इसलिए तुम्हारे अस्तित्व को प्रमाणित करने का मेरे लिए अर्थ है ऐसे सौहार्द और औदार्य को प्रमाणित करना, जिसकी छाया में उदयन को जीवन का पुनर्दान मिले। मैं देख रहा हूँ कि उदयन जिन्दगी से पलायन करने के प्रयत्न में है। हो सकता है, इस सम्बन्ध में मैं गलत होऊँ। मुझे तो जैसा लगा, वह कहा।

उदयन के भविष्य का दायित्व मैं तुम्हारे कन्धे पर क्यों डाल रहा हूँ, इस सम्बन्ध में स्पष्ट करने की धृष्टता भी कर लूँ। तुम्हारा और उदयन का भूतकाल एक-दूसरे से अलग नहीं। मुझे लगता है कि इसमें कितना कुछ इस तरह संग्रथित हो गया है कि उसे सुलझाया नहीं जा सकता। क्षमायाचना करते हुए, यह भी कह दूँ कि अतीत में मेरी स्थिति भी जल-कमलवत् नहीं रही। जल में ही कमल खिलता है, फिर जल-कमलवत् कहने से क्या? हम अधूरा ही कहते हैं। तुम्हारे बिना मैं...अब कहना कहाँ बाकी है। फिर भी एक बार पुनः कहता हूँ कि तुम्हारी उपस्थिति की सापेक्षता में ही मैंने इस जीवन में बहुत कुछ पहली बार अनुभव किया है, जो नितान्त मधुमय है। और मुझे विश्वास है कि तुम्हारे दूर चले जाने पर भी यह मधुमयता क्षीण न होगी। यह कोई मगरूरी नहीं है, न ही निर्मम हृदय का प्रतिघोष। यह तो प्राप्ति की स्वीकृति है। अब तो मुझे तुम्हारे पास से कुछ भी न मिले तब भी तुमने जो दिया है, वह पर्याप्त है। आगे यों भी कहूँ कि मेरा अमृत अ-मृत ही रहेगा, तुम तिरस्कार करो तब भी, जो सम्भव नहीं।

मैंने क्या प्राप्त किया? कृपया ऐसा प्रश्न न पूछना। 'कल्पना' शब्द का जो अर्थ रूढ़ हो गया है, वह मुझे यहाँ स्वीकार्य नहीं। जिस तरह तुम कल्पना हो, उसी तरह मैंने जो प्राप्त किया है—वह भी कल्पना है। मेरे लिए जो कल्पना है वही अब यथार्थ बन जाए, इस सम्बन्ध में तुम्हारा मौन ही चाहे उत्तर दे, क्योंकि तुम्हें देखने पर लगता है कि इस सृष्टि में बहुत कुछ तर्कातीत है। कारणों का वश चलता तो मैंने अपने को बहुत पहले रोक लिया होता। मुझे लगता है अब भी देर नहीं हुई है।

प्रणाम अमृता! तुम चाहे जहाँ हो, यह कुछ कम नहीं कि तुम इस सृष्टि में होगी। इसीलिए मेरे लिए यह पूरी सृष्टि मधुमय होगी, सुन्दर होगी।''

पत्र पूरा होने पर अनिकेत ने एक मुक्ति का अनुभव किया, एक यात्रा पूरी होने पर विश्रामस्थल दिखाई दे उसी तरह। उसे लगा कि इस विश्राम के बाद

पथ मुड़ेगा। वह अमृता के पास गया। खिड़की से प्रवेश करता प्रकाश सूर्यास्त की सूचना दे रहा था। शाम के समय इस छोटे से शहर के लोगों की गतिविधियाँ कुछ तेज हो जाती हैं। नींद को अभी अकेली अमृता के पास ही विश्रान्ति मिली होगी। वह झूले पर बैठा। अमृता की ओर पीठ करके बैठना ठीक नहीं, यह सोचकर उसने दिशा बदली।

करवट सोयी अमृता का चेहरा बायें हाथ का आलम्बन लेकर निश्चिन्त था। दायाँ हाथ पलंग की सीमा तक फैला था। उसकी अनामिका में एक छोटी अँगूठी थी। उसके रक्त में चमकती नीलिमा ने अनिकेत का ध्यान आकर्षित किया। अमृता इस तरह सोयी थी कि पलंग पर एक सौम्य और सुरुचिपूर्ण छवि उभर आयी थी। उसकी नींद में भी एक व्यवस्था थी, सौष्ठव था। धीमे-धीमे लिया जा रहा श्वास, कुछ गति से प्रकटता उच्छ्वास, श्वास-उच्छ्वास के बीच मृदुल यति— ये सब अपनी सृष्टि के पीछे विधाता द्वारा प्रदत्त सूक्ष्म अवधान के सूचक हैं, यह सोचता हुआ अनिकेत श्वासोच्छ्वास की द्रुत विलम्बित क्रीड़ा निरखता रहा।

अमृता का दाहिना हाथ उसके मुँह के पास गया। ब्लॉउज की किनार प्रत्येक श्वासोच्छ्वास के साथ कम्पन अनुभव करती रही, शायद इसीलिए हाथ वहाँ पहुँचा। कुछ ही देर में अमृता ने करवट बदली। इससे अब अनिकेत को अमृता आधी अनुपस्थित लगी। उसे पता ही न चला कि कब पैर प्रवृत्त हुए और झूला ठीक झूल उठा। किन्तु तुरन्त ही कमरे की हवा की स्थिरता भंग हो गयी। शान्ति आन्दोलित हो उठी और अमृता ने पुनः करवट बदली। आँखें खुलीं, लेकिन जैसे आँखों का खुलना ही पर्याप्त न था, वह उठ बैठी। अनिकेत ने देखा कि अमृता के नाजुक इयररिंग काँप उठे हैं। फिर भी पारिजात के पुष्प की भाँति सुशोभित हैं। चेहरे की उदासी को आनन्द की लालिमा में बदलते देर लगी।

पानी लाने के लिए अनिकेत खड़ा हुआ। अमृता ने उसका अनुसरण किया। हाथ-मुँह धोकर बाहर आयी और झूले पर बैठी। गाँठ खोलकर बालों को मुक्त किया। बाद में उन्हें दो भागों में विभाजित किया, तभी उसकी नजर पत्र देने की प्रतीक्षा करते अनिकेत के हाथ की ओर गयी।

''क्या कोई रचना है?''

''नहीं, पत्र है।''

''अच्छा, मैं तो आशा किये बैठी थी कुछ सुनने को मिलेगा।''

''पत्र तुम्हें ही पढ़ना है, लो।''

उसने पत्र हाथ में लिया। तहकर उसने उसे ब्लॉउज के ऊपरी हिस्से में रख लिया, किनारे बाहर रह गये।

''तुमको आश्चर्य हुआ। हम लोग सँभालने जैसी चीज यहीं रखते हैं। किसी को यह पद्धति शायद पुरानी लगे। तुमको नहीं लगेगी, यह मैं जानती हूँ। अभी

मैं यह पत्र नहीं पढ़ूँगी। यहाँ से जाने के बाद पढ़ूँगी। अभी तो तुम सम्मुख ही हो न।''

एक वेणी गूँथ चुकी थी, बाकी रह गये बालों को तीन भागों में बाँटकर आनत चेहरे से वह गूँथने लगी।

''घूमने चलना है।''

''कहाँ ले जाओगे?''

''पब्लिक प्लेस।''

''तो नहीं जाना, जहाँ कोई तीसरां न हो वहाँ ले चलो।''

''किन्तु वहाँ पहुँचने के लिए रास्ता तो पार करना ही होगा न और आम रास्ते पर चलने में अधिक निश्चिन्तता रहती है। अपनी जिम्मेदारी कम हो जाती है। सुरक्षा का बोध रहता है। समाज के बीच हम अपने-आपसे भी सुरक्षित रह सकते हैं।''

''माफ करना। तुम्हारा यह 'सुरक्षा' शब्द मुझे पसन्द नहीं।''

''कोई पर्याय ढूँढ़ लूँगा।''

''पर्याय नहीं चलेगा, चाहती हूँ कि अर्थ ही बदल जाए।''

''इसके लिए मजबूर हूँ।''

''मजबूर रहने के लिए तुम स्वाधीन हो।''

''आभार।''

''चलो।''

चलते-चलते दोनों स्टेशन तक पहुँचे। क्रॉसिंग पार कर वे दक्षिण की ओर जिधर सूर्यास्त हो रहा था, घूमे। बादल छाये थे। जिससे सन्ध्या अपने पूर्ण रूप में निखर उठी थी। बादल गति-विरत मालूम पड़ते थे। बरस चुके बादलों की शान्ति पश्चिम दिशा में रँग गयी थी। धरती भी तृप्त लगती थी। धूल अभी सूखकर उड़ नहीं रही थी। शरद् ऋतु के आरम्भिक दिनों की यह शाम अमृता को लुभा रही थी। यहाँ के खुलेपन के सन्दर्भ में उसे बम्बई की याद आ गयी। मलबार और सिक्कानगर के चारों ओर की भवन-बहुलता उसे याद हो आयी। ऊँचे और थोड़े कम ऊँचे मकानों की छाँव भी तंगी का अनुभव करके एक-दूसरे में कैसे गुँथ जाती हैं। जुहू किनारे की लम्बी पट्टी या चौपाटी का अर्द्ध गोलाकार टुकड़ा, बची हुई जगह और वहाँ टिके हुए खुलेपन का आभास देते हैं। परन्तु ये स्थल इतने अधिक सार्वजनिक हैं कि वहाँ भरी दोपहर में भी कोई-न-कोई जोड़ा-कुजोड़ा इस तरह बैठा होता है कि इन स्थानों का समस्त खुलापन प्राइवेट बन जाता है। समुद्र नाहक ही नहीं घहराता।

यहाँ आम और नीम के पेड़ों से खेतों को व्यक्तित्व मिलता है। अनिकेत ने

देखा कि अमृता के चेहरे पर अंकित होने के लिए प्रयास करते सान्ध्य रंग उनकी दीप्ति के कारण सामन्जस्य व्यक्त कर रहे थे। उन्हें अदृश्य होते देर न लगी।

स्टेशन से तीन फर्लांग जितना पश्चिम में चलने के बाद वापस लौटने की इच्छा हुई। लौटते समय भी वे धीरे-धीरे चल रहे थे। सन्तोष की भाषा की गति मन्थर होती है, क्योंकि वह शब्द और मौन दोनों ही से व्यक्त होती है। अनिकेत और अमृता की गति सन्तुष्ट लग रही थी।

अभी अँधेरा नहीं हुआ था। दोनों के हृदय प्रदेश भी प्रकाशित थे। तभी अमृता को बाड़ तले की घास में से निकलकर सामने से जाता सँपोला दिखाई दिया। डर के मारे उसका पैर ठीक उसके पास पड़ गया। एक नादान-सी फूत्कार करता हुआ वह वापस बाड़ की ओर भाग गया। परन्तु उसे उछलता देखते ही अमृता चीख उठी, इतना ही नहीं भय-विह्वलता के कारण मूर्च्छित स्थिति में वह अनिकेत से लिपट गयी। अनिकेत का अल्हड़ और बेफिक्र पुरुष एकाएक मगरूर होकर प्रकट हो गया। और उसने आश्रय ढूँढ़ती आर्त अमृता को अपनी बलिष्ठ भुजाओं में समा लिया। अमृता का हृदय इतनी तेजी से धड़क रहा था कि उसकी धड़कन स्पर्श द्वारा अनिकेत के रक्त में उतर गयी। किन्तु वह केवल अमृता के हृदय की धड़कन ही नहीं थी, विकसित स्तन-युग्म का निविड़ स्पर्श भी था। अनिकेत के रुधिराभिसरण का संयमी विचलित हो उठा। अमृता के विह्वल और निःशेष आलिंगन से उस क्षण तो अनिकेत की समूची काया में किसी विशाल धनुष की खिंची हुई प्रत्यंचा झनझना उठी। यह तीव्र कम्पन अपूर्व था। उसे एक अपरिचित संवेग की शक्ति का अनुभव हुआ। धीरे-धीरे उसमें आनन्द घुलने लगा। अमृता के कटि प्रदेश से लिपटा उसका हाथ अब त्वचा का ऋजुल स्पर्श अनुभव करने लगा था। और उसके सुदीर्घ वक्ष पर टिका अमृता का दक्षिण कपोल इस तरह भिंचता जाता था मानो अभी भी निकटता में कमी हो। अमृता के सिर को अनिकेत का चिबुक स्पर्श कर चुका था... 'सृष्टि में इन दो हृदयों को धड़कनों के अतिरिक्त कुछ भी नहीं'-ऐसी स्थिति पैदा होने से पूर्व अनिकेत अमृता को एक उद्धत आलिंगन में जकड़ने को प्रवृत्त होता है, उसी क्षण ब्लॉउज में रखे पत्र की आवाज सुनाई दी। यह आवाज सुननेवाले को अप्रिय लगी, किन्तु आवाज विलीन हो जाए ऐसी स्थिति नहीं थी, अनिकेत के चित्त में गूँज उठी। आँखों को तुरन्त ही दिशा दिखाई दी। दोनों हाथों से अमृता का मस्तक थोड़ा ऊँचा किया, उसे चूमकर अमृता को स्थिरता दी। दोनों ने चलना शुरू किया।

अमृता के पैर शिथिल पड़ गये थे। चलने का प्रयत्न करना पड़ता था।

अनिकेत चलता था, पर बीच-बीच में उसकी गति की लय भंग हो जाती थी, उसका निर्णय बार-बार अनिर्णय बन जाता था। उसके मन में अभी अनिर्णय का ही प्रभुत्व था। अनिर्णय की यातना से वह एकदम अस्वस्थ हो गया था।

स्टेशन का प्रकाश अब पास ही था। वह एक ऐसी जगह से लौट रहा था, जहाँ न जाने का उसने निर्धारण किया था। वहाँ पहुँचकर लौटना कितना दूभर है। इसका अनुभव करता हुआ वह चल रहा था।

निविड़ आश्लेष के बाद सजगता से प्रेरित बीच में खड़े किये अन्तराल को देख, अमृता दुःखी न हो इसका ध्यान रखकर वह कृत्रिम गति से चल रहा था। बुरा न लगे और निकटता प्रतीत हो, इसलिए उसने कुछ दूरी तक अमृता का हाथ अपने हाथ में पकड़े रखा।

धीरे-धीरे अमृता मुक्त हो रही थी।

''थक गयी होगी?''

''हाँ, बहुत आगे निकल गये थे।''

अमृता की आवाज ने अब अपनी सहज स्थिति प्राप्त कर ली थी।

''मुझे अफसोस है अमृता! मैं मानता था, उससे मेरी निर्बलताएँ कहीं अधिक बड़ी साबित हुईं।''

''इस घटना का श्रेय तुम अकेले ही कैसे लेते हो?''

''नहीं, अब तो लगता है, मुझे मेरा निर्णय नहीं, अमृता ही बचा सकती है।''

''मुझे इससे अलग कुछ नहीं कहना है।''

और वह हँस पड़ी। अनिकेत के चेहरे की गम्भीर रेखाएँ देखकर उसका हास्य बिखर गया।

अमृता को घर तक पहुँचाकर अनिकेत फल और नाश्ता लाने चल दिया।

पत्र हाथ में लिया। तह किये हुए पत्र पर एक सिलवट पड़ गयी थी। पढ़ने की इच्छा हो आयी। किन्तु एक बार खोलकर उसने पुनः पत्र तहाकर पर्स में रख दिया। पर्स को सूटकेस में रखकर ज्यों ही वह खड़ी हुई, उसे किसी अन्य की उपस्थिति का आभास हुआ। उसने अपनी ओर दबे पाँव बढ़ते साये को देख लिया। पीछे घूमकर देखे, इतने में तो दो हाथों ने उसकी आँखों को दबा दिया। अनिकेत होगा यह मानना केवल भ्रम ही हो सकता है। फिर भी उसने ऐसा मानने का प्रयत्न किया। किन्तु अन्त में वास्तविकता को स्वीकार करना ही पड़ा।

''बस भी! अब बहुत हो चुका।''

हाथ नहीं खुले। पर उसके नीचे दबी आँखें खुलीं पर अँधेरा ही दिखाई दिया। कमरे में लैम्प की रोशनी दिखाई न देने से वह अँधेरे में ही रही।

''अब छोड़ दे। तेरे श्वास से आती सिगरेट की कड़ुआहट मेरे चारों ओर फैल चुकी है।''

''गाड़ी चार घंटे लेट हो गयी। इंजन बिगड़ गया था। मुझे लगा कि धक्के मारकर इंचन चालू कर दूँ। तुमसे मिलने की तीव्र इच्छा हो आयी थी, और हो भी

क्यों न? मैं मानता था कि तू पालनपुर आ गयी होगी तो आषाढ़ की तप्त धरती की प्यास लिए तेरी आँखें मेरी प्रतीक्षा कर रही होंगी।''

''जैसे तेरे विरह में जलकर खाक हो जानेवाली होऊँ। ऐसा होता तो-सब कुछ बहुत पहले हो चुका होता। चल अब मेरी आँखों को खुलने दे।''

''ओह! ऐसी बात है। किन्तु मुझे आश्चर्य नहीं होना चाहिए।''

उदयन ने अमृता की आँखों पर से हाथ हटा लिया। कमर पर हाथ रखे खड़ा-खड़ा वह अमृता को नख से शिख तक देखता रहा।

अमृता एक ओर खिसकने लगी, इतने में पता नहीं उसे क्या सूझा कि एक झटके में उसने अमृता को अपनी ओर घुमा दिया। उसके दोनों ढलते कन्धों को उसने पकड़ लिया। पकड़ इतनी कठोर थी कि अमृता को लगा जैसे यह किसी हिंस्र पशु के पंजे हैं। उदयन के क्रोध को वह समझ न सकी। देखती ही रह गयी।

उदयन ने अपने पंजे भींचे। मुट्ठियों में वह इस मांसल सौन्दर्य को मानो चूर-चूर कर देना चाहता था। उसने जोर से अमृता को झकझोर दिया। हचमचा दिया। अमृता के पैर लड़खड़ा गये। वह गिरते-गिरते बची।

''इतनी अधिक निर्बल है?'' इतना कहकर उसने अमृता को छोड़ दिया। और उसके दाहिने गाल पर जोर से एक तमाचा जड़ दिया। अमृता गिर पड़ी। बायें हाथ की चूड़ियाँ फूट गयीं। काँच के दो टुकड़े हाथ में घुस गये। वहाँ लहू की बूँद छलक आयी।

''कितनी पाजी है तू अमृता! कैसी नादान। मैंने मजाक किया था, पत्र मिलते ही दौड़ी आयी। राह ताकती ही बैठी होगी, किससे मिलने दौड़ी आयी। नहीं जानता था कि तू इतनी अधिक कमजोर होगी? मैं सोचता था कि समय बीतते तुझमें वैचारिक परिपक्वता आ जाएगी। किन्तु तुझमें तो अभी भी उतनी ही मुग्धता है।''

अमृता पड़ी-पड़ी सुन रही थी। वह विरोध नहीं कर रही है-यह देखकर उदयन ने एक हाथ से पकड़कर उसे खड़ा किया। क्रोध से काँपती आवाज में बोला, ''तुम-जैसी अनिश्चितताओं में जीनेवाली स्त्रियों को तो केवल एक ही अधिकार है, और वह है रोने का। आज ऐसा लगता है तेरी छाती चीरकर देखूँ, तेरे हृदय में किसका प्रतिबिम्ब है? या फिर तेरे अन्दर हृदय है भी या नहीं?''

और वह आगे बढ़ा। दोनों हाथों से पकड़कर उसने अमृता का ब्लॉउज चीर डाला। ब्रेसियर के खिंचने से उसके स्तनों में असह्य तीखा दर्द जाग उठा। पर उसके कंठ से वेदना का कोई उद्‌गार नहीं निकला, जैसे उसका गला सूख गया हो। इस अप्रत्याशित घटना के आघात ने मानो उसकी आवाज छीन ली थी। वह वैसी ही खड़ी रही। उदयन की ओर देखती रही। उसकी आँखों के कोने भी नहीं भीगे थे। वह रसोई में गयी। एक छुरी उठा लायी और उदयन के हाथ में थमाकर बोली : ''तू

इतना आगे बढ़ हो चुका है तो इस छुरी से अपनी ताकत और मेरी कमज़ोरी की तुलना करके देख ले। तुझे यदि विश्वास है कि तुझमें ताकत है, तो उसका उपयोग कर। लेकिन तेरे हाथ काँप क्यों रहे है? कहाँ गयी एक क्षण पूर्व की तेरी बहादुरी? वास्तव में वह बहादुरी थी ही नहीं, कायरता थी। तू बहादुर होता तो मुझे ठोकर मारकर कभी का बाहर निकल गया होता। क्यों छूट गयी तेरे हाथ में से छुरी? मेरी हत्या कर सकने जितनी ताकत तुझमें नहीं। किन्तु हत्या तो कायर भी... अरे कायर ही कर सकते हैं। तू यह जरूर कर सकता है। तेरी योग्यता इस कोटि तक पहुँची हो तो मुझे आश्चर्य नहीं होगा, किन्तु मैं जानती हूँ कि तू मेरी हत्या नहीं कर सकता। क्योंकि तू स्वार्थी है। तू मुझे जीती देखना चाहता है। मैं जीवित रहूँ, इसमें तेरा स्वार्थ है। परन्तु अमृता के पास अपने को बचा लेने के लिए आत्मविलोपन का कवच है ही।''

भौचक्का-सा उदयन सुनता रहा। उसके नेत्र विस्फारित हो गये।

''मुझे रोती देखना चाहता है? निष्ठुरता से आक्रान्त होकर स्त्री कभी रोती नहीं। दूसरों के दिये दुःख से वह नहीं रोती। रोने के लिए उसका अपना दुःख ही पर्याप्त होता है। किसी क्रूर आघात से वह नहीं चीखती। तुझे अभी उसकी सामर्थ्य का पता नहीं।''

उदयन कुछ कहना चाहता था, किन्तु आवाज उसका साथ नहीं दे रही थी। अमृता को उत्तर दे या अपने भीतर चल रहे दुर्निवार संघर्ष को शान्त करे? वह कुछ भी नहीं कर सका। वह देखता रहा या सुनता रहा। देखना-सुनना एक साथ नहीं हो सका होगा। पीतल की प्रतिमा की सदा खुली रहने वाली काँच की आँखों-सा उदयन ताक रहा था।

अमृता ने अपना फटा ब्लॉउज निकालकर हाथ पर निकला हुआ खून पोंछ डाला। फिर ब्लॉउज को ठीक तरह से तह कर सूटकेस में एक ओर रख दिया। और दूसरा पहना, उसी रंग का। दूसरा है, ऐसा किसी को खयाल ही न आये।

कुछ भी न हुआ हो, वह इस तरह रसोई में गयी। उदयन के लिए पानी लायी। उदयन की ओर छलकता पात्र बढ़ाया तब उसके चेहरे और आँखों में जो भाव था उसका अर्थ ऐसा हो सकता है, मानो उदयन अभी बाहर से आकर खड़ा हुआ है और अमृता उसका इस तरह स्वागत कर रही है।

पानी पीकर यानी कि गिलास मुँह में उँड़ेलकर हाथ से मुँह पोंछता हुआ उदयन धड़ाम से झूले पर बैठ गया।

''मैं क्या हूँ, यह तूने देखा न अमृता?''

''क्यों, तू इसके बारे में अफसोस व्यक्त करना चाहता है?''

''हाँ।''

"तो ऐसी स्पष्टता कर बचाव करने की आवश्यकता नहीं। तू अफसोस व्यक्त करे या क्षमा माँगे, इससे कुछ बनता नहीं। और तू मुझसे माफी माँगे ऐसी अपेक्षा रखने वाली मैं कौन? किन्तु एक बात तूने देखी होगी-तूने वस्त्र चीर दिया तब, मेरे चेहरे पर कहीं लज्जा का भाव नहीं उभरा था। यह घटना तेरे पुरुषत्व की सबसे बड़ी पराजय है।"

"लज्जा की कोई आवश्यकता नहीं, इसके विपरीत मैं तो चाहता हूँ कि लज्जा दूर हो, क्योंकि लज्जा तो आवरण है, असलियत को छिपाती है। अत: यह एक प्रकार की वंचना है। मैं चाहता हूँ कि व्यक्ति को अपने संवेग की वंचना रहित प्रतीति हो।"

"प्रतीति...संवेग की खुली प्रतीति! क्यों? पशु सहज। ठीक है न?"

"हाँ, पशु मनुष्य-जैसा होशियार नहीं, इसलिए छिपाने की कला नहीं सीखा। किन्तु मनुष्य और पशु में बुद्धि के अतिरिक्त अन्य सब कुछ एक-जैसा है। अपनी वंचक बुद्धि से तरह-तरह की व्यवस्थाएँ खड़ी करके, पशु सहज कर्मों को छिपाने के लिए सुरक्षित अँधेरे की सुविधा पैदा की है। इस अन्धकार को मैं विदीर्ण कर डालना चाहता हूँ।"

"दूसरों की कीमत पर?"

"हाँ, मेरे संवेग प्रबल होंगे तो तेरा भोग लेंगे ही। तुझे नियन्त्रण करेंगे। प्रेम में दूसरे की स्वतन्त्रता खतरे में पड़ती ही है।"

"तेरे मुँह में पड़ा 'प्रेम' शब्द खतरे में है। अनेक बार जिस शब्द का उपहास कर चुका है, उसका कभी मेरे साथ बातचीत में अब उपयोग मत करना।"

तीन

उदयन के साथ आज चर्चा करती अमृता को देखकर अनिकेत को लगा कि अमृता के बारे में उसकी अपनी धारणा भ्रामक थी। अथवा उसने अमृता के सम्बन्ध में जैसा कुछ सोच लिया था, वही ठीक न था। पूर्व निश्चित धारणा से किसी को समझना उचित नहीं। उसके व्यवहार से ही उसका सच्चा परिचय मिल सकता है, किन्तु व्यवहार तो प्रासंगिक होता है। उस पर से क्या व्यक्तित्व के उन पहलुओं का परिचय मिल सकता है जिनमें सातत्य हो? ऐसा न हो सके तो व्यवहार भी भ्रामक है। धारणा भी भ्रामक है....अनुभव भी भ्रामक है... तो सत्य क्या है? किन्तु सत्य भी धारणा है न? धारणा बिना मेरा निर्वाह नहीं।

जिस नीरसता से, उग्र लापरवाही और कटु तर्कों से वह उदयन को जवाब दे रही थी, यह देखकर अनिकेत बातचीत से विरत हो गया या फिर तटस्थ भाव से सुनता रहा। इस तटस्थता को भी वह झेल नहीं पाया, उसने साग्रह चर्चा बन्द करायी।

उदयन उत्तरोत्तर उदास होता गया। उसके चेहरे पर अपराध की कालिमा प्रकट होने लगी।

अनिकेत के आगमन से जो माधुरी कमरे के वातावरण में व्याप्त होने लगी थी, वह उदयन के अस्तित्व को प्रतिकूल मालूम हुई। नाश्ता पूरा किये बिना ही उदयन खड़ा हो गया था। वह अपने को उन दोनों से बार-बार दूर होता देख रहा था।

सिगरेट जलाकर वह झूले पर बैठा। तब उसके मन में एक प्रश्न हुआ कि अमृता को इस तरह पीड़ा पहुँचाने का उसे क्या अधिकार है? अमृता ने उस दिन अपने स्वातन्त्र्य के सम्बन्ध में जो प्रश्न पूछा था, वह भी अभी अनुत्तरित ही है, और यह मुझे क्यों सूझा?

उसकी उद्विग्नता बढ़ गयी थी। इतने में एकाएक अमृता ने बन्द हुई चर्चा फिर से शुरू कर दी :

"अपना मनमाना न होने पर बहुत-से आत्महत्या कर लेते हैं-बहुत-से नहीं, तो कुछ तो अवश्य ही।"

इस समय उदयन ने ही चर्चा रोकनी चाही-"बस अमृता! मेहरबानी कर। यह चर्चा अब रहने दे। आज मैं तुझसे हार गया हूँ।"

"पराजय को भी स्वीकृति का गौरव न ले तो फिर उदयन उदयन नहीं।" सौंफ-सुपारी सामने रखते हुए अनिकेत बोला। अमृता हँस पड़ी। यह देख उदयन ने कहकहा लगाया। ठीक उसी तरह जैसा कि वह महमूद बेगड़ा का अभिनय करते समय स्टेज पर लगाता था। उदयन के इस अट्टहास पर अनिकेत मुस्कुराया। उदयन तो अमृता को खिझाने के लिए हँसा था, किन्तु उसे तो विपरीत उत्तर मिला। अनिकेत की मुस्कान से वह अधिक व्यग्र हो गया।

शान्ति। शान्ति अर्थात् आवाजों का अभाव। इसलिए वास्तव में तो अशान्त शान्ति।

"इंटरव्यू का जवाब मिल गया या बाकी है?"

"मिल गया।"

"क्या?"

"नौकरी।"

"अभिनन्दन।"

"आभार।" उसने देखा कि अमृता कुछ भी नहीं बोली है।

''तेरा काम किस तरह का होगा?''

''छह मास भारत में, छह मास जापान, इंडोनेशिया, सिलोन, बर्मा वगैरह में बिताना होगा। जहाँ आग बरस रही हो, वहाँ दौड़ना और उसपर लिखना। फोटो खींचना।''

''तूने जवाब दिया?''

''मैंने कहा कि अक्टूबर में ज्वाइन कर सकूँगा। बीच में एकाध महीने बैठे रहने की इच्छा है। देखता हूँ, उस वक्त इच्छा रही तो ज्वाइन करूँगा।''

''अभी से निर्णय कर लेने में क्या दिक्कत है?''

''लगता है मुझे देश-निकाला देने में तुझे बड़ा रस है।''

''तेरे लिए देश-विदेश कहाँ अलग-अलग हैं? मैं तो केवल निर्णय लेने को कह रहा हूँ। हाँ या ना, जो करना है अभी से कर दे, ताकि उन लोगों को भी अनुकूल रहे।''

''उनकी अनुकूलता की चिन्ता भला तू क्यों करता है? अमृता को अकेली छोड़कर, बम्बई से जाना अच्छा लगेगा या नहीं-यह प्रश्न है।''

''इसे साथ ले जाना।''

अमृता हिली, सिर उठाकर वह बोली :

''मैं इसके साथ नहीं जाऊँगी। मुझे कहीं खो आये, इसकी इसे खबर ही न रहे।''

''ऐसा कहीं होता होगा अमृता! तेरे लिए मैं समस्त पूर्व एशिया खोने को तैयार हूँ।'' उदयन ने इस तरह कहा कि अनिकेत को सच लगे। और फिर ''चलो ताश खेलें।'' कहते हुए वह खड़ा हो गया।

''कहाँ हैं ताश।'' मैं तो खेलता नहीं।

''मैंने आज गाड़ी में खरीदे थे। तीन लड़कियाँ फटे हुए पत्तों से खेल रही थीं, मुझे लगा कि यह ठीक नहीं। एक स्टेशन पर उतरकर दौड़कर नयी गड्डी खरीद लाया। उन्हें देने लगा पर लोग कैसे होते हैं? एक ने भी हाथ नहीं लगाया। मुझे गुस्सा आ गया। मन हुआ कि कोई अच्छा स्टेशन आये तो तीनों को प्लेटफॉर्म पर धकेल दूँ, उतार दूँ और दरवाजा बन्द कर दूँ। फिर कहूँ कि जगह नहीं है, दूसरे डिब्बे में जाओ। या फिर जहाँ जाना हो जाओ, मुझे क्या? इस तरह सोच रहा था कि ऊपर की बर्थ पर सोया एक प्रौढ़ मुझे दीखा। वह सो रहा था फिर भी बीच-बीच में जागकर चुपचाप लड़कियों की गिनती कर लेता था।

मेरे ताश ऑफर करने के बाद वे पुराने पत्तों से भी नहीं खेल पायीं। उन्हें पान खाने की ऐसी आदत थी कि हर स्टेशन पर मँगवाया करती थीं। एक दूसरी आदत भी थी—हँसते-हँसते होठ दबाकर एक दूसरे के घुटने को टक्कर मारना और कभी-

कभी तो कमर के पीछे हाथ ले जाकर चिकोटी काटना...। उनमें से एक ने मुझे पान दिया, मैंने खा लिया। वह कुछ शिक्षित लगती थी। वह मेरी पार्टनर बनी और हमने खेलना शुरू किया। आधे घंटे तक मैं उनके साथ खेलता रहा और जीतता रहा, किन्तु बाद में उन लोगों के कुछ पारस्परिक चोंचले देखकर जी ऊब गया। देखे बिना पत्ते फेंकता गया और जीतता गया। बाद में पता चला कि मेरे विरुद्ध खेलने वाली अपना हाथ बनने पर भी उसे मेरी ही ढेरी में रख देती थी। मैं उनकी इस स्वैच्छिक हार से खीझ उठा। दूसरे डिब्बे में जाकर बैठ गया। मुझे लगा स्त्रियाँ कैसी होती हैं? मुझे इतना गुस्सा आया कि यहाँ आकर अमृता को स्त्री देखकर उसे एक तमाचा जड़ दिया।''

''सच है अमृता?''

''इसे आगे बोलने दो। बोल फिर क्या हुआ?''

''फिर अनिकेत आया। चलो जाने दो यह बात। मुझे ताश खेलने से सन्तोष नहीं मिला। तुम लोगों की इच्छा न हो तो भी खेलें, एक ओर तुम दोनों और दूसरी ओर मैं और डमी खेलें। हर वक्त तुरुप मैं बोलूँगा। तुम दोनों मिलकर मुझे हराकर देखो।''

''और हार गया तो?'' अमृता ने पूछा।

''मैं हार ही नहीं सकता। ताश खेलने में मैं कूटनीतिज्ञ हूँ। यही एक ऐसी चीज है, जिसमें सत्य-असत्य का भेद एक ओर रखकर मैं आगे बढ़ सकता हूँ। तुम्हारी भाषा में कहूँ तो इस क्षेत्र में अनीति से भी मैं विजेता बन सकता हूँ। वैसे तो तुम जानते ही हो कि जीवन में तो हम परम नीतिवान ठहरे, आध्यात्मिक व्यक्ति... व्यक्ति नहीं विभूति...''

''शब्दों का उपहास क्यों करता है?''

''तुझे शब्दों पर दया आयी?''

''ना! तुझ पर।''

''मुझ पर दया! हे ममतामयी देवि! तुम्हारा कृपाप्रसाद मुझे नहीं खपता। और इन शब्दों का उपहास मैं कर रहा हूँ, इसका अर्थ मुझे आपको समझाना पड़े, यह देखते हुए तो आप ही दयापात्र कहलाएँगी। इन और ऐसे अनेक शब्दों का मैं उपहास करता रहूँगा क्योंकि जिस समाज में मैं जीता हूँ, उसमें तो दम्भ पर छत्रछाया किये ये शब्द खड़े हैं। मैं इनका मूलोच्छेद कर देना चाहता हूँ।''

''मैं बीच में बोलूँ?''

''अपनी चर्चा में इसे भाग लेने देंगे, अमृता?''

''अमृता हँसना नहीं चाहती थी, पर उसका बस न चला।''

''कहते हैं कि स्त्रियों का मौन स्वीकार-सूचक होता है, तो तू बोल सकता है,

अनिकेत। तुझे हस्तक्षेप करने की छूट है।''

''धन्यवाद। तो सुन! यह समाज और यह विश्व तुझे अच्छे नहीं लगते, इसका कारण तू स्वयं है। पहले अपने-आपको पहचानने की जरूरत है, क्योंकि तेरा यह बहिर्विश्व भी तेरे आन्तरिक विश्व का ही विभाव है। इसलिए वास्तविक विश्व तो तेरे भीतर बसता है। अपने से पृथक् किया हुआ यह बाह्य, जिसे तू देखता है, यह तो मात्र भ्रम है।''

''उदाहरणार्थ, अनिकेत और अमृता मेरे लिए भ्रम हैं। यही न?''

''हाँ, हम तेरे लिए भ्रम ही रहेंगे, यदि तू अपने को नहीं पहचानेगा।'' अमृता बोल पड़ी।

''मैं तो अपने को पहचानता हूँ। मैं उदयन हूँ। पुरुष हूँ। मुझमें मेरा अपना प्रचंड बल है। मैं किसी भी प्रवंचक को क्षमा नहीं करता। हाँ, मैं उदार भी हूँ और इसीलिए तो तुम्हारी दुनिया में जीता हूँ।''

''फिर?''

''सुनना ही है?''

''हाँ।''

''तो सुनो, कान खोलकर सुनो। मुझे अब तक दो आदमियों पर विश्वास था...अमृता और अनिकेत पर। पर वे भी औरों जैसे निकले गहरे, चतुर...व्यभिचारी।''

अनिकेत की आँखों में रक्तिम ज्वाला भड़की। उसका खून खौल उठा। उसके दायें हाथ की नसें खिंच चुकी थीं। किन्तु उसने कुरसी का हत्था पकड़ रखा था। हाथ छूटने नहीं दिया। एक ओर झुकने के कारण कुरसी का हत्था टूट गया। उदयन ने यह देखा, अमृता ने भी। दोनों ने अलग-अलग अनुभव किया।

कुछ ऐसा है जो अनिकेत को जल्दबाजी करने से रोक सकता है। हाँ, ऐसा है ही जो इसे रोक सका। अनिकेत को प्रतीत हुआ कि हाँ, ऐसा कुछ है ही।

वह सीढ़ियाँ उतरकर नीचे पहुँचा। चक्कर काटने लगा। आगे बढ़ा। पानवाले की नज़र पड़ी।

''साऽऽब! पान नहीं लेंगे?''

''हाँ, तीन पान दे दो।''

पान लेकर अनिकेत वापस मुड़ा। वह जीना चढ़ रहा था तब कल्पना सृष्टि में एक अनिकेत वैतरणी पार कर रहा था।

उदयन तेजी से झूल रहा था। अनिकेत पान देने उसके पास गया। उसके पैर से टकराकर झूला रुक गया। अमृता खिड़की के पास खड़ी बाहर देख रही थी। अनिकेत के आने पर भी वह वैसी ही खड़ी रही, इसलिए अनिकेत उसके पास जाकर खड़ा हो गया, पान दिया और वापस लौट आया। वह उदयन से सटकर झूले

पर बैठा। बोला :

"आज मैंने तुझे माफ कर दिया।"

"आभार।"

"ऐसी किसी भूल का पुनरावर्तन न हो।"

"जैसी आज्ञा।"

"अनिकेत ने सामने देखा। उसकी तनी हुई विशाल काली भौंहें देखकर उदयन की आँखें झुक गयीं।"

"आदमी का व्यवहार दो दिशाओं में होता है—एक स्वयं की ओर, दूसरा अन्य की ओर। जहाँ तक प्रथम दिशा में व्यवहार का प्रश्न है तू स्वतन्त्र है। दूसरी दिशा स्वीकार करते समय दूसरों की स्वतन्त्रता स्वीकारनी पड़ती है। मैं अपने लिए स्वतन्त्रता माँगता हूँ, उसके साथ-साथ समग्र विश्व के स्वातन्त्र्य के अधिकार को स्वीकार लेता हूँ। तू अभी मुझे और अमृता को जो उपाधि दे बैठा, उसका कारण है कि तू इस दूसरी दिशा से बेखबर है। मैं देख रहा हूँ कि विवेक के अभाव में तेरी प्रतिभा का क्षय होने लगा है। तू सावधान नहीं होगा तो...तो...परिणाम के समय तेरा एकमात्र मित्र भी आँसू नहीं बहाएगा।"

"परिणामों की चिन्ता करने की मेरी आदत नहीं, मित्र!"

"क्योंकि अपने परिणामों का नियन्ता तू स्वयं को मानता है।" आते-आते अमृता ने कहा।

"मैं परिणाम में विश्वास नहीं करता, कर्म को मानता हूँ। सेल्फ मेड डेस्टिनी को मानता हूँ।"

"केवल मानने से ही तो काम नहीं चलता, प्रतीति भी होनी चाहिए अनुभव द्वारा।"

"मेरा अनुभव-जगत तुझसे कहीं अधिक व्यापक है, मैंने दुनिया देखी है, जानी है। मैं अनुभूत बोलता हूँ। तेरी तरह उधार लिए मूल्यों का उच्चारण करने में अपनी जीभ नहीं घिसता। मुझे इस जगत का अनुभव हो चुका है। मुझे इसका सारांश समझ में आ गया।"

"अभी से तूने सारांश भी समझ लिया? अपने लिए आशा छोड़ दी?"

"मतलब? तू मुझसे क्या पूछना चाहती है? मैं कोई संन्यास नहीं लेने वाला हूँ।"

सुनकर अमृता और अनिकेत दोनों हँस पड़े।

"इतना ही नहीं मैं जीनेवाला भी हूँ। मेरी ओर प्रलय की लहरें भी धँसती आती होंगी तो भी उनसे डरकर एक ओर नहीं हटूँगा, उन्हें जीऊँगा। प्रलय की अन्तिम लहर के उछाल तक जीऊँगा। और जब तक तेरे इस सागर के खारेपन को पी

सकूँगा, पीऊँगा। मैं ऊपर तैरूँगा, मुझे मोती की कामना नहीं, इसलिए इस सागर में नीचे उतरने के लिए अपना स्थान नहीं छोड़ूँगा। हाँ, इसका खारापन पीता रहूँगा।''

अनिकेत खड़ा हुआ। आलमारी में से पुस्तक लेकर पढ़ने बैठा। अमृता उदयन को सम्बोधित करती बोली—

''तुझे हलाहल पी जानेवाले शंकर जैसे विचार आते हैं।''

''किन्तु मैं शंकर की भाँति प्रतिष्ठित होकर कैलेंडरों में अपने फोटो छपाने को इच्छुक नहीं।''

''तू कहाँ शंकर से कम स्मार्ट है? तू तो मानो गोरा यमराज। वेजीटेबल घी वाले भी तेरा फोटो छापकर कुछ कमाई न कर पायें।''

''मेरा कैमरा खो गया अमृता, अब तेरा काम में लेना होगा। बम्बई से आते समय पूरा सूटकेस ही कोई उठा ले गया, मेरा बोझ हलका कर गया। वह कहानी भी चली गयी। यह समाचार सुनकर तू दुखी नहीं हुई?''

''तेरा कैमरा अब तुझसे अच्छी दृष्टिवाले के हाथ में लगे तो खुशी की बात है। और कहानी तो वैसे भी छपने योग्य नहीं थी।''

''क्या था कहानी में?'' अनिकेत ने पूछा।

''अरे, कुछ खास नहीं। केवल भाषा। पूरी कहानी का सारांश इतना ही कि एक पुरुष और एक स्त्री चलते-चलते साँप बन जाते हैं और तालाब के किनारे कीचड़ में अदृश्य हो जाते हैं।''

''अच्छा! साँप अर्थात् काम। तालाब अर्थात् समाज, कीचड़ अर्थात् वास्तविकता। क्यों यही न उदयन?...और कमल अर्थात् अमृता। किन्तु...किन्तु तेरी कहानी में तो कमल उगता ही नहीं।''

''तेरी की हुई व्याख्या सुनकर तो कहानी लिखना ही छोड़ देने की इच्छा होती है, किन्तु नहीं, मैं लिखूँगा ही। उस कहानी को नया रूप दूँगा। जिसमें एक साँप और सर्पिणी मनुष्य का रूप धारण करेंगे। शहर तक आ पहुँचेगे, वहाँ सड़क पर वे एक 'नोलबेल' की खोज करते हुए नेवला पकड़ेंगे और दोनों दो तरफ से उसे निगलने लगेंगे। उसके बाद...''

''तू तो कहानी को अन्त से भी आगे ले गया।''

अनिकेत की आलोचना उदयन ने नहीं सुनी। अमृता बोली—

''नेवला तो साँप और सर्पिणी दोनों को ही परास्त कर सकता है, तेरी कहानी का अन्त प्रतीतिजनक नहीं है।''

''बोल दिया—'प्रतीतिजनक नहीं!' अरे मुग्धे! यही तो मेरी कहानी की चमत्कृति है। जरा विचार तो करना था—कोलतार की सड़क पर नेवला 'नोलबेल' कहाँ से पाएगा? अब तो साँप की ही विजय है, समझी? किसी कवि ने कहा है

न—'समय-समय बलवान है'..."

"चलो, इस चर्चा का समापन करें। इस हास-परिहास का अन्त भी नहीं, अर्थ भी नहीं, क्योंकि इसमें प्रतिपक्षी को न समझने का ही एकमात्र लक्ष्य होता है। बोलो, बालाराम जाने के लिए कितने बजे निकलने का विचार है? वहाँ शाम तक रुकेंगे, ठीक?"

"कल की बात कल, अभी क्या चिन्ता है?"

"मेरी इच्छा नहीं है, तुम दोनों हो आओ। मैं यहीं रुकूँगी।"

"यह नहीं चलेगा, नहीं तो मैं तेरा हरण करूँगा। इस पर बुरा नहीं मानना, नहीं तो बम्बई में अकेली पड़ जाएगी।"

"बम्बई जाऊँ ही नहीं तो?"

"तो तू क्या समझती है कि बम्बई यहाँ आएगी? कैसी मूर्ख है? मैं तुझे खुश करने की चाबी जानता हूँ। अनिकेत तू एक गीत गा। तेरे अतिथि विशेष के रूप में मैं माँग करता हूँ कि एक गीत गा। 'अतिथि देवो भव' यह सूत्र तो तुझे याद होगा ही। इसलिए तू मना नहीं कर सकता।"

"तू सुनेगा या समझेगा?"

"सुनकर नींद आ जाए, इतना अधिक मधुर नहीं होना चाहिए। इस शर्त का तू निर्वाह करेगा तो मैं सुनूँगा भी और समझूँगा भी, किन्तु हाँ, केवल आज के दिन ही, फिर नहीं। तू जानता है कि गीत मुझे पसन्द नहीं आते।"

"तो सुन, सुनो—"

दे दो मुझको अधिक वेदना,
यही हमारी प्रीति...।

उदयन सुन रहा था, अमृता समझ रही थी। यह बात न थी कि उदयन समझ नहीं पाता था, किन्तु उसको इसमें समझने जैसा कुछ लगा ही नहीं।

तीसरे पहर की रात बीत रही थी। गीत पूरा हुआ तब तक उदयन अनुशासित बैठा रहा, फिर जल्दी-जल्दी जम्हाई लेने लगा। गीत सुनते समय वह सदा एक उदासीन श्रोता बन जाता है। वह मानता है कि वर्तमान सन्दर्भ गीत के अनुकूल नहीं हैं, इसलिए गीत नहीं लिखे जाने चाहिए। जो गीत लिखते हैं, वे लोग भावुक हैं। उन्हें स्वर्णयुग के प्रतिनिधि के रूप में ही जीने का अधिकार है। वर्तमान की वास्तविकता से उन्हें कुछ भी लेना-देना नहीं। गीत में अगर कुछ सुनने योग्य होता है तो मात्र उसकी लय...जिससे भूतकाल की—जिसका विनाश हो चुका है की—याद आये और वर्तमान से पर्याप्त निराश हुआ जा सके। एक बार पूरी तरह से हताश हुए बिना कुछ भी कर सकना अपने लिए सम्भव नहीं। आज हम लोग संशयात्माएँ हैं, किन्तु अर्जुन जैसे नहीं। उसके पास तो पथ-प्रदर्शक थे, गीताकार थे। हमें अपने

संशयों का हल स्वयं ढूँढ़ लेना है। गीताकार के लम्बे वक्तव्य सुनाने को हमारे पास समय भी नहीं। और फिर यहाँ सामने खड़े हुए लोगों का संहार करने की भी आवश्यकता नहीं, जरूरत है अपने में कुंडली मारकर बैठे मुग्धता और व्यामोह के तत्त्वों को दूर करने की। आवश्यकता है आरोपित श्रद्धाओं और संस्कारों का कवच उतार डालने की। वे कवच जो अपने शरीर के साथ एकरूप हो गये हों, उन्हें उधेड़ डालना है। इन्हें उधेड़ते समय जरा भी वेदना न होगी, ऐसा अडिग निर्धारण कर अपने आपको निर्भ्रान्त किये बिना नहीं चलेगा। जो सामने है—उस समग्र का बोध प्राप्त करने हेतु पुरुषार्थ करना है। विपक्ष छोड़कर विरोधी अब हमारे प्रकोष्ठ में प्रवेश कर चुके हैं। अभिमन्यु जैसे अनेक पुरुषार्थ सातवें प्रकोष्ठ में जाकर टूट भी जाएँ तो भी इससे निराश नहीं होना है। संशय का हल सच्चाई से नहीं ढूँढ़ेंगे तो विनाश होनेवाला है अर्थात् अब तो सच्ची संशयात्माएँ जिएँगी। जिनमें संशय हैं, वे ही मूलतः समस्या को समझ सकेंगे। जब तक उनकी जिज्ञासा तुष्ट न होगी, तब तक वे संघर्ष करते रहेंगे। जो संशयात्मा नहीं, अबोध श्रद्धालु है, वह तो व्यामोह में फँसकर गुरु के पास नतमस्तक खड़ा रहेगा। हम गुरु के पास नहीं जानेवाले। हमसे बड़ा अर्थात् गुरु अब कोई बचा नहीं। हम अकेले हैं और अकेले रहने के लिए सर्जित हैं...हमारे रक्त में एकरूप हो चुकी परम्परागत अशुद्धियाँ किसी परम्परा या संस्कृति की प्रेरणा से दूर नहीं होनेवाली। अनेक अनुभवों के बावजूद हिरोशिमा और नागासाकी का खेल क्यों खेलते रहते हैं? क्योंकि हिरोशिमा और नागासाकी वर्तमान की सिद्धियों के प्रतीक हैं, और ये प्रतीक ऐसे हैं जो स्वयं घटना भी हैं। वर्तमान का समग्र उत्तरदायित्व हमारे सिर है। जो इस दायित्व को नहीं समझता वही गीत रच सकता है। वही सीमित क्षेत्र में रम सकता है। पूरे गीत में मात्र एक ध्रुव पंक्ति ही अलापी जाती है। इस आलाप के लिए अब हमारे पास समय नहीं। हमें प्रत्येक शब्द में आगे बढ़ना है। आवर्त को सुनने में कुछ बचनेवाला नहीं...गीत खुद भी नहीं। क्योंकि वह एक उद्‌गार है, मुग्ध उद्‌गार। हमें तो विधान करना है...।

ये उद्‌गार उदयन पहले भी व्यक्त कर चुका है। अनिकेत और अमृता इन उद्‌गारों से परिचित हैं, इसलिए आज मन में फिर से जग उठे इन विचारों को उसने व्यक्त नहीं किया। और ऐसा न करने के लिए वह मजबूर था। पूरा गीत सहन कर लेने की तैयारी उसने पहले से ही कर रखी थी।

...वेदना माँगता है! वेदना माँग रहा है या अमृता! माँगने से कुछ भी नहीं मिलता। उसके लिए तो संघर्ष करना पड़ता है। धूल, हवा और झंखाड़ों के छोटे-छोटे तूफान को रोकने के लिए—रेगिस्तान को रोकने के लिए निकले हैं। इसका मरु मात्र भौगोलिक है। भीड़ की विकराल परछाइयों-सा रेगिस्तान मनुष्य के हृदय में आकार ले रहा है। उसे रोकने में कोई रस नहीं। एक अमृता को तो पूर्णतः छोड़ नहीं

सकता फिर वेदना को क्या समझेगा? क्या प्राप्त करेगा!...उदयन खड़ा हो गया और पलंग पर जा बैठा। फिर सो गया। अभी तक सुरक्षित रख छोड़े अपने मौन के साथ अमृता बगल के कमरे में चली गयी। अनिकेत पढ़ रहा है।

चार

जीप में से सामान उतारकर मन्दिर के पासवाली धर्मशाला में रखा। जीप पाँच बजे लेने आएगी। यहाँ नौ घंटे ही रुकना है? बालाराम के नैसर्गिक सौन्दर्य ने प्रथम दृष्टि में ही जकड़ लिया। इसलिए अमृता को यह अच्छा नहीं लगा कि यहाँ से रवाना होने का समय पहले से ही निश्चित हो जाए। उसका अनुभव है कि जिस जगह कम रुकना होता है, उस जगह के साथ जल्दी ममता हो जाती है, फिर चाहे वह पालनपुर हो या बालाराम। तीनों धर्मशाला से नदी के ढाल की ओर मुड़े। अमृता सबसे आगे थी। बायीं ओर की घुटने तक ऊँची हरी-भरी घास अपनी पत्तियों पर झेली हुई रम्य ओस-बिन्दुओं से अमृता को अपनी ओर आकर्षित कर रही थी। उर्दू कवि इन जलकणों को शबनम कहते हैं। और दूसरे भी इसी नाम से जानें ऐसा वे चाहते हैं। अमृता को शबनम की चमक से प्रीति है, उसकी क्षणिकता के प्रति मोह है, उसके आकार के साथ आत्मीयता है। शिशु के अश्रु-सा शबनम का आकार उसे सदा निर्दोष और निर्मल लगा है। उसने घास का नाम पूछा, अनिकेत ने कहा कि इसे 'चीड़ा' या 'चीया' कहते हैं। पानी हो तो यह कहीं भी उग सकता है। अमृता रास्ता छोड़कर घास के बीच में जा खड़ी थी। अत: उसने घास के साथ अन्तर अनुभव किया। वह बैठ गयी। सफेद रेशमी सलवार का स्पर्श होते ही ओस-कण वस्त्र के तार-तार में एकरूप हो गये थे। अनिकेत ने कैमरा खोला। कैमरे के लैन्स में दिखाई देती अमृता को उसके परिवेश के साथ देखता रह गया। घास की पत्तियों पर से उठाकर वह शबनम को अपनी हथेली में रखने लगी थी। एक, दो, तीन...प्रत्येक का व्यक्तित्व सुरक्षित रहे, इसका पूरा ध्यान रखती थी। एक शबनम का अमृता के हाथ से फिसलना और एकाएक उसका 'ओह!' बोल पड़ना, अनिकेत ने कैमरे के लैन्स में देखा। उदयन का आधा शरीर भी दिखाई दिया। वह अमृता के निकट जा रहा था। एक फोटो खींच लिया गया। उदयन नीचे झुका। उसने धीरे से अमृता की हथेली के नीचे अपनी हथेली रखी और घास पर घुटने टिका सभी ओसकण पी गया। अनिकेत ने क्लिक किया और गतिशील फोटो ले लिया।

उदयन खड़ा हुआ। अमृता फिर से ओसकण बीनने लगी थी। उसे हाथ से

पकड़कर खड़ा किया। फिर सहजता से उसके कन्धे पर हाथ रखकर बोला—

"यस सर, रेडी।"

अनिकेत ने तीसरा फोटो लिया।

कौन-कौन-सा पोज खींचा है, यह जानकर उदयन बाग-बाग हो गया। वह एकाएक गरज उठा—

"डाकुमेंटरी प्रूफ़।"

"किसका?"

"प्यार का।"

"धत् मक्कार!"

अमृता ने ऐसा धक्का दिया कि अपने को गिरने से बचाने के लिए उदयन को ढाल की ओर कूदना पड़ा। सामने से स्नान कर लौट रहे एक भले आदमी से जा टकराया। सब हँस पड़े।

अनिकेत ने देखा कि अमृता के उदयन को दिये गये इस धक्के में घृणा नहीं ही थी। उसने अमृता के चेहरे की ओर देखा। हँसी के निशान अब भी शेष थे। पंजाबी वेश में उसका लावण्य खिल उठा था। उसका अंग-सौष्ठव व्यक्त हो रहा है। इस वेशभूषा में भी उसने अमृता की अभिरुचि का स्पर्श देखा। श्वेत रंग, काट में नवीनता। इस परिधान में वह कुछ छोटी दिखाई देती थी। नारी मानो कन्या बन गयी थी। सिलाई करनेवाले ने अवकाश नहीं छोड़ा था। वस्त्र मानो वक्ष को रौंद रहा था। और इसके जवाब में वस्त्र के नीचे के प्रफुल्ल वसन्त का वैभव अपना अस्तित्व अधिक तीव्रता से प्रकट कर रहा था। बालाराम की सघन वनराजि की पार्श्वभूमि में विचरण करती श्वेत वस्त्रावृता कदम-कदम पर ऐसा अभिनव स्पन्दन जगा रही थी। स्पन्दन जो एक के हृदय में स्वप्निल माधुरी के रूप में और दूसरे के हृदय में तीव्र तीखेपन के रूप में जाग रहा था। एक ही निमित्त के दो परिणाम—एक ही आलम्बनवाले स्पन्दन के द्विविध रूपान्तर से अमृता एकदम अनभिज्ञ हो ऐसा नहीं हो सकता, पर आज वह अपने पर नियन्त्रण नहीं रख पा रही थी।

तीनों नदी के किनारे आकर खड़े हो गये। नदी के बँधे किनारे को देखते रहे। नदी को देखते रहे। नदी यानी गतिशील जल को देखते रहे। जहाँ ये लोग खड़े थे, वहाँ से थोड़ी दूर पूर्व की ओर नदी के बीच बाँध बनाया गया था। बाँध क्या था मानो एक विशाल दीवार! उसके बीच के भाग में रोके गये पानी को आगे जाने देने के लिए रास्ता बना दिया गया था। वहाँ छोटा प्रपात-जैसा बन रहा था। सम्पूर्ण नदी की अवरुद्ध गति वहाँ दौड़ आती थी। अभी इस नदी का यौवनकाल बह रहा है। पूर्व से होकर आता उसका प्रवाह यहाँ खड़े-खड़े भी दूर तक दिखाई देता है। यहाँ आकर नदी दक्षिणी किनारे पर बने मोड़ को छूती हुई वायव्य दिशा की ओर मुड़ जाती है।

बाँध के पूरब की ओर पानी की गहराई अधिक और पश्चिम की ओर कम। दक्षिणी किनारा वक्राकार रूप में बाँधा हुआ, दोनों ओर वृक्ष और विविध वनस्पति का वैभव। अमृता को लगा कि यह स्थल प्राकृतिक सौन्दर्य का जीता-जागता दृष्टान्त है।

उदयन की दृष्टि उत्तर-पश्चिम क्षितिज की ओर घूम रही थी। वायव्य दिशा में नदी के पास उसे एक इमारत दिखाई दी, जिसके बारे में उसने तुरन्त पूछ लिया और जाना कि वह एक महल है। कहा जाता है कि इसे किसी नवाब ने बनवाया था। नवाबों के उल्लेख से ही उदयन व्यग्र हो उठता है—

''ऐसे स्थानों में भी ये लोग दखलन्दाजी से बाज नहीं आये। निसर्ग-निर्मित शान्ति में यह व्यवधान उत्पन्न करने का इन्हें क्या अधिकार था? यहाँ भी विलास की सामग्री?''

इस ओर के घटादार पेड़ों पर लटके हुए घोसलों में अनाघ्रात कलियों की चीत्कारें कलपाती होंगी। उसे लगा कि मदिरा-पात्र की रणकारें अभी भी इस महल के झाड़-फानूसों के नीचे तड़पती होंगी। वह बोला—

''यह महल यदि खँडहर होता तो देखकर मैं आनन्दित होता।''

''एक सुन्दर रचना को नष्ट हुई देख तुझे आनन्द मिलता?''

''विलासिता के साधनों को मैं सुन्दर नहीं कहता। क्या मालूम आज भी इस इमारत का क्या उपयोग होता होगा?''

''तेरी इस शंकालु दृष्टि को ऐसा ही सूझता रहेगा।'' अमृता बोली।

''इसके व्यवस्थापक अच्छे हैं, अनुरोध करने पर रहने की व्यवस्था कर देते हैं।''

''तुम लोगों को ऐसी व्यवस्था प्राप्त करनी चाहिए। प्राकृतिक सौन्दर्य का रसपान भी कर सको और ऐशो-आराम भी। मैं तो ऐसी जगहों में भीगी रेत या फिर किसी शिला की खुरदरी छाती पर पड़ा रहना अधिक पसन्द करूँगा। मैं तो प्रकृति को देखकर आदिवासी बन जाता हूँ।''

''तूने अपने लिए कहा, वह भी गलत और जो हमारे लिए कहा वह भी गलत।'' अमृता ने विश्वासपूर्वक कहा और पेड़ के तने से सटकर खड़ी रही।

उदयन ने बुश्शर्ट उतारी और पैंट भी। बनियान और छोटी-सी चड्ढी में उसने एक बार अपना निरीक्षण कर लिया। कुछ कदम पीछे जाकर जोर से नदी की ओर दौड़ा। वह किनारे तक पहुँचे उससे पहले तो अनिकेत बीच में आ गया। रुकना पड़ा—

''यहाँ पानी गहरा नहीं है। किसी सीढ़ी से टकरा गया तो तेरी चिता का सामान लेने मुझे उस महल की ओर जाना पड़ेगा, जो तुझे पसन्द नहीं।''

''जो स्वयं डरते हैं, वे दूसरों को भी डराते हैं।''

"नहीं, जो सुरक्षा चाहते हैं, वे दूसरों की सुरक्षा का भी ध्यान रखते हैं।"

"जो लोग वास्तव में अपने को चाहते हैं वे दूसरों की जिन्दगी भी चाहते हैं।"

अमृता इतने पर ही नहीं अटकी—"एक उदयन ही ऐसा है जो आत्मरत है।"

"मैं तुझे चाहता हूँ, अमृता! अलबत्ता तुझे चाहना भी मेरा एक तरह का आत्मराग ही है। इस नदी और इसके किनारे की साक्षी में यह स्वीकार किया है, इसलिए मुझे अब नहाने के लिए यहाँ से कूदने की इजाजत मिलनी ही चाहिए।"

"इधर पूर्व की ओर चल देख कि उस किनारे पर लगे पेड़ों के नीचे कपड़े रखने की अनुकूलता है।"

"तुम दोनों किनारे ही रहोगे?"

"मैं नहीं जानता कि अमृता प्रवाह में कूदना चाहती है या नहीं।"

"मैं भी यहीं बैठती हूँ।"

वह घास पर बैठी। दूब उसके हाथ का स्पर्श पाकर स्पन्दित हो उठी। उसने देखा—पेड़ों की आह्लादक छाया के बीच कहीं-कहीं प्रवेश मिलने से धूप कोमल बन गयी है। भूमि घास रूप में पल्लवित हो चुकी है। ऊँची-नीची घास पर धूप-छाँह का मिलन आँखों को बाँध लेता है। इस हरित सृष्टि में अनिकेत अपने अस्तित्व से बेखबर हो इस तरह बैठा है। अदब से हाथ मोड़कर बैठा है। हाँ, हरीतिमा की प्राणमयता के बीच वह तेज का द्वीप मालूम पड़ता है। उसकी आँखों में तृप्तिप्रद दर्शन के बाद जगी शान्ति है। उसकी झुकी पलकों पर निःस्पृहता अंकित हो उठी है।

अमृता का घास पर लुढ़क जाने का मन हुआ। पर यह अभद्रता होगी— ऐसा सोचकर जमीन पर कोहनी टिकाकर और हथेली पर मुँह टेककर आराम से बैठ गयी, लेटी नहीं। नदी के प्रवाह के साथ खेल करते उदयन को दसेक मिनट देखते रहने के बाद अनिकेत बोला—

"उस बाँध के बीच में झरते प्रपात—जैसा लगता है यह व्यक्ति।"

"ऐसा झरना जो निर्मल नहीं और निकट भविष्य में जिसके निर्मल होने की कल्पना नहीं की जा सकती।"

"निर्मलता की बात तो ठीक, किन्तु गति का गौरव तो कम नहीं आँका जा सकता।"

"गति जो दिशा-शून्य है।"

"इतना ही कि वह दिशा को नाम नहीं देना चाहता। बाकी दिशा बिना तो गति की सम्भावना ही कैसे हो सकती है?"

"हूँ।"

"सफेद दुपट्टा घास पर पड़े अनिकेत के बायें हाथ पर आ चढ़ा, घड़ी ढँक गयी। सेकेंड की सुई देखकर अनुमानित समय की गति को ढँकने के लिए आ पड़े इस मुलायम आवरण ने अनिकेत का ध्यान बरबस खींचा। उसने फिर नजरें नदी की ओर दौड़ायीं। दीवार-जैसे छोटे-से बाँध पर उदयन चल रहा था। पश्चिम की ओर पानी की सतह पर उसकी परछाई तैरती थी। झरने के पास जाकर वह कूदा। स्प्रिंग के धक्के के साथ जैसे सरकस का खिलाड़ी कूदा हो। थोड़ी देर तक वह दिखाई न पड़ा। अमृता बैठ गयी। अनिकेत के होठों पर स्मित थिरका, यह अमृता ने देखा। उदयन अब भी दिखाई न दिया। अमृता खड़ी हो गयी। दुपट्टे का छोर अनिकेत के चश्मे के फ्रेम को स्पर्श करता हुआ ऊपर गया। अनिकेत तो जानता है कि उदयन ठेठ नीचे पहुँच जाए तो भी इस बाँध को टक्कर मारकर फोड़ दे और निकल आये ऐसा है। इत्ते से पानी में वह डूब नहीं सकता। उस दिन जुहू के तूफानी समुद्र के साथ उसने जैसा व्यवहार किया वह भुलाये नहीं भूलता।

"अरे! कितना दूर निकल गया। आधे फर्लांग जितना अन्तर तो उसने पानी के अन्दर ही पार किया। मैंने तो निराश होकर दूर देखा और वह तो वहाँ दिखाई दिया।"

जहाँ उदयन पहुँचा था उस भाग में नदी के बीच छोटी-मोटी अनेक शिलाएँ पड़ी थीं। एक शिला पर बैठकर उदयन थोड़ी धूप खाने लगा था। उसे आश्चर्य हुआ कि उसे देखने अमृता खड़ी हुई है। हँसते हुए वह अमृता को देखता रहा, किन्तु इतनी दूर से तो केवल शरीर ही दिखाई दे सकता है चेहरे का हास्य नहीं, यह सोचकर हँसना बन्द किया।

उदयन के दिखाई देने के बाद उस जल-विस्तार में अमृता की दृष्टि को केन्द्र मिला था। उस केन्द्र के चारों ओर चमकता जल और जल के इर्द-गिर्द लहराता प्रकृतिसभर परिवेश अमृता की आँखों में समग्र रूप से समा गया।

किन्तु उदयन ने केन्द्र तोड़ा। वह प्रवाह के विरुद्ध तैरता हुआ आ रहा था। अनिकेत को लगा कि भाईजान केवल अपने आनन्द के लिए इस प्रवाह के साथ स्पर्द्धा नहीं कर रहे हैं इनका चित्त अज्ञात रूप से प्रभावित करने के लिए प्रवृत्त हो तो आश्चर्य नहीं। जो भी हो विजयी होने के लिए संघर्षरत व्यक्ति के उद्यम को देख अनिकेत आनन्दित होता है।

'हे तटस्थ दर्शको! आ जाओ। यह प्रवाह बहा जाता है। इसमें प्रवेश किये बिना जो बहा जा रहा है उसका खयाल नहीं आ सकता। देखने से तुमको केवल तरल सतह ही दिखाई देगी। गति को देखा नहीं जा सकता, अनुभव करना होता हैं, इसलिए मेरे आमन्त्रण को स्वीकारो। इसका मैं अपनी उद्दंड भुजाओं द्वारा विश्वास

दिलाता हूँ कि तुम बह नहीं जाओगे। और नदी के इस वीर, किन्तु मगरूर प्रवाह की ओर से तुमको चुनौती देता हूँ। तुम केवल मौन से ही प्रतिकार करोगे और मेरे आमन्त्रण को नहीं स्वीकारोगे तो मैं मानूँगा कि तुम लोग जिन्दगी से बच-बचकर चलना चाहते हो।''

''अमृता! अपनी ओर से जवाब दो।''

''एक जिन्दगी किनारे की भी होती है, जो वह जानेवाले को आर्द्र दृष्टि से देखती रहती है।''

''ले, तेरी दृष्टि को पूरी तरह आर्द्र बनाऊँ।''

नजदीक आकर अमृता के मुँह पर पानी छींटा। उसकी छाती भी भीग गयी थी।

''दुष्ट कहीं का! यह कोई कालिन्दी नहीं है।''

''किन्तु जरा आँखें फाड़कर देख कि सामने पलाशवन है और तेरे सिर पर कदम्ब वृक्ष की नहीं तो किसी अन्य वृक्ष की छाया है। इस वृक्ष का नाम अनिकेत से पूछ देख। वह पेड़ों को अधिक पहचानता है।''

''यह अर्जुन वृक्ष है।''

अमृता का चेहरा पीछे को देखने के लिए आकाशोन्मुख हुआ और इस अवसर का लाभ उठाकर उदयन ने पानी फेंका।

''तुझे एक बार तो कहा, पानी मत फेंक। इस तरह यह क्या बचपना करता है?''

अपने को बचाने के लिए उसने पास में पड़े उदयन के कपड़े हाथ में लेकर ढाल की तरह सामने किये। यह युक्ति भी कारगर सिद्ध न होने से उदयन के पैंट में से सिगरेट केस खोलकर आगे धर दिया।

''ऐ, प्लीज। इसमें से एक सिगरेट मेरे मुख में रख दे न!''

''ले!''

अमृता ने पूरा सिगरेट केस खुला ही उदयन की ओर फेंका। उसने उछलकर पकड़ लिया। एक भी सिगरेट पानी में नहीं गिरी। सिगरेटों पर एक रशेमी धागा बँधा था। अपनी भीगी हुई उँगलियों की छाप सिगरेटों पर पड़ी देखकर उदयन गुस्सा हो गया।

अनिकेत ने प्रवाह में पैर रखे थे, वह नहाने के लिए आगे बढ़ा।

उदयन किनारे पर आया। छूटकर भागने को तत्पर अमृता को पकड़ लिया और फिर पानी के निकट लाकर उसे मानो निर्ममता से धकेल दिया।

अनिकेत गहरे प्रवाह तक पहुँच गया था। वह कन्धे तक पानी में था।

उदयन के धक्के के साथ ही अमृता ने छलाँग लगायी, अन्यथा शायद पानी में

इस तरह पछड़ाती कि उसकी छाती पर पानी की सतह से सख़्त चोट भी लग जाती। छलाँग के कारण वह बच गयी। इतना ही नहीं उसे एक आकस्मिक लाभ भी मिला। उसके हाथों को अनिकेत की पीठ का आधार मिला, और वह अनिकेत के गले में हार की तरह लिपट गयी।

"यह शोभास्पद नहीं है उदयन! कोई अनजान आदमी देखे तो तेरे व्यवहार की अरुचिकर विचित्रता पर व्यग्र हो उठे।"

अनिकेत से लिपटी अमृता को देखकर मुँह नीचा किये उदयन बोलाः

"यह सब रोमांचक प्रसंग उस समय याद करने के काम आएँगे, जब अपने दाम्पत्य में जड़ता आएगी।"

"अब भी तू देख नहीं सकता? देख, आँखें फाड़कर देख ले। स्पष्ट शब्दों में सुन ले, मैं अनिकेत को चाहती हूँ, अनिकेत को ही, तुझे नहीं।"

और इतना बोलते ही आवेशवश उसने अनिकेत के कन्धे पर से मुँह आगे की ओर किया और उसके दाएँ गाल पर चुम्बन किया। यह सब इतनी शीघ्रता से हुआ कि उसके लिए नारी-सुलभ लज्जा की गति भी शायद कम पड़े।

अपनी प्रतिक्रिया छिपाने के लिए अनिकेत ने पानी में डुबकी लगायी। अमृता का चेहरा पानी के बाहर रह गया। कमल सदा जल के बाहर दिखाई देता है, इस कारण से उसकी अमृता के चेहरे से तुलना नहीं हो सकती। इतना तो नदी के दोनों किनारे की वनराजि भी स्वीकार करेगी, जिसकी हर कोंपल अमृता के होठ की तरह अभी स्पन्दित हो उठी थी।

दूर जाकर तैरते हुए अनिकेत ने गम्भीर स्वर में कहाः

"बोलने में बहुत जल्दबाजी कर गयी, अमृता! बोला हुआ फैल जाता है, उसे वापस नहीं लिया जा सकता। इसलिए बाद में विचारशून्य घोषणा को याद कर-करके तड़पना पड़ता है। तुमने प्रकृति की साक्षी में प्रतिक्रिया के वशीभूत हो अपना ही अपमान किया है। उदयन तुम्हारा पराभव देखकर शायद अब और भी अधिक खुमारी दिखाएगा!"

"एक शरारत को तुमने बहुत अधिक महत्त्व दे दिया, अनिकेत! इसके लिए तुम्हें अफसोस हो यह मैं समझ सकती हूँ। किन्तु एक बार जो बोल निकल गये, जो कह बैठी हूँ, उसके लिए यदि सहन करना होगा, तो करूँगी। तुमको विश्वास दिलाती हूँ कि इसका पुनरावर्त्तन नहीं करूँगी। मैं जानती हूँ कि तुम मुझसे अधिक उदयन को चाहते हो।"

"मैं यह मानने को तैयार नहीं। वह मुझसे अधिक अपने विचारों को चाहता है। मैं आशा करता हूँ कि वह अपने विचारों को जीकर बताएगा।"

अनिकेत सामनेवाले किनारे की ओर खिसक रहा था। उदयन को सुनने के

बाद उसे उत्तर देने की आवश्यकता नहीं लगी, और वह दूर खिसक गया।

उदयन ने अमृता की ओर देखा। उसकी पलकें झुक गयीं। उनमें नाराजगी थी या शर्म अथवा विवशता थी, यह समझ में नहीं आया।

"अमृता, इस प्रकृति के निर्दोष साहचर्य का अनादर करके दूर चले जाने के बावजूद नजदीक लगते अनिकेत की अवहेलना करके, सूर्य के तेज की उपेक्षा करके मेरा पौरुष—मेरा तिरस्कृत अस्तित्व अपने भीतर ज्वालामुखी के विस्फोट की कामना कर रहा है। तेरी खुमारी-भरी स्वाधीनता इस समय मेरे लिए असह्य हो उठी है। बाहुपाश में भींचकर तेरी दृढ़ निर्णय शक्ति को चूर-चूर करने को आतुर मेरे रक्त का वेग इस नदी के जल से बिलकुल अस्पृष्ट हो गया है...तू दूर चली जा नहीं तो तेरे वक्ष में आज तक संगोपित सुधा को मेरी आग एक ही क्षण में कालकूट बना देगी। तू अपने स्नायु पर से नियन्त्रण खो देगी और तेरी संवेदनाओं का कौमार्य इस प्रवाह में बह जाएगा...ओह! तुझे मुग्धा मानकर इससे पूर्व अनेक अवसरों पर तेरी हिफाजत करने की मैंने कितनी भूल की है। तेरी चंचलता से गूँजते अनेक प्रसंगों पर मैंने अपनी कामनाओं को कितना नियन्त्रित रखा है, यह शायद तू नहीं जानती। तेरे अनेक अबोध स्पर्शों को यदि चाहता तो किसी भी दिशा में मोड़ देता, किन्तु नारी की मुग्धता का लाभ उठाने की अप्रामाणिकता की कल्पना से डर गया...अनिकेत से भी मैंने अपने सम्बन्धों के रहस्य का जिक्र जल्दी नहीं किया। शायद मेरा अहम् मुझे रोकता था। किन्तु याद कर देख अपने वय:सन्धि के उन आवेगों को उस परिस्थिति में आज अपने को रख देख, फिर उसपर विचार कर जिसके लिए तू तैयार हो गयी है...मेरी उपेक्षा करने की हिम्मत कर देख। मैंने अपने संवदेन के प्रति जितनी निष्ठा नहीं बरती उससे कहीं अधिक तुझसे व्यवहार करने में बरती है...मैं भी उन खोखले सुभाषितों से परिचित हूँ...सच्चा प्रेम निरपेक्ष होता है। सच्चा प्रेम त्याग-परायण होता है। किन्तु प्रेम के आसपास 'सच्चा' या 'निरपेक्ष' कोई विशेषण शोभा नहीं देता। अनेक विशेषणों का उपयोग किया। किन्तु यह शब्द बच नहीं पाया। इसे फिर से अर्थ देना है। मेरी इच्छा थी कि तू यह कर सके इस हद तक जाग्रत हो। आज मुझमें इतनी सामर्थ्य है कि मैं तेरा त्याग कर सकता हूँ, किन्तु त्याग करके प्रेम में शहीद होने की शुभाकांक्षा मुझे एक सनक-सी लगती है। और प्रथम दृष्टि के प्रेम को मानकर समर्पण करना भी एक सनक ही है। अब यदि मैं तेरा त्याग करूँ तो यह तेरे कौमार्य की रक्षा करने में किये गये त्याग की तुलना में कुछ भी नहीं। और इसके बावजूद आत्मगौरत्र के तीव्र क्षणों में तुझे हमेशा के लिए छोड़ देने की वृत्ति पैदा होती है। किन्तु मेरे ऐसा करने में तेरा हित नहीं। कठिनाई यह है कि मेरे होते हुए अनिकेत तुझे अपनाये, ऐसी किसी स्थिति की सम्भावना नहीं। सम्भावना की एक ही स्थिति है, और वह यह कि तू अकेली हो...ऐसा होना गलत है यह मैं नहीं

कहता। कई स्त्रियाँ मृत्यु के क्षण तक अकेलापन जी सकती हैं। किन्तु वे और ही होंगी; यह तेरे वश का रोग नहीं...मैं मजबूर था अमृता, यह कड़वी बात कहनी पड़ी। देर-सवेर कहनी ही पड़ती। आज तूने ही इसके लिए अवसर दिया। तू मेरी दृष्टि से अपने को देख सकती तो तुझे मालूम होता कि एक सुन्दर नारी के मुक्त सान्निध्य में अपने को नियन्त्रित रखकर, तेरी स्वाधीनता को विकसाकर, तेरे निर्माण में क्या योग दिया है? इस पर विचारकर देख। सोचने पर तुझे लगेगा कि जिसे तू नास्तिक कहकर चिढ़ाती है, उसके अन्तरंग में कितना विधेयात्मक बल विद्यमान है। यह युग ही कुछ ऐसा है कि अपने विषय में बात करनी ही पड़ती है। किसी को भी दूसरों की नहीं पड़ी...तुझे अपने नारीत्व की निर्भान्त प्रतीति हो और मेरी मित्रता की अनिवार्यता को तू अपनी स्वस्थ समझ द्वारा स्वीकार कर सके ऐसी स्थिति का निर्माण होने के बाद ही हम जुड़ेंगे—ऐसा मैं मानता था। किन्तु खैर तेरी मुग्धता तो चिरन्तन निकली। मैंने उसकी अवहेलना करनी शुरू की तो उसने अनिकेत का सौम्य आश्रय ग्रहण किया। अनिकेत मुग्धता को दोष नहीं मानता। वह मुग्धता को श्रद्धा की भाँति विधेयात्मक मानता है। अनिकेत मेरा मित्र न होता तो कितना अच्छा होता! मेरी धृति के कारण उपस्थित समस्या का अन्त आ गया होता। अनिकेत तुझे स्वीकार नहीं सकता। मैं तुझे भूल नहीं सकता।''

यह अन्तिम वाक्य बोलते समय उसने किनारे की ओर मुँह फेर लिया था। पानी के बाहर निकलकर अमृता के दुपट्टे से अपना शरीर पोंछा, तौलिया नहीं था। एक ओर झाड़ी के पीछे जाकर अपने कपड़े बदलकर आया। बनियान और चड्ढी निचोड़कर सुखाये। धर्मशाला के कमरे से तौलिया और अमृता की अन्य वस्तुओं वाली थैली ले आया।

अमृता जब उदयन को सुन रही थी तब उसकी सुनने की शक्ति प्रतिपल क्षीण होती जा रही थी। वह इस प्रवाह में बह जाएगी इसका भी उसे पता चलेगा या नहीं...लगता था उदयन सुनने के लिए बिलकुल तैयार न था। वह बोलता ही गया। अमृता कुछ बोले, इसकी मानो उदयन को कोई आवश्यकता नहीं लगती थी। और जब वह बोल चुका तो विमुख होकर चला गया।

अब वह किनारे बैठा था। क्या देख रहा था? कुछ नहीं। 'कुछ नहीं' को देखता था। एक के बाद एक सिगरेट फूँक रहा था। अमृता कुछ समझ नहीं पा रही थी कि वह क्या करे। उदयन किनारे से दूर चला गया। वनराजि के पीछे अदृश्य हो गया। बाद में अमृता बाहर निकली।

तीन घंटे बाद। ये तीन घंटे केवल बीते हुए हैं, जिए हुए नहीं।

स्वयं से ऊबा उदयन अपनी जागृति को पूर्णतः भुलाकर विस्मृति के नशे में डूब जाने हेतु संघर्ष कर रहा था।

अनिकेत मानसिक दशा में से मार्ग ढूँढ़कर कागज पर सीधी-तिरछी रेखाएँ खींच रहा था।

अकल्प्य दुर्घटना से आदमी कुछ खोये और फिर जो कुछ खो गया है, उसका अनुभव करता रहे, कुछ ऐसी ही दशा में अमृता जहाँ बैठी थी—वहाँ से तीन बार उठी। तीनों बार दूर लेकिन सामने बैठे उदयन के गॉगल्स में अमृता का प्रतिबिम्ब दिखाई दिया। गॉगल्स स्थिर थे। गॉगल्स के पीछे आँखें खुली थीं।

स्थिरता और जड़ता के बीच भी कोई स्थिति होनी चाहिए। उदयन को उसी स्थिति में रखा जा सकता है। अलबत्ता इस क्षण भी वह अपने समग्र इन्द्रिय-बोध के साथ उपस्थित था। भेद इतना ही था कि उसे जो बोध हो रहा था, वह प्रत्यक्ष सृष्टि का नहीं था, स्मरणशेष सृष्टि का था। लम्बे अरसे के बाद वह आज निविड़ भाव से स्मरणशेष हो सका था। उसके पिता कहते थे—उदयन छोटा था तब अकेला रहता था। किसी के साथ खेलता नहीं था। इसलिए वह किसी के साथ लड़ता भी नहीं। किसी के साथ लड़ाई-झगड़ा किया भी होगा तो भी उनकी जानकारी में न था। उदयन की माँ कुछ और कहती थी—इसके मन में सदा प्रतिस्पर्द्धा का ही भाव रहता है। इसी कारण वह प्रथम श्रेणी में उत्तीर्ण होता है, किन्तु यह भी कोई शिक्षा है। बच्चा सबसे घुल-मिल जाए, दूसरों के अनुकूल होना सीखे—इसी में वास्तविक शिक्षण निहित नहीं है। यह प्रथम-द्वितीय श्रेणी की प्रथा ही खराब है। उदयन की माँ का स्वास्थ्य ठीक नहीं रहता था, उन्हें हिस्टीरिया था। वे सुशिक्षित थीं। कोई शराब पिये, यह उन्हें पसन्द न था। और उदयन के पिता केवल शराब ही पीते हों ऐसा नहीं था। वे लकड़ी का व्यापार पहले से ही करते थे, किन्तु बाद में अध्यापकी भी छोड़ दी। फिर तो कमाते रहे और खुले हाथों खर्च करते रहे। एक दिन वे लड़खड़ाते हुए दरवाजे में घुसे, किसी का नाम लेकर कुछ बड़बड़ाते भी थे। उदयन की माँ सीढ़ियाँ उतर रही थीं। हिस्टीरिया तो उन्हें था ही, आज आँखों के आगे अँधेरा छा गया, गिर पड़ीं। उनका सिर एक और लुढ़क गया। माँ के श्राद्ध के एक सप्ताह बाद घर में आग लगी। उदयन दूर जा, एक पेड़ के नीचे बैठकर मजे से देखता रहा कि घर कैसे जलता है। उसने आज तय किया पिता का श्राद्ध नहीं करेगा। छुट्टियों के बाद उन्हें मनाकर वह बम्बई चला जाएगा। मौसी ने कहा है। बम्बई से वह पिताजी को पत्र लिखेगा, मिलने नहीं आएगा। पिताजी की मृत्यु पर वह रोएगा नहीं। शायद अब जीवन में रोने का कोई प्रसंग ही नहीं होगा। उसने देखा—घर को बुझाने के लिए आदमियों के झुंड-पर-झुंड दौड़ रहे हैं। पानी डाला जा रहा है। उसे लगा कि यह तो उसके घर पर जुल्म किया जा रहा है। किसलिए इतने सारे लोग मेरे घर की आग को बुझाने के लिए संघर्ष कर रहे हैं। क्या इसलिए कि ये सब अड़ोसी-पड़ोसी हैं? हाँ, केवल इसलिए कि वे पड़ोस में रहते हैं और

आग उनके घर को भी नहीं छोड़ेगी। अपनी सुरक्षा के लिए ही दौड़ आये हैं, किन्तु बोलेंगे उपकार की भाषा। उसे तो अपने घर के जलते रहने में ही दिलचस्पी थी, पर लोगों ने बुझा दिया। यह देखकर वह पता लगाने गया—कितना जल सका है?

अमृता के खड़े होने और बैठने का प्रतिबिम्ब केवल उदयन के गॉगल्स में ही पड़ सकता था, आँखों में नहीं। उसका और उसके आसपास का वर्तमान उसके लिए इस समय जड़वत् था। उसे लगा कि भूतकाल अर्थात् अपरिवर्तनशीलता, जिसमें अब कोई गतिसंचार नहीं हो सकता। जो घर अधजला बुझ गया, उसे फिर से जलाकर पूरी तरह खाक हुआ नहीं देखा जा सकता। भूतकाल अर्थात्...

उसने जम्हाई ली। नदी के प्रवाह पर होकर बहने के कारण विमल हुई तथा पेड़ों की छाया से गुजरने के कारण शीतल बनी हवा उदयन को छू नहीं पायी।

उसने घास के बीच पड़े एक पत्थर की ओर देखा। देखा कि पत्थर पर घास नहीं उगी है।

अनिकेत एयरबैग में से एक पुस्तक ले आया। पढ़ने लगा। वह पढ़ता था, साथ ही साथ सोचता था। कुल मिलाकर वह न तो पढ़ता था, न ही सोचता था।

अमृता समय की मन्द गति से त्रस्त हो उठी थी। समय उसे एकदम नि:संग लगा। समय मनोवेग की गति से क्यों नहीं बीतता? किसलिए वह आज विवाह की चुनरी से मिलती-जुलती साड़ी ले आयी? उस दिन भी उसने यही साड़ी पहनी थी। वह उदयन को छोड़कर आ रही थी और रास्ते में अनिकेत को देखकर साथ ले लिया था—साग्रह। कार में लगे शीशे में एक-दूसरे का प्रतिबिम्ब दिखाई देता था, किन्तु साथ में नहीं। अनिकेत ने कहा था—...! आज वह उतनी सुन्दर लग रही होनी चाहिए।

जो सुन्दर हो वह उदास होने के कारण असुन्दर लगे ऐसा तो नहीं होता। चुनरी के साथ जुड़ी अन्य प्रसाधन सामग्री अमृता को याद आयी। और अन्त में उसे दिखाई दिया मंगलसूत्र...वह खड़ी हो गयी...मंगलसूत्र इन्द्रधनुष-जैसा आकर्षक, फिर भी उसे अवास्तविक लगा। वह फिर से बैठ गयी। उसे लगा कि वह स्वयं कोई सजीव सत्ता नहीं, जो समग्र को देख और अनुभव कर सके। यहाँ की सन्तर्पक सृष्टि और उसके बीच एक रिक्तता व्याप गयी थी। यहाँ की वृक्ष-छटाएँ, नदी का प्रवाह, लोगों का आवागमन पक्षियों का कलरव...सब कुछ था, किन्तु अमृता इन सबको नहीं देख रही थी, सम्भव है कि ये सब अमृता को देख रहे हों।

स्मृति भी उसका साथ नहीं दे रही थी। कुछ याद आता और कुछ क्षणों में ही उसकी श्रृंखला टूट जाती...तब वह बीमार थी। एक दिन देर शाम को आकर उदयन ने उसके सिर पर हाथ रखा था। उसका स्पर्श कितना पवित्र था!...हाँ, उदयन की बात सही है। उसने मेरी मुग्धावस्था का लाभ उठाया होता तो! तो? प्रश्न का उत्तर देने की कोशिश में ही उसका हृदय अशान्त हो गया। चित्त में फिर रिक्तता फैल गयी।

अनिकेत को एकाएक प्रवास के दौरान देखी हुई एक घटना याद आयी। एक पागल जमीन पर सिर टिकाकर नमस्कार किया करता था। हाँ, इस सन्दर्भ में अमृता को पत्र में कुछ लिखा था। एक पागल का नमस्कार! किन्तु हाँ, यह नमस्कार ही तो कहलाएगा।

''शायद मैं अपने और अमृता के सम्बन्धों के बारे में अभी तक पर्याप्त सावधान नहीं हो पाया हूँ। अमृता की दृष्टिक्षेप के साथ मेरे स्पन्दनों का और मेरी दृष्टिक्षेप से अमृता के स्पन्दनों का सम्बन्ध है ही। मैं अपने को रोक नहीं पाया। आज तक मैंने कितनी बड़ी गलती की है। प्रेम की सप्रेम अस्वीकृति सम्भव है भला? मैं सप्रेम अस्वीकार करता रहा, इसलिए इस इनकार की अपेक्षा प्रेम कहीं विशेष है, निरी निःस्पृहता अथवा घृणा। घृणा न की जा सके तो शान्त उपेक्षा। हाँ यही एकमात्र रास्ता है।''

उसने देखा: सवा चार बजे थे। पौन घंटा और है। इन लोगों को पूर्व की ओर घुमाने ले जाऊँ। मौन जितनी जल्दी टूटे उतना अच्छा।

वह आगे बढ़ा। उसका अनुसरण करनेवाले को रास्ता तैयार मिलता था। उदयन देख-देखकर आसपास के काँटों पर पैर रखकर चल रहा था। आवश्यकता न थी, फिर भी टूटते काँटों की आवाज सुनना उसे अच्छा लगता था।

नदी किनारे की इस ओर की सृष्टि आरण्यक थी। एक बरगद की नीचे तक फैली हुई बरोहें देखकर उदयन ने झूलना शुरू कर दिया। उसने एक पतली बरोह पकड़ी; जोर से झूलने लगा। फिर भी बरोह टूटी नहीं, उसे आश्चर्य हुआ।

उदयन को इस तरह झूलता देखकर अनिकेत ने अमृता के चेहरे की ओर देखा। तब वह मन ही मन बोल उठा—''एंड टु इमेजिन इज ओनली टु अंडर-स्टैंड वन सेल्फ।''

पाँच

उदयन की अनुपस्थिति में शाम का समय बीत रहा था। अभी तक क्यों नहीं आया? शहर में यों ही मटरगश्ती करने गया है। निरुद्देश्य भ्रमण करने गया है किन्तु 'मुग्ध भ्रमण' करने नहीं। एक-डेढ़ घंटा हुआ जाता। अभी तक नहीं आया, इससे उसकी बात चल पड़ी:

''बम्बई में उपद्रव हुए थे तब भीड़ में से एक बार उदयन मुझे बाहर लाया था। वे लोग मुझसे कहलवाना चाहते थे कि बम्बई उनकी है। मैं कहता था कि जो

रहते हैं, या जो रहने आएँगे, बम्बई उन सबकी है। मुझसे तुम अपनी इच्छानुसार कहलवाओगे इससे कोई अन्तर नहीं पड़ेगा। वे मुझे छोड़ना नहीं चाहते थे। मैं उनसे झगड़ना नहीं चाहता था। इतने में उदयन आया। उसने भीड़ की मातृभाषा में बात की और समझाया कि बम्बई तो क्या पूरा देश उनका है। ऐसा हम मानते हैं, जाओ प्रचार करो।''

''उदयन के बारे में मेरी मम्मी का अच्छा अभिप्राय था।''

''यह तो अच्छी बात है।''

''उनका ऐसा मानना था कि उदयन के सहयोग के कारण ही परीक्षा में मैं अच्छे अंक प्राप्त करती हूँ। ट्यूशन देनेवाले शिक्षकों से बच्चों को कोई लाभ नहीं होता। केवल उनके साथ घूमना-फिरना ही बढ़ता है। हमारे परिवार में पढ़ाई में सभी एक-सा ही परिणाम लाते थे। अध्ययन में मेरी रुचि का कारण उदयन है, ऐसा मम्मी मानती थीं। वह उनका आदर करता था। ...किन्तु तुम तो जानते ही हो कि वह अपने पिता की तो अवहेलना ही करता रहा।''

''मैं यह नहीं जानता।''

''गत वर्ष उनकी मृत्यु हुई।''

''यह तो मैं जानता हूँ।''

''मृत्यु का समाचार पा वह घर गया। उसे पता चला कि एक भील लड़की ने उनके सिर पर पत्थर मारा था। क्रिया-कर्म किये बगैर वह लौट आया। अभी जाकर सब कुछ बेच आया है। एक मकान रहने दिया है। बीच में ऊब गया था तब वहाँ—भिलोड़ा जाकर रहने की बात कर रहा था।''

अनिकेत खड़ा हुआ। खिड़की से बाहर झाँका। उसका अभिप्राय था कि उदयन को अब आना चाहिए। आया क्यों नहीं, इनके कारण तो अनेक हो सकते हैं, अथवा कोई कारण भी न हो। हो सकता है किसी बगीचे में बैठा हो। और मरमर पवन के स्पर्श से सो गया हो या फिर स्टेशन रोड के छोटे-मोटे होटल की बेंच पर बैठा एक के बाद एक सिगरेट फूँक रहा हो अथवा कोई मिल गया हो तो उसके साथ गपशप कर रहा हो।

अमृता और अनिकेत उदयन के सम्बन्ध में अभी और भी बातें करना चाहते थे। उदयन के विषय में घंटों बातें की जा सकती हैं। किन्तु उसकी बात करते-करते अपनी बात कब शुरू हो जाए यह कहना कठिन था।

पुस्तक लेकर बैठना तो इस समय अस्वाभाविक-सा लगता। गीत गाने के लिए इस समय आवाज नहीं थी। अमृता अनिकेत की ओर देख नहीं पा रही थी। और अनिकेत अब जिस दृष्टि से अमृता को देखना चाहता था वह अभी उसे नहीं मिल पा रही थी। बात न करने की स्थिति में दोनों एक-दूसरे के प्रति अधिक सतर्क

हो रहे थे। इस समय अमृता अपनी अनामिका की अँगूठी निकालकर पहन लेती फिर उतारती थी और फिर देखती रहती थी। अनिकेत घड़ी की सेकेंड की सुई पर दृष्टि जमाये बैठा था। उसकी दृष्टि सुई के साथ झटकों का अनुभव करती गोल-गोल घूम रही थी। पूर्वघटित घटनाओं के स्मरण का भार वे झेल नहीं पा रहे थे या अन्य कोई भी कारण रहा हो, किन्तु वे किसी अन्य की उपस्थिति चाहते थे।

वे चाहते थे कि बोलना न पड़े। यह बात तो ठीक है, किन्तु ऐसा नहीं कहा जा सकता कि उनके पास बोलने के लिए कुछ न था, कदापि नहीं। वस्तु-स्थिति तो यह थी कि उनके पास इतना था कि वे जिन्दगी-भर बोलते रह सकते थे। वे ऐसा भी नहीं मानते होंगे कि अधिक बोलने से थक जाएँगे। लगता था कि कहे जाने को अनकहा ही छोड़ देने से जो आन्तरिक तनाव सहना पड़ता है उसे सहने का निर्णय उन्होंने कर लिया था। शायद वे जानते होंगे कि बात शुरू होने के बाद उसका कोई अन्त नहीं। और माना कि बात पूरी भी हो जाए तो भी मन को राहत मिलेगी ही, इसका विश्वास नहीं।

उदयन नहीं आया।

क्या उदयन नहीं आएगा?

तो क्या किया जाए? अनिकेत बगलवाले कमरे में बेचैनी से इधर-उधर चक्कर लगाने लगा। फिर उसे वापस आते देखकर अमृता को एकाएक बोलने की सूझी:

"मुझे तुम्हारे मकान का किराया देना है।"

"देना तो मुझे चाहिए—हाँ, उसे किराया नहीं कहा जा सकता।"

"मैं समझी नहीं।"

"मेरा मकान अभी तुम्हारे संरक्षण में होने से उस पर तुम्हारा सार्वभौमत्व है, इसलिए मुझे तुम्हें खिराज देना चाहिए।"

बोलते-बोलते अनिकेत को लगा कि सुबह निश्चित किया था उससे भिन्न प्रकार की ही भाषा का उपयोग हो गया था। इसके साथ बातचीत में शब्द-शब्द में स्पृहा क्यों आ जाती है?

अमृता ने झूले की छड़ थामते हुए कहा:

"आज इच्छा हो रही है कि स्वजनों के साथ रहने चली जाऊँ, मुझे एकान्त स्वातन्त्र्य ही नहीं संवादिता भी चाहिए, स्नेह भी चाहिए।"

"मुझे पहले पता होता तो तुम्हें घर छोड़ने से रोकता। और अब नहीं कह सकता कि वहाँ जाकर तुम्हारा रहना कितना ठीक होगा? अब तुम 'छाया' में रहने जाओ तो तुमने घर छोड़ा उस दिन और वापस लौटनेवाले दिन के बीच अधिक अन्तर न होने पर भी उसे जल्दी पाटा नहीं जा सकता। शायद तुम्हें अच्छा भी न लगे। पराजित होकर वापस लौटने की ग्लानि तुम्हें हो, यह भी सम्भव है। यह तो

मुझे जो लगा सो कहा। अधिक विचार करने पर शायद कुछ दूसरा ही महसूस हो। आखिर जो तुम्हें महसूस हो वही ठीक है। जो तुम्हें लगे, वही उचित।''

''यह तो मैं भी महसूस करती हूँ कि अब वहाँ रहने जाऊँगी तो सभी के साथ अलगाव का अनुभव करूँगी।''

''जहाँ रह रही हो, वहाँ ठीक नहीं?''

''वहाँ भी चारों ओर अवकाश है। अब तो लगता है जहाँ भी जाऊँगी वहीं चारों ओर का अवकाश मुझे ढोना पड़ेगा।''

''एक मार्ग भी है और वह यह कि तुम्हारा अवकाश किसी दूसरे को अर्पित कर दिया जाए और फिर उसके सजीव स्पर्श से यह अवकाश सभर हो उठे।''

''आज तो मैं इतनी आशावादी नहीं हो सकती।''

क्या जवाब दे, यह न सूझने पर कुछ देर निरुपाय शान्ति सहने के बाद अमृता से अनुमति लेकर अनिकेत उदयन को ढूँढ़ने चल दिया।

स्टेशन की ओर मुड़ा। दरवाजे के बाहर निकलते ही उसने सोचा कि सम्भव है, वह तालाब की ओर गया हो। मानसरोवर! बढ़िया नाम है इस छोटे-से तालाब का। वहाँ की निर्जन शान्ति उसे रास आ गयी हो, तो शायद वहीं बैठा हो। उसके लिए निर्जनता असह्य नहीं। वह वहाँ बैठा हुआ मिलेगा तो कहेगा कि शून्य के संग जी रहा था; किन्तु तालाब तो है ही। हाँ, अन्धकार होगा। अन्धकार-भरी हवा होगी, हवा से भरा तालाब का किनारा होगा। फिर उसका रिक्त शून्य उसे किस रूप में दिखाई देगा? निःशेष रिक्त को वह कैसे अनुभवता होगा? निःशेष रिक्तता कैसे सम्भव है? वह स्वयं तो होगा ही न? और आदमी अकेला भी हो तो क्या यह कोई साधारण बात है? फिर रिक्तता कैसी?...यह उदयन की मनःस्थिति है या मेरी?

सिगरेट जलाकर खाली पैकेट हाथ से मसलकर एक ओर फेंकनेवाली आकृति को देख अनिकेत ठिठका। धारणा सही निकली। अनिकेत बात सुन सके इतने पास पहुँचते ही वह बोला:

''यह दुनिया बहुत नहीं चलेगी।''

''तेरी बात सही है। जब तक हम हैं तभी तक दुनिया हमारे लिए है और हम लोग अधिक टिकनेवाले नहीं।''

''यह दर्शन तो हमारे गाँव का हरेक भक्त जानता है। मैं तो कुछ और ही कह रहा था। तुझे थोड़ा सविस्तार समझाना पड़ेगा, सुन—यह जो एक गोला है न, जिसे अपनी पृथ्वी के नाम से पंहचानते हैं, उसमें अब कई दरारें पड़ जानी चाहिए। इसकी सतह पर घूमनेवालों के अनेक विष इसमें गहरे उतर गये होंगे। उनका प्रभाव अवश्य

पड़ेगा। मुझे लगता है कि आदमी का दुराशय ही उग्रतम विष है। मुझसे किसी ने कहा था। वह गप हो तो भी सच मानकर तुझसे कहता हूँ कि एक ऐसा विष आता है जिसके शरीर में प्रवेश करने के साथ मनुष्य तुरन्त ही पटाखे की तरह फूट जाता है। आदमी के दुराशय और आत्मघात का विष पृथ्वी के केन्द्र में पर्याप्त मात्रा में एकत्रित हो चुका है, उसका अब परमाणु बम की भाँति विस्फोट होगा। होगा ही। और तब सूर्य भी वह चीत्कार नहीं सुनेगा।''

''तू जिस घटना का उपसंहार कह रहा है, उसके सम्बन्ध में अब मेरा कौतूहल जाग चुका है। उसका सविस्तार वर्णन कर ताकि रास्ता कटे।''

''मैं स्टेशन के पास घूम रहा था। घूम रहा था या खड़ा था। वहाँ सुना कि पुलिस ने एक युगल को पकड़ा है। समाचार लानेवाले और सुननेवालों के कौतूहल और आनन्द की कोई सीमा न थी। कितने तो बात करते-करते तालियाँ बजाने लगे। 'आबू गये थे! हनीमून करने, अब पता चलेगा।' ऐसे-वैसे उद्गार सुनकर मैं बेचैन हो गया। उन दोनों के सुख की इतनी ईर्ष्या लोगों को क्यों होती होगी? मैंने इस प्रश्न में सक्रिय रुचि लेने का निश्चय किया।''

पुलिस को यह सूचना लड़की के पिता ने दी थी कि फलाँ ट्रेन से ये लोग अहमदाबाद पहुँच रहे हैं। यहीं पर इन्हें अलग करके लड़की को अधिकार में ले लिया जाए—ऐसी माँग की होगी। भीड़ इकट्ठी हो गयी। लड़की सिर झुकाये खड़ी थी, किन्तु लड़का होशियार था। उसने पुलिस को साफ-साफ बता दिया कि उन्होंने सिविल मैरेज कर ली है। उन्हें इस तरह नहीं रोका जा सकता। किन्तु सुने तो वह हवलदार कैसा? उसने दस्तावेज देखने में भी समय नहीं बिगाड़ जेब में डाल लिए और दोनों को बाहर लाकर जीप में बिठा दिया। लड़के के चेहरे पर रोष झलक रहा था। ओ, सॉरी! मुझे उसे लड़का नहीं 'युवक' कहना चाहिए। हाँ, तो युवक के चेहरे पर रोष था। यह देख मुझे आनन्द हुआ। जीप रवाना हुई। ताँगा करके मैं भी पीछे हो लिया।

वहाँ पहुँचकर क्या देखता हूँ कि उस युवक की दलीलों का जवाब तमाचों से दिया जा रहा है। मुझे हुआ—देखूँ वह कितने तमाचे खा सकता है? अपनी प्रेयसी बल्कि पत्नी की हाजिरी में उससे अपमानजनक त्रास सहन नहीं हो रहा था। किन्तु वह अपनी स्थिति समझ गया था। लाल चेहरा लिए वह खड़ा था:

''अच्छा! मैं इसे सौंपकर जाता हूँ, वे कागजात मुझे दे दो।''

दो कांस्टेबल उस लड़की पर पहरा देते खड़े थे। बार-बार उसकी ओर देखकर आश्वस्त हो रहे थे कि वह है और वह है यह जानकर उसकी ओर देखे जा रहे थे। शायद उसकी स्थिति दुस्सह थी।

शायद हवलदार ऊँचा सुनता है—ऐसा मानकर युवक ने जरा ऊँची आवाज में

पुनः अपने कागजातों की माँग की।

"वे नहीं मिलेंगे। तुझे जाना हो तो जा। तुझे जाने दे रहा हूँ, क्या यह कम है, जो कागजातों की माँग कर रहा है?"

"नहीं मिलेंगे। अच्छा तो मैं देख लूँगा।"

"क्या देख लेगा तू?"

युवक की पीठ पर डंडा पड़ा। इससे आवाज हुई। मैं एक-दो अन्य प्रेक्षकों का साथ छोड़कर जल्दी से सीढ़ियाँ चढ़कर अन्दर घुस गया। मेरे आगमन को कोई जान पाये मैंने इससे पहले ही अलाउद्दीन के स्वर में कहा:

"ऐ पशु! यह क्या कोई जंगल है? जो जी में आया किया। तू हवलदार है या गुंडा? कुछ कायदा-वायदा भी जानता है? ऐसे केस में डंडे का उपयोग करते हुए थोड़ा भी विचार नहीं करता?"

हवलदार का सबसे बड़ा सहायक हो, ऐसी मुद्रा में एक सिपाही मेरी बात सुनकर अपने साहब के हाथ में से डंडा लेने गया। मैंने शान्ति से कहा:

"देख तेरी कमर में मोटे चमड़े का पट्टा है न? उसमें डंडा लटकाने की व्यवस्था है। मुझे बताने की जरूरत नहीं। यह डेढ़ फुट का डंडा देखकर मैं डरनेवाला नहीं। मैंने बड़े-बड़े पेड़ देखे हैं।"

फिर उस सिपाही की ओर पीठ कर हवलदार की मेज के सामने पड़ी कुरसी पर बैठकर मैं बोला:

"देखिए हवलदार साहब—वैसे तो आपके लिए एकवचन का ही उपयोग करता, किन्तु कुछ पुलिसवाले भले आदमी होते हैं, इसलिए उनके सम्मान में आपके लिए भी आदरार्थ बहुवचन का उपयोग कर रहा हूँ। आपने कानून का उल्लंघन कर गम्भीर अपराध किया है। आज तक काफी कमा न लिया हो और अभी भी नौकरी करनी हो तो वे कागज लौटा दो। और इन लोगों को सम्मानपूर्वक यहाँ से जाने दो। इस युवक का साहस देखकर ही आपको मालूम हो जाना चाहिए था कि कानून इसके साथ है। उसने आपको कागज दिये हैं, यह मैंने देखा है। कोई बहाना बनाकर आप बच नहीं सकते।"

हवलदार ने दो-तीन बार 'गेट आउट'-'गेट-आउट' कहा। फिर मैंने उन्हें थोड़ी अँग्रेजी सुनायी। और उस युवक से कहा—"सदर थाने जाओ और कहो कि कहानीकार, पत्रकार उदयन बुला रहा है। वहाँ कोई न सुने तो कलेक्टर से मिलना। वे मुझे जानते हैं। चिन्ता किये बगैर जाओ। तुम्हारी पत्नी की मैं रक्षा करूँगा।"

"देखिए साहब! आप पूरा केस नहीं जानते। इस लड़की की सगाई किसी दूसरी जगह हुई थी और यह आदमी उसे उठा लाया है। किन्तु यदि आप गवाह बनते हों, तो मैं छोड़ दूँ।"

"अपनी गरज से छोड़ेंगे, मैं तो तुमने जो व्यवहार किया है, उसका साक्षी हूँ। बोलिए, कितना कमाया है इस केस में?"

"आप कैसी बातें करते हैं? ऐसा कहीं होता है? हम तो केवल शिकायतें सुनते हैं।"

"शिकायत के कागजात कहाँ हैं?"

"अरे साहब! छोड़ो न यह सब पचड़ा। अपना समय क्यों बिगाड़ते हैं? चलो, इन्हें छोड़ देता हूँ।"

उन्हें मैं स्टेशन तक छोड़ आया। रास्ते में लड़की ने कहा कि उसके पिता एक प्रौढ़ रईस के साथ सौदा कर चुके थे, तीन हजार तो ले भी चुके थे। शादी के बाद दो हजार और भी मिलनेवाले थे।

सुनकर तो मेरी बुद्धि ही शून्य हो गयी। आज इस स्वातन्त्र्य युग में भी लोग इस स्तर पर जीते हैं?

"हवलदार के साथ तूने काफी निडरता से व्यवहार किया।"

"वह नहीं मानता तो बात और भी आगे बढ़ती।"

"किन्तु मान लो कि कानून उसके पक्ष में होता तो?"

"देख, इसमें भी तू गणित लगाने बैठ गया? कानून उसके पक्ष में होता, तो मैं कानून को गलत साबित करता। तू कैसे भूल गया कि मैं एलएल. बी. भी हूँ। वकालत इसलिए नहीं की कि कोर्ट में सभी कानूनों को गलत साबित करने में कई वकील समर्थ हैं। हम तो केवल गलत वस्तु को ही गलत साबित कर सकते हैं। और यह तो साधारण आदमी भी कर सकता है। फिर वकील बनने का क्या अर्थ?"

"हुम।"

"क्या? बोलता क्यों नहीं?"

"सोच रहा हूँ कब से शुरू किया।"

"तूने बन्द किया, तब से।"

"तू सोचता रहे, मैं धमाचौकड़ी मचाता रहूँगा।"

"मैं तेरी धमाल के बारे में ही सोच रहा हूँ।"

"क्या?"

"तू बम्बई में ही रुककर एक समाचार पत्र शुरू कर। पाँचेक वर्ष उसके पीछे लगा रहेगा, तो जम जाएगा। पूँजी लगाने की और घाटा न आये इसकी व्यवस्था मैं सम्भाल लूँगा। मैंने पिताजी को वचन दिया है कि आवश्यकता पड़ने पर पैसे अवश्य लूँगा। उन्होंने मुझे प्रयोगशाला प्रारम्भ करने की सलाह दी थी। किन्तु मैंने कहा—अभी देर है। तू जानता है कि दानवीर बनने की उनकी बहुत इच्छा थी, इसलिए इस प्रवृत्ति में तुझ-जैसे लोगों द्वारा पैसे बिगड़ें तो उन्हें अच्छा ही लगेगा। फिलहाल तो

पचीस-तीस लाख से काम शुरू करें।''

''तूने जैसा उनसे कहा न कि अभी देर है वैसे ही मेरे लिए भी अभी देर है। और कसम से मैं अपने को इतनी बड़ी जिम्मेदारी के योग्य नहीं मानता। अभी तो घूम-फिर लेने की इच्छा है। यह जो नौकरी मिल रही है, रास आ जाए ऐसी है। स्वीकार कर लूँगा। फिलहाल तो अनुभवार्थी रहना ही ठीक है।''

''तू बम्बई में रहे यह अधिक अच्छा है।''

''तू अपनी मरुयात्रा पूरी कर ले, फिर मैं भी जाऊँगा। नौकरी करूँगा, तो भी तीन वर्ष से अधिक नहीं कर पाऊँगा। तू तो जानता है कि एक नौकरी अधिक से अधिक कितने समय तक चला सकता हूँ?''

''मैं तो तेरे स्थायी होने की बात करता हूँ, और तू लापरवाही से हँसकर उड़ा देता है।''

''हाँ भई, मुझे स्थायित्व पसन्द नहीं है। थोड़े धक्के न हों, थोड़ी उत्तेजना न हो, आघात-प्रत्याघात का उद्वेलन न हो तो फिर जीने का अर्थ क्या? अपनी आबोहवा सदा स्पन्दनशील रहनी चाहिए। सीना धड़कता रहना चाहिए। रक्त तरंगित रहना चाहिए। अनिकेत! स्थायित्व तो केवल शून्य में ही सम्भव है। मैं तो पृथ्वी के साथ अहर्निश गुरुत्वाकर्षण महसूसता रहता हूँ।''

बोलने के बाद उसने अनिकेत के कन्धे पर हाथ रखा और उसे जोर से झिंझोड़ने का प्रयत्न किया। किन्तु अनिकेत की दृढ़ गति डगमगायी नहीं। उसने उदयन की ओर देखा तक नहीं।

ट्रेन का प्रथम श्रेणी का डिब्बा।

खिड़की के बाहर का स्थल। मेहसाना से आंबलियासन की दिशा में तीन मील प्रति घंटे की गति से बाहर की सृष्टि पीछे सरक रही थी। खेत-बाड़, बाड़ों के कोने में और कहीं-कहीं खेतों के बीच वृक्ष। बीच-बीच में कहीं पर परती जमीन भी आती। जो कुछ भी आता, वह पीछे छूट जाता। नजदीक का जल्दी खिसक जाता है, दूर का आँखों में समा सकता है।

मध्यम वातावरण।

उदयन ने भी पढ़ना बन्द किया।

''मैं समझता था कि तू मेरे साथ नहीं आएगी।''

''तेरी बात सही है। मैं तेरे साथ नहीं आ रही हूँ।''

''तो क्या मैं अपने सामने किसी की छाया देख रहा हूँ, अमृता नहीं।''

"मैं ही हूँ। तू चाहे जैसे पहचान सकता है। मैं अहमदाबाद रुकनेवाली हूँ, इसलिए कहती हूँ कि तेरे साथ नहीं आ रही हूँ।"

"मेरे साथ न आने के लिए तुझे अहमदाबाद में रुकना पड़ता हो तो मैं वापस चला जाऊँ। तू जा।"

"अहमदाबाद में एक पांडुलिपि पर काम करना है, हमारे डायरेक्टर ने कहा है कि उधर जाओ तो इतना काम कर आना।"

"कहाँ ठहरोगी?"

"मैं कहाँ ठहरनेवाली हूँ, इसकी भी जानकारी तुझे रखनी पड़ेगी?"

"हाँ, इसलिए कि कहीं तू एकाएक याद आ जाए तो मेरे पते के साथ तेरी कल्पनाएँ कर सकूँ न! विशिष्ट स्थल-काल के साथ की गयी कल्पना चित्त में अधिक समय तक टिकी रहती है।"

"कल्पना करनी ही पड़े तो मेरे अकेलेपन की ही कल्पना किया कर।"

"क्यों, अभी इस डिब्बे में कोई नहीं?"

"लगता है, तुझे कम दिखाई देता है? मैं तो हूँ।"

"मैं तेरे सामने नहीं देखता वरना अवश्य लगे कि तू है।"

"उदयन! इस पृथ्वी पर कितने सारे लोग हैं अथवा यों कहना चाहिए कि कितने सारे होंगे?"

"जन-गणना नहीं की जा सकती, क्योंकि आँकड़ा बोलने से पहले ही बदल जाता है।"

"तुझे इस सृष्टि के आदि-अन्त के सम्बन्ध में विचार आते हैं?"

"अन्त के बारे में विचार आते हैं। इसके आदि के सम्बन्ध में तो इतिहास की बालपोथी में लिखा ही है। किन्तु उस बारे में विचार आये न आये कोई अन्तर नहीं पड़ता। अपने जन्म और मृत्यु की तरह यह भी आकस्मिक है।"

"कुछ भी आकस्मिक नहीं, सभी कुछ क्रमिक है।"

"तो मैं तुझे उठाकर बाहर फेंक दूँ।"

"सरस्वती तो गयी अब साबरमती आये तो फेंक देना।"

"फिर अनिकेत के पूछने पर क्या जवाब दूँ?"

"मुझे विश्वास है कि अब वह मेरे बारे में तुझसे कुछ नहीं पूछेगा।"

"सीधा तुझसे ही पूछता रहेगा?"

"तू मुझे अभी बाहर फेंक देगा, तो तेरा उपकार मानूँगी। थोड़ी देर के लिए मुझे मेरे हाल पर छोड़ दे।"

उदयन फिर से पढ़ने लगा।

स्टेशन आया।

कई आवाजें 'गरम चाय' का विज्ञापन कर रही थीं। मिट्टी के कुल्हड़ में चाय मिलती है, ये देख उदयन को चाय की तलब हुई। वह जब छोटा था तब एक बार तुरन्त भरे गये पानीवाले सकोरे की किनारी खा गया था। गरम चाय के साथ कोरे कुल्हड़ भरे। दूसरा कुल्हड़ हाथ में लेते हुए वह बोला:

"ये नहीं पिएँगी, इन्हें अपने हाल पर छोड़ दो।"

यह मानकर कि ये लोग सिनेमा की भाषा में बात कर रहे हैं, चायवाला अपने दूसरे साथी को बुला लाया। वे लोग यह याद करने का प्रयास कर रहे थे कि यह कौन-सी अभिनेत्री है? उदयन उनकी परेशानी समझ गया।

"अभिनेत्री तो नहीं, किन्तु अभिनय जानती है।"

अमृता खीझने को हुई किन्तु हँस पड़ी। उदयन ने उसके सामने चाय का कुल्हड़ रख दिया।

"गरम है?"

"हाँ, गरम है। पीने लायक पानी जितनी।"

गाड़ी रवाना हुई।

"पैसे?"

"लो।"

"खुल्ले नहीं हैं साहब।"

"फुरसत से करा लेना।"

अमृता का हास्य गॉगल्स के रंग से मिलकर मनोरम हो उठा। उसे प्रसन्न देख उदयन आराम से पढ़ने लगा।

किन्तु बिजली का करेंट चले जाने से जैसे अँधेरा हो जाता है, वैसे अमृता गमगीन हो गयी।

उसने अनिकेत का दिया पत्र कल रात पढ़ा था। वैसे तो उसने उसे अभी न पढ़ने का निर्णय कर रखा था। किन्तु जब अनिकेत उदयन को ढूँढ़ने निकला, तब वह अकेली नहीं रह सकी, पत्र से अलग न रह सकी।

वह खुद तो एक ही है, तब अपने सम्बन्ध में इन दो व्यक्तियों के परस्पर विरोधी रुखों का वह क्यों अनुभव करती है। या फिर वह विरोध वास्तव में विरोध नहीं है? अथवा वह विरोध हो तो इसका कारण कौन? मैं स्वयं भी हो सकती हूँ। उसने देखा कि उदयन पुस्तक से मुँह ढाँपकर सोने की कोशिश कर रहा है।

उदयन को नींद नहीं आयी। बल्कि विचार आया कि यात्रा हमेशा प्रथम श्रेणी में ही करनी चाहिए। आराम रहता है या फिर अमृता साथ में है, इसलिए फर्स्ट क्लास फर्स्ट क्लास लगता। भविष्य में उसकी याद में फर्स्ट क्लास में ही सफर करना होगा। किन्तु यह केवल इच्छा का ही प्रश्न नहीं पैसे का भी है। सभी यात्रियों

के लिए गाड़ी में समान सुविधा क्यों न की जाए? लेकिन ऐसा हो जाए तो लम्बा सफर करनेवालों की नींद का क्या होगा? अधिकतर लोग तो ऐसे हैं जो सोये हुओं पर आकर बैठेंगे...सब बराबर करने से नहीं चलेगा। समाजवाद सम्भव नहीं—वाद के रूप में सम्भव नहीं। विवेक के रूप में ठीक है।

"अमृता!"

"क्या?"

"खुशी का समाचार।"

"यह कहते हुए तू खुश क्यों नहीं दिखाई देता?"

"यह खुश खबर मात्र तेरे लिए है।"

"क्यों?"

"मैं अब अधिकतर बम्बई के बाहर रहूँगा।"

"यह तो केवल खबर है। इसमें खुश होने जैसा क्या है?"

"कालिदास ने स्त्रियों के बारे में बिलकुल ठीक कहा था।"

"क्या?"

"मुझे याद नहीं लेकिन कुछ कहा अवश्य था।"

"कालिदास ने केवल स्त्रियों के सम्बन्ध में ही नहीं कहा, बल्कि उनके पैरों में पड़ते नायकों के लिए भी कहा है। पर यदि वह शाश्वत हो तो तुझ-जैसे क्षणवादी के लिए किस काम का?"

"प्रत्येक क्षण की पीठ पर समग्र भूतकाल का भार होता है। हाँ, उस क्षण के बाद आने वाले क्षण की मुझे खबर नहीं, और इसके बावजूद मैं जीता हूँ। तुम लोगों की तरह ही। मैं भविष्य को नहीं मानता। फिर भी ज़रा कहना तुझको मैं हड़प क्यों न गया?"

"यह कोई तेरे अकेले की इच्छा पर ही थोड़े निर्भर है।"

"तू जो कुछ अभी बोल रही है, क्या सचमुच सत्य है?"

"हाँ।"

"तो मैं तुझे पहचान नहीं सकता। शायद अथवा अवश्य ही मैं तुझे पहचान नहीं सकूँगा। अच्छा हुआ कि अनिकेत ने एक वैकेशन शान्ति-निकेतन में गुज़ारा है। और बांग्ला सीख आया। नहीं तो मैं वे दो पंक्तियाँ कैसे जान पाता? हे नर, हे नारी मैं तुम्हारी पृथ्वी को कभी भी पहचान नहीं सकता, मैं किसी अन्य नक्षत्र का जीव नहीं, फिर भी। मुझसे पहले जीवनानन्द दास का भी ऐसा ही अनुभव था। इससे मैं आश्वस्त हूँ। अमृता! आज मैं घोषणा करता हूँ कि मैं तुझे पहचान नहीं सकता। उस सच्चे आदमी ने मेरे लिए ही लिखा है :

हे नर, हे नारी!
तोमादेर पृथिविके चिनिनि कोनोदिन
आमि अन्य नक्षत्रेर जीव नई॥

छह

लोग?
न समझा गया एक शब्द, लोगों द्वारा।
मैं तो समझता हूँ, लोग अर्थात् प्रणालियाँ, कपड़े-लत्ते, कुछ औपचारिकताएँ, समूह में से मनुष्य को निकालने के बाद जो शेष रहे वह।

कहते हैं कि मैं लोगों की अवहेलना करता हूँ। जहाँ मनुष्य ही न हो, वहाँ माना किसे जाए! उद्दंड, अहम्‌निष्ठ, अस्वस्थ, नास्तिक...मनुष्य का दमन करने हेतु लोगों के पास शब्दों का अभाव नहीं। उनकी ओर से भेंट किये गये शब्दों को मैं सहज भाव से सुनता रहता हूँ, यह भी उन्हें पसन्द नहीं। उन्हें सुनकर मुझे उत्तेजित होकर अपना बचाव करना चाहिए। तभी तो आक्षेप करनेवालों को अपनी सफलता का अहसास हो सकता है, यदि मैं उत्तेजित होकर जवाब दूँ तो कहेंगे इतना भी सहन नहीं कर सकता? कैसा टेढ़ा आदमी है? खुद सबको सुनाता रहता है, पर जब सुनने की बारी आये तो व्यग्र हो जाता है? किन्तु मैं व्यग्र होऊँ और ऊपर से सौम्य बना रहूँ, ऐसा तो हुआ नहीं...जो लोग मुझे विरोधी मान बैठे हैं, वे तो मैं कुछ भी बोलूँ, कुछ भी लिखूँ तो भी हर समय विरोध ही करते रहेंगे। उनके एक-एक प्रश्न अर्थात् उनके एक-एक अविश्वास पर मुझे अपनी कैफ़ियत देते रहना है। ऐसा लगता है कि भूगर्भ में चला जाऊँ और सब मुझे भूल चुके हों तभी बाहर आऊँ। किन्तु यह तो पलायन हुआ, ऐसा मुझसे न होगा। मैं कोई अनिकेत नहीं हूँ।

एक परिचित पत्रकार पूछता है-तेरे और अमृता के सम्बन्ध किस प्रकार के हैं? उसे क्या जवाब दूँ?

खुद को मेरा बुज़ुर्ग माननेवाले एक लेखक ने मेरी कहानी पढ़ी थी। तुम यह सब लिखते हो तो क्या तुम समाज को स्वीकार नहीं करते? मैंने उनसे पूछा-'समाज से आपका मतलब?' उनके उत्तर से लगा कि समाज अर्थात् वे, उनका परिवार और सम्बन्धी। उनके साथ कहानी पर क्या चर्चा करूँ?

एक पुरानी छात्रा पत्र लिखती है। अभी उसका चौथा पत्र आया था। न मालूम

वह क्या लिखती रहती है? कहती है–मैं जवाब क्यों नहीं देता? कौन जाने जवाब के रूप में वह क्या पढ़ना चाहती होगी? और अपने को जताती है, छात्रा!

एक भ्रष्टाचार विभाग का अधिकारी मुझे साक्षी बनाकर ले गया था। लोग पकड़े गये। अब वह अधिकारी मुझे कहने लगा कि मैं अपनी गवाही बदल दूँ, वे लोग खतरनाक हैं, आपको हैरान करेंगे! उसे मेरी कितनी चिन्ता है! कौन खतरनाक? और किसकी चिन्ता?

एक पुराने सहकर्मी के घर गोष्ठी थी। वे अपने को ग़ज़लकार मानते हैं। महफ़िल में सभी ने एक साथ सवाल पूछा–मैं इनहिबिशॅन्स में–निषेधों को नहीं मानता तो फिर शराब क्यों नहीं पीता? मैंने कहा–"आपको ऐसा कोई व्यसन हो तो इससे मैं आपको हीन नहीं समझता, किन्तु मुझे ऐसा व्यसन हो तो अपने मूल्यांकन में ऐसी बातों का ख़याल अवश्य ही रखूँगा।" एक शायर बोल उठे–'दक़ियानूस!' मैंने कहा–"आपने मेरे मुँह की बात छीन ली।" उन्हें जिस तरह समझना था समझे। शायद प्रोत्साहन मिला और जाम को सीने से लगाकर बोले–"पीना हराम है, न पिलाना हराम है, पीने के बाद होश में आना हराम है।" वातावरण 'वाह–वाह!' से छलक गया। उनका खाली जाम देख मैं बोला–"पीनेवाले एक–दो होते हैं, मुफ़्त सारा मयकदा बदनाम है।" वे जनाब अपने को 'एक–दो' में ही रखते थे। मुझे कहना पड़ा–"ये एक–दो ऐसी बासी चीजें पीनेवालों में से नहीं।" मैं महफिल को सलाम कर चला आया। आप सबका ध्यान रखते रहें, सबको सन्तुष्ट करते रहें तो लोकप्रियता प्राप्त होती है। फिर इस लोक़प्रियता को टिकाये रखने के लिए आपको क्या–क्या करना पड़ता है? यह तो आसानी से समझा जा सकता है। मित्रो! (है कोई?) 'लोग' शब्द से सावधान रहना अगर आपको 'रहना' हो तो। बाक़ी ग़फ़लत में रहना हो तो अलग बात है। ऐसा करने के लिए सभी स्वतंत्र हैं। सबके सामने वह प्रश्न तो है ही–टु बी ऑर नॉट टु बी।

लिखते–लिखते उदयन को प्रश्न हुआ–किसलिए मैंने यह सब लिखा? यह कोई लेख तो है नहीं कि लोगों तक पहुँचे...यह कोई पत्र नहीं कि मित्र इसका उत्तर दे...तो क्या मैं ही अपना श्रोता और मैं ही मित्र!...मित्र...! अर्थात् क्या? मित्र! अर्थात अनिकेत? किन्तु यह तो उदाहरण हुआ। फिर अनिकेत मित्र बने रहने के लिए कहाँ राजी है? वह तो मेरा संरक्षक बनना चाहता है।

किसलिए मैंने ऐसा लिखा? खुद से ही कहने के लिए? अमीबा–जैसे एककोषीय जीव की कुछ विशिष्टताएँ आदमी में होनी चाहिए। ऐसा होता तो मैं अपने ही कल्पित अर्द्ध के साथ बातों में लग गया होता। अपने अर्द्ध को शंकर की तरह कोई विजातीय बना सके तो कोई कमी न रहे। निज में निमग्न रह सके।

क्या अर्द्धनारीश्वर का यह प्रतीक आत्मरति का सूचक नहीं? अमृता कहेगी–यह तो अद्वैत का प्रतीक है, किन्तु ऐसे कल्पित अद्वैत से मुझे सन्तोष नहीं। और यदि सन्तोष हो तो भी वैचारिक सन्तोष से क्या? सन्तोष नहीं तृप्ति चाहिए। 'सेटिसफेक्शन' और 'फुलफिलमेंट' में बहुत अन्तर है।

रात देर तक उदयन सो न सका। उसे अन्धकार में अधिक दिखाई देता है। रतौंधीवालों से उनकी स्थिति एकदम विपरीत है। उसे रात में ही अधिक दीखता है।

पश्चिम ओर की खिड़की के पास कुरसी ले जाकर हाथ पर सिर टिकाकर, वह खिड़की के पार देखने लगा। वह नक्षत्रों को नहीं देख रहा था। नक्षत्रों के ऊपर-नीचे का आकाश भी उसे नहीं दिखाई पड़ रहा था। दीख रहा था–केवल अन्तराल। यह अन्तराल नीचे की ओर समुद्र तक फैला हुआ था। इस समय उदयन को समुद्र ठोस अन्धकार के रूप में दिखाई दिया।

जब-जब उदयन ने खिड़की के बाहर देखा है, तब-तब उसे सबसे पहले समुद्र ही दीख पड़ा है। इसका अर्थ यह नहीं कि वह निरा साधारण ही दिखाई दिया है। कभी रंग बनकर, कभी विस्तार बनकर, कभी सभरता के रूप में, कभी आवाज के रूप में, कभी शून्य के रूप में...समुद्र के साथ उसका सम्बन्ध अनादि है।

इस समय समुद्र उसे अन्तराल के रूप में दीख़ पड़ा।

समुद्र पर से वह वापस अन्तराल में पहुँच गया।

अन्तराल में उसकी दृष्टि को आधार मिला...यह आधार उसकी दृष्टि में से ही जन्मा होना चाहिए। इस आधार ने उदयन को किसी अचेतन, अकृत्रिम जागृति में पहुँचा दिया।

आकाश के केन्द्र में से एक कमलपत्र चमक उठा। मानो चमकते नीलरंग के काँच में से वह रचा गया हो। उसमें रोशनी नहीं, तेज था।

उसके बाद कमलपत्र के केन्द्र में से एक फौवारा फूटा। वह फ़ौवारा चार फ़ीट ऊँचा उछलकर धीरे-धीरे मन्द होता गया और गोलाकार रूप में बिखरता फैलने लगा। फौव्वारा सिकुड़कर सघन होता गया। एक अबोध पल में उसका एक पद्म में रूपान्तर हो गया।

बन्द पद्म विकसित होने लगा। केवल चार पंखुड़ियाँ फूटीं। ये चार पंखुड़ियाँ चारों दिशाओं के बदले चार कोने सूचित करती थीं।

वायव्य की ओर संकेत करनेवाली पंखुड़ी पर एक अभिराम आकार प्रकट हुआ, वह शिशु था। मानो अनाविल शैशव-शिशु से भी अधिक स्वैराचारी और सम्मोहक। पीछे मुड़कर भूतकाल की अनन्त खाई में कहीं भटक गये अपने शैशव

को देखने की अभिलाषा जागी। उसे रोके रखा। उसे डर था कि कहीं उसे देखने में, जो सामने है वह भी अदृश्य न हो जाए और इतना सोचने-भर की देर थी! हुआ भी वही। विचार से मुक्त होकर देखता है तब तक तो वह शिशु विस्तार पाकर केवल आकारवत हो गया। वह आकार अपना तेज कम कर रहा था। अधिक विस्तार प्राप्त करने पर वह मन्द-स्फीत बन गया। उसे लगा कि मोम की मूर्ति-जैसा वह आकार उसकी शरीर रचना से मिलता-जुलता है। उसके लिए छाया का नहीं वेदना का परिवेश है। वह वेदना को पहचानने का प्रयास करने लगा। आत्मसात करने की कोशिश में तो वह आकार पिघलकर टपकने लगा। ऐसा लगता था, मानो एक-एक बूँद नीचे आते-आते बादल बनती जा रही है।

यह भ्रम है या कुछ और? क्योंकि बादल का जन्म तो समुद्र से ही होता है।

विचारों की इस सजगता को त्यागकर वह देखता है कि आग्नेय दिशावाली पंखुड़ी पर अँगूठा रखे, एक विशालकाय पुरुष आकर खड़ा है। उसके कन्धे से थोड़ा खिसका हुआ, कमर तक लटकता सफ़ेद उत्तरीय सरस्वती मन्दिर के वितान के काम आने जैसा था। उस पुरुष की धोती की कलात्मक चुन्नटें भगवान कौटिल्य की याद दिलाती थीं। हाथ के ग्रन्थ पतंजलि की-सी सावधानी से पकड़े हुए थे। बायें हाथ में कालिदास के स्वभावानुरूप आम्रमंजरी थी। उदयन को लगा कि यह तो वह खुद ही है। अपना यह रूप देख वह मग़रूर हो गया और स्वाभिमान दूसरी पंखुड़ी पर पैर रखने को हुआ। उसका स्पर्श होते ही उसकी पार्थिवता और सजग वृत्ति का भार न सह सकी। वह पंखुड़ी टूटी नहीं, झुक गयी। उदयन नैऋत्य दिशा में गिरा। अगस्त्य मुनि द्वारा पी जाने के बाद सूखा पड़ा समुद्र धधक रहा था। उदयन धीरे-धीरे गिर रहा था। उसे लगा कि वह गिर नहीं रहा वरन् उतर रहा है। पृथ्वी का गुरुत्वाकर्षण अधिक न था, फिर भी उसके अनुभव से उसे आनन्द हुआ। ठेठ नीचे पहुँचने पर मरु सदृश समुद्र देखकर वह क्रोधित हुआ। एक बार तो मनुष्य की अदम्य प्यास ने समुद्र को रेगिस्तान में बदल दिया है, और फिर से भला यह स्थिति किसने सृजन की। उसका क्रोध बढ़ता गया। और क्रोधित हो जाने पर वह विश्वामित्र होकर अगस्त्य मुनि को भला-बुरा कहने लगा। उसी ने यह युक्ति ढूँढ़ निकाली थी। समुद्र को पीकर उसी ने सर्वप्रथम मरु बनाया था। क्या समझता था वह अपने मन में? लोपामुद्रा-जैसी सौम्या, विदुषी को छोड़कर चला गया। प्रवंचक! विन्ध्याचल के विस्तार को रोककर गया, फिर वापस ही नहीं आया। ये सब खूसट बुड्ढे विकासशील युवकों को-पर्वत की भाँति गर्वोन्नत युवकों को, वचनबद्ध कराकर छलते हैं। अँगूठा कटवाकर अपने गुरुपद की रक्षा करते हैं। शिखंडियों को आगे रखकर उनकी आड़ से लड़नेवाले पराक्रमी बन

बैठते हैं। ...छोड़ो! ये सब वैराग्य की बातें। बातें छोड़ो और जियो...फिर बातें छोड़ो और जियो...यह सूत्र बोलते-बोलते विश्वामित्र से चारवाक बन गया और वह तीव्र वेग से इतिहास को रौंदते हुए आगे बढ़ने लगा। कहीं भी कीर्तिस्तम्भ दिखाई पड़ता तो वह रास्ता बदलकर वहाँ पहुँचता और उसे बायें पैर से ठोकर मारता। स्तम्भ के टुकड़े इधर-उधर उछलते और गहरी खाइयों के अन्धकार में जा गिरते। हाथ बढ़ाकर वह उन पर लिखे विजय लेख मिटा देता था। कीर्तिगाथाओं की रक्षा करते पुस्तकागारों को फूँक मारकर भस्म कर डालता था। एक-एक क्षण पर वह अट्टहास कर उठता। मार्ग में पड़नेवाले पर्वत उसे शंकर की समाधि से मालूम देते थे, यह देखकर उसके चरणों का बल बढ़ता था। विजयलेख...कीर्ति-गाथाएँ...मनुष्य का खून बहाकर विजयी बननेवालों की भला कीर्तिगाथा? उसके अभ्यन्तर से शब्द निकला। मेघ गर्जना-सा वह बोला-"हे मानवजाति! युद्ध आत्महत्या नहीं तो और क्या है?" उसका स्वर बिखर गया। सामने से कोई प्रतिघोष नहीं उठा। कोई सुननेवाला न था, कारण कि इतिहास में कोई उपस्थित नहीं होता-मात्र इतिहास ही होता है। वह भी अनेक भ्रमों के समुच्चय के रूप में। कोई प्रतिशब्द न हुआ तो वह चारों ओर देखने लगा। ईशान की ओर देखने लगा तो एकाएक काले बादल सुलग उठे। धुआँ, आग और हवा ने कैसा रूप धारण किया था। जहाँ उसका वर्तमान अब इतिहास बन गया है, उस मानवजाति के सबसे बड़े श्मशाान-हिरोशिमा की ओर गयी अपनी दृष्टि के पीछे-पीछे वह दौड़ पड़ा, किन्तु रास्ते में दिखाई पड़ते अन्य अनेक श्मशानों की वह अवहेलना नहीं कर सका। कुरुक्षेत्र में ठंडी पड़ी राख की चुटकी भर उसने अपनी बायीं भृकुटि रंगी और वह सम्पूर्ण उदयन बन गया। वह धरती पर पैर रखकर चलने लगा। चलते-चलते वह श्मशान के राजमार्ग पर पहुँचा। उसके अस्तित्व में से एकाएक उग्र रिक्त अलख पुकार जगी। वह आगे बढ़ा। वह समझ न सका कि वह अन्धकार के पहाड़ों की तलहटी में उतर रहा है या अतलान्त खाई में। उसे पता नहीं चल पाया कि दिन है या रात। सभी कुछ धूमिल और धुँधला था। तभी वह समतल भूमि तक पहुँच गया। अन्धेरे में भी उसे कुछ आकार दीख पड़े, वे वृक्ष थे। आगे बढ़ने पर वृक्षों के झुंड आये। दोनों दिशाओं में से एक साथ हवा आ रही थी, पश्चिम से नमीयुक्त, शीतलता-भरी हवा तथा उत्तर की ओर से सूखी शीतल स्फूर्ति-भरी। एक के स्पर्श में नशा था, दूसरी के स्पर्श में स्फूर्ति थी। वह पुलकित हो उठा। उसे संलग्न वृक्षों की निविड़ छाया के अपारदर्शी अन्धकार में तैरते जुगनुओं के पंखों की चमक देखने को मिली। इस चमक की क्षणिकता से आश्वस्त हो वह आगे बढ़ा।

अब वह एक मृत पर्वत के सामने खड़ा था। उसकी निर्जन और घनी काली

चट्टानों के केन्द्र में उसे अपने समकालीन मनुष्य की आँखें जकड़ी हुई लगीं। उसने शब्द के वज्राघात किये। उसके शब्द टूट गये पर चट्टान नहीं टूटी। विफलता के प्रत्याघात से उसका अभिमान प्रज्ज्वलित हो उठा। शिखा काँपने लगी। उसके होठ पर अंगारे की चमक आ गयी। उसकी बाहुओं में अन्धे धृतराष्ट्र का बल आ गया। उन सब चट्टानों को आलिंगन में भरकर चूर्ण-चूर्ण कर डालने की उसकी इच्छा हुई। किन्तु उसे लगा कि दूर की गयी वस्तु उसे बुला रही है। उसके लिए अपने को रोक सकना सम्भव न था।

अब उसकी गति में भगवान नृसिंह का आक्रोश था, आँखों में परशुराम की संकल्प शक्ति थी, भाल पर विद्रोह का ताम्रपत्र जड़ा हुआ था। इस ताम्रपत्र में अपना प्रतिबिम्ब देखकर रास्ते में पड़नेवाले गाँव के गाँव काँप उठते थे। वह समस्त जनपदों का त्याग करता-करता आरण्यक भूमि पर पहुँच गया। सूखे महासागरों का निराश्रित बड़वानल उसके वक्ष-कवच को तोड़कर बाहर निकलने के लिए कसमसा रहा था। उसकी आँखों में पुतलियों के स्थान पर अब दो शनीचर घूम रहे थे। वीरान चट्टानों से पटी भूमि पार करता-करता लदे हुए खेतों के दृश्य से राहत अनुभव करता, आम के बगीचों और चीकू की बाड़ियों को देख मृत चट्टानों को माफ़ कर सका। उसे ध्यान आया कि वह जिस पर गुस्सा हुआ था वह तो मृत सृष्टि है। ऐसी सामान्य बात में वह भ्रम में पड़ गया? और वह पागल की तरह हँस पड़ा। उसके हास्य की तीखी तरंगें सामने के अरब सागर के उतरते ज्वार में बह गयीं। शायद समुद्र उसे आता देखकर पीछे हट गया था, किन्तु नहीं। समुद्र तो बड़ा उदार है। वह अपनी लहरों में सीकर उछाल-उछालकर उदयन के निर्वेद को सन्तृप्त करने लगा। उसने देख लिया था कि यह आदमी अकेला है, सबसे अलग है। आजकल जब मरीन ड्राइव के बँधे किनारे से टकराकर उछलती लहरों की छलक से बचने के लिए सभी दूर चले जाते हैं तब यह आदमी तो अपनी छाया को पानी में डालकर बैठा है। भीगने से एतराज नहीं।

उदयन बैठा ही रहा। एक ओर कृत्रिम रोशनी और दूसरी ओर उछलता आर्द्र अन्धकार। दोनों के बीच भेदक रेखा बनकर बैठा है वह। रोने के अनुभव के अभाव के कारण उसकी आँखों की रिक्त शुष्कता अमावस्या की रात्रि से भी अधिक रात्रिमय थी। वह रात्रिमयता निहार रहा था। तभी सामने से एक सुन्दर छाया पानी पर चलती-चलती उसकी ओर आने लगी। उसके सम्मान में समुद्र की लहरें समतल हो गयीं। यह छाया केवल छाया मात्र न थी, किसी अस्तित्व का रहस्यमय रूप था, उसने सम्बोधन किया-

"समग्र युग को अमावस्या मान बैठने वाले चक्रवाक! यह तेरा निर्वेद नहीं असन्तोष है, अतः विलाप है। उठो! अनेक विद्रोही सर्जकों के विलोपित स्वप्न

इस धरती पर तेरी प्रतीक्षा करते हैं। इन स्वप्नों की वेदना को अभी शब्द नहीं मिल पाये हैं। तेरा शब्द उनके लिए है। तू कहाँ शब्द को शस्त्र मानने लग गया? तेरे सामने जो हो वह तो मात्र सीमित पार्थिवता है। तेरे शब्द-ब्रह्मांड में सोलह-सोलह सूर्य भासमान हैं। वहाँ कुछ भी बाधित नहीं। सब कुछ पूर्ण है, विपुल है, अनन्त है। तेरी प्रतीक्षा वहाँ हो रही है। उठो जाग्रत हो..."

दायें हाथ पर से सिर झुक जाने से उदयन चौंक उठा। उसका हाथ सुन्न हो गया था। जड़वत् बन गया था। उसे लगा कि उसकी आँखें नींद में भी खुली रह गयी थीं। शायद वह सोया ही नहीं था। यह सब तो जाग्रत का ही विहार, सर्जकता के अणुओं की लीला!

वह खड़ा हुआ। उसे लगा कि इस समय तक पूर्व दिशा में धूमकेतु उग आया होगा। किन्तु इस मकान की तो पूर्व दिशा ही नहीं। व्यग्र होकर बैठ गया। वह सोचने लगा कि अभी जो अनुभव किया है उसे विषयवस्तु बनाकर एक लम्बी कहानी लिखी जा सकती है। इस कहानी के दो खंड रखे जाएँ। पहले खंड के अन्त में हिरोशिमा का वर्णन करना चाहिए। और फिर तुरन्त मध्यान्तर। फिर देखा जाए कि मध्यान्तर के बाद कहानी कितनी आगे बढ़ती है। कहानी को अन्तहीन छोड़ दिया जाए। पाठक अपने मनोनुकूल अन्त देख सके। जो लोग भविष्य में विश्वास करते होंगे, वे अन्त को दूर ही दूर धकेलते रहेंगे। भविष्य, कहाँ है भविष्य, जो है वह तो वर्तमान तक फैला हुआ भूतकाल का अजगर है। वर्तमान के रूप में प्रकट होते प्रत्येक क्षण को वह अपने श्वास के साथ खींचकर अपने पेट के तल में पहुँचा देता है। आसानी से समा लेता है। थोड़ा-बहुत जो उसकी जीभ पर रह जाता है वह कुछ समय तक देख सकने वाले को दिखाई देता है।

सिगरेट जलाकर वह पलंग पर लेट गया। उसे लगा कि पलंग बहुत बड़ा है। इसलिए खाली-खाली लगता है।

उदयन अधिक नहीं सो पाया। सुबह दस बजे के क़रीब उठा। पलंग से नीचे पैर रखते ही उसे लगा कि अमृता अब तो आ गयी होगी। दो हफ़्ते बीत गये। वह तैयार हुआ। लिफ़्ट का बटन दबाया किन्तु जल्दी के कारण सीढ़ियाँ उतरने लगा। टैक्सी ली। 'सिक्का नगर।' चूँकि वह अमृता से मिलने जा रहा था अतः रास्ते में सभी ओर से आँखें मूँदे रहा।

दरवाज़ा खुला था।

"अमृता आ गयी?"

"जी, अन्दर खाना बना रही है।"

"वह क्यों बना रही है?"

"काम में मन लगाना चाहती है।"

"तो फिर तुम क्या करोगी?"

"बहुत काम है। खरीदी, सफ़ाई, अतिथियों का स्वागत-सत्कार। आपके लिए पानी ले आऊँ?"

"नहीं, अमृता से बोलो कि मैं आया हूँ।"

"जी, बोलती हूँ। शायद उन्होंने आपकी आवाज सुन ली होगी।"

बुढ़िया रसोई-घर से लौट आयी। अमृता को न आता देख उदयन ने पूछा-

"क्या कहा उसने?"

"कहा—'अच्छा'।"

थोड़ी देर बैठे रहने के बाद पुस्तकें पलटने लगा। पुस्तक में देखते-देखते वह अनुभव करता रहा कि यह अनिकेत का मकान है।

पुस्तकें देख चुकने के बाद वह बगल के कमरे में गया।

कमरे से लौटकर वह झूले पर बैठ गया।

झूले पर बैठे-बैठे उसने सिगरेट सुलगायी। एक पूरी हुई, दूसरी पूरी हुई। तीसरी सुलगायी और वह खड़ा हो गया। नीचे देखता हुआ जीना उतरने लगा।

कार पर उसकी दृष्टि पड़ी। अगला दरवाजा बन्द होने के बावजूद तीनेक इंच खुला रह गया था। उसने धीरे से हॉर्न बजाया। बुढ़िया ने खिड़की से झाँका।

"यह काँच बन्द नहीं है।"

बुढ़िया ने क्या उत्तर दिया यह स्पष्ट नहीं सुनाई दियाा, किन्तु वह समझ गया। बगलवाली खिड़की से झाँकता अमृता का चेहरा दीखा। दृष्टि मिलते ही उसके पैरों में गति आ गयी। रोड पर टैक्सी खड़ी थी, वह बैठ गया।

"कहाँ जाएँगे, साहब?"

"तुम्हारी इच्छा किधर जाने की है?"

"आप कहें नहीं तब तक मुझे पता नहीं चल सकता।"

"चलो, रवाना तो करो।"

उदयन को याद आया : "कहाँ जाएँगे?" जवाब दिया-"जहाँ भाग्य ले जाए वहाँ।" अब मुझे कहना होगा-"यन्त्र ले जाए वहाँ।" होटल देखकर उसने टैक्सी रुकवायी। खाया, चलने लगा। पुस्तक की दुकान पर गया। 'पेपर बैक्स' में आयी नयी पुस्तकें खरीदीं। सन्तोष न हुआ तो फिर से पुस्तकें देखने लगा। एक लम्बी युवती ने आकर एक ही साथ पुस्तकों पर नजर घुमाना शुरू किया। उदयन ने देखा और गौर किया कि कैसी पुस्तकें खरीदती है? हाँ, वही है। लेक्चरर थी, आज क्या होगी, मालूम नहीं। वह पुस्तकें देखते-देखते बात कर रही थी। जो पूछना होता, पूछती रहती थी। अपने को सबसे अलग रखकर गौरवशाली बने रहना चाहती थी। वह किर्केगॉर्द, दोस्तोयवस्की, नीत्शे, हेडगर, सार्त्र और कॉफ्का

की पुस्तकें माँग रही थी। चार-पाँच पुस्तकें निकालीं। शेष के लिए पुस्तक विक्रेता ने मँगवा देने का आश्वासन दिया। किन्तु वह विदुषी तो चार दिन के बाद 'अस्तित्ववाद' पर एक क्लब में बोलने का वचन दे चुकी थी। उसने सविस्तार बात की। उदयन उसकी ओर पीठ किये बातें सुन रहा था और मुस्कुरा रहा था। मन में कहा-हे देवीजी? जिस विषय को पढ़ा न हो उस पर बोलने की स्वीकृति कौन दे सकता है? इससे तो आमन्त्रित करने वालों के स्तर का भी पता चलता है।

अफ़सोस करते-करते वह चार पुस्तकें और शेष पुस्तकों का सूची पत्र लेकर जाने लगी।

''मेरे पास ये सभी पुस्तकें हैं, आपको चाहिए उससे भी अधिक। यास्पर्स मार्शल और कामू की पुस्तकें भी हैं। आपको चाहिए तो...।''

''आपको देखते ही पूछने की इच्छा हुई थी मिस्टर उदयन! आपका बहुत-बहुत आभार। मैं आपकी कहानियाँ पढ़ती हूँ।''

''आभार।''

''तो...''

उदयन के साथ निगाहें मिलने पर अधिक बोल न पायी।

''आपको पुस्तकें कब पहुँचा दूँ?''

''मेरे पास गाड़ी है। आपको एतराज न हो, तो अभी ही ले जाऊँ।''

गाड़ी में बैठने के बाद उदयन कुछ बोला नहीं। उसे लगा कि वह थोड़ा भी बोलेगा तो यह 'मिस' या 'मिसेज' संवाद को बढ़ाती रहेंगी।

''मेरी प्रार्थना है।''

''मुझ-जैसे सामान्य आदमी से प्रार्थना नहीं की जाती।''

''सामान्य दीखते तो नहीं।'' उसने निश्चित कर लिया कि उदयन सामान्य तो नहीं है। ''मेरी जगह यदि आप बोलें तो कितना अच्छा हो।''

''इस क्लब में तो आप ही बोलें, यही उचित है। वहाँ तो आप पढ़े बिना ही बोलेंगी तो उन लोगों को अधिक समझ में आएगा।''

उन्होंने समझा कि उदयन ने उनकी प्रशंसा की है। वे मुस्कुरायीं और फिर होठों पर जीभ फेरकर उन्हें भींच लिया।

मानवमन्दिर रोड आ गयी।

''हाँ, यहीं पर कार रोकिए। आपको अधिक इन्तज़ार नहीं करना पड़ेगा। पाँचेक मिनट में आ जाऊँगा।''

उन्हें बुरा लगा। कार को साइड में लिया।

उदयन ने दो बाल्टी-भर पुस्तकें लाकर कार की पिछली सीट पर उड़ेल दिया। दोनों बाल्टियाँ एक हाथ में पकड़कर बोला :

"बोलना, न बोलना तो ठीक है, मगर रुचि जगे तो इन्हें पढ़ना। पाँच-छह माह में आराम से पढ़ सकोगी। और पढ़ने के बाद कहीं बोलो तो मुझे बताना। मैं सुनने आऊँगा। हालाँकि, अच्छी तरह पढ़ लेने के बाद आपकी भी 'अस्तित्ववाद' पर बोलने की इच्छा शायद ही बची रहेगी।"

"आपने तो घर भी नहीं बताया?"

"मेरा घर, किसी सम्पन्न और स्वस्थ युवती को देखकर बेचैन बन जाता है। आपका योग्य स्वागत न हो सके तो मेरा अतिथिधर्म भी दूषित हो जाएगा।"

"तो ये पुस्तकें आपको लौटाने मैं कब आऊँ? इन्हें लेने भी आप इसी राजमार्ग पर आएँगे न। मैं एकाध महीने में पढ़ लूँगी। इसमें कुछेक तो मेरी पढ़ी हुई होंगी।"

कौन-कौन-सी पढ़ी हैं? पूछने का मन हुआ किन्तु मन ही मन हँस लिया।

"मैं थोड़े ही दिनों के बाद बाहर जानेवाला हूँ, आप पुरातत्त्व मन्दिर में अमृता को दे देना।"

"अमृता! सुन्दर नाम है।"

"सम्पूर्णतः सुन्दर है। उससे मिलेंगी तो प्रेम में पड़ जाएँगी।"

"ओह! आभार!...आभार...अच्छा आना।"

कार स्टार्ट हुई। रवाना होने से पहले दो फ़ुट पीछे हटी...बेचारी को थोड़ा तो पढ़ना ही पड़ेगा...बाल्टियाँ हिलाता-हिलाता वह चलने लगा। कार घूमकर वापस आयी।

"आप कब बाहर जाने वाले हैं?"

"कुछ निश्चित नहीं, पर जाने वाला हूँ यह तय है।"

"मैं पुस्तकें आपको ही लौटाऊँगी। नाहक़ अमृता को चिन्ता हो, वह भला कौन?"

"नहीं, वह तो राहत अनुभव करेगी...ऐनी वे-जैसा आप उचित समझें, नहीं लौटाएँगी तो भी चलेगा। अच्छा!"

इसको भला मैंने क्यों पुस्तकें दे दीं? प्रचार करती फिरेगी कि उदयन ने मुझे पुस्तकें दीं। पहले रईस होने का कैसे दिखावा करती थी? अब कौन उसे डिस्टर्ब करे? नहीं तो पन्द्रह दिन में शान ठिकाने लगा दूँ। बता दूँ कि देवीजी कितने पानी में हैं? विद्या के नाम पर भी फ़ैशन...। अध्ययन और वक्तव्य की भी व्यसन के तौर पर स्वीकृति?...वंचना कितनी सहज हो गयी है? और कहानी का जन्म।

किसी अपरिचित के नजदीक से गुज़रने पर स्थिर खड़े व्यक्ति की आँखों में क्षणिक कौतूहल पैदा हो-यह बात समझ में न आने-जैसी नहीं। अमृता यह समझ सकती है कि विजातीय को देखकर युवा आँखें सजग हो उठती हैं। किन्तु

कॉलेजों के सामने खड़ी भीड़ में उसे देख जो तहलका मच गया है, उसका क्या अर्थ हो सकता है? कैसी लापरवाह चंचलता! मानो छोटे-छोटे पिरामिडों पर बिजली गिर पड़ी हो। दो कॉलेजों के सामने उसे एक-सा अनुभव हुआ। तो क्या इसमें यहाँ तालीम दी जाती है। वह वहाँ से पैदल गुजर रही थी। उनके वाचिक और आंगिक नखरे देख वह स्तब्ध हो गयी। तो क्या यह बम्बई और अहमदाबाद का भेद प्रकट करनेवाला कोई लक्षण है?

अमृता को खेद हुआ। वह जानती थी कि यहाँ तो कोई युवती गुजरे और उसे इस तरह का 'रिस्पान्स' मिले तो वह गुस्सा करने के बजाय अपने सौन्दर्य की अपील की स्वीकृति समझेगी।

एक दूसरे कॉलेज में वह व्याख्यान देने गयी थी। उसकी सहपाठिन वहाँ अध्यापिका थी। टैक्सी की प्रतीक्षा में वह टाउनहाल के सामने खड़ी, किन्तु बस आ जाने पर वह उसमें बैठ गयी थी। यहाँ आने के बाद वह रिक्शा में एक ही बार बैठी थी।

रिक्शा की आवाज और हिचकोले उसे त्रासदायक लगे थे।

बस में से उतरकर वह पैदल ही कॉलेज तक गयी। प्रवेशद्वार तक का रास्ता उसने निगाह नीची कर पार किया। उसने कोई शिकायत न की। स्वागत हुआ। समय होने पर उसे सभागृह में ले जाया गया। प्राचार्य प्रमुख थे। अमृता की अध्यापिका मित्र ने परिचय दिया-"कुमारी अमृता के नाम से मुम्बई के शिक्षण जगत में तो शायद ही कोई अपरिचित होगा? इनका करियर उज्ज्वल रहा है। परन्तु ऐसा नहीं कहा जा सकता कि केवल इसीलिए ये प्रसिद्ध हैं। एक बार जब ये सन्तरण-स्पर्द्धा में विजयी हुईं तब 'बाँध' पर ली गयी इनकी तस्वीर की प्रतियाँ काला बाजार में बिकी थीं।"

अमृता सबके साथ हँस न सकी। प्रशंसा सुनकर शरमायी भी नहीं।

"मैंने इनका अभिनय देखा है। मुझे आज भी याद है वेणी संहार के कुछ दृश्य। कर्ण के रूप में श्री उदयन का अभिनय और द्रौपदी के रूप में कुमारी अमृता का अभिनय आज भी मेरे चित्त से हटा नहीं। यह केवल बाहरी परिचय हुआ। इनका वास्तविक परिचय तो यह है कि ये एक विदुषी हैं। पारिवारिक सुख-सुविधाओं का उपयोग इन्होंने अपने अध्ययन में ही किया है, विशेषकर प्राचीन भारतीय संस्कृति, पुरातत्त्व और संस्कृत भाषा-साहित्य का इनका अध्ययन इनके लेखों में छिपा नहीं रहता। ये अंगरेज़ी में भी लिखती हैं। आप एक सफल वक्ता हैं, इसके बारे में मुझे कुछ नहीं कहना है। आप सभी जानते हैं, ऐसा मान लेती हूँ। आप सबकी इतनी संख्या में उपस्थिति ही इसका द्योतक है। मैं इनसे अपना व्याख्यान आरम्भ करने की प्रार्थना करती हूँ। इनका आज का विषय है-'प्राचीन

भारतीय साहित्य में नारी'।''

अमृता खड़ी हुई कि श्रोता तुरन्त ही आमूल दृष्टा बन गये। सबको सम्बोधित करने के बाद वह बोली—

''इतनी अधिक संख्या में आप सब मुझे सुनने के लिए उपस्थित हुए हैं, इसके लिए आप सबकी आभारी हूँ। और साथ ही साथ इतनी अधिक संख्या में आपको देखकर मुझे अपने अध्येता होने के बारे में सन्देह होता है। किसी भी अध्येता को सुननेवालों की संख्या मैं जानती हूँ...आप लोगों की उपस्थिति का रहस्य भी मैं जानती हूँ। इसकी स्पष्टता करने की आवश्यकता नहीं। यहाँ आपका अनादर करना मेरा अभिप्रेत नहीं है।''

श्रोताओं के चेहरे पर भिन्न-भिन्न तरह की मुसकुराहट दौड़ गयी। छात्राओं-वाले कोने से थोड़ी कानाफूसी भी शुरू हो गयी।

'प्राचीन भारतीय नारी' विषय पर बोलने का प्रारम्भ यहीं से हो जाता है। पुरुष ने इस नारी को सुना नहीं, देखा है। समझा नहीं, सँभाला है। पुरुष को नारी को पहचानने में दिलचस्पी नहीं थी। इसलिए उसने इसे परम रहस्य कहकर उसका अभिवादन किया है। वास्तव में तो गौरवान्वित करने के बहाने उसकी सत्ता की उपेक्षा की है। इस बारे में आज भी कुछ नया कहने-जैसा नहीं है।''

शकुन्तला को अनाघ्रात पुष्परूप में देख सौन्दर्यपिपासु दुष्यन्त भारी चिन्ता में पड़ गये थे। विधाता किसे इसका भोक्ता बनाएगा? भोग्य और भोक्ता-नारी और नर के लिए उपयोग किये जानेवाले ये विशेषण उस काल में भी व्यतिक्रम प्राप्त किये हुए देखने को मिलेंगे। मैं यहाँ यम-यमी के संवाद की याद नहीं दिलाना चाहती। उस युग में यौन सम्बन्धों पर पुरुष-स्त्री में से किसका वर्चस्व था, यह निश्चित करके नारी का स्थान समझने का प्रयास करना निरर्थक है। क्योंकि यह तो स्वीकार करके चलने की बात है। यह तो सामान्यमेतद् है। यह अनुसन्धान का विषय नहीं हो सकता। किन्तु आज उस युग की नारी के सम्बन्ध में विचार करते समय विचारक, अध्येता यौन सम्बन्धों की चर्चा को अग्र स्थान देते हैं क्योंकि स्त्री-पुरुष-अस्तित्व को समझने का दृष्टिकोण अब भी सीमित ही है। प्राचीनकाल में भी यही स्थिति थी। विचार कीजिए-स्पष्ट होगा कि महाकवि ने एक मुद्रिका के प्रतीक में समा सके बस इतना ही शकुन्तला के स्मरण का अंकन किया है। दुष्यन्त के प्रतापी नामवाली मुद्रिका पानी में सरक गयी और शकुन्तला का समग्र अस्तित्व शून्य हो गया। वह भुला दी गयी। मूल कथानक में तो दुष्यन्त ने शकुन्तला को भूलने के लिए मुद्रिका का बहाना भी न ढूँढ़ा। इस युग में पुरुष की समष्टि भीरुता ने नारी के साथ अन्याय किया है।

नाटकों में स्त्री प्राकृत बोलती है। संस्कृत और प्राकृत में संस्कृत ऊँची और

प्राकृत नीची भाषा है, ऐसा आज के भाषाशास्त्री नहीं कहेंगे, किन्तु नाटककार तो उस युग की मान्यताओं के वशवर्ती थे कि स्त्री का संस्कृत बोलना उसके अधिकार के बाहर है।

स्त्री के भाग्य का निर्णय करने बैठे मनु भगवान ने उसके स्वातन्त्रय को तो ताक़ पर रख दिया। इतना ही नहीं उन्होंने तो स्वातन्त्र्य के निषेध का भी निर्देश किया, भले ही उसके पूजने की बात की। पूज्य बनने के बजाय नारी स्वतन्त्र होना अधिक पसन्द करती है, पर उसे पूछे कौन?

आम्रपाली इतनी अधिक सुन्दर थी कि उसे सामाजिक सम्पत्ति बना दिया गया–नगरवधू बना दी गयी। नारी अपने सौन्दर्य का विज्ञापन नहीं चाहती, किसी हृदय में प्रतिष्ठित होना चाहती है और वह भी समर्पण द्वारा। फिर अपने प्रेम का वात्सल्य में रूपान्तर चाहती है। प्राचीन युग में किसी नारी ने अपने आँसुओं के बलबूते पर यह सब प्राप्त भी किया है, पर अपवाद रूप में ही। मैं तो यहाँ तक कहने को तैयार हूँ कि प्रेम और समर्पण में नारी की समग्रता नहीं आ जाती, उसकी भी जिज्ञासा होती है, आकांक्षा होती है। मैत्रेयी क्या पूछती है? याद करो। उसे तो उत्तर मिला, पर गार्गी को तो सुनना पड़ा कि तू इतने अधिक प्रश्न न कर, तेरा सिर फट जाएगा। यह कोई सामान्य अपमान नहीं है। पंडितों ने ऐसे मामलों में नारी हृदय की कोमलता की बात उठाकर विचारों के भार के नीचे दब जाने से उसकी रक्षा की है। यह भी एक तरह का निषेध है, जो नारी को आत्मनिर्णय के मार्ग पर बढ़ने से रोकता रहा है। इसी कारण प्राचीन साहित्य में नारी का अस्तित्व उसकी समग्रता में अभिव्यक्त नहीं हो सका–यह कहने के पर्याप्त कारण हैं।

महामानवों के संशय को दूर करने के लिए अग्निपरीक्षा भी कम पड़ी और निर्दोषिता सिद्ध न हो सकने पर अन्त में धरती में मार्ग ढूँढ़ना पड़ा और यह अग्निपरीक्षा लेनेवाले की उदारता भी कैसी? किन्तु वह तो भगवान का अवतार! भगवान ने सभी अवतार पुरुष रूप में ही लिये हैं। एक अर्द्धनारीश्वर की कल्पना इसमें अपवाद है, किन्तु अध्येतागण इसका क्या अर्थ करते होंगे? यह एक प्रश्न है।

कर्ण से वंचित द्रौपदी की सर्वानुमति से क्या दुर्दशा हुई यह तो आप जानते ही हैं। वासवदत्ता और वसन्तसेना को लेखकों की सहानुभूति अवश्य मिली थी, किन्तु उनके युग की नहीं।

उस युग के समाज का विचार करने पर लगता है कि स्वाधीन होना चाहती नारी और आधिपत्य त्याग न करने को उद्यत पुरुष में विरोध है, किन्तु इस विरोध की साहित्य में कहीं भी निःशेष अभिव्यक्ति नहीं हुई है।

यहाँ नारी की स्वाधीनता की बात करके मैं दाम्पत्य जीवन से मुक्त होने की बात नहीं करती। नारी की स्वतन्त्रता क्या है? यह मैं अन्त में बताऊँगी। अब

एक के बाद दूसरे युग की चर्चा करके अपनी बात को स्पष्ट करती हूँ—

अमृता का व्याख्यान घंटे भर चला। सभा खंड में अपूर्व शान्ति रही। प्रमुख महोदय को थोड़ा-बहुत संस्कृत श्लोक आते थे, वे सब बोलकर एक-दो जगहों पर अमृता के साथ नम्रतापूर्वक असहमत होने का प्रयास किया। अन्त में अमृता की प्रशंसा पर उन्होंने मधुरेण समापन किया।

तीसरे दिन अमृता को विदा करने कुछ छात्राएँ आयी थीं। अमृता के व्याख्यान के प्रभाव से वे अभी भी मुक्त नहीं हो पायी थीं। उनके स्नेह के प्रति आभार व्यक्त करके उसने उन्हें सलाह दी कि मेरी ओर तुम्हारी यह मुग्धता वस्तुतः मानसिक पराधीनता की सूचक है। इस तरह उन्हें सतर्क करते समय उसे उदयन याद आया। उसे प्रतीत हुआ कि वह स्वयं जो बोली वह भाषा तो उदयन की है।

वह बम्बई आयी उसके दो दिन बाद उदयन आया। वह रसोईघर तक आएगा, यह मानकर वह बैठी ही रही। शायद चलकर उसका साक्षात्कार करने की उसकी तैयारी न थी। उदयन बाहर बैठा रहा। वह क्यों नहीं आया? उसे रोकने के लिए किसी को बिठा थोड़े ही रखा है? और रोकने वाला हो तो भी वह किसी के रोकने से रुकने वाला कब है? हाँ, वह रोकने से नहीं रुकता। चला गया। कौन जाने मन में कितने ही तूफ़ान भरकर चला गया होगा! आवाज सुनकर नीचे देखा तो नज़र मिलते ही एक प्रलयकारी दृष्टिक्षेप करता हुआ वह चला गया।

उसे बुरा लगे, ऐसा मैंने क्या किया है? बालाराम में वह जो कुछ बोला, जैसा व्यवहार किया उसका अफसोस उसे होना चाहिए, इसमें मेरा क्या दोष? प्रतिक्रियास्वरूप मैंने जो कुछ कहा, उसके लिए भी वही उत्तरदायी है। किन्तु अनिकेत ने मेरा पक्ष न लिया। अनिकेत ने कहा कि उदयन के साथ मेरा भूतकाल इस तरह गुँथ गया है कि...तो क्या उदयन बिना आज मैं जो हूँ, वह न होती? तो फिर मेरे निरपेक्ष अस्तित्व का कोई मूल्य नहीं? उदयन होता तो भी अमृता तो अमृता ही रहती। शायद अमृता की छाया भिन्न होती है...वह निमित्त न बना होता तो क्या मैं जहाँ हूँ, वहाँ तक न पहुँच सकी होती? उसके सम्पर्क बिना भी मेरा सत्त्व तो यही होता। उदयन सत्त्व को नहीं अस्तित्व को प्राधान्य देता है। सत्त्व को प्रधानता देने का मतलब है-नियति की स्वीकृति। उसकी बात कुछ प्रतीति भी कराती है। आदमी उसके अस्तित्व से पहचाना जाता है। मेरे नर्तकी होने या साहित्यिक होने में कोई फर्क न पड़ता। वह अब भी मुझे मुग्धा मानता है...वह मेरे सम्बन्ध में क्या सोचता है, इसकी मैंने सदा परवाह की है। मैं उसकी ओर से लापरवाह हो सकूँ, यह सम्भव नहीं। तो क्या करूँ? आज तक मुझे इसका सहयोग मिला है, यह कोई सामान्य बात नहीं। तो क्या उसके सहयोग की कीमत समर्पित होकर चुकानी पड़ेगी? मेरा सहयोग क्या उसने निःस्वार्थ भाव से दिया

होगा? अनिकेत इस बारे में उससे भिन्न है। वह न होता तो? नहीं। अनिकेत न हो यह सम्भव नहीं। उसके मन में मुझे पाने की इच्छा नहीं है? कहता है–जो पाया है, वह भी कम नहीं है। उसने क्या पाया होगा? मेरी तरह क्या वह भी पिपासु नहीं होगा? तो क्या उसका त्याग मात्र 'पोज' होगा? नहीं, उसके त्याग में प्रेमी की अनपेक्षता है, त्यागी का दिखावा नहीं, कोई उपेक्षा भी नहीं। इसी कारण उसकी स्मृति अभिलाषा जगाती है...हृदय में मधुर तृषा छा जाती है। अंग-अंग में परवाना बनने की कामना जागती है। उसके सान्निध्य में मैंने कभी स्वतन्त्रता की बात क्यों नहीं की? शायद उसके सामने ऐसी जागृति नहीं रह पाती। स्वतन्त्रता नहीं, स्नेह...ऐसा भी नहीं। स्नेह में स्वतन्त्रता का समावेश होगा। उसका व्यवहार देखकर तो यही लगता है कि उसकी स्वतन्त्रता का सम्पूर्ण स्वीकार ही स्नेह है। जबकि उदयन वह तो स्नेह की जगह विचार को महत्त्व देता है। कहता है कि वैचारिक भूमिका पर ही हम निकट आ सकते हैं। प्रेम नाम का कोई शाश्वत सूत्र नहीं, जो हमें अपनी उपस्थिति की आजीवन प्रतीति कराता रहे। प्रेम तो हरेक प्रसंग में अलग-अलग रूप में सामने आता है। समान लगती विभिन्न घटनाओं और प्रसंगों का अनुभव भी भिन्न होता है। विभिन्न घटनाओं में प्रवर्तित हो ऐसा कोई व्यावर्तक तत्त्व-प्रेम नहीं। वह कहता है कि अनिकेत की ओर मेरा झुकाव प्रेम का नहीं मुग्धता का द्योतक है। प्रेम तो है ही नहीं। और मुग्धता एक भ्रामक तत्त्व है। अपने और अपनी संवित् के बीच मुग्धता एक रंगीन आवरण बन जाती है। अनिकेत के प्रति मेरे आकर्षण का कारण वही रंगीन आवरण है, जिसका जन्म मेरी मनोसृष्टि में ही हुआ है। वह अपरिपक्वता का सूचक है। अतः मुझे विचार करना चाहिए। क्या है यह 'विचार!' क्या मैं उसके बिना नहीं जी सकती? तो क्या जीने के लिए प्रयत्न करना होता है? विचार और प्रेम...विचार या प्रेम? इन विभाजनों और विकल्पों की सृष्टि में क्या समग्र को पा लेना सम्भव है?

वह खरीदी के लिए निकली। वह अब नौसिखिए की तरह कार चला रही थी। स्पीड कम थी। ब्रेक का अधिक उपयोग कर रही थी। उसे लगता था मानो सीधे रास्तों की अपेक्षा क्रॉसिंग अधिक हैं।

आज क्या खरीदना है? दुकानें देखकर ही तय करूँगी। जो जरूरी हो वही नहीं, ज़ो मन भाये उसे भी खरीदूँ।

यह आदत ठीक नहीं। अब वेतन को ध्यान रखकर ही खर्च करना चाहिए। थोड़ी बचत भी करनी चाहिए। वक़्त-बेवक़्त काम आये। खराब दिन तो बहुत आ सकते हैं, क्योंकि वे आकस्मिक होते हैं। अच्छे अवसरों की चिन्ता करने की आवश्यकता नहीं। फ़िलहाल ऐसे किसी अवसर के आने की सम्भावना नहीं।

एक वस्त्र-भंडार में रखे 'ऐश-कलर' के ऊन पर उसकी दृष्टि गयी। 'यह

रंग अनिकेत को प्रिय है।...अब सर्दी के दिन आएँगे। रेगिस्तान में यात्रा करते समय, वह मेरे हाथ का बुना हुआ स्वेटर पहने-मैं भेजूँगी तो वह अवश्य पहनेगा। वह पहनेगा तो मुझे अच्छा लगेगा।'

उसने अपने भतीजों के लिए कुछ खिलौने और बाल-साहित्य खरीदा। जुहू के लिए रवाना हुई। अपरिचित मेहमान की तरह 'छाया' के दरवाजे के पास कार रोकी। नौकर को वस्तुएँ दीं, जैसे किसी की अमानत पहुँचा रही हो, और लौट गयी। उसने देखा कि लिंक रोड कितनी जल्दी आ गया। समय अनुभवरहित छोड़कर बह जाता है।

रात को देर से उसे अनिकेत का प्रथम पत्र याद आया, जो उसे दो-ढाई महीने पहले मिला था। पढ़ने बैठी-

''प्रिय अमृता,

प्रणाम!

तुमको पत्र लिखने में मुझे कोई झिझक नहीं हुई। आश्चर्य होगा तुमको? मुझे भी आश्चर्य हुआ कि तुम्हें पत्र लिखने निःसंकोच बैठ गया हूँ, निर्णय के विरुद्ध जाकर। स्पष्टता करने की मेरी इस आदत से तुझे बुरा लगे तो क्षमा करना। अन्तस् में कुछ अनिर्वचनीय गूँजता रहता है। कुछ ऐसा है जिसे भाषा के माध्यम से पकड़ने का प्रयत्न करता हूँ तो शब्द-शब्द के बीच रहनेवाले अवकाश में से छिटक जाता है। एक शब्द लिखने के बाद दूसरे पर पहुँचने के लिए अवकाश पार करना पड़ता है, जबकि जो अनिर्वचनीय है वह तो अखंड है। शब्द-बद्ध करने में वह झर जाएगा। नानालाल का वह गीत है न-'फूलडां कटोरी गूँथ लाव! अंजली मां अमृत नहीं झीलूँ रे लोल...झीलूँ-झीलूँ ने झरि जाय...' व्यवहार में लापरवाही के पूर्ण प्रयोग से दूषित हुई भाषा क्या मेरी अनुभूति को झेल सकेगी? शब्दस्थ होने के बाद क्या सन्तर्पक रह सकेगी?

अन्तःकरण रहस्य से सभर है। उसके स्पर्श से आनन्द है। आँखें विनत हैं। वह रहस्य भीतर-बाहर सब ओर छाकर बौद्धिक जागृति से दूर किसी निस्तब्ध अंचल में खींच ले जाता है। कौन है यह? यह तुम हो, ऐसा नहीं कह सकता। पर तुम नहीं हो, यह भी नहीं कह सकता। यह कौन है, इतना भर जानने के लिए तुम तक आ रहा हूँ।

आज्ञा लिये बगैर आ रहा हूँ। तुम समझदार हो। मेरी एक याचना स्वीकारोगी? मुझे वापस लौटा देना। मैं अपने को रोक नहीं सकता। इतना स्वीकार कर मैं हल्का होना चाहता हूँ। 'मेरा अपने पर नियन्त्रण है, मैं अपने को तुमसे दूर रख सकूँगा'-ऐसी किसी एषणा में अपने संवेदन की सच्चाई की अवहेलना करके मैं अपने को महान बना सकूँ यह सम्भव नहीं। मुझे तुम्हारे सामने यह स्पष्ट करना है कि कैसा अबोध

बनकर मैं तुम्हारे द्वार तक दौड़ आता हूँ और इसके बाद याचना-भरा निवेदन करके कहता हूँ कि मुझे लौटा देना। मैं चाहता हूँ कि तुम माँगो और मैं विमुख होऊँ, इसके बदले स्थिति यह हो कि मैं माँगूँ और तुम विमुख होओ।

आज मेरा वातावरण प्रसन्न हो। अँगुलियों के पोरों पर निखालसता थिरक रही है। सत्य कह देने का उत्साह जागा है-मैं तुम्हारा त्याग कर यहाँ आया, ऐसा भविष्य में कोई जाने और मुझे तुमसे महान समझे तो वह मात्र असत्य होगा। मेरे प्रति कितनी बड़ी वंचना होगी! इसलिए मैंने इसमें से बचने का रास्ता ढूँढ़ा है। हे ममतामयि! मुझे लौटा देना। तुम छोटी न बन जाना, तुम छोटी बन भी कैसे सकती हो? तुम तो आकाश-सी अनन्त हो। मेरे ऊपर विस्मृति के बादल का छप्पर डालना, जिसकी छाया ओढ़कर मैं नतमस्तक लौट जाऊँ। पत्रोत्तर न देना।

ऊपर जो कुछ लिखा गया है, उसके आगे लिखना अटक गया था। बीच में काम आ पड़ा था और आगे लिखने के लिए जब पहलेवाला पढ़ गया तो लगा कि यह तो पागलपन है। मेरी दृष्टि में दर्प घुला और मैंने लिखा हुआ फाड़ डालने का विचार किया, इतने में मुझे कल रात का स्वप्न याद हो आया। मुझे लगा कि स्वीकारने में कैसी शर्म?

उपरिलिखित सच ही है। उसकी पुनरुक्ति करूँगा पर विस्तार नहीं। पत्र में कुछ और ही लिखूँगा। जो तुम्हारे-मेरे बीच के भौगोलिक अन्तर को प्रकट करे और महसूस कराये कि मैं तुमसे कितनी दूर आ गया हूँ?

मुम्बई के रेलवे स्टेशन पर हम अलग हुए। वहीं से मेरे चित्त में कुछ न कुछ उभरने लगा था। वह सब पत्र में नहीं लिखूँगा वरना पूरा पत्र तुम्हारे बारे में ही हो जाएगा, जबकि पत्र में मैं अपने को रखना चाहता हूँ।

यहाँ का बाह्य अवकाश एकत्रित और अवगुंठित कामनाओं को मुक्ति प्रदान करता है। दृष्टि के सहारे अन्तःसृष्टि शुभ्र बादलों तक पहुँचती है, राहत का अनुभव होता है। तुम जानती हो कि आकाश मुझे बेहद प्रिय है।

हमने जिसकी देवरूप में प्रतिष्ठा की उस अग्नि का जन्म समुद्रमन्थन से हुआ था अर्थात् अग्निदेव का वास समुद्र के भीतर है। मैं अपने चित्त को समुद्रमन्थन में से राजस्थान की इस बाह्य सृष्टि में लाया, तब जाना कि इसका सादृश्य तो इस मरु में भी ढूँढ़ा जा सकता है।

मेरे अन्तःकरण में पहले समुद्र था, अब रेगिस्तान है।

इतिहास के अनुसार सैकड़ों वर्ष पूर्व राजस्थान की भूमि पर 'टॅनेस' सागर लहराता था। इस मरुस्थल की ठोस वास्तविकता को उधेड़कर किसी सागर की लहरों का उन्मत्त नाद मैं आज भी सुन रहा हूँ। धीरे-धीरे सागर खिसक जाता है। भूमिका प्रकट होती है। आसपास से आने वाले इस भूमि पर बसना शुरू करते

हैं। आने वाला कोई एक नहीं, वह एक तो है ही–उसके साथ समग्र है। मैं तुमसे प्रार्थना करता हूँ कि तुम एक न रहकर समग्र बन जाओ।

यह जो रेत है, समुद्र की रेत से मिलती-जुलती है। अन्तर की रेत बार-बार भीनी होती रहती है। भले ही आज यह प्रदेश समुद्र नहीं है, पर यहाँ यत्र-तत्र आज भी समुद्र के अंश अवश्य हैं। भारत का खारे पानी का सरोवर साँभर समुद्र की सतह से 1200 फ़ुट ऊँचा है। किसी जमाने में यह समुद्र का भाग था। अमृता! इतिहास कितनी सरलता से कह देता है कि यह और वह एक ही है। विभिन्न रूपों में विलसती समग्रता एक ही का रूपान्तर है। इसलिए प्रदेशों या देशों का इतिहास जानने के बदले हमारे लिए पृथ्वी का इतिहास जानना जरूरी है। पृथ्वी का इतिहास, सूर्य का इतिहास, निखिल का इतिहास यदि हम जानेंगे तो लगेगा कि आदि और अन्त के मध्य का इतिहास तो एक ही तत्त्व के रूपान्तरों की लीला है। इसलिए हम इस एक को प्राप्त करें, यह आवश्यक है। हम एक-दूसरे के निमित्त प्रेम को जानें यह जरूरी है। क्योंकि हम नहीं होंगे तब भी यह तो होगा ही। प्राणवायु कब नहीं थी और कब नहीं होगी? तुम तो जानती ही हो कि जगत मात्र दो आदमियों का बना हुआ नहीं है। हम जानते हैं अपनी दुनियावी शब्दावली का सर्वोत्तम विशेषण जिसे प्रयुक्त करने के लिए मैं तैयार हूँ। अनेक युगल इसे प्राप्त हुए हैं और होते रहेंगे, क्योंकि यह चिरन्तन है। अनेक का इसने उन्नयन किया है, क्योंकि यह परिशुद्ध है। किन्तु हम? सम्भव है इसके नाम पर ही इसे भूल जाएँ, और संवेग विवश हो जाएँ। यह तो सूक्ष्म है। हाथ से छिटक जाएगा। दो शरीरधारी साश्चर्य देखते रहेंगे। मुझे बार-बार प्रतीत होता रहता है कि इस समग्र पृथ्वी के सन्दर्भ में दो आदमियों का होना नहिंवत् है। वे नितान्त सीमित स्थल-काल में जीते हैं। यह बात तो मैंने पृथ्वी की तुलना में कही। समग्र विश्व को तो छोटे-छोटे नक्शों में भी अभी पूरी तरह नहीं पहचाना जा सका है। यदि हम केवल प्रेमी ही रहें और प्रेम न बन पाये तो लघुता ही अपने जीवन की फलश्रुति होगी। इसलिए अपना केन्द्र सुरक्षित रखने के बावजूद समग्र तक विस्तृत होना आवश्यक है।

मैं तुमको उपदेश देने लगा। सुज्ञ को उपदेशना नहीं पड़ता, पर उससे ही कुछ कहने की इच्छा होती है। कहना नहीं चाहिए यह जानता हूँ। और न कहने के लिए पर्याप्त नियन्त्रण नहीं। कमलताल की लहरियों पर तैरते राजहंस की भाँति अनिश्चय के कारण न तो वह जा सकता है, न ही स्थिर रहा जा सकता है।

अश्वघोष ने नन्द के लिए ठीक कहा है...कालिदास ने भी कहा है–'न ययौ न तस्थौ'...

चलो, बातें छोड़कर गति का प्रारम्भ करो। बातों में कई बार भ्रम भी पैदा

होता है। गति से जीवन का अनुभव होता है।

जोधपुर से जैसलमेर जा रहा था, सुबह दस से लेकर साँझ के छः बजे तक का समय गाड़ी में बीता–जोधपुर से पोखरण तक। जैसे-जैसे जोधपुर दूर होता गया, वैसे-वैसे हरियाली घटती गयी। निर्जनता बढ़ती गयी। यह प्रदेश केवल रेतीला ही नहीं, पथरीला भी है। रेतीले मालूम दें, ऐसे प्रदेश कम हैं, किन्तु ऐसा कोई भेद करना जरूरी नहीं, क्योंकि यहाँ जो रेती उड़ती है, वह पत्थर में से ही बनी होती है। रेत अर्थात् पत्थर के अणु। रेत बनकर पत्थर निर्जीव रहने के श्राप से मुक्त हो जाता है। रेत को गति मिलती है। जल का निविड़ स्पर्श होता है तब उसकी अनभिव्यक्त गन्ध व्यक्त होती है। इस जलसिक्त सुगन्ध से बीज का अंकुरण होता है–अरे, मैं तो फिर बतियाता हुआ, रेगिस्तान से बाहर निकल गया।

यहाँ जहाँ रेत है, वहाँ केवल रेत नहीं, पवन भी है। पवन गति देता है, रेत की यात्रा जारी रहती है। मनुष्य की जगह रेत ज़िन्दा रहती है। यहाँ प्रकाश भी है। इस प्रकाश ने रास्ता बताने का दायित्व सिर पर नहीं उठाया है। किसी भी दिशा में जाओ, तुम्हारा रास्ता रोकने के लिए कोई नहीं आने वाला। हाँ, पवन पदचिह्नों को अवश्य मिटा सकता है। देखते ही देखते प्रकाश आग में बदल जाता है। अग्निहीन ज्वालामुखी शिखाओं का स्पर्श करके बहती लू। केवल लू ही नहीं, आँधी। चारों ओर बहता धुँधकार! यहाँ के लोग वात्या-चक्र को भूतेला कहते हैं। कहते हैं कि अतृप्त कामनाओं को लेकर मरनेवाले लोग भूत बन जाते हैं और वात्याचक्र में उनके प्राण होते हैं। इसी कारण वह अकुलाया फिरता है। इसमें मनुष्य के असन्तोष का, उसकी अतृप्ति का बल होता है। यहाँ के बवंडर इतने प्रचंड होते हैं कि मानो मरुमन्थन के लिए केन्द्र की शोध में मेरु पर्वत के दूत दौड़ते आते हों।

मरु-मन्थन! क्या मिलेगा मुझे। समुन्द्र-मथन में अमृत से पहले कालकूट निकला था। उदयन क्या करता है, इन दिनों? कालकूट और अमृत...उसे अमृत मिले, क्योंकि उसने मन्थन किया है। उदयन के बारे में मैं तो क्या लिखूँ?

एक पागल मनुष्य छाया-चित्र बनकर अभी भी मरुभूमि पर घूमता फिर रहा है। फलौंदी नामक स्टेशन था। दोपहर के तीन बजे के क़रीब वह आया था। गाड़ी कुछ देर तक रुकी थी। प्लेटफॉर्म पर नीम का एक पेड़ था। इस वृक्ष की छाया के किनारे-किनारे प्रौढ़ आयु का एक कृशकाय पागल घूम रहा था। कभी-कभी छाया को लाँघ कर वह उसके बाहर आ जाता था। वह त्वचा के आवरण में ढँका अस्थि-पिंजर-सा प्रतीत होता था। फिर भी मैं उसे मनुष्य कहता हूँ। जो पागल होता है उसे मैं सम्पूर्ण मनुष्य कहता हूँ। उसकी समग्रता केन्द्रित होकर व्यक्त होती है। वह पागल पूर्णतः प्रसन्न था। मानो प्रसन्नवदना काष्ठमूर्ति। काष्ठमूर्ति

स्थिर होती है, यह आदमी घूम रहा था। उसके दाहिने हाथ में टीन का एक छोटा-सा डिब्बा था, जिसमें थोड़ा पानी था। वह चलता-चलता बैठ जाता था, थोड़ा पानी हाथ में लेता। उसे ललाट पर, हाथ पर, घुटने पर लगाता। फिर पूरी तरह झुककर धरती पर सिर छुआता और प्रणाम करता। खड़ा होता, चलता, बैठ जाता। पानी लगाता, प्रणाम करता। जिस क्षण वह पानी का स्पर्श करता उसकी प्रसन्नता असीमित हो जाया करती। फिर खड़ा हो जाता। पानी समाप्त हो गया हो तो उसके लिए भीख माँगता। कोई उसके डिब्बे में पानी उड़ेलता तो उसकी प्रसन्नता बढ़ जाती। आश्चर्य है कि वह आदमी इतनी अधिक प्रसन्नता को कैसे सहन कर पाता होगा? मेरे पास पानी से भरी एक सुराही थी। मैंने उसे थोड़ा पानी दिया। उसकी आँखों में स्वर्गिक चमक उत्पन्न हुई उसके आनन्द की तुलना करूँ? पहली बार जब मैंने तुम्हें अपने द्वार पर देखा तब मेरी आँखों में भी स्वर्ग तैर आया था। उस दिन तुम आयी, इस घटना को समय भी नहीं भुला सकता। उस दिन तुम स्वतः आयी थी, अतः सम्पूर्णतः आयी थी। ओह, कितनी बड़ी घटना है यह! इससे बड़ी कोई घटना नहीं हो सकती। मुझे याद है, उस दिन तुमने नूपुर पहने थे। किंकिण की झंकार सुनने के लिए वातावरण कान लगाकर बैठा था...शायद कुछ अघटित भी कह बैठूँ...माफ़ करना!...मैं सौरभ से सन्तुष्ट हूँ, पुष्प पर अधिकार करने की उत्कंठा मैं नहीं पालता। मैं एक ऐसे प्रश्न का उत्तर दे रहा हूँ, जिसे तुम पूछोगी नहीं। उदयन न होता तो? तो तुम्हारे प्रति मेरा क्या रुख होता? जो है, उसके अभाव की कल्पना करके मैं कभी तर्क नहीं करता। तब भी कहता हूँ उस स्थिति में भी मैं तुझे चाहता, आज की तरह ही। सौरभ से सन्तुष्ट होता। मेरी याचना उस स्थिति में भी केवल सौरभ के लिए होती। मैं कामना नहीं करता, कामना स्वार्थ का सूचक है। जो कामनावश होता है, दूसरे के स्वातन्त्र्य को भूल जाता है। नारी के समर्पण में उन्नयन देखनेवाली बात से मैं सहमत हूँ। किन्तु समर्पण किसका? स्वातन्त्र्य का या अहम् का? दूसरे की स्वतन्त्रता की पूर्ण स्वीकृति अर्थात् प्रेम। स्वामी और स्वामिनी जैसे शब्दों के अर्थ संकेत मुझे पसन्द नहीं, क्योंकि ये सौरभशून्य शब्द हैं...यहाँ शरीर और शारीरिक सम्बन्ध के बारे में स्पष्टता करनी आवश्यक लगती है, मैं मौन रहूँगा। जिसके साथ कुछ लेना-देना न हो, उस सम्बन्ध में बात करना एकदम अप्रस्तुत समझा जाएगा।

हाँ, मैं उस पागल आदमी के बारे में बात कर रहा था, जो व्यवहारगत औपचारिकताओं का आवरण उतारकर फेंक देता है, उसे हम पागल कहते हैं। पागल होने का कैसा आनन्द होता होगा? यह तो वही जाने। राजस्थान में होऊँ और मीरा याद न आये, हो सकता है कभी? घायल की वेदना और पागल की प्रसन्नता समान होगी? उस पागल को प्यास लगी थी। यहाँ मैं उसकी और उदयन

की तुलना नहीं करता। अलबत्ता पागल की सच्चाई उदयन में मुझसे कहीं अधिक है। पत्रारम्भ में मैंने जो याचना की है, उसे ढँकने के लिए ही मानो यह सब कुछ लिख रहा हूँ।

अमृता ने ऊपर देखा। ''अनिकेत अनिश्चय में जीता है और चाहता है मैं निश्चय को जीऊँ। याचना करता है? किसलिए मुझे इतनी महान बना देना चाहता है? सौरभ का उसके निकट क्या अर्थ है? इस काया की अवहेलना कर वह बात कर सकता होगा। इसके अन्तर्द्वन्द्व का यह स्वरूप तो जितना वह कहता है, उससे अधिक सूचित करता है, किन्तु मानो मेरे पक्ष में किसी अन्तर्द्वन्द्व को स्वीकार नहीं कर सकता। क्योंकि वह मुझे काया नहीं, कल्पना मानता है। उससे अब मैं कैसे कहूँ कि...''

उसने पत्र आगे पढ़ना शुरू किया।

इलियट की 'ऊसर भूमि' कविता की पंक्तियाँ यहाँ याद आ गयीं। उस पागल की छाया के प्रभाव में अनवस्था छा गयी थी। कविता का अन्तिम अंश खयाल आया। मृत्यु के बाद पुनरुत्थान प्राप्त किये हुए ईशु की यात्रा का वर्णन और युद्धोत्तर वास्तविकता का वर्णन तुम पढ़ना। उदयन से कहोगी तो वह बड़े मजे से तुमको सुनाएगा। उसे यह काव्य खंड बहुत प्रिय है। जीवन का विनाश, जीवन का अभाव और जीवन की सम्भावना का अभाव...पर्वत के चारों ओर फुफकारता रेतीला रास्ता, वहाँ से गुज़रता विचारशून्य चित्त। मृत पर्वत का मुख, उसके थूक रोक लेने वाले बीभत्स दाँत, शान्ति के स्थान पर वन्ध्य शुष्क-गर्जना, दरारोंवाले दरवाजों की झोपड़ियों से अपमानजनक गुर्राहट करते लाल उदास चेहरे। इन बिम्बों को याद करने के बाद इन्हें मैंने आँखों के सामने सँजोये रखा है। गाड़ी की गतिमय लय के साथ ये बिम्ब बिखरते गये। फिर तो महसूस होने लगा कि इस रेगिस्तान में भी जीवन है। आश्चर्यचकित कर देनेवाले यहाँ के लोगों के सुन्दर नाक-नक्श और पुष्ट शरीर। एक स्टेशन पर एक युवती देखी। शायद अपने बड़े भाई को देख उसने सिर झुकाया। उसने उसके सिर पर हाथ फेरा। कितना ऊँचा था वह! प्रचंड दीख पड़ता था, उसका शरीर साँचे में ढला लगता था। मुझे लगा कि आदमी हिम्मत न हारे तो ज्यों-ज्यों अधिक सहन करे, त्यों-त्यों अधिक विकसित हो।

पोखरण से जैसलमेर तक बस में जाना पड़ता है। जमीन रेतीली कम, पथरीली अधिक। सड़क पक्की, बीच में कहीं-कहीं गाँव बसे हैं। गाँव इतने छोटे दिखाई पड़ते हैं मानो बनते-बनते रह गये हों। इन छोटे-छोटे आकारों में एक गोलाकार घर बहुत अच्छा लगा। घर की तरह छत भी गोलाकार, जैसे चोटीवाली गरम टोपी सिर पर रखे कोई बाँका युवक शोभा देता हो। कहीं-कहीं पर पत्थरों

की छतवाले घर भी। यहाँ के लोगों के लिए ये प्रगति के सूचक होंगे, पर हमारे लिए तो ये मकान पुराने हैं।

पीलूँ, बबूल, झरबेर, आका। आका के पेड़। देखा है न आक वृक्ष? पौधे के रूप में ही देखा होगा। पारिजात-जैसे आका वृक्ष देखे। आका के फूलों से परिचय है न? मानो अर्द्ध-विकसित लघुतम कमल!

भ्रमजन्य आनन्द भले ही क्षणिक हो, पर है यह भी एक अनुभव। मैं जैसलमेर के किले के दक्षिणी कँगूरे पर से नीचे फैली वीरान धरती को आँखों में भरकर लौटा था। जैन मन्दिर के ज्ञान-भंडार को खुलवाकर प्राचीन ग्रन्थों को देख मैं खड़ा था। इस भंडार के बारे में जितना सुना था उतना लगा नहीं। अनेक ग्रन्थ बाहरी लोगों को बेच दिये गये हैं। अन्यत्र अप्राप्य हो ऐसा बहुत कम यहाँ पर बचा है। इसी सोच-विचार में डूबा खड़ा था कि इतने में बग़ल से गुज़रती एक युवती ध्यान खींच गयी। उसके चले जाने के बाद मुझे उसके आगमन का ख़याल आया। उसकी पीठ के सादृश्य से भ्रम पैदा हुआ, अमृता तो नहीं है? नहीं तो इस तरह मेरा ध्यान क्यों खिंचता? किन्तु अमृता यहाँ तक आये? मैं यहाँ होऊँगा, ऐसा मानकर आये? मैं समझ गया कि यह भ्रम था। किन्तु भ्रम को यथार्थ रूप में स्वीकारने के लिए मैं उद्यत हुआ था। युवती को अपनी पीठ के पीछे की दृष्टि का खयाल हो गया होगा। उसके नत चेहरे पर दर्प और अव्यक्त लज्जा का सौन्दर्य था, अभिराम ग्रीवा भंग...मुझे लगा कि मैंने उसका चेहरा पूरी तरह क्यों नहीं देखा? बायें कपोल की कान्ति से मैं अनुमान कर रहा था। कुछ लोगों के सौन्दर्य का ख़याल तो उनकी छाया देखकर ही आ जाता है। मैं देखता ही रहा और वह अदृश्य हो गयी। मुझे लगा कि उसकी गति में सौन्दर्य का संचार अवश्य है, अमृता की गम्भीर स्फूर्ति नहीं। उसे देखकर एक क्षण तो ऐसा लगा कि अमृता अद्वितीय नहीं, किन्तु फिर भूल स्वीकारनी ही पड़ी।

यह क़िला बारहवीं सदी में बना है। इसकी दीवार को लोग परकोटा कहते हैं। कहते हैं महारावल जैसलजी ने यह नगर बसाया था। जैनियों ने इस नगर के विकास में बहुत रुचि ली है। अभी जिसका जिक्र किया वह ज्ञानभंडार जैन साहित्य का संग्रहालय है। परिवर्तित वातावरण से या कालतत्त्व का कोई असर न हो, इस तरह यहाँ वर्षों से पुस्तकों की हिफ़ाज़त की गयी है। गाइड से पूछे बिना तो संग्रहालय का पता ही न चले। मन्दिर के पूर्व में एक छोटी-सी खिड़की है। यही है भंडार का प्रवेशद्वार। इससे होकर सावधानी से एक ही व्यक्ति प्रवेश कर सकता है। विदेशी आक्रमणों के खतरों की कम से कम सम्भावना को ध्यान में रखकर मरुप्रदेश के बीच जैनियों ने पुस्तकों की सुरक्षा की योजना बनायी थी। जिस जगह मैंने उस युवती में तुम्हें देखा, उस जगह तुम एक बार अवश्य आओ।

तुम आओ, उदयन आये। सर्दियों में इस ओर की यात्रा अधिक अनुकूल रहती है।

सहकर्मियों के साथ मेरी जोधपुर में पहली बातचीत हुई। मैंने यहाँ के लोक-जीवन पर लिखने का काम भी स्वीकार किया। अभी हम लोग आठ हैं। अन्य चार और आएँगे। जो हैं वे सब बड़े मजेदार लोग हैं। कोई प्रवास में रुचि रखता है, तो कोई गृहस्थ जीवन से छुटकारा अनुभव करने की इच्छा से आया है। कोई नशाबन्दी के विरोधी होने की ग़रज से। तो कोई अन्य कारणों से इस कार्य में लगा है। एक ने रेगिस्तान के विकास के लिए अच्छा सुझाव दिया-राजस्थान की राजधानी जैसलमेर होनी चाहिए। ऐसा होने पर इस प्रदेश का शीघ्र विकास देखने को मिलेगा। हाँ, बाहर के तत्त्वों का सम्पर्क बढ़ जाए, यह यहाँ के लोगों को पसन्द न आये। वर्षों पूर्व महारावल की कुँवरी के ब्याह में पोखरण से जैसलमेर तक रेलवे लाइन बिछाने की बात हुई थी। यहाँ के लोगों ने विरोध किया। बाहर के लोग यहाँ आने लगे, तो बहू-बेटियों की चिन्ता बढ़ जाती है। उन्होंने योजना रुकवा दी।

यहाँ के लोग पशुपालन और खेती के अतिरिक्त चोरी का धन्धा भी करते हैं। महारावल ने तीसरे धन्धे में कुछ सुधार सूचित किये थे। दूर से एक बड़ा गिरोह आया और महारावल को उठा ले गया। ऐसा मैंने सुना है। किन्तु इससे लोगों की शक्ति का तो पता अवश्य चलता है। कुछ गाँव तो यहाँ के डाकुओं के ही हैं। जो युवक एक बार डाका न डाल आये, उसकी शादी नहीं होती। जो आदमी डाका डालने न जाए उसे 'बकरी' कहा जाता है।

यहाँ कोई-कोई गाँव नाचिराग़ी होता है। नीचे से मिलता पानी सूख जाए तो बोरिया-बिस्तर बाँधना पड़ता है। नयी जगह ढूँढ़नी पड़ती है। पानी का प्रश्न कितना उग्र है! स्टेशन पर गाड़ी के इंजन से निकाल दिया जाने वाला पानी लेने के लिए दूर-दूर से मटके लिये औरतें आती हैं। इस गरम पानी का रंग गहरा हरा लगता है। एक बार बस के रास्ते में आती झोपड़ीनुमा कैंटीन की एक जीर्ण टेबल पर भरकर रखे गिलास में रखे नींबू का शरबत देख मुझे पीने की इच्छा हो आयी-'साब! यह तो पानी है।' जैसलमेर का पानी अच्छा है। पत्थर भी अच्छे हैं, लोग भी। पत्थर की कला-कारीगरी बार-बार देखने की इच्छा हो ऐसी है। नगर का पश्चिमी भाग खँडहर। पत्थरों का रंग पीला, चिकना पीला।

कभी-कभी तो दो-दो, तीन-तीन वर्ष तक पानी की एक बूँद भी न बरसे। ऊपर मेघाच्छादित गगन बहता रहे, नीचे की भूमि अवाक् निहारती रहे। बादल पथभ्रष्ट पथिक की भाँति निराश होकर भी आगे बढ़ने की जल्दी में होते हैं। धरती की कामनाएँ दहकती रहती हैं। अब पातालकुओं का विचार भी किया गया है।

प्रश्न केवल पानी का ही नहीं है अमृता? यह धरती सतत कुंठित होकर मानो खारी हो गयी है। ऊपर से बरसता पानी भी इसके तप्त अणुओं के स्पर्श से खारा हो जाता है। पर पानी को तो बरसना ही रहा, अमृता! बरसना ही रहा। उदयन भले ही न माने, हमें तो मानना ही पड़ेगा कि 'होना' पर्याप्त नहीं। होने में से आगे बढ़कर कुछ 'बनना' ही पड़ेगा। विस्तृत होने की प्रक्रिया में अस्तित्व को प्रमाणित कर देखना है।

अन्त में प्रणाम निवेदित करके विदा लेता हूँ-

-अनिकेत''

पत्र पढ़ चुकने के बाद अमृता को लगा कि वह तो यहाँ इस मकान में है। कहाँ-कहाँ पहुँच गयी थी। अनिकेत की संवेदना पत्र द्वारा उसके लिए भी संवेद्य बन गयी थी।

पालनपुर में हाथों-हाथ मिले पत्र का उत्तर भी बाक़ी है। इस पत्र को पहली बार पढ़ा और उसी दिन उत्तर लिखना शुरू किया था। आँसुओं ने व्यवधान उपस्थित न किया होता तो उदयन के आने से पहले यह पूरा हो जाता। अनिकेत के पत्र में उसने अपने को ढूँढ़ा था। उसने अपना पत्र पढ़ना शुरू किया।

''प्रिय अनिकेत,

तुम्हारा पत्र पढ़ते हुए मैं तुम्हारे शब्दों की गति में बह गयी थी। हाँ, जहाँ-जहाँ तुम मेरा उल्लेख कर लेते थे, वहाँ-वहाँ मैं बिछुड़ जाती थी। तुम्हारे पत्र का वर्णन आस्वाद्य था। उससे भी अधिक, उन सबमें तुम्हारी उपस्थिति के अनुभव में दिलचस्पी रही। अनजाने ही मैं कभी-कभी तुम्हारे साथ जुड़ जाती थी। इस पत्र में तीन पात्र थे-अनिकेत, रेगिस्तान और अमृता। एक चौथा पात्र भी था, जो नेपथ्य में रहकर तुमसे कुछ बुलवाता था। मैं उसे बीच में नहीं लाऊँगी। वह स्वयं अपने बल से ही बीच में आ जाता है।

तुम्हारे जाने से यहाँ की आबोहवा ही बदल गयी है। घर में रहूँ या बाहर, मैं तो आगन्तुका ही लगती हूँ। अकेली हो गयी हूँ। 'छाया' छोड़कर तुम्हारे घर में -नहीं, तुम्हारे मकान में रहती हूँ। नौकरी करती हूँ। आज तक पैतृक-सम्पत्ति के आश्रय में निश्चिन्त थी। मेरे विचार और व्यवहार पर अँगुली उठाई गयी। मैंने आश्रय छोड़ दिया। दायित्व स्वीकारा। अपना समस्त दायित्व स्वीकार कर जीते हुए स्वाधीनता का अनुभव कर रही हूँ-इस खुमारी में अकेलेपन का दुःख भोग रही हूँ। समय के साथ वह भी बीत जाएगा। और फिर बीत जाने पर वह नये रूप में शुरू होगा।

उदयन बार-बार मिलने आता है। जैसे मेरा संरक्षक हो। पर व्यवहार, शत्रु-सहाय! कुछ व्यंग्य, कुछ चोटें और चलते-चलते मर्म-विदारक स्मित...कौन जाने

उसने मुझमें कौन-सी ऐसी कमजोरी देखी है कि मुझे हमेशा सताया करता है। लगता है मेरी मुग्धता दूर करने के बाद क्या परिणाम आता है यह देखने के लिए मुझ पर प्रयोग कर रहा है। उसके मुँह से मुग्धता सुनती हूँ, तो मुझे अपशब्द-सा लगता है। ऐसी इच्छा होती है कि उसे 'मुग्ध' कह सकूँ। किन्तु मुझे विश्वास है कि वह किसी भी स्थिति में उत्तेजित ही करता रहेगा। कहता है-'घर छोड़ा, अब उधार ली हुई श्रद्धाएँ छोड़। एकदम निरालम्ब हो जा। अपनी ही शक्ति में से आलम्बन खड़ा कर। परम्परा का बोझ दूर फेंककर अपने चित्त को हल्का बना और फिर विचार कर। ऐसा करने पर तुझे महसूस होगा कि, 'लाइफ़ बिगिन्स ऑन दी अदर साइट ऑफ़ डेस्पेयर' हम बातचीत में किसी सूत्र का उपयोग करते हैं तो वह मुँह बिचकाकर दूसरी ओर देखता रहता है। परन्तु उसके मुख से एक सूत्र मैंने अभी-अभी तीसरी बार सुना-'आइ थिंक देअरफोर आइ एम '। मैंने उसे टोका तो कहने लगा यह सूत्र नहीं, सत्य है। यह एक आदमी की आत्मकथा है। मैं कहती हूँ कि विचार में हमारी समग्रता का समावेश नहीं हो जाता, तो वह अविलम्ब उत्तर देता है-'विचार के बिना समग्रता नहीं समझी जा सकती।' उसमें दूसरों की मान्यताओं की धज्जियाँ उड़ा सकने की तर्कशक्ति है। उसके साथ मैं संघर्ष का अनुभव करती हूँ, संवाद का नहीं। इसलिए मेरी अभिलाषा तुम्हारी ओर...यह स्पष्टता करने-जैसी नहीं थी। किसलिए स्पष्टता? तुम्हें चाहकर मैंने कोई अपराध नहीं किया। मैं तुमको चाहती हूँ यह वस्तुस्थिति है और वह किसी आकस्मिकता पर आधारित नहीं। यह मेरा चयन है-'फ्रीडम ऑफ़ च्वाइस'।

चयन! मेरा चयन मात्र पसन्दगी नहीं है। तुम्हारे समक्ष अथवा तुम्हारे स्मरण से मैं विवशता का अनुभव करती हूँ, परवश हो जाती हूँ। इसीलिए तुम्हारा वरण मेरे लिए अनिवार्य बन गया है। ऐसा लगता है कि किसी निगूढ़ तत्त्व ने भी मुझे इसके लिए प्रेरित किया है। परसों वी.पी. रोड की ओर मुड़ी ही थी कि बरसात टूट पड़ी। एक क्षण पहले पता भी न हो और यह मूसलाधार बरसने लगती है। रास्ते से एक ओर हटकर बचने का मुझे नहीं सूझा। वस्त्र भीग गये। अंग-अंग की आर्द्रता निविड़ता का स्पर्श कर गयी। वर्षा की अजस्र धाराएँ मानो आक्रोशपूर्वक मेरे अलग अस्तित्व का मर्दन करने पर उतारू हो गयी हों। एक क्षण के लिए तो ऐसा लगा कि मैं अनिकेत के घर जा रही हूँ। ऐसा मानने से मेरे मन को यह भाया कि भले ही यह आकाश लक्षातीत धाराओं के रूप में बरसता रहे और मेरे सुरक्षित पार्थक्य को पिघला दे। मैं वायुलहरी बनकर इन धाराओं के बीच के अवकाश में थिरक उठूँ। सब कुछ भरा-भरा हो जाए और वातावरण में से एक अदृश्य आकृति में ढलकर तुम्हारे गवाक्ष-द्वार पर छा जाऊँ। ऐसी कल्पित अनुभूति से मैं मुक्ति का अनुभव कर रही थी और इसी अनुभूति में मैंने सिक्कानगर के

प्रवेशद्वार पर क़दम रखा। मकानों से घिरे खाली मैदान ने मेरा स्वागत किया। तुम्हारे घर में पैर रखने से पहले ही अनुभव की हुई मुक्ति तिरोहित हो गयी थी। अनिकेत! जहाँ तुम हो वहाँ केवल भावना बनकर उड़ जाऊँ और तुम्हारा परिवेश बनकर तुम्हारी सहयात्री बनूँ। मैं जानती हूँ कि इस तरह विगलित हो सकने की शक्ति का मुझमें अभाव है। फिर भी यह मेरी स्वयंप्रभूत पीड़ा है। तुम कहते हो कि प्रेम–अर्थात्–'दूसरे के स्वातन्त्र्य की स्वीकृति' तो तुम मुझे स्वतन्त्रता दो। तुम देखोगे कि मेरा अस्तित्व धूप बनकर तुम्हारे गतिशील परिवेश को सुरभित करता रहेगा। सौरभ से तुम्हें कोई एतराज नहीं। मुझे अनुमति न दोगे तो मैं मानूँगी कि तुम मुझे मरुस्थल के गगन में भटकती बदली बना देना चाहते हो।''

उस दिन अमृता ने पत्र यही पर अधूरा छोड़ दिया था। उसे लगा कि भाषा रोमांटिक बन रही है। अनिकेत को यह सब अतिशयोक्तिपूर्ण लगेगा। ''तो क्या करूँ? पत्र लिखना छोड़ दूँ? मौन रहूँ? स्वयं जो कहना चाहती हूँ, वह सूक्ष्म होने के बावूजद अपार्थिव तो नहीं। पत्र की भाषा में तो यह सब भिन्न अर्थ धारण कर बैठता है। जिस शब्द से ग़लतफ़हमी पैदा होने की सम्भावना हो, उसका उच्चारण ही न किया जाए तो अच्छा!''

इसलिए उसने पत्र आगे नहीं लिखा।

''अब उत्तर देना आवश्यक है? पालनपुर में सामने बैठकर उसने मेरे आँसू देखे हैं। फिर भी समझा नहीं होगा? वहाँ बालाराम में नदी के प्रवाह के बीच उदयन को कह सकने जितना मैंने कह डाला, तब अनिकेत ने कहा था–'तुमने अपना अपमान किया है।' वह मुझे क्या समझता है? 'स्वर्गीय', 'देवी', 'ममतामयी'–जैसे विशेषणों से सम्मानित कर सन्तुष्ट करना चाहता है, इन शब्दों से मुझे बहला देना चाहता है, 'स्वर्गीय!' किन्तु स्वर्ग तो मृत्यु के बाद की अवस्था है। ये शब्द अपने अनुभवों से विच्छिन्न हैं। उसके कहने और अनुभव करने में भेद है। मांसल सौन्दर्य की तृषा उसकी आँखों में चमक उठी थी। उसके श्वास में छटपटाती हिंस्र गन्ध को मैं न पहचान सकूँ, इतनी अबोध हूँ! उसके विमुख होते चेहरे की एक रेखा ही सब कुछ कह देती है। उसकी आँख का असमाधानकारी कोना कुछ भी अव्यक्त नहीं रहने देता, फिर भी कहता रहता है–'मुझे सौरभ से सन्तोष है...' दूर जाने से उसके लिए ऐसा कहना सहज हो गया है, किन्तु ये मात्र उद्‌गार हैं, यह केवल वाणी है। उसके लहू की लय तो कुछ और ही कहती है। वह किसलिए स्वयं को सन्तप्त कर रहा है?''

विकास–उन्नयन...यह सिद्ध न हो ऐसा तो नहीं। किन्तु यौवन के आरम्भ में ही, इस तरह विदेह की तरह सोचना...

साढ़े आठ बजे थे, वह कार लेकर निकली। समुद्र के बद्ध किनारे पहुँची।

बम्बई से मुँह फेरकर समुद्र के अन्धकार की ओर मुँह किये लोग, किसी बालक-निर्मित चित्र की रंग-रेखाओं की भाँति क्रमहीन स्थिति में बैठे थे। युगलों, परिवारों और एकाकियों को लाँघती अमृता समुद्र की ओर देख रही थी।

"आंटी।"

अमृता ने छोटे भतीजे की आवाज पहचानी। वह रुकी। बच्चा पास आ गया। अमृता ने उसे उछालकर गोद में लिया। सीने से लगाकर चूम लिया। अमृता को यह देखकर आश्चर्य हुआ कि बड़ी भाभी और उनके दो बच्चे सीधे यहाँ तक आये हैं। बच्चे मौसी के घर गये थे, गिरगाँव। बड़े भाई कम्पनी के काम से बाहर गये हैं।

भाभी को पास आती देख अमृता उनकी ओर बढ़ी। सभी लोग काफ़ी देर तक बैठे रहे। बहुत-सी बातें हुईं। अमृता खिलौने दे आयी थी उसके बाद भाभी काफ़ी आश्वस्त हो गयी थी। वह मानती थी कि अमृता ने उसी के कारण घर छोड़ा। उन्होंने अमृता से प्रार्थना की। अमृता ने कहा—सोचूँगी, आज आप सब आइए।

'तुम्हारे बड़े भाई कल प्रातः जल्दी आने वाले हैं', कहकर उन्होंने असमर्थता प्रकट की। छोटा लड़का अमृता का हाथ ही नहीं छोड़ता था। अमृता उसे साथ ले गयी। नौकरानी भी परिचित थी, अतः बच्चे को रुच गया।

"यह अपना घर है?"

"ना।"

"आपको यहाँ अच्छा लगता है?"

"हाँ!"

"अकेली रहती हैं, तो भी?"

"हाँ।"

"अब जुहू नहीं आएँगी?"

"आऊँगी।"

बच्चा आश्वस्त हुआ होगा, वह दो मिनट मौन रहा।

"यह किसका फोटो है?"

"अनिकेत का।"

"वे कौन हैं?"

"परदेशी"

"वे आपको जानते हैं?"

"नहीं।"

अमृता मेज पर से पत्र उठाकर उसे तह करने लगी।

"किसका पत्र है?"

अमृता कुछ बोली नहीं, बालक प्रश्न भूल गया। टेबल पर पड़े पेन से वह हथेली पर लिखने बैठा। उसे अक्षर-ज्ञान है-उसने 'अनिकेत' नाम याद रखा था। "लाओ लिखूँ।" कहकर उसने अमृता की हथेली पर लिख़ा-'अनिकेत।'

"कोई ग़लती?"

"ना।"

"क्या दोगी?"

"तुझे क्या चाहिए?"

बालक सोच में पड़ गया। कुछ सूझा नहीं, फिर उसे युक्ति सूझी कि बड़ा भाई जो माँगेगा, वही मैं भी माँग लूँगा। अतः उसने अमृता को कल जुहू आने के लिए कहा।

अमृता अस्वीकार न कर सकी।

बालक रात में देर तक जागता रहा। उसने सविस्तार बताया कि अमृता के भेजे सभी खिलौने उसने किस तरह हजम कर लिये। उसे माँ की बग़ल में दुबककर सोने की आदत है। नींद आ जाने के बाद कहीं भी सुलाया जा सकता है। वह अमृता के वक्ष में मुँह दबाकर सो गया। उसके सो जाने के बाद भी अमृता धीरे-धीरे उसके सिर पर हाथ फेरती रही। अचेतन अवस्था में भी चिपके रहे बच्चे की सम्पूर्ण आधीनता को वह देखती रही। जागृति का समर्पण करने पर उससे मिलने वाले विश्रान्ति सुख के विषय में सोचती रही। बच्चे के प्रफुल्ल कपोल की सरल ताज़गी पर हाथ रखकर, आँखें बिछाकर उसने अपूर्व सार्थकता का अनुभव किया।

अनिकेत के स्मरण से जगनेवाली व्याकुलता अब न थी।

निद्राधीन होते-होते वह सोच रही थी कि उसमें निहित वात्सल्य से आज तक वह अनजान कैसे रही?...तो फिर जब वात्सल्य शिशु रूप में अवतरित होकर उछंग को भर देता होगा, उन क्षणों के अनुभव की उत्कटता में तो नारी मात्र माता बन जाती होगी। कैसी होगी यह वेदना-प्रसूत वत्सलता? और वे प्राप्तिपूर्व की संक्रान्तकालीन अनुभूतियाँ? और इसके पूर्व का इन्द्रिय तर्पण...।

आज स्वप्न में देखी-अनदेखी सृष्टि के साहचर्य में चरम तीव्रता का अनुभव हुआ। कमलताल के किनारे उड़ते हंस के पंखों की लय देखती वह खड़ी थी। सघन वनराजि की छाया भेदकर चन्द्रकिरण उसके कपोल की मोहक ताज़गी को उजागर कर देती है। उसका आगमन होता है...अपनी कामनाओं का निर्बन्ध प्रकटीकरण...सूक्ष्म भावोन्मेष और मांसल आवेश का सायुज्य...हाँ, यह अनिकेत ही सच्चा है।

कई दिनों तक अमृता उस स्वप्न को याद करती रही। हाँ, वह अनिकेत

ही सच्चा है : पत्र लिखनेवाला अनिकेत तो रहस्यावरण धारण कर घूमता है। वही वास्तविक : संकल्प से विचलित मेरु पर्वत का झुकना, बहती नदी का एकाएक उससे लिपट जाना।

अक्टूबर में वह पालनपुर छोड़कर सामान के साथ जोधपुर पहुँच गया। वहाँ चारेक मास गुजारे। स्कूल के छात्रों के साथ ममता हो गयी थी। नवीं कक्षा का एक असाधारण तेजस्वी छात्र मन में बस गया था। एक निर्धन विधवा के इस पुत्र के चेहरे पर कोई लाचारी नहीं, विकास की चमक थी।

एक दिन शाम को वह शहर में पूर्व की ओर घूमने गया था। गुल्ली-डंडे का खेल चल रहा था। खेलना छोड़कर एक किशोर दौड़ता आया, "साब।" उसने अनिकेत का हाथ पकड़ लिया। ज़िद करके अपने घर ले गया। छोटे लेकिन लिपे-पुते सुघड़ घर के आँगन में बैठ सूप में गेहूँ बीनती युवती ने ऊपर देखा। वह खड़ी हुई। प्रणाम किया।

युवती-एक ऐसी युवती जो प्रौढ़ा नहीं लगती थी, पर उसके चेहरे पर जीवन का गहरा अनुभव झलकता था। उसकी आँखों में नारीत्व स्थिर हो गया था। पुत्र और भाई दोनों को एक साथ देखने का आनन्द उसके होठों पर थिरक गया था।

अनिकेत को भोजन करना पड़ा। बातचीत के दौरान उसे बहन का सम्बोधन ही सूझा। उसे लगा कि आज जीवन की अज्ञात वेदनाओं से परिचित होने का अलभ्य अवसर मिला है। संकल्प कठिन मार्ग है। पर वह एकाकी हृदय की यात्रा देखता रह गया। बहन शिक्षिका है। दस वर्ष से नौकरी कर रही है। उस समय लड़का दो वर्ष का था। अनिकेत ने मन-ही-मन निश्चय किया कि फिर कभी इधर आना हुआ तो बहन से जरूर मिलेगा।

स्कूल में अन्तिम बार गया तो उसने प्रधानाध्यापक के साथ अकेले बैठकर बातें कीं। उस लड़के के नाम बारह सौ रुपये जमा कराये। तीन वर्ष में यह रकम उसे देनी है। हाई स्कूल के बाद वह और आवश्यक सहायता प्राप्त करेगा। प्राइमरी स्कूल की शिक्षिका के वेतन में से क्या बचे? बहन को बुरा न लगे, इसलिए उसने लड़के को एक चिट्ठी दी।

पिताजी की सम्पन्नता का विशेष लाभ अब अनिकेत की समझ में आया। उदयन की मदद उसने की है, किन्तु उससे उसे सन्तोष नहीं होगा। उससे तो उसे खर्च करने का आनन्द प्राप्त हुआ है। अमृता मेरे घर में रहती है। किन्तु यह कोई मदद नहीं कहलाती। यह आनन्द उपकार करने का नहीं...शायद गुप्त अभिलाषाएँ इससे सन्तुष्ट होती हों तो इसमें आश्चर्य नहीं।

जोधपुर पहुँचने के बाद उस किशोर और उसकी माँ की याद उसे फिर आयी। पालनपुर में उसने एक लोकगीत सुना था-''सखी री ! में तो आज सपनां मां डोलतां डुंगर दीठा...''

सहानुभूति से किसी के आँसू पोंछे जा सकते हैं। किन्तु क्या अन्तस्-स्रोता वेदना को निर्मूल किया जा सकता है? शायद, कुछ वेदनाएँ तो अपरिहार्य हैं...वेदना के भार से पृथ्वी की धुरी सन्तुलन कायम रखती है, यह भी माना जा सकता है...उस दिन अमृता के आँसू पोंछने की इच्छा हुई, किन्तु सम्भाव्य स्पर्श उसे दूर रखे हुए था। अन्त में तो वह स्थिति भी न रह पायी।

यहाँ बिछुड़ने के लिए ही मिलते हैं। प्रत्येक आरम्भ अन्त की ओर ही ले जाता है...इस समग्रता का योग भी है-एक शून्य। शून्य को पराबिन्दु कहो या कि पूर्णत्व। जो भी हो, वही अन्तिम सत्य है। इस अन्तिम सत्य की प्रतीति हो और निर्वेद की अवस्था तक पहुँचा जा सके, तो...केवल जान लेना पर्याप्त नहीं है, जब तक जाना हुआ रक्त की लय में घुलकर अ-पर न हो जाए वहाँ तक तो जाना हुआ भारस्वरूप ही रहेगा।

''ऐसा लगता है कि इस भार को फेंक दूँ। समग्र के योग को इतना जल्दी स्वीकारने में जल्दबाजी होगी। पूर्णतः निरपेक्ष हो जाना तो मृत्यु को जीना है। जहाँ तक अमृता स्मृति में भी रहेगी, निरपेक्ष होना असम्भव लगता है। नम्र गौरव को धारण करने के बाद भी वास्तव में इस उन्मत्त सौन्दर्य के आवाहन का उत्तर देने का मन होता है...किन्तु उदयन? प्रश्न इस तीसरे की उपस्थिति का ही है। दो व्यक्ति तो अपनी पारस्परिक समझ से रह सकते हैं। तीसरे की उपस्थिति में तीनों को समाज बन जाना पड़ता है। समाज समस्त सापेक्षता को व्यवस्थित रूप प्रदान करता है। इसमें संकल्प का भी स्थान है। अपने अस्तित्व के गलन बिन्दु तक एक बार संकल्प शक्ति को आज़माकर देखूँगा। अमृता! मैं तेरे सम्बन्ध में निरपेक्ष होने के लिए संघर्ष करूँगा। तुझे पाया है उससे अधिक पाने की जो उत्कंठा जगी है, उसे कम करते-करते एक दिन बिलकुल निर्मूल कर दूँगा और विरक्ति ग्रहण करूँगा। यह विरक्ति मेरी सफलता होगी। भले ही तू मेरी मरुभूमि में मरीचिका बन-बनकर मेरे दृष्टि-पथ को अपनी ओर खींच ले, मैं तुझे अपनी संकल्प-शक्ति से उठाकर क्षितिज के उस पार रख दूँगा। क्षितिज की आड़ से मरीचिका दिखाई नहीं पड़ेगी। नीलगगन के असीम विस्तार में अमृता व्यक्तित्वरहित द्युति बनकर उन्नयन के लिए आमन्त्रित करेगी।

जो अमृता है, उसे मैं मरीचिका के रूप में देख ही नहीं सकता। उसे द्युति रूप में देखूँगा।

इस मरुभूमि में दीख पड़ती मरीचिकाएँ तो भ्रमजन्य हैं। परन्तु ये कभी वास्तविक बन जाएँ तो? जो दिखता है, वह अस्तित्व धारण कर ले तो? आकर्षण जगाता है, वह उर्मिल जल, यह वनराजि का शाश्वत, गोष्ठी समारम्भ, यह हरीतिमा का नितनूतन ऐश्वर्य...''

जो भ्रामक है, वह वास्तविक बन जाए तो?

डाक आयी।

अनिकेत के सहायक का पत्र था। पत्र लम्बा था और उसमें लिखा गया वर्णन सतही थी। बीकानेर के निकट वर्षा-पूर्व का एकदम सूखा प्रदेश, वर्षा के बाद कैसा हरा-भरा हो गया है-इसी आनन्द का वर्णन था। पत्र में इतनी अधिक भाषा सम्बन्धी अशुद्धियाँ थीं कि सही क्या है? यह ढूँढ़ना पड़े! फिर भी उसने कतिपय काव्यात्मक शब्द प्रयोग किये थे। अनिकेत को लगा कि श्रीमान ने दो बार यात्रा की है। इस ढंग से उसने उसके पत्र का संक्षेपीकरण करके उसके पास भेजा-उसे बुरा न लगे इस तरह। वर्षा-पूर्व का इस स्थल पर कोड़े बरसाता 'दारुण सुनसान' जलसिंचन के बाद 'हरित शान्ति' में पलट गया था। पानी के अभाव में और पानी के प्रभाव से एक ही स्थल पर कैसे दो विरोधी स्वरूप! धरती को माता कहा जाता है, यह वस्तुतः योग्य ही है। सूखी धरती भी बीजों की रक्षा करती है। वर्षा त्रतु के आने पर ये बीज अँकुरा जाते हैं। बरसात के बाद कितनी प्रचुर मख़मली घास? दूसरा कोई रंग नहीं है इतना प्रासन्नेय!

अनिकेत एक दिन अपराह्न में वनस्पतिशास्त्र के स्थानीय अध्यापक के साथ मंडोर गया था। रास्ते में पड़नेवाले एक मकान के बारे में बात चल निकली। वह खाली था। किराये पर मिल सकता था। मकान के सामने सूखा हुआ एक बग़ीचा था। पेड़ थे। नया बाग़ लगा सकने की सम्भावना थी। यहाँ रेगिस्तान की यात्रा के दौरान एकत्र की गयी सामग्री पर आराम से काम किया जा सकता है। विचार आया कि जोधपुर छोड़ने से पहले मकान किराये पर रखकर ही जाएगा।

यह मकान ख़रीद ही लिया जाए तो क्या बुरा है? यहाँ भी ऑफ़िस शुरू किया जा सकता है, और अब तो संयोजक का दायित्व भी निबाहना है। चर्चा-परिचर्चा के लिए सभी शोधकर्ताओं को यदा-कदा मिलना ही चाहिए, ताकि समस्याओं का हल भी जल्दी ढूँढ़ा जा सके और यह मरुभूमि इतनी भयंकर नहीं, असाध्य भी नहीं।

वह खड़ा हुआ। बाहर जाने की तैयारी करने लगा। दर्पण के सामने खड़े होकर उसमें अपना प्रतिबिम्ब देखा। 'थोड़े कृश हुए होंगे, किन्तु उससे चेहरे की चमक कम नहीं हुई। अब तुम्हारा वर्ण तप्त कांचन लगता है।'-अमृता ने कहा

था। अमृता के स्मरण के साथ उसने दर्पण में देखा। उसके प्रतिबिम्ब की प्रसन्नता बढ़ गयी थी।

नया पता सूचित करने हेतु उसने उदयन को पत्र लिखा। नवम्बर तक जोधपुर से निकल जाऊँगा। पोखरण को केन्द्र बनाकर काम करना है। ज़मीन के प्रकारों एवं वहाँ उपलब्ध जल की विशिष्टताओं की जाँच करनी है। इस दृष्टि से समग्र प्रदेश का सर्वेक्षण करना है। जीप कब तक आ जाएगी?

''अमृता को पत्र नहीं लिखूँगा।''

वह मुझे भूल पाएगी?

मुझे माफ़ कर सकेगी?

उसे पत्र नहीं लिखना है। अन्तराल का अनुभव होता रहेगा। आकाश फैलता रहेगा। फिर स्मृतियों की उत्कटता भी बुझ जाएगी। वह मुझे भुला सकेगी और उदयन वहाँ है ही। उदयन का प्रभाव उस पर कहाँ कम है? इतना ही नहीं उदयन का प्रच्छन्न वर्चस्व भी उसके चित्त में है। उसके द्वारा व्यक्त होती प्रतिक्रियाएँ स्पष्ट करती हैं कि वह वर्चस्व से मुक्त होने के लिए संघर्ष कर रही है। कभी-कभी उसकी उदासी सूचित करती है कि अतीत की स्मृतियों के बोझ से दबकर वह मानो अपने को दंड देना चाहती हो। वह उदयन के प्रति अभिमुख होने के लिए संघर्ष कर रही है...किन्तु ऐसा हो नहीं पाता, क्योंकि अनिकेत है...मेरा वश चले तो उसकी दुनिया में से छिटक जाऊँ, अपनी वेदना लेकर। किन्तु छिटककर कहाँ जाऊँ? यहाँ तक तो आ गया! यह तो केवल भौगोलिक अन्तर हुआ। इस बाह्य सृष्टि में स्थानान्तरण करने से काम नहीं चलेगा। यह जो दृश्यमान है, वह तो मात्र भौतिकता है। इसका परित्याग करने से अमृता से दूर न हो सका। अवान्तर भूमि में भी संवेदन तो पूर्ववत् बना रहा। उसके स्मरण की वेदना से मुक्त नहीं हुआ जा सकता। चिन्तक सच ही कहते हैं-'यह पूरा प्रश्न आन्तरिक है।' बम्बई में था तभी उसके निकट रहकर मुक्त हो गया होता तो उबर जाता। श्री रमण महर्षि ने ठीक ही कहा है—'दुःख इसलिए है कि तुम दुनिया को अपने से बाहर देखते हो और सोचते हो कि इसमें वेदना है, किन्तु दुनिया और वेदना दोनों ही तुम्हारे भीतर हैं। यदि तुम अपने भीतर देखोगे तो कोई वेदना नहीं रहेगी।' अन्तर्मुख होना चाहिए। मेरा विश्व मेरे भीतर बसता है, किन्तु इस विश्व में तो मानो अमृता बसती है। इसमें और कुछ नहीं होता तब भी वह तो होती है। उसकी स्वप्निल छवि के दृष्टिक्षेप मात्र से ही नीरव शान्ति में लहरा उठता हूँ, निस्तरंग चित्त की अवस्था कैसे प्राप्त करूँ? पढ़ा हुआ एक ओर ही रह जाता है। अस्तित्व के साथ उसका सायुज्य

नहीं हो पाता-अनकान्सस अवेअर्नेस! अकृत्रिम जागृति! अचेतन संविति! कैसे प्राप्त करूँ? अचेतन सम्प्रज्ञता तक-भरपूर मौन तक पहुँचने के लिए संघर्ष करना ही पड़ेगा। मौन से बढ़कर यहाँ और कुछ नहीं। तमाम कोलाहल मौन में बदलकर ही मुक्ति पाते हैं।''

''बाबू सा'ब! चाय ले आऊँ?'' होटल के नौकर का हँसता हुआ चेहरा खुले दरवाजे में से झाँकता हुआ पूछता है। वह इतनी आत्मीयता से बोला, मानो अनिकेत का पुराना नौकर हो।

''ले आओ।''

''और कुछ?''

''ले आओ।''

''क्या?''

''कुछ नहीं।''

अनिकेत को ध्यान आया कि उसने ध्यान दिये बिना ही नौकर को जवाब दिये हैं। इसलिए वह नौकर के सामने देखकर बोला-''सुनो! दो कप चाय लाओ। यहाँ बैठकर एक तुम पीना।''

नौकर गया। अनिकेत उठा।

अनायास एक स्वर उसके स्मरण में से एक लय के रूप में बह आया। केवल स्वर! स्थान-काल से मुक्त। कब सुना था यह स्वर...हाँ, शान्तिनिकेतन से कलकत्ता लौटते समय गाड़ी के डिब्बे में एक कन्या के कंठ से वातावरण में प्रसारित होता वह गीत...क्या शब्द थे? रवीन्द्रनाथ का गीत था वह? शब्द? शब्दों को पीछे ढकेलकर स्मरण ने केवल स्वर दिये, लयबद्ध स्वर।

वह कमरे में चक्कर लगाने लगा। गीत की लय गूँज उठी। शब्द धीरे-धीरे बह आये-

''आमि चिनि गो, चिनि तोमारे ओगो विदेशिनी!''

वह बाजार में गया। गया था उतनी ही जल्दी लौट आया। चाय ठंडी हो रही थी। उसे ठंडी चाय बहुत अच्छी लगी।

''मैं आकाश की ओर कान धरे तेरा गीत सुनता हूँ, मैंने अपने प्राण तुझे ही सौंप दिये।''

अनिकेत ने पूरा गीत गाया। एक बार-दो-बार। उसे हुआ कि वीराने में अकेला होगा तब गाएगा, ताकि वह अकेला ही सुन सके, रेगिस्तान में रवीन्द्रनाथ ठाकुर का स्वर! रेगिस्तान पर सुन्दर का आशीर्वाद। और वह फिर से गाने लगा-

''भुवन भ्रमिया शेषे आमि एसेछि नतून देशे,

आमि अतिथि तोमारि द्वारे ओगो विदेशिनी।''

–भुवन का भ्रमण कर अन्त में मैं नूतन देश में आया हूँ। मैं तुम्हारे द्वार पर अतिथि हूँ, हे विदेशिनी!

मैं तुझे जानता हूँ, जानता हूँ, हे विदेशिनी!

तृतीय सर्ग

निरुत्तर

"मनुष्य ज्यां लगी स्वेच्छाए योताने सहुथी छेल्लो न मूके त्यां लगी एनी मुक्ति नथी।"

–महात्मा गाँधी

एक

समुद्र के निकट और एक-दूसरे से दूर।

उस दिन समुद्र के दूर और एक-दूसरे के निकट बैठे थे।

उस दिन कार पार्क करने मरीन ड्राइव पर उछलते पानी के साथ-साथ अमृता चल रही थी। पीछे से आकर उदयन ने हाथ पकड़कर उसे रोका था। वह पन्द्रह-बीस मिनट लेट था, इसलिए अमृता नाराज थी। उसे मनाना पड़ा था।

आज क्रॉसिंग पर नजर मिलने पर अमृता ने विवेक से काम लिया था और पुरानी आदत के अनुसार उदयन कार में बैठ गया था, पर पिछली सीट पर।

उस दिन आषाढ़ शुरू हुआ था।

आज आसोज की एक सांझ है।

इस बीच तीन वर्ष बीत गये हैं।

समुद्र की लहरों के उड़ते जल-बिन्दु एक-दूसरे से टकरा-टकराकर बिखर जाते हैं। अपने अंशों को हवा में छोड़कर ये जल-बिन्दु निकट बैठे हुए लोगों के चेहरों पर पहुँचते हैं।

उस दिन हवा का स्पर्श उन्हें आर्द्रता का अनुभव करा रहा था। आषाढ़ के आक्रामक मेघ ने नगर की उमस को तहस-नहस करके उसे रास्तों पर बहा दिया था।

आज समुद्र के छलकते जल-बिन्दुओं में से एक उदयन की आँख में गिरा और उसमें खारापन आँज गया। वे आज उस स्थल पर नहीं बैठे थे, जहाँ लहरें पिछले झाग को मुँह पर लेकर मन्थर गति से आगे बढ़ती हैं। लहरों की सीमा आँके बिना वे बैठे थे। समुद्र स्थल से बँधा होता है, काल से प्रभावित। यह बात अमृता जानती है। वह तो जुहू के समुद्र को क़रीब से पहचानती है। इसलिए दूर ही बैठती, किन्तु वह सीधा यहाँ तक चला आया। अमृता उसका अनुसरण कर रही थी।

'वह दिन' अमृता को याद आया है-

''उदयन!'' पल्लू का सिरा हाथ में लेकर वह बोली थी।

"क्या?" मानो उसे डिस्टर्ब किया गया है, वह ऐसे बोला। शायद बोला भी नहीं, केवल हाजिरी भरवायी थी।

"मैं तेरा ऋण किस तरह चुकाऊँगी?"

"कहाँ से ऐसे शब्द बीन लायी है तू? ऋण काहे का? मुझे यह शब्द अच्छा नहीं लगता।"

"तो क्या अच्छा लगता है?"

"इतनी धीमी स्वरलहरी, जो नजदीक से सुनने को मिले-जिसे मात्र मैं ही सुन सकूँ, मुझे अच्छी लगती है।"

"तू तो फिर उपकार में वृद्धि करने लगा!"

"देख, फिर 'उपकार'! दूसरों से प्रशंसा सुनकर जो फूल जाते हैं, उनका आत्मविश्वास डाँवाडोल होता है। उसे दृढ़ किये बिना नहीं चलेगा।"

बोलते-बोलते उसने अमृता का हाथ पकड़कर दबा दिया था। पवन के झोंके से झुक जाती कदली की तरह अमृता दबाये जा रहे हाथ को खींचने के लिए झुक गयी थी। उदयन ने हाथ छोड़ा नहीं, अन्त में हवा में उछाल दिया था।

"देख तू इतना परेशान मत कर, तू इतना निष्ठुर क्यों है?"

"वाह! कैसा व्यतिक्रम! अभी 'उपकार' कहा, अब निष्ठुर!"

"दुखी किये बग़ैर तू अपने को ठीक तरह से प्रकट नहीं कर सकता। इसी कारण मैंने तुझे निष्ठुर कहा। वैसे, सच कहूँ? बस, कह ही डालूँ, उदयन? तेरे इन निष्ठुर आघातों से जो दर्द जागता है न, जो दर्द, वह मेरे पूरे अन्तस्तल को झंकृत कर जाता है। तेरा आघात मुझमें दुःख के बदले ऐसी विरोधी भावनाएँ क्यों जनमाता है?"

"इसका जवाब शब्दों में नहीं दिया जा सकता। इसके जवाब के लिए आज तू भले ही तत्पर हुई हो पर अभी तेरी पूर्ण तैयारी नहीं है। घर जाकर देखना, तेरी आँखों की बिल्लोरी झाँई में निरी मुग्धता तैरती है।"

"तू मेरी बात का अलग ही अर्थ दे रहा है। मेरा आशय कुछ और ही था।"

"बनो मत।"

"देख, फिर अविश्वास पर आ गया। अपनी आदत से तू इतना अधिक लाचार क्यों है? बस अविश्वास, क़दम-क़दम पर अविश्वास। मैं कुछ और ही कह रही थी, मैं तेरे स्पर्श के लिए आतुर नहीं।"

"ऐसा?"

उसने अमृता को बाँह पकड़कर निकट खींचा, लेकिन दूसरे ही क्षण वह दूर खिसककर बैठ गया। इसलिए अपने को छुड़ाकर खड़ी होने को उत्कंठित अमृता

फिर वैसी ही बैठी रही।

"एक शर्त है उदयन!"

"कैसी शर्त है? किसलिए?"

"तुझे इतना भी पता नहीं कि शर्त कुछ जीतने के लिए होती है।"

"मुझे हारने में रुचि हो तो?"

"हारने का गौरव अनुभव करने का तुझे शौक़ है।"

"क़बूल। कह अपनी शर्त।"

"तुझे सुधारना है।"

"किस बात में?"

"बहुत-सी हैं। एक, तू सबकी अवहेलना करता है। दो, तू अपने को कुछ अधिक समझता है। तीन, तू अपने सामनेवाले की तो सुनता नहीं और उसे सुधारना चाहता है। चार, तू किसी की सिद्धि से विस्मित नहीं होता, सब कुछ शंकित नजरों से देखता है। और, अन्तिम बात कि..."

"यह सब मैं मान लूँ और तेरे आदेशानुसार सुधर भी जाऊँ, किन्तु क्या मैं यह जान सकता हूँ कि ऐसा करने से मुझे क्या मिलनेवाला है?"

"अमृता।"

"अर्थात् तू मेरे व्यक्तित्व को गिरवी रखवाकर अपने साथ मुझे ब्याह देना चाहती है? तेरे-जैसी अगणित अमृताएँ मैं ऐसे शर्ती मामलों में हारने को तैयार हूँ। अमृता! तेरे विचारों में बचपना है। तू सीखा हुआ, बल्कि सुना बोलती है। तू मुझे सुधारना चाहती है अर्थात् मुझमें क्षतियाँ देखती है। अगर मैं यह जानता होता कि तू मेरा ऐसा मूल्यांकन करने लगेगी तो तेरे बौद्धिक विकास में रुचि लेकर समय नहीं बिगाड़ता। तुझे तो अस्तित्व के साथ कुछ लेना-देना ही नहीं। सदैव ऊपरटल्ली बातों से प्रेरित होती रहती है। तू मुझे समझती नहीं, अमृता। नहीं समझती और मुझे आशा है कि तू मुझे समझेगी भी नहीं।"

"समझती चाहे न होऊँ, पर चाहती हूँ। इससे प्रेरित होकर तेरी किसी अपूर्णता को नज़रअन्दाज करके चलने को मैं तैयार नहीं। तेरी प्रशंसा शुरू करूँ तो मेरा वक्तव्य, अपनी ज़िन्दगी उतना लम्बा चले। मगर जाने दे यह बात। तू समझेगा कि फिर से तुझे खुश करने के लिए बैठ गयी। ऐसा करने का आज इरादा नहीं। आज तो मैं तुझे एक बात कहकर ही रहूँगी-तू सबको सुधारने के मनसूबे रखता है। तेरे लेखों में, तेरे वक्तव्यों में सुधारक का असन्तोष प्रतिध्वनित होता है। किन्तु तू स्वयं सुधरना नहीं चाहता। न तुझमें शान्ति है, न धैर्य। हमें दूसरों पर इतना खीझने का क्या अधिकार है, उदयन। यदि सबको नगण्य मानेगा तो तू जिएगा क्या? झगड़ा कर-करके हर वर्ष, कभी-कभी तो वर्ष में एक से अधिक

बार तू नौकरी छोड़ देता है। क्या यह सब ठीक है?''

''अब समझा कि तू अपनी सुरक्षा की चिन्ता से मुझे सुधारना चाहती है।''

और वह खड़ा हो गया।

''तो जा, यह तुझे छोड़कर चला।''

अमृता ने दौड़कर उसे पकड़ लिया था, मनाया था, उसके कन्धे पर हाथ रखा था। उसके नाक पर उँगली से टंकोर मारी थी। उसे अच्छे नहीं लगते, किन्तु उदयन को अच्छे लगते हैं इसलिए तले हुए काजू लेकर खूब-खूब खाये थे। फिर उदयन की दोनों जेबें भर दी थीं। उदयन की रुचि अनुसार कार को पचास-साठ मील की गति से चलाकर नरीमन प्वाइंट तक एक-एक चक्कर मारकर उसे मलाबार हिल पर छोड़ दिया था। 'गुड नाइट' कहकर वह विदा हुई थी।

आज अभी तक अमृता एक शब्द भी नहीं बोली थी। बैठी है। आकाश में समस्त नगर से उपेक्षित पीले चाँद को कभी-कभी देख लेती है, तो कभी उसे आच्छद कर लेते बादल को देखती रहती है। बरस जाने के कारण वे बिलकुल शान्त लगते थे। चाँदनी के आगमन के कारण विवेकी अन्धकार समुद्र के गर्भ में जाकर सो गया है। वह जागेगा तो उसकी ओर दौड़ा आएगा ऐसा उसे बार-बार लगता है।

''अमृता! कल मैं मद्रास जा रहा हूँ। थोड़ा ठहरूँगा फिर इन्दौर जाऊँगा। जयपुर, दिल्ली, लखनऊ और कलकत्ता में कुल मिलाकर चारेक महीने भारत में रहूँगा। फिर जापान जाना होगा। यह मेरा कार्यक्रम है।''

''मेरी मदद की कहीं जरूरत लगे तो बता। मैं किस तरह तेरे लिए उपयोगी हो सकती हूँ?''

''मुझे छिन्न-भिन्न करने में।''

''तेरी प्रतिक्रिया से मैं अनभिज्ञ नहीं। और इसका तेरे पास उपाय भी नहीं।''

''तू सच बोलने को तैयार हो, तो मैं बता दूँ।''

''तेरा यह वक्र और संशयग्रस्त उदगार असह्य है, उदयन। अब मेरा उपहास करना तू छोड़ दे। मुझे मुझपर ही छोड़ दे। तेरे आरोपों से मैं दिग्भ्रान्त हो जाऊँगी। कृपा करके तू मुझे उपेक्षित कर दे। मेरी कठिनाई यह है कि मैं न तेरी उपेक्षा कर सकती हूँ, न तुझे स्वीकार ही पाती हूँ। अनिश्चय की अराजकता में जी रही हूँ। तेरी प्रतिक्रियाओं को मैं समझती हूँ, किन्तु...''

''समझती होती तो मुझे स्वीकार सकी होती।''

''नहीं। शायद तुझे समझती हूँ, इसलिए स्वीकार नहीं पाती। जिस मुग्धता में तेरे बिना अन्य कुछ भी नहीं दिखाई देता था उसे बीते तो वर्षों हो गये। आज

मैं तटस्थतापूर्वक तुझे देख रही हूँ। धुरीहीन चक्र की भाँति तू आगे बढ़ता जाता है। मुझे जीवन में केवल गति अभिप्रेत नहीं। मुझे आनन्द भी अभीष्ट है। हाँ, केवल सुख का नहीं, वेदना का आनन्द भी मुझे वांछित है। तू दुःख और वेदना में अन्तर नहीं करता। तू संघर्षप्रिय है। मेरा इससे भी विरोध नहीं, किन्तु तेरे संघर्ष की मुझे कोई फलश्रुति दिखाई नहीं पड़ती। तेरा संघर्ष लक्ष्यहीन है, अथवा तेरे संघर्ष का लक्ष्य ही संघर्ष है। किसी को कुछ भी नहीं गिनने की वृत्ति के मूल में अश्रद्धा रही है। तूने पढ़ा है किन्तु ऐसा कि जिससे तेरी अश्रद्धा ही बढ़ी है। अलबत्ता अनिकेत यह सब पढ़कर भी अपनी धुरी को बनाये रख सका है। उसकी तरह मुझे भी लगता है कि दुनिया असुन्दर नहीं। हमारी मुग्धता को टिकाये रख सके ऐसा भी इसमें है अवश्य...आज तक के मेरे साहचर्य का तेरे व्यक्तित्व पर कुछ भी असर नहीं हुआ, तो फिर...तेरे साथ जुड़ने के बाद मेरे लिए पश्चात्ताप ही हो तो...ख़ैर, जाने दे यह बात, तू बहाना समझेगा। किन्तु मेरा अनुरोध है कि तू मेरे अनिश्चय को समझने का प्रयास कर। जिसे स्वीकारने से–जिसे प्राप्त करने से मैं 'अमृता' न रहूँ उसे पाने से ही क्या? उसे पाकर मैं क्या करूँगी?''

उदयन खड़ा हो गया। समुद्र की ओर बढ़ा। वातावरण की खराश उसके श्वास–प्रश्वास द्वारा गहरे और गहरे उतर रही थी। उसका शरीर भी त्वचा के रन्ध्रों द्वारा वातावरण में से खराश तलाश रहा था। रक्त में क़ातिल जलन होने लगी थी। बवंडर में फँसे पक्षी की भाँति उसकी जिजीविषा तड़प उठी। अपने पंखों की शक्ति से हाथ धो बैठा, पक्षी जिस तरह पंख बन्द करके गहरी खाई में गिर जाना चाहता है, उसी तरह उदयन को अपना भार फेंक देने का मन हुआ। उसे लगा, ''लौटती तरंगों को अपना शरीर सौंप दूँ। अथवा सामने से हँसती आती लहरों की ओर दौड़ जाऊँ। लहरों की गति ग्रहण कर उनके नीचे सरक जाऊँ। गहन नीर के अन्धकार में प्रवेश कर समाप्त हो जाऊँ और समुद्र बन जाऊँ। अमृता भले ही बाहर रहे और किनारे पर फेंके गये मेरे शव को देखकर अपने अन्तर्द्वन्द्व को क्षणिक अश्रु की भाँति अंजलि में घोलकर, थोड़े दिन मेरा स्मरण करने के बाद निर्विकल्प वरण कर सके। उसे शव सौंपकर मेरे प्राण वडवाग्नि में घुल जाएँगे। फिर भले ही यह वडवाग्नि लहरों में उछलकर फणिधर की तरह किनारों पर सिर पटकती रहे।''

निर्णय करने के लिए वह खड़ा रहा और फिर तो खड़ा ही रहा। यह तो पलायन होगा। निर्णय नहीं कर सका। विचारशक्ति मन्द पड़ती गयी और अन्त में विचारशून्य बनकर वह खड़ा ही रहा। समुद्र की सतत चलनेवाली तरंग–लीला के स्पर्श से सजीवन प्रतीत होता गहरा सन्नाटा उसकी आँखों में प्रतिबिम्बित होने लगा। काला और अनन्त अवकाश उसके चित्त में गहराता गया। वह पुतला बनकर

खड़ा था। अमृता पास आकर खड़ी हो गयी।

हाथ पकड़कर उसने उदयन को लौटाया। चौपाटी पार करके वे मरीन ड्राइव के बँधे हुए समुद्र के किनारे पर बने फुटपाथ पर चलते रहे। उदयन थक गया हो, इस तरह खड़ा हो गया। पाल पर बैठ गया।

अमृता ने उसके कन्धे पर हाथ रखा।

"साथ-साथ व्यतीत किये गये समय की बुराइयाँ मुझे सहन करनी चाहिए, ऐसा तू मानता हो तो बता। तुझे मेरी अनिवार्यता महसूस होती हो तो बता। मैं अपनी बलि देने का संकल्प इस साक्षी समुद्र में करने को तैयार हूँ।"

कन्धे पर से हाथ अलग फेंककर वह चारेक फुट ऊँची पाल पर खड़ा हो गया। अमृता से उसकी ऊँचाई बढ़ गयी।

अमृता ने उसका हाथ पकड़ा।

"अरे हट, मुझे दया की जरूरत नहीं। जा किसी वीराने में जाकर बरस। भोग देने के लिए वह उचित स्थान है। आत्मनिर्धारित नियति के रूप में मैं एकाकीपन अपना लूँगा। मैं तेरे बिना जीऊँगा, अमृता। तेरे स्मरण के बग़ैर भी!"

और वह नीचे उतरने लगा। क्षणार्ध के लिए उसे लगा कि उसका भार समुद्र की ओर झुकना चाहता है। उसके अन्तर्व्यापी अन्धकार में विद्युत-रेखाएँ चमक उठीं। कड़कड़ाहट हुई। अपने को सँभालता हुआ वह फुटपाथ पर उतरा। चला।

चला गया।

अमृता वैसी ही खड़ी थी।

अब अमृता पीछे मुड़कर उसे देखना चाहे तो उसका दीख पड़ना सम्भव नहीं था। वह चल रहा था। अपने शरीर को लादकर, अपने चारों ओर घूमती रहती परछाइयों को खींचता-धकेलता वह चल रहा था।

अमृता कार लेकर उस दिशा में चली जिधर वह गया था। मलाबार हिल पहुँची। वहाँ उसके कमरे पर ताला था। थोड़ी देर खड़ी रही। धीरे-धीरे जीना उतरी। रास्ते पर भी उसे तलाशती रही। वह नहीं लौटा।

सिक्कानगर न जाकर वह जुहू पहुँची।

जीप आ जाएगी। अमृता ने कुछ सोचकर अनिकेत को सूचित करने का विचार त्याग दिया। "वह यहाँ आकर ले जाए। उसे समाचार दिया जाए तो अवश्य ही आये वह। पर बम्बई तक आये और यहाँ अपने घर तक न आये तो...और कुछ याद न रहे और वह सीधा यहाँ चला आये तो...यहाँ एकान्त में मैं उसकी दृष्टि का स्पर्श सह सकूँगी? यहाँ तो पता चले कि वह किस हद तक दूरी बनाये रख सकता है? और उसे दूरी बनाये रखने की याद न रहे तो? स्वयं में तो उससे दूर रहने की शक्ति नहीं...नहीं। अब तो वह न आये, यही उचित है।"

"...नहीं, वह तो निरपेक्ष ही रहे, यह तो मेरा आरोपण है, अनपेक्षता उसका लक्ष्य है। यहाँ आने पर भी वह एकान्त के वश न हो। उसके स्पर्श से एकान्त अन्तहीन बन जाए।

फिर भी जीप को यहाँ से छुड़ाकर उसे जोधपुर रवाना करूँगी। उदयन यहाँ होता तो हम दोनों जीप चलाते हुए जोधपुर जाते। क्या उदयन अब मेरे साथ आएगा?"

जीप मिलने के बाद अनिकेत आभार मानता है। इससे अधिक कुछ नहीं लिखता। अपनी डायरी के पहले पृष्ठ पर लिखता है:

"समय को भोगता हूँ, स्वादमुक्त।"

अमृता की अध्ययननिष्ठा और कार्यशीलता की पुरातत्त्व मन्दिर के संचालक क़द्र करते हैं।

अनिकेत जीप में एक सप्ताह का प्रवास कर आया है। सभी कैलेंडरों पर से पन्ने फटते रहते हैं। अमृता और अनिकेत के कैलेंडर पर से भी एक साथ पाँच-पाँच, दस-दस पन्ने फटते रहते हैं। समय का पन्नों के कम होने के साथ सीधा सम्बन्ध नहीं है। वह अपनी गति से बहता रहता है। अमृता जानती है कि समय निस्संग है।

अनिकेत प्रयत्न करता है, समय से निस्संग होने का। जोधपुर से मंडोर जानेवाली सड़क पर पड़नेवाले मकान में अब वह 'सेटल' हो गया है। आराम के क्षणों में जब वह बैठा होता है तो एक पक्षी युगल को देखता रहता है। गुलमोहर की डाल पर चोंच मारते ये पक्षी थकते नहीं। बंगाली सीखते समय 'सुनीतिसुधा' नामक पाठमाला में उसने 'काठठोकर पाखी' की कहानी पढ़ी थी। नवपरिणित युवक से उसकी भगिनी कहती है कि घर में बिना ईंधन के परेशानी होती है। युवक वर-वेश में ही निकल पड़ता है। वन में जाकर कुल्हाड़ी से वृक्ष पर वार करता है। वृक्ष उस वार की वेदना से तड़प उठता है और उसे अपनी पत्नी के साथ पक्षी बन जाने का शाप देता है। युवक भी शाप देता है। तभी से वर-वधू रूप में ये पक्षी वृक्षों को कुतरते रहते हैं और इस तरह मनुष्य रूप में जीवित रहने के अवसर के छिन जाने का बदला लेते रहते हैं। उसने देखा, पक्षी-युगल गुलमोहर को कुतरते रहते हैं। उनके सिर पर कलगी है। उनके पंख यौवन-प्रिय रंगों से चमकते हैं।

उनकी चोंचों के वार से होती आवाज अनिकेत के कान में पड़ती है।

कई दिनों के बाद वह उसी तरह विरत बैठा होता है।

टक् टक् टक्...

टक् टक् टक्...

पक्षी की चोंच में से एक टुकड़ा गिरता है।

वह देखता रहता है।

उसे ख़याल आता है कि पक्षी दो नहीं, एक ही है। दूसरा कहाँ गया? वह पेड़ के नीचे जाकर देखता है। दूसरा दिखाई नहीं देता। वह आवाज करता है।

पक्षी उड़ जाता है। उसके पीछे-पीछे उड़नेवाला नहीं है।

वह अवाक् हो खड़ा है। उस एक को उड़ा देने का उसे रंज है। नीम की डाली से पत्ते झरते हैं। आँगन के बाहर पीलू पर दो कौवे लड़ रहे हैं।

कठफोड़ा वापस आता है।

टक् टक् टक्...

टक् टक् टक्...

अमृता के सामने पड़ी पुस्तक के पृष्ठ फड़फड़ाते हैं। पवन है। वह खड़ी होती है। खिड़की के परदे गिरा देती है।

'ताकला-माकन'। एक मरु। भूगोलवेत्ता स्वेन हेडिन की आत्मकथा का एक प्रकरण उसके सामने खुल गया है। वह पढ़ती है।

यात्री की सामग्री समाप्त होती जा रही है। रेत के टीले पर से उतरता ऊँट बैठ जाता है। जहाँ पहुँचना है वह जगह कब आएगी कुछ पता नहीं चलता है। पानी खत्म हो गया है। साथियों और सामग्री को छोड़कर यात्री आगे बढ़ता है। गरमी से बचने के लिए रेत में खड्डा कर शरीर को धड़ तक नीचे उतार देता है। उसके पास और दूर सर्वत्र सन्नाटा ही सन्नाटा है। मुसाफ़िर की देह सूख गयी है। थक चुकी है उसकी देह। फिर भी वह घसीटता जाता है। अब मुसाफ़िर स्वेन हेडिन नहीं, अनिकेत है। रेत के दो-दो सौ फ़ुट ऊँचे टीलों के बीच छह फ़ुट की आकृति को फँसती देख अमृता पढ़ना बन्द कर देती है।

इधर कुछ ऐसी आदत हो गयी है कि वह काम की योजना बनाये बिना ही निकल पड़ता है। कभी-कभी इधर-उधर साइड में देखे बिना ही वह जीप को तेजी से दौड़ा देता है। देखना भूल जाता है। गड्ढे-रिगड्ढेवाले रास्तों पर उछलती, झुकती जीप को देखने में उसे मजा आता है। पीछे की सीट के उछलने परे होनेवाली आवांज उसे सद गयी है। रेत में जीप के पहियों के फँस जाने पर वह स्टियरिंग पर सिर टिकाकर आराम करता है। उसने पथरीले रास्ते पर आड़ी-तिरछी जीप चलाना शुरू किया है। कभी सुबह आराम करता है, दोपहर में काम करता है।

एक वृद्ध को उसने लिफ़्ट दी थी। उसने पूछा था :

"यहाँ क्या ढूँढ़ते हो?"

"जो नहीं है वह।"

अमृता ने इनकार नहीं किया। दो शोधछात्राओं के साथ वह उदयपुर, एकलिंगजी,

नाथद्वारा होती हुई चित्तौड़गढ़ पहुँची। केसरिया मिट्टी को सन्ध्या से ढँककर जब सूर्य जाने लगा तब उन्होंने नीचे उतरने का विचार किया।

"आपके जुहू समुद्र से अठारह सौ फ़ुट की ऊँचाई पर हम लोग खड़े हैं, दीदी।"

"हूँ।"

"दीदी, इसने कहा उससे भी अधिक ऊँचाई पर हम लोग अभी थे। विजयास्तम्भ की नवीं मंजिल पर आप दूर-दूर तक कुछ देखने का प्रयास कर रही थीं तब समुद्र की सतह से हम अठारह सौ पचास और एक सौ बाईस फ़ुट की ऊँचाई पर थे। मुझे आश्चर्य होता है दीदी की सभी समुद्रों की ऊँचाई एक-सी और पर्वतों की अलग-अलग।"

दीदी ने उत्तर नहीं दिया। इसलिए दूसरी छात्रा बोली:

"पर्वत ऊँचे हैं इसलिए तो उनकी ओर से नदियाँ समुद्र की तरफ़ दौड़ती हैं और समुद्र के खारेपन में घुलती-मिलती रहती हैं। दीदी आपका इस विजय-स्तम्भ के बारे में क्या मानना है?

कला और स्थापत्य की दृष्टि से यह कुतुबमीनार से भी श्रेष्ठ माना जाता है। फर्ग्युसन इसे रोम के 'टॉवर ऑफ़ ट्रेजन' की अपेक्षा स्थापत्य की उच्च अभिरुचि का प्रतीक मानता है।"

"हूँ।"

"क्यों कुछ बोलतीं नहीं आप?"

"मैं रोम तक पहुँची नहीं। केवल चित्रों से क्या ख़याल आये? फ़ोटोग्राफ़ी भी एक कला है। फ़लतः मूल वस्तु कमोबेश इसमें नया रूप प्राप्त कर लेती है। चलो। अब हम नीचे उतर जाएँ।"

"उतरने में तो देर नहीं लगेगी। क़रीब मील-भर का रास्ता है। चलो स्पर्धा करें। कौन पहले उतरता है?"

"तुम्हें जल्दी उतरना हो तो यहाँ गौ-मुखी कुंड के पास सीधा ढलान है। हिम्मत हो तो चलो।"

"चलो दौड़ो।"

"सँभालना। थोड़ी-सी भी फिसली कि पता भी नहीं लगेगा।"

अनिकेत जैसलमेर से दक्षिण-पश्चिम में साठ मील दूर निकलकर मयाजलार गाँव के सिवान में ठहरा है। उसे यहाँ के आदमी अच्छे लगते हैं। वैसे आदमी यहाँ मुश्किल से ही दिखाई पड़ते हैं। मीलों तक कोई चेहरा नहीं दीखता। और जब दिखाई देता है तब होता है पूरा जवाँ मर्द। पहाड़-जैसे ऊँचे लोग। बिना किसी अपवाद के मैत्री और दुश्मनी का निर्वाह करनेवाले। स्त्रियों की रक्षा करनेवाले।

और स्त्रियाँ-सुन्दर, बालक उनसे भी सुन्दर।

अनिकेत की जीप तीनों ओर से रेत के टीलों से घिरी है। एक टीले पर बबूल की झाड़ी है। बीच की समतल भूमि पर एक खदिर वृक्ष है। गाइड मयाजलार गया है।

अमृता का पैर फिसल जाता है। वह पत्थर से रिसक पड़ती है। वह बैठकर उतरती जाती है। खड़ी होती है। उसके पैरों में फिर से लापरवाही दिखाई देती है। जल्दी से उतरने लगती है। खड़ी रहती है। छात्राओं के पहुँचने तक वह खड़ी रहेगी। ढलान की बायीं ओर एक वृक्ष के पत्ते फरफराते हैं।

मीरा और पद्मिनी के महल के बीच का अवकाश फड़क उठता है। एक कृशकाय वृद्धा के हाथ में टूटा तानपुरा है। बग़ल में मंजीरे रखे हैं। भजनों की छोटी-छोटी पुस्तिकाएँ रखी हैं। दीप जल रहा है। वर्तिका काली पड़ गयी है। मन्दिर की सीढ़ियाँ-

तालाब के मध्य पद्मिनी महल। एक ओर राजप्रासाद के गुम्बद में चारों दिशाओं में जड़े बड़े-बड़े आईने, एक आईने में पद्मिनी महल का ख़ाली झरोखा।

मीराबाई के मन्दिर और पद्मिनी महल के बीच का अवकाश अब थिरकता नहीं। बीच में एक पुराना जर्जर कालिका मन्दिर है। ताम्रवर्णी मिट्टी पर उतरता अन्धकार-महाकाल का कृपा-प्रसाद...।

''चलो।''

नोट करने-जैसा आज कुछ भी नहीं दीखा। डायरी के पन्नों पर वह रेखाएँ खींच रहा है। कोई आकृति उभरती नहीं। जीप की पिछली सीट पर पर्याप्त आराम नहीं मिलेगा।

वह रेत के टीले पर चढ़ने लगा। तारिकाओं के मन्द प्रकाश में रेत पर पवन-खचित डिज़ाइनें दिखाई नहीं पड़ रही थीं, फिर भी वह देख सकता है। टीले की चोटी पर थोड़ा भाग समतल है। वहाँ बैठने के बाद उसे रेत में अपने पदचिह्न दिखाई देते हैं। वह अब दूर का अन्धकार भी देख पाता है।

घंटे भर बैठने के बाद वह सो गया। बूटों को तकिया की जगह लगाया। टेरी-वूल का काला पैंट और क्रीम-कलर की ऊनी कमीज पहनी है। इन दिनों चश्मा नहीं लगाता। आँख का नम्बर एक से आधा हो गया है। नींद के आसार दिखाई दिये। उसने करवट बदली। सो जाने के बाद चित हो गया।

अमृता गैलरी में बैठी पढ़ रही थी। कमरे में आकर उसने बत्ती जलायी। छात्राएँ सो गयी थीं। प्रवास में दोनों एक ही बेडिंग का उपयोग करती हैं। लिपटकर सो गयी हैं। शाल ओढ़ रखी है।

दरवाज़ा बन्द किया। सिटकनी लगायी-ध्यान से। खिड़कियों में सलिये लगे

हैं। वह सो गयी। थकान महसूस हुई। ठंड है। सोचा, खिड़कियाँ बन्द कर दी जाएँ! पर उठ नहीं पायी।

वह नींद में लम्बे साँस लेता है। पृथुल वक्ष जब श्वास से भर जाता है तो कमीज़ के बटन तंग हो जाते हैं...इस श्वास को सूँघता-सूँघता एक साँप आ रहा है। अतीव मन्द गति से वह आ रहा है। वह काटता नहीं। अनिकेत के पैंट के रंग की तुलना में उसकी त्वचा धुँधली है, किन्तु कोमलता के कारण वह चमकती है। कपड़े पर वह धीमे से रेंगता है। कोई आवाज नहीं होती।

अनिकेत की छाती पर पहुँचकर वह थोड़ा मुँह उठाता है। देखता रहता है। कहते हैं कि साँप के आँखें नहीं होतीं!

अनिकेत श्वास लेता है और साँप का उच्छवास उसमें घुल जाता है। अनिकेत के उच्छवास में रुचि नहीं। अनिकेत फिर से साँस लेता है। साँप का उच्छवास उसमें घुलता है। यह क्रम चलता रहता है। चारों ओर अन्धकार और अधिक गहरा हो जाता है। अनिकेत के फेफड़े में नशा छाता जाता है। साँप जल्दबाजी का अभ्यस्त नहीं है। वह निश्चिन्त है।

टॉर्च की लाइट...साँप के लिए बैठे रहना अनुकूल नहीं आया। घसान देखकर गाइड उस ओर लपका। साँप धीरे-धीरे जा रहा था। गाइड के पहुँचने से पहले ही उसे बिल मिल गया।

उसने अनिकेत की नाड़ी देखी। धड़कन सुनी। राहत की साँस ली। अनिकेत को जगाया। दूध दिया। बेडिंग ले आया। उसपर गर्म कम्बल बिछाया। नीचे चारों कोनों में प्याज रखा। अनिकेत सो गया।

गाइड लगभग एक घंटे तक बैठा रहा। फिर उसने अनिकेत के कपाल पर हाथ रखा। बेफ़िक्र होकर खड़ा हो गया। उसके होठ पर लोकगीत की एक पंक्ति थिरक उठी। वह जीप में जाकर गठरी बनकर लेट गया। आगे की सीट पर ताल देकर वह गाने लगा।

अमृता जागती है। चार सौ वर्ष पूर्व का समय उसकी संविति में वर्तमान बन जाता है—'असुवन जल सींच-सींच प्रेम बेल बोई।'

वह करवट बदलती है।

एक छोटा-सा सरोवर। उसके चारों ओर पत्थर से बाँधा हुआ रास्ता। रास्ते की ओर सरोवर के किनारे पर खजूर और नारियल के पेड़। उनके बीच की शान्ति में अवाचक नीहार। पूर्व की ओर पाँच नीम। इन पाँचों की एक-सी छाया। छाया में मंजरी की झर-झर महक। इस महक के दोनों ओर उटज, जिनके नाम उत्तरायण और दक्षिणायण।

सूर्य के उदय-अस्त के बदलते स्थान के अनुरूप रहने के लिए वे बारी-

बारी से उटज में रहते हैं। गृहपति की गति का साथ देने का उसे शौक़ है। दक्षिणी कुटीर के सामने अश्वत्थ उत्तर कुटीर के सामने वह वृक्ष जिसकी बरोहें धरती तक नहीं पहुँचतीं। किन्तु एक शाखा पर रज्जु से बँधे झूले पर वह बैठता है, तब उसके पैर धरती को छूते हैं।

वह झूले पर बैठता है तब पश्चिमी किनारे के फुल्ल कुसुमित उपवन में से केवड़े की सुगन्ध पवन के पंख भिगोकर सरोवर को लाँघती हुई उसके नेत्रराग को स्पर्श कर लेती है।

सरोवर के दक्षिण में एक पहाड़ी है, जिसकी ऊँचाई को उसकी दृष्टि अनायास ही नाप सकती है। उत्तर की ओर शिल्पमंडित अतिथिगृह है। उसके पटांगण में यज्ञवेदी है। वेदी के पत्थर पर श्लोक का एक चरण उत्कीर्ण है–

"विद्यया अमृतम् अश्नुते।"

प्रात:कालीन नीहार और सन्ध्याकालीन सुवर्ण रेणु उसे रम्य लगते हैं। प्रदोष काल से पूर्व वह प्रतिदिन ताड़पत्र पर लिखे हुए उपनिषद् हाथ में उठाकर खड़ा होता है। एक श्लोक पढ़ता है और फिर अपने विश्व को निरखता श्लोक का अर्थविस्तार करता है।

एक श्लोक पढ़ने के बाद वह खड़ा है। सामने वायव्य की ओर धूल के बवंडर उठ रहे हैं, नज़दीक और नज़दीक आ रहे हैं। वह ध्यान केन्द्रित करता है। एक काला अश्व आता दिखाई देता है। उसके मस्तक पर ध्वजा फहरा रही है, गले में बँधी घंटी टनटना रही है। अश्व के पीछे-पीछे आता है एक ऊँट। उसकी आकृति प्रचंड है। उसके अंगों पर तमाम श्रृंगार हैं। उसका सवार सरोवर देखकर खड़ा हो जाता है और भौंहें तानता है। कमर पर हाथ रखकर भौंहें नीची करता है।

उसने दरबारी साफ़ा बाँध रखा है। इसमें तुर्रे की जगह साँप का फन शोभा दे रहा है। उसमें हरा हीरा लग रहा है। उसके कानों में बिच्छू के डंक के आकार के कुंडल झिलमिला रहे हैं। उसकी आँखों के नेपथ्य में रोका गया झंझावात उस प्रचंड ऊँट के हलक में प्रकट होता है।

आगन्तुक को देखकर उपनिषद् को अपने वेत्रासन पर रखा और वह सामने गया। अश्व के खड़े न रहने पर उसकी अयाल पकड़कर उसने उसे रोका और मस्तक पर से ध्वज उठा लिया। अश्व आगे के दो पैरों पर कूदा और हिनहिनाकर उसे डराने लगा। उसने खुर के पास से अश्व का पैर पकड़ लिया और झटके के साथ घुमाकर उछाला। अश्व पलटकर ऊँट के पैर के पास जा गिरा।

ऊँट पर खड़े पुरुष के होठ खुले और उनमें से घनघोर आवाज फूटी।

"ए..." पर्वतों के बीच प्रतिध्वनित मेघ कोई विशाल शिला को तोड़ डाले।

आवाज हो। फिर वह शिला लुढ़कती-लुढ़कती नीचे स्थिर हो और शान्ति जनमे, ऐसी शान्ति के अनुभव के बाद वह बोला :

''कौन है तू? इस तपोभूमि में पशु पर सवार होकर प्रवेश करने का निषेध है।''

''मैं भस्मासुर हूँ।''

''उसका तो कभी का नाश हो गया। छल मत कर।''

''हे अबोध युवक! तू तपोवन काल में जीता है, इसलिए तू मुझे नहीं पहचानता। मैं भस्मासुर हूँ। यन्त्रों का कोलाहल आकाश में एकत्रित हुआ और उसमें से मेरा जन्म हुआ। भगवान कालपुरुष का मुझे आशीर्वाद है।''

''मैं तपोवन काल में जी रहा हूँ, ऐसा कहकर उपहास करनेवाले का साहस हास्यास्पद है। हे आगन्तुक! मैं समग्र समय में जीता हूँ। मैं शाश्वतता का दूत हूँ। यहाँ जो कुछ है वह सब ईश्वरमय है। यहाँ आश्रय चाहिए तो नीचे उतरना होगा। इस धरित्री का प्रत्येक कण मधुमय है। मेरा लालन-पालन यहाँ हुआ है इसलिए किसी की अवमानना नहीं करता। अतिथि रूप में आना हो तो स्वागत करने को तैयार हूँ। आक्रमणकारी को पराभूत करने की शक्ति मेरी बाहुओं में संचित है।''

जो रथ पीछे था वह एकदम निकट आ गया। रथ पर कोई सारथी नहीं था। चार श्वेत अश्व स्वयं नियन्त्रित मालूम पड़ते थे। रथ चारों ओर से मखमल आवरण से ढँका था। आगे का परदा हिल उठा और उसे सरकाता हुआ एक हाथ बाहर आया।

''अमृता!''

उसे लगा कि हो न हो अमृता का हाथ है। वह आगे बढ़ा। चेहरा प्रकट हुआ।

वह क्षुब्ध हो उठा। पुनः परदा गिर गया। उसने एक विशेष गम्भीरता का अनुभव किया। ठीक वैसी ही जैसी कि मेघाच्छादित शान्त गगन में एकाएक विद्युतक्षेप के बाद आकाश अनुभव करता है। वह उस पुरुष के पास पहुँचा।

''आप भस्मासुर नहीं हो सकते। आपके साथ यह कौन है? यह रहस्यमयी रूपसी कौन है? यन्त्रों के प्रातिनिधिक स्वरूप के साथ ऐसी सजीव उपस्थिति?''

''यह मेरी ही उपलब्धि है। मेरी शिष्या है। मेरी साधना का आनन्दांश इसने ग्रहण किया है। इसी ने मुझे इस ओर आने के लिए प्रेरित किया है। अतः इसके वचन की अवहेलना नहीं करता। यह मेरी एकमात्र शिष्या है।''

''भस्मासुर की शिष्या यह? अखिल सौन्दर्य का सार?''

''हे मुग्ध युवक! यह मात्र सुन्दर नहीं, विदुषी भी है।''

रथ आगे बढ़ा। उसके निकट आते ही मख़मली आवरण अदृश्य हो गया।

उस चेहरे में सृष्टि के तमाम चेहरों का सौन्दर्य था। किन्तु सृष्टि के चेहरों में कुछ मानवीय होने के कारण परिचित तत्त्व था। वह चेहरा सृष्टि के चेहरों से सर्वथा भिन्न कुछ विशिष्ट था। उसका स्मित अधर, कपोल और नयनों में एक साथ उभरता था। वह उस स्मित का अनुभव भी नहीं कर पाया। शायद अनुभव प्राप्त कर सकने की पर्याप्त सज्जता का उसके पास अभाव था। उसे लगा कि इस चेहरे को चेहरा न कहकर अनन्त सौन्दर्य का बिम्ब कहना चाहिए। यही सत्य के अधिक निकट रहेगा।

"अतिथि के लिए आपके प्रांगण में स्थान नहीं, राजर्षि?"

"मैं राजर्षि नहीं। साधक हूँ। आप अतिथि होंगे इसका मुझे पता न था। मैं तो समझा था कि एक प्रकार का आक्रमण हो रहा है।"

"ओ हो! इसलिए आप विक्षुब्ध हो गये थे? डर गये थे क्या?"

"डर तो मैं जानता नहीं। विक्षुब्ध हो गया था यह भी आप कह रही हैं। आपको देखा न था। और देखने के बाद जो आश्चर्य हुआ वह इतना तीव्र और सबल था कि..."

"आश्चर्य किस बात का? मानव को देखकर आश्चर्य? आप एकान्तवासी लगते हैं।"

"प्रत्येक साधक को अपना एकान्त सुरक्षित रखना पड़ता है। आप मानुषी होंगी ऐसा मान लेता हूँ क्योंकि समग्र मानवलोक मैंने देखा नहीं है। आज से मैं एक मनुष्य रूप में गौरव का अनुभव करूँगा कि मैंने ऐसे चेहरे के दर्शन किये हैं, जो मानव स्वरूप में ही मुझे दिखाई दिया था।"

"बस करो साधक, मुझे आपकी स्तुति नहीं चाहिए। आतिथ्य चाहिए। आपके पास किसी परदेशी के लिए स्थान हो तो उपकृत कीजिए।"

"उपकृत तो मैं होऊँगा। पधारिए। अपने कल्पित सद्‌भाग्य को आज प्रत्यक्ष होता देखूँगा। पधारिए।"

वह आगे हो गया। उन्हें अतिथिगृह तक पहुँचाया। पुरुष भीतर चला गया। और उसने शंकर-स्तुति प्रारम्भ की।

"आपका नाम?"

"अनिकेत।"

"अनिकेत? एक ही जगह रहनेवाला! सुन्दर नाम है आपका। अनिकेत!!"

"मैं आपका नाम जानने का लोभ संवरण नहीं कर सकता।"

"मेरा कोई नाम नहीं। वे मुझे 'कन्या' कहते हैं। किन्तु आप यदि मुझे नाम से सम्बोधित करना चाहते हैं तो दे दीजिए कोई नाम। आपकी इस सृष्टि को देखकर आपकी अभिरुचि के बारे में उच्च अभिप्राय बना है। जो भी नाम देंगे, स्वीकार लूँगी।

"अमृता। नारीमात्र का एक ही नाम हो सकता है।"

"भले ही।"

"तो मैं चलूँ? अनुज्ञा मिले तो।"

"जैसी आपकी इच्छा। किन्तु इस तरह जल्दबाजी करने का कोई कारण न था।"

"वे आपकी प्रतीक्षा करते होंगे।"

"नहीं। वे किसी की प्रतीक्षा नहीं करते...मुझे आश्चर्य होता है कि इस मरुभूमि के बीच आप इतना अधिक पानी किस तरह एकत्र कर पाये? यह सरोवर तो संस्कृति की तरह पावन है।"

"मेरी साधना चलती है और इसका जल बढ़ता ही जाता है।"

"इसमें स्नान करने का निषेध होगा?"

"नहीं।"

"तो रात्रि का प्रथम पहर पूरा होने के बाद जब चाँदनी की नीरन्ध्र वर्षा से धरातल आनन्दित हो उठे तब मैं सरोवर में होऊँ तो कितना अच्छा रहे!"

"यह सरोवर कृतार्थ होगा!"

"तो मेरी सुरक्षा की दृष्टि से आप किनारे पर बैठे रहिए। मेरे पीछे-पीछे एक घुड़सवार आया करता है। यदि वह मुझे अकेली देख ले तो उठा ले जाए! यद्यपि मेरा अनुमान है कि वह रास्ता भूल गया है, मुझे ढूँढ़ नहीं सकता।"

"मैं अवश्य आऊँगा। यहाँ निपट शान्ति पसरी होती है। अतः अपनी कुटीर में बैठा-बैठा भी मैं आपका पदरव सुन सकूँगा। देखिए वह हंस के आकार की नौका है न? उसका लंगर खोलकर मैं उसमें बैठूँगा। आप सरोवर को पानी से अधिक लहराइए नहीं वरना मेरी नौका डोल उठेगी।"

"आप तो बड़े सावधान पुरुष लगते हैं। अंग-सौष्ठव को देखते हुए तो आप निर्भीक लगते हैं। फिर ऐसी सावधानी किसलिए? अच्छा, मैं चलूँ?"

"भोजन के लिए फल-फलादि भेजता हूँ।"

"ठीक है, हमारे सेवकों को फल अच्छे लगते हैं।"

अनिकेत जब भोजन पर रहा तब उसे लगा कि यह अशिष्टता हो रही है। मेजबान के रूप में अपना धर्म नहीं निबाह रहा। अतिथि के साथ ही भोजन करना चाहिए। किन्तु कन्या? अमृता तो नहीं है न?

दूसरा प्रहर प्रारम्भ हो गया। पदरव सुनते ही वहाँ का वातावरण सौरभ-पूर्ण हो गया। वह प्रतीक्षा कर रहा था। गया। चाँदनी इस तरह गहरे में उतर रही थी कि लगता था वह सरोवर में प्रतिच्छादित तटीय वृक्षों की छाया को छूना चाहती हो। चीनांशुक धारण किये वह सामने किनारे पर खड़ी थी। उसके वस्त्रों का रंग

चाँदनी में घुल रहा था। अतः उसके अंगों पर सोनचम्पा की आभा झलक रही थी। उसने पक्षिणी की भाँति सरोवर में प्रवेश किया। सरोवर के जल में प्रविष्ट चाँदनी एकाएक बाहर आयी और सतह पर लहरा उठी। अनिकेत के चारों ओर का स्थिर मौन डोल उठा।

जलतरंग...कन्या की क्रीड़ा से लयान्वित जल का स्थिर नौका तक पहुँचना... शान्ति...उसके प्रकम्पित श्वास का जल की शीतलता में निरुपद्रवी भाव से घुल जाना...कन्या के तैरने में हाथ-पैर की तालबद्ध लहक का दिखाई देना...अनिकेत की आँखों में जल-नृत्य के विशिष्ट हाव-भावों का समावेश...अग्नि दिशा से कमलदंड तोड़कर उसे हाथ में लिये अनिकेत की ओर आना...कन्या के दृष्टिस्पर्श को एकाएक पहचान लिया जाना...उसका बोल उठना-''आमि चिनि गो चिनि तोमारे ओगे विदेशिनी!''

अनिकेत का कंठ-स्वर सरोवर और समग्र मरुद्वीप को आन्दोलित कर गया। दूसरा प्रहर पूरा होने तक सरोवर बराबर लहराता रहा। एक दुविधा अनिकेत के मन से निकलती नहीं थी। यह अमृता तो नहीं हो सकती? ये अंग...एक ही चीनांशुक से ढँके अंग...इन अंगों को देखकर जागता अनुराग...उसके लोचनों में जागता प्रतिभाव...यह अमृता नहीं तो दूसरा कौन? वह छद्मवेश में मेरी परीक्षा करने आयी हो तो आश्चर्य नहीं।

''अमृता!''

''कहो।''

''आप अमृता ही हैं न?''

''अमृता ही तो, आपने ही तो नामकरण किया है!''

''मेरे द्वारा प्रदत्त नाम शेष कर जवाब दो। आप अमृता ही हैं न?''

''मैं तो मैं हूँ। वे मुझे कन्या कहते हैं। मेरे पीछे पड़ा घुड़सवार मुझे क्या कहता होगा, मुझे नहीं मालूम। आप अमृता कहते हैं। आप मुझे जिस तरह पहचानना चाहते हैं, पहचानें।''

''हे नारी! तू मुझे क्षितिज की तरह रहस्यमय और अप्राप्य लगती है। मैं जानता हूँ कि मैं ज्यों-ज्यों तेरे निकट आता जाऊँगा तुम अधिकाधिक परायी बनती जाओगी।''

''तो मैं निकट आऊँ।''

उसने हाथ लम्बा कर उसे उठा लिया। नौका को खुद-ब-खुद गति मिल गयी, मानो वह हंसरूपा बन गयी हो। उसने अवश होकर अपने को अनिकेत की बाहुओं में सौंप दिया और नतनयना बनी खड़ी थी। वह स्पर्श तो परिचित है। तो क्या वह छला गया? यह अमृता ही है? नौका की गति को किस तरह

रोका जाए? और वह इसका वस्त्र भी भीगकर अब तो उसके अंगों को आवृत करने के स्थान पर अधिक सम्मोहक रूप में प्रकट करता है। कामनाओं को अधिक उद्दीप्त करता है। अनायास प्राप्त हुआ आश्लेष उसके लिए असह्य हो गया और उसकी रग-रग में हलचल मच गयी।

''एक सेवा करेंगे?''

''आज्ञा कीजिए।''

''मेरे कपड़े वट वृक्ष के नीचे आपके झूले पर लटके हैं। जरा बाहर जाकर ले आएँगे? इन गीले और आपके स्पर्श से खिसक आये कपड़ों में मैं बाहर निकलूँगी तो यहाँ की निसर्गश्री को अनमना लगेगा।''

वह नौका से सरोवर में कूद पड़ा। तैरकर किनारे पहुँचा। कपड़े उठाये, आकर खड़ा रहा। कन्या सीढ़ियाँ चढ़ती बाहर आयी। अनिकेत ने देखा कि नौका अपने स्थान पर जाकर स्थिर हो गयी है। कन्या के अंग-अंग का लावण्य...उसके चरणों का गतिलय...श्रेणीभारादलसगमना...।

क्षणमात्र में नये वस्त्र धारण कर वह सामने आयी। उसने बिदा ली। वह कुछ पूछने जा रहा था पर पूछ नहीं पाया। उटज में पहुँचकर मन को नियन्त्रित करने के लिए संघर्ष करता रहा। शाम को जिसे हाथ में लेकर खड़ा था उस उपनिषद् की सहायता से भी वह अपने मन में बिखरे भावों को केन्द्रित नहीं कर पाया। तीसरा प्रहर पूरा होने तक वह शय्या पर करवटें बदलता रहा। अन्त में उठ बैठा और अतिथिगृह की ओर प्रस्थान किया।

''गाड़ी का समय हो गया दीदी!''

वह संकोच के साथ आगे बढ़ रहा था। पहुँचकर देखा तो अतिथिगृह खाली-खाली। यज्ञवेदी पर से लुढ़के पत्थर पर पैर टेककर वह खड़ा रहा। सब कुछ खाली-खाली। उपवन की ओर गया। कोई संचार न था। बाहर निकलकर दक्षिण की ओर मुड़ा। ध्यान से देखा-पद-चिह्न किस ओर ले जाते हैं? हाँ, ये घोड़े के पद-चिह्न, ये ऊँट के। ये रथचक्र के चीले...वह चला। तेजी से चला...दौड़ा। दूर-सुदूर तक दृष्टि पहुँचती थी। कुछ दिखाई नहीं देता था। रास्ता ठीक नहीं था। रेत के ऊँचे-ऊँचे टीले लाँघकर आगे बढ़ रहा था। खड़े-खड़े चल पाना कठिन था। बैठे-बैठे आगे की ओर खिसकना पड़ता था। पैरों में खुरदरे और नुकीले पत्थरों की चुभन से चलना दूभर हो रहा था। ऐसी चोटें फिर भी वह तो हर प्रकार से आगे बढ़ने के लिए कृत संकल्प था। दूर-दूर तक न तो पेड़ थे, न पानी, न ही कहीं पक्षी दिखाई पड़े। केवल रात थी। पिछले प्रहर की रात, जिसमें सूर्योदय का भ्रम भी नहीं जागता था। वह चलता चला जाता था।

चिमड़ा कर सूख गये एक छोटे-से पेड़ को देख कुछ आशा बँधी। उसके

पदतल में कुछ खड़-खड़ हुई। उसने झुककर देखा-चाँदनी के सिक्कों का ढेर। देखा-अनदेखा कर वह आगे बढ़ गया। एक खंडित दीवार पर चित्रित आकृतियों ने उसका ध्यान आकृष्ट किया। अन्तिम प्रहर के उजाले में वह सभी कुछ ठीक तरह से देख पा रहा था। वह एक गड्ढे की ओर मुड़ा। अन्दर उतरा। लकड़ी के जैसा कुछ उसके पैर में अटका। उसे उठाकर एक ओर फेंकने लगा तो एक पूरा कंकाल उठ आया। उसकी पलकें काँप गयीं, फिर भी उसे ध्यान से देखा। और भी कई छोटी-बड़ी खोपड़ियाँ भग्नावस्था में पड़ी थीं। वह आगे बढ़ा। अनेक वस्तुएँ उसे रोकने का प्रयास कर रही थीं। 'हमें भी पहचानता जा प्रवासी! हम भी हैं।' मरु के बीच इस मृत नगर की क्षणिक मुलाक़ात को भूलने की कोशिश करता हुआ वह आगे बढ़ता चला जा रहा था।

अब तो किसी के पद-चिह्न नहीं थे। जिस पर चल रहा था वह मात्र धरातल था, मार्ग नहीं। उसके चलने से कोई नयी पगडंडी बने ऐसा भी नहीं था। मरुवासी पवन रेत पर की तमाम निशानियाँ मिटाकर अपनी मनमानी रेखाएँ रचता है-यह वह जानता था फिर भी चलता ही रहा। दिशा की भाँति वह किसलिए चल रहा है यह भी भूल गया था। जिसे ढूँढ़ने निकला था उसे भूलकर भी वह बढ़ रहा था। उसकी निरपेक्ष गति निर्बाध थी। वह अपने उमगित पैरों पर देह को ढोता हुआ चला जा रहा था।

गाइड ने देखा कि आज बाबूजी जरूरत से ज्यादा ही सो रहे हैं। उसे वह साँप याद आ गया जो उसे देखकर भाग गया था। उसने अनिकेत को जगाया। पूरी तरह होश में आने में थोड़ा समय लगा।

"आज तो मैं लौटनेवाला था। जोधपुर में तेरे पते के अनुसार तुझे ढूँढ़ने का भरसक प्रयत्न किया। मकान मिला। एक चमगादड़ ने कहा कि तू नहीं है। डाकखाने से पता चला कि तू जैसलमेर गया है। वहाँ डाक बँगले में रुका होगा। यहाँ आया तो तेरा कुछ पता ही नहीं। तीन दिन हो गये। आज लौटने की तैयारी कर ही रहा था कि जीप की आवाज सुनाई दी।"

"अच्छा हुआ कि तू रुक गया। हमें मिले भी तो काफ़ी समय बीत गया।"

दोनों डॉक्टर से मिलकर आ रहे थे। गाइड की बात से अनिकेत को लगा कि सतर्कता बरतना ठीक होगा। हालाँकि उसने कहा था कि साँप पूरी रात छाती पर बैठा रहे तब कहीं उसके जहर का कुछ प्रभाव हो सकता है। चिन्ताजनक कुछ नहीं था। फिर भी ग़फ़लत में रहना उसे उचित नहीं लगा और यों जैसलमेर छोड़े भी काफ़ी दिन हो गये थे। वह यहाँ आया। दोनों थोड़ा बैठे। फिर डॉक्टर से मिलने गये। अनिकेत की तबीयत ठीक थी। उदयन की खाँसी के लिए दवा दी। यद्यपि अनिकेत को विश्वास नहीं था कि वह उसका उपयोग करेगा ही।

"कैसा लगा जैसलमेर?"

"पुराना-धुराना।"

"पसन्द आया कि नहीं?"

"कुछेक फोटो खींच लिये हैं। सालमसिंह की हवेली का स्थापत्य विशिष्ट लगा। कहते हैं ऊपर की दो मंज़िलें तो उतार ली हैं। इसकी पाँचवीं मंज़िल का स्थापत्य ध्यान आकर्षित करता है 'एकदंडिया महल' का आभास कराता है। बिना लोहे का उपयोग किये ऊपर का भाग कुशलतापूर्वक टिकाया गया है। नगर से लगभग वायव्य की ओर स्थित यह एकाकी हवेली ऐसा लगता मानो बिलखती रहती हो। मैंने इसकी अटारियों पर अधिक-से-अधिक समय बिताया, सहानुभूति प्रकट की। मुझे लगता है हमें पत्थरों और मनुष्यों में बहुत भेद नहीं करना चाहिए। पदार्थ-विज्ञान तो कहता है कि पदार्थ का शक्ति में और शक्ति का पदार्थ में रूपान्तर किया जा सकता है। क्यों न हमें भी संवेगशून्य होकर एक वस्तु के रूप में जीना चाहिए? दूसरों की दृष्टि में तो हम सदा 'ऑबजेक्ट' ही होते हैं न?"

अनिकेत ने स्टोव बन्द कर चाय छाननी शुरू की। दो कप और एक गिलास भरकर चाय रखी। सामने बैठा।

"आगे बोलूँ?"

"हाँ, हम दूसरों के लिए तो 'ऑबजेक्ट' ही हो सकते हैं, 'सबजेक्ट' नहीं। शक्ति का पदार्थ में रूपान्तर हो सके, इसलिए जो सचेतन है उसे पदार्थवत् नहीं माना जा सकता। किन्तु, तेरा दृष्टिकोण मैं सकारण समझता हूँ। आगे बढ़।"

"दीवान नथमल की हवेली का शिल्प भी अपना ख़ासा महत्त्व रखता है। दक्षिण की ओर वह टीला ऊपर से आधे कटे हुए पिरामिड-सा प्रतीत होता है। उसका व्यक्तित्व धूल से ढँक गया है। यह नगर खंडहर बने बिना टिका हुआ है, यही मेरे लिए भारी आश्चर्य की बात है।"

"तुझे आश्चर्य होने लगा यह एक शुभ चिह्न है।"

"आश्चर्य क्यों न हो मित्र! कल्पनातीत अनुभव हुए हैं। तू जानता है न, बम्बई में 'अमृता' नाम की एक छोकरी है-युवती होते हुए भी वह लड़की है। उसके गुमान का पार नहीं। वह एक दिन मेरी ही आँखों से देखती थी और आज मुझे तीसरे नेत्र से देखने लगी है। अच्छा है कि तू उसे नहीं पहचानता।"

"क़िले के ऊपर बने जैन मन्दिर देखे? ज्ञान-भंडार?"

"जैन और मन्दिर तथा भंडार और ज्ञान एवं गन्दगी और अन्धकार सभी कुछ देखा। उन्मुक्तता और संकीर्णता-दोनों का अनुभव किया है। परकोटे के ठेठ ऊपर वाले पत्थर पर खड़े रहकर नज़र घुमायी और चारों ओर वन्ध्यविस्तार भी देखा। अच्छा है कि यहाँ बरसात नहीं होती अन्यथा ये सभी पीले पत्थर निपट

काले पड़ गये होते। सिन्दूरी रंग के पत्थर मलिन हो गये होते।''

''चाय ले, ठंडी होने आयी।''

उदयन ने चाय का कप उठाकर एक ओर रखा। अनिकेत ने बाहर देखा-

''समय का प्रभाव कितना तीव्र है, एक क्षण पहले की गरमी कैसी अदृश्य हो जाती है।''

''यहाँ तीन दिन बेफ़िक्री से गुज़ारने से बोरियत कम हो गयी। जब लोगों को हँसते-मुस्कुराते, एक-दूसरे के कान में कुछ कहते, ताली देकर कूदते देखता हूँ तो मुझे विचार आता है कि यदि ये सब मनुष्य हैं तो मैं मनुष्य नहीं और मैं मनुष्य हूँ तो ये सब मनुष्य नहीं। एक ही जाति में इतना अधिक अन्तर नहीं हो सकता। मुझे लगता है कि मेरे सिर में सीसा भरा है। समय सीसा बन-बनकर इसमें एकत्र होता रहा है। इच्छा होती है कि आग में रखकर इसे पिघला दूँ... कल राजकीय श्मशान देखने गया था। सूर्यास्त के बाद सभी कुछ धीरे-धीरे निस्पन्द हो गया। चारों ओर निरन्ध्र अन्धकार स्थिर हो गया। फिर जब श्मशान से बाहर निकला, लौटने को हुआ तो ऐसा लगा मानो श्मशान मेरे साथ आता हो। मुझे बड़ा मज़ा आया। फिर विचार आया कि ये भूत-प्रेत कभी मुझे दिखाई क्यों नहीं पड़ते? उन्हें नहीं देख पाने का मलाल रह गया है।''

''तुझे वे अपना मानकर... नहीं, नहीं, तेरे चित्त को भयशून्य जानकर न दिखाई पड़ते हों। तुझे सख्त सर्दी हो गयी लगती है। यह दवा लेगा?''

दवा दी। उदयन लेट गया। उसके कपाल, गले और छाती पर बाम लगाकर अनिकेत ने उसे सो जाने को कहा। पाँचेक मिनट तक आँखें दाब रखने के बाद वह उठ बैठा।

''क्यों?''

''सो चुका।''

''इतनी-सी देर में?''

''तूने समय मर्यादा कहाँ बाँधी थी? और मुझे लगता है कि मुझे कुछ नहीं हुआ। भले आदमी तूने जोधपुर में मंडोर के रास्ते पर मकान क्यों उठा रखा?''

''एक दिन मंडोर जाते हुए मालूम हुआ कि वह मकान मिल सके ऐसा है। मंडोर घूमने जाना हो तो भी यहाँ से रोज जाया जा सकता है। बहुत अच्छी जगह है यह। चारों ओर पर्वतीय भूमि और बीच में वृक्षावली एवं बाग़। लोगों का यह प्रिय स्थल है।''

''मैं भी वहाँ गया था। शाम को गया था। ताँगे वाले ने तारीफ़ की थी। सामान्य आदमियों में मेरा विश्वास है, इसलिए मैं गया। उसकी बात गलत न थी। वहाँ की सिच्युएशन का अपना एक व्यक्तित्व है। वृक्ष भी ऐसे हैं कि अपने

को बाँध रखें। किन्तु भीड़ बहुत थी। रुकने की इच्छा नहीं हुई। ऐसा लगा मानो कच्ची उम्र के लोग वहाँ सुरक्षित जगह ढूँढ़ने आते हों। ऊँचे-ऊँचे गिरजाघरों-से दिखाई पड़ते मकान! मालूम हुआ कि ये तो राजाओं की समाधियाँ हैं, तब तो पूरी तरह ऊब गया। ताँगेवाला मुझे मंडोर के पास शराब की भट्ठी बताने ले गया। तू तो जानता ही है कि मैं इसमें कतई विश्वास नहीं रखता—अमुक जगह जाया जा सकता है या अमुक जगह नहीं। ताँगेवाला गाँजा फूँके हुए था। बोला, 'ले चलूँ, साहब?' मैं क्यों इनकार करूँ। मैं जब भट्ठी देखकर वापस लौटा तो मुझे लगा कि साहित्य की रचना-प्रक्रिया शराब बनाने की प्रक्रिया से बिलकुल मिलती-जुलती है। मूल वस्तु वाष्प बनकर फिर आकार ग्रहण करती है। उसने सोचा होगा कि साहब के साथ उसे भी पीने को मिलेगी। किन्तु मुझे वैसा ही वापस लौटते देख वह निराश हुआ, बल्कि झेंप गया।''

''तुझे पीने की इच्छा भी न हुई?''

''इच्छा होने पर उसे तेरी तरह शायद ही कभी रोकूँ। कहते हैं कि शराब पीने से नशा चढ़ता है और नशे के अभाव में जागृति की सत्ता नहीं रहती। स्मृतियों से मनुष्य मुक्त हो जाता है। मैं भी थोड़ा-बहुत भूल जाऊँ तो राहत का अनुभव करूँ-सुखी हो जाऊँ। पर सुखी होने के लिए, कुछ भूलने के लिए नशे का आश्रय लूँ इतना तो निर्बल मैं नहीं।''

हवा के साथ थोड़ी धूल उड़ आती थी। अनिकेत देखता रहा।

''क्या सोच रहा है?''

''दक्षिण की ओर, यहाँ से दस मील दूर जैसलमेर की पुरानी राजधानी है, लोद्रवा। पूरा नगर निश्शेष होकर धूल में बदल गया है। लोग कहते हैं कि मिट्टी में दफ़न हो गया है। वहाँ का जैन मन्दिर सुरक्षित है। मन्दिर के पास एक कल्पवृक्ष है। तुझे सुबह जीप में घुमा लाऊँगा।''

''तो अभी चल न! सूर्यास्त में अभी देर है। देर न हो तो भी क्या? विनाश को तो अँधेरे में ही देखना अच्छा, बल्कि विनाश में तो देखना ही क्या? उसका तो अनुभव किया जाता है। उसके सान्निध्य में खुद का निरीक्षण कर और आश्वस्त होकर आगे बढ़ जाना होता है।''

ड्राइविंग उदयन ने की। सम नामक गाँव की ओर पक्की सड़क मुड़ गयी। बाद के ऊबड़-खाबड़ रास्ते पर उदयन ने लापरवाही से भरपूर हिम्मत बतायी। अनिकेत मन ही मन मुसकराता था-''यह सोचता होगा कि मैं इसे शान्ति से जीप चलाने को कहूँगा। किन्तु इसे क्या पता कि मैं...''

उदयन ने ब्रेक लगाया। सामने बड़ा पत्थर था। जीप 'रिवर्स' में लेकर रास्ते पर ली। कहा-

''मैंने सोचा इतना अच्छा पत्थर टूट जाए यह उचित नहीं।''

लोद्रवा पहुँचे। पाँचेक मिनट मन्दिर में घूमे-फिरे। पानी पीया। पुजारी के हाथ में एक रुपया थमाया। खँडहर सदृश्य चार-पाँच मकानों को पार करके उत्तर-पश्चिम के कोने में पहुँचे। एक ऊँची खंडित दीवार पर दोनों बैठे। कैमरे का उपयोग किया। फिर उदयन की एकाएक पीछे दृष्टि गयी :

''अरे, अपने पीछे भी मन्दिर-जैसा कुछ लगता है। इन मन्दिरों से तौबा! जहाँ जाओ वहीं मन्दिर। चल, उठ चलें यहाँ से।''

सूर्यास्त की धूसर चमक विलीन होने लगी। धीरे-धीरे चमकहीन उत्तरोत्तर कालिमा बढ़ने लगी। अलग-अलग दिशाएँ अन्धकार लेकर इकट्ठी होने लग गयीं।

''अमृता कैसी है इन दिनों?''

''बम्बई से तो तू आया है। मैं तो उससे पहले से दूर हूँ।''

''तद् दूरे तद् अन्तिके।''

उदयन खड़ा हो गया। अनिकेत ने उसे हाथ पकड़कर बिठाया।

''उदयन! तुझे नहीं लगता कि मेरे कारण तेरा अहित हुआ है?''

''नहीं।''

''सच?''

''तू मेरा क्या अहित कर सकता है भला? मुझे नहीं लगता कि ईश्वर भी मेरा अहित कर सके। अगर जो ऐसा मानता होता तो उसका अस्तित्व ही नहीं स्वीकारता हित-अहित का विचार किये बिना, अपने को बचाने की लेशमात्र चिन्ता किये बिना मैं जीता हूँ।''

''किन्तु मुझे लगता है कि मेरी भूमिका ने तेरे लिए विपरीत परिस्थिति का रूप धारण कर लिया है। मैं तुझसे क्षमा चाहता हूँ।''

''मुझे भी तुझसे माफ़ी माँगनी चाहिए। मैंने अमृता के बारे में तेरे साथ स्पर्धा के भाव का अनुभव किया है। और इस कारण मैंने उसे समझने में भी जल्दबाजी की है... अब लगता है कि मैं उसे नहीं समझ सकता। मुझे अब उसे भूलना है। कारण है वह याद आती है तो मैं व्यग्रता का अनुभव करता हूँ। मुझे उसे भूलना है... किन्तु वह कुहरा बनकर मेरे मन पर छा गयी है।''

''चल उठें। बहुत देर हो गयी है।''

''यह रेत मुझे अपने गाँव की मिट्टी का स्पर्श देती है। इससे पहले कि इसके प्रति अधिक ममता जागे, जाना ही पड़ेगा, चल।''

अनिकेत ने धीरे-धीरे जीप चलायी। उदयन कहता है कि वह मेरे मन पर कुहरा बनकर छा गयी है... कुहरा बनकर छा गयी है।

दो

अमृता प्रायः जुहू जाकर अपने परिजनों से मिलती रहती थी। विशेष आग्रह पर वहाँ रात में रुक भी जाती थी। अपने पहले वाले कमरे में जाकर बैठी रहती थी। छत पर घूमती थी। समुद्र को सुनती थी। पुरातत्त्व मन्दिर में ध्यान से काम करती थी। मरीन ड्राइव पर अनियमित रूप से घूमने जाती थी। साहित्य पढ़ती थी। उसे भय था कि अब वह कुछ लिख बैठेगी, इसलिए जब कभी ऐसी सहेली मिल जाती जिसके साथ बहुत दिनों से घूमने न गयी हो तो पिक्चर देखने चल देती और वहाँ सहेली द्वारा की जाती चित्र समीक्षा ध्यानपूर्वक सुनती रहती थी। झूले पर बैठकर झूलती। इस तरह जो हो सकता था वह सब कुछ करती थी। बिना किसी की उपेक्षा एवं जल्दबाजी किये एक के बाद एक दिन बिता रही थी।

किसी के प्रति नाराजगी का भाव रखकर उससे खिंचे-खिंचे रहने की आवश्यकता नहीं लगती थी। निजी एकान्त की खोज उसने छोड़ दी थी। मिल-जुलकर रहने से हिचकती न थी। सिक्कानगर के लिए प्रस्थान करते समय आभार मानने की औपचारिकता का बिना भूले निर्वाह करती थी। किसी की अरुचिकर बात का बुरा नहीं मानती थी। समझ गयी थी वह कि किसी भी बात का बुरा मानने का उसे अधिकार नहीं है। स्वतन्त्रता के लिए संघर्ष मोल लिया था, अब स्वतन्त्रता प्राप्त हो चुकी थी। वह जान चुकी थी कि उसकी अभीष्ट स्वतन्त्रता का अर्थ है—निस्संग, अकेलापन।

वह सबके साथ जीती थी और पूर्व-परिचित हर कोई उसे अनजान लगता था। सबके साथ वह एकाकिनी थी। इस समय उसकी एकमात्र सखी बन गयी थी रिक्तता।

लिखने की इच्छा हुई—एक पूरा युग पलट गया है।

उसके चेहरे पर सदैव एक मूक-मौन उदासी छायी रहती थी, जो प्रायः अपरिवर्तित रहती थी। हाँ, कभी-कभी यह उदासी गहराकर उसकी पलकों पर और उसकी बड़ी-बड़ी आँखों को ढँक देती थी। आँखों की स्तुत्य चमक अब निस्पन्द सफेदी में रूपायित हो चुकी थी। दर्पण में देखने पर आँखों की सफेदी का रंग किसी धुँधलाये काँच से मिलता-जुलता लगता था।

उसे भरोसा हो चुका था कि उसका जीवन जैसा वह चाहती है वैसा नहीं बन सकता था। इतना ही नहीं, जैसा वह नहीं चाहती वैसा भी जीवन उसका नहीं हो सकता था। अनिश्चयजनित विफलता उदासी में ढल गयी थी। उदासी यथासम्भव गमगीनी का रूप ग्रहण करती और बिस्तर का आश्रय ढूँढ़ती रहती।

सूर्यास्त के बाद खिड़की में से नीची नजर किये वह इस तरह खड़ी रहती

थी मानो कुछ भी नहीं देख रही हो।

दोपहर को ऑफिस में अकेले बैठी-बैठी पानी के खाली गिलास की ओर देखते वह थकती नहीं थी।

''जागृत होने का मूल्य चुकाना होगा। जागृत रहनेवाले को सुख नहीं मिलेगा। सुखी होने के लिए वंचना का खतरा उठाना होगा। और वंचना अर्थात् मृत्यु। किन्तु मृत्यु अर्थात् वंचना नहीं। मृत्यु—अन्तिम वास्तविकता, निश्चित निरर्थकता, सभी को इसमें वापस लौटना है। जीवन अर्थशून्य है। या यों भी कह सकते हैं कि जो निरर्थक है वही जीवन के रूप में प्रत्यक्ष होता है।''

जागृति को सबसे पहले दिखाई देती है—मृत्यु। एक निरर्थकता की एक अर्थशून्यता में परिणति-जीवन और मृत्यु।

ऑल मेन आर ओबलाइज़्ड टु डु इफ़ दे आर टु एस्केप ए मीनिंगलेस लाइफ़। इस अर्थहीन जीवन से पलायन किया जा सके तो सभी उपकृत हों।

अनिकेत ने इस निरर्थकता को समझकर ही पलायन किया होगा? या फिर उसने जो स्वीकारा है वह पलायन नहीं अवान्तर स्थिति है?

उदयन इस निरर्थकता को अर्थ देने के लिए जूझ रहा है? तो फिर इतनी अस्वस्थता क्यों? किसलिए? व्यग्रता किसलिए? उपेक्षा क्यों? या फिर ये सब मेरे भ्रम हैं?

आज तक जीवन की जो व्याख्या सुनी, जो तत्त्वज्ञान पढ़ा, जो रहस्य जाने उनके एवं इस जीवन के मध्य जिसे मैं जीती हूँ, क्या कोई सम्बन्ध है? जिसे मैं प्रेम समझती थी वह तो अतीत का विषय मालूम पड़ता है। कुछ बीते हुए प्रसंगों में ही उसका अस्तित्व था। अब उसकी प्रतीति नहीं। अर्थात् समय के सातत्य में उसका कोई अस्तित्व नहीं। इसलिए जो चिरजीवी नहीं वह प्रेम नहीं। और जो प्रेम नहीं वह सब मेरे लिए अर्थहीन है। प्रेम न बन सकूँ तो फिर अर्थहीन रहकर क्या करना?

मेरे साथ किसी ने अन्याय नहीं किया। स्वतन्त्र हूँ। सम्पन्न हूँ। स्वस्थ हूँ। मेरी स्थिति किसी नारी के लिए उत्तम कही जा सकती है। तो क्या उत्तम स्थिति पर पहुँचने के बाद हर एक को अर्थहीनता का अनुभव होता होगा? यह निस्संगता, यह अकेलापन, उदासी-भरा यह मौन प्राप्त करने के लिए मैं आगे बढ़ रही थी? मेरा चयन भी निर्दोष नहीं रह सका? एक को मैं व्यग्र और त्रस्त कर बैठी। दूसरे को तटस्थ और निस्पृह बनने के लिए प्रेरित कर बैठी। और मैं रही सूखी नदी की भाँति अतृप्त।

दोनों किनारों के बीच नदी आज सूखी है।

नदी अब अन्त:स्रोता है। निस्संग है। वास्तविक अर्थ में अकेली है।

मुझे अर्थशून्यता को जीना है? अथवा यह मेरी अतृप्ति का प्रतिघोष है? मैं असमर्पिता हूँ, कहीं इसी कारण अर्थशून्यता प्रतीत नहीं हो रही है न? कहीं इस अस्तित्व के प्रति अनाघ्रात यौवन का भार असह्य बनने पर-वांछित के अभाव में पीड़ाएँ समस्त कोषों की शिकायत तो नहीं हैं न यह? निस्संगता की वेदना न सह पाने के कारण ही तो यही सब मान लेने के लिए प्रेरित नहीं हुई हूँ न मैं?

जहाँ से इस ग्रीष्म तक आयी हूँ, उस शिशिर में लौटना अब सम्भव होगा? शिशिर में से बसन्त तक पहुँचने के लिए समय के सिवाय अन्य किसी साथ की आवश्यकता नहीं। संगहीन वसन्त भी सहज भाव से ग्रीष्म तक पहुँच सकेगा। परन्तु ग्रीष्म केवल समय के परिणामस्वरूप ही वर्षा में परिवर्तित नहीं हो सकेगा। मेघ का आगमन होना चाहिए। स्निग्ध गम्भीर घोष करके एक ओर बह जाए ऐसा मेघ नहीं, जो मूसलाधार बरसता रहे वह मेघ। जो आकाश की अवहेलना कर धरती पर छा जाए। मेघ के बिना ग्रीष्म ऋतु वर्षा में नहीं बदलती। फिर धरित्री के अन्तरंग में एक प्रक्रिया शुरू हो और वह अंकुरित होने लगे। जलसिक्त धरित्री की यह वेदना कैसी होगी? मेरे इन स्पन्दनहीन कोषों की अपरिवर्तनशील स्थिति... क्या यही मेरी नियति है?

तो यहाँ लौटने में क्या आपत्ति है? परिजनों ने कई बार कहा है। 'और नौकरी करने की क्या आवश्यकता? लिखो-पढ़ो पारिश्रामिक-रॉयल्टी तो इनमें से मिलेगी।'

''नहीं, अभी तो कुछ लिखना नहीं है। इसमें उतावली नहीं करूँगी। पर यहाँ रहने आऊँगी।''

''कब?'' जो उपस्थित थे सभी ने एक साथ पूछा था।

''जब भी लगेगा कि अब तो जाना ही पड़ेगा उस दिन स्वाभिमान का प्रश्न रास्ते का रोड़ा बनकर भी मेरे सामने खड़ा नहीं होगा।''

निरुपाय सब शान्त रहे थे।

इन सबकी मेरे प्रति गहरी ममता है।

''तो जाऊँ?''

वह सामान तैयार करने लगी। उस दिन बच्चे ने जिद्द करके अनिकेत का फ़ोटो हाथ में ले लिया था। फिर उस फ़ोटो को वहीं न टाँगकर उसने आलमारी में पुस्तकों पर रख दिया था। आज पुस्तकें हटाते समय वह फ़ोटो नीचे गिर गया। काँच टूट गया। सावधानीपूर्वक टुकड़े इकट्ठे करके उसने फ़ेंक दिये। काँचरहित फ़ोटो पुस्तकों के साथ रख दिया। उसे हाथ में लेकर ध्यानपूर्वक देखते रहने की इच्छा न हुई। वसन्त, मात्र समय के साथ ही ग्रीष्म में बदल सकता है।

सिक्कानगर स्थित अनिकेत का यह मकान खाली है।

पाँचवीं अप्रैल को वह दिल्ली से जापान के लिए रवाना होगा। अनिकेत दिल्ली आया था। उसने जितना सम्भव था उतना समय उसे दिया। आज तक भारत-भर में घूमता रहा। विभिन्न प्रदेशों के विषय में लिखता रहा। उसने अपने कुछ अनुभवों के बारे में नहीं लिखा, उसके लिए वे सब नॉर्मल थे। जैसे कि एक बीमार मज़दूर को अब अधिक छुट्टियाँ नहीं मिल सकती थीं, इसलिए बदले में उसके टिकट पर चोरी-छुपे पाँच दिन काम किया था और उसके घर अपना पर्स भूल आया था... हैदराबाद में एक वृद्धा नर्तकी के घर सप्ताह भर पेइंग-गेस्ट के रूप में भोजन करके उसकी कहानी सुनी थी और माँ बनने की उसकी कामना किस तरह धूल में मिल गयी यह जानकर वह पैसेवालों पर क्रोधित हुआ था... 'विवेकानन्द रॉक' से आगे बढ़कर कन्याकुमारी के समुद्र में स्नान करते समय वह दो बार डूबते-डूबते बचा था, अथवा दो बार डूबा था। और इसके बाद भी देर तक नहाया था... पांडिचेरी से मद्रास जाती गाड़ी में गालियाँ बकते एक शराबी को बाँह पकड़कर सावधानी से किसी स्टेशन के प्लेटफ़ॉर्म पर उतार दिया था, और जब वह पुनः चढ़ने लगा तो एक सिगरेट देकर पीछा छुड़ाया था... मदुरा के निकट एक बस में बिना टिकट यात्रा करते एक लड़के को मार मारते एक कंडक्टर के फटाफट दो झापड़ रसीद कर दिये थे और अखबार में फ़ोटो छापने की धमकी देकर कैमरा बताया था... कलकत्ता में मज़दूरों की हड़ताल में शरीक हो नारे लगाने लगा था। चलते-चलते पीछे से किसी के पैर से उलझने पर वह नीचे गिर गया था, चोट आ गयी थी। फिर भी टियर गैस के न छूटने तक वह जुलूस के साथ रहा था और पुलिस के कहने पर ट्रक में बैठकर थाने तक गया था। वहाँ जाकर पुलिस के कर्तव्य पर उसने एक लम्बा-चौड़ा भाषण दिया था। उससे मिलकर वहाँ के अधिकारी बहुत प्रसन्न हुए थे... लखनऊ के एक फ़ुटपाथ पर क़व्वाली की महफ़िल में सुबह पाँच बजे तक सजग हाज़िरी दी थी और नींद आने पर बीच में दो बार नाचा था। एक शायर बनने को उत्सुक युवक के लिए पाँच मिनट में एक बेहतरीन क़व्वाली लिख दी थी... नवम्बर से मार्च तक की अवधि में वह तीन बार बम्बई हो आया था। वहाँ न तो समुद्र के किनारे ही घूमने गया था और न ही किसी से मिला था।

उसे सपने तो आते हैं, पर वे छोटे लगते हैं। उसकी मान्यता है कि स्वप्न-सृष्टि पर अपना नियन्त्रण नहीं तो फिर उसका सम्बन्ध अपने साथ किस तरह जोड़ा जा सकता है? स्वप्न को भूलना ही उचित है। क्योंकि वह कभी भी मूल

रूप में याद नहीं आता। याद करने पर उसमें कल्पना का अंश जोड़ना पड़ता है। एक तो स्वप्न खुद ही वायव्य और फिर उसमें जुड़ने वाली कल्पना भी वायव्य! फ़ालतू बेकार। आदमी का तो ठोसपन से ही सरोकार रहता है।

जापान में वह पैंतीस दिन रुका। इनमें तेरह दिन उसने हिरोशिमा में बिताये। कितने मनुष्यों का संहार हुआ था उसने पढ़ा था। पर यहाँ आकर उसने जाना कि यह संख्या साठ हजार की नहीं, बल्कि आबाल, वृद्ध सब मिलाकर अस्सी हजार की है। और ये सब विस्फोट के साथ ही समाप्त हो गये थे। अधिक गहरे उतरने पर उसने जाना कि संहार की संख्या जितनी अधिक रखी जाए उतना ही सत्य के अधिक निकट रहा जा सकेगा। एक लाख आदमी घायल हुए थे। ढाई लाख आदमियों की बस्तीवाला बन्दरगाह आग की लपटों में भस्मीभूत हो गया था।

मृतकों की संख्या प्राप्त करने के लिए वह कितनी सतर्कता बरत रहा है और वह भी इतने वर्षों के बाद! वह अपनी कुशलता पर हँस पड़ा। उसे याद आया–आल्बेरकामू के 'प्लेग' में डॉक्टर 'रियो' का कहा एक वाक्य– 'किन्तु अब हम मृत्यु के आँकड़े रखते हैं। तुमको मानना पड़ेगा कि इसका नाम प्रगति है।' एक शुभ प्रसंग पर वर्षों पहले उसने अमृता को कामू के तीन उपन्यास भेंट दिये थे। उनमें 'प्लेग' देखकर वह खीझ उठी थी। उसकी खीझ पर आज उदयन फिर हँसा।

उसे लगा कि यह पूरा हिरोशिमा कांड हास्यास्पद है। "प्रगति, प्रगति, प्रगति...यह तुम्हारी प्रगति की फलश्रुति! भला, दौड़ते किसलिए हो? पहले ज़रा अपनी ओर दृष्टिपात तो कर लो, देखो तो सही कि तुम क्या हो?"

मानव जाति के विकास का एक सीमाचिह्न–यह एक हत्याकांड! हमारे विकास का प्रतीक!

ईसवी सन् 1945, छठी अगस्त, सुबह के आठ बजकर पचपन मिनट पर एक उग्र प्रकाश की दुर्दान्त चिनगारी और उसके बाद की दारुण अशान्ति।

प्रकृति ने भी कभी इतने वेग से प्रलय किया होगा, इसमें सन्देह है। वर्षों के अन्वेषण और प्रयोगों के बाद की सिद्धि! इस शोध–कार्य में अकेले अमरीकन वैज्ञानिक ही न थे, अलग–अलग देशों के चुनिन्दे वैज्ञानिक काम में जुटे हुए थे, उसमें जापानी भी थे।

ईसवी सन् 1945, छठी अगस्त की सुबह। बीसवीं शताब्दी के दो महान अन्वेषणों की समन्वित उपलब्धि! आइन्सटीन ने कहा था कि पदार्थ को शक्ति में रूपान्तर किया जा सकता है और इसके विपरीत शक्ति को पदार्थ में रूपान्तर किया जा सकता है। इसका नाम है सापेक्षता का सिद्धान्त और एक दूसरा सिद्धान्त है नील्स बोर का परमाणु सिद्धान्त। परमाणु जो ग्रीक अर्थ के अनुसार अविभाज्य

था, अब विभाज्य बना। सूर्य की परिक्रमा करते हुए अन्य ग्रहों की गति। इस ग्रहमाला जैसा ही यह सूक्ष्मदर्शक यन्त्र द्वारा दिखाई देता है परमाणु का विश्व। 'न्यूक्लियस'-परमाणु का केन्द्र। इसके चारों ओर इलेक्ट्रॉन्स की व्यस्त परिक्रमा कितने छोटे कणों की कितनी असाधारण शक्ति! दस करोड़ परमाणु इस तरह रखे जाएँ कि एक-दूसरे का स्पर्श करें तो केवल एक इंच जगह रोकें...

तो इन प्रोट्रॉन और इलेक्ट्रॉन में जो स्वतः धनात्मक और ऋणात्मक विद्युत है, वह किसके बल पर है? किसने यह शक्ति वहाँ रखी है? यह आत्मनियन्त्रित गति किसकी है?

तो मैं जिसे जड़ पदार्थ कहता हूँ उसके लघुतम घटक की शक्ति मुझसे कई गुना अधिक है।

परमाणु में जो है वह कौन-सी शक्ति है? उसकी अपनी ही? पदार्थ की ही प्रक्रिया या फिर यह वही है, जिसे आस्तिक चैतन्य कहते हैं? कहीं यह चैतन्य ईश्वर के अस्तित्व को प्रमाणित न कर बैठे। इसलिए ईश्वर को नकारने के लिए इस पदार्थ के विज्ञान को जानना होगा।

इस घटना को ईश्वरेच्छा का परिणाम मान लूँ तो सब सरल हो जाए। निमित्तमात्रं भव सव्यसाचिन्! तो क्या वह हिरोशिमा पॉयलट मात्र निमित्त था? ना। ईश्वर हो और वह प्रयत्न करे फिर भी तो इस युद्ध की अनिवार्यता सिद्ध नहीं कर सकता। अर्जुन के युद्ध का महद् अंश धर्म्य था। इसलिए श्रीकृष्ण ने उसे युद्ध की अनिवार्यता समझायी और विश्वरूप दर्शन कराया। किन्तु यह तो युद्ध नहीं, छल है। एक पक्ष की ओर तो सम्पूर्ण सुरक्षा है। यह तो हुई राजनीतिक चाल। यहाँ मनुष्य दोषी है। इसे परम चैतन्य की लीला कहकर पूरा दोष उसके सिर मढ़ देनेवाले आस्तिक भी कैसे हैं? इस कारण तो ईश्वर के प्रति सहानुभूति जागे। परम चैतन्य! इस पर विचार करना होगा? जो वह हो तो हमें क्या आपत्ति है? जिसे भौतिक घटना कहता हूँ उसे चैतन्य का आविष्कार कहूँगा।''

आज वह प्रसन्न था। उसे लगा कि उसकी संचित अभावात्मकता कम हो रही है। उसे जगह-जगह कोमलता के दर्शन होने लगे। एक होटल के नृत्य हॉल में सहृदय प्रेक्षक के रूप में काफ़ी समय बिताया। एक चलचित्र देखा। उसने देखा कि हिरोशिमा के नागरिक प्रसन्न हैं। कोई उदास नहीं। किस शक्ति के बल पर वे उस घटना की मूर्च्छा में से मुक्त हुए? किसी से पूछा जाए कि बन्धु? पन्द्रह वर्ष पहले की घटना इस तरह इतनी सरलता से कैसे भूल सके?

दूसरे शहरों में होती है वैसी विलास की सामग्री की यहाँ लेशमात्र भी कमी नहीं। वैसा ही रागरंग, वैसी ही लीला।

''इतनी बड़ी घटना को पचा सकने वाले लोगों की सहनशक्ति और स्वस्थता

स्तुत्य है। ये सब जो मस्ती में घूम रहे हैं, इनमें से किसी का स्वजन उस महान हॉस्पिटल में नहीं होगा? किन्तु अपना स्वजन पीड़ित हो इसलिए खुद भी कराहते रहें, यह कैसा धर्म?

इस हत्याकांड से सबसे अधिक दु:खी तो हुआ निमित्त बननेवाला वह पॉयलट इथर्ली। नीरो की तरह जलते नगर को देखकर उसने बाँसुरी नहीं बजायी। वह अशोक की भाँति एक सच्चा पुरुष निकला। वह न्यायाधीश के पास पहुँचा। बोला-'मैं अस्सी हज़ार लोगों का हत्यारा हूँ। मुझे सज़ा दो। मुझे प्रायश्चित्त करने का मौक़ा दो। किन्तु कौन सुनता है? उसके पराक्रम की प्रशंसा हो रही थी। उसने व्योम-युद्ध में नया विक्रम स्थापित किया था। अभिनन्दन देने के लिए उसके सामने हाथ बढ़ाये जाते थे। जबकि उसका अस्तित्व डाँवाडोल था। उसने अपनी धुरी गुमा दी थी। उसे पागलख़ाने में सुरक्षित रखा गया। मान्यता के अनुसार इस युग के सबसे बड़े जल्लाद के रूप में वार्षिक अनुदान प्राप्त कर वह जी रहा है। उसके अनुसार आज का जाग्रत मनुष्य अपने को अपने ही व्यंग्य से आहत करना चाहता है। यह आत्मघात नहीं तो और क्या है? 1950 में ट्रूमेन ने जब हाइड्रोजन बम बनाया तब उसने आत्महत्या का प्रयास किया। अनिकेत को इस आदमी के बारे में जानना अच्छा लगेगा। उसे लिखूँ? वह कहेगा इस आदमी के प्रायश्चित्त में शेष बचे मानव जाति के प्रति प्रेम के कारण तीसरा विश्व युद्ध नहीं होगा। उसे पत्र लिखूँ? पर वह शायद जानता भी होगा। उसे लगेगा कि उदयन ने कितनी देर के बाद जाना है। उसे यदि ऐसा लगे तो यह सच ही होगा। उसे लिखूँगा। रेडियो सक्रियता के शिकार हुए लोगों की हॉस्पिटल के बारे में तो मुझे उसे लिखना ही है।''

उदयन इस अस्पताल में सतत चार दिन तक जाता रहा। पाँचवें दिन डॉक्टर ने विनम्रतापूर्वक नहीं आने के लिए कहा था। उस दिन वह एक रोगी से बात-चीत कर रहा था। जो उसका हमउम्र ही रहा होगा। वह भाषाशास्त्र का विद्वान था और हिन्दी अच्छी तरह जानता था। विस्फोट के आठ वर्ष बाद उसके शरीर में विकृति आयी थी। वनस्पति और खुराक के माध्यम से 'रेडियो स्ट्रॉन्शियम' उसके शरीर में प्रवेश कर गया था। पिछले पाँच साल से वह यहाँ अस्पताल में है। भौंहें और बरौनियों के झड़ जाने से उसका चेहरा कुरूप हो गया था। उसका चेहरा देखकर उदयन को धक्का-सा अनुभव होता था। फिर भी हर रोज उसके पास जाकर ही खड़ा रहता था। उस रोगी के पैरों तले काले फफोले उठ आये थे। उसके हाथ-पैरों की अँगुलियों के नाखून झड़ गये थे। नखहीन पैरों पर से मानो मांस प्रवाही बनकर झरना चाहता हो। वह ख़ुद तो करवट भी नहीं ले सकता था। किन्तु उसकी चेतना अभी शेष थी। वह शायद ही किसी से बात करता था। उदयन ने उसकी एक पुस्तक प्राप्त कर पढ़ी थी। इसके लिए उसे बधाई भी दी

थी। उसका शिथिल हाथ सावधानी से हाथ में लेकर अभिनन्दन दिया। उसके बाद उस आदमी की वाणी बरबस फूट पड़ी। उदयन को लगा कि वह व्यक्ति उसके प्रश्न सह सकता है अतः निर्मम होकर उसने पूछा :

"आपको आशा है कि आप ठीक हो जाएँगे?"

"नहीं।"

"तो किस तरह जी रहे हैं?"

"जिस तरह मौत की सजा पाया आदमी जीता है।"

"माफ़ करना बन्धु, न पूछने-जैसा मैंने पूछ लिया। आदत से मजबूर हूँ।"

"माफ़ करने की कोई बात ही नहीं, मित्र! मैं तो एक बलहीन विवश प्राणी हूँ। मेरी जीभ अभी काम करती है इससे लगता है कि मैं आदमी हूँ। करवट बदलने के लिए भी नक़ाबपोश परिचारिका की मदद लेता हूँ। और आपका यह सहृदय स्पर्श!... आशा और भविष्य से वंचित मनुष्य के भाग्य में जीवन का ऐसा स्पर्श कहाँ? मैं केवल वर्तमान में जीता हूँ। बस इतना ही कह सकता हूँ कि जीवित हूँ। और फिर भी यदि आपका भार हल्का होता है तो कह देता हूँ जाओ, मैंने आपको माफ़ किया। परमाणुशक्ति का ऐसा विघटनात्मक उपयोग खोजने वाले वैज्ञानिकों को भी मैंने माफ़ कर दिया है... हमें भोग लिये जाने के बाद यदि नवनिर्मित हाइड्रोजन और कोबाल्ट बमों का प्रयोग न हो तो हमारा भोग सार्थक है। और यह अस्सी हजार का विनाश समग्र विश्वक्रम में बहुत बड़ी घटना नहीं। आप तो भारतीय हैं। आपके यहाँ तो महाकाल को देवता कहा जाता है। आपके पास डॉक्टर खड़े हैं। मैं मानता हूँ और चाहता हूँ कि वह आपको अब यहाँ न आने के लिए समझा सकेंगे।"

उसके मरीज़ को बोलने में सुख मिल रहा है यह देखकर डॉक्टर शान्त खड़ा था। वह उदयंन को अपने कमरे में ले गया। बिठाया। एक घंटे तक उदयन के प्रश्नों के उत्तर दिये। फिर उसे प्रयोगशाला में ले गया। डॉक्टर अमरीकन था और पिछले दस वर्षों से इस अस्पताल में अवैतनिक सेवाएँ दे रहा था। उसने अपने कुछ लेख उदयन को भेंट किये। उदयन ने भी अनुवाद करने की सम्मति प्राप्त कर ली।

जापान का प्रवास पूरा कर उदयन दिल्ली पहुँचा। उसके दो दिन ही पूर्व 'विज्ञान की अपूर्व सिद्धियाँ' शीर्षक से उसका एक सचित्र लेख एक अंग्रेजी पत्रिका में छपा था। दिल्ली में अपनी संस्था के कार्यालय को जापान के विषय में लिखा लेख सौंपकर वह अहमदाबाद के लिए रवाना हो गया।

गाड़ी में उनकी भेंट एक वृद्ध साहित्यकार से हो गयी। उनकी षष्ठिपूर्ति के अवसर पर उदयन ने इनकी मर्यादाओं पर एक खोजपूर्ण लेख लिखा था। एक परिसंवाद में वे अध्यक्ष थे और उदयन वक्ता था। विषयान्तर न लगे ऐसी कुशलता

के साथ उदयन ने अध्यक्ष की साहित्यिक प्रतिष्ठा की धज्जियाँ उड़ायी थीं। किन्तु समापन करते समय उन्होंने उदयन की जागृति और परिशीलन द्वारा विकसित अभिरुचि की प्रशंसा की थी। उदयन का लेशमात्र भी विरोध नहीं किया था और न ही अपना बचाव। इससे उदयन ही कहीं बेचैन हो गया था। उनकी स्वस्थता से वह उकता गया था। इस घटना को दो-ढाई वर्ष बीत गये थे। उसके बाद मिलना नहीं हो सका था। उदयन कभी किसी बुजुर्ग से मिलने नहीं जाता है इसलिए उनके घर भी नहीं गया। उसकी एक कहानी का उन्होंने अपनी पत्रिका में पुनर्मुद्रण किया था। वर्तमान भारतीय साहित्य नामक पुस्तक में 'गुजराती' पर उन्होंने लिखा था और कहानी में उदयन द्वारा लाये गये मोड़ की महत्त्वपूर्ण चर्चा की थी। उन्होंने वह पुस्तक उदयन को भेंट की।

''मैं तो आपको अपना विरोधी मानता था।''

''इससे क्या?''

''आपको मेरा विरोध करना चाहिए।''

''ऐसा! विरोध तो तुम्हारी पीढ़ी की विशिष्टता है। आज के युग सन्दर्भ को जीने वाले और जानने वाले साहित्यकार के चेहरे पर एकाध भी अहंजन्य विरोध की रेखा न दिखाई दे तो मुझे आश्चर्य होगा। यह तो नयी पीढ़ी की विशेषता है। तुम लोग जो अर्थ और मूल्य जगत को देने के लिए जूझ रहे हो उन्हें जगत स्वीकार लेगा। उसके बाद नये अर्थ और नये मूल्य लेकर आने वाली पीढ़ी तुम्हारा विरोध करेगी। इसलिए मूलतः यह विरोध नहीं। संवाद की एक विशिष्ट प्रक्रिया है।''

''आपका मुद्दा विचारणीय है... मैं सिगरेट पी सकता हूँ? आपको एतराज न हो तो...''

''खुशी से पियो।''

पाँचेक मिनट मौन।

''थोड़े दिन पहले तुम्हारा एक लेख देखा था। उस पर से लगा कि तुम जापान घूम आये हो। मज़े का देश है, क्यों?''

''आप भी शायद जापान गये थे। मैंने यह समाचार पढ़ा था।''

''हाँ, मैं गया था। वहाँ काफ़ी दिन तक रुका भी था।''

''हिरोशिमा गये थे?''

''हाँ, उस विस्फोट के इतिहास को सुरक्षित रखने वाले म्यूज़ियम में देखा हुआ एक पदार्थ मुझे अब भी याद है। आदमी के पैर की हड्डी और मकान की दीवारों को चूना विस्फोट की ज्वालाओं के प्रभाव से एकमेव होकर गट्ठा बन गये थे। यह गट्ठा इस पूरी घटना का रहस्य कह सकता है।''

''मुझे वहाँ सुरक्षित उस विशाल भवन का लोहे के सलियों के रूप में बचा

हुआ अस्थिपंजर याद रह गया है। अपनी सिद्धियों की रिक्तता और अपनी उच्च आकाँक्षाओं का खोखलापन मुझे इसमें दिखाई दिया। हिरोशिमा आज के लेखक की अश्रद्धा का उद्‌गम-स्थल है।''

''ऐसा तो कैसे कहा जा सकता है? मैं तो शायद इससे उलटा ही कहूँगा। तुमको शायद ध्यान होगा कि हिरोशिमा के एक नगरपति ने एक बार कहा था-जब परमाणु बम किसी पर गिरने ही वाला था, तो ठीक ही हुआ कि हमारे ऊपर गिरा। भविष्य में अन्य किसी पर भी परमाणु बम न गिरे। अत: अच्छा ही हुआ कि हमारे ऊपर गिरा।''

''हाँ, जानता हूँ। वहाँ के एक भाषातत्त्वविद् रोगी ने भी इसी आशय की बात कही थी।''

और तत्क्षण वह रोगी की याद से अकुला उठा। उसकी आँख के सामने वह पूरा अस्पताल सजीव हो उठा। वह दारुण किन्तु मूक वेदना... मुरदा शरीरों में वे बुझती आँखें... मानव देहों के वे छिन्न-भिन्न अंग... वह अनन्त सन्नाटा... मौत की सजा पाये जीवन... उदयन को कँपकँपी छूट गयी थी। एकदम खड़ा हो गया और गाड़ी का दरवाज़ा खोल बाहर देखने लगा।

जून और जुलाई के दो महीने केन्द्र सरकार से पत्र-व्यवहार में बीत गये। संस्था को दी जाने वाली स्वीकृत राशि में कटौती आ रही थी। अब चूँकि संस्था के संचालक का दायित्व अनिकेत पर था, इसलिए उसने ज़हमत उठाकर अधिकारियों को प्रतीत करवाया कि इस संस्था को पर्याप्त सहायता देना आवश्यक है। उदयन ने भी इस सम्बन्ध में प्रत्यक्ष-परोक्ष सहायता की थी।

इस ओर से निश्चिन्त होकर वह काम करने लगा। किन्तु यह निश्चिन्तता बहुत नहीं टिकी। सहकर्मी एक-दूसरे के विरुद्ध शिकायतें करने लगे थे। उसने मीटिंग बुलाकर नम्रतापूर्वक कहा कि वह इस तरह की शिकायतें नहीं सुनेगा। किसी पर अविश्वास रखकर वह उसका साथ प्राप्त नहीं कर सकता। किसी को कठिनाई हो तो अवश्य ही चर्चा करने के लिए आये। किन्तु इस स्तर पर आत्मनिरीक्षण के बदले दूसरों की चिन्ता करना शोभा नहीं देता। आकलन की अनुकूलता के लिए वह हर एक शोधकर्ता का काम जानना चाहता है। हर एक से तीन-तीन दिन का समय चाहेगा। अत: सब अपनी-अपनी अनुकूलता के अनुसार सूचित करें।

संस्था के स्थान के लिए उसने सिच्युएशन देखना शुरू की। पिताजी को लिखा कि वहाँ से जो भी सम्भव हो सके सहायता भेजें। देश में अपने मित्रों को भी पत्र लिखा। जितना सार्वजनिक फंड इकट्ठा होगा उतनी सहायता सरकार

भी देगी, ऐसा निश्चित हुआ है। पूर्वनिश्चित योजना में कटौती का निश्चय करके सरकार ने उसे थोड़ा बेचैन कर दिया था। शायद इसी की प्रतिक्रिया में अथवा वैसे ही सार्वजनिक फंड की बहुत बड़ी धनराशि इकट्ठी कर दिखाने का उसने निश्चय किया।

उसने अपने सहयोगियों का काम देखा और उनसे निकट का परिचय पाया। उनका स्तर जाना। चिन्ता हुई। किस तरह सहयोगियों का उत्साह बढ़ाया जाए यह मार्ग खोजना ही होगा। मन-ही-मन निश्चय कर हर-एक में जो कुछ भी थोड़ी-बहुत अच्छाई थी, उस ओर उनका ध्यान आकर्षित किया, उसे विकसित करने का अनुरोध किया, "जिस स्तर का आपका यह काम है न, उसी स्तर का पूरा काम होना चाहिए। आपके सहयोग के लिए आभार! स्वेच्छा से इस काम में आएँ ऐसे व्यक्ति ही कहाँ हैं?"

इस सम्बन्ध में उसने द्वैमासिक परिसंवाद की योजना पर विचार कर इस विषय के प्रसिद्ध विद्वानों का लाभ लेने का निश्चय किया। एक सचित्र त्रैमासिक प्रारम्भ करने की घोषणा की।

उदयन का पत्र था। वह सिलोन का प्रवास अधूरा छोड़कर बम्बई आ गया है। काम में मन नहीं लगता। शरीर भारी-भारी लगता है। कमर के नीचे दर्द होता है। इसलिए पूरे सितम्बर बम्बई में रुककर आराम करना और लिखना है। आराम के बिना लम्बा-लम्बा प्रवास करते रहने से ऐसा हुआ होगा। यह लिखकर उसने चिन्ता न करने को कहा था।

बम्बई छोड़े क़रीब सवा साल हो गया था। इससे अध्यापकों, विद्यार्थियों तथा नव प्रकाशित पुस्तकों से जैसे कट गया है। बम्बई जाना चाहिए। किन्तु। किन्तु क्या? जाना ही चाहिए।

ढलती शाम को वह बरामदे में जा बैठा। गुलमोहर के चौक में एक कठफोड़ा आकर बैठा हुआ था। अकेला ही था। उसकी चोंच स्थिर थी। अनिकेत को लगा-यह क्यों बैठा है? चोंच से प्रहार करे और आवाज हो तो वातावरण में कुछ संचार का अनुभव हो। किन्तु पक्षी वैसा ही बैठा रहा। उसकी चोंच नहीं उठ रही थी।

देर रात गये उसने अपने पुराने लेख निकाले। सोचा, रखने योग्य रखकर बाक़ी फाड़कर फेंक दिये जाएँ। वह एक के बाद एक लेख हाथ में लेने लगा। फाड़-फाड़कर फेंकने लगा। ग़ौर से देखने पर उसे लगा कि कुछ भी रखने योग्य नहीं था। एक कहानी जो उदयन को पसन्द आयी थी वह आज उसे वाग्मिता-प्रचुर लगी। प्रकाशित नहीं हुई थी, इसलिए उसका सम्पूर्ण नाश किया जा सका। कुछ अधूरे गीत थे। बाद में वे भी फाड़ दिये। काग़ज के टुकड़े इकट्ठे करके बाहर

फेंकने लगा। अखबार के एक लम्बे कागज में सारे टुकड़े इकट्ठे किये थे। बाहर आने पर पवन के झोंके ने उनमें से कई टुकड़े उड़ाकर आँगन में फैला दिये।

"अब लिखूँ? न लिखूँ? आह्वान का अनुभव होगा तो उत्तर दिये बिना नहीं चलेगा। किन्तु आजकल तो बहिर्विश्व कुछ कम संवेदनशील लगता है।"

"और लिखकर भी क्या? लिखने लायक़ जो स्फुटित होता है वह भी न लिखे जाने पर विस्मृत हो जाए तो भी क्या? कितने थोड़े लोगों को इस प्रवृत्ति में रुचि है? जिन्हें रुचि है उनमें से कितने मेरी रचना पढ़ सकेंगे? जो पढ़ेंगे उनमें भी कितने समझ पाएँगे? तो इस कीर्ति की बात कितनी भ्रामक है? और आज के विश्वसन्दर्भ को देखते हुए साहित्य द्वारा अमर होने की बात कोई जाग्रत आदमी नहीं कर सकता। निरपेक्ष बनना ही पड़ेगा। अपनी कृति के परिणाम के बारे में निरपेक्ष बनना ही पर्याप्त नहीं। कृति रचने की कामना से भी निरपेक्ष होना चाहिए। तभी शायद कुछ लिखा जा सकेगा, वही कुछ होगा। उसका मुझसे निरपेक्ष एक अस्तित्व होगा। कृति के बहाने अपने को स्थापित करने के लिए संघर्ष करने वाला बेचैन रहेगा। जो बेचैन हो वह निरपेक्ष नहीं हो सकता। और निरपेक्ष हुए बिना छुटकारा नहीं। आख़िर तो अनन्त में घुल जाना है। अन्तिम वास्तकिता के रूप में अपरिहार्य रूप से निरपेक्षता तो स्वीकारनी ही है तो पहले से ही क्यों न सावधान रहूँ?"

"जगत में पूर्णाहुति की महिमा क्यों है? इसलिए कि पूर्णाहुति अथवा मृत्यु अन्तिम वास्तविकता है। मृत्यु को प्राप्त कर मनुष्य अनन्त में मिल जाता है। मृत्यु को जाने बिना जीवन को प्रमाणित नहीं किया जा सकता। और मृत्यु का ज्ञान अर्थात निरपेक्षता का ज्ञान... किन्तु इस निरपेक्षता की मैं तो बातें ही करता रहता हूँ। इसे कभी पहचाना भी है? आज तक तो अपनी निष्फलता को ही जान पाया हूँ।"

वह खड़ा हुआ। आकाश में सफ़ेद बादल छाये हुए थे। इस वर्ष बरसात कम हुई। हाँ, सभी कहते हैं कि इस वर्ष बरसात कम हुई।

तीन

एक प्रयोगशील लेखक की कहानी प्रकाशित हुई थी। ऊपर लिखा था–लघुकथा। उदयन, अमृता और अनिकेत ने वह पढ़ी थी। इस पत्रिका के वे तीनों ग्राहक थे। लघुकथा के आरम्भ के पूर्व कोष्ठक में एक पैराग्रॉफ़ था :

"मुझे लगता है कि तमाम लेखकों को आदिकाल से प्रारम्भ करके आज तक आना चाहिए। हमारे 'आज' को पहचानने के लिए उसके पूर्व के समूचे समय

को पचा डालना चाहिए। प्राचीन भारतीय साहित्य में जो रूपक मिलते हैं, उन सभी पर नये सिरे से लघुकथाएँ लिखी जानी चाहिए। पुनः एक बार पशुओं की भाषा में पंचतन्त्र लिखा जाना चाहिए। पात्र वही, अभिनय आज का। अभी-अभी जो लघुकथा मैंने लिखी है उसे पढ़ने का आप सबको अवसर मिले, इसलिए प्रकाशित करा रहा हूँ। इसकी नक़ल करने की सभी को छूट है। ऐसे पुराने विषय पर मेरा कोई कॉपीराइट नहीं। यह कथा अब सार्वजनिक है।''

वह भी एक जमाना था। जबकि मनुष्य नगण्य था। देव और दानव के दो समूह थे। देवों के समूह में सभी देव। प्रत्येक सम्पूर्ण देव था। उस देव में देवत्व की लेशमात्र भी कमी नहीं थी। दानवों के समूह में सभी के सभी दानव। प्रत्येक सम्पूर्ण दानव था। उसमें दानवत्व की लेशमात्र भी कमी नहीं थी।

तब मनुष्य केवल दो थे। एक का नाम 'अ' और दूसरे का नाम 'उ' था। दोनों के स्वभाव में अन्तर था, किन्तु दोनों उत्साही और महत्त्वाकांक्षी थे। इसलिए प्रवास करते-करते वे ठेठ समुद्र के किनारे पहुँचे। वहाँ कालकूट नाम ज़हर निकला। वह फल-फूल और वनस्पति का नाश करने लगा। यह देखकर देव परम तपस्वी महादेव के पास गये और उनकी खुशामद करने लगे। अन्त में महादेव स्मित हुए और दया से प्रेरित हो वे सारा कालकूट पी गये। उनका कंठ नीला हो गया। इससे उनकी शोभा और बढ़ गयी।

'अ' और 'उ' महादेव की ओर आकर्षित हुए। पास में पहुँचे। वे मान बैठे कि हलाहल शिवजी ने पिया है तो अब जब अमृत निकलेगा उसका प्रसाद भी इन्हें ही अर्पित किया जाएगा। कालकूट पीते समय जो नीचे गिर गया वह बिच्छू, साँप आदि को प्राप्त हुआ। इसी तरह यह लापरवाह तपस्वी अमृत पीते-पीते भी कुछ तो गिराएगा ही और अपने काम लायक़ मिल जाएगा। उन्होंने परस्पर निश्चित किया कि अमृत के लिए लड़ेंगे नहीं, जिसकी ओर वह गिरा, वही उसका अधिकारी।

उस ओर समुद्र-मन्थन का कार्यक्रम फिर से शुरू हो गया था। जहर पीने के बाद शिवजी निद्राधीन हो गये थे। इसलिए कैलास पर्वत से भी ऊँचे उनके कन्धों पर चढ़कर दोनों समुद्र-मन्थन का विराट् दृश्य देखने लगे। इसी बीच 'उ' की इच्छा हुई कि शिव का तीसरा नेत्र कैसा है ज़रा देख लेना चाहिए। किन्तु 'अ' इस बारे में तटस्थ रहा। उसे लगा कि किसी के छिद्र नहीं देखने चाहिएं। वे भले ही बन्द रहें। शिव का यह तीसरा नेत्र हिंसक कहलाता है। नींद में भी यह खुले तो नाहक़ भोग बन जाए।

'अ' और 'उ' देव और दानवों का उत्साह देख रहे थे। दोनों दायें-बायें कन्धों पर खड़े थे। इतने में भगवान शिव को लगा कि ये लोग नींद में बाधा

पहुँचा रहे हैं। कोई भी चौंककर नीचे न गिर पड़े ऐसे शान्त स्वर में उन्होंने कहा–"तुम्हें वहाँ तक जाना हो और सब कुछ नज़दीक से देखना हो तो मैं भाई विष्णु से कहूँ। गरुड़ भेजकर तुम्हें वहाँ पहुँचा देंगे। 'अ' और 'उ' अब समझे कि महादेव जी आशुतोष क्यों कहलाते हैं। उनकी कृपा से वे तुरन्त ही समुद्र-मन्थन के स्थल पर पहुँच गये।

"अरे भई, इनमें देव कौन-से हैं?"

"इतनी-सी देर में भूल गया। देख न वे वासुकि की पूँछ पकड़कर इस तरह खींच रहे हैं कि थकान न लगे।"

"ये दानव पहले से कुछ मन्द पड़ गये लगते हैं। वासुकि का मुख भाग इन्होंने पकड़ रखा है, इसलिए आँखों में से और मुख की श्वासों में से निकलती ज़हरीली ज्वालाओं से इनकी कान्ति चली गयी है।"

"देखा न? तेरा ईश्वर भी कितना पक्षपाती है?"

"नहीं। वह तो न्यायी है। देख तो सही दानवों की ओर मन्दराचल झुका हुआ है। भगवान कूर्म का रूप धारण कर अपनी पीठ पर इस गेरु की विशाल मथनी को टिकाये हुए हैं। लगता है जैसे कछुए की पीठ को कोई खुजला रहा हो।"

"अरे देख, नहीं तो रह जाएगा। दानवों की उस पीछेवाली जोड़ी ने कलह प्रारम्भ कर दिया है। देख, उसने पीछे खड़े दानव के बाल पकड़े और उसे पानी में डुबा दिया। किन्तु समुद्र के पानी में खराश की अधिकता होने से वह अनायास बाहर उछल आया। और देख, उसने भी अपने प्रतिद्वन्द्वी को हुड्डु मारकर आकाश में उछाल दिया। आकाश की हवा बहुत पतली होने से उसके सहारे वह ठहर नहीं पाया और अपने स्थान पर आ गया। इतनी देर में तो दोनों वैमनस्य भूल गये और सबके साथ हुँकार भर के मथनी की डोरी फिर खींचने लगे। ये लोग अन्दर ही अन्दर लड़ते तो हैं, किन्तु इनकी संगठित शक्ति ग़ज़ब की है!"

"मुझे इनके झगड़े में रुचि नहीं, नाहक़ ही लड़ते हैं।"

"किन्तु इन दोनों को तो एक-दूसरे में इतना भी रस नहीं कि वे परस्पर लड़ें। आवश्यकतानुसार शक्ति लगाकर जी-तोड़ काम करते रहते हैं।"

"हम लोग एक ओर खड़े होकर देखते रहें, यह शोभा नहीं देता। चलो देवों के साथ हो जाएँ।"

"नहीं, मुझे तो दानवों के प्रति आकर्षण है। ये लोग अपने कार्य में अधिक सक्रिय दिखाई देते हैं।"

"एक प्रश्न होता है कि वासुकि की डोरी बनाकर ये लोग इतनी अधिक खींचतान कर रहे हैं तो फिर खुरदरी मथनी के साथ घिसने पर उसकी त्वचा पर

जलन नहीं होती होगी?''

''तू भूला है। सभी साँप कोमल होते हैं और यह तो उनका राजा। इस तरह खींचे जाने पर इसके विष का भार हल्का होता होगा। ठीक, चल इनके साथ सम्मिलित हो जाएँ।''

'अ' और 'उ' सम्मिलित हो गये और निष्ठापूर्वक अपनी शक्ति आज़माने लगे। मन्थन का वेग बढ़ने पर उसमें से कामधेनु गाय निकली। दूर ताकते खड़े ब्रह्मवादी ऋषि उसे दान में ले गये। 'अ' और 'उ' को गाय में रुचि न थी। वे तो भैंस का दूध पीते थे। फिर चन्द्रमा सा उज्ज्वल उच्चैःश्रवा घोड़ा निकला। वह 'अ' को पसन्द आया। किन्तु बलिराजा ने उसका कान पकड़कर अपनी ओर खींच लिया। फिर ऐरावत हाथी निकला। उसे देखते ही इन्द्र ने अपना दावा घोषित कर दिया। 'अ' और 'उ' को लगा कि इसमें से चाहे कुछ भी निकले अपने भाग में कुछ भी नहीं आने का। यहाँ खाओ और खाने दो का सिद्धान्त पूर्णतः प्रवर्तमान है।

वासुकि के श्वास के प्रभाव से 'उ' की कान्ति मन्द हो रही थी। इससे गुस्सा होकर उसने वासुकि के मुँह पर चिकोटी भरी। वासुकि ने भी उग्र फूत्कार किया। 'उ' को और अधिक गुस्सा आया। उसने उसका एक ज़हरीला दाँत खट्ट से तोड़ डाला। इधर 'अ' देवों के साथ यहाँ-वहाँ की बातों में लग गया था।

भगवान शिव ने पलकें ऊँची करके मदभरी आँखों से देखा। 'अ' दानवों की क़तार में और 'उ' देवों की कतार में दिखाई पड़ा। उन्होंने एक बार आँखें मलीं और फिर से देखा तो 'उ' दानवों की कतार में और 'अ' देवों की क़तार में खड़े थे। उन्होंने मन ही मन कहा कि यह सब भ्रम है। ये लोग किसी भी क़तार में खड़े रहें, कोई फ़र्क़ नहीं पड़ता। ये देव या दानव तो हैं नहीं? ये तो मानव हैं। इन्हें जहाँ भी ठीक लगे खड़े रहें और आँखें बन्द करने से पहले उन्होंने दृष्टि डाली तो 'अ' और 'उ' दोनों एक-से दिखाई दिये। जैसा 'अ' वैसा 'उ' अथवा जैसा 'उ' वैसा 'अ'।

इसी बीच बलवा मच गया। देव हो-हल्ला करने लगे। कुछ शक्तिशाली दैत्य धन्वन्तरि के हाथ से अमृत-कुम्भ छीनकर भाग गये। कुछ निर्बल दानव भी देवों की भाँति मुँह फाड़े रह गये। बेचारे ईर्ष्यावश कहने लगे- 'देवों का भी अधिकार है, क्योंकि इन्होंने भी समान परिश्रम किया है।' लेकिन बात हवा में उड़ गयी।

'उ' देवों के समूह के पास गया। वे सब एकमत होकर दैत्यों की निन्दा कर रहे थे। यह सुनकर उसने कहा, ''तुम दैत्यों के बारे में ऐसा-वैसा बोल रहे हो। किन्तु तुममें से किसी को यह अवसर मिला होता तो क्या दूसरों का विचार

करते? तुम अमृत पीकर जीना चाहते हो तो क्या उनकी ऐसी इच्छा न हो? तुम इसके लिए उनसे अधिक योग्य हो तो अपनी योग्यता सिद्ध कर दिखाओ!''

'अ' शान्त खड़ा था। उसने 'उ' को एक ओर ले जाना चाहा। 'उ' देखना चाहता था कि अब ये देव क्या षड्यन्त्र रचते हैं। किन्तु 'अ' उसे आग्रहपूर्वक खींच ले गया और कहने लगा :

''देख, ये देव और दानव हैं लड़ते रहेंगे। हम चलें अपनी भूमि पर। लेकिन इससे पहले शिवजी से भेंट करते चलें। इन सबने उन्हें जहर तो पिलाया पर अमृत प्राप्त होने की सूचना भी नहीं दी। लेकिन शिवजी सब कुछ जानते हैं। मन ही मन हँसकर वे समाधिस्थ हो जाएँगे। लगता है, देव-दानव के वर्गसंघर्ष से वे ऊब गये हैं। उन्हें किसी भी ओर न्याय नहीं लगता। इसलिए अलग रहते हैं। उनके हाथ में अमृत-कुम्भ रखा गया होता तो निश्चित ही सारी धरती का हृदय अमीय हो जाता। चल, हम उन्हें मिलकर जाएँ। देवों या दानवों के किसी संगठन में हमें रुचि नहीं। और अमर होने के लिए किसी के साथ झगड़ना भी नहीं।''

''नहीं, तुझे जाना हो तो जा। मेरी तो फ़िलहाल इनके इस संघर्ष में रुचि है। मैं भी कोई अमर होने के लिए नहीं झगड़ना चाहता, हाँ, न्याय के लिए अवश्य सक्रिय रहना चाहता हूँ।''

'अ' भगवान शिव के पास गया।

'उ' की रुचि झगड़े में ही नहीं थी, उसका मन कुम्भ की ओर भी था। 'मैंने भी मन्थन में योग दिया है। वासुकि की विषाक्त फूत्कार से टक्कर लेकर मैंने जो कुछ श्रम किया है उसका फल मुझे क्यों नहीं मिले?' एकाएक मोहिनी के हाथ में अमृत-कुम्भ देखकर वह वस्तुस्थिति समझ गया। देवों और दानवों की इस सभा में वह प्रवेश नहीं कर सकता था। एक गवाक्ष से झाँककर वह मोहिनी की लीला देखने लगा।

तृषित दैत्य उन्नत नासिकायुक्त मुखवाली मोहिनी को देखते रह गये। कुछेक देवों की दृष्टि उसके नवयौवन से विकसित स्तनप्रदेश तक पहुँच जाती थी। 'उ' ने देखा कि मोहिनी के केशपाश में खिले मल्लिका पुष्पों की माला किसी की वेणी की याद दिलाती है। किसकी वेणी की याद दिलाती है? उसने प्रयत्न किया किन्तु याद नहीं आया। वह मोहिनी की सुन्दर भुजाओं के बाजूबन्द देखता रहा। उसके नेत्र उद्विग्न होने लगे थे। इसी बीच राहु, जो सूर्य और चन्द्रमा के बीच देव रूप धारण कर आ घुसा था, अमृत पीते-पीते चित्त हो गया। चन्द्र ने देखते ही चुगली कर दी। फलतः सुदर्शन-चक्र से उसका मस्तक छिद गया। 'उ' समझ गया कि यह सब तो ऐसे ही चलेगा। चलकर 'अ' से बात की जाए।

भगवान शिव 'अ' के प्रश्न का समाधान कर रहे थे। उन्होंने कहा कि देव

या दानव जिसे अमृत मिलेगा उसे जीवन-तत्त्व मिलेगा। यहाँ देव या दानवों की योग्यता का प्रश्न नहीं। प्रश्न है मोहिनी रूप धारण किये हुए चैतन्य के वरण का। उसे माया रूप में देखने वाले भी वहाँ हैं और श्रद्धा से देखने वाले भी।

"तो भगवन, मुझे आशीर्वाद दीजिए कि मैं उससे अनपेक्ष रहकर स्वयं अपनी श्रद्धा पर जी सकूँ।"

"हे युवक! तू निर्भ्रान्त होकर अपनी श्रद्धा को प्राप्त कर सकेगा तो फिर तुझे ऐसे किसी बाह्य अमृत की आवश्यकता नहीं रहेगी। तुझे अनुभव होगा कि उसका तेरे हृदय में निवास है। इस श्रद्धाजन्य अमृत का दूसरा नाम है प्रेम। हाँ, साथ ही साथ तुझे ज़गत में जिसकी सत्ता कहीं-कहीं दीख पड़ती है उस ज़हर को भी पहचानना होगा। कभी वह पीना भी पड़े तो उसके लिए तैयार रहना होगा। अपने अनुभव से ही तुझे कहता हूँ कि उसमें आवश्यकता है मात्र निडर रहने की। तू अपने अन्तस्तल के अमृत को पहचानता होगा तो विष को आसानी से पचा सकेगा। और जो पचा सकता है उसके लिए तो विष स्वास्थ्य-वर्धक है। यह तो मैंने अपना मन्तव्य तुझे बताया, निर्णय तो तुझे ही करना है।"

"किन्तु दादा, एक प्रश्न है।" दौड़कर आने के कारण 'उ' हाँफते-हाँफते बोला।

"मैंने अपना मन्तव्य 'अ' को प्रकट कर दिया है। इससे पूछ लेना।"

"परन्तु..."

"तुझे मेरे वचन में संशय है? ठीक, पूछ ले।"

"आदमी को ऐसा लगे कि उसके हृदय में अमृत नहीं बसता। इसके बावजूद उसे ज़हर पी लेने की सलाह दी जाए तो उसे क्या करना चाहिए?"

"पी लेना चाहिए। जो भयरहित होकर विश्वास से पी जाता है, उसके लिए ज़हर, ज़हर नहीं रहता।"

"ज़हर तो ज़हर ही रहेगा। विश्वास का ऐसा क्या प्रभाव हो सकता है कि ज़हर में परिवर्तन आ जाए? दादा, आप अपनी महानता का लाभ लेकर हमें बहकाते हैं। आप यदि उस मोहिनी को एक बार देखें तो हमें इस तरह बहकाने नहीं बैठेंगे।"

'उ' की ओर से 'अ' ने क्षमा माँगी और चल दिया। दोनों थोड़ी देर गुमसुम चलते रहे। फिर 'अ', 'उ' की मन:स्थिति को दृढ़ता प्रदान करने के लिए एक ही बात बार-बार कहने लगा :

"तुझमें अमृत बसता है। तू भले ही इनकार करे किन्तु मैं जानता हूँ कि तुझमें अमृत बसता है। एक दिन तुझे इसकी प्रतीति जरूर होगी।"

"बस रहने दे, अब, बहुत हुआ। अपने बारे में किसी दूसरे की धारणा

को मैं मान्यता नहीं देता। मुझे भला दूसरा व्यक्ति क्या समझ सकता है? मैं अकेला हूँ।''

इतना कहकर उसने 'अ' को आगे बढ़ने दिया और अपना मार्ग मिलते ही पूरे जोश से चलने लगा।

चार

बम्बई 'सेन्ट्रल' के प्लेटफ़ॉर्म पर पैर रखते ही अनिकेत देखता है कि भीड़ नहीं है। किसी समारोह में जाने वाले अनामन्त्रित की मनोदशा लिये उसने शहर में पैर रखा। टैक्सी वाले ने पहले सुना-'सिक्कानगर' और फिर सुना-'मलाबार हिल'। टैक्सीवाले ने समझा होगा कि यह मेहमान होगा और कौन-से मेज़बान के यहाँ जाना है, यह निश्चित नहीं कर पा रहा है।

अनिकेत को मालूम न था कि अमृता अब सिक्कानगर छोड़ गयी है। वह इतना जानता था कि अमृता जहाँ रहती हो वहाँ नहीं जाना चाहिए। और इसलिए वह अपने घर नहीं गया।

हाथ के छूते ही उदयन के कमरे का दरवाजा खुल गया। कमरे के मायूस खालीपन में उसने पैर रखा।

बाहर सर्वत्र सुबह का समय था। उदयन के कमरे की सुबह का रंग शाम जैसा था।

वह दीवार से सटकर बैठा था। पूर्णतः स्थिर। अनिकेत आया यह उसने देखा या नहीं, अनिकेत को पता नहीं चला।

उदयन का हाथ नहीं उठा। उसके होठ नहीं हिले। उसकी पलकें नहीं चौंकीं। उसके चेहरे की किसी भी रेखा ने गहराई में भी कहीं कुछ व्यक्त करने का प्रयास नहीं किया।

दरवाज़े से दो क़दम आगे बढ़कर अनिकेत खड़ा रहा। पैर में बिजली का करेंट लगे और हाथ का सूटकेस अचानक गिर जाए, कुछ ऐसी ही जड़ता के आघात का अनुभव उसे हुआ।

अनिकेत को इस तरह आश्चर्यमूढ़ देखकर भी उदयन हिला-डुला नहीं।

यह उदयन नहीं-ऐसा कहना ग़लत था। और यह उदयन है-ऐसा मानना आसान न था। मोम के पिघलने आये पुतले की तरह उदयन लोंदे जैसा पड़ा था। उसकी दृष्टि एकदम अचेतन थी। होठ इस तरह बन्द थे मानो उन्हें खुलने का

अभ्यास ही न हो।

"मैं आया हूँ, पर उदयन को ऐसा ही लगता है कि मानो मैं नहीं आया, अनिकेत सोचता है।"

उसे देखकर अनिकेत दिग्मूढ़ हो गया। उदयन को यह देख आश्चर्य नहीं हुआ। उसके चेहरे पर छायी विरति पूर्ववत् रही। खिड़की में से वह आया पवन उसके चेहरे का स्पर्श किये बिना ही खुले दरवाजे से बाहर निकल गया। अनिकेत ने दरवाज़ा बन्द किया।

वह उदयन के पास जाकर बैठा। जिस ओर वह पहले से ही देख रहा था, उस ओर ही वह देखता रहा। अभी भी जो नहीं है वही उसे दिखाई दे रहा था। अनिकेत खिसककर उसके अधिक नज़दीक गया। हाथ से पकड़कर उसका मुँह अपनी ओर किया। उसका धड़ वैसे ही रहा, गरदन घूमी और उसका चेहरा अनिकेत की ओर उन्मुख हुआ। उसकी आँखें अधिक मोटी और अधिक ख़ाली लगीं, जैसे बड़े-बड़े वृक्षों की शाखाओं के नीचे लुंज-पुंज लटकते घोंसले, पक्षियों के उड़ जाने के कारण लगते हैं। शायद उससे भी अधिक ख़ाली-ख़ाली आँखें देखकर अनिकेत को भय लगा। उसने उदयन का हाथ अपने हाथ में लिया। कुछ कहने के लिए उसके होठ खुले और उदयन ने एकाएक हाथ खींच लिया। अनिकेत के स्पर्श से उसकी त्वचा ने कुछ सिहरन का अनुभव किया था।

"उदयन!"

पूर्ववत् स्थिति।

"उदयन, तुझे यह क्या हो गया?"

उदयन ने नीचे देखा।

"क्यों कुछ बोलता नहीं है?"

उसने अनिकेत के सामने देखा।

"उदयन तेरी यह दशा?"

"तू कुछ बोल मत ऐसे ही बैठा रह। तुझ जैसे स्वस्थ आदमी को ऐसे बेचैन नहीं होना चाहिए, अनिकेत! तू मेरे सामने वह आरामकुरसी ला और उसमें बैठ। रात को गाड़ी में पर्याप्त आराम न मिला हो तो सो जा। या फिर जागते-जागते मेरी ओर नज़र रख। हम बातें न करें। हम केवल नज़दीक रहें। अभी तो मैं मात्र इतना ही चाहता हूँ कि हम सन्नाटे को बनाये रखें। दो आदमियों के बीच एकान्त क़ितना टिक सकता है, यह जान लें।"

"परन्तु तुझे हुआ क्या है?"

"मुझे कुछ हुआ तो है। क्या हुआ है, यह नहीं जानता। मैं दु:खी हूँ या नहीं इसका भी मुझे पता नहीं। किन्तु मैं निबिड़ भाव से अनुभव कर रहा हूँ कि

मैं हूँ। विचार कर सकता हूँ कि जो है उसे कुछ तो होता ही रहता है।''

''इतना निर्मम होकर बात न कर।''

''निर्ममता कैसी, जो मेरे लिए सहज है उसे तू ऐसा नाम न दे। तू मानता है कि अपने को दु:खी मानकर अथवा प्रकट करके मैं किसी की अनुकम्पा नहीं चाहता। मैं जानता हूँ कि तू अनुकम्पाशील नहीं, स्नेही है। आज तो मैं प्रेम भी नहीं चाहता। उपस्थिति चाहता हूँ। कोई ऐसा क्षण आता है कि मुझे स्वयं अपनी कमी लगने लगती है। तब ऐसा लगता है कि कोई मेरे पास हो तो अच्छा। कम सोचना पड़े।''

''हाँ कोई हो तो अच्छा।''

''मैंने तुझे पत्र लिखा था तब मैंने सोचा था कि तू थोड़े दिनों में आ जाएगा। किन्तु तू आया नहीं। आने की इच्छा को जिस कारण से तूने रोका होगा उसे समझा जा सकता है। वह कारण ग़लत निकला। तू आया पर बहुत देर से आया। मैंने तेरी राह देखना छोड़ दिया तब तू आया।''

''किन्तु पत्र में तूने कुछ गम्भीर तो लिखा नहीं था।''

''याद नहीं क्या लिखा था। रहा नहीं गया और मैंने तुझे पत्र लिख दिया। एकाएक मैं अकुला उठा था और मौन रहना दु:सह हो गया था। और किसको याद करता? तुझे लिख दिया। उस समय लिख दिया था। अब लिखना होता तो शायद न लिखता। अब तो पेन भी हाथ में पकड़ना नहीं रुचता। तू मेरे इस पत्र के कारण ही आया?''

''हाँ।''

''तो तेरा आभार। मित्र भी जब आभार माने तब उस आभार का मूल्य बहुत होना चाहिए। तो मित्र, आज तू आया उसका मुझपर भले ही कोई असर न हुआ हो। तू दो-तीन दिन मेरे साथ रहेगा तो तुम्हारे साहचर्य का मुझपर बहुत असर पड़ेगा।''

पुस्तकों के रैक पर से एक छिपकली ऊपर गयी। कोई कीट सचेत हो उसके पहले ही उसने उसे धर दबोचा। राख जैसी उसकी पीठ में संचार हुआ। वह वापस पुस्तकों के रैक के पीछे सरक गयी।

वह खड़ा हुआ। उदयन के कहे अनुसार उसके निकट आकर आराम-कुरसी में जा बैठा।

''आज मैं तुझे किसी अच्छे डॉक्टर के पास ले जाऊँगा।''

''दो दिन पहले मैं तीन डॉक्टरों से मिल आया हूँ। तीनों के मन्तव्यों में पचास से साठ प्रतिशत तक अन्तर है। मेरी इच्छा हुई कि एक के बाद एक सभी डॉक्टरों से मिल आऊँ। उन्हें मिलते-जुलते रोगों के कौन से नाम आते हैं यह

जानूँ। कितने आत्मविश्वास के साथ वे निदान करते हैं, यह देखूँ। किन्तु थकान महसूस होती थी। तीन से सन्तुष्ट होकर वापस लौट आया।''

''क्या कहा उन्होंने?''

''कुछ भी निश्चित नहीं कर पाये। मैं उनकी परेशानी समझ गया। निदान करने के लिए कुछ तो मानकर ही चलना पड़ता है। कार्य-कारण सम्बन्ध न खोजा जा सके तो सादृश्य पर आधार रखना होता है। एक डॉक्टर ने लम्बे समय तक स्क्रीनिंग की और कहा कि एक किडनी कमज़ोर हो गयी है। कब काम करना बन्द कर दे इसका पता नहीं। किडनी के बिगड़ने का कारण मैं समझ सकता हूँ। खाने-पीने के साथ इसका सम्बन्ध हो सकता है। किन्तु खून में हो रही विकृति का कारण...।''

''इस बारे में किसी ने कुछ न कहा?''

''कहा कि खून में ऐसा रोग पैदा हो रहा है जिसे कोई नाम नहीं दिया जा सकता। अभी रोग पूरी तरह उभरा नहीं। मुझे लगा कि तब तो मुझे वहाँ तक ठहरना चाहिए जब तक कि रोग पूरे ज़ोर में न आ जाए। मुझे रोग में सहायक भी होना चाहिए। इसीलिए दो दिन से कुछ भी नहीं खाया। कमरे के बाहर भी नहीं निकला। रोग के अनुकूल बनकर उसका मार्ग सरल कर रहा हूँ। उसके विकास में रुचि ले रहा हूँ। कारण कि उसे पहचानना चाहता हूँ। आशा करता हूँ कि निकट भविष्य में इसका व्यक्तित्व पूर्णतः प्रकट होगा। प्राचीन युग में कुछ योद्धा अपने पास दो तलवारें रखते थे। शत्रु सामने मिले और वह शस्त्रहीन हो तो एक उसे दे देते। मैं उस योद्धा का अनुकरण कर रहा हूँ। रोग सज्जित होकर मेरे सामने आये, फिर उसके बाद उसके साथ लड़ लूँगा।''

अनिकेत को अपने कान बड़े ही विवश लगे। उदयन जो कुछ बोले, सुनना पड़ता था। उसे निष्क्रियता का अनुभव हुआ। कमरे के वातावरण के अणु-अणु में एक ठंडी निष्क्रियता का भारीपन था। वह खड़ा हुआ। घूमने के बदले यहाँ-वहाँ खड़ा हो जाता था। पके नारियल को गोल-गोल घुमाना पड़े-इस तरह अनिकेत अपने मौन का छोर ढूँढ़ रहा था।

''तो लगभग एक महीने से इसकी तबीयत ठीक नहीं। ऐसी स्थिति में भी इस तरह अकेला रहता है। इसे नौकर रख लेना चाहिए था, किन्तु नहीं रखेगा। पहले भी इस बारे में इसके साथ बात हो चुकी है। 'किसी आदमी को अपने नौकर के रूप में देखना मुझे सहन नहीं। और मुझमें दूसरों को इस रूप में देखने की आदत पड़ जाए तो फिर मैं अपने को माफ़ नहीं कर सकता।' हो सकता है कि इसके कथन में थोड़ी अतिशयोक्ति हो किन्तु इसने आज तक नौकर नहीं रखा यह सच है। छोटे-बड़े का भेद किये बिना सबके साथ वह समान रूप से

व्यवहार करता है। 'स्वामी और सेवक... आदमी और आदमी के बीच यह व्यवहार शोभा नहीं देता'... किन्तु कोई अपना काम करे इससे उसे नौकर ही मानो यह किसने कहा? वैसे, कार्य भेद तो रहेगा ही'' यह वक़्त उदयन के साथ बहस करने का नहीं था। इसलिए अनिकेत ने अपने चित्त में चलते संवाद को भी शान्त किया। अब तो उदयन जो है वह है। उसे इस रूप में स्वीकार कर लेना चाहिए। मेरी मित्रता का दायित्व भी यही कहता है। एक बार यह स्वस्थ हो जाए और अमृता...।

उदयन के पलंग की खिड़की के पास जाकर वह खड़ा हो गया। कुछ टूटे-फूटे खिलौने पड़े थे।

''यह क्या उदयन?''

''कबाड़।''

''किसका कबाड़?''

''कबाड़ पर से तू मूल आकृति की कल्पना नहीं कर सकता?''

अनिकेत उन टूटे-फूटे खिलौनों को हाथ में लेकर देखने लगा। इस समय तो मलबे के रूप में ही पहचाना जा सकता है। उसने दोनों हाथ काम में लगाये। टीन के रंग-बिरंगे टुकड़े और एक-एक दो-दो इंच की छड़ें उनमें से बाहर खींचकर वह रखने लगा। कल्पना के सहारे टुकड़ों का संयोजन करके खिलौनों की सर्वांग-सम्पूर्ण आकृति वह नहीं बना सका। कोई आकार खड़ा नहीं हुआ।

''ला मेरे पास।''

हाथ में लेकर उदयन ने सभी टुकड़ों को दिलचस्पी से देखा। फिर उन्हें दो भागों से बाँट लिया। तरतीब देने लगा, सफलता की बिना आशा के। अनिकेत उसके पास सरक आया।

''अब तो टुकड़ों को जोड़ सकना सम्भव नहीं। मेरी भाषा से तुझे ख़याल आ जाएगा। ये टुकड़े पहले स्पुतनिक नामक खिलौने के अंग थे। चाबी भरने से आवाज़ होती थी। उसमें से स्पुतनिक छूटता था। बीच में छत आ जाने पर सिर पटककर वह नीचे गिरता था। यहाँ पलंग पर ही गिरता था इसलिए हाथ से उठाकर मैं उसे फिर व्यवस्थित करता था, चाबी भरता था और फिर आवाज़ होती थी। खिलौना दूसरे का था, मेरे लिए नहीं ख़रीदा गया था। भूल से यहाँ रह गया था। उन दिनों भूल से या बिना भूल के बहुत कुछ यहाँ रह जाता था। मैं भी सब कुछ भूलकर अपनी अँगुलियों की क्रिया देखता रहा था। चाबी, आवाज, उछलना, टकराना, गिरना... एकरूपता निभ रही थी। इतने में स्पुतनिक मेरी ओर छूटा और मेरे सिर में लगा। मेरे सुप्त मस्तिष्क ने विस्फोट की आवाज़ सुनी। पूरी घटना का रहस्य उद्घाटित हो गया। मुझे लगा कि खेल पूरा हो गया। अब खेल चुके...

कुछ सूझता न था... समय जा रहा था। इसे हाथ में लेकर दबाने लगा। ऐसा लगा कि यह तोड़ा जा सकता है। किन्तु ऐसा न करके बूट से पीट-पीटकर इसकी 'शेप' ही बदल डाल, ताकि पहचाना न जा सके।''

उदयन ने दीवार का सहारा लिया मानो उसे बोलने से थकान हुई हो। अनिकेत उन तमाम जीर्ण अवशेषों को इकट्ठा कर फेंक देने के लिए उन्हें बटोरने लगा।

''फेंक मत देना।''

''क्यों?''

''दूसरे खिलौने के बारे में तो तूने जाना ही नहीं।''

''मुझे नहीं जानना, तू आराम कर। आराम की जरूरत है तुझे।''

''आराम करना हो तो भी वह सुलभ थोड़े ही है। पड़े रहने से आराम मिलता हो तो वह मुझे आवश्यकता से अधिक मिल चुका है... तू इतने दिनों बाद आया है। जिज्ञासा, जिज्ञासा रह जाए यह मैं नहीं सह सकता।''

वह बायीं ओर झुककर लेट गया।

''यह झूला था।''

उसने आँखें बन्द कीं।

''मेरा बचपन भी था।''

उसने ऊपर सपाट छत की ओर देखा। चूने की सफ़ेदी उसकी आँखों में व्याप गयी।

''शामलाजी के मेले जाता तब हिंडोले पर बैठता ही।''

वह बैठ गया।

''छतरी के आकार के चकडोल की बजाय रहट की गति से घूमते ऊँचे चकडोल पर बैठना मैं अधिक पसन्द करता... ठेठ ऊपर पहुँचता तब मेरे चेहरे पर स्मित थिरक उठता। सब कुछ मुझे अपने से नीचा दिखाई देता। और तब सामने वाले पहाड़ों के जंगलों में सूँ-सूँ करके बहते पवन को श्वास में भरकर मैं नीचे उतरता।''

अनिकेत ने सारे टुकड़े फेंक दिये थे।

''वह खिलौना चालू करके मैं देखता रहा। वह घूमता रहता। उसकी बैठकों पर चिपकाये लोगों को चुन-चुनकर मैं एक ओर रखने लगा। एक ही आदमी बच गया। फिर चाबी भरी। चकडोल शुरू हुआ। उसकी गति में परिवर्तन आ गया था। उसे रुकते देर न लगी। सन्तुलन बिगड़ गया था। इसके बावजूद मेरी इच्छा थी कि चकडोल को चलाना चाहिए। चाबी भरता रहा। स्प्रिंग टूट गयी। फिर अँगुलियों की पोरों से मैं उसे घुमाता रहा। घुमाते-घुमाते अँगुलियाँ थक गयी थीं।

इसलिए बूट उठाया और उसे भी कूट-पीस डाला। फिर निश्चिन्त होकर सो गया... तेरे शब्दों में कहूँ तो आराम करने लगा।''

अनिकेत ने सूटकेस में से रेगिस्तान और उसके आस-पास के प्राकृतिक दृश्यों के फ़ोटोग्रॉफ़ निकाले। उदयन के पास रखे और स्नान करने चल दिया। थोड़ी देर में तैयार होकर उसने कहा—

''उदयन, मैं एकाध घंटे में जितनी जल्दी हो सकेगा, आ जाऊँगा। तुझे अब शान्त रहना है। अपने में लेशमात्र भी रुचि नहीं लेनी है। जो होता है, होने देना है। भविष्य के सम्बन्ध में विचार आयें और किसी तरह की आशा जन्म ले तो उसे रोकना मत, तुझे प्रयत्नपूर्वक किसी भी तरह की शंका से ग्रस्त नहीं होना है। उदयन, तुझे मानना ही होगा कि हर एक व्यक्ति को जीना चाहिए। इसलिए तुझे भी जीना पड़ेगा। तू एक ऐसा व्यक्ति है, जिसकी संकल्प-शक्ति उसे हर स्थिति में ज़िन्दा रख सकती है।''

''हूँ... हूँ।''

''अच्छा मैं घंटे-पौन घंटे में आ जाता हूँ।''

''एक बात?''

''बोल!''

''तू अमृता से मिलेगा?''

''सिक्कानगर जा रहा हूँ, उससे ही मिलने। क्यों?''

''उससे मेरे बारे में कुछ कहना नहीं।''

''तो क्या वह कुछ नहीं जानती?''

''मैं बहुत समय से उसे नहीं जानता हूँ, इसलिए वह मेरे बारे में जानती है या नहीं मुझे कैसे पता चलेगा? किन्तु अब वह जाने या न जाने कुछ फ़र्क़ नहीं पड़ता।''

''इस बारे में मैं तेरे साथ चर्चा नहीं करूँगा।''

''किन्तु सुनता जा। तू मेरा मित्र हो तो अमृता के साथ की बातचीत में मेरे नाम का उल्लेख भी नहीं होना चाहिए।''

''अनिकेत टेबुल पर बैठ गया।''

''रुक क्यों गया?''

''वह पूछे कि कहाॅ ठहरा है तो भी तेरा नाम न दूँ? झूठ बोलूँ?''

''अच्छा उसे मेरे बारे में जो कहना हो वह कहना तथा उसके चेहरे पर इसकी क्या प्रतिक्रिया व्यक्त होती है याद रखकर मुझे बताना। अथवा फिर ऐसा कर उसे यहीं बुला ला। देखूँ कि वह कितनी सुखी है। उसे सुख सद गया या नहीं, देखना है ज़रा। अवश्य बुला लाना।''

"ठीक।"

"एक दूसरी बात!"

"क्या?"

"मुझे अपनी एक धारणा में सन्देह होने लगा है, ईश्वर सम्बन्धी धारणा में।"

"अर्थात् तू ईश्वर के अस्तित्व को स्वीकारने लगा है?"

"नहीं। पहले मेरा उसमें विश्वास नहीं था, अब उस विश्वास में भी विश्वास नहीं रहा। अब मैं नास्तिक या आस्तिक नहीं, संशयात्मा हूँ। और तू वह श्लोक जानता है—"संश्यात्मा..."

"ऐसा कैसे हुआ?"

"जापान में परमाणु के बारे में सोचते हुए मुझे ऐसा लगा। छोड़ इस बात को। ईश्वर हो या न हो इससे कुछ अन्तर नहीं पड़ता। उसके न होने से तुझे अफ़सोस नहीं और उसके होने पर मेरा कोई विरोध नहीं।"

"ईश्वर तो निर्बल का बल है। तुझ-जैसा बलवान आदमी शायद ईश्वर के बिना निर्वाह कर ले। मैं चलता हूँ, नहीं तो तू कुछ और बोलेगा। आराम कर।"

"जल्दी करना! मैं नहीं जानता कि तेरी अनुपस्थिति में कितनी देर तक जी सकूँगा।"

अनिकेत सिक्कानगर पहुँचा। जल्दी-जल्दी ज़ीना चढ़ा। घंटी गूँजी। "ताला? वह कब से यहाँ नहीं रहती?" नीचे आ गया। कार नहीं थी। किससे पूछे? "कहीं जुहू तो नहीं चल दी? वहाँ जाऊँ? उदयन ने कहा है उसे लिवा लाना। बुला लाऊँ और वह कुछ कह बैठे तो? लगता है कि अमृता उसे लम्बे अरसे से नहीं मिली। उदयन कुछ स्वस्थ हो जाए उसके बाद ही उसे बुलाना चाहिए।

पड़ोसी के घर जाकर उसने फ़ोन किया। दो डॉक्टरों को एक साथ बुलाना था। समय तय करने में थोड़ी देर लगी। दोपहर में दो बजे के आसपास दोनों आ सकेंगे।

उसने 'छाया' का भी नम्बर जोड़ा—"अमृता है?" अमृता थी। उसे बुलाया गया। उसने वह सब सुना जो अनिकेत ने कहा। उसे यह सब पता नहीं था। "कब आ रही हो?" वह बोली, "तुम जब कहो तब।" "तुम—एक बजे तक आ जाओ। दो बजे डॉक्टर आने वाले हैं।" अमृता ने 'हाँ' कहकर फ़ोन रख दिया।

इसका स्वर बिलकुल निष्कम्प क्यों था?

काफ़ी दूर निकल जाने के बाद उसे टैक्सी रोकने की सूझी। उसका पहले-वाला नौकर एक होटल में काम करता था। वह उस ओर से निकला। उदयन बीमार है यह जानकर वह मैनेजर से छुट्टी ले आया। और आग्रहपूर्वक अनिकेत

के साथ हो गया।

उदयन का मुँह दीवार की ओर था। उसने पदरव सुना। दो व्यक्ति थे, किन्तु इनमें अमृता नहीं। दूसरा कौन है यह देखने के लिए उसने करवट बदली। पहले उसे यह दिखाई दिया कि अमृता नहीं है, फिर उसने अनिकेत के नौकर को पहचाना। उदयन को इस हालत में देखकर वह कातर हो उठा।

फल देखते ही उदयन जैसे निराश हो गया। सोचने लगा कि अब अनिकेत खाने के लिए कहेगा, और मुझे खाने पड़ेंगे। वह देखने लगा कौन-कौन से फल हैं। घास-जैसे लगेंगे या फिर कौन जाने कैसा स्वाद होगा?

नौकर ने आवश्यक सामान जुटाकर चाय बनायी।

चाय के प्रति उसे अधिक लगाव है। फिर भी उसने कोई उत्साह नहीं जतलाया। दो दिन बाद चाय का स्वाद न मालूम कैसा लगेगा?

अनिकेत सामने आकर बैठ गया। पैंट की जेब से सिगरेट का पैकेट निकाला। उदयन की प्रिय सिगरेट।

उदयन के चेहरे की रेखाओं में उत्सुकता जागी। अनिकेत हाथ में ही वह पैकेट घुमाता रहा। सभी ने चाय पी। अनिकेत ने उदयन के मुँह में सिगरेट रखी और जलायी। अपनी भी सिगरेट जलायी। उदयन के होठ पर हल्का स्मित उभरा। मन ही मन सोचने लगा—"मैं जानता हूँ जनाब! आप मेरा साथ देने के लिए अपना मुँह कड़वा कर रहे हैं। वैसे इस जनम में तो आपको सिगरेट पीनी नहीं आएगी।" अनिकेत के इस प्रयत्न में उसे दिखावे की अपेक्षा गहरा सद्भाव कहीं अधिक लगा।

"अनिकेत यह सिगरेट पीने के लिए मैं ज़िन्दा रहने का दायित्व निभाने को तैयार हो सकता हूँ।"

अनिकेत ने गहरा कश खींचा। उसे खाँसी आ गयी। बिना फूँके वह सिगरेट में से निकलते धुएँ को देखता रहा। आँखों में धुआँ घुसने के कारण ही पानी आ गया था।

कमरे की सफ़ाई हुई। नौकर ने खिड़की के परदे धोने के लिए उतार लिये। कमरे की धूमिलता बाहर चली गयी और उजाला अन्दर आया। वातावरण में उल्लेखनीय परिवर्तन आ गया।

उदयन ने अनिच्छापूर्वक स्नान किया। अनिच्छा के बावजूद स्फूर्ति का अनुभव किया। अशक्ति कम हो गयी हो, ऐसा महसूस हुआ। हाँ, नहाते समय गर्म पानी का स्पर्श कुछ अलग ही मालूम देता था। उसने पास में रखी ठंडे पानी की बाल्टी में हाथ डाला। ठंडा पानी अधिक ठंडा लगा। ठंडा या गर्म न लगे और पानी मात्र पानी ही लगे वह ऐसी स्थिति खड़ी नहीं कर पाया। बेचैनी का अनुभव करता रहा। "हाँ, मैं बीमार हूँ तो फिर कुछ तो नया-नया लगना ही चाहिए न!"

उसे समाधान मिल गया था। वह बाहर आ गया।

पलंग की जगह बदल दी गयी थी। चादर बदल दी गयी थी। उसने वातावरण सूँघकर देखा।

"जो मेरा था वह सब तुम लोगों ने छीन लिया। कहाँ से लाये यह वातावरण?"

अफ़सोस व्यक्त करता हुआ वह पलंग पर बैठा। तब क्षण-भर उसे लगा कि वह ख़ासा बीमार नहीं। ऐसा मानने के लिए वह ललचाया है, वस्तुस्थिति उसे तुरन्त प्रतीत हुई। तो भी उसने भ्रम में रहना चाहा।

तीनों ने दोपहर में हल्का नाश्ता किया। अनिकेत ने नौकर को छुट्टी दे दी। वह उदयन की सार-सँभाल रखने की याचना करता हुआ चल दिया। उदयन सो गया।

अनिकेत की आँखें भारी थीं। वह जाग रहा था।

पौने दो बजे। इसके बाद वह घड़ी की सुइयों की ओर देखता रहा। डॉक्टर टाइम पर आ गये। मूविंग एक्सरे भी लेते आये थे। पैंतीस मिनट तक जाँच और पूछ-परख चलती रही। बीच-बीच में उदयन के हँसी-मज़ाकपूर्ण उत्तर वातावरण की गम्भीरता को भंग करते रहे। पेशाब, खून आदि की जाँच की व्यवस्था भी कर ली गयी।

डॉक्टर अनिकेत को साथ ले गये।

उदयन ब्लेड से नाख़ून काटने बैठा।

अनिकेत दो मिनट बाद वापस लौटा।

"अरे! मैं तुझे कहना ही भूल गया। दवा लेकर आता हूँ।"

"दवा या वसीयत का काग़ज़ जो भी लाना हो।"

"अपने घर पर व्यंग्य कर सकने की तेरी क्षमता की मैं क़द्र करता हूँ।"

"बस अब बके बिना जा।"

"अमृता तीनेक बजे आएगी। मैं जाऊँ तब तक उसे रोक रखना। मुझे उससे बातें करनी हैं।"

"तुझे सामने मिल जाए तो साथ में लेते जाना। अथवा लौटा देना। अभी वह यहाँ न आये तो अच्छा।"

"क्यों सुबह तो उसे बुलाने की तूने छूट दी है। ठीक, मुझे मिलेगी तो मैं लौटा दूँगा। किन्तु वह यहाँ आ ही जाए तो उसे लौटाने का काम तू मत करना। अतिथि को वापस लौटाना शोभा नहीं देता।"

"तू जा, नीचे डॉक्टर तेरी राह देखते होंगे।"

"अच्छा सो जा।"

उदयन के बारे में डॉक्टरों ने अनिकेत से बहुत-से प्रश्न पूछे। अनिकेत को

ये सारे प्रश्न अनावश्यक-से लगे थे। तब भी खून व पेशाब की जाँच रिपोर्ट मिली तो अनिकेत की उपस्थिति में ही चर्चा हुई।

''एक किडनी लगभग काम नहीं करती, क्षार चिपट गये हैं।''

अनिकेत मानो अपने शरीर के बारे में सुन रहा हो—

''जिसे पथरी कहते हैं...''

''बहुत-सी पथरियाँ चिपट गयी हैं।''

''दूसरी किडनी भी कमज़ोर होने लगी तो बहुत मुश्किल है।''

''किन्तु डॉक्टर, पहले किडनी का उपचार करना है या खून को सुधारने का प्रयत्न कर देखना है? एक तो किडनी जैसा गम्भीर रोग और उस पर खून के रोग का पता न चलना।''

''मिस्टर अनिकेत, आपके मित्र खूब लापरवाही से जीते लगते हैं। किडनी इतनी अधिक बिगड़े और उन्हें इसका पता न चले ऐसा हो सकता है?''

''इस समय मैं उसे उलाहना दे सकूँ यह सम्भव नहीं। अब तो मुझे यही देखना है कि उसके रोग का इलाज अच्छी से अच्छी तरह हो।''

''प्रयत्न कर देखें।''

''प्रयत्न कर देखें अर्थात् क्या उसका खून आसानी से नहीं सुधर सकता?''

''आपने उनकी चमड़ी नहीं देखी? कितनी फीकी पड़ गयी है! मेरे इतने वर्षों के करियर में यही एक ऐसा रोग है, जिसका उपचार करने में मैं इतना हिचकिचा रहा हूँ।''

दूसरे डॉक्टर ने भी यही कहा, थोड़े-बहुत हेर-फेर के साथ।

अनिकेत शान्तिपूर्वक उनकी बातें सुनता रहा।

''यह पेलाग्रा तो नहीं है। ऐसा नहीं है कि केवल सूर्य के तेज के सम्पर्क में आने वाले भाग काले हो गये हों। यहाँ तो पूरी चमड़ी ही फीकी पड़ गयी है। ऐसा लगता है मानो चमड़ी ऊपर से लगायी गयी हो।''

''ये हिरोशिमा में काफ़ी रुके थे। इसलिए यह बात ध्यान में रखकर भी हमें विचार करना चाहिए।''

''मैं भी यही कहने जा रहा था कि क्या ऐसा नहीं हो सकता कि 'रेडियो-एक्टिव' के असर से एग्रेन्युला साइटॉसिस हो जाए?''

''ऐसा मानना कठिन है। एक क्यूबिक मिलिमीटर में ऐसे बारह हज़ार जितने श्वेतकणों का प्रमाण देखने पर मुझे तो ल्यूको-साइटोसिस की शंका होती है।''

''किन्तु फेफड़े नीरोगी हैं, उसका क्या?''

'' 'ऐसा क्यों न करें' रोगी को अस्पताल में दाखिल करके आगे जाँच और प्रायोगिक उपचार चालू करें। इस दरमियान मित्रों से परामर्श कर सकेंगे। विदेश

में भी पूछताछ कर लें। आज तो रेडियो-एक्टिव के प्रभाव से होने वाले रोगों पर काफ़ी शोध-कार्य हो रहा है।''

''मुझे भी यही एकमात्र उपाय लगता है।'' दूसरा डॉक्टर बोला।

''अनिकेतजी, आपके मित्र को बड़े अस्पताल में हो सके तो आज ही भर्ती करा दीजिए। हम फ़ोन पर बोल देते हैं। आप जाकर स्पेशल रूम का प्रबन्ध कर लें। छह बजे तक उन्हें वहाँ पहुँचा दीजिए। फ़िलहाल तो किडनी की ओर ध्यान दिया जाए।''

''अवश्य।''

''यदि यह ल्यूकेमिया के प्रारम्भ की प्रक्रिया हो और बाद में बीमारी बढ़ जाए तो अपने हाथ में कुछ भी नहीं रहेगा।''

''ल्यूकेमिया?''

''हाँ, यह लगभग प्राणघातक रोग है। खून के श्वेतकण एक क्यूबिक मिलि-मीटर में बीस से पचास हजार जितने हो जाते हैं।''

''जिसे खून का कैन्सर कहते हैं, वही न?''

''हाँ, रोगी का रेसिस्टेन्स एकदम घट जाता है। जितने समय तक वह जीता है वह भी उसके लिए असह्य हो जाता है। छोटी-छोटी वस्तुएँ उसके लिए कष्टदायक बन जाती हैं।''

डॉक्टरों की बातचीत अनिकेत के मन में घुमड़ती रहती थी। ''किडनी एक भी चालू हो तब तक तो कोई बात नहीं, किन्तु इस रक्त-रोग को ये लोग नहीं पहचान सकते? मैं बहुत देर से आया। मुझे क्या पता था कि इसकी ऐसी हालत हुई होगी? उसे भरोसा दिलाना भी कठिन है कि वह आसानी से ठीक हो जाएगा। फिर भी प्रयत्न कर देखूँ। इसे लगे कि जीया जा सकता है और वह जीने की कामना का अनुभव करे तभी कुछ आशास्पद परिणाम निकल सकता है। यदि आवश्यक हुआ तो इसे विदेश भी ले जाऊँगा...''

साढ़े पाँच बजे वह पहुँचा। उदयन ने इस बारे में कुछ भी नहीं पूछा कि डॉक्टरों ने क्या कहा? अनिकेत सोच नहीं पा रहा था कि बात किस प्रकार प्रारम्भ करे। आखिर उसने कहा कि बड़े अस्पताल में प्रविष्ट होना है। सुनकर उदयन ने करवट बदल ली।

अनिकेत नज़दीक आ गया।

''दूसरा कोई उपाय नहीं। अस्पताल में आज दाख़िल होना ही पड़ेगा?''

''मैं ऐसा मानता था कि तेरे साथ एक-दो दिन शान्ति से गुज़रेंगे। जबकि तूने तो मेरे पास ही सुरक्षित शेष शान्ति को भी दूर करने के प्रयत्न प्रारम्भ कर दिये हैं। सप्ताह पूर्व मैं जनरल अस्पताल के पास से गुजरा था। तब मुझे हिरोशिमा

के हॉस्पिटल की याद हो आयी थी। जाने क्यों, किन्तु अब अस्पताल के नाम से ही मेरे श्वास में मृत्यु की गन्ध घुलने लगती है। हॉस्पिटल और तहख़ाने में रहने के लिए एक-सी सहन-शक्ति अपेक्षित होती है। ज़िन्दा रहने के लिए यह सब क्या झंझट है? जाने दे यार, ये सब खट-पट बेकार है। देखें इस शरीर में क्या-क्या परिवर्तन आते हैं। मृत्यु कौन-से स्वरूप में आती है, कितनी ममता से वह मुझे ले जाती है, ग्रहण करने की उसकी प्रक्रिया क्या है, यह देखें।''

''यह प्रक्रिया नहीं, परिणाम है और यह तुझसे बहुत दूर है, इतना अधिक दूर है कि मुझे कल्पना में भी नहीं दिखाई देता। थोड़े ही दिनों में तू स्वस्थ हो जाएगा। तो फिर हम लोग तेरे इस कमरे में आराम से बैठेंगे और घंटों बातें किया करेंगे?''

''मुझे ले ही चलना है? कोई विकल्प नहीं?''

''चलना ही पड़ेगा।''

''तो कल ले चलना। आज तो मुझे यहीं पड़ा रहने दे। मुझे अस्पताल में सब-कुछ पराया-पराया लगता है। और रोगी बनकर जाऊँगा तब तो मुझे पिंजरापोल में दाख़िल होने-जैसा अनुभव होगा।''

''स्पेशल रूम की व्यवस्था मिलेगी। जैसा तेरा यह कमरा है वैसा ही वह रूम होगा। बदलेंगी केवल दीवारें। किन्तु उससे क्या? डॉक्टर इलाज करेंगे, नर्सें सेवा करेंगी, तू देखा करना। तू जागता होगा तब तक हम लोग बातें किया करेंगे। तू सोएगा तब तक मैं जागूँगा।''

''नींद नहीं आती। कल शाम के वक़्त बैठा था। तू आया तब तक मैं वैसे ही बैठा रहा। बैठे-बैठे जो नींद आयी हो, बस उतनी ही। सिगरेट ख़तम हो गयी थी। लेने जाना चाहता था पर पैर रखने की हिम्मत नहीं थी। फिर तो सिगरेट को भूल गया और सोचता-सोचता रात की जुगाली करता रहा। सुबह देखा तो रात बीत गयी थी। और उसके स्थान पर तू आ पहुँचा था। पहले तो मुझे लगा कि तू व्यर्थ ही आया है। फिर लगा कि ठीक हुआ। तेरे साथ बातचीत भी की जा सकेगी। परन्तु तू तो आते ही डिस्टर्ब करने लग गया। अब घर भी छुड़ाने की तैयारी है। तू मित्र है या दुश्मन?''

''यह सब निश्चित करने का कार्य दूसरों पर छोड़ेंगे। अब तुझे तैयार होना है। साथ क्या-क्या लेना है?''

''इस रूम में से मुझे ले जा रहा है यही क्या कम है, जो अन्य वस्तुएँ भी ले जाकर इसे वीरान बना देना चाहता है।''

''उदयन, तेरे सामने मजबूर हूँ। समय जा रहा है। बता साथ में क्या-क्या लेना है?''

"जो तुझे उचित लगे। अब तू यह मानकर चल कि मैं तेरा शरणार्थी हूँ। वह जो मन आया बोलता रहा, खड़ा होने का नाम नहीं ले रहा था। अनिकेत नाराज़ होकर खिड़की के बाहर देखने लगा।"

उदयन खड़ा हुआ। बाथरूम में गया। हाथ-मुँह धोने के लिए पानी लिया। पानी का स्पर्श... ज्ञान तन्तुओं की झन-झनाहट...

उसने मुट्ठी बाँधी और नाखूनों में झलकते खून को देखा। कुछ समझ में नहीं आया। उसने हाथ मोड़कर मांसपेशी देखी। कुछ समझ में नहीं आया।

डॉक्टरों ने कहा था यह खून ही अस्वस्थता का कारण है। किन्तु उसे देखा नहीं जा सकता। इसका रंग कैसा होगा? नये कपड़े पहनकर वह बाल सँवारने लगा। दाढ़ी बढ़ी हुई थी। इन बालों पर बीमारी का असर नहीं होता। ये तो बढ़ते ही रहते हैं... किन्तु यह खून... बाहर देखने को मिले तो कैसा दिखाई दे? इसका रंग, इसका प्रवाह, इसकी उष्णता...।

"वेरी गुड।" उदयन को पैंट और बुश्शर्ट में सज्ज देखकर अनिकेत बोला—"मैं भी तैयार हो लूँ। सामान तैयार कर दिया है, कपड़े बदल आऊँ।"

वह बाथरूम में पहुँचा। उदयन खिड़की के पास जाकर खड़ा हो गया। उसकी दृष्टि एक ब्लेड पर पड़ी। वह पलंग पर जाकर लेट गया। खिड़की के पास ही रखी ज़िल्दवाली एक भारी-भरकम पुस्तक उठायी। उसे बिस्तर पर रखा। उस पर ब्लेड खड़ी की और फिर उसे दाहिने हाथ से पकड़े रहा...। बायाँ हाथ ऊपर उठाया। और मसल्स चढ़ाने का प्रयत्न किया। फिर हाथ को ब्लेड पर रखा। करवट ली। शरीर का वजन ब्लेड पर पड़ा। ब्लेड आधे से अधिक उसके बायें हाथ की नस में घुस गया। दाँत भींचकर उसने चीख़ को रोके रखा। मुँह खुल गया पर कोई आवाज न हुई। पैंताने पड़े शाल को उसने हाथ पर डाला। मुँह ढँक लिया।

अनिकेत कपड़े बदलते ही बाथरूम के बाहर आया। बाल सँवार लिये।

"क्यों वापस सो गया?"

उदयन कुछ बोला नहीं।

अनिकेत ने शाल खींची।

"यह क्या?"

चादर भीग गयी थी।

"इतना सारा खून!" उसे लगा कि चक्कर आ जाएँगे।

ब्लेड हाथ में घुस गयी थी। अनिकेत ने पकड़कर एक झटके से खींच डाली। उसके साथ खून उछल आया। वेदना से उदयन की चीख़ निकल गयी।

अनिकेत हतबुद्धि हो गया। क्या करे? कुछ सूझता नहीं था।

उसने एक पर एक दो रूमाल बाँध दिये। खून का टपकना इसके बावजूद भी बन्द नहीं हुआ। बाँध के टूटने के बाद प्रवाह का वश में करना अत्यन्त मुश्किल था। नस जो कट गयी थी।

"यह तूने क्या किया?"

"मुझे अपने खून का रंग देखना था। इस प्रवाह में कोई रोग तैरता दिखाई दे तो उसे पहचान लेना चाहता था। मुझे बार-बार लग रहा था कि अन्दर जैसे सब कुछ जम गया है। पर वाह, कल्पना से अधिक ही इसका प्रवाह है। बह रहा है तो क्या? बेकार है। तूने रूमाल क्यों बाँध दिये? बह जाने दे। इसे बचाने से कोई लाभ नहीं। मैं जानता हूँ कि यह बेकार है।"

"बीमारी में भी तू ऐसा साहस कर बैठा?"

अनिकेत ने एक सफ़ेद नेपकिन ढूँढ़कर उदयन के घाव पर बाँध दिया। फिर भागा-भागा नीचे गया। टैक्सी रास्ते पर खड़ी रख उदयन को लिवा लाने ऊपर दौड़ा। तीन-तीन चार-चार सीढ़ियाँ एक साथ चढ़ता गया। लिफ़्ट का बटन दबाया।

"उदयन!"

उदयन पट्टी ढीली करने का प्रयास कर रहा था। किन्तु उसकी अँगुलियाँ काम नहीं कर रही थीं। ऊपर बँधा हुआ नेपकिन भी भीग गया था। खून टपक रहा था, काला पड़ता जा रहा था।

अस्पताल में दाखिल होते ही उसे खून बन्द करने का इंजेक्शन दिया गया। पट्टी बाँधी गयी। डॉक्टरों के अनुसार अभी तक पाँच से सात पौंड खून बह गया होगा। ख़ून का बहना बन्द करना भी आसान नहीं था। इस विशिष्ट केस की बात अस्पताल में फैल गयी।

विजिट पर आये डॉक्टरों ने चिन्ता-जैसी कोई बात नहीं कहकर सहानुभूति जतायी।

उनका आश्वासन उदयन की अपेक्षा अनिकेत को अधिक उपयोगी रहा।

"ख़ून देना होगा।"

क्या यह नहीं हो सकता कि उदयन का सारा ख़ून निकालकर नया दिया जा सके? बच्चों के मामलों में तो इस बारे में सफलता मिल गयी है, पर अन्य के बारे में चिकित्सा शास्त्र अभी पीछे है।

उदयन ने देखा कि उसके पैताने पलंग की दायीं ओर कुछ खड़ा किया जा रहा है।

ब्लड ट्रान्सफ़्यूज़न सेट।

अनिकेत चाहता था कि जब उदयन को ख़ून दिया जाए तो पहली बोतल उसके खून की हो। वह मैच करता था। किन्तु वह तो सुबह ही ब्लड-बैंक में

खून जमा करा सकेगा।

रात अनिकेत ने उदयन के पास अस्पताल में ही बितायी। सुबह उदयन को चाय पिलाकर वह ब्लड-बैंक गया।

"खुशी की बात कि उदयन और मेरे खून के ग्रुप अलग नहीं... तीसरी बॉटल चढ़ाई गयी है। चौथी या पाँचवी बॉटल मेरे ख़ून की होगी...। अपने स्वास्थ्य की इससे बड़ी क्या सार्थकता हो सकती है कि मित्र या अन्य किसी के लिए वह उपयोगी हो सके... इसकी उपयोगिता तो एक-सी ही होती है... डब्ल्यू क़लेन नामक व्यक्ति ने सन् 1949 में एक सौ तीस बार कुल साठ लिटर ख़ून ब्लड-बैंक में जमा कराया था। एक औसत मनुष्य के शरीर में जितना होता है उससे बारह गुना रक्त उन्होंने एक ही वर्ष में दान में दिया था... छोटे-छोटे आदमी भी कितने बड़े होते हैं! किसी का रक्त किसी अनजान आदमी की ज़िन्दगी बचा लेने में छोटा-सा योग दे वह भी कितनी बड़ी घटना होती है! सुखी होने के लिए ईश्वर ने कितने अवसर प्रदान किये हैं! उस दिन मुझे कितना आनन्द हुआ था! चार वर्ष हुए। रक्तदान का वह दूसरा प्रसंग था। मैंने चार सौ पचास सी.सी. रक्तदान किया था। ब्लड-बैंक के इंचार्ज डॉक्टर ने कहा था कि चार सौ पचास सी.सी. लेने में हरज तो नहीं, किन्तु हम यहाँ साढ़े तीन सौ सी.सी. से अधिक नहीं लेते...। मैंने आग्रह करके साढ़े चार सौ सी.सी. रक्त दिया था। जो विद्यार्थी दुर्घटनाग्रस्त हुआ था उसकी माताजी आभार मानने के लिए आयी थीं। इतनी छोटी-सी बात में भी लोग कितनी कृतज्ञता का अनुभव करते हैं!"

आज उसने इंचार्ज डॉक्टर से पाँच सौ चालीस सी.सी. लेने की प्रार्थना की है। डॉक्टर का कहना है—"इतना तो अधिक से अधिक लिया जा सकता है। उन्होंने इतना कभी नहीं लिया और दान में कोई अधिक देता भी नहीं। चार वर्ष पूर्व के रेकार्ड के अनुसार एक प्रोफ़ेसर ने अपने विद्यार्थी के लिए साढ़े चार सौ सी.सी. दिया था। रक्तदान में इससे आगे कोई बढ़ा नहीं। हाँ, बेचनेवाले तो अधिक दे जाते हैं और उनके पास से तो हम भी क्यों पाँच सौ सी.सी. से कम लें?"

अनिकेत को हुआ कि पाँच सौ चालीस से भी थोड़ा अधिक देकर वह विक्रम स्थापित कर सकेगा। किन्तु विक्रम स्थापित करने के लिए तो वह आया नहीं। एक मित्र के लिए आया है। फिर विक्रम स्थापित करना तो छिछले अहं के सन्तोष का साधन है। यह सब तो भूल जाना चाहिए। घटनाएँ भुला दी जाएँ...उनकी फलश्रुति के रूप में केवल आनन्द ही शेष रहे... लगता है कि उदयन बच जाएगा।

ख़ून दिया जा रहा था तब उदयन की दृष्टि बार-बार ब्लड ट्रान्सफ़्यूजन सेट की उलटी लटकी बोतल पर पहुँच जाती थी। यह रंग उसे कल बिस्तर में फैले रंग तक ले जाता था।

ख़ून देने की क्रिया बहुत धीमी होती है।

उदयन अकुला उठता था। अकुलाहट व्यक्त नहीं करता था। देर रात गये उसे एक क्रूर सनक आयी—"पैर लम्बे कर जोर से लात मारकर औंधी लटकी बोतल को फोड़कर भाग जाऊँ। अनिकेत को जैसे ही नींद का झोंका आये कि तुरन्त मैं निकल भागूँ। भागते-भागते घुस जाऊँ पारसियों के टॉवर ऑफ़ सायलेन्स में। ढूँढ़ने वाले ढूँढ़ते रहें। और वहाँ के पक्षियों को प्राप्त हुआ हो एक जीवित शव...।"

परन्तु उसमें ऐसा करने की शक्ति नहीं, शायद इतना साहस भी नहीं। और यह अनिकेत? इसकी नज़र बचाकर हिलना भी मुश्किल है। ज्यों-ज्यों इस आदमी को पास से देखने का अवसर मिलता है यह अधिकाधिक सुन्दर लगता है। और अमृता?...

उसके पलंग को हिलता देख अनिकेत ने पूछा :

"क्या? कोई तकलीफ़?"

"नहीं।"

"सिगरेट पीनी है?"

"तू लाया है?"

"हाँ, जला दूँ?"

"नहीं, चलेगा। इससे राहत मिलती है। लेकिन अब राहत की आवश्यकता नहीं। डॉक्टर या कोई भी आये और देखे तो हँसे—इस आदमी में इतना भी संयम नहीं?"

खून में ही इंजेक्शन मिला दिये जाते थे।

सुबह के चार बजे के क़रीब उदयन ने अनिकेत को सो जाने के लिए कहा था। "आरामकुरसी में पूरा-पूरा आराम मिलता है", कहकर वह उसी में बैठा रहा। उदयन बीच-बीच में आँखें बन्द किये रखता था ताकि अनिकेत को लगे कि वह सो रहा है। किन्तु सोने वाले की बेहोशी से अनिकेत परिचित है।

अनिकेत के ब्लड-बैंक से लौटने के बाद लगभग साढ़े नौ बजे उदयन को सर्दी महसूस हुई। सर्दी दुस्सह बनती गयी। बाहर का ख़ून अन्दर प्रवेश करने के बाद आसानी से नहीं घुलता। उसकी उष्णता कम थी।

उसकी सहनशक्ति समाप्त हो गयी। वह गठरी बनकर पड़ा रहा। उसका पूरा शरीर काँपने लगा। दो-तीन चादरें ओढ़ायी गयीं। अनिकेत सूईवाला हाथ पकड़े रहा। दो नर्सें भी मदद करने के लिए आ गयी थीं।

इंजेक्शन दिया गया।

उसे लगा मानो खून अन्दर से तपने लगा हो।

पाँचेक मिनट में राहत हो गयी। वह चित्त लेट गया। उसे श्वास चलने

लगी थी। वह अब सन्तुलित हुआ।

कुछेक देर ब्लड-ट्रान्सफ़्यूज़न सेट के सामने ताकता रहा। बोतल के लटकते मुँह के साथ जुड़ी टयूब पर उसने दृष्टि टिकायी। टयूब के बीच सफ़ेद पारदर्शी भाग था। उसमें ऊपर से उतरा ख़ून टपक रहा था।

उसके टपकने की आवाज नहीं होती थी। मात्र उसकी बूँदें दिखाई देती थीं। ''यह ख़ून किसका होगा? मेरे शरीर में इस समय जो प्रविष्ट कर रहा है वह किसका होगा? किसी एक आदमी का होगा या बहुत-से आदमियों का मिलाकर एक बना हुआ होगा? कैसे होंगे इन आदमियों के चेहरे? कैसे होंगे इन आदमियों के विचार? क्या इनमें कोई ऐसा नहीं हो सकता कि जिसे मैंने प्रत्यक्ष-परोक्ष रूप में कभी मूर्ख कहा हो? सम्भवत: कोई ऐसा भी हो, जिसका मैंने तिरस्कार किया हो। और आज उसकी भलाई से ज़िन्दा रहकर मैं उससे पराजित हो रहा हूँ। यह पराजय है या प्रतीति? मैं अकेला हूँ अब यह किस आधार पर कहा जा सकता है? एक आदमी को जीना ही हो तो कितनों का अवलम्बन स्वीकारना पड़ता है?

ये चेहरे! अपनी सजीव सम्पत्ति का दान करके समष्टि में जाकर घुल जाते ये चेहरे! इन चेहरों को कल्पना के सहारे मैं आकाश में अंकित नहीं कर सकता, उन्हें धरती पर देख सकता हूँ। किन्तु मैं उन्हें किस दृष्टि से देखता आया हूँ?

आँखें बन्द कर पड़ा रहता हूँ तो भी इस मानवलोक का गम्भीर कोलाहल मेरे चित्त तक पहुँचता है। अनेक चेहरों की सुर्खी एक होकर मेरी आँखों को अरुणाई से आँजना चाहती है। इन चेहरों की आँखें भिन्न-भिन्न लगती हैं, व्यावर्तक लगती हैं... यह जो टपकता दिखाई देता है इस खून में—इसके एक बिन्दु में कितने लोगों के रक्त के अणुओं का गति-संचार स्थिर रहा हुआ होगा! कितनी ही हृदय-धड़कनों का असर इन शान्त हो गये कणों में होगा!

मैं अकेला हूँ यह कहना अतिशयोक्तिपूर्ण लगता है। मेरा एकान्त भी ऐसा नहीं जहाँ अकेला रहा जा सके। वहाँ भी कितना कुछ बह आता है! इस सृष्टि में जो कुछ भी है, सब परस्पर जुड़ा हुआ है—ऐसा कहने वाला अनिकेत सच्चा निकला।

अनिकेत तू सच्चा निकला। मैं अकेला नहीं। यहाँ कोई अकेला नहीं। सभी परस्पर जुड़े हैं। जैसे-जैसे मैं विचार करता जाता हूँ वैसे-वैसे यह वस्तु नये अर्थ देती जाती है और ये सब अर्थ अस्तिवाचक हैं। और अनिकेत, ईश्वर हो तो यह पूरा प्रश्न निर्मल हो जाता है। मैं विचार करूँगा, नहीं केवल विचार नहीं, अपनी संवित्ति को झकझोरूँगा, मेरे समग्र के किसी अंश को भी प्रतीति हो कि ईश्वर है तो...।''

अकेलेपन का भार हल्का होने पर उदयन सो गया।

अनिकेत सेलाइन सेट की ओर देख रहा था। रबड़ की टयूब के बीच के पारदर्शी भाग में टपकता प्रवाही वेग पकड़ रहा था। उसने खड़े होकर टयूब का स्क्रू कसा, बूँदों का प्रवाह नियमित किया। इतने आसान काम के लिए उसने नर्स को बुलाने की आवश्यकता नहीं समझी।

शाम का समय है।

होटल में फ़ोन करके उसने अपने पुराने नौकर को बुला लिया है। बार-बार बाहर जाना पड़ता है। एक आदमी तो यहाँ रहना ही चाहिए।

अमृता आध-पौन घंटे में आएगी।

वह ब्लड-बैंक में था तब अमृता उदयन के कमरे में आयी थी। कल विजिट पर आये डॉक्टरों के नाम सुनकर वह इस केस की गम्भीरता समझ गयी थी। तीन बजे मालाबार हिल गयी और वहाँ से पाँच बजे लौटी। आज फिर सुबह गयी। कमरे का ताला नहीं लगा था। उसने पास-पड़ोस में पूछा। अस्पताल गये होंगे, ऐसा अनुमान है—उत्तर मिला। कमरा बन्द कर चाबी लेकर वह अस्पताल गयी। उसे देखकर उदयन ने आँखें बन्द कर ली थीं। डॉक्टरों से मिलकर कल की घटना और रोग के उपचार के बारे में जाना। अनिकेत के पीछे-पीछे वह भी रक्तदान के लिए पहुँची थी। उसने कहा था—जितना ले सकें उतना ले लें। डॉक्टर ने तीन सौ सी.सी. खून लिया था। अमृता स्वस्थ थी।

वहाँ से वह स्पेशल कमरे के विभाग की ओर जा रही थी। तब एक खम्भे को पकड़कर वह खड़ी रह गयी थी। शरीर में कोई अशक्ति न थी। परन्तु उसे अनुभव हो रहा था जैसे उसकी मनोभूमि पर उदयन की चिता बनायी जा रही है। वह बन गयी और अचानक भभक भी उठी। आँखों के आगे कहीं अँधेरा न छा जाए, इसलिए वह रास्ते से एक ओर खिसककर खम्भे के सहारे खड़ी रह गयी थी।

वहाँ से चलते ही बीता हुआ काल उसके नज़दीक आने लगा था। एक वाक्य उसे बार-बार सुनाई देने लगा :

"अमृता, उदयन की भ्रमण-गति का 'न्यूक्लियस' कौन-सा है, जानती हो? सोचना।"

डॉक्टर ने आराम करने को कहा था। उसे लगा कि आराम जरूरी है। वह लौट गयी पर सो न सकी। चक्कर काटती रही। छत पर गयी और समुद्र को सुनने लगी।

वहाँ गुलाब का पौधा नहीं था। गमला भी नहीं था। पता भी नहीं लगाना चाहा।

अनिकेत से फ़ोन पर बात की। वहाँ रुक सके ऐसी तैयारी के साथ वह आएगी।

अनिकेत इंजेक्शन लेने गया है। अभी एक बोतल खून और देना होगा। ब्लड-ट्रान्सफ़्यूज़न सेट चढ़ाया गया है।

अमृता ने कमरे में पैर रखा। दो नर्स और अनिकेत का नौकर उदयन के चारों ओर खड़े थे। उदयन का शरीर काँप रहा था। उसके मुँह से सीत्कार निकल जाती थी। कभी-कभी उसके दाँत बज उठते थे।

अमृता देख नहीं सकी। आँखों के सामने अँधेरा छा गया। वह पीछे हटी। दीवार का सहारा ले बैठ गयी। ग्रीवा ऊपर करने का प्रयास भी किया। अभी घुटन कम नहीं हुई थी। दीवार के सहारे फिर खड़ी हुई। बाहर आयी। पूरा गलियारा खाली था, हवा नहीं लगी। वह पश्चिमी सिरे की ओर गयी। शायद बेचैनी कम हुई। सूर्य डूबने को था। सन्ध्या के गेरुए रंगों के नीचे बम्बई नगर के मकानों का रंग पुराने वृक्षों की खुरदरी छाल से मिलान पा रहा था।

उदयन को आराम हो गया था। अनिकेत के आने के थोड़ी देर बाद वह बातें करने लगा। यह अन्तिम सेट है यह जानकर उसने राहत की साँस ली। उसने अनिकेत से 'आज तो तुझे भोजन करना ही चाहिए' ऐसा आग्रहपूर्वक कहा। अनिकेत बाहर आया।

सामने से आती अमृता ने प्रणाम किया।

''कैसा है वह? कँपकँपी बन्द हो गयी?''

''हाँ। चलो। लौटकर अभी आते हैं। उसने मुझे आज्ञा दी है कि मुझे भोजन लेना ही होगा। तुम साथ दे सकोगी? एक बार उसके पास हो आओ। मैं यहाँ खड़ा हूँ।''

अमृता पाँचेक मिनट में वापस आयी।

कुछ बोली नहीं।

लिफ़्ट उतर रही थी। उतरने वालों की आँखें झुकी हुई थीं। कार, अस्पताल का दरवाज़ा, सड़क, सन्नाटे की गति।

''मुझे अफ़सोस है अनिकेत, तुमने मुझे बहुत कहा था, किन्तु मेरी मर्यादाएँ मेरे सामने आ गयीं।''

अनिकेत कार के दरवाजे के काँच में देख रहा था। सामने देखने लगा।

''डेढ़-दो महीने पहले मैंने उदयन को प्रिन्सेस स्ट्रीट में देखा था। किन्तु मैं उससे मिली नहीं।''

''अब भी बहुत विलम्ब नहीं हो गया है। हालाँकि क्या निर्णय किया जाए

यह तुम पर निर्भर है।''

''तुम किसी क्रूर शब्द का उच्चारण करोगे तो भी मैं सुन लूँगी।''

''मैं तुम्हारे लिए क्रूर शब्द का उपयोग नहीं कर सकता। यह मेरा अधिकार नहीं, और ऐसा करने से लाभ भी नहीं। मैं तो यह सोच रहा हूँ कि देखते-देखते ही क्या हो गया?''

''तुम्हें आशा नहीं कि...''

''हाँ?''

अमृता का प्रश्न सुनकर वह चौंका। उसे लगा कि वह अभी तक तन्द्रावस्था में ही बोला था। अब यह अमृता की ओर मुख़ातिब होकर बोला ताकि अमृता को विश्वास हो।

''ज़रूर आशा है। आशा क्या विश्वास है। मैं तो जो कुछ हो गया उसकी बात करता था।''

''हाँ, जो बीत जाता है उसी के सम्बन्ध में बात की जा सकती है। उसके बारे में बात करने में ख़तरा नहीं।''

''अनिकेत, मुझसे ऐसा प्रश्न करते हो? तुम अपने को ही पूछकर इसका उत्तर प्राप्त कर लो।''

होटल में दोनों आधे घंटे बैठे। भोजन की इच्छा न थी। हल्का नाश्ता और चाय मँगायी।

''वह अपने मन की सृष्टि के वश में है। दवाएँ उसके शरीर को सँभाल लेंगी, किन्तु उसका मन मेरे या उसके हाथ में नहीं। जिसके हाथ में है वह उसकी सृष्टि में आज अनुपस्थित है और इस कारण वह विक्षुब्ध है।''

अमृता ने कुरसी का सहारा लिया।

''उसकी इस मान्यता ने कि जिसके साथ उसे जीना हो वह अग्निपरीक्षा में से निकला होना चाहिए, उसे विषम स्थिति में रख दिया है। अभीष्ट से कहीं विपरीत ही परिणाम निकला।''

अमृता ने पानी का गिलास अनिकेत की ओर खिसकाया। दूसरा गिलास हाथ में लिया। होठों के नज़दीक लाकर पिये बिना ही पकड़े रही।

''वह भावना अथवा वासना को मनुष्य के तत्त्वरूप से अलग मानता है। तात्त्विक होने के लिए तटस्थ होना पड़ता है। और उसे लगा कि तुम्हारा आलम्बन है मुग्धता। मुग्धता और समझ को वह परस्पर विरोधी मानता है।''

''हाँ।''

पानी पिये बिना ही अमृता ने गिलास टेबुल पर रख दिया। आवाज हुई।

''तुम उसकी ओर आकर्षित रही तब और उसके बाद, उसके मतानुसार,

मेरे बारे में अतिरिक्त भावुक बनती रही। तब भी उसने मान लिया कि तुम तृष्णा से संचालित हो। तुम्हारी संकल्पशक्ति स्वतन्त्र नहीं। मुग्धता है, तब तक स्वतन्त्रता नहीं। और वह तुम्हें स्वतन्त्र देखने को और तुम्हारे स्वतन्त्र बने रूप को प्राप्त करना चाहता था। तुम्हारी ओर उसके व्यवहार की भूमिका यह है।''

''भूमिका समझने से कुछ बना नहीं, अनिकेत! उसने जाग्रत करके मुझे वैफल्य का अनुभव कराया। उसने मुझे मेरी तुच्छता का भी बोध कराया।''

''तुम्हें उसका व्यवहार कुछ अरुचिकर लगा होगा। यह व्यवहार चाहे कितना ही रूखा हो किन्तु ऐसा मानने की भूल न करना कि यह उसमें शेष प्राणि-स्वभाव की प्रतिक्रिया है। यह तो उसके अस्तित्व की समग्रता की अभिव्यक्ति होगी।''

''पुरुष के पशु स्वभाव से किसी नारी को घिन नहीं हो सकती। तुममें यह नहीं? रहने दो मुझे तुम्हारे उत्तर की राह नहीं देखनी। उदयन के विरुद्ध मुझे कुछ कहना था...।''

''किसी भी मनुष्य के बारे में बहुत कुछ कहा जा सकता है। किन्तु अमृता के मुख से उदयन के बारे में ऐसा कुछ भी सुनने की मेरी तत्परता नहीं रही। अब तो वह है उसी रूप में उसे स्वीकार चुका हूँ। उसे ऐसा करना चाहिए, वैसे करना चाहिए, ऐसे आग्रह रखकर आज तक मैंने उसके साथ व्यवहार किया है। मुझे लगता है कि यह मेरी भूल थी। शायद तुम्हारी भी। 'बिइंग' और 'बिकमिंग'—'होना' और 'बनना' इन दो में अब मुझे लगता है कि 'होना' पर्याप्त है, स्वयं सम्पूर्ण है। कुछ बन बैठना है ही नहीं। जो है, उसे जानना है। पिछले चारेक मास से प्रतिदिन मेरे सामने एक शब्द का विभाव स्पष्ट होता गया है : निरपेक्षता। आज यों कहने में कोई दुस्साहस नहीं कि दूसरे से अपेक्षा रखना अपने ही किसी अभाव का सूचक है। दूसरों को सुधारने का हठ हमारी अपूर्णता की गवाही देता है।''

''मैं सुनूँगी, तुम बोलो। मेरे लिए यहाँ कुछ भी कहने के लिए रह नहीं जाता। मैं अपने प्रति पुनर्विचारणा करने लगी हूँ। तुम बोलोगे तो मुझे सोचना नहीं पड़ेगा, बोलो।''

''तो अब बोलने को कुछ रहता ही नहीं।''

वे दोनों लौटे तब उदयन सो गया था। दोनों को एक-सा आनन्द हुआ। अनिकेत बाहर आया। दो आमने-सामने के गलियारों के बीच और स्टोररूम तथा नर्सरूम के पास रोगियों की ख़बर पूछने आने वालों के लिए बैठने की व्यवस्था है। एक-दो महीनों से लेकर एक-दो वर्ष पुरानी पत्रिकाएँ पड़ी हैं। अनिकेत कई बार वहाँ बैठता है। अमृता आकर सामने बैठ गयी।

"सचमुच ही सोता है या क़दमों की आहट सुनकर सो गया है?"

"मैंने उसके ललाट पर हाथ रखा था। उसे आराम हो, ऐसा लगता है।"

अमृता ने देखा : अनिकेत के दाहिने हाथ में जहाँ से ख़ून लिया गया था, पट्टी उखड़ गयी है। उसने वहाँ से गुजरती नर्स को बुलाया। नर्स को वह भाग उभरा हुआ लगा। वह नयी पट्टी बना लायी, लगाकर चली गयी। अमृता को इससे मानो सन्तोष न हुआ हो ऐसे वह खड़ी हुई। उसने पट्टी अच्छी तरह दबायी। छूकर जानने का प्रयास किया कि सूजन है या नहीं। आंशिक सन्तोष के साथ वह अपनी जगह पर जा बैठी। मौन।

तिपाई पर पड़ी पत्रिकाओं में से एक अनिकेत ने उठायी। अब तिपाई पर सबसे ऊपर रखी पत्रिका पर अमृता की दृष्टि स्थिर हुई। कवर सुन्दर था। वह आवरण पृष्ठ था। एक शिशु की अद्‌भुत छवि थी। अमृता ने पत्रिका हाथ में ली। छवि उसके नज़दीक आयी। उसे लगा जैसे हू-ब-हू बालक है, चित्र नहीं। चित्र थ्री डाइमेन्शन का नहीं था, फिर भी उसकी दृष्टि ने बालक को सभी ओर से देखा। उसकी दृष्टि उछंग बन गयी। एकाएक ऐसे लगा कि अनिकेत कुछ बोलना चाहता है, पत्रिका को गोद में रखकर उसने सामने देखा।

"प्रेम की तृप्ति की तुलना में आदमी की ज़िन्दगी बचाने के लिए किया हुआ त्याग कहीं अधिक बड़ी उपलब्धि है। तुम्हें क्या लगता है?"

"प्राप्ति या तृप्ति के लिए तो नहीं, किन्तु सम्बन्धों की संगति बनाये रखने के लिए वह जापान गया, उसके पूर्व मैं तैयार हो गयी थी। प्रेम का स्थान मैंने वरण को देने का निश्चय किया था। आज तो लगभग छह महीने होने को आये। उसे अति त्रस्त देखकर मैंने उसे कहा था, समुद्र की साक्षी में कहा था कि मैं अब अनिश्चय में से मुक्त हो जाना चाहती हूँ। मैंने अपनी अनुकूल भाषा में उसे अपनी बात बतायी। अपने वरण की भूमिका स्पष्ट की। किन्तु परिणाम विपरीत आया। उसे मेरे शब्द शर्तहीन नहीं लगे। वह मेरी अवहेलना कर चला गया। आज लगता है कि उस दिन उससे क्षमा माँगने के लिए उसके पीछे-पीछे दौड़ गयी होती तो कितना अच्छा होता। थोड़ी देर शून्यमनस्क खड़ी रही और अन्त में चली आयी। किन्तु दूसरे ही दिन उसके यहाँ गयी, पर वह घर पर नहीं मिला। इसके बाद कभी अपनी अस्मिता को, कभी उसकी उपेक्षा को दोष देती रही हूँ। बीच में तो एक स्थिति ऐसी आयी थी कि जब मैं तुम्हारे अथवा उदयन के स्मरण से कुछ भी अनुभव नहीं करती थी। शायद वह निर्वेद की नहीं, निराशा की स्थिति थी।"

तो अमृता उदयन को स्वीकारने के लिए तैयार हो गयी थी? खुद भी ऐसा ही चाहता रहा है... तो फिर अमृता का निर्णय जानकर आज आश्चर्य क्यों हुआ?—अनिकेत नवोदित भावनाओं का विश्लेषण करने में लग गया।

''कल तुम्हारे कहे अनुसार तीन बजे मैं गयी। दो घंटे बैठी रही। वह बोला ही नहीं। कुछ पूछूँ तो इस तरह देखता रहे कि मानो बहरा हो। मैं उसके पास जाकर बैठी। जड़वत् पड़ा रहा। मैं उसके पास हूँ या दूर हूँ, उसके सामने देख रही हूँ या दूर देख रही हूँ, खड़ी हूँ या रूम में चक्कर काट रही हूँ, इस सबसे मानो उसे कोई सरोकार ही नहीं था। मेरी उपस्थिति की ओर उसने लक्ष्य ही नहीं किया। जैसे कि मैं नहीं हूँ, यही उसके लिए वास्तविकता हो, ऐसे वह पड़ा रहा।''

एक लम्बी साँस लेकर, अपनी रिस्टवाच की चेन उसने खींचकर छोड़ दी। एक चूड़ी चेन पर से आगे लाती हुई बोली :

''पाँच बजने को आये। मैं टेबुल की दराज़ में से उसके लेखों की फ़ाइल बाहर निकालकर पन्ने उलटने लगी। मुझे आशा थी कि वह कुछ कहेगा। उसने कुछ न कहा। मैंने उसके सामने देखा। वह मेरी ओर ही देख रहा था। उसकी दृष्टि में मुझे एकदम खालीपन लगा। उसमें शताब्दियों का सन्नाटा स्थिर हुआ लगता था। मैं भी उसके सामने ही देखती रही। उसने आँखें बन्द नहीं कीं। मैं सह न सकी। मेरी आँखों की कोरें भीग गयीं। उसने करवट बदली। दीवार की ओर देखकर आवाज़ में उपेक्षा का व्यंग्य उभारते हुए बोला :

''मेरी तबीयत के बारे में जान लिया हो तो अब तू जा। इसके लिए दो घंटों का समय कम नहीं होता है। मेरे आभार व्यक्त करने की प्रतीक्षा कर रही हो तो ले, आभार भी मान लेता हूँ। अनिकेत की राह देखती हो तो वह भी आता ही होगा। रास्ते में मिल जाएगा। यहाँ मेरी उपस्थिति में शायद तू उसके साथ उन्मुक्त होकर बात न कर पाये। अनिकेत अच्छा आदमी है। वह मेरा मित्र है, इसलिए मैं उसकी प्रशंसा नहीं करता। सचमुच तेरी पसन्द अभिनन्दनीय है। मैं तो अब खोया हुआ आदमी हूँ।''

मैंने कहा कि खोये हुए को ही ढूँढ़ने के लिए निकलना पड़ता है। मैंने वरण कर लिया है और मुझे ऐसा नहीं लगता कि मेरा वरण ग़लत हो। तूने नाम बोलने में ग़लती की है।

हँसने का प्रयत्न करते हुए वह बोला :

''देख, कहीं ऐसी उच्छृंखलता न कर बैठना। सौभाग्यतिलक करने से पहले ही विधवा बन बैठेगी। तुझे मालूम नहीं कि आज मैं कितना खुश हूँ। पूर्णाहुति पर आने वाला भी पूरा प्रसंग जान जाता है। जो तू नहीं जानती वह कथा तुझे अनिकेत कहेगा। मैं तो इतना ही कहूँगा कि मैं आज किसलिए खुश हूँ—अनिकेत का कन्धा मिलेगा इसलिए श्मशान में भी मैं शान से जाऊँगा। मृत्यु के समय अपने को समझने वाला और चाहने वाला एक आदमी जब अपने पूरे अस्तित्व के साथ अपने पास आकर खड़ा हो तो विशेष क्या चाहिए? तूने देखा न? तेरे बिना मैं

आज तक जी सका और अब तेरे बिना मर भी सकूँगा। मैं तेरे ईश्वर से प्रार्थना करता हूँ कि तेरे अहंकार की रक्षा करे और तू जीती है उसी तरह जीने में तेरी सहायता करे। मैं अपने ईश्वर को पहचानने के लिए अपने में मन्थन कर रहा हूँ किन्तु उसका चेहरा अभी मेरे समक्ष पूर्णरूपेण प्रकट नहीं हुआ। हाँ, तब तक मैं उसे प्रार्थना नहीं करूँगा।''

उसके पास जाकर मैंने उसके हाथ पकड़ लिये। मेरे आँसुओं से जैसे वह झुलस गया हो, हाथ खींचता हुआ बोला :

''मुझे दो रोग हुए हैं। एक लापरवाही से और दूसरा साहस से। पूरी जाँच करके बैठा हूँ। अनिकेत नाहक़ झंझट में पड़ा है।''

वह हँसने का प्रयास कर रहा था। होठों के खिंचने से उसकी बीमारी की गम्भीरता प्रकट होती थी। पाँचेक मिनट तक चुप रहने के बाद वह फिर से हँसा। लगा कि वह रो पड़ेगा! किन्तु मैंने उसे रोते नहीं देखा। कहने लगा :

''डॉक्टर भी कितने भोले होते हैं! मेरी उपस्थिति में उन्होंने कोई चर्चा नहीं की। मैं हिरोशिमा में जो देख-दाख आया हूँ इसका उन्हें पता नहीं। इस रोग में तो मैं उन्हें मार्गदर्शन दे सकता हूँ। वे लोग तो आत्मविश्वास का भार लेकर गये। किन्तु मुझे तुझसे कहना चाहिए। हिरोशिमा में मैं इसलिए नहीं रुका था कि मैं भी रेडियो-सक्रियता का शिकार होऊँ। मैं अपनी जिज्ञासा को सन्तुष्ट करने के लिए ही रुका था। एक कहानी की सामग्री एकत्र करने का लोभ मन में काम कर रहा था। और विशेषकर वहाँ के उदाहरण के आधार पर आधुनिक विश्व की सिद्धियों पर व्यंग्य करके स्वयं पर आज तक हुए अन्याय का प्रतिकार करना चाहता था। फिर तो जो हुआ वह हुआ। मैं इसे पहले रोक सकता था। किन्तु तू जानती है कि मैं आलसी आदमी हूँ। फिर तो जो देखा था उसमें मन पिरोकर पड़ा रहने लगा। न हुआ पछतावा और न ही अफ़सोस। अब तू जा। वह आ पहुँचेगा तो फिर तुझे यहाँ रोक रखेगा। तू 'छाया' में रहने चली गयी? हद है, निरी अबला ही रही। अब तू जा। मुझे एकान्त चाहिए। तू होगी तब मैं बोले बिना नहीं रह सकता, जा।''

''मेरे दरवाज़े पर पहुँचने तक वह बोलता ही रहा—जा-जा, जा। अन्त में भर्रायी आवाज़ में खड़खड़ हँसकर बोला—जा, जा रे जा... मैंने पीछे मुड़कर देखा तो उसके होठों का स्मित फीका हो गया था। आँखें फटी-फटी और बिलकुल सूनी लगती थीं। उसके कपाल की रेखाओं में उसकी सम्पूर्ण शारीरिक अशक्ति अंकित हो उठी थी। मेरे हटने से उसके नज़दीक फ़ैले अवकाश में वह असहाय दिखाई दिया। मुझे लगा कि उसके निकट दौड़ जाऊँ और उठाकर गोद में ले लूँ। उसे पल्लू में ढाँक लूँ। मृत्यु की छाया भी उसे दिखाई न दे इस तरह मेरे

गोपित मातृत्व की ममता में उसे छुपा लूँ। किन्तु मेरा एक पैर दरवाजे के बाहर पहुँच चुका था। फिर आऊँगी ऐसा निश्चय कर घर चली गयी...।''

''मैं ज़रा देख आऊँ कि वह सोता है या जाग गया है? अमृता!''

''मैं जितना सोचता था उससे कहीं अधिक दृढ़ और ऊर्जस्वी निकली यह। मैं इसका पथ-प्रदर्शक बनने गया था! जो स्वयं रहस्य-निकेतन है उसे मैं उसकी उपलब्धि और अनुपलब्धि का रहस्य समझाने लगा था। रवीन्द्र बाबू ने उपलब्धि और अनुपलब्धि के विषय में आकाश और पक्षी के रूपक द्वारा उचित ही कहा है कि आकाश को पार नहीं किया जा सकता है।''

नारी-हृदय के मर्मकोष को जाने बिना ही बहुत कुछ कहा गया है।

''वह आये तब उसे कह दूँ अमृता, तू स्वतः प्रकाशित है। मैं तुझे सलाह देकर तो अपने ही सम्भ्रम के आच्छादन को दूर कर रहा था। आज मैं अपना समग्र विश्वास तुझसे निवेदित करता हूँ।''

अमृता आयी।

परिचय के प्रारम्भ में उसके चेहरे पर दिखाई देती थी वैसी तटस्थ गरिमा देखकर अनिकेत को थोड़ा सन्तोष हुआ। हाँ, तब दोनों के बीच औपचारिकता और एक-दूसरे के सामने देखने में अतिरिक्त सजगता रहती थी। उसका स्थान विश्वासजनित सजगता ने लिया हो, ऐसा लगा।

अनिकेत को जो दुष्कर लगता था वह अमृता के कारण सहज हो गया। वह सामने जा बैठी, उसके बाद रहस्य-निकेतन का दर्शन हुआ। जो सौन्दर्य काम्य लगा था, वह निगूढ़ ऐश्वर्य का कारण बना।

अविरत अन्तःसंघर्ष से भी निरपेक्षता दूर-सुदूर रह जाती थी। आज अमृता के प्रांजल दृष्टिक्षेप में उसे सन्तर्पक निरपेक्षता का दर्शन हुआ। विनीत आँखों से वह सोचता रहा—''अब मुझे सृष्टि का माया और सत्य के रूप में विभाजन नहीं करना पड़ेगा। अब सुन्दर को माया रूप में नहीं, सत्य रूप में देखा जा सकेगा। अमृता के प्रति जागी स्पृहा में से मुक्त होने के लिए ही निरपेक्ष होने का उद्यम किया था। अब तो समग्र को सौन्दर्य के पर्याय रूप में ही पहचाना जा सकेगा। किसी की उपेक्षा नहीं करनी पड़ेगी। अब विभाजन किये बिना सम्रग को एक मानकर अखंड प्राप्ति का आनन्द अनुभव करूँगा।''

आँखें मूँदकर पीठ टेके वह बैठा रहा।

अमृता को लगा कि वह आराम कर रहा है। वह फ़ोन करने चली गयी। आते समय घर पर कह आयी थी, फिर भी कह देना चाहती थी कि वह रुकेगी। उदयन ठीक है।

वह वापस आयी। अभी भी अनिकेत की आँखें बन्द थीं। एक ओर बुझे

चेहरे पर थकान और सन्तोष की सम्मिश्र झाँकी अंकित हो गयी थी।

वह उदयन के पास गयी। सेलाइन सेट के पास खड़ी रही। फिर उदयन के ललाट पर हाथ रखा। और फिर उसके तकिये के पास बैठ गयी।

डॉक्टर अन्तिम राउंड पर आये। उनके साथ की गयी बातचीत में अमृता की आशा अधिक दृढ़ बनी। डॉक्टर के पीछे-पीछे मेट्रन आयी। उसके जाने के बाद नर्सें उसकी मज़ाक उड़ाने लगीं। उनकी मासूम शैतानी देखकर अमृता को सुख हुआ।

आँखें खुलीं तब अनिकेत के होठों पर ये शब्द थिरक उठे।

''हाँ, वह बहुत दिनों के बाद सो रहा है।''

मध्यरात्रि की शान्ति है। कभी कोई नर्स को बुलाता है। कभी नर्स स्वयं ही चक्कर लगा जाती है। आते-जाते अनिकेत दिखाई पड़ता है।

''यह तुम्हारे मकान की—घर की चाबी।''

''इतने दिनों तक देख-भाल की उसके लिए आभार।''

''ऐसा कहने से तो मुझे दूना आभार मानना पड़ेगा।''

''यह सब तो ठीक है। जहाँ गयी हो वहाँ रुच गया होगा?''

''रुच जाएगा। 'छाया' मेरा घर था और आज भी है। किन्तु 'था' और 'है' के बीच का अवकाश अभी पटा नहीं है। एक ही स्थान का फिर से आश्रय लेने जाने पर, जो अपना ही था, नया लगने लगा। पुराने साहचर्य से अपने को जोड़ने में देर लगी। टूटे हुए को जोड़ना पड़ता है। वह एकरूप नहीं हो सकता। बार-बार लगता है कि अकेली हूँ, हारकर लौट आयी हूँ। कभी-कभी ऐसा लगता है कि अपनी भूल अधूरी छोड़कर आयी हूँ। तब शान्ति मिलती है। ज्वार-भाटे के बीच समुद्र की स्थिति देख लेना अच्छा लगता है। गगन का नीला आकाश आँखों को आमन्त्रित करता रहता है। उसके प्रतिबिम्ब को अन्तर्तम में उतार लेती हूँ। अभी तक सागर की गहराइयों के अन्धकार में किसी सीप के हास की कल्पना नहीं की जा सकती थी। अब अपेक्षाओं का बल घट गया है और आशा है कि कल्पनाओं के बल पर अपनी रिक्तता गगन के नीले विस्तार को सौंप दूँगी। बोलो, मेरी तैयारी कैसी है? पार उतर जाऊँगी या नहीं?''

''निःसन्देह, निःसन्देह।''

''सचमुच?''

उत्तर में अमृता को अनिकेत का स्मित प्राप्त हुआ। सँजोयी हुई अविचलता काँप उठी। दृष्टि को निस्पन्द करने में समय लगा।

''तुम घर आकर आराम करो। मेरा अनुरोध है।''

''क्यों, यहाँ रुकने का मेरा अधिकार स्वीकार नहीं?''

''अब तो अपने अधिकार भी मैंने तुझको सौंप दिये हैं। बात केवल इतनी

ही है कि उदयन इस समय सो रहा है। वह जागे और तुझको देखकर कुछ बोलने लगे तो तुम्हें दुःख होगा।''

''नहीं होगा।''

''मुझे अभी-अभी विचार आया है। जब वह तुम्हारी प्रतीक्षा करता हो तब वापस न लौटने के लिए तुम आओ। तब तक मिलती रहो। मैं असहज होने पर भी थोड़ा अभिनय करता रहूँगा और अनुकूल परिस्थिति पैदा करूँगा। यदि वह एक बार प्रतीक्षा करना सीखे...।''

''किन्तु उसकी दृढ़ता तो तुम जानते ही हो। मुझे भय लगता है कि मुझे आती-जाती देखकर उसकी दृढ़ता दृढ़तर होती जाएगी। और देर हो जाने के बाद मैं आऊँ तो उसका क्या अर्थ?''

तो क्या किया जाना चाहिए? तुम ही कहो।''

''जो होना है उसे होने दो। अभिनय की बात छोड़ो। यह सब पकड़ लेने में तो वह निष्णात है। मैं सोचती हूँ कि उदयन के साथ आज तक जो अपना व्यवहार रहा है उसी भूमिका में प्रकट होने दो। सचाई से ही वह प्रभावित होगा। भला, वह मेरी प्रतीक्षा करे—मैं जानती होऊँ और वह मेरी प्रतीक्षा करे ऐसा आयोजन मेरा गौरव तो अवश्य बढ़ाएगा। परन्तु मेरे पक्ष में तो वह दम्भ ही होगा। वह प्रतीक्षा करना सीखे—यह उसके लिए इष्ट हो तो भी। अब तो मुझमें धीरज नहीं। मैं पर्युत्सुक हूँ। मैंने संकल्प कर लिया है। अपने समग्र को दाँव पर लगाने के लिए मैं तत्पर हूँ।''

अनिकेत खड़ा हुआ—

''मैं उपकृत हुआ, अमृता। तुम कृतार्थ होगी। दृढ़ विश्वास के साथ कहा गया तुम्हारा अन्तिम वाक्य सुनकर मुझे लगता है कि मेरा कर्तव्य पूरा हुआ। मैं अब निर्विकल्प सजगता के क्षेत्र में प्रवेश करता हूँ। मेरी शुभकामनाएँ स्वीकारो। जो तुम्हें शून्य रूप में दिखाई दिया हो वह अब अनन्त बनकर तुम्हें प्राप्त हो। अपना शून्य अनन्त बने। अनन्त का अनुभव मुक्तिदायक है और यही है सच्ची स्वतन्त्रता।''

कई दिनों तक वह टेढ़ा ही देखता रहा। किन्तु उसे खयाल भी न रहा और एक दिन उपेक्षा का दुर्ग ढह गया। वह दिन अनिकेत के बाहर जाने का दिन था। शायद वह दुर्ग न था, परदा था।

उसे अहसास हुआ कि अमृता की उपेक्षा आसानी से नहीं की जा सकती। इसके लिए प्रयत्न करना पड़ता है। अर्थात् यह उपेक्षा स्वयंभू नहीं। अमृता के साथ व्यवहार में सजग रहना उसने छोड़ दिया।

अब अमृता नज़दीक हो तो उसे लगता था कि अमृता नज़दीक है। अमृता आनेवाली हो तो उसे याद रहता था कि अमृता आनेवाली है। अमृता अपने बारे में उदयन के साथ बातें करती रहती है। उदयन सुनता रहता है।

डॉक्टर ने छुट्टी दी, उसके तीन दिन बाद अनिकेत जोधपुर के लिए रवाना हो गया। अमृता उसे विदा देने के लिए स्टेशन तक न जा सकी। उदयन जाने को तैयार होने लगा था। अमृता ने उसके मोज़े उतारकर फेंक दिये थे और उसे बूट पहनने से रोका था। डॉक्टर द्वारा दी गयी हिदायतों पर पूरा अमल होना चाहिए। डॉक्टर ने सहजता से पर्याप्त समय तक अमृता के साथ चर्चा की थी। उन्होंने आश्चर्य के साथ कहा था कि ख़ून बह जाने का लाभदायक परिणाम आया। नया ख़ून भरने में अशुद्धियों का घनत्व कम हुआ है और उपचार-इलाज को आसान बनाने में सफलता मिली।

अमृता ने इस बारे में उदयन को बताया। उसने सिगरेट का धुआँ अमृता की ओर छोड़ते हुए कहा : "इसमें तुझे आश्चर्य होता है? यही कुछ हो सकता है, दूसरा क्या हो सकता है? इतना भी नहीं समझती? जिस तरह एक मृत्यु के बाद नया जन्म होता है, वैसे ही पुराना ख़ून दूर होने पर नये शुद्ध ख़ून ने प्रवेश किया। इतना तो डॉक्टर के कहे बिना ही समझ लेना चाहिए था।"

"किन्तु इस प्रयोग का पुनरावर्तन न करना।"

"पुनरावर्तन क्यों करूँगा? अब तो इस प्रयोग से आगे निकल जाऊँगा।"

"तुझमें ऐसी विघटनात्मक शक्ति कहाँ से आ गयी है?"

"यह पूरा युग ही विघटन का है अमृता! 1945 के परमाणु विस्फोट बाद के जगत में विघटन की शक्ति का ही वर्चस्व है।"

"जहाँ तक मैं जानती हूँ उसके अनुसार तो परमाणु शक्ति विघटन और संयोजन, दोनों ही कर सकती है। 'फिशन' और 'फ़्यूज़न' दोनों, ठीक हैं न?"

"संयोजन अथवा सायुज्य बाद का क्रम है। उसके पहले विघटन में ही सब कुछ समाप्त हो जाए तो आश्चर्य नहीं।"

"अनिकेत के कहे अनुसार तो तुझमें परिवर्तन आया है। जबकि मैं देखती हूँ कि...।"

"मुझसें परिवर्तन आया है यह जानने के बाद तू मुझ पर मेहरबानी करने आयी है?"

अमृता ने उदयन का कान पकड़कर थोड़ा ऐंठा। और लगा जैसे उसे ख़ुद ही वेदना हुई। उसने देखा कि कान की लौ में एक छेद है जो लगभग रुँध चुका है।

"यह क्या उदयन?"

"वहाँ भिलोड़ा की ओर छोटे बच्चों के कान बींधे जाते हैं। भील कान में

मुरकियाँ और बालियाँ पहनते हैं। मैं भी कान में ऐसा कुछ पहनना चाहता था। किन्तु छेदे बग़ैर कैसे पहनूँ? मैंने ज़िद्द की। पिताजी ने तो डरा-धमका लिया, किन्तु माँ मान गयी। कान बिंध गये। तीन-चार वर्ष तक मैंने उनमें सोने के लौंग पहने। एक दिन भिलोड़ा से ईशान की ओर दो-एक मील दूर मित्रों की टुकड़ी के साथ मैं नहाने गया। वहाँ खेलते-खेलते मार-पीट हो गयी। उसमें एक लौंग टूट गयी। सभी एक साथ हँस पड़े। मैं व्यग्र हो उठा। दूसरे कान में बची हुई लौंग को भी निकालकर फेंक दिया। सभी अवाक्! और मैं सीना ताने घर चला आया।''

काफ़ी देर तक अमृता कुछ बोली नहीं। उदयन ने देखा कि वह पूरी तरह उपस्थित नहीं है, डूबी हुई लगती है।

''अमृता!''

''हूँ!'' वह चौंक उठी। लगा मानो बोलने में अचकचा रही हो।

''क्यों कुछ बोली नहीं?''

''क्या बोलूँ?''

''तू कहने-जैसा कुछ सोच रही है ऐसा लगता है।''

''अनिकेत ने कहा था कि उदयन अगले सप्ताह काम पर जाना चाहता है। तभी तक की छुट्टियाँ ली हैं न तूने?''

''हाँ, क्यों?''

''तू अभी लम्बी छुट्टी ले ले अथवा नौकरी छोड़ दे तो क्या हरज है?''

''छुट्टी लेकर क्या करूँ? पड़ा रहूँ? मुझे लगता रहे कि मैं बीमार हूँ? अमृता, आज मैं अनुभव कर रहा हूँ कि मैं स्वस्थ हो गया हूँ। थोड़े दिनों तक कुछ लिखना चाहता हूँ। फिर प्रवास पर जाऊँगा। तू नौकरी छोड़ देने को कहती है? यह नौकरी छोड़ दूँ तो अब मुझे कौन रखे? मुझ जैसे कुख्यात आदमी की सेवाओं की किसे आवश्यकता हो सकती है?''

''मैं नौकरी करती ही हूँ। तेरा खर्च भी निकल जाएगा।''

''तू मुझे क्या समझती है?''

''सुरक्षित रखने योग्य।''

''उदयन सुरक्षित रहना नहीं जानता। और किसी की मेहरबानी तो उसे नहीं ही खपेगी। वह किसी का आश्रित तो कदापि नहीं बन सकता। यह तो दया हुई। और आर्थिक दया? ऐसी निकृष्टतम वस्तु मैं स्वीकारूँ?''

''तेरा स्वास्थ्य पूर्ववत् हो जाए उसके बाद मैं नौकरी छोड़ दूँगी। तब तेरे पास जमा हुई मेरी मेहरबानी को चक्रवृद्धि ब्याज सहित चुका देना।''

''ऐसे क़ौल-क़रार मुझे अनुकूल नहीं आते।''

शान्ति। शान्ति अथवा उदास नीरवता।

"तुझे अब जाना चाहिए। देर हो जाएगी।"

"नौकर आ जाए तब जाऊँ।"

"तू उसे नौकर मत कह, अनिकेत से नहीं पूछा कि उसका नाम क्या है?"

"वह आ जाएगा तब उसी से पूछ लूँगी।"

"अनिकेत कभी-कभी उसे मैनेजर कहता था।"

"अच्छा!"

अमृता हँस पड़ी।

"लम्बे अर्से से मैंने कोई पिक्चर नहीं देखी। तू कम्पनी नहीं देगा उदयन?"

"सीधी तरह कह न! तू मुझे कम्पनी देना चाहती है। मुझे पिक्चर दिखाकर मेरा मनोरंजन करना चाहती है।"

"तू कहे वही सही। बता कौन-सा शो अनुकूल रहेगा?"

"कोई भी। भीड़ कम रहती हो वही शो अधिक ठीक रहेगा। हाँ, कोई रोने-धोनेवाली फ़िल्म पसन्द मत करना। बनावटी भावुकता से अब ऊब जाता हूँ।"

अमृता ने तीन-चार फ़िल्मों के नाम दिये। पात्रों के स्थान पर कार्टून चित्रों पर आधारित एक अँग्रेजी चित्र देखना उदयन ने पसन्द किया।

"किन्तु यह फ़िल्म बच्चों के लिए तो नहीं होगी?"

"ऐसा हो तो और भी अच्छा। जवानी को घर छोड़कर जाया जा सकता है। अमृता, सच कहूँ? हम लोगों को बचपन से प्रारम्भ कर नये सिरे से जीना शुरू करना है। जो बीत जाता है उसे सुधारा नहीं जा सकता। नये अक्षर लिखने के लिए पूरी स्लेट पोंछनी पड़ती है। मानव-जाति के लिए कुछ समय बाद ऐसा ही करना होगा।"

"जो मिटाया न जा सके उसे रँगा जा सकेगा। अच्छा मैं चलूँ?"

"चौकीदार आ गया है। ठीक है, तू जा। तूने मेरी बहुत सेवा की। आभार मानता हूँ। अच्छा!"

"बस, रहने दे अब।"

"क्यों, नहीं स्वीकारेगी?"

"नहीं।"

"तो तू जल्दी-जल्दी बीमार हो, मैं तेरी सेवा कर लूँ।"

"जैसी तेरी शुभकामनाएँ। अच्छा, शुभ-रात्रि!"

"... रात्रि!"

अमृता हर रोज देर तक बैठती रही। मानो उठने की इच्छा ही न हो। उदयन आग्रह करके छोड़ आता। इस तरह चलता रहता और सप्ताह बीत जाता। उदयन के कहने पर दोनों आज समुद्र किनारे गये। मरीन ड्राइव के फ़ुटपाथ पर वे चल

रहे थे। मर्यादा में बँधा हुआ समुद्र शान्त था। धीरे-धीरे, दूर-दूर और भीतर ही भीतर उसकी आवाज मात्र आ रही थी।

''मैं कल पूना जा रहा हूँ।''

अमृता थम जाती है। उसके कन्धे पर हाथ रखकर कहती है :

''नहीं, मैं तुझे नहीं जाने दूँगी।''

''तुझे सोती छोड़कर चला जाऊँगा। अलबत्ता तू, अपने घर सोती होगी, मैं अपने घर जागता होऊँगा।''

''तुझे नहीं जाना है।''

''तू जानती है कि कोई जाता हो और उसे इस तरह मना करना अपशकुन कहलाता है।''

''भला तू कब से शकुन-अपशकुन मानने वाला बन बैठा है?''

''किन्तु सुन। नौकरी का सवाल है। और मैंने स्वेच्छा से वहाँ जाना स्वीकारा है। अब एक दिन में मेरी जगह दूसरे किसी को भेजना कैसे सम्भव हो सकता है? मेरी रुचि का सेमिनार है। पत्रकारों का सेमिनार है। मेरी संस्था के प्रतिनिधि को इसमें जाना ही चाहिए। पूना में चारेक दिन ठहरूँगा और वहाँ से मैसूर और आठ-दस दिनों में वापस। समझी?''

''मैंने मैसूर नहीं देखा, तेरे साथ चलना है।''

''झूठी! वृन्दावन बग़ीचे की तसवीरें कौन खींच लाया था?''

''ओह, मैं भूल गयी थी। फिर भी मुझे तो चलना ही है।''

''तू उस सेमिनार की चर्चा में बोर हो जाएगी। तुझे ठीक नहीं रहेगा।''

''ओ उदयन! प्लीज़, ले चल न!''

''तुझे मुझपर विश्वास नहीं? मैं सच कहता हूँ कि तुझे मज़ा नहीं आएगा। तू हमारे पत्रकार मित्रों का स्तर देखकर दुखी-दुखी हो जाएगी। एक आदर्श केशकर्तन कलाकेन्द्र में होती चर्चाओं के स्तर से उनकी चर्चा का स्तर थोड़ा ही ऊँचा होता है। इसके अलावा एक अन्य कारण से भी तू न आये यह हमारे हित में है। तेरे वहाँ होने से शायद सेमिनार की चर्चाएँ उतनी व्यवस्थित भी न चल सकेंगी। तुझ-जैसे श्रोता को देखकर भले ही वक्ताओं को अधिक बोलने का प्रोत्साहन मिले। लेकिन शेष उन्हें न सुनकर तुझे ही देखते रहेंगे।''

''क्यों, पत्रकारों में स्त्रियाँ नहीं होतीं?''

''होती हैं। उनके दर्शन-मात्र से ही संयम-निग्रह की शक्ति बढ़ने लगती है।''

अमृता हँस पड़ी।

उसकी दन्तपंक्ति की चमक और लालिमायुक्त अधरों की तीव्र मोहकता उदयन को ललचा नहीं पायी। उसने आख़िर अनुमति नहीं दी।

दवा और इंजेक्शन के लिए अमृता ने बार-बार कहा। उसने वचन दिया कि वह नियमित रहेगा। पता भी देता गया कि अमृता को विश्वास न रहे तो ट्रंककॉल द्वारा हिदायत भेज सके। दसवें दिन लौट आने को उसने कहा था।

वह सातवें दिन वापस आ गया।

अनिकेत का पत्र आया पड़ा था।

नौकर बाहर जाने को तैयार हो ऐसा लगा।

"कहाँ चले मैनेजर?"

"अमृता-दी से कहने।"

"मैं वापस आ गया होऊँ और उसे पता न चले ऐसा हो सकता है? जाओ दोस्त, सिगरेट ले आओ। हम आमने-सामने बैठकर पिएँ।"

मैनेजर को दूसरे दिन उदयन की उक्ति का पता चला। दोपहर में जब उदयन सो रहा था तब वह टैक्सी लेकर अमृता से कहने गया। अमृता छुट्टी लेकर आ पहुँची।

उलाहना देने के लिए वह तमतमा रही थी। किन्तु उसे सोता देख वह ठंडी हो गयी। उसकी आँखों के खुलने तक वह खामोश रही।

"तुझे जानकर आनन्द होगा कि मैंने त्यागपत्र दे दिया है।"

"सचमुच! बहुत अच्छा किया।"

"डॉक्टरों का कहना है कि..."

"कि?"

मुझे आराम करना चाहिए। शुष्क हवा वाले किसी स्थल पर रहने जाना चाहिए। इसके अलावा वह मेरा गाँव भी है। मैं वहाँ जाऊँगा।"

"डॉक्टर ने कुछ और तो नहीं कहा न?"

"कौन से डॉक्टर ने? हाँ, हाँ और कुछ नहीं कहा। और कहा भी हो तो मुझे याद नहीं। मुझे भी लगता है कि अब विश्राम करना ही होगा।"

अमृता ने मान लिया कि उदयन ने 'आराम' के बदले 'विश्राम' शब्द का भूल से उपयोग किया है।

"तो कब जाना है? रिज़र्वेशन-टिकट ले आऊँ?"

"जल्दी नहीं, मैं स्टेशन की ओर जाऊँगा तब लेता आऊँगा।"

"तू थका हुआ लगता है, अशक्त लगता है।"

"यह तेरा भ्रम है। जो दिखाई दे वह यथार्थ हो ऐसा नहीं। अभी तो तेरा गला दबा सकूँ इतना पौरुष मुझमें है। परन्तु मैं अशक्त नहीं—यह साबित करने के लिए ऐसा करने की आवश्यकता मुझे नहीं लगती।"

उदयन के कथन का तात्पर्य स्पष्ट होने पर अमृता के हृदय में ज्वालाएँ भभक उठीं।

"तो क्या यह मुझे दूर रखना चाहता है? मुझे स्वीकार करने में यह मेर विनाश समझता है? मुझे अलग रखने पर ही तुला है? किन्तु इसे अकेला छोड़ूँगी तब न? देखती हूँ मुझसे कैसे छिटकता है?"

वह स्टेशन पहुँची। गुजरात मेल में कल का प्रथम श्रेणी का आरक्षण ले लिया।

घर फोन पर बातें कीं। फिर पुरातत्त्व-मन्दिर जाकर एक मास के अवकाश के लिए आवेदन किया। स्वीकृत न होने की स्थिति में अपने त्यागपत्र का विनम्र निवेदन भी। बैंक भी हो आयी। उसकी बात न मानकर अनिकेत ने हॉस्पिटल का पूरा बिल चुका दिया था। यह उसे रुचा नहीं था। किन्तु अब उदयन के लिए अनिकेत के खर्च करने का प्रश्न ही नहीं उठता।

अब वह पूरे समय उदयन के साथ रहेगी। अनिकेत के नौकर को जोधपुर जाने के लिए कह दिया गया।

घर गयी। सबसे मिलना नहीं हो सका। कपड़े तथा और भी आवश्यक सामान ले आयी।

उदयन तैयार नहीं होता था। उसके अनुसार दोनों को वहाँ जाने की आवश्यकता ही क्या? और फिर वह जगह किसी बम्बईवासी को अच्छी लगे, ऐसी भी नहीं है।

अमृता के बहुत अनुनय करने पर वह बोला, "या तो तू जा। या मैं जाऊँ। तू मेरे साथ शोभा नहीं देती।"

अमृता ने उसे मूढ़ कहा। हैंगर पर से कपड़े लाकर उस पर फेंके। मोजे लेकर उसके पैरों पर चढ़ा दिये। बूट पहनाकर ज़ोर से तसमें बाँध दिये। उसका हाथ पकड़कर दरवाजे के बाहर ले गयी। ताला लगाया और चाबी अपने पर्स में डाल ली।

"मेरे सामने अब तेरी कुछ नहीं चलेगी। समझा! तेरे समय के सूत्र अब मेरे पास हैं।"

अमृता ने जल्दी न की होती तो गाड़ी चली जाती।

बम्बई पीछे छूटता गया। शान्ताक्रुज स्टेशन का बोर्ड अमृता ने खिड़की के काँच में से पढ़ लिया। गाड़ी गति पकड़ रही थी।

प्रकाश की एक लकीर उसे आकाश में दिखाई दी।

मोड़ के आने पर उसे दिखाई देता था कि गाड़ी के इंजन की लाइट भाले की तरह अँधेरे को तेज़ रफ़्तार से बेधकर आगे बढ़ रही है।

उदयन कुछ पढ़ने लग गया।

अमृता ने देखा कि उदयन केवल पुस्तक देख नहीं रहा, पढ़ भी रहा है। वह पढ़ते-पढ़ते सो गया। जब जागा तो गोलियाँ और पानी देकर अमृता ने सोने

की पूर्व तैयारी की।

अहमदाबाद में ख़ास रुकना नहीं हुआ।

शामलाजी से बस बदलनी थी। इस बीच पर्याप्त समय था। ग्यारह बजे थे। गरमी थी। शरद् ऋतु की धूप से उदयन को सिर-दर्द होता है।

बस में से उतरे हुए यात्री मन्दिर देखने गये। दूसरी बस में सामान रख दिया गया। उदयन भी मन्दिर के सामने की पहाड़ी की ओर चल दिया। उसने अमृता से मन्दिर के दर्शन कर आने को कहा। अमृता गदाधारी कृष्ण के मन्दिर के बारे में जानती थी। अतः उसने उदयन से भी साथ चलने का आग्रह किया।

उदयन का उत्तर था कि उसे किसी भी गदाधारी में रुचि नहीं। सभी गदाएँ अब टूट जानी चाहिए।

अमृता अकेली गयी।

उदयन थोड़ी ऊँचाईवाले भाग पर गया। पलाश वृक्ष के तने से लगकर एक बड़ा-सा पत्थर पड़ा था। उदयन उस पर जा बैठ तने से टिक गया। पर, वृक्ष पर बैठा नाजुक-सा एक पक्षी उड़ गया।

अमृता क़रीब पन्द्रह मिनट में लौट आयी। मन्दिर कैसा लगा? क्या-क्या देखा? भगवान को प्रणाम किया कि नहीं? जल्दी क्यों आ गयी? ऐसा-वैसा कोई प्रश्न उदयन ने नहीं पूछा।

अमृता ने भी न बोलकर ही जो कुछ कहना था कहा। वह पास ही खड़ी थी। ऊपर मध्याह्न का सूर्य तप रहा था। उसके सामने देखना सम्भव नहीं था। इसलिए देखने वाले ने अमृता की छाया के सामने देखा। यह छाया धरती में समा जाने के लिए जूझ रही थी। इसे खींचकर अपने निकट लाना सम्भव नहीं। अमृता के बैठने से दो छायाओं के बीच का अवकाश संकुचित हो गया। यह अवकाश दो इंच हो या दो सूत, किन्तु विलगाव को बनाये रखने में समर्थ है।

"अमृता, यह सर्वविदित बात है कि..."

"अचकचा क्यों रहे हो? बोलो न!"

"आगे क्या बोलूँ यह सूझा नहीं। शायद मैं अपने से ही कह रहा था। मुँह से तेरा नाम निकल गया। इससे मेरा स्वर टूट गया।"

"चलिए अब रवाना होने का समय हो गया।"

"मुझे छोड़कर यह चल दे और पथ भूलकर मैं यहीं भटकता रहूँ तो कितना अच्छा रहे।"

"चल, ड्राइवर इस ओर देखकर हार्न बजा रहा है।"

उदयन ने बस में बैठकर सिगरेट जला ली। अमृता ने बस में लिखी सूचना की ओर ध्यान खींचा। उसने जवाब दिया कि यह उसकी जन्मभूमि है। यहाँ के

नियम वह जानता है, न कि टीन का यह टुकड़ा।''

''देख, वह आदिवासी कन्याएँ जा रही हैं।''

''ये तो अपने-जैसी हैं।''

''अपने-जैसी नहीं, तेरे जैसी। हालाँकि ऐसा भी कैसे कहा जा सकता है? मैं कहाँ उन्हें पहचानती हूँ?''

बाड़हीन खेत, टेकरियों के बीच पथरीला मैदान, साग और पलाश वृक्षों से दूर-दूर तक जुड़ी सन्तुष्ट धरती, पत्तों पर पोषण प्राप्त करने की तृप्ति, हवा की अन्तःस्पर्शी उमंग... अमृता को लगा कि यह पूरा का पूरा प्रदेश उसे स्वीकार रहा है।

''उदयन, अपना देश कितना हरा-भरा है।''

''अनिकेत जहाँ गया है वहाँ जाकर देख आ, फिर यह प्रतिपादित करना।''

टीले को चीरकर सड़क बनायी गयी हो ऐसा लगा। दोनों ओर चट्टानों के खुरदरे अवयवों को देखकर उसकी दृष्टि आकाश की ओर निकल भागने का रास्ता ढूँढ़ने लगी। चट्टानों की ऊँचाई रास्ते पर झुक रही थी। उसने दृष्टि नीची कर ली।

फिर से वनराजि, पेड़ों की छाया में जुगाली करते बैल। चिलम पीते किसान और कहीं-कहीं चरती हुई भैंसें।

''यह है हमारी हाथमती नदी।''

''कहाँ?''

''देखती नहीं, यह बस किस पर होकर गुजर रही है?''

अमृता ने देखा कि पुल है। किन्तु नीचे नदी नहीं है, छोटे-छोटे पत्थरों और कंकड़ों से आकीर्ण विस्तार है।

''पानी तो है ही नहीं? बरसात के दिनों में भी इसमें पानी नहीं टिकता?''

''पानी है, मैं देख सकता हूँ कि पानी है।''

''तू व्यंग्य में बोल रहा है?''

''हाँ, मैं पानी देख सकता हूँ कारण कि यह नदी है। अमृता, तुझे पानी नहीं दीखता, मुझे दीखता है कारण कि मैं जानता हूँ कि यह अन्तःस्रोता है।''

''अन्तःस्रोता...?''

''भिलोड़ा बहुत पुराना गाँव है। और फिर भी यह गाँव ही रहा, शहर नहीं बन सका। क्योंकि इसकी नदी निकट आकर अन्तःस्रोता बन जाती है और कहीं दूर जाकर ही प्रकट होती है।''

अमृता ने भरी दोपहरी में भिलोड़ा में प्रवेश किया।

''हमारे गाँव के पश्चिम में सिवान है। सिवान का कोई विशिष्ट स्वरूप नहीं है, शायद तुझे सब कुछ बिखरा हुआ लगेगा। यह सीमान्त की धूल, थूहर

की वह बाड़, इस ओर अंग्रेजी स्कूल। सामने पुलिस-स्टेशन। यह गुजराती स्कूल, देख वह जो सामने है उसे आश्रम कहते हैं, इस ओर मुड़ना है, दक्षिण की ओर, अभी घर दूर है।''

फाटक के दरवाजे पर ताला लटका था।

चाबी? याद नहीं आता चाबी किसे दी थी?

''तोड़ो, ताला तोड़ो, घर मेरा है।''

सूटकेस वग़ैरह उठाकर लाने वाले मज़दूरों ने ताला तोड़ने में देर न की। हथौड़ी ले आये, पाना ले आये और धड़...धड़..धड़...। इन धमाकों की प्रतिध्वनि काँपती अमृता की आँखों में होती हुई उसके हृदय की धड़कनों में घुल गयी।

दरवाज़ा खुला। दीवारों के बीच घर के आँगन के बजाय अमृता को घास दिखाई पड़ी। सूखी, हरी घास। घास पूरे आँगन में पसरी हुई थी। उसके ऊपर पैर रखकर चलने से आवाज हुई। इतनी नगण्य आवाज़ भी कैसे सुनाई देती है?

दो चारपाइयाँ खड़ी की हुई थीं। उदयन ने बिछा दीं। और एक पर वह लम्बा हो गया। एक मज़दूर से ऊपर के कमरे की सफ़ाई करके पानी भरकर रख देने को कहा।

शामलाजी से भिलोड़ा के बीच देखे हुए टीले अमृता के चित्त में डोल रहे थे। इन टीलों के बीच का आकाश दोपहर का था। नदी में पत्थर और कंकड़ थे। जल के प्रवाह की उसने कल्पना कर देखी...।

वह थोड़ी देर बैठी फिर खड़ी हो गयी। एक दरवाजा ऊपर जाने का था जिसे खोलकर मजदूर सफ़ाई करने लगे थे। दूसरा दरवाज़ा उसने खोला। नहाने की चौकी, घड़ौंची। घड़ौंची के ऊपर ताक में सरस्वती का चित्र। उसके सामने आड़ी पड़ी धूपदानी। ताक के ऊपर के भाग में मकड़ी का जाला...वह पीछे के कमरे में गयी। एक चमगादड़ उड़ा और चक्कर काटने लगा। एक बार तो अमृता के कान के निकट से गुजर गया। उसके कर्कश और डरावने पंख देखकर अमृता की जैसे चीख निकल गयी। वह बाहर भाग आयी। उदयन आँखें बन्द किये पड़ा था।

अमृता चारपाई पर बैठ गयी। दरवाजे की चौखट की कारीगरी देखने लगी। दृष्टि ऊपर गयी। टोड़े पर चिड़िया का घोंसला था। कितने ही तिनके एक ओर नीचे लटक रहे थे।

उदयन ने आँखें खोलीं। उसकी चारपाई के पायताने पर अलगनी दिखाई दी। वह बैठ गया। बुश्शर्ट उतारकर उसने अलगनी पर फेंकी। अलगनी झूल उठी। झूलती रही। वह देखता रहा। फिर लेट गया और आँखें बन्द कर लीं।

अमृता अटारी पर गयी। सामने बारजा था।

दो और कमरे थे। कूड़ा लगभग बुहारा जा चुका था। फिर भी श्वास लेने में कठिनाई हो रही थी। वह जीना उतरने लगी। उसे कुछ अजीब-अजीब-सा लगा।

दो दिन तक उसे ऐसा ही लगता रहा। तब तक सब व्यवस्थित करके रख दिया गया था। उदयन ने पुराना स्टोव ठोक-पीटकर चालू किया तो भी बीच में कभी-कभी भभक उठता था। उसने अमृता को दूर बैठने की चेतावनी दे रखी थी।

भिलोड़ा देखा। देखने की इच्छा थी ही। वर्षों पहले उसने यह इच्छा प्रकट की थी। उसने उदयन से कहा था—वहाँ जाकर वह गरबा करेगी। भील कन्याओं के साथ मिलकर कमर के पीछे हाथ बाँधकर वह नाचेगी। उदयन कितना ही दूर खड़ा होगा तो भी देखकर मोहित हो जाएगा...। आज तो यह इच्छा केवल सनक लगती है। उदयन को इसकी याद दिलाने का कोई अर्थ नहीं। और अब ऐसी किसी सनक या ऐसे किसी प्रसंग की याद न दिलायी जाए यही इष्ट है।

"देखता हूँ इसको उकताने में कितना समय लगता है। अवश्य उकताएगी...इसकी उकताहट का ज़रा भी आसार दिखाई दिया कि इसे बस में बिठा आऊँगा...उकताएगी, ज़रूर उकताएगी। इतनी सारी परेशानियाँ इसने अपने जीवन में कभी नहीं भोगी होंगी। भोगना क्या, देखी भी नहीं होगी, शायद इसने कल्पना भी नहीं की होगी...जरूर उकताएगी। इसे बिदा कर आऊँगा।"

"उदयन, तेरा गाँव खूब अच्छा लगा। चारों ओर ये टीले और इनकी आमिली अँजुरियों में बसा गाँव! टीले भी कितने गम्भीर और दृढ़ दीखते हैं! मानो परम विजेता के शिविर में तने नीले तम्बू! इस छत पर मैं हर शाम खड़ी रहूँ तो थोड़े ही दिनों में कवयित्री बन बैठूँगी...उदयन! तूने तो कविता लिखी ही होगी।"

"पहले लिखता था, बचपन में, किन्तु उससे कुछ बना नहीं, इसलिए छोड़ दी।"

"तू बड़ा संयमी है, वरना ऐसे सौन्दर्य का अनुभव कौन छोड़ दे?"

"ऐ, ज़रा ठीक से बैठ न! मेरे तकिये के पास बैठ जाती है इससे मुझे घुटन होती है।"

अमृता ने जवाब में उदयन का कान खींचा और उसका छोर दबाया। उसने हाथ हटा लिया। उसके बाद भी ललाई कम न हुई। यह देखकर वह बेचैन हो उठी।

दवा देने का समय हो गया था। वह खड़ी हुई।

उदयन दवा लेने में आना-कानी नहीं करता।

एक के बाद एक साँझ बीतती गयी।

कल शाम उदयन माचिस लेकर आ रहा था। रास्ते में वृद्धगति से आतीं दो पड़ोसिनें उसी के बारे में बात कर रही थीं—"लल्ला जोरू तो जोरदार लाया है।" उदयन ने सुना। घर आकर जल्दी-जल्दी मेड़े पर चढ़ा। साँस फूलने लगी थी। लेटकर आराम करने लग गया। थोड़ी देर तक छत की ओर ताकता रहा। खपरैल की एक लाइन गिनकर दूसरी गिनने लगा। गिन चुका तब पहली लाइन में कितने खपरैल थे यह भूल गया था।

आज सुबह से ही वह पढ़ने बैठ गया था। हाल ही उसने पुस्तक चारपाई के नीचे रख दी थी। अमृता पोस्ट ऑफ़िस गयी थी। आते ही वह उदयन के सामने बैठ गयी और अपने पैर की एड़ी हाथ में लेकर दबाने लगी।

उदयन ने देखा। बोला नहीं।

"काँटा लगा है। यहाँ के काँटे बहुत मजबूत होते हैं?"

उदयन निरुत्तर।

"चप्पल की किनारी में से होकर नोक चुभ गयी। खींचने पर टूट गयी।"

उदयन ने गरदन घुमाकर दीवार की ओर देखा।

एड़ी दबाने-मसलने से लाल-सुर्ख हो गयी थी।

"उदयन!"

उदयन ने सामने देखा। दृष्टि प्रश्नाकुल लगती थी फिर भी चेहरे में जैसे ठूँस-ठूँसकर मौन भरा था।

अमृता खड़ी हुई। काँटा निकालने के लिए कोई साधन ढूँढ़ने लगी। सुई तो कहाँ होगी? उदयन के हजामत के सामान में से उसने ब्लेड ली और उसी जगह आकर फिर बैठ गयी।

ब्लेड लगेगी तो पक जाएगा। इसका घाव ज़हरीला होता है—कहने की इच्छा हुई। किन्तु वह न बोलने में सफल रहा, ब्लेड के कोने से काँटे के नज़दीक का भाग दबाया। काँटा अपने-आप बाहर उभर आया।

"ओह!"

"एक बार 'ओह' कह देने से छुटकारा नहीं मिल जाएगा। यहाँ रहना होगा तो बहुत-से काँटे लगेंगे अमृता! यह प्रदेश तेरा नहीं और यहाँ तेरा काम भी नहीं, वापस चली जा।"

"तू जितना डर बताएगा उतनी ही मेरी हिम्मत बढ़ेगी।"

"तो तुझे डराने के लिए मुझे क्या करना चाहिए?"

"जो हो रहा है उसे होने दे। अपने दायित्व का बोझ हल्का कर। मुझे लगता है कि तू किसी डर से आक्रान्त है। इसलिए मुझे भी डराना चाहता है। उदयन, तू क्यों भूल जाता है कि तूने मुझे निडर बनाया है।"

"तेरी निडरता सच्ची हो तो मुझे यहाँ छोड़कर चली जा। तेरी उपस्थिति के कारण मुझे सतर्कतापूर्वक जीना पड़ता है, जो मुझे नापसन्द है। तू जा, मुझे अपनी तरह जीने दे।"

"अब क्या जाऊँ? अब तो मुझे मान लेना पड़ेगा कि मैं तेरे पन्थ की प्रवासिनी हूँ। जो तेरी दिशा, वही मेरी दिशा।"

"फिर तुझे ऐसा नहीं लगे कि उदयन ने आगाह नहीं किया।"

"तू किसे आगाह करने की बात करता है उदयन? बहुत हो चुका। अब बस कर। तू इतना भी नहीं समझता कि तर्क-वितर्क से किसी छाया को शरीर से अलग नहीं किया जा सकता?"

"किसी को छाया बनाने का दुष्कर्म मैं नहीं कर सकता।"

वह अन्दर जाकर पिछवाड़े की खिड़की के सींखचे पकड़कर बाहर की सृष्टि को देखती रही। पास की झाड़ियों पर अपराजिता की बेल के नीले रंग के फूल इस तरह छाये थे कि झाड़ियाँ ढँक गयी थीं। दो-दो, एक-एक ऐसे अनेक वृक्षों की ओर बारी-बारी से दृष्टि जाती थी। पत्तों की सघनता से सान्त्वना देते वृक्ष केवल ऊपर से घिरे हुए लगे। शाखाओं के बीच का अवकाश उसे प्रतीत हुआ। एकाएक उसकी कल्पना में काँप उठा अकेला लटकता किसी पक्षी का कोई खाली घोंसला...वृक्षों की आड़ में आ जाने से अपनी उपस्थिति छुपाती अन्तस्स्रोता हाथमती...छोटे-से उस श्मशान का परिचय कराती तृणरहित भूमि....सूरज की धूप में चमकता तालाब का छिछला पानी।

उसे लगा कि उस पार सम्पूर्ण सृष्टि सन्दर्भरहित बन गयी है। एक दृश्य को दूसरे दृश्य के साथ जोड़ा नहीं जा सकता, मानो वहाँ कोई अपरिहार्य विच्छेद है।

याद आया कि ग्यारह बजे तो उदयन को स्कूल में जाना है। उदयन के इन्कार के बावजूद आचार्य के आग्रह का समर्थन कर अमृता ने वार्ता-गोष्ठी रखायी थी।

"उदयन, जाना है?"

"हाँ, जाना है।"

"तैयार हो।"

"मुझसे भी अधिक जल्दी तुझे है?"

"घड़ी में देख। समय हो गया। कोई बुलाने आता होगा।"

"तू कहाँ जाने की बात कर रही थी?"

"स्कूल में, तू क्या समझा?"

"कुछ नहीं! खैर जाने दे, मुझे कोई दिलचस्पी नहीं। विद्यार्थियों के लिए

उपयोगी मैं कुछ नहीं कह पाऊँगा। मेरी माने तो तू चली जा।''

''मैं तेरे साथ आऊँगी।''

''आचार्य जाने बग़ैर ही तेरा भी परिचय देने लगें और कहीं ऐसा-वैसा कह बैठें तो?''

''तो सुननेवाले सच मानेंगे। तू नाहक़ चिन्ता करता है। खड़ा हो, तैयार हो। चल।''

अमृता ने हाथ पकड़कर उसे खड़ा किया। ऐसा करने की आवश्यकता नहीं थी, कहता हुआ वह खड़ा हो गया और अमृता के मार्गदर्शन के अनुसार तैयार होने लगा। कोई विरोध नहीं किया। अमृता ने देखा कि दो छात्र बुलाने आ रहे हैं। उनका नमस्कार स्वीकार कर वह उनसे बातें करने लगी।

छात्र आगे-आगे चल रहे थे। अमृता मानती थी कि उदयन को जिस गति से चलना चाहिए, उससे भी तेज वह चल रहा है।

मेहमानों को देख स्कूल के सभी छात्र खड़े हो गये। उदयन को यह अच्छा नहीं लगा। श्रेष्ठतावाचक विशेषणों से उदयन का परिचय दिया गया। वह बोलने के लिए खड़ा हुआ :

'मित्रो!

तुमसे मिलने का अवसर मिला इसके लिए आभारी हूँ'—ऐसा बोले बिना, जितनी देर में यह बोला जा सके उतनी देर तक वह चुप रहा।

''तुम सुखी हो क्योंकि प्रकृति का बिछोह सहन करना तुम्हारे हिस्से नहीं आया। इससे तुम्हारे चेहरों पर नवजात पल्लवों की सुर्खी है। ऊँची इमारतों की परछाईं के नीचे, चारों ओर का कोलाहल स्वीकार कर, टेढ़ी-मेढ़ी गति से चलना और प्रकृति की मुस्कुराहट आँखों में आँजकर चलना, इन दो स्थितियों का अन्तर दो दुनियाओं के बीच का अन्तर है। मैं अपने अध्ययनकाल के दौरान इन दोनों स्थितियों में से गुज़रा हूँ। एक का मैंने मुक़ाबला किया है, दूसरी ने मुझे यह मुक़ाबला करने की शक्ति दी है। यहाँ पढ़ा, शहर में पढ़ा। दूसरे शब्दों में कहूँ तो यहाँ पला, वहाँ की गर्मी में आकार ग्रहण किया। यहाँ का पक्ष लेकर मैं हरगिज़ ऐसा नहीं कहूँगा कि शहर में विकास करना सम्भव नहीं, परन्तु इतना कहने का अनुभव तो मुझे है कि शहर में प्रलोभनों का पार नहीं और एक-एक प्रलोभन जीवन-भर का बन्धन बन सकता है।

जब मैं पढ़ता था उन दिनों ये पहाड़ियाँ आज की तरह छितराई हुई नहीं थीं। इनमें से कितनी पर तो अभेद जंगलों के कवच थे। उन्हें बेधकर आगे बढ़नेवाले की साहस शक्ति विकसित होती थी। ये मैदान भी आज दीख पड़ते हैं उतने खामोश न थे। किसी भी वाहन के लिए तब ये पारदर्शी न थे। पहाड़ी पर चढ़कर

तुम दृष्टिपात करो तो तुम्हारी आँखें ठंडी हो जाएँ। इस भरपूर जंगल का पवन भी केवल ऊपरी छेड़छाड़ कर सकता था। आज तो यहाँ से शामलाजी जाने के लिए पक्की सड़क तैयार है। तब तो पगडंडी भी जगह-जगह पर घनी झाड़ियों में छुप जाती थी। इसलिए प्राय: हर आदमी को अपना मार्ग बनाकर चलना पड़ता था। और वह बुरा नहीं था। ऐसा करने से राहगीर को खतरा उठाने का बल मिलता था।

मुझे आशा है कि कटे हुए जंगल फिर से घने होंगे। किन्तु तब तक तुम राह देखकर नहीं बैठे रहना। इन मैदानों में, इन पहाड़ियों पर चलना। ठोकर लगने का भय रखे बिना दौड़ना और निर्भीक बनना। शरीर में हो उतना बल क्रियाशील रहे तो आराम से नींद आती है। और सुबह तड़के आँखें खुलें तब स्फूर्ति का अनुभव होता है। और इस तरह अपने ही पैरों पर अपना भार उठाकर चलने की आदत पड़ती है।''

तुम्हारे साथ आदिवासी किशोर पढ़ते हैं यह देखकर मैं आनन्दित हूँ। खेत के कोने में अलग और अकेला घर बाँधकर रहने में इनकी निडरता प्रकट होती है। लग्न की पसन्दगी भी स्वयं ही करना और उसके बाद किसी के आश्रित न रहना—इन सारी बातों का अपना एक गौरव है। नगरवासी निर्भीकता और स्वतन्त्रता पर भले ही आकर्षक भाषण किया करें, पर वास्तव में उन मूल्यों को जीते तो ये लोग हैं। मेरी मानो तो तुम्हारे लिए यहीं रहने-जैसा है। और जो बच्चे शहर के स्कूल में पढ़ते हैं उनके लिए भी पुन: गाँव की ओर लौटने का समय आ गया है।

मुझे तुम्हारे आचार्य ने कहानीकार कहा है। तुम्हें पसन्द आये ऐसी कहानी लिखना अभी मैंने नहीं सीखा। फिर भी देखो प्रयत्न करता हूँ :

'एक भील बालक हमारे गाँव की पश्चिमी पहाड़ी पर शाम होते ही निरुद्देश्य घूमने निकला करता था। हाँ ठीक है, तुम देख रहे हो, इसी पहाड़ी का मैं क़िस्सा कह रहा हूँ। भागवत में कहा गया है कि ईश्वर ने महाकश्यप का रूप धारण किया था। समुद्र-मन्थन के समय मेरु पर्वत को डूबने से बचाने के लिए उसने यह अवतार लिया था। इस पहाड़ी की पीठ पर आकाश है और यह पहाड़ी भी महाकश्यप की भाँति स्थितिस्थापक है, समधारक है। तुम्हें तो इस पहाड़ी के इस ओर का भाग ही दिखाई देता है। वह भील बालक उस ओर का रहनेवाला था। शाम के समय वह इस ओर आकर थोड़ी देर खड़ा रहता था। इस या उस ओर से आते-जाते किसानों को देखता रहता। काँकरेज बैलों की जोड़ी के साथ आता रेला किसानों के हाथ से रास छुड़ाकर उछल-कूद किया करता था, जिससे गाँव की पनिहारियाँ घबरा जाया करती थीं। इस दृश्य को देखने में उसे बड़ा मजा आता

था। किन्तु उसे इतने से ही सन्तोष नहीं होता था। वह समस्त तलहटी पर दृष्टि फैलाता। गाँव के ऊँचे-नीचे छप्परों पर नाचती सन्ध्या के स्मित के साथ वह अपना स्मित भी जोड़ता। वह सदा खेलता-कूदता ही चलता। चन्द्रोदय तक चलता ही रहता। तुम जानते हो कि अपने देश में जिस दिन चाँद नहीं उगता है उस दिन तारे ही उजास भरते हैं।

एक दिन उसे जाने क्या सूझा कि वह चन्द्रोदय होने के बाद भी चलता रहा। काफ़ी दूर निकल गया। रास्ते में पलाश वन पड़ा। वसन्त पंचमी के बाद होने-वाले प्राकृतिक परिवर्तन के बारे में वह अनजान था। किन्तु इससे वसन्त ऋतु उससे अलग रहे ऐसा नहीं हो सकता न! और उस दिन तो चाँद भी पूनम का था। आकाश के रुपहले सरोवर में से चाँदनी की फुहारें उड़ रही थीं। दिन में दिखाई देते लाल चटक पलाश अब गहरा गुलाबी रंग धारण कर निद्रा के महासागर में तैर रहे थे। ऊपर चेतना का सरोवर और नीचे विश्रान्ति का महासागर। लगता है तुम्हें हैरत हो रही है। किन्तु अब ध्यान से देखना। रात को अपनी यह श्यामल संतोषी भूमि महासागर के जल का रंग धारण करती है। और इसके ऊपर हवा के स्पर्श से लहरा उठता अन्धकार उस महासागर की लहरों का अनुभव करता है। इस भील बालक को यह अनुभव पहले कभी नहीं हुआ था। इससे आज वह हर्ष से पागल होकर तरंगित हो उठा था। उछलता-कूदता आगे बढ़ रहा था। पहाड़ी के किनारे-किनारे पलाश के जंगल की वसन्ती महिमा देखता-देखता वह आगे बढ़ा। खिरनी के जंगल के बारे में तो वह पहले से ही जानता था। उसमें घुसने के लिए वह ललचाया नहीं। उससे आगे निकल गया। उसने कोई दिशा निश्चित नहीं की थी। इसलिए कहीं ऐसा न मान लेना वह कोई नाक की सीध में आगे बढ़ रहा था।

तुममें से जो खेड़ब्रह्मा से अम्बाजी गये हैं उन्होंने पोशीनापट्टो जरूर देखा होगा। जो नहीं गये उन्होंने भी वहाँ के पारिजात के वन के बारे में अवश्य ही सुना होगा। उस भील बालक ने उस पारिजात के वन में पैर रखा। पारिजात के फूल ओस की तरह सतत झरते रहते हैं। उनके झरने की कोई आवाज नहीं होती। अबोध शिशु की आँखों में ढुलकते आँसू की तरह ये झरते हैं। धरती पर सफ़ेद मख़मली ग़लीचा बिछ जाता है। जिस तरह धरती वर्षा के जल को अपने हृदय में समा लेती है वैसे ही पारिजात के पुष्पों में से टपकती सुगन्ध को भी अपने अन्तर में ग्रहण कर लेती है और तब उसका तन-बदन सुगन्ध से महक उठता है। वह भील बालक पारिजात के वन की इस धरती पर छायी हुई सुगन्धित शुभ्रता का स्पर्श करना चाह रहा था, ललचा रहा था। वह बैठ गया। अपना कपोल नीचे की ओर झुकाया। कपोलों को, हथेलियों को, पैर की एड़ियों को पुष्पों का ऋजुल

स्पर्श आनन्द देने लगा। आनन्द के क्षण बीतते जाते और वह बालक किशोर बन जाता। इतना ही नहीं उसके होठों पर युवावस्था की आरम्भिक सुर्ख़ी जाग आयी। वह खड़ा होता। चलने लगता। सामने पड़ी शिला पर चढ़ने के लिए हाथ का सहारा लेता। शिला की शीतल शान्ति उसे बैठने के लिए प्रेरित करती। वह दाहिनी ओर देखकर बैठने ही वाला था कि इतने में क्या देखता है? तुमने नृत्य करती किसी अप्सरा का चित्र देखा है? एक पैर शिला पर और दूसरा उठा हुआ। उसके कोमल हाथ की नाजुक अँगुलियों ने रची थी पूर्वानुराग की कोई मुद्रा, उसके लोचनों में झुक आयी थी स्वप्नलोक के प्रवेश-द्वार के तोरण की चंचलता, उसके कपोल पर स्फुरित हो उठी थी अरुणोदय की आभा, उसके होठों में बन्द था सुधीर मौन...।

युवक हतप्रभ हो गया। जिज्ञासु था। सचेत होते ही पूछ बैठा :

"तुम पारिजात के वन में विहार करने आयी कोई परी हो?"

"नहीं।"

"तो क्या कोई महाशिल्पी एकान्तवास का व्रत लेकर अपनी अविरत साधना का फल यहाँ छोड़ गया है?"

"नहीं। प्रतिमा तो निष्प्राण होती है।"

"तो फिर हे स्थिर लावण्य! जो मैं देखता हूँ यह यदि स्वप्न नहीं है तो उत्तर दो।"

"हे पथिक, तुमने क्षण-भर रुककर मुझे लक्ष्य किया उसके लिए कृतज्ञ हूँ। मैं उत्तर की ओर जा रही हूँ। यह मेरी साहजिक गति है। इसका परिचय प्राप्त करने के बजाय तुम तो आश्चर्यचकित हो बैठे।"

"तो दोनों पैर धरती पर रखो। हवा में चलने में मेरा विश्वास नहीं। मैं भूमि-पुत्र हूँ।"

एक आदमी सभागृह के दरवाजे पर आकर खड़ा था। अमृता ने उसे पहचान लिया। कल कुछ सामान लेने उसने उसे अहमदाबाद भेजा था। फाटक बन्द देखकर वह किसी से पूछकर यहाँ आया था। अमृता चाबी देकर वापस आने के लिए खड़ी हुई। परन्तु ऐसा न कर वह उसके साथ-साथ गयी। लाये हुए सामान की जाँच-पड़ताल कर रखने लगी। काम खत्म हो जाने के बाद वह उदयन की राह देखने लगी। घर खुला छोड़कर वह स्कूल की ओर चली गयी। अभी कहानी चल ही रही थी। बाहर खड़ी-खड़ी अकुलाने लगी। आख़िर सभागृह में प्रवेश करने को तत्पर हुई और उसी क्षण कहानी पूरी कर उदयन बैठ गया। घर पहुँचकर उसने इस कहानी के बारे में ही पूछने की मन में गाँठ बाँध रखी थी। किन्तु उदयन का रुख देखकर वह पूछना भूल गयी।

उसके बाद कई दिन बीत गये।

अमृता मानती कि उदयन का स्वास्थ्य ठीक है। उदयन कोई शिकायत नहीं करता। बैठा होता है, लेटा होता है, कभी-कभी चहलक़दमी करता होता है। अब चहलक़दमी के लिए उसे यह छोटा कमरा था या उसके आगेवाली सँकरी छत भी ठीक लगती है।

कभी-कभी उसकी कमर के पीछे के भाग में दर्द होने लगता है। तो कभी लगता है कि रुधिराभिसरण स्थगित हो गया है। किन्तु वह जानता है कि ऐसा हो नहीं सकता। हाँ, कमर के नीचे का दर्द आँखों को अन्दर खींच ले जाता है...किन्तु उससे क्या? वह तो पुराना और परिचित दर्द है। पच गया है। अमृता से इस बारे में क्या कहा जाए? कहा तो उससे जाता है, जिसे पता न चलता हो।

अमृता घर को दिन-प्रतिदिन अधिकाधिक सजा रही है। क्या किसी उत्सव की तैयारी कर रही है?

वातावरण में सजीवता मालूम पड़ती है।

अमृता की हर व्यवस्था में बँध जाना उदयन के लिए अनिवार्य हो गया। तो क्या यह नहीं थकेगी?

उदयन की धारणाएँ ग़लत होने लगी हैं।

इसे परास्त करने के लिए क्या किया जाए?

शाम हुई।

''क्यों, तैयार होने लगा?''

''घर में घुटकर नहीं रहना। घूमने जाना है।''

''किस ओर?''

''भवनाथ जाने की इच्छा है।''

''वह कहाँ नजदीक है? चार-पाँच मील दूर है। वहाँ पहुँचकर लौटने में तो अँधेरा हो जाएगा।''

''अँधेरे से डरती क्यों है? फिर मैं तुझे तो साथ आने के लिए कह नहीं रहा।''

''देखती हूँ तू मुझे छोड़कर कैसे जाता है?''

''तो चल तुझे भी ले जाऊँ। मैं जीप ले आता हूँ। गाँव में दो जीपें किराये पर चलती हैं।''

''मैं दो मिनट में तैयार होकर आती हूँ।''

''वे निकले।''

ड्राइवर जीप तैयार करने लगा। पन्द्रह मिनट में ठीक हो जाएगी।

''जा, वो जैन-मन्दिर देख आ। कीर्तिस्तम्भ भी देखने जैसा है।''

''तू साथ चल।''

"साथ, साथ, साथ। ज़रा तो पीछा छोड़। तू जानती है कि मन्दिर के रूप में जाने जाते इन जीर्ण मकानों में मेरी रुचि नहीं है।"

"प्लीज..."

"मन्दिर काफी बड़ा है।"

कब्रिस्तान बड़ा हो या छोटा, कुछ फ़र्क़ नहीं पड़ता।

"कब्रिस्तान?"

"हाँ, कब्रिस्तान। ईश्वर का क़ब्रिस्तान। नित्शे की घोषणा सच लगती है।"

"ईश्वर मनुष्य के विश्वास में जीता है और उसी के साथ वह मन्दिर में प्रवेश करता है। मनुष्य की अनुपस्थिति में तू मन्दिरों को क़ब्रिस्तान कहे तो मेरा विरोध नहीं। चल इस कीर्तिस्तम्भ पर चढ़ें।"

"तू आगे चल।"

प्रवेश-द्वार में पैर रखते ही प्राचीन-जीर्ण अन्धकार ने आलिंगन किया। पहली मंजिल के बीच के भाग में संख्यातीत चमगादड़ों के डैने फड़फड़ाने लगे। अमृता उस ओर ध्यान नहीं देकर जीना चढ़ने लगी।

उसने नाक दबा ली। भूतकाल की गन्ध अमृता से लिपट पड़ी थी। चारों ओर के अँधेरे में वह आँखें बन्द किये सीढ़ियाँ चढ़े या खुली रखकर पैर उठाये इसमें कोई फ़र्क़ नहीं था। उदयन कुछ भी अनुभव किये बग़ैर पीछे-पीछे आ रहा था।

"यह छत नयी बनायी लगती है।"

"हाँ, पहले यह सात मंजिल ऊँचा था। आक्रमणकारी सैनिकों से बचने के लिए दो राजकुमारियाँ भिलोड़ा आकर कीर्तिस्तम्भ की आख़िरी मंजिल पर जाकर छुप गयी थीं। पुरस्कार की घोषणा होने पर सुराग़ मिला। आततायियों को आगे बढ़ता देखकर राजकुमारियाँ ऊपर से कूद पड़ीं और विजेताओं को अपने शव भेंट किये। इसके बाद कोई राजकुमारी ऐसा न करे इस दूरदृष्टि से ग्रामजनों ने इसके ऊपर की मंज़िलें उतार लीं। और बदशक्ल हुए कीर्तिस्तम्भ पर यह गोल छत बनायी है।" गाँव की खपरैल पर एक शून्य फेंकते हुए वह आगे बोला :

"नदी और कीर्तिस्तम्भ—गाँव की दो मुख्य सम्पत्तियाँ अभिशप्त हैं।"

अमृता को गाँव की रचना अच्छी लगी। चारों ओर पहाड़ियाँ और वनश्री, बीच में बसा स्तब्ध गाँव।

"गाँव की आबादी बढ़ती नहीं?"

"घट रही है।"

जीप का हॉर्न बजा।

उदयन ने ड्राइवर को साथ लेने की आवश्यकता नहीं समझी।

अमृता ने स्टियरिंगव्हील पर हाथ रखा :

''रास्ता बताना।''

''यहाँ बहुत रास्ते ही नहीं। पहले पश्चिम में, फिर दक्षिण की ओर।''

सँकरे कच्चे रास्ते पर से गुज़रते समय ड्राइविंग उदयन ने की। उदयन की ओर लक्ष्य रखने के साथ वह सामने आकर पीछे छूट जाते वृक्षों को देख लेती। कोई विशालकाय महुआ, कोई कटी हुई डाली का करंज, कोई घटादार खिरनी, नीम और आम की फूटती फुनगियाँ। झिंगिनी, टिंबरु और आँवले की अपवाद-स्वरूप उपस्थिति, महुए को भी मात देता हुआ अर्जुन सादड़, खेत की मेड़ पर सागौन की कटी डालियों की थप्पियाँ, इन डालियों पर सूखी हुई लम्बी-लम्बी मंजरियाँ...

''नदी?''

''हूँ, इन्द्रासणी।''

''वो गाँव?''

''मऊ।''

''पर्वत के चरणों में कैसा दुबक गया लगता है!''

''दुबक गया? यहाँ के लोग तो रास्ते में खड़े बाघ-चीतों को हाथ से एक ओर धकेलकर उनकी चिन्ता किये बग़ैर आगे बढ़ जाते हैं।''

''ऐसा?''

''तो क्या तुझे बहका रहा हूँ?''

''मन्दिर?''

''हाँ भवनाथ। देख। इसकी पताका कितनी फीकी पड़ गयी है!''

जीप खड़ी रही।

''यह च्यवन ऋषि का कुंड। भले आदमी को भर बुढ़ापे में जवान होने की लालसा जागी। पहले यहाँ आँवले अच्छे होते थे। निठल्ले आदमी को काम क्या? जंगल में से आँवले बीनकर, उन्हें कूट-पीसकर, तरह-तरह के मसाले डालकर महाशय खाते रहे। वजन बढ़ाया और अपने को जवान कहने लगे। मैं भिलोड़ा में पढ़ता था। तब अक्सर यहाँ आया करता था। मेले में तो अवश्य ही आता। एक बार मित्रों के साथ मतभेद हो गया। वे सब कहें कि इस कुंड में स्नान करने से यौवन वापस मिलता है। मैंने कहा कि अपने-जैसे छोकरे इसमें स्नान करें तो कुछ दिनों बाद यौवन प्राप्त करें। बाक़ी हड्डियाँ बूढ़ी हो जाने के बाद तो खोखली हो जाती हैं। और जवानी की परिभाषा यह है कि एक बार जाने के बाद वह नहीं आती। जबकि वृद्धत्व एक बार आने के बाद जाता नहीं।

एक उर्दू कवि ने यह परिभाषा दी है। ठीक है न? तुझे महादेव के दर्शन नहीं करने? इस प्रदेश का धार्मिक सार्वभौमत्व इनके पास है।''

''चल, लौट चलें।''

''यहाँ से हाथमती तक नहीं जाना है? इन्द्रासणी और हाथमती पर बाँध बाँधा जाने वाला है और यह मन्दिर इसमें डूब जानेवाला है।''

''ऐं?''

''इसमें आघात की क्या बात है? तुम्हें तो मानो बिजली का करेंट लग गया! यहाँ बड़ा सरोवर होगा। कितने ही गाँव ख़ाली कराये जाएँगे। मन्दिर को बचा लेने के लिए पुजारियों ने ऊहापोह मचाया है क्योंकि उनके लिए तो भरण-पोषण का सवाल है। नया मन्दिर स्थापित करके उसकी प्रतिष्ठा बढ़ाने में देर लगेगी। इस ओर आ। एक ख़ाली हुआ गाँव बताऊँ।''

''एकदम ताज़ा खंडहर।''

''इस खंडहर की आयु बहुत कम है। यह पानी में डूब जाएगा।''

''सरोवर तो भरेगा तब भरेगा। उसका पानी धरती को पल्लवित भी करेगा, परन्तु इस समय तो यह जो खाली हो रहा है...।''

''बहुजनहिताय। अमृता...देख न, देवों को भी खिसकना पड़ता है न!''

''जाने क्यों इस वनश्री के बीच भी आज मुझे बेचैनी हो रही है, सिर दुःख रहा है। उदयन, मुझे वापस ले चल। हाथमती तक नहीं जाना।''

उदयन ने जीप स्टार्ट की। पहले यहाँ रास्ता नहीं था। सर्वेक्षण करने आये इंजीनियरों के कारण यह रास्ता बना था। पलाश और सागौन के पत्तों के पीछे अदृश्य बने पाषाण कभी-कभी दिखाई देते और अमृता की आँखों में प्रतिबिम्बित होते। सागौन के हरे और बड़े-बड़े चाँद-जैसे पत्तों को देखती न देखती वह विवश बन उदयन के पास बैठी थी। उदयन हाथमती की ओर बढ़ रहा था।

''भिलोड़ा में नदी का पाट ऊँचाईवाला है। यहाँ इसे अनुकूल स्थिति मिल जाने पर कैसी बह रही है! हालाँकि भारी वर्षा होती है तब तो वहाँ भी छलक जाती है।''

जीप को छोड़ उदयन चलता-चलता नदी के किनारे पहुँचा। इस किनारे पर नदी नीची थी। वह बैठा। अमृता खड़ी रही।

''एक प्रस्ताव रखूँ?''

''क्या?''

अमृता ने नदी से विमुख होकर उदयन की ओर देखा।

''आ बैठ। तूने कभी न सुनी हो ऐसी बात तुझे बतानी है। धैर्य के साथ सुन। देख, इस नदी में पर्याप्त पानी तो नहीं है, पर जितना भी है वह स्वच्छ

है। तेरे शब्दों में कहूँ तो निर्मल है। इसमें बाढ़ के साथ जो कूड़ा-करकट बह आता है उसमें का कुछ भी शेष नहीं है। किसी पक्षी का पंख, किसी स्त्री का अधोवस्त्र, किसी पशु के सींग, किसी पेड़ की जड़ें, किसी किसान के हल की मूठ—कुछ नहीं, इसलिए तू इसे विक्षिप्त हुए बिना देख सकेगी। देख ले। मुझे इसकी गति आकर्षक लगती है। तू आज्ञा दे तो इस समय मैं एकदम थक गया हूँ फिर भी जरा मेहनत करके अपने शरीर को इसके प्रवाह में छोड़ दूँ। ताकि मुझे गति मिले। दिनोंदिन मेरी गति क्षीण होती जा रही है। मुझसे अब शरीर का वजन नहीं ढोया जाएगा। और गतिशून्यता आ ही जाएगी तो मैं किस मुँह से तेरे सामने देख सकूँगा? तू आज्ञा दे तो इस प्रवाह में बह जाऊँ। अमृता! अपना सम्बन्ध तो ऐसा है कि तू मुझे आज्ञा दे इतना ही नहीं, उस प्रवाह तक मुझे पहुँचाने में तुझे मेरी मदद करनी चाहिए।''

''कृपा करके कुछ मत बोल। चल घर चलें।''

''तू मदद नहीं करेगी?''

''मदद तो बहुत छोटी चीज है। तुझे सँभालकर घर ले जाऊँगी।''

''अमृता, यह योग्य स्थल है। मैं आभारी रहूँगा।''

अमृता ने उसका मुँह दबा दिया।

''मुझे जो दिखाई दे रहा है वह तेरी हथेली की दीवार से दिखाई देना बन्द नहीं हो जाएगा। अच्छा! मदद नहीं करती तो आज्ञा ही दे बैठ।''

''मुझे तेरी बात में रुचि नहीं, तू स्वार्थी है।''

''स्वार्थी?''

''हाँ, आत्मघात स्वार्थ होता है। मैं अपनी समग्रता लिए तेरे पास हूँ फिर भी तुझे आत्महत्या का विचार आता है?''

''आत्महत्या कैसी? मनुष्य परिस्थितियों या जगत के सामने हार जाए और फिर लुका-छिपा बदला लेना चाहे और तब अपने को जगत से बाहर फेंक दे तो आत्महत्या कहलाये। मैं तो राजी-खुशी से बह जाना चाहता हूँ...आज जिसे मैं जी रहा हूँ उसे तू जीवन कहती है? यह जड़ता मरण नहीं तो क्या है? मैं मरण को ही जी रहा हूँ। मुझे मरण का लेशमात्र मोह नहीं, पर इस गतिहीनता को मैं बेहद नापसन्द करता हूँ। और इसलिए तुझसे आशा रखता हूँ कि तू मुझे समझने का प्रयत्न करेगी।''

''गति प्राप्त करने के लिए तुझे नदी का आश्रय लेने की आवश्यकता नहीं। मैं तेरा भार वाहन करूँगी। जिस दिन नारी अपने अस्तित्व की निरर्थकता प्रमाणित करती है उस दिन उसकी आँखों में से ऐसी असंख्य नदियों की गतिशील वेदना का उद्‌भव होने लगता है। तू जो आज तक मेरी उपेक्षा करता आया है वैसी उपेक्षा

ही करता रहेगा तो तुझे इस वेदना की सजल गति भी देखने को मिलेगी। हाँ, वह दिन नहीं आएगा इसकी मुझे आशा है। मैं अपने को निरर्थक मान सकूँ यह सम्भव नहीं। जिस गति का तू अभाव अनुभव कर रहा है वह तो भ्रम है। तेरे इस भ्रम को मैं दूर कर सकूँगी। तेरे अवकाश में अपनी जिन्दगी जोड़कर तुझे गति देने के लिए तेरे साथ आयी हूँ। मुझमें विश्वास कर उदयन! विश्वास कर। क्या तुझे लगता है कि मेरा प्रायश्चित्त अब भी पूरा नहीं हुआ?''

''यह तो गौण बात हुई। मेरे सामने मुख्य प्रश्न तुझे मनाने का ही है। अपने होने और दूसरे को मानने के बीच मैं तालमेल स्थापित नहीं कर पाता हूँ। दूसरे को मानूँ तो फिर मेरी अपनी सत्ता का क्या? निज और अन्य के बीच मैं अनहद अवकाश अनुभव कर रहा हूँ।''

''क्या मैं भी तेरे लिए अन्य हूँ?''

''क्या इसमें तुझे शंका है?''

''शंका थी तब थी। अब तो कृतसंकल्प हूँ।''

''अपने संकल्प को सिद्ध करने का पुरुषार्थ कर देख। अगर तू मुझपर नियन्त्रण प्राप्त कर सकेगी तो मैं मान लूँगा कि हाँ तेरी संकल्पशक्ति मुझसे बड़ी है।''

''मैं तुझपर नियन्त्रण प्राप्त करने की आकांक्षा से प्रेरित होकर नहीं आयी। मैंने तो स्वयं अपना नियन्त्रण भी तुझे सौंप दिया है।''

''यह आदान-प्रदान का समय, यह सम्मोहक सन्धिकाल बीत गया है। केवल तेरा और मेरा ही नहीं, समग्र मानव जाति का भी। आज तो विच्छेद के अतिरिक्त अन्य किसी की भी मुझे प्रतीति नहीं। मेरे रक्त के बीजों में निरन्तर विच्छेद की प्रक्रिया चल रही है।''

''आत्म-निरीक्षण करे तो तुझे समझ आये कि तू मेरे साथ कितना निर्मम हो रहा है!''

''निर्मम तो तू है कि आत्मविलोपन के मेरे अधिकार के बीच आकर खड़ी हो गयी। मेरे साथ दौड़ आयी और मेरी मुक्तता में बाधा डाली।''

''मैं तेरी मुक्ति छीनने के लिए नहीं आयी, तेरा संशय छीनने आयी हूँ।''

''मैं तुझे अपना संशय सौंप देने को तैयार हूँ। अलबत्ता अपनी स्वेच्छा से, तू छीनने आयी इसलिए नहीं। और तू चाहती है उस शर्त पर भी नहीं। तुझ अकेली को भी नहीं। अपने सामने यह जो कुछ दृश्यमान जगत है उस समग्र को मैं अपना संशय सौंप देने को तैयार हूँ। अर्थात् देहरूप में जाना जाता अपना जीवन सौंप देने को तैयार हूँ। जहाँ तक यह संशय है वहाँ तक मैं हूँ।''

वह उठा और नदी की ओर चला। अमृता के सामने का आकाश मानो नीचे

उतर आया। वह भी उठकर उदयन के सामने आकर खड़ी हो गयी।

''यह प्रवाह भले ही दूर रहे। इसके बीच का अन्तर तुझे नहीं काटना है। तुझे जो अन्तर काटना है वह तेरे और मेरे बीच का अन्तर है। तुझे अपनी ज़िन्दगी का नहीं, अहंनिष्ठा का विलोपन करना है। मरण से तू मुक्त नहीं हो सकेगा, पराभव प्राप्त करेगा और अब तेरा पराभव तुझ अकेले का पराभव नहीं, मेरा भी है, अनिकेत का भी है। इस वनश्री पर ये बादल स्वर्णमयी आभा बिखेर रहे हैं वह क्या तेरे लिए नगण्य है? इन बादलों के उस पार का नीला आकाश तुझे अनन्त का अनुभव नहीं करा सकता?''

''अनन्त नहीं, शून्य।''

''और तू मानता है कि शून्य अर्थात् जो रिक्त है वह।''

''जो तू कहे वह। शब्दों के बदलने से कुछ फ़र्क़ नहीं पड़ता। तू जिसे अनन्त कहती है वह रिक्तता नहीं तो और क्या है?''

''और तेरे इन चरणों को रोक रहे ये तृण के अंकुर? घास पर लदे फूलों की वह रंग-भरी झालर, तेरे सामने झुकी यह कदम्ब की डाली और तुझे रोककर साक्षात् खड़ी है जो—क्या यह सब कुछ तेरे लिए अर्थशून्य है?''

''ये सब भले ही रिक्तता का अनुभव न करायें, पारस्परिक बिलगाव सूचित करते हैं। तुझे भले ही ये जीवन-प्रेरक लगें, मेरे लिए तो यह दृश्यमान भ्रम है। वास्तविकता का मिथ्या रूप, सौन्दर्य के रूप में छलना।''

''यह अमृता भी छलना?''

''मुझे लगता है कि ऐसा कहने में कोई भूल नहीं कर रहा हूँ। शायद मैं तो यह भी कह सकता हूँ कि तू केवल मेरे लिए ही छलना है, इतना ही नहीं, तू अपने साथ भी छल कर रही है। तू सहानुभूति से प्रेरित होकर आयी है, अपनी अनिवार्यता से प्रेरित होकर नहीं। और फिर एक मरणोन्मुख मनुष्य के बारे में भला कौन अनिवार्यता प्रमाणित कर सकता है? मुझे सन्देह है कि तू त्याग का गौरव प्राप्त करने के दम्भवश यहाँ आयी है। इससे तो बेहतर था कि तू न आयी होती। तू मुझे चाहती होती तो मुझे इसका अनुभव क्यों न होता, आंशिक प्रतीति भी क्यों नहीं होती? परन्तु मैं जानता हूँ कि इसमें तेरा दोष नहीं। प्रेम है ही कहाँ कि जिसकी अनुभूति हो? जो मात्र कल्पना है उसकी प्रतीति कैसे हो सकती है? अमृता, मान जा! तेरे प्रयत्नों से हमारे बीच किसी तरह का प्रेम अस्तित्व धारण कर सके यह सम्भव नहीं।''

अमृता की गरदन झुक गयी। उसकी देहयष्टि आधार ढूँढ़ने लगी। हवा के एक मन्द झोंके ने उसके चारों ओर के ख़ालीपन को नज़दीक ला दिया। वह बैठ गयी। आकाशी दूरत्व का खालीपन और धरती की उपेक्षित एकलता का

सम्मिलित भार उसके सिर आ पड़ा।

उदयन के अर्थशून्य हास्य की गूँज अमृता के कर्णमूल पर आघात कर गयी। वह अमृता से दूर जाकर खड़ा रहा। कमर पर हाथ रख वह पहाड़ी की ओर देखता रहा। वरखड़े का एक ठूँठ पनपने लगा था। किसी ने पिछली गर्मियों में इसकी सभी डालियाँ काट डाली थीं। उसने गिनती कर देखी। काटी गयी डालियाँ सात थीं। जबकि ये नये पनपे अंकुर असंख्य थे।

डूँगर की छाया नदी तक फैली हुई थी। छाया के नीचे बहता पानी और स्वर्णरंगी किरणों से चमकता पानी एक आकर्षक विरोधाभास की रचना कर रहा था। अपने मनोभावों में एकाएक परिवर्तन को देखकर उदयन को आश्चर्य हुआ।

'अमृता हारकर बम्बई चली जाए तो कितना अच्छा हो? इसके जाने के बाद जितना बचा है उसे मैं जी लूँगा। कोई चिन्ता तो नहीं रहेगी। रेडियो-सक्रियता का असर अगर अमृता को हो गया तो...तो मेरी मित्रता की इसके प्रति वफ़ादारी का क्या होगा? कितनी भोली है? अपना बलिदान कर मुझे बचाने को संघर्ष कर रही है। मेरे शरीर की आन्तरिक स्थिति को यह नहीं जानती। भ्रम में जीती है। यह स्वायत्त रह सकती होती तो मैं अपने कोषों में चलते विघटन के बारे में इससे कहता और वस्तुस्थिति से अवगत कराता। ख़ैर, नाराज़ करके भी इसे वापस लौटा सकूँ तो कम नहीं। अब तो यह मुझसे दूर रहे इसी में इसका हित है।'

होठ का वक्र स्मित लाकर वह अमृता के पास गया—

"क्यों, सत्य का भार न सह सकी?"

मुँह ऊपर उठाकर उसने उदयन की ओर देखा। देखती रही। उदयन ने देखा कि अमृता की आँखें खुली हैं पर खाली नहीं हैं। वे सजल हो उठी हैं।

"जो तू कहे वह क़बूल। तू कहे वही सच। तू जिसे स्वीकारे वही अस्तित्व। तू जिसे नकारे वह शून्य।"

"तेरी मजबूरी का कोई लाभ मुझे नहीं उठाना है। ऐसा लोभ मैंने कभी नहीं रखा।"

"तो तू मुझे क्यों भगा देना चाहता है? तू जो कुछ बोलता है वह सब बोलने के लिए अन्तःकरण से प्रेरित होता है या मुझे दूर करने के लिए बोलता है?"

"मैं जब बोलता हूँ तब सत्य बोल रहा हूँ—यही मानकर बोलता हूँ। पर तुझे यह स्वीकार लेना चाहिए यह मैंने कब कहा? सत् और असत् के मेरे द्वारा किये गये भेद अन्तिम हैं ऐसा दावा करने की मूर्खता मैं नहीं करूँगा। मुझे लगता है कि सत्-असत् को पहचानने की अपेक्षा चलित को सरलता से प्राप्त कर सकता हूँ। चलित के साथ अपना सम्बन्ध मैं जान सकता हूँ। चल, खड़ी हो। अभी तो तू मुझे गति देने की बात करती थी। कहाँ गयी तेरी महेच्छा? तू तो स्थिर भी

नहीं रह सकी?''

भीगी पलकें उठाकर वह खड़ी हुई। उदयन के कन्धे पर हाथ रखा। सहारा लिया और दायें हाथ से बेल की तरह उससे लिपट गयी। सिसकी के साथ अश्रुधारा को वेग मिला। एक भी आँसू व्यर्थ न गया। उदयन की बुश्शर्ट भीग रही थी। कपड़े के ताने-बाने में अश्रुजल घुल गया।

अमृता की पीठ पर पहुँचने के लिए हाथ उठा किन्तु उसने रोक लिया। रुका हुआ हाथ श्रमित लगा। ऐसे पीछे हट गया वह हाथ मानो योजनों का अन्तर काटना हो और वह उसकी सामर्थ्य के बाहर हो। उदयन अपने उस निष्फल हाथ को क्षण-भर देखता रहा। तटस्थ भाव से देख सका। फिर नये सिरे से हाथ उठाकर अमृता का मांसल कन्धा पकड़कर उसे निर्वेद स्पर्श दिया। बोला :

''कोई किसी को नहीं बचा सकता। भले ही एक और एक का योग दो होता हो, किन्तु दो की संख्या होने से प्रत्येक की एकलता में कोई फ़र्क़ नहीं पड़ता। सम्भव है, वह द्विगुणित भी हो जाए।''

उत्तर की अपेक्षा रखे बिना वह चलने लगा। अमृता ने उसका अनुसरण किया। स्टियरिंग थामकर बैठे उदयन को उसने एक ओर घसेड़ा। जीप चालू की और उस मौन की स्थिति को तीव्र गति में बदल डाला। हाथमती के किनारे झुकी हुई वनराशि पीछे रह गयी। भवनाथ का मन्दिर और च्यवन ऋषि का कुंड उसके स्मरण से परे हो गये। इन्द्रासणी का क्षीण प्रवाह जीप के पहिये को दौड़ते देखता रहा। कच्चा रास्ता पूरा हुआ। सड़क आ गयी। भिलोड़ा के सिवान तक पहुँचने पर अँधेरा सामने मिला। जीप सौंपकर जब वह उदयन के पीछे-पीछे चली तब गाँव की गलियों के अँधेरे का अवकाश उसके साथ-साथ चलता रहा। फाटक के खुलने की चर्राहट से इस अवकाश में दरारें पड़ गयीं, किन्तु वह घर की मंज़िल पर पहुँची तब तक तो वह अवकाश जुड़ गया था।

लालटेन जलायी। उसका प्रकाश मद्धिम लगा। चिमनी जलायी। थोड़ा चैन मिला। रसोई की तैयारी करने लगी।

''भूख नहीं है।''

''जानती हूँ।''

''मेरे लिए कुछ न बनाना।''

''उपवास तो नहीं है न?''

''है भी और नहीं भी।''

''तो बस। आराम कर। विचार मत कर। आराम कर।''

''तेरा वश चले तो मेरे विचार-चक्र को ताला मारकर चाबी छुपा दे, है न?''

''आ मेरे पास बैठ। उस दिन विद्यार्थियों से कही थी वैसी कोई कल्पित

कहानी कह। तू बहुत अच्छा कहानीकार है। आधी-पूरी सुना दे। अथवा जो आज हमने देखी उस प्रकृति का वर्णन कर। मैं सुनूँगी। यह प्रदेश तेरी मातृभूमि हो ऐसा ही लगता है। मैं तो एकाध बार देख जाने के लिए तरसती थी। कैसा सद्भाग्य कि मुझे यहाँ रहने का इतना सुन्दर अवसर मिला!''

जितने दिनों बाद वह दिन आया था, उतने दिन उसके बाद बीत गये।

अँधेरा फीका पड़ गया था क्योंकि अब चन्द्रमा उदित हो रहा था जिसे उत्तरोत्तर देर से अस्त होना था।

पानी का गिलास और गोली लेकर अमृता आ खड़ी हुई। उदयन एक पुरानी कुर्सी पर बैठा था। उसने गोली उठायी और कुर्सी के हत्थे पर रखी। उसे पुस्तक से ठोकने लगा। गोली सरककर नीचे गिर गयी। अमृता दूसरी गोली ले आयी। उदयन ने हाथ किया। अमृता ने नहीं दी। उसकी इच्छा गोली उसके मुँह में रखने की थी। उदयन होठ बन्द किये रहा। अमृता का हाथ आगे बढ़ा। उसकी अँगुलियों के स्पर्श से उदयन के होठ खुल गये। पानी पीकर उसने अमृता को नखशिख निहारा :

''मैं गोली का आवरण तोड़कर इसके अन्तरतत्त्व को जान लेना चाहता था।''

''मुझे तो तेरे चित्त पर चढ़े व्यामोह के आवरण को तोड़ने की आवश्यकता लगती है।''

''किन्तु तू ऐसा कर नहीं सकती, क्यों?''

''तुझे नहीं लगता कि इसमें तुझको मेरी सहायता करनी चाहिए?''

''अमृता, तू तो प्रवाह के विरुद्ध तैरने की बात करती है।''

''मैं ऐसा कर सकती होऊँ तो तुझे क्या एतराज है?''

''एतराज क्यों न हो, मैं मनुष्य की शक्तियों की सीमाओं से परिचित हूँ।''

''किन्तु सीमाओं को लक्ष्य में रखकर आगे नहीं बढ़ा जा सकता।''

''अब मैं तुझे किस तरह वास्तविकता का ज्ञान कराऊँ? जाने दे, मगर कभी कहूँगा अवश्य। अभी वह सुनने के लिए तू पूरी तरह तैयार नहीं।''

आकाश में से उतर आयी चाँदनी ने बाहर के धुँधलके को उनकी अटारी के दो कमरों तक धकेल दिया। उदयन की आँखों के कोनों में, उसके पैर के नाखूनों में, उसके पेन की अलग पड़ी केप में इस अँधेरे ने जगह ढूँढ़ी। अमृता के वक्ष के साथ वह बहुत पहले से ही धड़कने लग गया था।

उसने दीवार की खूँटी पर लटकती लालटेन उतारी। दियासलाई ले आयी और दहलीज पर बैठ गयी। लालटेन का शीशा निकाला, साफ़ किया।

दियासलाई जलायी और शीशा चढ़ाया। लालटेन जली उसके बाद थोड़े क्षणों तक उसका उजाला बढ़ता गया। अमृता ने उसकी बत्ती ठीक की। लालटेन भभकने

लगी। उसने बत्ती ऊँची की। लालटेन भभकती रही। इतना ही नहीं, बत्ती के नीचे का पूरा भाग सुलगने लगा।

"यह क्यों भभक रही है?"

अमृता ने उदयन से इस तरह पूछा मानो उसके भभकने का कोई कारण वह न समझ सकी हो।

"उसे छूना मत। वैसे ही रहने दे। देखें क्या होता है? कितनी अधीरता से भभकती है? मधुरम् आसां दर्शनम्!"

अमृता तो व्यग्र हो उठी। वह लालटेन को फूँकने लगी। उसकी फूँक का कुछ भी असर नहीं हुआ।

उदयन खाँसता हो ऐसी आवाज़ में हँसता हुआ खड़ा हुआ :

"इश्क़ से तबीयत ने ज़ीस्त का मज़ा पाया
दर्द की दवा पायी, दर्द लादवा पाया।"

उसने एक लम्बी-सी फूँक मारी। लालटेन नहीं बुझी। उसने लालटेन नीचे रख दी और घड़ौंची के पास रखी बाल्टी ले आया। लालटेन पर औंधी ढँक दी। वह बुझे इसके पहले ही कमरे में अँधेरा छा गया। लालटेन जब भभक रही थी तब कमरे में अँधेरा और उजाला एक-दूसरे पर अधिकार जमाने के लिए छटपटा रहे थे। 'आटापाटा' का खेल चल रहा था।

"तूने देखा न! खनिज तेल में कितनी आग छुपी होती है!"

अमृता ने उदयन के कन्धे पर हाथ रखा। इतना ही नहीं, वह उसके पास खिसक आयी। उदयन ने जेब से लाइटर निकाला। सिगरेट जलायी और फिर लम्बा कश खींचकर अमृता के मुँह को धुएँ से ढँक दिया। अपने और अमृता के बीच धुएँ को छोड़कर वह छत की ओर बढ़ गया। उसके हाथ में सुलगती सिगरेट अँधेरे में एकदम अलग दिखाई पड़ती थी। अँधेरे अवकाश में वह एक चिनगारी बन ध्यान खींचती थी।

अमृता ने चिमनी जलायी। उसके बाद साफ़ करके लालटेन जलायी। थोड़ी देर तक एकटक दृष्टि से उसे देखती रही।

निष्क्रिय रहने का दंड भोगता कोई किसान, अरण्य के बीच एकदंडिये महल पर गुप्तवास भोगती कोई राजकुमारी, पूरे उपवन में अलगाव भोगती सोनचम्पा की मुकुलित कली, अविरल बहती शून्यता को टिकाये रखते दो किनारे, साग की सूखी मंजरी, शिरीष पुष्प के भिंसे तन्तु, हवा में उड़ते पतिंगे के पंख...अमृता के मानस-पटल पर क्या-क्या अंकित हो गया? कुछ भी टिका नहीं। जैसे हवा में अँगुलियों की छाप...शून्य शेष सृष्टि का क्षणिक अभिसार। गति और विरति।

वह उदयन के पास जाकर खड़ी रही।

उदयन को क्या सूझा था कि वह आज बार-बार ग़ालिब की पंक्तियाँ गहरी आवाज में बोले जा रहा था :

"शमा हर रंग में जलती है सहर होने तक।"

वह खड़ा हुआ, अन्दर गया। खाट पर बैठ गया। उसमें इस तरह धँस गया मानो रेत का कोई मकान ढह गया हो। आँखें बन्द कर लेने से थोड़ी नींद आयी। उठने के बाद ताक़ में पड़ा अनिकेत का पत्र लेकर पढ़ने लगा। पढ़ते-पढ़ते नीचे लिखे अनिकेत के नाम तक पहुँचे, उसके पहले ही उसके अनिश्चय-भरे हाथ ने वह पत्र फाड़ डाला।

अमृता खड़ी थी, उसी जगह पर जहाँ पहले खड़ी थी। मानो उसके पैर जड़ हो गये थे।

उदयन ने छत की ओर नज़र डाली। ख़ाली खड़ी अमृता की पीठ दिखाई दी। देखता रहा। उसे हुआ कि उसकी आँखों को क्यों न कुछ हो गया होता? क्यों अब भी वह अमृता को पहचान सकता है?

वह लेट गया। अमृता खड़ी है। दूर-दूर से आती कुत्तों के भौंकने की धीमी आवाजें...घर के आँगन में एकदम सूख गये तिनके...चाँदनी में काली लकीरें बनाते चमगादड़ों के डैने...श्मशान के पासवाली इमली की डाली पर से वातावरण में फैलती उल्लू की गहरी ध्वनि...सेमल की रुई के उड़ते रेशे...

उदयन जिसमें बैठा था उस कुर्सी में वह बैठ गयी। उसका चेहरा आकाश की ओर उठा। गाँव के ईशान कोने पर टूटते तारे का बुझ जाना...

वह खड़ी हुई और अपने बिस्तर में न जाकर उदयन की खाट की ओर गयी। सो गया होगा ऐसा मानकर वह धीमे से उसके पायताने बैठ गयी। सावधानी से दीवार तक सरकी और सहारा लिया।

उसने उदयन के पैर गोद में ले लिये। लालटेन के प्रकाश में उनपर चिपके धूल के अपरिचित कण देखे। अपने पल्लू से उन पैरों को साफ़ किया। एका़एक पाये के पास पड़े कागज़ के टुकड़े दीख पड़े। एक छोटा टुकड़ा उठाया। अक्षर— 'अनिकेत का प्रणाम!' पुराना पत्र आज पढ़ने का मन उदयन को क्यों हुआ होगा?

दीवार का सम्पूर्ण सहारा लेकर उसने पलकें बन्द कर लीं।

उदयन के पैर हटकर दूर हो गये। वह चौंक उठी। उसने ऐसा झटका अनुभव किया मानो कोई स्वप्न टूट गया हो। उसने देखा—उदयन हाथ का सहारा लेकर बैठ गया है। उसने आँखें बन्द कर लीं। ऐसी स्थिति में बैठे उदयन ने अमृता को कभी नहीं देखा था। अमृता के चेहरे पर आ लटकी एक लट को हटाकर वह सम्पूर्ण चेहरा देखता रहा।

निमीलित नयनों से अमृता ने अनुभव किया कि एक वीणा के तार युगों से बजाते आने वाले की अँगुलियों की प्रतीक्षा कर रहे हैं।

उदयन इस सम्पूर्ण चेहरे को देखता रहा। विश्व की कोई अपूर्णता इस चेहरे के पास नहीं फटक सकती।

समर्पण...एकत्व...प्रेम। कहते हैं कि प्रेम मृत्यु को जीत जाता है। अमृता है फिर भी मैं प्रेम को नकारता हूँ। उसने अमृता की चिबुक पकड़कर चेहरे को अपनी ओर किया। उसे लगा कि उसकी उष्ण साँस से इस चेहरे पर सौन्दर्य मुरझा जाएगा।

दुबारा वह चारपाई में धँस गया।

अमृता की आँखें खुल गयीं। उसने देखा कि चन्द्रमा की किरणें खिड़की के बाहर विगलित होकर चाँदनी के रूप में छिटक गयी हैं। जैसे कि इन किरणों और चन्द्रमा का धरती के साथ एक-सा सम्बन्ध है।

उदयन करवट लेकर लेटा हुआ था। पास में जगह थी। उसे यहाँ से अपने बिस्तर पर पहुँचाना दूभर लगा। उदयन के बग़लवाली जगह उसे अपनी लगी, केवल अपनी ही नहीं, एक साथ दोनों की अथवा दोनों की एक जगह।

करवट बदलना उसे एक ऊँचे पर्वत को लाँघकर उस पार जाने-जैसा लगा। परन्तु उसने साहस किया। उसने अपनी विमुखता दूर की। उसने देखा-इस अमृता को तो उसने देखा ही नहीं था। अमृता मिथ्या नहीं, सौन्दर्य है। शरीर नहीं, प्रेम है। यदि प्रेम न हो तो ऐसा दूसरा कौन-सा विधयात्मक सत्त्व जगत के क्रम को सातत्य दे सकता है? प्रेम के बदले अन्य किसी संज्ञा का प्रयोग करके भी इस सत्त्व को तो स्वीकारना ही पड़ेगा।

अमृता सौन्दर्य है।

वह पहचान नहीं पाया था।

अमृता प्रेम है।

आज वह जान सका है।

उसने अमृता का हाथ पकड़ा और अपने कान पर उसकी हथेली दबायी। भौंकते कुत्तों और उल्लुओं की आवाज़ में घुटा हुआ भय उसे सुनाई न दे, इसलिए उसने अमृता की हथेली से अपना कान दबाये रखा। उसे लगा कि समग्र कोलाहल मिट गया है और निष्ठुर समय भी उसकी शरण में आ गया है।

अमृता के हृदय की धड़कन में सहजता नहीं थी। उदयन के शिथिल हाथ में नया बल प्रकट हुआ और उसने अमृता को वक्ष के निकट खींच लिया। उसके चित्त के शून्य गगन में वसन्त के अन्तिम दिन की प्रात:कालीन अरुणिमा छलक उठी। अमृता को बाहुपाश में जकड़ लिया। अमृता अपने को भूल गयी : सूर्योदय

के बाद जैसे अरुणिमा स्वयं अपने को भूल जाती है...।

किन्तु यह क्यों?

उदयन ने करवट बदल ली। उठ खड़ा हुआ। ताक़ में रखी अधूरी कहानी के काग़ज़ व्यवस्थित किये। और आगे लिखा :

"हे ऋजुला! राजमार्ग पर से मैं अन्तिम बार गुज़रता होऊँ तब तेरे गौरवनत भाल पर सौभाग्यतिलक देखता जाऊँ। तेरे मुख से उच्चरित 'प्रेम' का अर्थ लेकर मैं जाऊँगा। यह होगी मेरी चरम तृप्ति। तू जिसे सम्बोधित कर यह शब्द बोलेगी उसके हृदय में इसका अर्थ स्वयं ही प्रकट होगा। कृतज्ञ हूँ ऋजुला! अब तेरे दृष्टि-पथ से मेरी छाया निःशेष होती है। चिर विदा! ऋजुला। नमस्कार!"

उसे लगा कि कहानी पूरी हो गयी। उसे शान्ति का अनुभव हुआ। और सोचा कि अब वह कोई कहानी नहीं लिखेगा।

पाँच

ड्यूटी पर पहुँचने की जल्दी न थी। और न मन ही था। उदयन को भी सम्पूर्ण स्वस्थ देखकर वह जाना चाहता था। रुकना आवश्यक लगा किन्तु ऐसा कर नहीं पाया। शायद अमृता के एक ओर रह जाने का भय था, अतः वह अपने प्रति निर्मम बनकर वहाँ से चल दिया।

जोधपुर पहुँचे एक सप्ताह हो गया था। पत्र द्वारा उदयन से सम्पर्क बनाये रखना आवश्यक लगा। किन्तु एक भी बात ऐसी दिखाई नहीं देती थी कि जिसे उदयन को लिखा जाए। इतने में उसके नौकर का पत्र आया कि उदयन साहब भिलोड़ा गये हैं। साथ में अमृताजी भी हैं। अनिकेत ने सोचा कि थोड़े दिनों के लिए वहाँ गये होंगे। वहाँ अधिक रुकने का क्या प्रयोजन हो सकता है? और वहाँ अधिक रुकना उन्हें सुहाएगा भी नहीं। उसने नौकर को लिखा कि वह वहीं रुके। उदयन और अमृता लौटकर आयें तब मुझे सूचित करे। मैं आ जाऊँगा। थोड़े समय पूर्व हुई नौकर की शादी का खयाल आया हो और इसलिए अनिकेत ने उसे जोधपुर आने से मना किया हो यह भी सम्भव है।

उसने उदयन को लिखा।

"हे प्रत्यक्ष सृष्टि के प्रवासी! जिसे तू अपनी इन्द्रियों द्वारा प्रमाणित नहीं कर सकता उसका भी अस्तित्व हो सकता है। वह केवल अभाव नहीं। जो दिखाई नहीं देता वह भी होता है, बल्कि है। इसलिए समग्र भावमयता को अपने में

प्रतिफलित होने दे। ममत्व से प्रेरित होकर किसी का निषेध मत करना। मित्र के नाते तुझसे आग्रह करता हूँ। अमृता से थोड़े-बहुत सम्पर्क के कारण उसकी वेदना को भी कुछ जानता हूँ। देखना कहीं तेरी सतर्कता से अवरुद्ध होकर वह असमर्पिता न रह जाए। उसकी उपस्थिति में कुछ होता हो होने दे। तेरी सतर्कता और तेरे दर्द को, तेरे दर्द की सजगता को और सतर्कता के बोझ को विराट में विस्तृत होने दे। निष्क्रिय रहकर सक्रियता सिद्ध करने का एकमात्र मार्ग है विजेता बनने की अभीप्सा छोड़कर, अपने विशिष्ट स्वातन्त्र्य का हठ छोड़कर, समग्र के योग को स्वीकार लेना क्योंकि तृप्ति सीमित स्वातन्त्र्य में नहीं वरन् निःशेष मिलन में है। इस मिलन-इच्छा का प्रारम्भ उसी से होता है जो अपने निकट होता है।''

मानता हूँ कि नयापन प्राप्त करने के लिए तू भिलोड़ा गया है। तेरा अपना पूर्वपरिचित भिलोड़ा ममता और ताज़गी से भरपूर। तेरे गाँव की वनश्री को न देख पाने का मुझे दुःख है। वहाँ दौड़ आने को मन होता है। यहाँ रेगिस्तान की सरहद पर जीनेवाला तेरी पहाड़ियों की नैसर्गिक सुषमा को देखने के लिए तरसे तो तू उसकी मुग्धता को क्षमा करना। वैसे भी तू जानता है कि अपनी संस्कृति का स्रोत वन से ही प्रकट हुआ है। अपने महान देश का हृदय वनश्री की छाया में ही पोषित हुआ है। मुझे अच्छी तरह याद है, तूने कहा था, भिलोड़ा के पास मऊ गाँव में च्यवन ऋषि का आश्रम है। शायद यह भी कि आज जो ईडर है वहीं पहले कण्व ऋषि का आश्रम था। चलो यह भी आनन्द की बात है कि अपने ऋषि-तपस्वी वनवासी थे। वनों ने भारत को क्या-क्या दिया है! चलो, हमें इससे भी सन्तोष है कि भिलोड़ा की वनश्री ने हमें एक वीर्यवान युवक तो दिया है!

मैं अपने बारे में कुछ न लिखूँ तो तुझे पत्र अधूरा लगेगा। वैसे तो तेरे नाम जो लिखा है उसमें मैं भी समाहित हूँ। फिर भी अलग से प्रयत्न करता हूँ :

यह मकान रखे काफ़ी समय हो गया। वसन्त, ग्रीष्म, वर्षा, शरद्...कितनी-कितनी ऋतुएँ बीत गयीं! परन्तु इस मकान के पश्चिमी आँगन के कोने में विकसते एक वृक्ष को मैंने आज ही पहचाना। यह रुद्राक्ष है, जिसके फल के सूख जाने पर साधु लोग माला बनाकर पहनते हैं। मैंने इसको सींचने के लिए थड़ के चारों ओर एक क्यारी बनायी। पानी उँड़ेलकर इस छलकती क्यारी को देखता रहा। लैला को तू जानता होगा। बहुत नटखट पक्षी है, किसी से अचकता नहीं। कौन जाने कहाँ से ये उड़ आये और चोंच भर-भर के पानी पीने लगे। तृप्त हो गये। फिर तो जल-बिन्दु को चोंच में भरकर नीचे छोड़ने लगे। अलग हुए बिन्दु फिर से पानी बन जा रहे थे। मानो इस क्रीड़ा से सन्तोष न हुआ हो इसलिए पानी में कूद पड़े। पंख भिगोकर पाल पर आयें और आनन्द से कम्पन कर उठें। पंख फड़फड़ायें। मैं तो कामकाज भूलकर उन्हें ही देखता रहा। भई, उन्हें उड़ा देना

अपने वश का नहीं। हम तो रहे प्रेमी आदमी। प्रेम के माध्यम से प्राण तक और प्राण के परिचय से सत्य तक की यात्रा करने के अभिलाषी जीवन को तो ऐसी छलछलाती क्यारी, उसकी पाल पर क्रीड़ा करती लैला की खुशी, वृक्ष की छुपी डाली पर फूट पड़ती कोंपलें, पवन से संचरित हुई तरु–लता की मुकुलित कलियाँ, शाम के समय खजूरी के पत्तों की श्रमित मर्मर ध्वनि, ऊषा की नित्य नूतन अरुणिमा, दूरवासी विहंग–वैतालिक का उत्साही स्वर, मुझे पौधा समझकर मेरे कन्धे पर बैठा भोला पतिंगा, रत्नगुंजा की सूखी फली के चटकने पर उसके बीज का चिकना रक्तिम वर्ण...सब कुछ सन्तर्पक बन जाता है।

बार–बार कोई अनाहत स्वर मेरे अन्तस्तल में जागकर इंगित कर जाता है कि यह सारी सृष्टि मेरा नीड़ है। मैं अपने इस नीड़ को छोटा नहीं बनने देना चाहता। निजत्व को बृहद् में भावित करने के नये–नये माध्यम तलाश कर रहा हूँ। उसकी पूर्व शर्त के रूप से निर्वेद और आनन्द के बीच समाधान पा लिया है।''

यह पत्र अमृता ने भी पढ़ा था। उसने अनिकेत को सूचित किया था कि उदयन यहाँ अनिश्चित समय तक रुकना चाहता है। उसकी तबीयत तो ठीक मालूम पड़ती है किन्तु उसके मन की गति को नहीं पकड़ पा रही है।

''क्या उत्तर दिया जाए? गत पत्र में लिखा है उससे अलग तो कुछ कहने को है नहीं और अब मैं कह ही क्या सकता हूँ।''

गीत की कोई पंक्ति अभी इसके कंठ में जागी नहीं। स्वरतन्त्रियों की प्रकृति बदल गयी लगती है। हवा सूखी और विरल है जिसमें सर्दी सांगोपांग घुल गयी है। अब इसका असर बढ़ेगा।

जोधपुर के जिन स्थानों की यात्रा उसने उदयन के साथ की थी वहाँ जाने पर बरबस उसकी स्मृति हो आती थी। ऐसा क्या है कि उदयन ऐसे याद आता है?

उसने डॉक्टरों को बम्बई पत्र लिखा। वे लोग अपने मित्रों से पूछनेवाले थे उसका क्या हुआ? किसी भी प्रकार की क्षति उसके शरीर में नहीं रह जाए। आवश्यक हो तो विदेश भी ले जाया जाए।

अनिकेत की वाणी का स्वभाव बदल गया था। वह आजकल गीत की लय में नहीं ढल पाती थी। कोई सहकर्मी आता था तो उसे साहब का सद्भाव कम हो जाने का वहम हो जाता था।

अनिकेत को लगा कि यह सब ऊष्मा का अतिरेक था।

समय को रँगा नहीं जा सकता। जो रंग होते हैं वे तो बादलों के हैं...सुबह का समय, शाम का समय, इनका समय...समय तो किसी का नहीं। और इसके

भेद नहीं किये जा सकते। सुबह और शाम में यहाँ क्या फ़र्क़ है? पास के खेत में खेजड़े की डाल पर लटकता बया का घोंसला सदा एक-सा दीखता है। इस घोंसले को पास में खड़े होकर लम्बे समय तक देखा जा सकता। घोंसले में शान्ति है। मात्र शान्ति और कुछ नहीं। इस घोंसले की रिक्त शान्ति के साधर्म्यवाली एक शान्ति उसकी आँखों में स्थिर हो आयी थी। धूल के बवंडर में उड़ आता कोई कान्तिहीन पंख ध्यान खींचे बिना ही उसे स्पर्श कर सरक गया था।

देर रात तक मकान के पिछवाड़े से एक शराबी पुरानी फ़िल्मों के गीत गाता-गुनगुनाता गुजर रहा था। अनिकेत मानता कि नज़दीक आकर वह बिलकुल धीमे और लापरवाही से चल रहा है। उसकी आवाज में विफलता के दर्द का नशा है। अनिकेत उठकर उसे सुनने के लिए खिड़की के निकट गया।

कभी-कभी रात के बाद उसे सीधा शाम का ही अनुभव होता। और तब समय से पीछे न रह जाए इसलिए वह मंडोर की ओर घूमने निकल जाता। रास्ते के दोनों ओर पेड़ों के तनों के काले-सफ़ेद पट्टे उसका ध्यान आकर्षित करते।

वहाँ ऐसा कोई नियम नहीं कि किसी निश्चित स्थल तक वापस होना है। कई बार वह दूर तक निकल जाता।

उसका काम-काज बिलकुल ठीक चल रहा था। उसने अपने शोध-निबन्ध के तीन प्रकरण लिख डाले थे। परिस्थिति का यथातथ्य आलेखन करने तक वह पहुँच चुका था। अब समस्याओं का स्वरूप समझ रहा था।

''बम्बई लिखे गये पत्रों का उत्तर नहीं। दो में से एक भी डॉक्टर ने उत्तर नहीं दिया। उन्हें फिर से लिखूँ? या फिर मैं ही हिरोशिमा के डॉक्टर से पूछ देखूँ तो क्या बुरा है? मेरा वर्णन एकदम ग़लत तो नहीं होगा। किस प्रकार का हुआ है और अब उसका क्या उपाय है इतना जानने को मिले तो उपचार जल्दी शुरू किया जा सकता है।''

उसने पत्र लिखा : ''उदयन ठीक हो जाए। ये लोग सुखी रहें। बस। फिर तो मैं हूँ और मरुभूमि है। बहुत विशाल प्रदेश है। फिरता रहूँगा, पढ़ता रहूँगा, लिखने-जैसा लिखूँगा। काम पूरा होता जाएगा वैसे-वैसे उन्मुक्तता का अनुभव करता जाऊँगा। बस वह बच जाए। डॉक्टर कहते थे कि रेडियो-सक्रियता का अमुक व्यक्ति पर क्या प्रभाव पड़ेगा और क्या परिणाम आएगा इस बारे में कुछ निश्चित नहीं कहा जा सकता। शरीर की सूक्ष्मातिसूक्ष्म प्रक्रिया का ज्ञान प्रस्तुत करने के बावजूद विज्ञान यह बताने में असमर्थ है कि मानव पर रेडियो-सक्रियता का प्रभाव केवल इस प्रकार ही हो सकता है। परिणाम प्रक्रिया से आगे निकल गया।''

अनिकेत को उदयन के साथ एक वर्ष तक नौकरी करने का अवसर प्राप्त हुआ था। दूसरे वर्ष उसी के कारण अमृता का परिचय हुआ। उदयन के नौकरी

छोड़ने का कारण कोई समझने को तैयार न था। उदयन पीरियड में था। आचार्य यों ही राउंड लेने निकले थे। उदयन की क्लास के पास से गुजरते समय खिड़की में से उन्होंने अपनी भीतर पैठी हुई आँखों से एक विद्यार्थी को आराम से बैठा देख लिया था। पीरियड पूरा होने पर उन्होंने विद्यार्थी को बुलाया था और उस पर जुर्माना किया था। किसी विद्यार्थी ने यह समाचार उदयन को सुनाया। उदयन ने उस विद्यार्थी को बुलाकर कहा, 'तू जुर्माना नहीं भरना। कहना कि वह पीरियड जिनका था, उन्हें विद्यार्थी आराम से बैठें, इसपर कोई एतराज नहीं था।' बात आगे बढ़ गयी थी। विद्यार्थी ने कहा था : 'साहब, आप क्यों झगड़ा मोल लेते हैं? मैं जुर्माना भर दूँगा।' परन्तु उदयन अपनी बात पर दृढ़ था। उसने जुर्माना माफ़ करने के लिए साफ़-साफ़ शब्दों में आचार्य से जा कहा था। आचार्य माने नहीं थे। परिणामस्वरूप संघर्ष हुआ। इतना ही नहीं, आचार्य की जिज्ञासा न होने पर भी उदयन उन्हें समझाने बैठा था। उसने कहा था : 'क्लास का सम्पूर्ण दायित्व अध्यापक का है। बाहर का कोई तत्त्व अध्यापक की अनुमति के बिना प्रवेश नहीं कर सकता। तो फिर बाहर घूमनेवाला क्लास में बैठे विद्यार्थी पर जुर्माना कैसे कर सकता है? प्रत्येक आदमी को अपना-अपना कार्य-क्षेत्र समझ लेना चाहिए। इसके अतिरिक्त जुर्माना करना शत-प्रतिशत एक अशैक्षणिक प्रवृत्ति है। विद्यार्थी के विकास में इस प्रवृत्ति का कोई योग नहीं हो सकता। आचार्य के विकास में भी नहीं। भय कदापि शिक्षण का साधन नहीं बन सकता। विद्यार्थी बोला हुआ ग्रहण करता है तो फिर वह तनकर बैठे या बेंच पर पैर रखकर बैठे इसके साथ अध्यापक का कुछ लेना-देना नहीं है...' इस चर्चा ने उग्र रूप ग्रहण कर लिया था और कुछ अध्यापकों ने आचार्य से मिलकर उदयन की उद्दंडता के विषय में अभिप्राय भी दिया था। कला विभाग का तो एक भी अध्यापक उदयन से सहमत नहीं था। विज्ञान विभाग का अध्यापक इस प्रश्न पर आचार्य से मिला था और सविनय कहा था : 'श्रीमान, इस मुद्दे पर कोई अध्यापक त्यागपत्र दे यह कॉलेज के लिए गौरवप्रद नहीं है। उदयन के अध्यापन की प्रशंसा की जाती है, वह प्रतिभाशाली सर्जक है। वह दोषी नहीं है और मानो कि वह दोषी हो तो भी ऐसा आदमी खोना संस्था के हित में नहीं है। आचार्य ने विद्यार्थी का जुर्माना माफ़ कर दिया था।'

दूसरे साल उदयन ने वहाँ से नौकरी छोड़ दी थी। पर अनिकेत के साथ उसका परिचय बढ़ता ही गया। यह एक ऐतिहासिक घटना घट गयी थी। दोनों को एक-दूसरे के प्रति आकर्षण था। अनिकेत को लगा कि वह आदमी शक्तिपुंज है। इसके साथ खड़ा रहना चाहिए। ऐसे लोगों की निर्भीकता के कारण ही समाज का स्तर सुधरता है। वह समाधान नहीं करता और समाधान नहीं करनेवाले के पक्ष में ही बहुधा सच्चाई होती है। सुखी होने के लिए इसने कभी समाधान नहीं

किया। वह अपने विचारों के प्रति आग्रही है और उन्हीं को जीता है।

इस घटना को याद करके अनिकेत आज उदयन की जीवनी-शक्ति के बारे में सोचता रहा। उस समय के उदयन के आत्मविश्वास पर उसे आज भी आश्चर्य हुआ। यह आत्मविश्वास कभी घटा नहीं। अमृता के साथ बढ़ते मेरे परिचय को वह दर्शक की हैसियत से देखता रहा। उसने मुझे प्रारम्भ में ही सजग कर दिया होता तो कितना अच्छा रहता। किन्तु तब तो मुझे इसका आभास नहीं था।

अमृता अब सही दिशा में है।

खुद का बैंक बैलेन्स कितना होगा? अनिकेत ने पड़ताल कर देखा। कम पड़ता हो तो पिताजी की मदद ली जाए। धन का इससे अच्छा उपयोग क्या हो सकता है। जापान या अन्य किसी भी देश में उसे ले जाना पड़े तो ले जाया जाए। रक्त-विकार था। अतः ल्यूकेमिया सम्भव है और वह ल्यूकेमिया की पूर्वावस्था हो तो?

हिरोशिमा से भी कोई जवाब नहीं। किन्तु आठ-दस दिन तो लगेंगे ही। अब एक-दो दिन में उत्तर आना ही चाहिए।

इस समय वह मकान की छत पर चक्कर लगा रहा था। आकाश स्वच्छ था। अनावृत नीलिमा स्वयं में निमग्न थी और समुद्र और आकाश के रंगों में साम्य था। या फिर आकाश के दर्पण में समुद्र का प्रतिबिम्ब पड़ रहा होगा? किन्तु प्रतिबिम्ब तो केवल समुद्र का ही क्यों, मरु का भी पड़ सकता।

उसने देखा कि गति बढ़ गयी थी। धीरे-धीरे चहलकदमी कर रहा था। अब जल्दी-जल्दी चलने लगा था।

नौकरानी आयी। रसोइया बाहर गया था। उसने छत पर से ही कहा-"मुझे खाना नहीं खाना है।"

पोस्टमैन दिखाई दिया।

तार!

अनिकेत धीरे-धीरे सीढ़ी उतरा।

अमृता लिखती है :

"उदयन अपनी ओर कोई लक्ष्य नहीं देता। मेरी तो मानता ही नहीं। तुम आओ या कुछ लिखो। अब इसके उपचार में विलम्ब नहीं होना चाहिए।"

"उफ़!"

बैठक में जाकर वह सोफ़े पर गिर पड़ा।

"वह हमारे प्रयत्नों के विरुद्ध ही हो तो क्या हो पाएगा?"

इन प्रयत्नों में हमें निष्फल बनाकर बदला लेना चाहता है? सम्भव है, अमृता का तिरस्कार भी करता हो। अमृता सफल होगी ऐसा विश्वास तो है, किन्तु उदयन

को केवल अमृता से ही विरोध नहीं होगा। उसका शरीर जिसका भोग बना है उस घटना के बारे में वह निरन्तर सोचा करता होगा। उसका विद्रोह होगा मानवजाति के आसन्न भूतकाल के सामने, रचे जा रहे इतिहास के सामने।

यह युद्ध मानव की भूल थी। अनिवार्य प्रमाणित किये बिना ही यह खेला गया था। इसलिए यह 'युद्ध' नहीं था, भूल थी। भूल का परिणाम भूल करने-वाले नहीं, निर्दोष भोगेंगे। आधुनिक जगत में युयुत्सु वृत्ति को प्रबल बनाने में नित्शे का कम योग नहीं। किन्तु कभी उदयन नीत्शे के विषय में ख़राब बोला है? अब इस बारे में उदयन से चर्चा करने का अवसर नहीं रहा।

अमृता के कहने का अर्थ यह हुआ कि उदयन आत्महत्या की ओर...तो वह मेरा मित्र नहीं। जो मनुष्य स्वयं का भी मित्र नहीं उसे उसका मित्र कैसे बचा सकता है? उसने बम्बई किसलिए छोड़ा ? वहाँ भिलोड़ा में क्या रखा है? मैंने भी भूल की। मुझे भी उसके साथ ही रहना चाहिए था। मैं उसमें जीवन की ममता जगाकर यहाँ आया होता तो अधिक अच्छा रहता।

....यहाँ रहकर भी यह तो हो सकता है। वह यदि ऐसा मानता हो कि अमृता सहानुभूति से प्रेरित होकर आयी है तो? उसे पराभव की प्रतीति हुई हो तो? सम्भव है कि वह शरीर के प्रति लापरवाह बने। शरीर! शरीर की हिफ़ाजत के बिना अन्य किसी की हिफ़ाजत करना सम्भव नहीं। शरीर हो तब ही अन्य अनेक अशरीरी अस्तित्वों का अनुभव हो सकता है। शरीर मात्र माध्यम नहीं। केवल आत्मा को ही नहीं जीना है। शरीर को भी जिन्दा रहना है। आत्मा तो है ही, वह तो अनादि और अनन्त है। उसे केवल होना होता है। जीना तो होता है, केवल शरीर को। आत्मा को शरीर के जीवन के लिए निमित्त बनना होता है...क्यों आज विचारों का प्रवाह उल्टी दिशा में बह रहा है। अथवा वहाँ दिशाओं का प्रश्न ही नहीं। केन्द्र है और त्रिज्याओं का विस्तार है। इसका वर्तुल जितना बड़ा, उस केन्द्रीय सत्त्व का विश्व उतना ही विशाल।

उदयन को क्या लिखूँ? मेरा उद्देश्य यदि वह भाँप गया तो? ऐसा नहीं होगा इसका क्या विश्वास? तो मैं उसके लिए उपयोगी नहीं हो सकता? तो जैसा कि वह कहता रहा है वह सचमुच अकेला है? नहीं, अमृता भी है और अब वे दो नहीं, दो नहीं रहकर एक बन गये हैं। 'अकेला' भी एक बन सकता है...लिख देखूँ। लिख पाता हूँ या नहीं, मेरी कुशलता की कसौटी परख डालूँ:

"प्रिय बन्धु,

जो काम लेकर बैठा हूँ उसमें अनेक कठिनाइयों का सामना करना पड़ रहा है। तू बार-बार याद आता है। तेरी सलाह लेने दौड़ आने का मन हो आता है। सहकर्मियों में दो तो ऐसे हैं जिनका कार्यक्षेत्र अलग ही है। सोचता हूँ कि इनके

साथ थोड़ा प्रवास करूँ। उनको समझने का थोड़ा विशेष प्रयास करूँ।

एक मनोवैज्ञानिक ने कहा है कि जिसमें 'विल टू पावर' हो ऐसे पुरुष को स्त्री विशेष चाहती है। तेरे और अमृता के संयोग का रहस्य मैं इस कथन में देख सकता हूँ। मैं बम्बई से रवाना हुआ उस दिन अमृता ने कहा था, 'सूर्यमंडल में से सूर्य को निकाला नहीं जा सकता। मेरे विश्व का सूर्य यह है, यही था।' प्रतीति होने में विलम्ब हुआ। हाँ, उसका भी लाभ मिला कि आज समग्र रूप में प्रतीति हुई।

मैं तो मूलतः भावुक ही रहा हूँ। तेरी तुलना में साहित्य और कलाओं का मेरा परिचय नहींवत् ही है, फिर भी इस बारे में बोलता ही रहा हूँ। आज मुझे अपनी ये चेष्टाएँ बचकानी लगती हैं। बचपन से ही प्रकृति से प्रेम। और इसलिए वनस्पतिशास्त्र की ओर मुड़ा। फिर अन्य विज्ञानों और उनके तत्त्वज्ञान की ओर लक्ष्य रहा। परन्तु गहरे उतरे बिना ही वापस लौट आया। विज्ञान अधूरे लगते हैं ऐसा मैंने पहले कहा था। आज कहता हूँ कि मेरी सामर्थ्य कम रही है। मैं मूल से ही भावुक रहा हूँ। वापस लौटा। भावुकता को मैं श्रद्धा मानने लगा। ऐसी श्रद्धा से मनुष्य किसी बात को भी मान बैठता है और संशयवृत्ति से ही वास्तविकता को जान पाता है। मुझे लगता है कि अपने दो के अभिगमों में तेरा अभिगम बलवान और ठोस है। आज देर से ही सही, किन्तु मैं तेरा अभिवादन करता हूँ...।''

अनिकेत अटक गया।

ऐसी बनावट? भले ही उदयन को इससे कितना ही लाभ हो सकता हो किन्तु असत्य का आश्रय नहीं लिया जा सकता। उदयन के जिस चिन्तन-पक्ष को उसने अभी तक नहीं स्वीकारा, वह आज उसे प्रसन्न करने के लिए स्वीकारे? ऐसी खुशामद उदयन पचा भी सकेगा? नहीं, ऐसा व्यवहार नहीं हो सकता।

उसने पत्र फाड़कर टुकड़े-टुकड़े कर दिया। इतने छोटे-छोटे टुकड़े कर डाले कि काग़ज़ का अस्तित्व भी था या नहीं यह विचार ही न उठे। भूतकाल भी मिट जाए।

हाँ, प्रश्न भूतकाल को मिटाने का ही है।

''अमृता ने तार किया इसका कारण कोई छोटा नहीं होगा। उसे यदि विमुख ही रहना है तो अमृता की अब क्या स्थिति? वह कृतसंकल्पा है। इस सबमें दोष मेरा ही है। इस विषचक्र का केन्द्र में हूँ। मेरा जीवन अन्य के साथ कितना जुड़ा हुआ है? उदयन अकेला ही बना रहेगा? यह उसका हठ है। उसके हठ को तोड़ने का साहस अमृता में नहीं? मुझमें भी नहीं? भिलोड़ा जाऊँ? उसे भरोसा करा आऊँ कि अकेलेपन से मुक्ति का अनुभव नहीं होगा। इस दुविधा में से बाहर आ। तेरा अकेलापन स्वयंसर्जित दुविधा में से ही जनमा है। इसमें से बाहर आ।

यह तो जड़ता है। आसपास दृष्टि डाल। तू ऐसा करेगा तो मैं मानूँगा कि तू नास्तिक है, स्वार्थी है। अमृता ने तेरे लिए जो त्याग किया है उसका मूल्य समझ।''

मैं सोचता हूँ इस सबके पीछे कहीं ऐसा तो नहीं कि मुझे अमृता के प्रति पक्षपात हो? और उसके प्रति मुझको सूक्ष्म असन्तोष?

क्या अभी भी इसके लिए—इनके लिए मुझे कुछ त्याग करना शेष है? अब भी कुछ शेष रह गया होगा तो उसका भी त्याग करूँगा।

आज ही भिलोड़ा के लिए रवाना हो जाऊँ?

या फिर हिरोशिमा लिखे पत्र की राह देखूँ? एक-दो दिन राह देख लूँ।''

दो ओर से पवन बह रहा था। अथवा दो पवन थे। ये एक-दूसरे का स्पर्श करते हुए बह रहे थे। निस्तब्धता नहीं थी। संघर्ष था।

उदयन दो थे : एक निर्णय, एक देह।

यह कुरुक्षेत्र था।

अमृता इस कुरुक्षेत्र का मैदान, दिशाएँ और आकाश थी।

अमृता एक और अखंड थी।

उदयन दो थे। इन दोनों में से एक भी केन्द्रित नहीं था। दोनों बिखरे हुए थे। इतना ही नहीं, दोनों के अंश एक-दूसरे में घुल रहे थे। किस क्षण ये दोनों एक बन जाएँगे यह कहना सम्भव नहीं था। ऐसा हो सकता था क्योंकि अमृता थी।

अमृता मात्र निमित्त नहीं थी, काम्य परिणाम भी थी।

हर पहाड़ी पर दावाग्नि जल रही थी। जल की बूँद-बूँद में बड़वानल प्रकट हुआ था। उच्छ्वास की वाष्प में विद्युत के प्राकट्य की सम्भावना थी।

इस श्वास का मदिर सौरभ, उसके स्पर्श की वशीकरण शक्ति, उसके आश्लेषण का दृढ़ नियन्त्रण...।

उसकी बन्द पलकें मानो प्रलय के प्रवाह में पाल ओढ़े तैरती दो नौकाएँ...।

दो उदयन का सायुज्य सिद्ध होने के क्षण आज तक विद्रोह करते अटक गये कोषों में नव जागृति आ जाती थी। समग्र जीवैषणा का तीव्र वेग से रूपान्तरण शुरू होने लगा था। किन्तु वहाँ एक उदयन की एक प्रतिरोधक शक्ति सफल होती थी। और एक क्षण दूसरे क्षण में कोई इतिहास रचे बग़ैर विलीन हो जाता था।

आज तक जिसे स्वप्न की तरह सँजोया था, उसे धधकती चिता का सौभाग्य सौंपना असह्य है। जो कल तक दृढ़ थी वह पारिजात के पुष्प की भाँति सहज ही झर जाने को तैयार हुई है। किसलिए? पतिंगा जिसके लिए भस्म हो जाने

के लिए तैयार है वह तो है मिट्टी का एक दीया। वह क्यों भस्म हो? उसके लिए तो आनेवाला कल है।

तो फिर वह वासन्ती उन्माद से छलकता वातावरण अनजीये ही बीत जाएगा? इसे जीने में कोई स्खलन नहीं था-मिलन था। उसे यह अभीष्ट था। तो फिर एक उदयन किसलिए दो बनकर संघर्ष किया करे? और ये दोनों उदयन वस्तुतः तो एक हैं।

तो फिर कामना और निर्णय का संघर्ष क्यों? संघर्ष में भोगनी पड़ती यातना किसलिए?

अमृता के पक्ष की ऊष्मा ग्रहण कर रही उसकी उत्तप्त आँखों को एकाएक एक चित्र दिखाई दिया। स्मरण में वह चित्र पूर्णतः सुरक्षित था। हिरोशिमा के हॉस्पिटल के डॉक्टर ने उस विचित्र का परिचय दिया था। डॉक्टर अपने अन्तस्तल से बोल रहा था : यह चित्र एक बालक का है। जो एक युवा माँ की कोख से जनमा था। जन्म लेने के बाद लम्बे समय तक वह श्वास लेता रहा था। उसके हाथ नहीं थे, पैर नहीं थे। वह मात्र एक विच्छिन्न आकार का था। उसके एक सिरे पर थोड़ा अलग उठा हुआ भाग था। यह भाग मस्तक का था। कारण कि वहाँ पास-पास दो छोटे-छोटे छेद थे। उन छिद्रों द्वारा वह श्वास लेता था। भले ही दिखाई दे, परन्तु हकीक़त में तो वह निर्जीव माँस का लौंदा नहीं था। एक बालक था। डॉक्टर ने परिचय पूरा करते हुए कहा था : ''मिस्टर उदयन, यह एक बालक का चित्र है। उदयन के गले बात नहीं उतरती थी। कितना अच्छा हो यदि डॉक्टर उपहास कर रहे हों! किन्तु डॉक्टर के पास उपहास करने के लिए समय न था। उनकी देख-रेख में बहुत-से मरीज़ थे और जितने मरीज थे, उतने ही मर्ज थे। उन्होंने थोड़े शब्दों में उदयन की शंका का समाधान किया : जब वह बच्चा माँ के गर्भ में था तभी रेडियो-सक्रियता का भोग बन गया था। पृथ्वी पर आने से पहले ही यह मनुष्य की सिद्धियों की विरासत लेकर आया था। कारण कि विरासत तो माँगे बिना भी मिल जाती है।

यह चित्र देखते समय जैसा दिखाई दिया था उससे भी अधिक स्पष्ट और सुरेख बनकर इस समय दिखाई दिया था। उस देहधारी का बल टूट गया था और निर्णय ने करवट बदल ली थी। उदयन एक बनकर खड़ा हुआ।

अभिनिष्क्रमण।

अवान्तर स्थिति तक वह पहुँच सका।

कोष-कोष में निष्पन्न स्पन्द का उसे नये रूप में परिचय हुआ। और एक जीवनशून्य भविष्य की छाया में उसने चैन की साँस ली। अन्तिम कहानी पूरी करके वह मुक्त हुआ। चेतना का संचार अब केवल नाभि में ही सिमट आया

था। उसकी अनुभूति परमाणु की प्रक्रिया के लिए तद्रूप बन गयी न्यूट्रोन और प्रोटोन। धनात्मक और ऋणात्मक शक्तियों की समतुला। केन्द्र के चारों ओर घूमते इलेक्ट्रॉन...पदार्थ का शक्ति में रूपान्तरण और विस्फोट...''नहीं, मैं अमृता का विनाश नहीं करूँगा। उसे असम्पृक्त रखने में मैं अपनी समग्र शक्ति लगा दूँगा।''

''तुझसे भले ही विलम्ब हुआ, अमृता। मैं विलम्ब नहीं करूँगा।''

परसों पीठ में असह्य दर्द जागा था। चलने की ताकत न होने के बावजूद आँगन में टहलता रहा। इसलिए? डॉक्टर कहते थे कि किडनी यदि इन दवाओं से नहीं सुधरे तो ऑपरेशन से तो अवश्य ही सुधर जाएगी। किन्तु लहू सुधार सकता है? ल्यूकेमिया के बारे में मैंने जो कुछ जाना था वह सब मैं अनुभव कर रहा हूँ। चार सौ 'रोऐंटजन' शरीर में प्रवेश कर जाएँ तो आशा क्षीण। मेरे शरीर में तो और अधिक ने प्रवेश किया होना चाहिए। अनिकेत ने लिखा है कि डॉक्टरों तथा उसने स्वयं तद्विदों से पुछवाया है। किन्तु इन डॉक्टरों के वर्णन से कोई विदेशी तद्विद सच्चा निदान कर सकेगा? इस चमड़ी को उसकी चमक वापस मिलेगी? इन भुजाओं को अपना बल वापस मिलेगा? सर्दी-गर्मी के सामान्य परिवर्तन को न सह सकनेवाला शरीर अब दिशाहीन मंजिल प्राप्त कर सकने की शक्ति प्राप्त कर सकेगा?

''नहीं।''

एक और सप्ताह के बाद उसने अपने आपसे अधिक विश्वास के साथ कहा : नहीं।

''मैं रुग्ण हूँ।''

अमृता भले ही हक़ीक़त को न स्वीकारे।

जो सामने है उसे अदेखा करने से परिस्थिति कोई बदल नहीं जातीं।

मैं रुग्ण हूँ।

अब सब जानेंगे। जो कोई जानेगा उसके मन में करुणा पैदा होगी। खेत में ढल पड़े धूहे को देखकर जागते मनोभाव मुझे लोगों की आँखों में देखने को मिलेंगे।

अमृता नहीं गयी।

उसे कितनी बार कहा कि दूर रह, दूर रह। किन्तु हर बार भूल जाती है। इस रोग के बारे में उसे जिस तरह मैंने बताया या वर्णन किया उससे तो किसी भी स्वजन के चित्त में आतंक छा सकता है। माँ भी हो तो शायद वह भी घबरा जाए। परन्तु इस नारी ने तो मातृत्व की सीमाओं का भी अतिक्रमण कर दिया। यह इतनी अधिक निर्भय कब से हो गयी? जो मज़ाक़-मज़ाक़ में कई बार पारसियों के 'टॉवर ऑफ़ सायलेन्स' का नाम सुनते ही भय से प्रकम्पित हो जाया करती

थी, वह मेरे वातावरण में प्राणवायु बनकर घुल गयी है। यह मेरे साथ न होती तो दो-चार दिन तक अँधेरे मकान में चमगादड़ उड़ते रहते और उसकी संख्या में एक प्रेत की वृद्धि हो जाती।''

अनिकेत के पत्र का एक वाक्य उसने दो बार पढ़ा-'प्रेम मृत्यु को जीत जाता है।'

प्रेम!

''इच्छा होती है कि इसकी गोद में सिर रखकर रो लूँ। उसे समझे बिना जो अवहेलना कर बैठा उसके लिए प्रायश्चित कर लूँ। किन्तु कहाँ है विदाई! दसों दिशाओं में प्रेम बनकर वह व्याप गयी है।''

इसे धोखा देकर खिसक जाना सम्भव नहीं।

अब तो संकुचित होते-होते केन्द्र में पहुँचकर सूख जाऊँगा।

अनिकेत न आये तो अच्छा।

अथवा वह भले ही आये। उसके पैरों की आहट सुनाई दे, उसके पहले तो...नहीं, मुझसे यह नहीं हो सकता। अमृता की उपस्थिति का अनादर मुझसे नहीं हो सकता। मृत्यु का भी मोह क्यों? वह भले ही मन्थर गति से आये। शायद अमृता की सत्ता को उखाड़कर आगे बढ़ने की उसमें शक्ति नहीं। प्रेम से मृत्यु पर विजय प्राप्त की जा सकती है-श्री अरविन्द कहें या अनिकेत, अमृता के मौन में इससे भी ऊँचे सूत्र घुमड़ रहे हैं।

पीठ को कुतर खाती वेदना को सहता हुआ पड़ा होता हूँ और एक-एक क्षण में युगों के दर्द के पिरामिड आँखों के आगे झूलते देख रहा होता हूँ तब वह सामने आकर खड़ी हो जाती है। उसका अपरिवर्तनशील स्मित काले अभ्रपट को विद्युत गति से चीर डालता है।

मैंने दवा फेंक दी वह कुछ बोली नहीं। एक ही दिन में उसने अहमदाबाद से दवा मँगा ली।

कुछ बोलती नहीं। सामने आकर खड़ी रहती है। हाथ लम्बा करती है।

बार-बार करवट बदलने की इच्छा होती है मानो चमड़ी घिस गयी है। अब चमड़ी की अन्दरवाली तह बाहर आएगी? और रिसने लगेगी? कोहनी के ऊपरी भाग पर यह क्या हुआ है?

अब पूरे समय शर्ट पहने रखता हूँ। एक दर्द शरीर पर जगह-जगह व्यक्त होने लगा है। दूसरा तो सद गया है। सरौता बन किडनी को कुतर रहा होगा। अच्छा है ऑपरेशन नहीं करना पड़ेगा। समय आने पर प्रश्न स्वयं हल हो जाएगा।

समय, स्थल और अमृता।

समय थल को भुला देता है।

अमृता स्थल और समय दोनों से विमुख करा देती है।

और यह दर्द? समग्र को, अमृता को छोड़ शेष समग्र को। परन्तु आज तो अमृता ही समग्र बन गयी है। इसलिए समग्र को भुलाने के लिए जूझती है। दर्द और समग्र को आश्रय देकर बैठी हुई अमृता के बीच संघर्ष है।

दर्द और अमृता।

अमृता और समग्र।

स्थल और समय।

स्थिति और गति।

गति और विरति।

विरति और विलयन।

शून्य से महाशून्य की ओर...

"सुबह तक तीव्र वेदना उसे मर्माहत करती रही। यह वेदना अतृप्त लालसा की वेदना थी। जहाँ लालसा हो वहाँ वेदना नहीं हो सकती, दुःख होता है। यह दुःख नहीं था। रात के जागरण से उसकी प्रलम्ब आँखों के अपांगों में जो रंग उभर आया था वह वेदना का था।

इस अन्तिम प्रयास को भी इसने निष्फल बना दिया?

तो अब इसको समर्पित करने के लिए मेरे पास क्या शेष रह गया है?"

अनिकेत सौरभ की बात करता था।

उदयन पूरे फूल को पहचानता था।

कहाँ गयी वह लालसा?

"क्या वह नहीं जानता कि प्रत्येक पुष्प अपनी पत्तियों और अपने सौरभ को विगलित करके स्वयं के सौन्दर्य को फलित हुआ देखना चाहता है? क्या वह नहीं जानता कि अमृता को केवल स्वीकृति से सन्तोष नहीं है? क्या मुझे उससे कहना पड़ेगा कि नारी तृप्त होना चाहती है, वह आधान चाहती है...

अब भी वह मानता होगा कि मैं वापस लौटूँगी।

बम्बई से पत्र आया है। अब मजे में हैं। और मुझे दिशा सूझ गयी है यह जानकर वे आश्वस्त हुए हों ऐसा लगता है। मैं यहाँ सुखी हूँ यह जानकर उन्हें आनन्द हुआ है। आनन्द क्यों न हो? स्वजन हैं।

पुरातत्त्व मन्दिर के नियामक ने अधिक छुट्टियाँ भी मान्य रखीं। इतना ही नहीं, अनिश्चित समय तक छुट्टी पर रहने की उन्होंने छूट भी दे दी। उनकी उदारता और सदभाव मैं जानती हूँ। अध्यवसायियों की कमी है इसलिए उनकी संस्था छोड़

जाऊँ यह उन्हें पसन्द नहीं। परन्तु अब मैं उदयन को अकेला छोड़कर एक क्षण के लिए भी दूर जाने को तैयार नहीं। यह सब इसे किस तरह समझाऊँ?''

उदयन आजकल घर से बाहर नहीं निकलता। खटिया पर पड़ा रहता है। कभी चित्त, कभी गठरी बनकर खुली आँखों पड़ा रहता है। उसकी पेन को चूहे निर्जन कोने में खींच ले गये। बहुत ढूँढ़ी तब मिली। उसे कुतरकर स्याही पी गये। जगह-जगह दाँत गड़ा दिये थे।

रात को वह सो गया होता और कोई चूहा दौड़ते हुए अमृता की छाती पर से गुज़रता है तो वह व्याकुल हो जाती। फिर उसे नींद नहीं आती। चूहे के दाँत की कट-कट और घड़ी की मशीन की टिक-टिक उसे एक-जैसी लगती। चूहे को काल का प्रतीक माननेवाले ने सौजन्य दिखाया है। चूहे के दाँत सचमुच ही क्रूर होते हैं।

आज बड़े सवेरे उदयन ने खटिया की पाटी पर हाथ पछाड़ा। अमृता उसके पास दौड़ी आयी। चूहे ने उदयन के कान पर दाँत गड़ाये थे।

इस समय वह चूहे पकड़ने का पिंजरा लेकर आ रही थी। वह पूरे दिन चूहों द्वारा मचा रखे इस तहलके के बारे में सोचती रही। उनकी गति और उनके दाँत...

काल को भी पिंजरे में क़ैद करना पड़ेगा। उदयन की बीमारी का इलाज हो जाए तब तक समय रुक जाए तो...यह कैसे सम्भव हो? समय में संवेदन कहाँ है? पानी तो किसी का प्रतिबिम्ब भी झेलता है, हवा एक-दूसरे के शब्दों को पहुँचाने का काम करती है...किन्तु यह समय? घटाने के अलावा इसे कुछ नहीं खपता।

किसी भी पदार्थ को कुतरते चूहे के दाँत...आज से पिंजरे में क़ैद हो जाएँगे?

गाँव के मुख्य मार्ग से वह गली की ओर मुड़ी। बाजरे के पौधे की एक सूखी पत्ती हवा के साथ आयी और अमृता के पैर पर पड़ी। उसकी अवगणना कर अमृता आगे बढ़ी। पीछे मुड़कर देखा कि उस पत्ती को एक और झोंका लगा और उछल गयी। रेत पर से हवा में और हवा में से रेत पर। पत्ती उड़ती, टकराती, रुकती एवं झोंके खाती जा रही थी।

बायीं ओर के घर के आँगन में पड़े कोयले के थैलों की थप्पी पर दृष्टि पड़ी। सबसे ऊपर वाले थैले का मुँह सुतली से सिला हुआ था, पर वह टूट गयी थी। कोयले बाहर निकल पड़े थे। इनका काला किरकिरा रंग अमृता की पुतलियों में आ चुभा। वह आगे बढ़ी।

उसके दाहिने पैर की चप्पल की एक पट्टी टूट गयी थी। सँभलकर चलने लगी। धूल के कारण उसकी एड़ियों की चमक धूमिल हो गयी थी।

अस्त होते सूर्य की किरणें ऊँचे-नीचे मकानों के असमान छप्परों पर अन्तिम

क्षण भोग रही थीं।

धूल-भरी साँझ हवा में उड़ रही थी। सूर्य की किरणों ने अपनी आख़िरी झाईं से राजकणों को रँग डाला था।

खिड़की के पत्थर की खुरदरी चौखट पर एक भैंस अपनी स्थूल गरदन रगड़ रही थी। उसके सींग दरवाजों से टकरा जाते। आवाज़ होती। अमृता रुक जाती। एक लड़का आकर भैंस को लकड़ी मारता। भैंस आलस्य झाड़कर आगे बढ़ती। अमृता आकर दरवाज़ा खोलती। वह चुपके-से प्रवेश करती। सूखकर दब गयी आँगन की घास पर चलने से अब उसका पूर्ववत् हाहाकार सुनाई नहीं देता। घास अपनी स्थिति समझ गयी थी। अब मिट्टी में मिलने को हो गयी थी।

आँगन की दाहिनी दीवार की आलमारी में लगी लकड़ी की चौखट को दीमक लग गयी थी।

सीढ़ी पर चढ़ते पैर मानो अपनी आवाज़ से डरते हों ऐसे सँभलकर आगे बढ़ रहे थे।

कहाँ गया उदयन? खाट तो खाली पड़ी है। व्याकुल होकर वह छत की ओर गयी। उदयन जल्दी से शर्ट पहनने लगा। क्या करता था वह? उसके नजदीक दर्पण पड़ा था।

वह शार्ट पहने इसके पहले अमृता को एक काला दाग़ उदयन की पीठ पर दायीं ओर दीख पड़ा। दर्पण की सहायता से वह अपने उन घावों को देख रहा था?

उदयन उसके सामने देखने लगा। वह झेंप गयी।

लालटेन जलायी। लालटेन का शीशा चटका हुआ था। अतः उसे सावधानी से जलाया।

उदयन खाट तक पहुँचकर उसमें जा गिरा। उसने अमृता से कह दिया कि इस देह का भार अब नहीं उठा पाता।

दवा लेने वह आलमारी के पास पहुँची। हाथ लम्बा किया। कुछ नहीं था। फेंक दी होगी? अब इसे क्या कहा जाए?

और इसके शरीर पर पड़ा वह घाव? इसकी आँखों पर सूजन आ गयी है। होंठ काले पड़ने लगे हैं।

उदयन ने दोपहर में भी नहीं खाया था। अमृता ने चाय बनायी थी। बैठने की इच्छा न थी। किन्तु अमृता पकड़कर बिठाएगी इस डर से वह बड़ी कठिनाई से बैठ गया। और फिर चाय पीकर लेट गया। अमृता सिगरेट ले आयी थी। पर उसने सिगरेट फेंक दी थी। अमृता कुछ भी नहीं समझ सकी थी।

भरी दोपहरी में वह छत पर खड़ी थी। आसपास के मकान देखकर उनके

ख़ाली होने के बारे में सोचती रही थी : "इस गाँव की बस्ती बढ़ती नहीं, घटती जाती है। लोग बम्बई और अहमदाबाद—जैसे शहरों में चले जाते हैं। जो थोड़ा भी पढ़ा-लिखा है वह तो लौटता ही नहीं। दोनों ओर के घर खाली हैं। या फिर ये सब उदयन के तो नहीं हैं? इसने बेचे हों। तो फिर इनमें कोई रहता क्यों नहीं? या फिर जिन्हें रहने की आवश्यकता नहीं वे लोग ही ख़रीदने की शक्ति रखते हैं? जो भी हो, किन्तु उदयन ने बेचे हों तो कोई तो इस लाइन में रहना चाहिए। ये सब इसी के मकान होंगे। हर एक की खपरैल भी एक-जैसी है। हर एक समान रूप से खाली है। हाँ, इस एक मकान में हम दो जने हैं। हालाँकि इससे भी ख़ालीपन में कोई अन्तर नहीं पड़ा होगा...

उस दिन रात के अँधेरे में वह कहाँ गया था? मैंने उससे न पूछा होता तो अच्छा होता। उसने कैसा जवाब दिया—'अमृता, मैं अपने ढंग से नहीं मरूँगा। तू चाहती है उसी तरह मरूँगा। तू इतनी दूर तक आयी है और खेल जल्दी खत्म हो जाए यह ठीक नहीं। तेरी और अनिकेत की एक सलाह आखिर मैंने मान ली है। मैं भविष्य को मानने लगा हूँ। उसकी प्रतीक्षा करना मैंने शुरू कर दिया है। अपने भविष्य को, अपनी मृत्यु को पहचानने की दिशा में आगे बढ़ा हूँ। अब मैं इसे प्राप्त करने का प्रयत्न न करूँ तो भी वह आएगी, ऐसा मुझे विश्वास है।'

इतना बोलकर उसने आँखें मूँद ली थीं। मुट्ठी बन्द कर अँगुलियों के नाखूनों का रंग देख रहा था। एक लम्बा मौन पसरा हुआ था वहाँ। लगता था कि वह आज भी कुछ नहीं बोलेगा।

थोड़े बिस्कुट डालकर उसने पिंजरे को दहलीज पर रखा। उदयन की खाट के पास बिस्तर बिछाकर वह सो गयी।

इन दिनों उसने कुछ पढ़ा नहीं।

सुबह—उदयन, शाम—उदयन, रात—उदयन।

समय और उदयन अथवा समय भी नहीं, मात्र उदयन। उसकी आँखों में खँडहरों के इतिहास की परछाइयों का आवागमन, अमुखर होंठ, होंठ पर काली उदासी...।

गाँव के लोगों की दीवाली पूरी हो गयी। किन्तु सिवान में से अब भी आदिवासी युवतियों के समूहगीत हवा के पंखों पर तैरकर यहाँ तक आ पहुँच रहे थे :

"चाँद के उजवाले मैं हरियाला लेने गयी थी रे
चाँद के उजवाले मुझे तो दीखा काला नाग रे
चल रे पाह्या चल..."

करवटें बदलती और प्रहर बदलते।

उदयन भी जागता होगा। कुछ भी बोलता नहीं। वह करवट नहीं बदलता।

अमृता बिस्तर से उठ बैठी। अपना बिस्तर ठीक उदयन की खाट से सटा दिया। उदयन इस तरह साँस ले रहा था मानो सो गया था...।

छह

वह किसी भी बात का विरोध नहीं करता। इसलिए उसे क्या रुचेगा और क्या नहीं अमृता इसका ध्यान रख रही थी। अमृता की सावधानी के प्रति वह बेख़बर था, उदासीन था। उसकी रुचि–अरुचि शमित हो गयी थी। प्रत्यक्ष–अप्रत्यक्ष, सत्य–मिथ्या, अस्तित्व–अनस्तित्व किसी के भी विशेषत्व का उसे अनुभव नहीं होता क्योंकि वह ऐसा करना नहीं चाहता। भेद–रेखाओं को वह मिटा देना चाहता था।

मुँह पोंछती–पोंछती अमृता उदयन के पास गयी। उसकी आँखें बन्द थीं। अमृता को लगा कि वह कुछ सोच रहा है। दाढ़ी बढ़ गयी थी। परन्तु ऐसा नहीं कहा जा सकता था कि विषाद बढ़ आया। उसके चित्त में विषाद को झेल सके ऐसा कोई केन्द्र सक्रिय नहीं। अपने को नहींवत् मानकर जो कुछ है उसकी शरणागति उसने स्वीकार ली थी।

अमृता के चले जाने के बाद अपने संवेदन की पड़ताल करने का मन हुआ। निष्क्रियता का सातत्य छोड़कर कुछ क्रियात्मकता अनुभव करने की बहुत दिनों बाद आज उसमें लालसा जागी। लोप हो गयी भेद–रेखा जागी। और उसने बायें हाथ की कलाई पर से एक बाल पकड़कर खींचा। वह जड़ के साथ उखड़ गया। दूसरा बाल खींचा।

अमृता आयी।

"यह क्या करता है?"

"मुझे लगा कि इस तरह बिलकुल निष्क्रिय होकर समय में घुल जाऊँ यह मेरे उपद्रवी स्वभाव के अनुरूप नहीं। मुझे कुछ करना चाहिए। जमे हुए इस दर्द का मैं अभ्यस्त हो गया हूँ। बाल खींचने पर मैं एक भिन्न प्रकार के दर्द का अनुभव करता हूँ। मेरे दो मुख्य दर्दों से यह छोटा है, नगण्य होने पर भी अलग प्रकार का है। अनजाना है। इसलिए मैं इसका अनुभव कर सकता हूँ। अनजाने से मिलने में आनन्द होता है।"

"मेरी एक बात मानेगा?"

"तेरा क्या नहीं माना? बता।"

"मुझसे अब एक दिन भी और यहाँ नहीं रहा जा सकता। तुझे इस स्थिति में देखते रहने की मुझमें सहनशक्ति नहीं। चल हम बम्बई चलें।"

"बम्बई बहुत दूर है, अमृता। अपना देश इतना विशाल है कि अपने को जो दूर है वह भी दूर नहीं लगता, नजदीक लगता है। किन्तु एक संवेदनशून्य मानव को तो जो दूर हो वह दूर ही लगे, नजदीक हो वही नज़दीक लगे। संवेदना के अभाव में वह किसकी मदद से दीर्घ अवकाश को पाटकर दो बिन्दुओं को जोड़ सकता है?"

"उदयन!"

"तू मुझे जहाँ ले जाना चाहे ले जा। बम्बई चलने में एतराज नहीं। गाँव का मोह भी किसलिए? मिट्टी सभी जगह समान है। आग सर्वत्र व्याप्त है। तुझमें शक्ति हो तो मुझे बम्बई तक पहुँचा। किन्तु फिर त्रिशंकु की तरह बीच ही...।"

उदयन के होंठ पर व्यक्त होना चाहता स्मित निष्फल गया।

"इस तरह जड़वत् क्यों खड़ी है? देख, मेरी चमड़ी पर कैसे भिन्न-भिन्न आकार और रंग उभरने लगे हैं। तेरे विधाता की सृष्टि सच ही अद्‌भुत है, अमृता!"

अमृता खड़ी नहीं रह सकी। दोनों हाथों से मुँह दबाकर खाट की पाटी पर ढल पड़ी। उदयन ने शक्ति संचित कर पाँव खींच लिये। सिसकी लिए बिना अमृता रोने की अभ्यस्त हो चुकी थी। पर आज इस आघात पर नियन्त्रण नहीं रख सकी। सिसकियाँ सुनकर जाग उठता इस निर्जन घर का सन्नाटा उसे भयावह लगता था। किन्तु आज वह सब भूल गयी। भले ही, शापित सृष्टि की समग्र भयानकता आकर उससे चिपट जाए, उसे होश नहीं रहा।

"बस, यही तेरा अन्तिम उपाय है? चल मान जाता हूँ।"

"सच?"

"हाँ, तेरी इच्छा है तो अभी थोड़ी और दवा खाऊँगा। जा पहले भी तू जिसे दो बार बुला लायी थी उस डॉक्टर को बुला ला। उन्हें अपने विषय का थोड़ा-बहुत भी ज्ञान होगा तो मैं मानता हूँ कि वह मुझे यहाँ से ले जाने की जरूरत नहीं समझेंगे।"

"तुझे अब नहीं बोलना है।"

"तुझ जैसी अनुभवहीन कन्या को सम्बोधित कर बोलना भी बेकार है। तूने कभी किसी मरते आदमी को देखा है?"

"मुझे मात्र जीवन का ही अनुभव है।"

"यह पर्याप्त नहीं अमृता, ज़रा ध्यान से देख। यू आर फेसिंग माई डेथ।"

"आई नो इट सिंस लांग एंड माई फेथ विल टर्न इट इन टु लाइफ़।"

"बीइंग योर फ्रैंड आई मस्ट गिव यु एडवांस कन्सोलेशन।"

"आपका तार है।" पोस्टमैन की आवाज़।

अमृता तार ले आयी।

"सुन्दर समाचार। जापान जाना है। अपने खर्च पर वे बुलाते हैं। प्रवास की व्यवस्था के लिए प्रयत्नशील हूँ। उदयन प्रसन्न होगा। अनिकेत का प्रणाम।"

उसने उदयन को तार सुनाया और नीचे देखे बिना उत्साह से चलने लगी।

जीप रवाना हुई। अमृता ने देखा वह अधिक देर बैठ नहीं पाएगा।

"देख अपना पैर सँभाल। वह जो काँच की किरच पड़ी है उसे उठाकर फेंक दो। अब मैं उसकी ओर नहीं देखते रहना चाहता।"

अमृता को इस बात की चिन्ता नहीं हुई कि उसे काँच का एकाध टुकड़ा लग सकता है। उसने दहलीज़ में रखा चूहों का पिंजरा भी वैसे ही रहने दिया। जिस वेष में थी उसी में डॉक्टर को बुला लायी। डॉक्टर ने जाँच की। रोगी को जल्दी ही किसी अच्छे अस्पताल में दाख़िल करने की बात से वे सहमत हुए। वे भी अहमदाबाद आने को तैयार हो गये।

घर खाली करते देर न लगी।

उदयन ने जीप में बैठने के बाद एक बार घर की खपरैल की ओर देख लिया। वह इतना ऊँचा न देख पाया कि उसकी दृष्टि मुँडेर तक पहुँच सके।

"अब आँखें पीछे की ओर रहेंगी, ठीक है। तू सुज्ञ है।"

ड्राइवर सावधानी से जीप चला रहा था। फिर भी अमृता सूचना दिये बग़ैर नहीं रह सकी।

उदयन को याद आया। बचपन में वह कौतूहल-भरी आँखों से देखता रहता—दागी गाँव के सिवान में आकर अर्थी का मुँह बदलते हैं ताकि कोई ममता न रह जाए।

"मैं कितना भाग्यशाली हूँ। अपनी आँखों से अपनी अर्थी गुज़रते देख रहा हूँ। किन्तु जिसे देखना चाहिए उसकी अभी तक तैयारी नहीं है।"

बायीं ओर की सीट पर अमृता बैठी। सूर्य उसकी ओर था। उसकी छाया काँच में से आते प्रकाश के कारण उदयन की ओर झुकी हुई थी। पर वहाँ तक ठीक-ठीक नहीं पहुँच सकी।

जीप थरथराने लगती। पास की सीट पर बैठे डॉक्टर के पूछने पर ड्राइवर ने कहा : "विब्रेशन होता है। तीसेक मील से आगे गति बढ़ जाती है तो यह थरथराना बन्द हो जाता है। मोड़ पर गति धीमी करनी पड़ती है इससे विब्रेशन शुरू हो जाते हैं।"

उतार-चढ़ाव, धक्के, हिचकोले और उस कम्पन के समय कई बार तो उदयन को देखकर अमृता का हृदय जाल में फँसकर खिंचती मछली की तरह ऊपर उठ

आता था।

उदयन के पास की काँच की खिड़की के बाहर की प्रकृति पर धूप छा रही थी। कोई घटादार वृक्ष, कोई पहाड़ी, मुख्य रास्ते की ओर बढ़ी आती कोई पगडंडी, किसी खेत की मेंड पर खड़ा बैल, तालाब में बैठी भैंसें, सड़क के निकट चरता कोई गधा, आकाश में उड़ जाती कबूतरों की टोली...जो कुछ दिखाई दे जाता था। पलक बिन्दु बनकर उसकी पुतली में समाया रहता। और फिर आँखों की अचंचल श्वेताभी में पसर जाता। एक आकाश ही ऐसा था जो बिन्दु बनकर आँख में नहीं समा सका। वह दूर ही दूर रहता था।

आकाश आज निरभ्र था, रिक्त था। इसकी रिक्तता उष्ण थी। कई बार सूर्य की किरणें काँच में से होकर उदयन के शरीर पर ओढ़ायी चादर पर एक चमकता धब्बा बनातीं। उदयन को यह नहीं रुचता। पर उसकी यह अरुचि व्यक्त नहीं होती। अमृता अनजान रह जाती। अपनी स्वतः सूझ से ही वह कई बार किरणों की गरमी को अपने कन्धों पर झेल लेती थी। पर रास्ते की दिशाएँ बार-बार घूमती रहती थीं। मोड़ आते ही जीप में कम्पन होने लगता था।

उदयन ने अमृता के सामने देखा। अपना स्थान छोड़कर वह उदयन की सीट के पास नीचे ह्वील पर बैठ गयी। अभी जो धूप का धब्बा पड़ता था वह नहीं रुचता था। अब इस धूप को रोकती अमृता की छाया पड़ रही थी। वह भी उसे पसन्द नहीं। धूप या छाया उसे कुछ भी सहन नहीं होता।

जीप से उतरकर तलैया के किनारे बरगद की छाया में बैठने का मन हुआ। ऐसा किया जा सके तो बहुत दिनों से रुकी हुई नींद आ जाए। परन्तु ऐसा नहीं किया जा सकता था। इतना ही नहीं ऐसा करने की इच्छा भी प्रकट नहीं की जा सकती थी। अमृता मान बैठेगी कि वह उसके सामने विघ्न खड़े कर रहा है।

दहेगाम पहुँचने पर अमृता को लगा कि मंज़िल आ गयी। उसने ड्राइवर को कुछ सूचनाएँ दीं। डॉक्टर ने अस्पताल में जगह दिलाने में मदद की।

तीसरी मंजिल पर नये स्पेशल रूम में उदयन को पहुँचा दिया गया। उसका शरीर कोई दूसरा उठाये यह उसको अजीब लगा।

चिकित्सा शुरू हुई। कपड़े बदले गये। नर्स ने कपड़े धोबी को न सौंपकर डॉक्टर के देखने के लिए रख दिये।

उदयन ने पानी माँगा। अमृता ने ला दिया।

"जीप में बहुत कष्ट हुआ। अब तो आराम हुआ होगा!"

"थकान का अनुभव हो सकता हो तभी तो आराम का अनुभव हो न?"

आगे क्या बोले कुछ सूझा नहीं। समय पर डॉक्टर आये। जाँच-पड़ताल कर चले गये। फिर उदयन से बोलकर वह बम्बई और जोधुपर के लिए अर्जेंट

फ़ोन बुक कर आयी। बड़े भाई विमान से आ जाएँ। पैसे ले आएँ अथवा यहाँ अपने किसी व्यापारी मित्र के पास से लेकर दे दें। अनिकेत जापान जाने को कहता है। विदेशी मुद्रा का क्या होगा? शायद एयर रिजर्वेशन के लिए भी वह प्रयत्न कर रहा हो उसे भी ट्रंककाल कर लूँ। वह हमें लेने भिलोड़ा जाएगा तो समय ख़राब होगा।

अमृता आयी तब उदयन उसकी प्रतीक्षा कर रहा था। पाँचेक मिनट के लिए वह दूर गयी थी। उदयन को अमृता की अनुपस्थिति का अहसास हुआ और उसे लगा कि वह संवेदनशून्य तो नहीं हो गया। उसने देखा कि बार-बार पोंछने से उसके नाक की सोनचम्पक त्वचा गुलाबी बन गयी है। ''यह सम्पन्न परिवार की कन्या, विचार और संवेदना में भी सम्पन्न। मुझ-जैसे एक खानाबदोश की ख़ातिर मर मिट जाने के लिए तैयार हो गयी है! मेरी कृतक उपेक्षा से यह हतप्रभ नहीं हुई और अन्त में उसने ऐसे क्षण पर लाकर छोड़ दिया है कि मुझे इसकी अनुपस्थिति महसूस हुई। मैंने इसकी प्रतीक्षा की और प्रतीक्षा करना अर्थात् जीवन की कामना करना। मुझे प्रसन्नता है कि मैं इसे बचा सका हूँ। क्योंकि इसके प्रेम की मुझे प्रतीति हुई है। अमृता!''

उसने हाथ ऊपर उठाया। अमृता उसके लिए निकट सरक आयी।

''मैं तेरा अभिवादन करता हूँ अमृता! अभिनन्दन! तेरी विजय हो गयी!''

''मैं क्या देख रही हूँ? उदयन की आँखों में आँसू?''

''सचमुच? तो, तो अभिनन्दन मुझे मिलना चाहिए।''

''मिलेगा, ज़रूर मिलेगा। तू थोड़े दिनों में ठीक होकर एक प्रसंग पर अनेकों के अभिनन्दन का अधिकारी होगा।''

''यह तो ठीक है। अनिकेत के आने में कितना समय लगेगा?''

''ट्रंक-काल के लिए मैं नम्बर बुक कर आयी हूँ।''

''नम्बर मिले तो उसे कहना कि जल्दी आये। मैं उसकी प्रतीक्षा कर रहा हूँ।''

''जल्दी आएगा। जापान के लिए बुकिंग प्राप्त करने में पड़ा होगा।''

''तो उसे कह देना कि जापान तो मैंने देख लिया है। आज भी मेरे स्मरण में वहाँ की सारी दृश्यावली ताज़ी हैं। अब वहाँ जाने की ज़रूरत नहीं।''

''तेरे उपचार के बहाने हमें जापान देखने को मिलेगा। वहाँ के लोगों का परिचय इससे ही मिल जाता है कि उन्होंने लिखा—हमारे खर्च पर भेजो।''

''मुझे लगता है कि अभी तूने डॉक्टरों की बातें नहीं सुनीं।''

''कौन-सी?''

''ल्यूकेमिया। और अब किडनी का कामकाज बन्द!''

अमृता विश्वास नहीं कर सकी। वह प्रमुख डॉक्टर के केबिन की ओर भागी। डॉक्टर ने बड़ी सद्भावना से उससे बातचीत की। उसने कहा कि किडनी काम करने लग जाए तो जापान ले जाने से अन्य विकृतियों का इलाज शायद हो सकता है। अमृता ने फिर से जाँच करने को कहा। डॉक्टर ने अनिच्छा होने पर भी एक्सरे मशीन मँगायी। आधे घंटे तक जाँच की।

अमृता को लगा कि उदयन की दाढ़ी बढ़ गयी। शेव हो जाए तो उसका चेहरा फ्रेश लगे। उदासी धुल जाए।

डॉक्टर ने इंजेक्शन लिख दिये। इससे पहले जो इंजेक्शन अस्पताल में से दिये थे वे भी मँगाये। पर्स लेकर अमृता बाजार जाने को तैयार हुई थी कि भिलोड़ा के डॉक्टर आये। वापस लौटने से पहले उदयन के समाचार जानने की इच्छा हुई थी। उन्होंने अमृता का हाथ बँटाया। सेलाइन सेट लगाया गया। उसमें इंजेक्शन डाले गये। उदयन के प्रति शुभकामनाएँ व्यक्त कर उन्होंने अमृता से विदा ली।

रात को दस बजे उसे मालूम हुआ कि जोधपुर में फ़ोन 'रिसीव' नहीं कर रहा है। बम्बई का फ़ोन जल्दी लग गया था। भाभी ने आश्वासन दिया था कि बड़े भाई के घर आते ही उन्हें तुरन्त अहमदाबाद भेज दिया जाएगा।

डॉक्टर अन्तिम विजिट पर आये तब अमृता उनसे वही प्रश्न पूछ बैठी जो उसने पहले पूछे थे। डॉक्टर ने टालते हुए कहा—कई बार किडनी स्वतः ही चालू हो जाती है। ईश्वर उन्हें बचा ले ऐसी मेरी प्रार्थना है।

अमृता ने इंजेक्शन के लिए पूछा और कहा कि शहर के किसी मित्र डॉक्टर को कन्सल्ट करना हो तो किया जा सकता है। उसे मुँहमाँगी फीस दी जा सकती है।

डॉक्टर ने ख़ून की जाँच-रिपोर्ट पढ़ी। उस बारे में कुछ बोले नहीं। उन्होंने उदयन से दुबारा एक प्रश्न पूछा :

"अन्तिम बार कब पेशाब हुआ था?"

"सुबह बैठा था।"

"कितना हुआ था?"

"हुआ था या नहीं मुझे याद नहीं। बहुत दिनों से यह पूरा विभाग अनियमित हो गया है। इसलिए मैं इस ओर से एकदम उदासीन हो गया हूँ।"

डॉक्टर मरीज की ओर देखते रह गये। उन्होंने रिपोर्ट में लिखी जन्म तारीख देखी :

"मैं तुम्हारे लिए ईश्वर से प्रार्थना करता हूँ।"

"किन्तु मेरा ईश्वर है या नहीं इसका मुझे पता नहीं। फिर भी सम्भव है कि प्रार्थना के प्रभाव से ईश्वर का जन्म हो। आभार, डॉक्टर आपके प्रेम के लिए आभार। सुबह हम अवश्य मिलेंगे।"

नर्स से डॉक्टर ने ब्लड प्रेशर नापने का यन्त्र माँगा।

नोट किया। अमृता को दूसरे इंजेक्शन लाने को कहा। दो मिनट में लौटकर आये। उन्हें ध्यान आया कि यह युवती अकेली है और रात के समय खुली रहनेवाली दवा की दुकान बहुत दूर है। अमृता से कहा, ''मैं किसी अन्य को भेज देता हूँ। वह ले आएगा। आप यहीं रुकिये। मैं रात को दो बजे आ जाऊँगा।''

''डॉक्टर चले गये।''

अमृता खड़ी थी। उसका मुँह लटक गया था। सेलाइन सेट की ट्यूब में से दवा टपक रही थी।

उदयन ने इशारे से कुरसी बतायी।

अमृता बैठ गयी। पच्चीस वर्ष की थकान ने एक साथ उसकी चेतना को ढँक लिया।

''अमृता!''

उदयन की स्फीत आवाज में भी उसे अपनी थकान का अहसास हुआ। वह खड़ी हुई और उसके पास गयी।

''तेरे पास काग़ज़ होगा?''

''डायरी है।''

''ला।''

अमृता ने डायरी ढूँढ़ डाली।

''मैं क्या करूँगा? अपने हाथ में ही रख। वह कुरसी मेरे नज़दीक खींचकर बैठ। अब मुझे तेरे एकदम नजदीक रहना होगा क्योंकि तू सुन सके उतनी ही आवाज से मैं बोल सकूँगा। दो वाक्य बोलते-बोलते साँस चढ़ जाती है। इस बारे में कुछ लिखना नहीं। उच्चारण अस्पष्ट रह जाए तो भी मुझे विश्वास है कि तू उसे शुद्ध रूप में लिख सकेगी। तेरी समझ के प्रति मुझे पूरा भरोसा है। तो चल लिख।''

''किन्तु...तुझे आराम करना है।''

''बाद में आराम करूँगा और यह जो कुछ लिखा रहा हूँ वह भी आराम के लिए ही है।''

''क्या लिखवाना है?''

''वसीयतनामा।''

अज्ञात भविष्य का भार उसके सिर पर झूल गया। वह केवल भार नहीं था, उसमें भविष्यहीनता का आभास भी था।

उसने शून्य दृष्टि से पेन खोला। लिखना शुरू किया :

''मैं इक़रार करता हूँ कि मैंने अपने समय को जिया है। इस बारे में मुझे

कुछ भी असन्तोष नहीं। क्योंकि मैंने असन्तोष को जिया है। मैं अपने युग से कभी अलग नहीं पड़ा। उसने मुझे सम्पूर्ण साथ दिया है।''

एक क्षण आराम कर वह आगे बोला :

''मैं प्रत्यक्ष विश्व को माननेवाला था। परन्तु आँखें बन्द करना सीखने के बाद मैंने अनेक विश्व देखे। मेरे दृश्यमान विश्व का विस्तार हुआ। जिन प्रसंगों को मैं अन्यायकर्ता मानता था वे मेरे स्मरण पट पर काले बिन्दु बनकर अंकित हो गये थे। एक दूसरे अस्तित्व के सान्निध्य में वे काले बिन्दु पिघल गये हैं...जिस प्रत्यक्ष जगत को मैं सामने रखकर चलता था वह दो बार बदला। अर्थात् प्रत्यक्ष जगत सम्बन्धी मेरी धारणा में दो बार परिवर्तन हुआ है। जो बदलता है वह जगत नहीं, मेरी धारणा हो तो जगत ने मेरे साथ अन्याय किया है यह भी हक़ीक़त नहीं, मेरा विचार है। अन्ततः जिसकी बात सच निकली वह मेरा मित्र है यह मेरे लिए कम गौरव की बात नहीं। उसने कहा था कि सच्चा विश्व तो मेरे अन्दर बसता है। जो बाहर दिखाई देता है वह तो वास्तव में उस अन्तर्निहित का बिम्ब है। आज मैं प्रत्यक्ष होनेवाले का नहीं, वरन् दृष्टि का भरोसा करता हूँ।''

नर्स आयी। उसने 'सेलाइन सेट' की ओर देखा। उदयन के सिर पर हाथ रखा और चली गयी।

''यन्त्रों के विरुद्ध मैं प्रायः मन की भड़ास निकालता रहा हूँ। आज मैं देखता हूँ कि यन्त्र मेरा उपचार कर रहे हैं। मेरे सामने जो लटक रहा है वह भी मुझे बचाने के लिए है। यन्त्र निर्दोष हैं। इन्होंने अपनी कोई अलग संस्कृति नहीं रची। जो कुछ रचा गया है वह मेरा—मनुष्य का काम है। यदि मैं स्वयं को सँभाल सकूँ तो यन्त्र या इनके नाम पर आरोपित संस्कृति मेरा क्या कर लेनेवाली थी?

मैं मानता था कि ईश्वर नहीं है। न जाने क्यों यह ईश्वर इन दिनों मुझे बार-बार याद आता है। ज्यों-ज्यों मैं इसे नकारता गया वह अधिकाधिक मेरे निकट आता गया। अन्त में अमृता के रूप में आया। आज ईश्वर सम्बन्धी अपनी सभी मान्यताओं को मैं पुरानी घोषित करता हूँ। इनके बारे में मैं संशयग्रस्त हूँ। ईश्वर के अस्तित्व के बारे में मेरे अग्रज संशयग्रस्त हुए थे। उन्होंने कह भी दिया कि ईश्वर नहीं है। मुझे उनकी विरासत मिली। मुझे लगता है कि ईश्वर नहीं है इस धारणा के प्रति सशंक होने का समय अब आ गया है।

परमाणु की प्रक्रिया को समझते समय मेरे मन में प्रश्न उठा—यह गति किसकी? इस संचेतना का रहस्य क्या? यह एक भौतिक घटना है। ऐसे उत्तर की अपेक्षा मुझे थी। किन्तु इससे मुझे सन्तोष नहीं हुआ। बुद्धि और तर्क मुझे सन्तोष नहीं दे सके। अपनी इन्द्रियों से अनुभव न किया जा सके ऐसा भी यहाँ बहुत कुछ होगा, होगा ही। इस अनभोगी सम्पत्ति की विरासत आप सबके लिए

अभुक्त छोड़कर जा रहा हूँ।"

उदयन अचकचाया। अमृता ने उसके सामने देखा। अभी विरासत पूरी नहीं हुई है। यह सूचित करने के लिए उदयन से स्मित करने का प्रयास किया। पर अमृता उसे देख नहीं पायी। वह आगे बढ़ा :

"जब मैंने कहा था प्रेम नहीं है तब तुझे लगा कि अमृता नहीं, इसका निजत्वपूर्ण कोई अस्तित्व नहीं, इसलिए वह संख्यातीत मनुष्यों की भाँति अस्तित्व भोग रही है। ऐसा मानकर मैं अपने ही अस्तित्व से दूर था। जागृत नहीं था, भ्रमित था। मैं जिसे 'प्रेम' कहता था वह 'प्रेम' न था, प्रेम का भ्रम था। प्रेम के भ्रम में भी प्रेम का आंशिक स्वीकार है। शायद प्रेम को समग्रतः स्वीकार करना दुष्कर है। वह तो किसी अनिकेत या किसी अमृता से ही हो सकता है। मुझ—जैसे नेतिवाचक बन चुके मनुष्य का यह काम नहीं। परन्तु जैसे सफलता का अनुभव होता है वैसे निष्फलता का भी अनुभव होता है। शायद वह अधिक निविड़ होता है। इसी आधार पर कह सकता हूँ कि प्रेम के अभाव से प्रेम का भ्रम अच्छा। क्योंकि भ्रम नकारात्मक नहीं है। भ्रम था इसलिए मैं प्रेम तक पहुँचा।"

अमृता के हृदय में शेष अभिलाषा जगी : "उषा बनकर इसकी आँखों में उग आऊँ और इसके चित्त को अरुण आलोक से भर दूँ। इसके अंगों के अणु-अणु को अभिनव तेज़ से छलका दूँ...अपना स्वास्थ्य इसको दे सकी होती तो...शायद साधना कम रही..."

"आज मुझे किसी से विरोध नहीं। परन्तु आभार तो मैं दो व्यक्तियों का मानूँगा ही। एक अनिकेत का, जिसने मुझे समझने का प्रयत्न किया। मैं उसे मित्र कहूँगा। दूसरा आभार अमृता का, जिसके कारण मैंने अपने को समझने का प्रयास किया, जिसने मेरे समग्र विरोधों को अपनी अतुल सहनशीलता द्वारा विलीन कर दिया। उपेक्षा दूर कर जिसने मुझमें अपेक्षा को जन्म दिया। जिसकी उपस्थिति में मुझे अननुभूत जागृति प्राप्त हुई। और इसी कारण मरण की शरण हो ज़िन्दगी के विरुद्ध अन्तिम विद्रोह कर लेने की कामना बुझ गयी। मुझे यह सब कहना पड़ता है, यह एक विवशता है। समय मिला होता तो मैं जीकर बताता। किन्तु अब जीकर बताने का असन्तोष भी किसलिए? अमृता के समुदार सान्निध्य में मैं एक सम्पूर्ण ज़िन्दगी जिया हूँ। मैं इसे क्या कहूँ? मित्र नहीं, क्योंकि मुझे जो अभिप्रेत है उस अर्थ की सम्पूर्णता इस शब्द में व्यक्त नहीं होगी। मैं इसे अमृता कहूँगा...अमृता!"

मृत्यु के पश्चात् किसी भी रूप में अपने अस्तित्व को टिकाये रखने में मुझे कोई दिलचस्पी नहीं। हो तो वह उचित भी नहीं। मृत्यु के साथ मेरा दायित्व पूरा होता है फिर भी मेरा यह शरीर, जिसे तब सभी शव कहेंगे, यदि चिकित्साशास्त्र के विद्यार्थियों के काम लगे तो अच्छा। अग्निदाह द्वारा पंचभूत में घुलकर महाशून्य

में एकरूप हो जाना मेरे लिए आवश्यक नहीं। इस मृत शरीर के कुछ अवयव प्रदर्शन में रखे जाएँ तो इसका भी मुझे विरोध नहीं। उस समय रोगग्रस्त मनुष्य पर दया दिखाते दर्शकों को देखकर अकुलाने के लिए मैं नहीं होऊँगा। आज से पहले ही मेरी अकुलाहट क्षीण हो गयी है।

मैंने जो कुछ लिखा वह प्रकाशित होने पर सार्वजनिक हो गया। इसलिए अपने किसी लेख को रद्द करने में मैं असमर्थ हूँ। और इसे रद्द करने का मोह किसलिए? परन्तु हाँ, इन रचनाओं को इकट्ठा करके, इन्हें सजाकर मेरा स्मारक बनाने का प्रयत्न न किया जाए। कीर्ति द्वारा अमर होकर किसी के स्मरण का मैं बोझ नहीं बनना चाहता। इसका अधिक स्पष्टीकरण कर दूँ—

रेडियो-सक्रियता का शिकार बनकर मैंने द्वितीय विश्वयुद्ध के अन्त को जिया है। हिरोशिमा जिसका शिकार हुआ वह तो शायद युद्ध भी न था, कपट था। वहाँ के लक्षातीत मनुष्य आज भी इस कपट का परिणाम भुगत रहे हैं। रुग्ण होने के बाद मैं इन अनजाने-अनदेखे बन्धुओं के साथ एकात्मकता अनुभव कर सका हूँ। इतने सारे बन्धुओं के साथ मैं आत्मीयता अनुभव कर सका हूँ। इससे मुझे जीवन की समग्रता प्राप्त हुई है।

जो लोग मानव जाति के इतिहास में पराजित रूप में पहचाने जाते हैं, जिनके विनाश की बातें देखने को मिलती हैं, उन तक भी मैं हिरोशिमा के अनुभव के बाद फैला हूँ। आज भी ये परमाणु-विस्फोट के प्रयोग चल रहे हैं। इन दायित्वहीन विस्फोटों के परिणामस्वरूप ऊँचे आकाश में बनते स्थिर अश्लील बादलों को देखकर कविता के द्वारा तिरस्कार व्यक्त करने वाले, रूढ़िवादियों द्वारा असामाजिक और बेवक़ूफ़ कहे जानेवाले कवियों को मैंने सराहा है। मैं इनके आक्रोश को जानता हूँ। किन्तु बीमार पड़ने के बाद मैंने युद्धख़ोर कहे जानेवाले किसी पर कड़वे और तीखे व्यंग्य नहीं किये। मैं किसी का निविड़ भाव से तिरस्कार नहीं कर सका। मैंने देखा कि समय अनन्त है। और समय के सन्दर्भ में जिन्हें बहुत बड़ा माना था वे घटनाएँ बिलकुल छोटी दिखाई दी हैं। मनुष्य भविष्य को मानने लगे तो भविष्य इतना विशाल है कि अन्य कुछ भी उसे सन्तप्त नहीं कर सकता। मैं जिनका तिरस्कार करता था उनमें और मुझमें बहुत कुछ समानता थी। वे भी मनुष्य ही थे। मनुष्य का मनुष्य के साथ का सम्बन्ध उद्वेगरहित होकर समझना ही पड़ेगा। ऐसा करनेवाला कभी अकेला नहीं रहेगा। जो मनुष्य अपने को अकेला मानता है उसके भीतर भी कम-से-कम एक विश्व तो बसता ही है।''

रात के पौने दो बजे हैं। अमृता ने डायरी बन्द की। उसने साहस जुटाकर उदयन से कहना चाहा : ''तेरा यह 'उपसंहार' तेरी आत्मकथा की भूमिका के रूप में रखा जा सकेगा। तुझे तो बहुत लम्बी उम्र भोगनी है, तू जो जिया है वह

तो उसकी भूमिका मात्र है।''

उदयन से कहने को उसके होंठ खुलते हैं तब तक उसका रहा-सहा भ्रम भी टूट गया। तेज़ी से चलते श्वास के कारण उसका मुँह खुल गया था। वह हाँफ रहा था। पाँचेक मिनट की कोशिश के बाद वह शक्ति जुटाकर बोला :

''मुझे लगता है कि यह सब तेरे और अनिकेत के लिए लिखाया है। हम अनेक विषयों पर चर्चा करते रहे हैं। और अधिकतर चर्चा अधूरी छोड़कर उठ गये हैं। मुझे हुआ कि आज मैं अपनी तमाम अधूरी चर्चाएँ समेट लूँ। ऐसा करने का एक दूसरा कारण भी है। बचपन से लेकर कल तक की अनेक यादें धावा बोल रही थीं और सताने लगी थीं। तुझे लिखाने में ध्यानमग्न हो मैंने उनके सामने क़िलाबन्दी की, किन्तु फिर भी कुछ कँगूरे लाँघकर बीच में आ पड़ी हैं। मेरा विचार-प्रवाह विक्षुब्ध हो उठा होगा। इसके अलावा काग़ज़ पर जगह-जगह तेरे आँसुओं से भीगकर मेरे शब्द और तेरे अक्षर फैल गये होंगे। अनिकेत को पढ़ने में कठिनाई हो तो मेरी ओर से तू इन शब्दों की पहचान करा देना। सम्भवतः उसके आने तक तो मैं होऊँगा...किन्तु वह प्रश्न, तेरा प्रश्न...।''

डॉक्टर आये। उन्होंने उदयन के सिर पर हाथ रखा। 'सेलाइन सेट' की सूई जहाँ लगी थी वहाँ लाल गहरे दाग़ पड़ गये थे। उन्होंने नर्स से उसके पैर में सुई लगाने की सलाह दी। रक्तचाप देखा। नाड़ी की धड़कन नापी। इस बारे में कुछ भी बोले बिना, शायद कुछ भी सोचे बिना ही वे चल दिये।

उदयन की साँस उखड़ती चली गयी। दो-दो मिनट में चेहरे का रूप-रंग बदलने लगा। ''अनिकेत से कहना कि...''

आगे आवाज नहीं निकलती थी। आवाज़, आवाज़ न रहकर श्वास बन गयी थी। श्वास और उच्छ्वास के बीच कोई यति न थी। जैसे गति मिलने पर पंखे की पाँखें दिखाई नहीं देतीं वही हालत उसके श्वासोच्छ्वास का थी।

उदयन जान गया था कि अब उसके पास स्वर नहीं है। फिर भी भीतर ही भीतर एक पूरा वाक्य बाहर आने को घुमड़ रहा है। एक वाक्य, बस एक वाक्य...

अनिकेत यहाँ होता तो उसे संकेत से समझा सकता। और एक संकेत तीसरे आदमी तक तो किस तरह पहुँच सकता है? जो उपस्थित न हो उस तक कुछ पहुँचाना हो तो भाषा चाहिए।

नर्स आयी। रक्त का दबाव नाप गयी...वह प्रश्न...

अनिकेत से कहना कि...क्या?...अमृता इस वाक्य के उत्तरार्द्ध में शब्द सँजोने लगी। किन्तु शब्दों का तालमेल नहीं बैठता था।

दूर सीढ़ी पर तेज़ी से चढ़ते क़दमों की आवाज सुनाई दी। अनिकेत होगा?

तेजी से ठीक किन्तु यह आवाज...फिर भी उसने दरवाज़े के बाहर जाकर देखा। अख़बारवाला।

अख़बार देखते-देखते डॉक्टर आये। उसमें उदयन का समाचार छपा था। प्रसिद्ध कहानीकार, विद्वान और पत्रकार...बीमारी का समाचार...ईश्वर उन्हें दीर्घायु करे।

डॉक्टर ने समाचार-पत्र अमृता को दिया। रक्तचाप नापा। उन्होंने 'रेकॉर्ड' देखा। पहले नोट किया गया अंक क्रमशः घट रहा था। किन्तु इस हद तक अंक गिर जाए और रोगी जीवित रहे यह चिकित्साशास्त्र के नियमों के एकदम विपरीत था। प्रत्यक्ष न देखा होता तो इस घटना पर वे कभी विश्वास न करते। साठ, पचपन, चालीस...यह क्या?

शरीर बहुत ठंडा पड़ गया है। खून में से जहर को अलग करने की क्रिया अब शुरू नहीं की जा सकती। डॉक्टर वापस लौटे। दो वृद्ध साहित्यकार सामने मिले। डॉक्टर ने 'गुडमार्निंग' कहा। उनके साथ डॉक्टर वापस आये। उदयन ने उन्हें प्रणाम करने का प्रयास किया।

दोनों वृद्ध भग्न गति से लौट गये और दरवाजे के बाहर जाकर खड़े रहे। उनके हाथ में लटकती बेंतें स्थिर थीं..वह..प्रश्न..सीढ़ियों पर दृढ़ कदमों की ठोस आवाज़...

वह भिलोड़ा पहुँचा तो प्रभात हो चुका था। उदयन का घर ढूँढ़ने में देर न लगी। खिड़की खुली थी। सब दरवाजे खुले थे। वह सीढ़ी चढ़ गया था। दहलीज़ में औंधे पड़े पिंजरे में एक चूहा दौड़-धाम कर रहा था...अनिकेत वापस लौट गया था। गाँव के चारों ओर विश्रान्त पहाड़ियों पर छाया हुआ हँसता उजाला उसे दिखाई नहीं दिया था। उसे जानने को मिला 'कल अहमदाबाद गये'। स्पीडोमीटर टूट गया तो? उसे इस बात की कोई चिन्ता नहीं। उतार-चढ़ाव आने पर भी गति कम नहीं होती थी। लहरों पर उछलती नाव की तरह जीप चढ़ाई को लाँघ जाती थी। मोड़ पर सड़क की सीमा को पहिये मिटा देते थे। आसपास की रमणीय सृष्टि उसे दिखाई नहीं देती थी। जीप के काँच में भी उसका प्रतिबिम्ब पकड़ना सम्भव नहीं था। अनिकेत को मात्र अपनी दिशा ही दिखाई देती थी।

नये डॉक्टर ड्यूटी पर आये। नब्ज पकड़ में नहीं आती थी। रक्तचाप तीस था। अमृता खिड़की के पास गयी और उसने अपनी डबडबायी आँखें पोंछीं फिर उदयन के बायीं ओर जाकर खड़ी हो गयी। डॉक्टर ने फिर रक्तचाप नापा। नयी मशीन मँगायी। फिर नापा। अट्ठाईस...उन्होंने आश्चर्य से नर्स की ओर देखा।

हिचकी, पहली...पाँचवीं...सातवीं...वह प्रश्न...

सीढ़ी पर जो दृढ़ कदमों की आवाज सुनाई देती थी वह दरवाजे तक आयी। डॉक्टर स्तब्ध हो गये। यह कौन संज्ञाहीन पागल की तरह घुस पड़ा?

उदयन के हाँफते लेकिन निर्विकार चेहरे पर एकाएक ग़ज़ब की चमक दौड़ पड़ी। उसका सिर ऊँचा उठा और साथ में हाथ भी उठे और..., और...अनिकेत क्षुब्ध होकर एक क़दम पीछे हट गया।

सेलाइन सेट की ट्यूब के पारदर्शी हिस्से में टपकती हुई औषधि अटक गयी।

इस तरह उस दिन सुबह के साढ़े आठ बजे अमृता, अनिकेत और कुछ अनजाने चेहरों की निष्क्रिय उपस्थिति में उदयन का अवसान हो गया।

उसके बाद तो—

तीन फुट चौड़ी खाट के दोनों ओर आमने-सामने परन्तु दृष्टिशून्य हों इस तरह अनिकेत और अमृता खड़े थे। इनके बीच जो अवकाश था वहाँ एक ज़िन्दगी शव बनकर पड़ी थी।

❑ ❑ ❑